ROTBUCH KRIMI

Grant Michaels, geboren 1947 in Lawrence, Massachusetts, lebt heute in San Francisco. Wie alle guten Autoren ernährt ihn seine schriftstellerische Arbeit (noch) nicht. Abends lebt er seine zahlreichen Talente in den Rollen eines Pianisten, Tänzers, Ballettlehrers und Schneiders aus.

Zu diesem Buch:
Stan Kraychik, Prominentenfriseur aus Boston und unverbesserlicher Amateurdetektiv, hat ein neues Mantra: Monogamie, Monogamie, Monogamie. Doch Rafik, der König des Herzens, ist in Frankreich, und Stan strandet in einer verträumten kleinen Festivalstadt als Perückenmacher und Visagist für eine glanzvolle Aufführung von Verdis Maskenball. Der schöne taubstumme Maurizio kümmert sich wenig um Stan Kraychiks gute Vorsätze. Und bevor der prinzipienschwache Figaro von seinem schlechten Gewissen eingeholt werden kann, bringt ihn eine Reihe häßlicher Leichen auf andere Gedanken. Der italienischen Diva Madame Ostinata wird nach allen Regeln der Kunst die Kehle durchgeschnitten, und Stan Kraychik beginnt umgehend mit den Ermittlungen.
Grant Michaels hat mit seinem vierten Stan-Kraychik-Roman einen liebevollen Blick in ein Milieu geworfen, in dem sich Divas, Maestros, Tunten und Epheben tummeln, und natürlich der unvermeidliche und gnadenlos heterosexuelle italoamerikanische Lieutenant Branco samt seinem Duft nach Baumwollhemden und herbem Rasierwasser.

GRANT MICHAELS
MASKE FÜR EINE DIVA

Aus dem Amerikanischen
von Gerhard Falkner und Nora Matocza

Rotbuch Verlag

1. Auflage 1996

Titel der Originalausgabe: Mask for a Diva
Die Krimi-Reihe wird von
Gabriele Dietze herausgegeben
Umschlagillustration: Michaela Booth
Herstellung: Das Herstellungsbüro, Hamburg
Satz, Druck und Bindung:
Druckerei Wagner, Nördlingen
Printed in Germany

ISBN 3-88022-389-0

1

Ich hätte es eigentlich wissen müssen.

Alle Anzeichen waren ja da.

Ich hätte wie geplant gleich nach Italien fahren sollen.

Aber ich dachte mir, die Perücken für die erste Saison des New-England-Sommer-Opernfestivals in Neuengland zu stylen, wäre ein einfacher und dazu recht glamouröser Job. Ich würde statt der in der Klimaanlage wiederaufbereiteten Dämpfe des Frisiersalons in der Newbury Street in Boston eine frische Meeresbrise einatmen; ich würde mich unter lauter wirklichen Berühmtheiten bewegen und nicht unter diesen hinterwäldlerischen Angebern; und meine Begabung in puncto Ästhetik würde weit mehr gefordert werden als von den Matronen vom Beacon Hill. Außerdem würde ich mir ein hübsches Sümmchen Geld verdienen, das ich dann anschließend in Italien ausgeben könnte.

Der Zug hätte mir die erste Warnung sein müssen. Vom Bostoner Nordbahnhof fahren keine silbern schimmernden, schlanken Intercitys ab. Die Regionalbahn sieht mehr aus wie der lokale Viehtransporter – sie ist eng und klapprig und würde eher in die abgelegeneren Regionen von Sibirien passen als zu einer hochherrschaftlichen Fahrt in die Oper.

Heute war die Atmosphäre im Zug auch noch ganz besonders drückend, da er an diesem ersten Sonntag im Juni vollgepfropft war mit einer Unmasse von lärmenden Menschen, die alle ganz versessen darauf waren, aus der Stadt an den Strand im Norden zu entkommen. Die Gänge wurden von Gartenstühlen und Kühltaschen versperrt; Strandtaschen und Sonnenhüte quollen aus den Gepäckträgern; überall trieben sich Erwachsene und Kinder herum, und es herrschte ein unaufhörliches Gequassel und Gejammere und Gestreite. Glücklicherweise konnte ich in der nächsten Stadt aussteigen, in Abigail-by-the-Sea, diesem kleinen Ort an der See, in dem das neu ins Leben gerufene Opernfestival stattfand. Das Durcheinander im Zug würde bestimmt bis zur Endstation so weitergehen, hatte ich jedenfalls den Eindruck.

Der Zug machte eine leichte Kurve und pfiff, als wolle er an die verlorene Eisenbahnromantik erinnern. Der Schaffner kündigte Abigail an, und wir fuhren in die ehemals verschlafene Kleinstadt ein, die nun bald zu einer Kultstätte für die internationale Oper und alle ihre Verehrer werden würde. Entspannung, Komfort und Luxus würden mich in ein paar Minuten umgeben.

Doch da, als der Zug schon fast in den Bahnhof einfuhr, gab es plötzlich eine quietschende Vollbremsung, und viele der stehenden Fahrgäste stürzten zu Boden. Ein großer Mann in einem geflickten, verschwitzten Hemd wurde gegen mich geworfen, und ich schauderte vor seinem beißenden Schweißgeruch zurück. Der Schaffner gab Anweisung, daß jedermann Platz behalten solle, was etwas unsinnig klang, da doch so viele entweder gar keinen Sitzplatz hatten oder im Augenblick noch auf dem Boden lagen. Der Waggon stand jetzt in einer unheimlichen Ruhe da, wie sie ja in den ersten Momenten nach einer Katastrophe fast immer eintritt. Alle hatten wir den Eindruck, daß irgend etwas furchtbar schiefgelaufen sein mußte. Nachdem wir zwanzig Minuten lang mit zugeschnürter Kehle gewartet hatten, wurden wir aufgefordert, den Zug zu verlassen und die restliche Strecke zum Bahnhof zu Fuß entlang der Gleise zurückzulegen. Und da sahen wir alle, was zum Anhalten des Zuges geführt hatte.

Eine junge Frau hatte sich offensichtlich vor den Zug geworfen und war wie jene russische Tragödienheldin geköpft worden. Die Ortspolizei hatte bereits um die beiden ersten Waggons herum Absperrungen errichtet, aber man konnte trotzdem leicht, nur zu leicht, einen Blick darüber hinweg auf die geköpfte Leiche werfen.

Erst diese Zugfahrt, und jetzt das.

In dem kleinen Bahnhofsgebäude, das anläßlich des Opernfestivals frisch gestrichen und renoviert worden war, sammelten sich schnell die Einwohner des Städtchens. Oh, wie schrecklich! Was für eine Tragödie! Welch herrlicher Skandal! Von den verschiedenen Gesprächen schnappte ich genug auf, um mitzubekommen, daß die junge Frau eine Sängerin aus dem Ort gewesen sei, eine Sopranistin, die es nicht geschafft hatte, beim Festival eine Rolle zu bekommen.

»Die Ärmste«, hieß es. »Und dabei so eine Stimme. War doch wirklich sehr vielversprechend.«

Eine Durchsage informierte uns, daß für die Fahrgäste, die zu Städten weiter nördlich an der Küste unterwegs waren, Busse eingesetzt würden. Ich jedoch hatte mein Ziel schon erreicht – nämlich das Sidney Blaustein Center für Darstellende Künste, das nagelneu und noch völlig unbenutzt war und direkt vor dem Stadtzentrum Abigails lag. Ich verließ den Bahnhof und suchte die Hauptstraße nach einem Taxi ab, doch ohne Erfolg. Da hörte ich plötzlich ein Auto hupen, in einem melodischen Viertonakkord. Ich wandte mich dem Klang zu und sah, daß mir eine kleine silberhaarige Frau vom Fahrersitz eines gigantischen kardinalroten Cabriolets aus zuwinkte. Das Verdeck war offen, und das Wetter Neuenglands hatte freien Zugriff auf die vier dick gepolsterten Sitze in fast weißem, weichen Leder, die rot paspeliert waren, damit sie zu dem kühnen Farbton des Autolacks paßten.

»Jonathan!« rief die kleine Frau.

War ich gemeint? Ich heiße Stan. Ich sah mich um. Hinter mir stand niemand.

»Jonathan!« rief sie nochmals mit hoher spröder Stimme. Sie winkte mich zum Wagen, und so ging ich hin.

Sie lächelte mich strahlend an, obwohl ihre Augen von einer Panoramasonnenbrille verdeckt wurden, die so dunkel wie eine Gangstermaske war. »Ich hab vergessen, es Ihnen zu schreiben«, sagte sie. »Stellen Sie sich vor, Parker hat vor einem Monat zu fahren aufgehört! Eigentlich dachte ich, daß dieser Tatsache unbedingt ein Fiasko folgen müsse, aber die einzige Folge war, daß ich jetzt selber fahre.«

Ich starrte sie verblüfft an. Sie war bestimmt über siebzig, mager wie ein Spatz und blaß, und sie trug ein weißes Sonnenkleid mit großen schwarzen Tupfen. Man hätte sich gut vorstellen können, wie sie langsam über einen Boulevard in Monte Carlo rollte und auf einen Prinzen wartete, der plötzlich mit reicher Beute aus einem Spielkasino stürzte und sich neben sie auf den Sitz warf.

»Also, steigen Sie ein«, sagte sie. »Fahren wir!«

»Aber – «

»Wir schicken den Kleinbus runter, der soll den Rest von Ihrem Gepäck hinaufbringen.«

»Aber – «

»Jetzt aber schnell. Das Essen ist gleich fertig.«

Wozu sollte ich mich da streiten? Ich setzte meine beiden Gepäckstücke auf dem Rücksitz ab, dann öffnete ich die Wagentür – das automobile Gegenstück zu einer Schweizer Tresortür – und ließ mich auf dem Sitz nieder. Sogleich umfing mich der Duft von Leder, wie in den üppigen Lehnsesseln in einem Herrenclub in London oder Boston. Die Dame lenkte den Wagen vom Randstein weg auf die Fahrbahn, ohne sich im geringsten um die anderen Autos zu kümmern. Wir entgingen knapp einem Zusammenstoß, und mir sträubten sich die Haare. Ich hatte den Eindruck, daß sie überall hinschaute, nur nicht nach vorne, und außerdem schien sie auch nicht gut zu sehen. Doch das mochte teilweise an ihrer schicken, fast undurchsichtigen Sonnenbrille liegen.

»Was war denn da am Bahnhof für ein Durcheinander?« sagte sie.

Ich erzählte ihr, daß es auf den Gleisen einen Unfall gegeben habe.

»O weh«, sagte sie. »Doch nichts Ernstes?«

»Anscheinend hat eine junge Frau Selbstmord begangen.«

»O *weh*!« Sie schüttelte den Kopf. »Na ja, helfen können wir ihr jetzt doch nicht mehr.«

Sie fuhr das große Cabrio jämmerlich langsam die Hauptstraße entlang, wobei es sich träge hin und her schwimmen ließ, da sie die Neigung hatte, das Lenkrad jeweils in die Richtung zu drehen, in die ihr Blick gerade fiel – auf ein buntes Schaufenster zur Linken, auf ein dahinschlenderndes Pärchen zu ihrer Rechten, auf mich, der ich neben ihr saß. Und in perfektem Gehorsam mäanderte der Wagen elegant jeweils auf das zu, was ihren Blick gefangennahm. Ein entgegenkommendes Fahrzeug hupte uns laut an, woraufhin sie uns wieder auf unsere Fahrspur zurücklenkte.

Sie sagte: »Das ist aber ein unglückliches Willkommen für Sie, Jonathan.«

»Ma'am, ich heiße nicht Jonathan.«

Sie lächelte. »Jaja, schon gut. Ich weiß schon, daß die Leute beim Theater meistens Künstlernamen benutzen.«

»Ich heiße Stan Kraychik«, sagte ich.

»Dann sind Sie ja Tscheche!« sagte sie, als habe sie soeben Amerika entdeckt.

»Ja, aber – «

»Na, da ist es natürlich kein Wunder, daß Sie die britische Staatsbürgerschaft angenommen haben. Das erleichtert die internationale Arbeit bestimmt sehr. Obwohl, ich liebe das tschechische Theater. Es ist so couragiert und dynamisch. Ist es Ihnen lieber, wenn ich Ihren richtigen Namen benutze?«

Sie sah mich wieder an. Das Auto folgte ihrer Blickrichtung und kurvte leicht nach rechts. Ich wollte gerade die Hand ans Lenkrad legen, als sie uns wieder auf Kurs brachte.

»Nein«, sagte ich. »Wenn es Ihnen nichts ausmacht.«

»Ganz wie Sie wünschen«, erwiderte sie.

Was ich mir gewünscht hätte, wäre gewesen, zu wissen, wer dieser Jonathan war. Und natürlich auch, wer meine lässige Chauffeuse war.

Sie sagte: »Ich weiß natürlich, daß es verrückt ist, so ein Auto zu fahren, wo doch die wirtschaftliche Lage momentan so unsicher ist, aber als Sid vor zwei Jahren starb – also wirklich, ich hatte ja keine Ahnung, wie reich mein zweiter Mann tatsächlich war – ausgerechnet mit seiner Tiefkühlkost! – und dann hat Parker vorigen Monat seinen Sehtest nicht bestanden – und, kurz und gut, jetzt fahre ich eben wieder Auto.«

»Ich fürchte, daß es – «

»Oh, Sie brauchen sich nicht zu fürchten«, antwortete sie. »Ich kann ganz gut fahren.« Sie drückte mir herzlich den Arm. »Und ich wollte schon immer was Sportliches.«

Für den Augenblick ließ ich den ganzen Schlamassel mit der Identität beiseite und versuchte mich mit ihr über ihr neues Auto zu freuen. »Was ist es denn eigentlich für eine Marke?«

»Das wissen Sie nicht? Ein Bentley, mein Lieber. Ein Bentley Continental. Der kommt aus Ihrem Land, von der Firma Rolls Royce, ist aber viel schneller – Turbogetriebe nennt man das –, aber das würde man bei meiner Fahrweise gar nicht bemerken, da ich ja immer unter dem Tempolimit bleibe. Offenbar kann ich in diesem Bereich die Regeln einfach nicht übertreten. Wie schön, daß Sie jetzt da sind, Jonathan!«

»Ma'am, Sie haben mich tatsächlich mit jemandem verwechselt.«

Die alte Dame sah mich an, und wieder folgte der Wagen ihrer Blickrichtung. Sie schob die Sonnenbrille nach unten. Ihre Augen waren von einem klaren Blaßblau. Sie musterte mich aufmerksam wie ein Fuchs. Diesmal legte ich wie zufällig die Hand auf das lederumhüllte Lenkrad, um uns auf unserer Spur zu halten.

»Jetzt, wenn ich Sie so anschaue«, sagte sie, »sehen Sie eigentlich wirklich nicht wie Jonathan Byers aus. Sie haben auch rotes Haar, aber...«

»Ich versuche ja die ganze Zeit, es Ihnen zu sagen.«

»Und Ihr Benehmen ist so viel besser als das, was ich von ihm in Erinnerung habe.«

»Dem würde nicht jeder zustimmen.«

»Also nein!« sagte sie, und dann lachte sie herzlich. »Sieht so aus, als hätte ich ganz schön danebengegriffen. Freut mich, Sie kennenzulernen. Ich heiße Daphne Davenport.«

Daphne Davenport? War das ein richtiger Name? Oder hatte ich mich da in eine John-Waters-Parodie von *Manche mögen's heiß* verirrt?

»Ich heiße Stan Kraychik«, sagte ich.

»Ja, das sagten Sie schon, Sie schlimmer Junge. Sie wollten wohl einfach mal in meinem neuen Auto mitfahren? Das würde ich Ihnen kein bißchen übelnehmen.«

»Eigentlich hielt ich gerade nach einem Taxi Ausschau.«

Daphne schob sich die Sonnenbrille wieder über die Augen. »Na schön, nachdem wir uns jetzt also kennengelernt haben, würden Sie vielleicht mit mir zu Mittag essen?«

»Selbstverständlich«, sagte ich. Schließlich gehen manche Leute zusammen ins Bett und wissen noch weniger voneinander als wir. »Aber ich sollte mich wegen meiner Arbeit vielleicht erst einmal in der Oper melden.«

Daphne sagte: »Ich denke, die werden dort schon eine Ausnahme machen, wenn sie hören, daß Sie bei mir sind. Letztendlich bin nämlich *ich* das ganze Opernfestival.«

Ich warf einen mißtrauischen Blick zu ihr hinüber. Noch immer lenkte ich den Wagen.

»Mein zweiter Mann war Sid Blaustein«, sagte sie.

»Nach dem das Sid Blaustein Center für Darstellende Künste benannt ist?«

»Genau, mein Lieber. Man könnte sagen, daß das Ding mir gehört.« Sie lachte wieder. Sie schien sich über ihr eigenes Leben lustig zu machen.

»Aber Sie sagten doch eben, daß Sie Davenport heißen.«

»Stimmt. So hieß mein erster Mann, und mir gefiel der Klang so gut, daß ich den Namen auch in meiner zweiten Ehe beibehielt.«

»Na dann«, sagte ich, »wenn es Ihnen auch wirklich keine Umstände macht, essen wir also zusammen.«

»Nur keine falsche Bescheidenheit mir gegenüber, junger Mann. Wir lassen es uns jetzt erst einmal gutgehen und bedauern den armen Jonathan, der um diesen ganzen Spaß kommt.«

Daphne nahm ein kleines Autotelefon von der Ablage zwischen uns. Ich fragte mich, was nicht während der letzten Minuten schon alles passiert wäre, wenn ich das Auto nicht gelenkt hätte. Sie tippte energisch eine Nummer ein und wartete kurz. Dann sprach sie sehr laut; eigentlich schrie sie fast in den kleinen Hörer.

»Parker? Sagen Sie Maurizio, daß er Sir Jonathan am Bahnhof abholen soll.« Sie horchte, dann sagte sie: »Ja, ich hab ihn verpaßt. Aber dafür habe ich jetzt jemand anderen bei mir, es wird also einer mehr zum Essen da sein. Wie bitte? Ich kann Sie nicht verstehen. Na, egal!« Dann legte sie das Telefon wieder auf der Konsole ab. »Wirklich kaum zu glauben!« sagte sie. »Daß ich jetzt auch noch ein Autotelefon benutze. So ändern sich die Zeiten.«

Wieder lachte Daphne, und dann schob sie doch meine Hand vom Lenkrad weg. »Vielen Dank, mein Bester«, sagte sie. »Jetzt übernehme ich das wieder.« Sie steuerte den Bentley auf eine kurvenreiche Straße, die sich hoch über das Meer hinauf wand. In vollendeter Form glitt der Wagen die zerklüftete Steilwand entlang, als wäre er auf der *Grande Corniche*, die der felsigen Küste von Monaco folgt. Doch was mich hier und jetzt, an diesem späten Frühlingstag, in seinen Bann schlug, das war der Atlantik, und die Mittagssonne, die mir auf den Kopf schien, lullte mich in träge Träume ein.

Ich dachte an Rafik, meinen Liebhaber, der *en route* nach Europa war. Er war es, der darauf bestanden hatte, daß ich den Job beim Opernfestival annahm. Es würde sich gegebenenfalls gut in meiner Vita ausnehmen. Ich setzte dagegen, daß ein Friseur so etwas doch gar nicht habe, aber wie immer hatte mich Rafik auch da in seine Denkweise hineincharmiert. Wir würden uns in Paris treffen, wo ich seine Eltern kennenlernen sollte. Sie wissen, daß er schwul ist, und sie nehmen es auch ziemlich locker, aber andererseits ist er bisher noch nie verlobt gewesen. (An alle Ethymologen: vergleichen Sie damit versklavt, verführt und verwirrt.) Und da Rafik der älteste männliche Sproß einer Dynastie von epikuräischen Feinkostexporteuren ist, ist ihnen vielleicht ein amerikanischer Schwiegersohn aus der Arbeiterklasse, noch dazu ein Friseur, vielleicht nicht so angenehm. Wie auch immer unser Gipfeltreffen in Paris ausgehen würde, anschließend hatten wir vor, zusammen nach Florenz zu fahren, als Gäste einer Herzogin, man stelle sich vor. Aber das ist wieder eine andere Geschichte.

Ich dachte auch an meine beste Freundin Nicole, die Eigentümerin des Salons Snips, in dem ich normalerweise arbeite. Daß sie mir für meinen Urlaub in Italien freigeben sollte, darüber hatte sie ganz schön gemurrt, aber als ich dann auch noch eingeladen wurde, mich beim Opernfestival um die Perücken zu kümmern, war sie durchaus damit einverstanden, mir für diese Zeit noch zusätzlich frei zu geben, vielleicht, weil sie dachte, daß ich da wenigstens arbeiten würde. Nicole neigt zu der Auffassung, daß mein Arbeitsethos völlig von ihrer Aufsicht abhängt. Und sie willigte sogar ein, Sugar Baby in Pension zu nehmen, meine Burmakatze, die genau dieselbe Färbung hat wie Rohrzucker; dabei ist Nikki sonst unumstößlich der Meinung, daß ein Tier in einem Haushalt nichts zu suchen habe.

Über meine geistigen Ausflüge hinweg drang Daphnes Stimme zu mir.

»Sind Sie Sänger?«

»Nein«, antwortete ich träge. »Ich soll bei den Perücken mithelfen.«

»Dann sind Sie also Friseur?«

»Ja.«

»Wie reizend«, erwiderte sie, wobei sie in diese zwei Wörter irgendwie so viel Aufrichtigkeit und Nettigkeit legte, daß das all die Gemeinheiten wettmachte, die jemals über Friseure gesagt oder gedacht worden sind.

Daphne plauderte weiter: »Und ich bin schon ganz aufgeregt, daß das Festival jetzt endlich stattfindet. Das war auch Sids Wunsch, wissen Sie, obwohl der Ärmste die Oper haßte. Aber er bestand darauf, daß ich etwas für die Künste tun solle, als er starb. Ich glaube, ihm hätte dieses Festival auch gefallen. Es ist ökumenisch – sagt man das so? Ich habe großen Wert darauf gelegt, daß Sänger und Musiker aller Altersstufen und aus allen Ländern geladen werden. Ich möchte den Geist eines neuen Verona oder eines neuen Spoleto hier schaffen, und nicht ein zweites Lake George. Wir haben eine wundervolle Programmfolge an Opern. Verdis *Un Ballo in Maschera*, Puccinis *La Bohème*, Mozarts *Zauberflöte*, und dann mein Zugeständnis an die Moderne, P.D.Q. Bachs *Der Steinerne Gast*. Oh, aber ich langweile Sie ja.«

»Keineswegs«, sagte ich etwas halbherzig, denn ich bin eigentlich kein Opernfan.

Daphne fuhr fort: »Das ist ein ziemliches Programm. Und das Center für die Aufführungen ist auch wunderschön geworden. Ich ließ mich nicht davon abbringen, einen italienischen Architekten zu engagieren, der sich auf den Entwurf von Opernhäusern spezialisiert hat. Es kommt selten vor, daß jemand Schönheit und Funktionalität wirklich verbinden kann, und zwar auf beiden Seiten des Proszeniums. Und die allerneueste Technik haben wir auch. Haben Sie das Opernhaus schon gesehen, mein Lieber? Nein, natürlich nicht. Na, Sie werden ja in Kürze genug davon zu sehen bekommen.«

»Übrigens«, sagte ich und lenkte damit das Gespräch abrupt in andere Bahnen. »Wer ist eigentlich Jonathan Byers?«

»Das wissen Sie nicht?« sagte Daphne mit einem Glucksen. »Sir Jonathan Byers ist der Generalintendant unserer Hauptproduktion, Verdis *Un Ballo in Maschera*. Ein Maskenball. Kennen Sie es?«

»Ein wenig«, sagte ich. Mein Liebhaber hatte es mir eingetrichtert.

»Eine wunderbare Oper«, sagte Daphne. »Und wir haben eine wunderbare Besetzung. Wir bringen selbstverständlich die italienische Originalfassung. Und Sir Jonathan – « Daphne stieß einen kleinen Seufzer aus. »Na ja, es heißt von ihm, er springe einem immer gleich an die Gurgel, und er tut und sagt tatsächlich sehr umstrittene Sachen. Aber er gehört nicht zu den Typen, die dem Werk eines anderen unbedingt ihre eigene Dummheit aufpfropfen müssen. Sir Jonathan hat anscheinend das Anliegen, die Musik zu reinigen, die vielen Schichten von Interpretation wegzuschlagen, die sich in all den Jahren festgesetzt haben, seit der Komponist das Werk geschaffen hat. Er ist ein ziemlicher Idealist und ein richtiges Vieh. Ich habe ihn erst einmal getroffen, und er benimmt sich wirklich sehr schlecht, nicht im entferntesten so wohlerzogen wie Sie. Aber ich halte ihn eigentlich nicht für gefährlich, außer vielleicht für das eigene festgefahrene Denken.«

Daphne brachte ihre Ausführungen gerade rechtzeitig zu Ende, um den Bentley in die lange gewundene Auffahrt zu lenken, die zur Front eines stattlichen alten Sommersitzes hinaufführte.

»Da sind wir«, sagte sie mit einem seltsamen Triumph in der Stimme.

2

Es handelte sich um ein mächtiges zweistöckiges Seehaus, das von außen einen Mischmasch verschiedenster nicht zusammenpassender Architekturstile darstellte. Die Fenster im Erdgeschoß waren alle eigentlich Terrassentüren, mit fächerförmigen Oberlichtern über dem Türstock; soweit man es beurteilen konnte, mußten die Decken drinnen über sechs Meter hoch sein. Im ersten Stock sahen die Fenster ganz ähnlich aus, hatten aber keine Oberlichter; und im zweiten Stock besaßen die Fenster unterteilte Scheiben und Fensterläden, wie es bei einfachen Wochenendhäusern an der See üblich ist. Über dem Ganzen befand sich ein Dachgeschoß, das von Gauben geradezu durchlöchert war. Und ganz zuoberst saß auch noch ein dünnes Türmchen auf dem Dachfirst wie eine lächerliche Tiara.

Genau vor dem vorderen Eingang der Villa stand ein kleiner weißer japanischer Sportwagen, der aussah wie eine überdimensionale Sanitärinstallation.

Daphne sagte: »Es ist offenbar schon jemand hier.«

»Ein albernes Autochen«, sagte ich und bemerkte, daß es ein New Yorker Kennzeichen hatte.

»Mögen Sie keine Sportwagen?« sagte Daphne.

»Etwas Lautes Italienisches schon. Aber so was hier nicht.«

Daphne stellte den Bentley ab und betrachtete das kleine

Auto vor uns. »New York«, überlegte sie. »Dann muß es Bruce David sein.«

»Und wer ist das?«

»Na was glauben Sie wohl?« sagte sie müde. »Unser Tenor.«

An der Tür wurden wir von einem Mann begrüßt, den mir Daphne als Parker, ihren früheren Chauffeur, vorstellte. Parker versuchte so erhaben wie ein britischer Butler zu wirken, konnte aber sein wahres Selbst nicht verbergen – nämlich den eifrigen und fügsamen Alten.

Daphne fragte ihn: »Ist Maurizio losgefahren, um Sir Jonathan abzuholen?«

»Nein, Mrs. Davenport. Ich habe es Ihnen vorhin schon am Telefon zu erklären versucht, aber unsere Verbindung war zu schlecht. Sir Jonathan hat angerufen, daß er jetzt doch nicht mit dem Zug, sondern mit dem Auto direkt hierher komme.«

»Komisch«, sagte Daphne ein klein wenig gekränkt. »Er hat mir doch gesagt, daß er nicht Auto fahre.«

Währenddessen sah ich mich in der Eingangshalle um. Sie wirkte kühl und hell und luftig, die Wände waren von ganz zartem Grün und das Holz glänzend weiß gestrichen. Im Gegensatz zum Äußeren zeigte das Innere des Sommersitzes die Hand eines guten Innenarchitekten.

Parker fuhr fort: »Den ganzen Vormittag kommen schon Anrufe, Mrs. Davenport; seit Sie das Haus verlassen haben. Von Ihren Gästen hat inzwischen jeder mindestens zweimal angerufen, um zu erfahren, ob von den anderen schon jemand hier sei.«

Dieses Spiel kam mir bekannt vor: Spät kommen und mit großem Aplomb, um zu zeigen, wie ungeheuer wichtig man sei.

Parker sagte: »Bruce David kam vor einer halben Stunde an, und zu seinem Kummer« – Parker gluckste höflich – »stellte er fest, daß er der erste war. Ich habe mir die Freiheit genommen, ihn zum Lunch einzuladen.«

»Selbstverständlich«, sagte Daphne.

»Aber er hat sich entschuldigt, er sei zu müde, um zu essen.«

Brucie hatte sich also offensichtlich hingelegt, bis jemand anderes kam. Sind aber auch so zarte Seelchen, diese Tenöre. Nichts als mi, mi, mi.

»Und was ist mit dem Maestro?« fragte Daphne.

Parker antwortete: »Anscheinend fährt er mit Madame Ostinata, und sie werden zusammen ankommen.«

»Das ist ja alles sehr komisch«, sagte Daphne noch einmal. »Und kein besonders guter Anfang.« Dann wandte sie sich mir zu. »Wollen dann wenigstens wir jetzt essen? Ich hoffe, Sie mögen frischen Hummersalat.«

Sie ging mit mir von der Eingangshalle aus durch einen großen Empfangsraum. Zum ersten Stock führte eine breite geschwungene Treppe hinauf. Und was die Decken betraf, so hatte ich recht gehabt. Sie lagen in stratosphärischen Höhen. Die Terrassentüren öffneten sich auf eine weite Piazza, die schachbrettartig mit schwarzem und weißem Marmor gefliest war. Von dort stiegen wir ein paar Stufen hinab und überquerten eine riesige kurzgeschorene Rasenfläche bis zu einer abgeschirmten Aussichtsterrasse, die auf das Meer hinausging. Die leichte Brise roch nach Salz, und die Seemöwen verschönten den klaren blauen Himmel wie auf einer Ansichtskarte. Kein schlechtes Ambiente für ein Mittagessen.

Wir nahmen Platz, und Daphne fragte mich: »Eistee? Oder Champagner?«

»Ganz nach Ihrem Belieben«, antwortete ich.

Sie wandte sich Parker zu: »Also, dann eine Flasche Roederer.«

Ich bemerkte, daß auf der Rückseite des Hauses ein breiter Balkon fast über die gesamte Länge des Hauses lief und teilweise sogar noch über die Marmorpiazza im Erdgeschoß hinausreichte. Dieser Balkon wurde an der Vorderkante von Säulen gestützt, die von der Piazza aufragten. Wie im Erdgeschoß führten auch hier aus allen Zimmern entlang des Balkons Terrassentüren auf ihn heraus.

Das Essen wurde aufgetragen, ein wundervoller Hummersalat auf gemischten kalifornischen Salaten. Während wir aßen, erfuhr ich, daß Daphne und ich einen gemeinsamen Hintergrund besaßen, und zwar in Psychotherapie, obwohl ich selber nicht einmal zwei Jahre Klinikarbeit überstanden hatte, während sie unter ihrem Mädchennamen Wattis eine glänzende Karriere gemacht hatte. Erst da erkannte ich, wer meine Gastgeberin wirklich war: Daphne Wattis hatte zahlreiche maßgebliche Texte verfaßt, und einige davon hatte ich sogar an der Schule zu lesen bekommen. Das erzählte ich ihr, und sie lächelte.

»Das freut mich ja, daß meine alten Arbeiten immer noch eine gewisse Bedeutung haben«, sagte sie. »Obwohl ja inzwischen wirklich jeder über das ›Kind in mir‹ schwafelt.«

Daphne Wattis war eine Kollegin von solchen Berühmtheiten wie Karen Horney und Helene Deutsch gewesen. Vor Jahrzehnten hatte sie sogar mehrere eigenständige und wegweisende Arbeiten über Entwicklungsstörungen des Kindes veröffentlicht. Damals jedoch waren ihre Ansichten von der Gilde der Psychiater gleichgültig als zu unfundiert abgetan worden. Daphne hatte gemeint, die auf diesem Gebiet führenden Männer konnten es einfach nicht ertragen, daß ihnen eine blonde junge Frau aus Südkalifornien Dinge sagte, auf die sie nicht selbst gekommen waren. Da mußte erst eine Deutsche auftauchen und genau dieselben Theorien vertreten, bevor sie ernst genommen wurden. Vielleicht hatte die schwergewichtige teutonische Sprache diesen selben – um nicht zu sagen abgeschriebenen – Theorien mehr Glaubwürdigkeit verliehen. Aber da arbeitete Daphne bereits an den biochemischen Grundlagen der Geisteskrankheiten. Es war ihr jetzt ganz recht, *nicht* als die Begründerin der Psychologie des ›inneren Kindes‹ gepriesen zu werden, da dies alles inzwischen von der Populärwissenschaft jedes Niveaus beraubt worden war. Gelegentliche Vorlesungen in Harvard oder Besuche im McLean Hospital hielten sie beruflich auf dem laufenden.

Sie fragte: »Und Sie haben alles Interesse an der klinischen Arbeit verloren?«

»Ich therapiere die Kranken jetzt am Haarwaschbekken«, sagte ich. »Aber falls ich je zum Studium zurückkehren sollte, mache ich meine Doktorarbeit über die enge Beziehung zwischen Friseuren und ihren Kunden. Da habe ich bei Gott jede Menge Fallstudien.«

Wir beendeten den Hauptgang, Parker trug ab und wollte gerade frisches Obst und Kleingebäck servieren, als wir plötzlich jemanden laut rufen hörten, wobei die Stimme in dem großen Haus widerhallte und durch die offenen Fenster nach draußen drang. Bevor Parker dieser Störung nachgehen konnte, schoß ein Mann in den späten Vierzigern aus der Villa und marschierte verärgert über den Rasen auf uns zu. Seine Haare waren in diesem scheußlichen Rot gefärbt, von dem manche Männer glauben, daß es sie jugendlicher aussehen lasse. Aber in der hellen Sonne wirkte das, als hätte man ihm das Haar mit Messingpolitur gespült. Wie hatte Daphne bloß den natürlichen Kupferton meines Haars mit so etwas verwechseln können! Der Mann schimpfte in stark englischem Akzent, während er sich uns auf unserer Aussichtsterrasse näherte.

»Das ist vielleicht ein beschissenes Drecksland hier!«

»Oh, Gott«, murmelte Daphne, »das ist jetzt der echte Jonathan Byers.«

Er stürmte auf die Terrasse und warf sich in einen leeren Sessel neben ihr. »Eure Scheiß-Züge haben nicht mal ein Erster-Klasse-Abteil! Ich mußte in Boston ein Auto mieten – Sie haben ja keinen Schimmer, was das für mich für ein Aufwand war, verdammt noch mal! Kommt alles auf meine Spesenrechnung.«

»Selbstverständlich«, sagte Daphne. Sie wollte mich gerade vorstellen, aber Byers unterbrach sie.

»Ist das alles?« sagte er mit einer frechen Handbewegung über den Tisch. »So was nennt ihr Mittagessen? So'n verdammtes Obstzeugs und Kuchen?«

Machte er mich dafür verantwortlich?

»Wenn Sie Hunger haben«, entgegnete Daphne, »wird Parker Ihnen etwas servieren.«

Aber wenn hier schon so mit dem Wort ›verdammt‹ herumgeworfen wurde, ich war bereits verdammt wütend über sein flegelhaftes Benehmen. Doch irgendwie blieb Daphne völlig ungerührt und sachlich. Ganz offensichtlich hatte sie schon jede Menge aggressive Patienten erfolgreich behandelt, etwas, was mir nie leichtgefallen war. Ich konnte nie den kühlen Abstand wahren, wenn ich mit einem Tobenden konfrontiert war. Ich neigte eher dazu, das Ganze so lange zu verinnerlichen, bis ich am Ende genau so wild war wie der Anstifter.

Währenddessen legte Parker ganz ruhig vor Jonathan Byers ein Gedeck auf. Er arrangierte einen Teller Hummersalat und stellte ihn vor ihn hin. Dann schenkte er ein Glas Champagner ein, das Byers in Sekundenschnelle hinunterkippte. Bevor Parker die Flasche wieder in den Eiskübel stellen konnte, riß sie ihm Byers aus der Hand und füllte sein Glas nach.

»Alter Geizkragen«, brummte er zu Parker hinüber.

»Altes Arschloch«, brummte ich zurück.

Jonathan Byers warf sich zu mir herum. »Wollen Sie sich, verdammt noch mal, mit mir anlegen?«

Daphne verzog keine Miene. Parker verzog keine Miene. Und ich wurde vom *deus ex machina* gerettet, nämlich von einem blonden jungen Mann Mitte zwanzig, der in diesem Moment aus dem Haus trat. Er trug knappe Shorts aus grober Baumwolle, ein gestreiftes Baumwollhemd und weiße Lederturnschuhe. Er war groß, braungebrannt, glatt und muskulös. Kurz gesagt war er das perfekte Abbild eines Strichjungen.

Jonathan Byers winkte den jungen Mann heran und schrie ihm zu: »Hierher, du Mistkerl!« Dann sagte er zu Daphne: »Das ist der junge Ricky Jansen«, und fügte mit einem boshaften Seitenblick hinzu, »mein ganz persönlicher Assistent. Ein Glück, daß ich ihn aus seiner Computerschule herausholen konnte. So ein Naturtalent wie der gehört auf die Bühne, damit sich mehr Leute daran ergötzen können.«

Als der stramme junge Ricky sich zu uns setzte und zu Byers sagte: »Ich habe das Auto im Schatten geparkt, wie du gesagt hast«, bemerkte ich einen Bostoner Akzent. Er war bestimmt noch nicht lange Sir Jonathans ganz persönliches Irgendwas. Und mit diesen Lippen, die er ständig spitzte, als wolle er küssen, sah Ricky weniger wie das Abbild eines Strichjungen aus als wie ein richtiger echter Strichjunge.

Byers starrte ihn an und stöhnte leicht, als habe er soeben etwas Köstliches gegessen. Dann sagte er zu Daphne: »Wo sind denn die anderen?«

Sie berichtete ihm ruhig, daß Maestro Toscanelli und Madame Ostinata unterwegs seien und Bruce David schon da sei, sich jedoch nicht wohl fühle.

»Nicht wohl fühlt er sich?« sagte Byers. »Was soll denn das heißen, spielt er das zarte Küken oder was? In nicht ganz zwei Wochen haben wir Premiere. Ich hab in Boston festgesessen, verdammt noch mal, wirklich festgesessen und jedes Scheiß-Bißchen von dieser Oper geprobt, außer mit den Solisten, und jetzt erzählen Sie mir, daß unser Tenor den sterbenden Schwan gibt! Wo steckt er denn, verdammt noch mal?«

»Er ruht in seinen Gemächern«, sagte Daphne.

Byers gab zurück: »Ich werd ihn in seinen Gemächern heimsuchen, wenn er morgen nicht singt.«

Das Rickylein blinzelte bei dieser Bemerkung.

Da fiel mein Blick zufällig auf eines der Fenster im ersten Stock und auf einen Mann, der unserer dramatischen Episode durch einen Spalt im Vorhang zugesehen hatte. Unsere Blicke trafen sich. Sofort verschwand er, und der Vorhang fiel zu. Außer mir hatte ihn niemand gesehen.

Daphne sagte zu Jonathan Byers: »Ich habe Ihnen das Gästehäuschen reserviert.«

»Das was?« sagte er, schon wieder in Rage.

Daphne sprach mit der routinierten Ruhe eines erfahrenen Psychiaters weiter. »Jonathan, als wir miteinander sprachen, betonten Sie, daß Sie vollkommen ungestört sein müßten. Daraus habe ich natürlich geschlossen, daß Ihnen das Häuschen am liebsten wäre, wo Sie gänzlich allein sein können, wenn Sie es wünschen.«

»Und wo sind die anderen?«

»Hier, im großen Haus.«

»Alle?«

»Ja. Madame Ostinata, Maestro Toscanelli und Bruce David. Sie haben jeder zwei Zimmer und ein separates Bad. Und Sie haben das Häuschen ganz für sich allein.«

»Warum soll ich so abseits sein?«

»Jonathan, Sie sind doch nicht abseits. Ich habe Sie vielmehr bevorzugt behandelt.«

Byers ließ sich nicht überzeugen. »Ich möchte nicht abseits gehalten werden, wenn ich es nicht ausdrücklich selber entscheide.«

Daphne behielt ihren Gleichmut bei. »Wenn Sie wünschen, gibt es auch jede Menge Platz für Sie hier im Haus – «

»Das werde ich auf meine Art lösen«, sagte er. »Ich werde mir schon einen ungestörten Platz suchen.« Er stieß seinen Teller zurück, stand abrupt auf und packte Rickylein an der Schulter. »Los, du kleiner Päderast. Wir fahren jetzt in die Stadt zurück. Wir mieten uns so eine ganze verdammte Etage in diesem Nobelhotel.« Mit zusammengekniffenen Augen sah er Daphne an. »Haben Sie gehört?«

»Wenn das für Ihre Arbeit das beste ist«, sagte Daphne.

Er zeigte mit dem Finger auf sie. »Und die Rechnung geht an Sie.«

»Natürlich«, sagte sie. »Aber ich verstehe nicht, warum Sie sich gar so sehr isolieren wollen.«

Ich verstand sehr wohl. Jonathan Byers wollte einfach das Beste aus seiner Zeit mit seinem Lustknaben machen.

Er schob Rick über den Rasen auf das Haus zu. Obwohl der Ältere den Jüngeren leitete, schoß mir der Ausdruck »ein Junge und sein Hund« durch den Kopf.

»Vergessen Sie nicht«, rief ihnen Daphne nach, »heute abend um sechs ist der Empfang.«

Jonathan Byers drehte sich zu uns um und schrie: »Davon steht nichts in meinem Vertrag!«

Er knuffte seinen jungen Kumpan herzhaft in die Schulter und zog ihn dann zu einer liebevollen kameradschaftlichen Umarmung an sich.

Parker stieß einen verächtlichen kleinen Grunzer aus. Daphne beobachtete die zwei Männer und analysierte sie rasch. »Trotz der Vertrautheit, die sie an den Tag legen, möchte ich annehmen, daß sich die beiden fast völlig fremd sind.«

»Nicht im biblischen Sinne«, sagte ich.

»O weh«, sagte Daphne. »Ich fürchte, ich werde auch dafür zahlen müssen.«

Ich fragte sie, warum sie sich Byers Benehmen gefallen lasse.

Sie zuckte die Schultern und schüttelte den Kopf. »Was soll ich tun? Er macht großartiges Theater.«

»Aber zu welchem Preis?«

»Es steckt schon viel Ironie darin, aber die Leute, die er am ärgsten mißbraucht, betteln geradezu darum, wieder mit ihm arbeiten zu dürfen.«

Traf das auch auf ehemalige Psychiater zu?

Daphne fuhr fort: »Aber Sir Jonathan verwendet eine Besetzung nie ein zweites Mal.«

Ich fügte hinzu: »Wie die besten Raubtiere braucht er immer frische Beute.«

Daphne lächelte. »Das ist eine gute Beobachtung. Und ich kann nur hoffen, daß Sie mir verzeihen. Ich weiß nicht, wie ich Sie fälschlich für ihn halten konnte. Sie haben nichts gemeinsam, außer der Haarfarbe.«

Hier wollte ich noch einmal widersprechen, aber Daphne fuhr fort: »Dieser Mann bringt mich so durcheinander, daß ich mich dabei ertappe, daß ich sogar das Ausmaß seines unsozialen Verhaltens leugne. Ich fange an, ihn zu verteidigen und am Ende vielleicht auch noch zuzugeben, daß er einen gewissen Charme besitze.« Sie schmunzelte und sagte: »Können Sie sich das vorstellen? So viel Naivität in meinem Alter.«

Und ich hatte immer gedacht, daß berühmte Psychiater gegen solche Schwächen gefeit seien.

Da sagte die berühmte Psychiaterin: »Aber andererseits ist doch alles sehr gut ausgegangen. Wenigstens haben wir uns kennengelernt.«

»Darüber freue auch ich mich sehr«, sagte ich.

Ich bedankte mich bei ihr für das ausgezeichnete Mittagessen und entschuldigte mich. Ich müsse jetzt wirklich ins Festspielhaus hinunter und die für die Inszenierung zuständigen Leute kennenlernen. Schließlich sei ich ja hier, um etwas zu arbeiten. Daphne sagte mir, daß mich der Hausangestellte Maurizio in die Stadt zurückfahren werde.

Als ich vor dem Haus mein Gepäck vom Rücksitz des Bentley nehmen wollte, hielt mich Daphne zurück.

»O nein. Lassen Sie Ihr Gepäck doch hier.«

»Aber – «

Daphnes Augen strahlten, als sie erklärte: »Nachdem Sir Jonathan sich seine Bleibe selbst suchen will, würde ich mich freuen, wenn Sie hier bei mir auf dem Anwesen bleiben würden, im Gästehäuschen.« Dann fügte sie mit einem herzhaften Lachen hinzu: »Das heißt, falls es Ihnen nichts ausmacht, hier draußen bei einer komischen Alten und den Möchtegern-Zelebritäten der Oper zu kampieren.«

Ich sagte schnell: »Keineswegs.«

»Und ich könnte ein bißchen frische junge Gesellschaft gut gebrauchen«, sagte sie.

Und wenn es etwas gibt, wofür ich garantieren kann, dann ist es Frische.

Daphne sagte: »Maurizio wird Ihnen das Häuschen zeigen und Sie dann mit dem Kleinbus hinunter zum Festspielhaus bringen.«

Sie wies Parker an, Maurizio zu holen. Kaum war Parker verschwunden, als eine riesige schwarze Limousine die geschwungene Auffahrt heraufkam und direkt vor uns hielt. Ein Chauffeur in Uniform stieg aus und öffnete die hintere Türe. Ich fühlte eine Welle kühl klimatisierter Luft aus dem Fahrgastraum strömen.

Als erstes erschien eine welke und strenge Frau in einem schlichten schwarzen Kleid. Sie gehörte zu jenen Frauen, die älter aussehen, als sie sind. Ihre grauen Haare waren zu einem geradezu masochistisch strengen Knoten zusammengenommen, und ihre dunklen, verzweifelten Augen schienen zu rufen: »Rette mich!« Sie trat rasch und leise beiseite, um den anderen den Weg frei zu machen.

Nach ihr kam ein viel älterer Mann, aber er war schlank und lebhaft und außerdem makellos gekleidet, in einen cremeweißen Leinenanzug. Er besaß straffe Gesichtshaut von gesundem Rosa, dazu einen großen weißen Schnurrbart und buschige Augenbrauen. Seine Augen waren strahlend blau und sein Haar eine wehende weiße Mähne. Er überflog rasch mit einem Blick die Villa und das Grundstück, nickte dann kurz voller Anerkennung und lächelte Daphne strahlend an.

»*Buon giorno, bella signora*«, sagte er.

Daphne erwiderte lächelnd: »*Buon giorno, Maestro.*«

Da drang aus dem Innern der Limousine ein schriller Schrei.

»*Angelo! Aiutami!*«

Der alte Herr verdrehte die Augen gen Himmel, dann wandte er sich zur Limousine zurück und beugte sich in die offene Tür. Er hielt den Arm hin, und eine plumpe, juwelengeschmückte Hand griff danach. Der Maestro half der noch verborgenen Person, aufzustehen und endlich den plüschigen Fond zu verlassen. Deren Haar war fachmännisch gebleicht und von einem blassen Aschblond, das in der Sonne glänzte. Es paßte großartig zu ihren goldfarbenen Augen. Auch ihr Make-up war fachmännisch aufgetragen, aber etwas zu reichlich, und es unterstrich unvorteilhafterweise ihren großen Mund und die stark vorspringende Nase, so daß ihr Gesicht ein wenig an ein Schwein erinnerte. Sie stellte sich entschlossen auf die Füße und sog prüfend die Luft ein, als wolle sie sichergehen, daß man sie unbeschadet atmen könne. Darauf warf sie die Schultern zurück und stieß den Busen empor wie eine Kropftaube. Sie hob den Kopf und stellte ihn in einer Wendung zur Schau, die sie möglicherweise auf der ganzen Fahrt vom Flughafen bis hierher eingeübt hatte.

»Guten Tag, Mrs. Davenboat.«

Daphne zeigte ein zweifelhaftes Lächeln und sagte: »Freut mich, Sie kennenzulernen, Madame Ostinata. Hoffentlich hatten Sie eine angenehme Reise.«

Madame fragte den Maestro nach einer raschen Übersetzung und antwortete dann mit einem gequälten Bühnenlächeln: »Es war ein schreckliches.«

Ein schreckliches was, fragte ich mich.

So daß nur ich es hören konnte, flüsterte Daphne : »Ach du lieber Gott.« Dann sprach sie zu ihnen allen in offenbar fließendem Italienisch, und ich konnte entnehmen, daß sie sie einlud, einzutreten und sich zu setzen und ein wenig zu Mittag zu essen. Madame und der Maestro nickten und lächelten und gaben Daphne ihre Zustimmung zu erkennen. Mir jedoch warf Madame einen verächtlichen Blick zu und schnipste anklagend mit ihren dicken kleinen Fingern.

»Wer ist?« sagte sie zu Daphne.

Ich antwortete ihr direkt. »Ich bin für die Perücken zuständig.« Dabei machte ich mit der Hand eine Bewegung an meinem Kopf, als wolle ich mir die Haare abnehmen.

Madame Ostinata kicherte, ein offensichtlicher Bühnenmanierismus, und entließ mich dann mit einer einzigen Handbewegung. »Ich brauche nicht. Ich bringe selber.«

»Aber man wird Sie trotzdem frisieren müssen«, sagte ich.

Madame befragte noch einmal den Maestro und antwortete mir dann: »Mathilde wird machen.«

Ich schaute mich nach Mathilde um, der strengen Frau in Schwarz, die sich hinter uns zurückgezogen hatte. Leiderprobt und jeder Willensfreiheit beraubt, nickte sie Madame Ostinata zu. Sie würde alles machen, was diese wollte.

Da sagte Daphne fröhlich: »Ach, da kommt ja schon Maurizio.«

3

Als Daphne Maurizio vorhin erwähnt hatte, hatte sie ihn einfach ihren Hausangestellten genannt. Aber hier stand jetzt ein strammer junger Mann vor uns. Ein breites Grinsen zeigte seine großen weißen Zähne. Seine bernsteinfarbenen Augen tanzten, als er uns alle ansah. Sein dunkles lockiges Haar war zerzaust, und der Schweiß stand ihm auf der Stirn. Er hatte kräftige Schulter- und Brustmuskeln, und das T-Shirt klebte ihm auf der Haut und zeichnete die klaren Konturen seines Körpers und seine leicht erigierten Brustwarzen ab. Mit der einen seiner großen Hände balancierte er einen zweirädrigen Handwagen. Er sah aus wie die jüngere Version eines Bostoner Polizeibeamten, mit dem ich einmal zu tun gehabt hatte – rein dienstlich, versteht sich.

Der Maestro begrüßte Maurizio auf italienisch, als habe er einen Landsmann erkannt, und der junge Mann antwortete durch Handzeichen, die aussagten, daß er weder hören noch sprechen könne. Daphne sah ihn mit offensichtlicher Zuneigung an, während sie erklärte, daß er *sordomuto* – taubstumm – sei, aber englisch und italienisch lesen und schreiben und auch beide Sprachen von den Lippen ablesen könne. Maurizio schien Daphnes Bemerkungen als persönliche Komplimente aufzufassen, und so waren sie auch gesagt worden. Madame Ostinata jedoch zeigte sich deutlich gepeinigt von Daphnes Vertrautheit mit ihrem Hausangestellten. Ihre goldfarbenen Augen trafen Maurizios bernsteingelbe, und beide zuckten heftig zusammen und sahen sich wie gebannt an. Dann wurde ihrer beider Reaktion zu Überraschung und verging dann seltsamerweise zu kühler Schicksalsergebenheit. Es war, als hätten sich Madame Ostinata und Maurizio gegenseitig erkannt, danach aber festgestellt, daß es doch ein Irrtum sei.

Daphne lud mich ein, den anderen bei einem zweiten Mittagessen Gesellschaft zu leisten, und obwohl ich spürte, daß sie meine Gegenwart wünschte und brauchte, erklärte ich, daß ich wegen meiner Arbeit in die Stadt zurück müsse. Ich war wirklich zu spät dran.

Sie sagte: »Dann wird Sie Maurizio hinunterbringen, und wir sehen uns später bei dem Empfang.«

»Sie wollen mich bei dem Empfang dabeihaben?«

»Ja. Um sechs. Da trifft dann jeder jeden.«

Darauf ging sie mit ihren anderen Gästen nach drinnen.

Inzwischen hatte der Fahrer des Mietwagens den Kofferraum der Limousine göffnet und schnippte mit den Fingern, daß Maurizio das Gepäck ausladen solle. Als er damit keinen Erfolg hatte, stieß er Maurizio an der Schulter an und deutete auf die zahlreichen Koffer, die darauf warteten, ausgeladen zu werden. Der Fahrer selbst kümmerte sich offensichtlich nur um lebende Fracht. Er kehrte zurück auf den Fahrersitz, während Maurizio den Handwagen zum Kofferraum brachte. Ich beobachtete das Spiel seiner Muskeln an Rücken und Schultern, das Anspannen seiner Schenkel und Hüften, als er die schweren Gepäckstücke aus dem Kofferraum hob und auf den Handwagen stapelte. Als er fertig war, schlug er den Kofferraumdeckel zu. In Sekundenschnelle startete der Fahrer und fuhr davon. Maurizio machte eine obszöne Geste hinter dem verschwindenden Fahrzeug mitsamt seinem Chauffeur. Dann gab er mir ein Zeichen, daß ich ihm folgen solle, während er den Handwagen zum Dienstboteneingang auf der einen Seite der Villa fuhr. Dort wartete ich, bis er das Gepäck in die Gästezimmer hinaufgebracht hatte.

Ich genoß die Meeresluft und die Geräusche der fernen Brandung und wurde mir jetzt erst richtig darüber klar, wie schnell sich alles zum wunderbar Guten gewandelt hatte, und zwar einfach nur durch eine Verwechslung. Ich hatte noch nicht einmal mit der Arbeit begonnen, wegen der ich hier war, und doch schon eine Menge Leute kennengelernt, die mit der Oper zu tun hatten: eine Psychiaterin im Ruhestand; einen verrückten Intendanten und seinen Lustknaben; einen geheimnistuerischen Tenor, der recht zugempfindlich war; einen würdevollen Operndirigenten; einen Drachen von einer Primadonna und ihre Dienstbotin, die wie eine Geisel gehalten wurde; und schließlich, einen knusprig-knackigen italienischen Hausgehilfen. Und zudem und vor allem hatte ich Champagner und Hummer zu Mittag gehabt.

Da kam mir aber ein ernüchternder Gedanke: Ich hatte auch die Überreste einer jungen Frau gesehen, der das Leben offensichtlich so schrecklich erschien, daß ihr selbst der Tod lieber war. Und sie hatte den letzten unwiderruflichen Schritt getan.

Maurizio tauchte wieder auf und stellte meine beiden kleinen Reisetaschen auf den Handwagen. Dann gingen wir zusammen bis zum hinteren Ende der Rasenfläche vor dem Haus und folgten von dort einem Steinplattenweg. Das niedrige Grün zu beiden Seiten des Pfades war sorgfältig so getrimmt, daß es dem Anblick eines englischen Landhausgartens möglichst nahe kam, und verschwenderisch dekoriert mit Bronzestatuen, einem grünspanbedeckten Brunnen, der Neptun und Konsorten darstellte, und einer filigranen schmiedeeisernen Bank, die von Marmorkrügen flankiert wurde und separat in einem Winkel stand. Die Tiefkühlkost hatte es Daphnes zweitem Mann offenbar ermöglicht, ganz außergewöhnlich viel Geld auszugeben, um ganz orbitant schlechten Geschmack zu beweisen. Dieser ganze Klimbim konnte allerdings der von weit drunten leise heraufklingenden Brandung der Meereswellen nichts anhaben, einem steten beruhigenden Flüstern, das die saubere Meeresbrise herantrug. Als Maurizio und ich dem Pfad weiter folgten, wurde das niedrige Gebüsch abgelöst von hochgewachseneren, dichteren Sträuchern in Reihen, die so gestutzt und zurechtgeformt waren, daß sie eine geschlossene Arkade bildeten, die kein Geräusch von Wind und Wellen durchdrang. Jetzt hörte man nur noch unsere leisen Schritte.

Unmittelbar vor uns teilte sich der Weg. An der Gabelung stand eine Statue, ein verschwenderisch mit Muskeln ausgestatteter junger Orpheus mit seiner Leier. Ich blieb davor stehen. Das hätte mein Liebhaber sein können, der Tänzer gewesen war und dessen fester Körper noch immer so gemeißelt wirkte wie die glänzende Bronze dieser Statue. Maurizios Blick traf meinen, und er zwinkerte mir zu. Ich sah das Dilemma schon vor mir: mein göttlicher Liebhaber war dreitausend Meilen weit weg in Paris, während Adonis in nur einem halben Meter Entfernung vor mir stand und grinste. Ich würde ein neues Mantra brauchen, und zwar schleunigst. Ich wollte treu sein. Wirklich.

Auf der Lichtung vor uns stand das Häuschen, das für die nächsten zwei Wochen mein Heim sein würde. Es war frisch gestrichen, in dem zarten Grün von Frühlingsknospen. Es war eingeschossig und hatte zahlreiche vielfach unterteilte Fenster ringsum. Rechts von der Vordertür befand sich eine gemütliche Veranda mit Fliegengittern. Maurizio öffnete die Tür, und wir traten ein. Der Hauptraum war erfüllt vom Duft frisch geschnittener Blumen. Einen runden Tisch nahe der Wand zierte eine extravagante Schale voller Früchte. So ein Glück, daß Jonathan Byers das Häuschen nicht gewollt hatte.

Ich schlenderte zum Schlafzimmer weiter, und Maurizio folgte mir. Er stellte meine schwere Tasche lautlos vor dem Bett ab. Aufmerksam ist er auch, dachte ich, während ich seine Hüftmuskeln unter dem engen Drillich sich zusammenziehen und hart werden sah. Der junge Mann blickte sich im Raum um, als sei er noch nie hier gewesen, aber ich merkte, daß das nur Taktik war, damit ich ihn länger bewundern konnte. Was für lange Wimpern! Da lächelte er schelmisch und blinzelte mir wieder zu. Aber ich gab ihm ein Zeichen, daß wir jetzt in die Stadt fahren sollten. Er zuckte die Schultern und nickte, und ab ging die Post.

4

Der Kleinbus, wie Daphne ihn genannt hatte, entpuppte sich als schicker Transporter mit Klimaanlage. Maurizio fuhr schnell, was mich nicht überraschte, aber auch mit völliger Konzentration, was mich allerdings überraschte.

Seine Fahrweise war das genaue Gegenteil von der Daphnes, die ihre Aufmerksamkeit nie lange der Straße vor ihr zuwenden konnte. Maurizio blickte sogar kaum ein einziges Mal in meine Richtung, wodurch ich viel Zeit hatte, sein Profil zu genießen: sinnliche Lippen, gerade Nase, muskulöses Kinn, starke Stirn, und diese langen Wimpern, weich wie Marderhaar.

Bevor mich Maurizio am Bühneneingang des Opernhauses absetzte, machte er mit mir noch eine kleine Rundfahrt durch das Veranstaltungscenter. Es handelte sich dabei um eine alte Mühlenanlage, die vollständig entkernt worden war und jetzt aus vier riesigen Ziegelsteingebäuden bestand, die miteinander verbunden waren und ein offenes Quadrat umschlossen, den ehemaligen Ladehof der Mühle. Den Zugang zu dem Gesamtkomplex bildete ein überwölbter Torweg in der Mitte des einen Gebäudes. Um den Innenhof lagen das Opernhaus, ein Konzertsaal, ein Theater und ein Gebäude mit Studios und Wohnungen für Gastkünstler. Der quadratische Hof war terrassiert und parkartig angelegt worden, zur Augenweide für die Kunden der ebenerdig gelegenen Geschäfte ringsum, als da waren ein Gourmetrestaurant, ein schickes Café und verschiedene superfeine Boutiquen. Alles, was jetzt noch fehlte, um dieses kühne Experiment in *haute luxe* zum Erfolg zu bringen, war eine erfolgreiche erste Saison.

Im Opernhaus öffnete ich die Tür zum Bühneneingang und war sofort von den blechernen Klängen eines Chors mit Klavierbegleitung umgeben, die über das Lautsprechersystem des Hauses drangen. Die Probe war offenbar schon im Gange. Ich fragte den Wachmann in seiner gläsernen Kabine, wie ich zum Perückenraum komme. Er erklärte mir den Weg, der zunächst über eine lange Treppe nach unten führte. Als ich im Untergeschoß angekommen war, folgte ich einem Gang, von dem viele kleine Türen abgingen. Durch diese geschlossenen Türen vernahm ich die Sänger und Sängerinnen bei ihren Stimmübungen. Von manchen hörte man tatsächlichen Gesang, von den meisten jedoch Tonleitern oder andere Übungen, die oft mehr nach dem Geschrei auf einem Hinterhof klangen als nach opernhafter Grandeur. Vermutlich stimmt es, daß die beste Gesangstechnik die rein natürliche ist.

Im Gegensatz zu der Geruhsamkeit hoch über dem Meer, wie sie auf Daphnes Landsitz herrschte, brodelten die Eingeweide des Opernhauses hier vor Leben und Musik. Anscheinend war die gesamte Besetzung dabei, sich auf die Arbeit vorzubereiten, außer den beiden Solisten, Madame Ostinata und Bruce David, die momentan vielleicht auf Daphnes Aussichtsterrasse zu Mittag aßen.

Der Perückenraum lag ganz hinten auf dem Korridor. Ich trat durch die offene Tür, und bevor ich mich mit der Situation vertraut machen konnte, raunzte mich eine Stimme an: »Ja?«

Ich sah mich um, aber mein Blick verfing sich in Reihen über Reihen von Industrieregalen, die voller Kopfattrappen und Perücken standen. Den Mann, der mich offenbar schon gesehen hatte, sah ich nicht.

»Ich suche Dan Carafolio«, sagte ich ins Blaue hinein.

»Das bin ich«, sagte die hochnäsige Stimme, die immer noch hinter den Reihen und Regalen von Perücken verborgen blieb.

»Wo sind Sie?« sagte ich.

»Wer sind *Sie*?« gab er zurück.

»Stan Kraychik.«

Ich hörte, wie er sich mühsam aufrappelte. Dann kam er hinter einem der Regale hervor. Also ich gebe ja zu, daß ich ein wenig Schwierigkeiten mit meinem Gewicht habe, mit den ungefähr 15 Pfund, die sich um meine Mitte herum angesetzt haben. Aber dieser Typ hier hatte sich vollständig überquellen lassen. Selbst seine Klamotten waren widerlich. Ein riesiges Hemd mit Hawaiimuster hing über ein Paar schäbige, buntkarierte Bermudashorts, und dreckige Leinenturnschuhe ließen durch verschiedene Löcher seine dicken schmutzigen Zehen durchschauen.

»Erste Regel«, sagte er. »Wenn Sie für mich arbeiten, sind Sie pünktlich da.«

Kein guter Anfang.

»Ich wollte anrufen«, fing ich an, hielt dann aber inne. Ich würde doch wohl nicht vor ihm kriechen wollen? Ich fuhr selbstsicherer fort: »Ich habe mit Mrs. Davenport zu Mittag gegessen.«

»Aber natürlich. Und ich bin Anna von Rumänien.«

»Sie heißt Maria, Süßer, nicht Anna. Wenn Sie schon Dorothy Parker zitieren, dann bitte richtig.«

»Das ist hier kein Literaturquiz«, fauchte er. »Das ist die Oper, und Sie arbeiten für mich.« Seine wilden Augen glühten im teigigen Fleisch seines Gesichts. »Ich habe für diese Produktion zwei Assistenten beantragt, aber der Kostümbildner war der Meinung, daß ich nur einen brauche. Und jetzt sieht es auch noch so aus, als hätten sie mir einen Kerl geschickt, der aus der Kosmetikschule rausgeflogen ist.«

»Ich habe Kunden, die im *Who is Who* stehen«, sagte ich.

»Mir doch egal. Mir vollständig egal, was angeblich gemacht haben, und es ist mir auch egal, was Sie hier tun wollen. Ich bin es, der Ihnen sagt, was Sie machen werden, solange Sie hier an der Oper sind und für mich arbeiten. Sind Sie bereit.«

Für ihn würde ich wohl niemals bereit sein?

Daniel sagte: »Sie werden die Perücken für mich transportieren.« Er hielt kurz inne, als wolle er damit seinen Worten mehr Gewicht verleihen, dann fuhr er fort: »Ich habe diese Werke in den letzten acht Monaten in meinem Studio in New York geschaffen. Dann mußte ich sie unter hohem Kostenaufwand hierher transportieren lassen. Und jetzt werde ich sie frisieren und zurechtmachen. Und Sie«, er sprach das Wort aus, als sei es eine Krankheit. »Sie werden sie tragen. Das ist hier Ihre einzige Funktion und sonst gar nichts. Sie rühren keine von den Perücken an. Wenn das noch nicht klar genug ist, drücke ich es anders aus: Pfoten weg von den Perücken.«

»Ich glaube, ich habe schon verstanden, Daniel. Aber wie soll ich sie denn tragen, wenn ich sie nicht anfassen darf?«

Er schoß mir einen giftigen Blick zu. »Sie sitzen auf

Kopfattrappen. Das sollten Sie doch wohl wissen. Wer hat Sie denn überhaupt angestellt?«

»Ich bin von einem Kunden empfohlen worden«, sagte ich und hatte große Mühe, cool zu bleiben.

Daniel sagte: »Wenn wir hier in New York wären, würden Sie jetzt schon rausfliegen.«

Wenn wir hier in New York wären, dachte ich, würdest du in einem Käfig sitzen.

Er sagte: »Da oben auf der Bühne sind sie gleich mit der ersten Szene des ersten Aktes fertig. Ich geh mal rauf, um ein Wörtchen mit dem Chor zu reden, und dann fangen wir hier unten mit den ersten Anproben an. Glauben Sie, daß Sie damit zurechtkommen?«

»Ich stehe Ihnen ganz zu Diensten«, sagte ich, aber unwillkürlich fragte ich mich doch wieder: Hatte sich die junge Frau denn tatsächlich vor den Zug geworfen, weil sie etwas wie das hier versäumte?

Ich folgte ihm nach oben, aber anstatt mit ihm hinter die Bühne zu gehen – ich war mir nicht sicher, ob ich gleich so gemeinsam mit ihm auftreten wollte –, suchte ich eine Tür, die in den Zuschauerraum führte, wo am Ende das Publikum sitzen würde. Die Bühne war voller Sänger, darunter auch einige der Solisten. Sie wurden an einem Flügel begleitet, der vorne auf der Bühne in einer Ecke stand. Jetzt endlich, mit der realen Musik und den Sängern auf der Bühne, schien alles wieder in Ordnung, als sei die Sonne wieder durchgebrochen, und all das schlechte Benehmen, mit dem ich bisher konfrontiert worden war – der Irrsinn von Jonathan Byers, das *noblesse oblige* von Madame Ostinata und das ekelhaft Weibische von Daniel Carafolio – all das verflog einfach angesichts von Verdis Musik. Trotz der kleinlichen Machtkämpfe, die für die Opernleute so typisch waren, lag da doch ein Sinn dahinter: eben die herrliche Musik.

Deren Klänge verschafften mir ein solches Hochgefühl, daß es mir sogar egal war, ob ich meinen Job als dienstbarer Geist des Hüters der Perücken verlor oder nicht. Daphne hatte mich ja schon eingeladen, bei ihr oben zu bleiben. Warum sollte ich eigentlich nicht einfach jeden Tag bei den Proben zuschauen und es mir gutgehen lassen? Ich hatte schon immer mehr über Oper wissen wollen, und was konnte mir dafür gelegener kommen, als wenn ich die Entstehung einer Inszenierung bis zur Aufführung mitverfolgte?

Der Chor hatte gerade zu singen aufgehört, und mein Leben war wieder im Lot. Ein stämmiges junges Mädchen in Jeans und einem karierten Flanellhemd kam auf die Bühne. Sie trug einen knabenhaften Bürstenhaarschnitt.

»Pause!« bellte sie. »Zwanzig Minuten.«

Das Ensemble wollte gerade von der Bühne gehen, als Daniel Carafolio in seinen grotesken Klamotten auf der gegenüberliegenden Seite der Bühne hervorwabbelte. Er klatschte laut in die Hände und schrie: »Leute! Leute, Moment noch. Ich möchte, daß ihr mir hier alle mal zuhört.«

Die Chorsänger blieben stehen, während Plumpsack Daniel zu ihnen sagte:

»Ich bin der Perückenmeister.«

So formulierte er es. Der Meister.

Daniel fuhr fort: »Ihr seid nachher alle dran für eine Anprobe, wenn die Probe hier vorbei ist. Ich habe zwei ganz einfache Regeln für euch, so einfach, daß sogar Chorsänger sie behalten können sollten.« Auch ›Chorsänger‹ war offenbar in seinem Vokabular ein Ausdruck wie für eine Krankheit. »Erstens«, sagte er, »haltet ihr mir gegenüber den Mund. Und zweitens rührt ihr die Haarteile niemals an. Klar? Erstens, zweitens. Ganz einfach. Mund halten und Finger weg. Ich hoffe, ich muß euch nicht einen Zettel ans Hirn nageln, damit ihr's euch merkt.«

Totenstille.

»Gut. Wir sehen uns dann alle nach der Probe.«

Er stapfte von der Bühne, und sofort begannen die Chormitglieder miteinander zu flüstern. Dann hörte ich aus dem Hintergrund des Zuschauerraums eine bekannte Stimme rufen:

»So ein verdammter Idiot!«

Es war Jonathan Byers. Er kam vor ans Licht und

wandte sich vom Geländer des Orchestergrabens aus an den Chor. »Jetzt hören Sie mal mir zu, und zwar alle. Geben Sie gar nicht acht auf diesen melodramatischen schlampigen Fettsack. Sie halten sich einfach daran, wo Ihre Position auf der Bühne ist, falls Sie das im Kopf behalten können. Und wenn Sie das drauf haben, dann können Sie meinetwegen so singen, daß Ihnen die Perücken von diesem Idioten vom Kopf fliegen, zum Teufel.«

Na, das würden ja zwei reizende Wochen werden.

In der Pause spazierte ich in die Eingangshalle des Opernhauses. Hier gab es eine Ausstellung zur Geschichte des Theaterzentrums, das ursprünglich eine Wollspinnerei gewesen war, die Ende des 19. Jahrhunderts Chester Wattis gehörte. Wattis hatte die berühmten »Abigail«-Pullover entworfen, die nach seiner Frau benannt waren. So war die gute Daphne also, trotz ihrer Kindheit in Santa Barbara und ihrer großartigen Karriere und ihrer zwei Ehen, doch aus einem Yankeestall.

Ich ging wieder nach unten, um Daniel bei den Vorbereitungen für die Anprobe am Nachmittag zu helfen, und prompt wurde ich wieder angepfiffen.

»Wo bleiben Sie denn? Sind Sie zum Arbeiten gekommen oder um dumm rumzuhängen?«

»Hören Sie«, sagte ich, »es tut mir leid, daß unsere Bekanntschaft so schlecht angefangen hat.«

»Ich dachte schon, Sie wären zum Tee bei Mrs. Davenport.«

»Sie und die Perücken haben Vorrang vor allen meinen anderweitigen Beschäftigungen.«

»Zu blöd, daß Sie überhaupt da sind«, sagte er. »Ich brauche hier einen Profi als Hilfe.«

Davon kann ich zehn Jahre bieten, Süßer.

So begann ein Nachmittag verschärfter Arbeit, an dem ich die Perücken für Dero Verbiesterte Hoheit herumtrug. Später versuchte ich meine Arbeit ein wenig aufzuhellen und alberte mit einigen Sängern herum, wurde aber von Daniel sehr schnell daran erinnert, daß ich den Scheiß lassen solle. Am Ende ließ ich den Scheiß wirklich und sagte, ich habe Kopfschmerzen. Ich rief in der Villa an und bat Parker, mich von Maurizio abholen zu lassen. Als er mit dem Transporter kam, stellte ich mit Vergnügen fest, daß sein Anblick und sein Duft ebenso wiederbelebende Kräfte auf mich ausübten wie die Klänge von Verdis Musik. Aber das bedeutete ja nicht, daß ich mit ihm anbandeln mußte, oder? Herrje, bevor ich meinen Liebhaber kennengelernt hatte, war ich Äonen lang allein gewesen und hatte völlig ohne Affären vor mich hin geschmachtet. Da konnte ich jetzt doch sicherlich noch zwei kurze Wochen warten, bis ich wieder bei ihm war. Und nun fiel mir auch gerade rechtzeitig mein neues Mantra für den Sommer ein: *Monogamie, Monogamie, Monogamie.*

5

Wieder im Gästehaus, packte ich aus, turnte lustlos ein paar gymnastische Übungen und duschte. Gegen halb sieben ging ich zu dem Empfang im Haupthaus. Die Sonne näherte sich schon dem Horizont und färbte den Himmel mit kräftigen Streifen in Malven- und Magentarot. Ich fand diesmal einen anderen Weg zum Haus, der draußen an den Klippen vorbeiführte. Von einer Aussichtsplattform aus konnte man die Welt von hoch oben über dem Meer betrachten, während tief unten die Brandung gegen riesige zerklüftete Felsen donnerte, die zum Teil so groß wie ein Güterwaggon waren. Ganze Wolken von kühler salziger Gischt stoben an den Klippen empor bis zu mir und reinigten mich von der Tortur mit der rasenden Perückentunte.

Als ich mich dem großen Haus näherte, sah ich Leute in kleinen Gruppen an der geschwungenen Auffahrt beisammen stehen und plaudern, trinken und rauchen, wodurch ein Eindruck feiner Lebensart entstand. Aus den offenen Fenstern des Hauses drangen Licht und Stimmen und das Klirren von Gläsern und Tellern, wie es eben zu einem Fest gehört. Und ja, auch Musik war zu hören. Mir wurde klar, daß bestimmt jeder, der auch nur das geringste mit dem Opernfestival zu tun hatte, jetzt hier sein mußte, und mich überkam plötzlich der Wunsch, zu fliehen. Ich wollte wieder zu Hause sein, in der ruhigen vertrauten Gemütlichkeit mit meinem Geliebten und meiner Katze. Aber mein Geliebter war in Paris, und meine Katze bei meiner Freundin Nicole. Das hieß also ernüchternderweise, daß mein Zuhause momentan hier war und in Boston sich keine Seele nach mir sehnte.

Ich ging also weiter auf den Eingang des Hauses zu und bereitete mich innerlich darauf vor, den vielen Menschen dort drinnen entgegenzutreten, wobei ich mir überlegte: Wer werde ich wohl heute abend sein? Obwohl ich, oberflächlich betrachtet, selbstsicher und gesellig erscheinen mag, ist das alles doch nur eine Maske, die zu meiner Arbeit als Haarstylist gehört. Darunter, im tiefsten Innern, habe ich schreckliches Lampenfieber. Unter Fremden bin ich immer sehr unsicher. Aber zum Glück bin ich ein Zwilling, und wir Zwillinge sind mit einer formbaren, anpassungsfähigen und phantasievollen Persönlichkeit gesegnet. Man könnte aber auch sagen, daß das andererseits unser Fluch ist.

Als ich an den rauchend herumstehenden Gruppen vorbeiging, grüßte ich höflich. Mir schien sogar, als würde ich einige von ihnen wiedererkennen, und zwar von dem Orchester her, das für die Ballettgruppe spielt, in der mein Liebhaber arbeitet. Ein junger Mann lächelte und winkte mir zu. Er hatte rosige Wangen und eine stämmige Figur, trug einen Smoking und hielt eine lange, schmal zulaufende Zigarettenspitze in der Hand. »Hallo«, sagte er, aber ich hatte keinen Schimmer, wer das sein mochte. Ich winkte und lächelte höflich und ging dann weiter.

Ich trat an die Vordertür und drückte kräftig auf den Klingelknopf, wobei ich ihn ein paar Sekunden länger als unbedingt nötig niederhielt. Nur ruhig Blut, sagte ich mir. Wenn ich nervös bin, tendiere ich dazu, die Quantenmechanik zu vergessen und die Zeit falsch einzuschätzen. Das beweisen auch die sehr seltenen Fälle, wo jemand eine einfache Dauerwelle wollte und den Salon Snips mit dicht gekräuselten Haaren verließ.

Parker kam an die Tür. Hinter ihm herrschte das lärmende Gewirbel einer großen Party, die sich ihrem Höhepunkt nähert. Er grüßte und sagte, Mrs. Davenport erwarte mich schon.

»Ich fürchte, ich bin ein wenig spät«, sagte ich und dachte mir dann: Was geht Parker eigentlich meine Unpünktlichkeit an?

Parker antwortete: »Ich werde Mrs. Davenport sagen, daß Sie da sind.«

Während er Daphne holen ging, überblickte ich die große Empfangshalle und nahm die Menschenmenge in mich auf. Offensichtlich waren sämtliche Berühmtheiten der Bostoner Musikwelt zugegen, und ihr Anhang ebenfalls.

Daphne erschien in der Halle in einem einteiligen plissierten Baumwolljerseykleid in Schneeweiß, das über und über mit kühnen Linien in Rot, Gelb und Blau bedruckt war. Sie breitete die Arme aus und rief: »Mein Lieber, ich habe Sie schon vermißt. Ich hab schon befürchtet, Sie hätten es vergessen.«

»Mein Zeitgefühl hat mich etwas im Stich gelassen«, war alles, was ich sagen konnte. Ich wollte ihr nicht erzählen, welchen Horror ich heute nachmittag in der Oper erlebt hatte.

»Wir haben ohnehin schon einen Gast weniger«, sagte sie. »Bruce David fühlt sich immer noch nicht wohl und ist oben geblieben. Aber jetzt sind *Sie* da, und meine Freunde freuen sich alle darauf, Sie kennenzulernen.«

Sie nahm mich am Arm und führte mich in den großen Salon. Wir schlängelten uns zwischen den offensichtlich betuchten Gästen durch, vorbei an Tischen, die von exotischen Früchten in allen Farben überquollen.

Daphne sagte: »Der Punsch ist heute ganz besonders zu empfehlen.« Dann zwinkerte sie verschmitzt. »Den Londoner Gin habe ich selber dazugemixt.«

Ich schöpfte uns beiden ein Glas voll. Dann trank ich ihr zu.

»Auf neue Freunde«, sagte ich.

»Auf neue Freunde«, sagte Daphne.

Wir tranken, dann gingen wir weiter. Da bemerkte ich in einem Winkel des Raumes, allein und verlassen und abseits der anderen Gäste ausgerechnet Rick Jansen, oder Ricky, wie Jonathan Byers seinen jungen Assistenten der Unzucht genannt hatte. Rick hatte seine Sommersachen gegen schwarze Lederjeans und ein weißes Seidenhemd ausgetauscht, das offenstand, um seine Sonnenbräune und seine Figur zu zeigen. Jonathan Byers entdeckte ich in einer anderen Ecke des Saals, wie er auf seine verächtliche Weise Hof hielt und eine kleine Gefolgschaft um sich geschart hatte. Byers seinerseits war ganz in Schwarz: schwarzes Baumwolljackett über schwarzem T-Shirt, schwarze Hosen und Schuhe. Das brachte seine kupferfarbenen Haare sehr stark zur Geltung. Dicht neben ihm stand ein großer, gutaussehender Mann mit mattbrauner Haut im Farbton eines *doppio cappuccino*. Einmal beugte sich Byers zu dem dunklen Mann hinüber und flüsterte ihm etwas zu. Dann zeigte er auf das Ricky-Schätzchen in seiner entlegenen Ecke. Der andere Mann blickte auch in diese Richtung, lächelte dann und nickte beifällig. Vielleicht bekakelten sie gerade einen Handel, wie sie den allseits begehrten Rick zwischen sich aufteilen wollten.

Daphnes Stimme zerschnitt meine perversen gedanklichen Abschweifungen.

»Der gutaussehende Mann neben Jonathan Byers ist Adam Pierce.«

»Was macht er?« sagte ich, leicht irritiert, weil der Name mich an den Guru einer ›Therapie in zwölf Schritten‹ für den impotenten Mann erinnerte.

Daphne antwortete: »Adam ist der Bühnenbildner vom Maskenball.«

Da näherte sich uns ein glanzvoll zurechtgemachtes Paar mittleren Alters, und Daphne stellte die beiden als alte

Freunde vor. Die Frau sagte zu Daphne: »Hast du das von der jungen Sonia Hatfield schon gehört?«

Daphne verneinte, aber ihr Gesicht zeigte tiefe Betroffenheit.

Die Frau fuhr fort: »Für sie war das natürlich tragisch, aber für dich kommt es bestimmt auch nicht sehr glücklich.« Ihr Gatte versuchte zu vermitteln, aber die Frau ließ nicht locker. »Ich dachte natürlich, daß du es inzwischen erfahren hättest.«

»Was ist denn passiert?« sagte Daphne mit einer Ungeduld, die ich von ihr nie erwartet hätte.

Ihre Freundin erklärte mit kaum verhehltem Triumph: »Nach all den vielen Jahren und vielen mißlungenen Versuchen hat Sonia es endlich geschafft. Sie hat sich heute morgen umgebracht – hat einfach den Kopf auf die Schienen gelegt, als der Zug aus Boston um die Kurve kam. Es blieb keine Zeit, etwas dagegen zu unternehmen.«

»O Himmel«, sagte Daphne. »Das arme Mädchen. Sie hat so viel gelitten.«

»Das war der Zug, mit dem ich ankam«, warf ich ein.

Die Frau ignorierte mich. »Sonia hatte einen Abschiedsbrief bei sich.«

Daphne sagte: »Und?«

Die Frau berichtete blasiert: »Es stand darin, daß Jonathan Byers ein bisexueller Vergewaltiger sei.«

Daphne runzelte die Stirn. »Mit der Hand geschrieben?«

Mann und Frau nickten.

Daphne sagte: »In Sonias Handschrift?«

Wieder Nicken.

Die Frau sagte: »Du siehst also, daß du indirekt in die Sache verwickelt bist.«

»Wer weiß von der Sache?« fragte Daphne.

»Außer dir offenbar die ganze Stadt«, sagte ihre sogenannte Freundin.

Wie um die Impertinenz seiner Frau etwas abzumildern, sagte der Ehemann: »Sonia war eine sehr kranke junge Frau.«

»Das weiß ich!« fuhr ihn Daphne an. »Sie war ja bei mir

in Behandlung.« Einen Augenblick preßte sie die Lippen fest zusammen, dann sagte sie: »Sonia wollte unbedingt Sängerin werden. Ich habe noch nie erlebt, daß jemand sich von einem Wunsch so sehr verzehren ließ. Ich fürchtete schon die ganze Zeit, daß es für sie zum Verderben würde, wenn sich ihr Traum nicht erfüllen ließ. Das arme Ding hat am Ende den Willen verloren weiterzuträumen. Jetzt sind ihre Qualen und Kämpfe vorüber.«

Ich blickte mich in der Empfangshalle um und sah Jonathan Byers wieder schamlos mit Adam Pierce flirten. Noch einmal traf mich der Gedanke, daß tatsächlich eine junge Frau Selbstmord begangen haben sollte, nur weil ihr der Zugang zu dieser ganzen Absurdität hier verwehrt war.

Da hörte ich durch all das Getöse der Party, durch all die zugehörigen Lachsalven und Gesprächsfetzen und Musikklänge, die die Luft erfüllten, plötzlich ein ganz bestimmtes hohes Koloraturkichern, das mir direkt in die Schläfenlappen des Großhirns drang. Gnädigerweise ging es schnell vorbei. Aber da war es wieder und schnitt sich seinen Weg durch die Leute bis in meinen Schädel hinein.

Daphne muß mein leises Zusammenzucken bemerkt haben, denn sie sagte: »Aha, Madame Ostinata ist eingetroffen.« Sie entschuldigte sich und ging, um die Dame zu begrüßen, die gerade mit Maestro Toscanelli die Empfangshalle betreten hatte.

Mit den beiden hatte sich ein bemerkenswerter Wandel vollzogen. Das waren nicht mehr die müden Reisenden, die vorhin mit Gepäck und Mädchen eingetroffen waren. Jetzt waren sie Künstler, die eine Welt jenseits der normalen menschlichen Existenz darstellten, waren die Stars des offiziellen Sommerempfangs unter den Opernliebhabern. Schon der Maestro sah blendend aus mit seiner weißen Haarmähne und dem ebenso beeindruckenden weißen Schnurrbart gegen seine gesunde, rosig blühende Gesichtsfarbe, aber Madame Ostinata stach sogar ihn noch aus. Sie schien geradezu Licht auszustrahlen – vom Haar über das Make-up bis zu ihrem weißen, pailettenbestickten Kleid, das ihre üppige Figur betonte, und zu der federleichten

Stola aus feinster Seide, die sie sich um die Schultern geschlungen hatte. Hals und Ohren und Handgelenke glitzerten vor lauter Diamanten und Platin. An ihr war nichts als Glanz und Widerschein. Kein Schatten hatte auch nur die geringste Chance, keine Linie, keine Falte waren an Gesicht und Hals zu sehen. Sie hielt jetzt ein Glas Champagner in der freien Hand, und es bereitete ihr offensichtlich großes Vergnügen, ihn überschäumen zu lassen, wenn sie bei allem und jedem, was man zu ihr sagte, ihr metallisches durchdringendes Lachen erklingen ließ.

In einem anderen Teil der Empfangshalle hatte das Salonorchester einen leidenschaftlichen Tango begonnen. Die schluchzende Musik bewirkte auf der Tanzfläche eine plötzliche Veränderung, und jene, die bis dahin die etwas gemäßigteren Tanzrhythmen genossen hatten, entfernten sich, um zu plaudern oder zu essen und zu trinken. Die Tanzfläche gehörte jetzt denen, die Lust hatten, den sinnlichen Tango mitzutanzen.

Mich zog es hin zu dieser Musik und dem Tanzboden, wo jetzt fünf Paare dahinglitten und -stolzierten in diesem musikalischen Wechselspiel von Herrschaft und Hingabe. Zu meiner Überraschung sah ich Daphne in den Armen von Maestro Toscanelli. Der Anblick von zwei älteren Menschen, die es wagten, sich in aller Öffentlichkeit so sinnlich zu zeigen, weckte in mir leichte Belustigung, aber auch leichte Verstimmung. Ich bin eifersüchtig, dachte ich und mußte lächeln. Ebenfalls auf der Tanzfläche war Madame Ostinata in den Armen dieses Ausbunds an Männlichkeit, Adam Pierce. Madame überließ sich ganz der eleganten Führung ihres Partners – er hatte seine Bewegungen offensichtlich in der Schule der geschmackvollen Verführung gelernt –, da flüsterte sie ihm etwas ins Ohr, und er senkte sie in eine Tangowiege. Sie warf den Kopf zurück und entblößte ihre Kehle, streckte den Hals lang und ungeschützt aus und schien momentan völlig unbekümmert um den höchst empfindlichen Stimmechanismus, der darin verborgen lag. Dazu bog die Diva ihren Rücken so stark durch, daß ihre Brüste sich hoben und gegen das Oberteil ihres pailettenbestickten Kleides gepreßt wurden. In dieser prekären Haltung kicherte sie lustvoll, während die Umstehenden Beifall klatschten. Bei einem Tango ist nie so ganz klar, wer führt.

Ich merkte, daß ich über die tanzenden Paare hinweg auf die Leute blickte, die auf der anderen Seite der Tanzfläche standen und zuschauten. Unter ihnen war Jonathan Byers, der seine ganze Aufmerksamkeit den Tänzern zuwandte und darunter wieder speziell einem Paar – Madame Ostinata und Adam Pierce. Sir Jonathan sah aus, als bestürze ihn dieser Anblick. War er vielleicht eifersüchtig? Dann schossen seine Augen zu mir herüber, und unsere Blicke trafen sich. Da bekam ich ganz unerwartet Herzklopfen und seltsamerweise auch Angst. Nur mit großer Mühe gelang es mir, ein unbewegtes Gesicht zu machen. Auch Byers verzog keine Miene, verengte dann aber die Augen zu Schlitzen, als wolle er all seine glühende Wut in einen Strahl bündeln und sich damit einen Weg in mein Hirn sengen. Mir trat der Schweiß auf die Stirn, und einen Augenblick fühlte ich mich ganz verwirrt. Ich spürte, wie mir das Gehirn unter seinem angriffslustigen Blick anschwoll. Da wandte sich Byers plötzlich ab und verschwand unter den Leuten, und mein Blick wurde wieder klar. Genau so abrupt endete jetzt der Tango mit der charakteristisch unaufgelösten Kadenz, die musikalisch ausdrücken soll, daß die Liebe siegt, trotz der Schmerzen und Leiden, die sie zufügen kann.

Als die Musik endete, wurde allgemein applaudiert, und vier der tanzenden Paare verbeugten sich bescheiden. Madame Ostinata sank in eine tiefe, extravagante Bühnenverbeugung.

Der Maestro entschuldigte sich bei Daphne, und sie blickte ihm sehnsüchtig nach, als er in der Menge verschwand. Ich trat an ihre Seite.

»Was für ein bezaubernder Mann«, sagte sie.

»Und ein guter Tänzer«, fügte ich hinzu.

»Und«, sagte Daphne, fast glühend, »noch immer Junggeselle.«

»Wo ist er denn hin?«

Daphne strahlte. »Das ist ein Mann, der seine Zigaretten liebt.«

Madame Ostinata verbeugte sich noch immer, als wolle sie Vorhänge sammeln, bis die Gäste plötzlich darauf drangen, daß sie singe.

»Oh, das kann ich nicht«, wandte sie ein. »Sie werden mich bald hören.«

Seit heute nachmittag schien sich ihr Englisch bemerkenswert verbessert zu haben. Vielleicht hatte der Tango dazu beigetragen. Der heilte oft genau so viele Probleme, wie er hervorrief. Es folgte weiterer Applaus, weitere Verbeugungen, dabei hatte die Dame doch gar nichts getan, außer einen allgemeinen Wunsch abzuschlagen.

Das kleine Orchester machte jetzt Pause, und auch die meisten Gäste zerstreuten sich in Richtung Essen und Trinken. Da trat eine junge Frau auf Daphne und mich zu. Sie war ungefähr so groß wie ich und von etwa gleichem Körperbau, was bei einer Frau bedeutete, daß sie einer Walküre glich. Daphne stellte sie mir als April Kilkus vor, die Rollenvertretung von Madame. An ihrem Namen erkannte ich in ihr eine slawische Landsmännin, allerdings aus Litauen. Nach Aprils kräftiger Figur zu schließen, war sie mit Buchweizengrütze und Vollfettsahne großgezogen worden. Ihr Gesicht war glatt und glühte. Ihr Ehrgeiz wohl auch, dachte ich, als sie sich jetzt bescheiden an Daphne wandte.

»Ich weiß, daß Sänger normalerweise nicht bei solchen Festen auftreten, aber da ja die Leute gern etwas gehört hätten – also, mir würde es nichts ausmachen, eine Arie zu singen, wenn es Ihnen recht ist.«

Daphne stutzte im ersten Moment, aber dann sagte sie fest: »Ich bin ganz sicher, daß alle Sie sehr gerne hören werden, und ich im übrigen auch. Ich werde Sie gleich ankündigen.«

»Ich danke Ihnen!« sagte April. »Ich hole nur noch meine Klavierbegleitung.«

Und weg war sie. Daphne und ich wechselten einen Blick.

Ich sagte: »Sie muß aber wirklich ein dringendes Bedürfnis haben, zu singen, wenn sie sogar auf einer Party dazu bereit ist.«

Daphne sagte: »Sie ist die Vertretung, mein Lieber. Sie hat nichts zu verlieren.«

Schon nach wenigen Augenblicken kehrte April Kilkus mit ihrer Klavierbegleitung zurück, einer unscheinbaren Frau namens Carolyn Boetz, deren melancholische Augen hinter ihrer dicken Brille wie eingesunken wirkten. April besprach sich kurz mit Daphne. Dann trat Daphne auf das Podium und bat ihre Gäste um Aufmerksamkeit. Sie kündigte an, daß April die Arie »*Morro, ma prima in grazia*« aus der Eröffnungsveranstaltung des Festivals, nämlich Verdis *Un Ballo in Maschera*, singen werde. Das war eine der wenigen Opernarien, die ich besser kannte, und zwar wegen meines hochkultivierten Liebhabers. Das Beifallsklatschen führte auch andere Leute wieder in den Salon ans Podium zurück.

April Kilkus sah ihr Publikum fast trotzig an. Sie stellte sich allein hin, ohne sich auf den Flügel zu stützen. Dort spielte Carolyn Boetz die einleitenden Takte. Während des Spielens öffnete sich ihr Mund ein wenig, und ihr Gesicht spiegelte Traurigkeit. In der Partitur werden diese ersten schmerzlichen Notenzeilen solo von einem Cello gespielt. Aber irgendwie brachte Carolyn Boetz durch ihre Liebe zu Verdi und zum Flügel dieses riesige Instrument dazu, genauso klagend zu klingen wie ein Cello, das ganz sacht gestrichen wird. Mochte Carolyn auch nach außen hin unscheinbar wirken, so besaß ihr Inneres doch gewiß Tiefe und Fülle.

Und dann sang April Kilkus die ersten Noten. Vom ersten Ton an war klar, daß man mit ihrem Talent künftig würde rechnen müssen. Die Gäste waren von jedem Klang, jedem Atemzug, jeder Nuance gefesselt, die ihr dramatischer Sopran zum Ausdruck brachte. In der Tür zum Salon bemerkte ich denselben stämmigen Mann im Smoking, den ich vorhin draußen hatte rauchen sehen. Er wandte seine Aufmerksamkeit ganz der Sängerin zu, die er mit bewunderndem Blick ansah. Neben ihm stand ein großgewachsener Asiate mit demselben hingegebenen Gesichtsausdruck. Wie seltsam die Liebe doch ist! Hier bildeten sich bereits zwei Seiten von einem Dreieck.

Unter den Zuhörern entdeckte ich auch Jonathan Byers, der offensichtlich von Aprils Stimme hingerissen war. Seltsam, ihn so still zu sehen. Sein Buhle war nirgends um ihn herum zu finden. Adam Pierce dagegen schon, und er hörte Aprils Stimme kühl und gleichgültig zu. Er bemühte sich jedoch, sein Desinteresse zu verbergen, denn es war ihm klar, daß von ihm erwartet wurde, daß er eine solche Darbietung schätzt.

Daphne stand nun wieder neben dem Maestro, und beide zeigten ganz die gleiche Reaktion auf die Arie. Lediglich Madame Ostinata an des Maestros anderem Arm schoß mit ihren Augen Dolche nach dem Podium, Blicke, die zu sagen schienen: Wie kann sie es wagen, zu singen? Madame spielte mit ihrer Halskette, rasselte mit den schweren Juwelen und dem kostbaren Metall und schuf dadurch ein leichtes Ärgernis. Der Maestro tätschelte ihr leicht den Arm, wie um sie zu beruhigen.

Die Arie endete mit einer schimmernden Kadenz *sotto voce*. Während April die sang, blieb die Zeit stehen, und es kehrte Frieden in die Welt ein.

In den stillen Augenblicken nach der letzten Note war im ganzen Saal kein Ton zu hören außer dem rücksichtslosen Gerassel von Madame Ostinatas Halskette und ihrem deutlich hörbaren Zungenschnalzen. Dann applaudierte Maestro Toscanelli beiden Vortragenden herzlich und brachte damit auch die Begeisterung der anderen Zuhörer zum Ausbruch. Alle baten um eine Zugabe, aber April lehnte ab. Sie hatte erreicht, was sie wollte.

»Schade, daß sie nur die Vertretung ist«, sagte eine Stimme hinter mir. Ich drehte mich um, um zu sehen, wer das sei. Der große asiatische Mann war neben mich getreten und bejubelte April jetzt mit »Brava!«-Rufen.

Das Fest hatte seinen Höhepunkt erreicht. Es gab eigentlich nur die Möglichkeit, es entweder jetzt an diesem

Punkt zu verlassen oder aber zu lange zu bleiben und noch den ganzen Müll mitzukriegen. Ich schlängelte mich zu Daphne durch, die immer noch zusammen mit Maestro Toscanelli applaudierte, während Madame Ostinata immer noch kochte.

»Ich gehe jetzt«, sagte ich.

»So früh schon?« fragte Daphne.

Ich nickte und entschuldigte mich mit Müdigkeit.

»Also dann bis morgen«, sagte sie. »Zum Frühstück hier im großen Haus, um Punkt acht Uhr.«

Ein paar Minuten später, als ich schon fast zur Tür hinaus war, hörte ich aus dem Musiksalon vom Flügel her ein unwahrscheinliches Tremolo von Akkorden. Da hatte wohl ein Spieler mit Händen wie Schinken Carolyn Boetz ersetzt. Nun folgten eine Woge von Applaus und laute Hochrufe von den Zuhörern. Ich schaute wieder hinein und sah Madame Ostinata auf dem Podium stehen und sich zum Singen vorbereiten. Sie hatte sehr clever die von April Kilkus verzauberten Zuhörer für ihre eigenen Zwecke zu nutzen gewußt. Aber die eigentliche Überraschung stellte ihre Klavierbegleitung dar: Es war kein anderer als Rick Jansen, Jonathan Byers persönlicher kleiner Assistent und Fahrer, oder vielleicht mußte es heißen Ex-Assistent, wenn man bedachte, wie sich Byers neuerdings Adam Pierce gegenüber verhielt. Wer hätte aber auch gedacht, daß Rick Jansen genau so gut Klavier spielen wie Auto fahren konnte? Doch kaum hatte er begonnen, als ich schon merkte, daß er nur mit Kraft und ohne Gefühl spielte. Er hämmerte eine bombastische Einführung zu der Auswahl hin, die Madame singen wollte, ein Potpourri aus dem Frühlingsstimmenwalzer von Johann Strauss. Zwischen den beiden würde daraus sicher eine Verballhornung der echten Musik werden, mit Trillern und Kinkerlitzchen und überlangen Fermaten. Aber was mich am meisten wunderte, war, woher sich die beiden überhaupt kannten.

Und da sah ich Daniel Carafolio aus der vordersten Reihe schreien: »Brava, Marcella! Bravissima!« So erfuhr ich schnell, auf welcher Seite er sich das Brot butterte, wenn es um Musik ging.

An der Tür wandte ich mich Parker zu und sagte im Verschwörerton:

»Wenn die singt, sollten Sie vielleicht die Gläser vorm Zerspringen schützen.«

»Sehr witzig, Mr. Kraychik«, sagte er. »Ho ho.«

Vor der Tür sah ich den jungen Mann im Smoking, und er winkte mir wieder zu. Erst da und zu meiner großen Verlegenheit bemerkte ich, daß das in Wirklichkeit eine Frau war und mir auch noch irgendwie bekannt.

Sie sagte: »Wir haben uns heute nachmittag im Opernhaus gesehen.«

Ich entschuldigte mich, daß ich mich nicht erinnern könne, sie gesehen zu haben.

»Oh, doch. Ich bin die Inspizientin.«

Da wurde mir alles schlagartig klar, und im Geiste sah ich sie wieder bei der Probe, in ihren Inspizienten-Klamotten – kariertes Flanellhemd und Jeans.

»Jetzt kann ich mich erinnern«, sagte ich.

»Ich heiße Ronda Lucca«, sagte sie, »aber man nennt mich einfach Ron.«

»Ich heiße Stan Kraychik.«

»Ich weiß«, sagte sie. »Sie sind Friseur.«

»Woher wissen Sie denn das?« fragte ich.

»Die Welt ist klein«, sagte sie. »Ich kenne Ihren Lebensgefährten, vom Ballett hier und so.«

»Aha«, sagte ich und nickte.

»Das wird was werden auf dem Festival, wenn diese italienische Kuh singt«, sagte Ronda. »Sie ist eine akustische Gesundheitsgefährdung.«

»Aber ihre Vertretung ist gut«, sagte ich.

»Das ist die beste«, antwortete Ronda.

»Also dann bis demnächst«, sagte ich.

»Da haben Sie verdammt recht«, sagte Ronda.

Ich trat aus dem Licht hinaus auf den Rasen des Besitzes. Dann lief ich weiter in die Dunkelheit, über die weite weiche Grasfläche. Während ich so über den Rasen ging, spürte ich in mir einen heftigen Drang, dieses Haus und die ganzen Leute hinter mir zu lassen und in meinem Gästehäuschen geborgen zu sein. In meiner Hast bewegte ich mich ein wenig zu schnell, und auf einmal merkte ich, daß ich stolperte, schnell atmete, fast keuchte, und vor etwas davonlief, was ich gar nicht erkannte, vor etwas Schwerem und Bedrückendem. Weit dort drüben über dem dunklen Rasen sah ich den matt erleuchteten Weg, der zu meinem Häuschen führte. Ich rannte auf ihn zu, und zwar schneller, als ich es auf dem unvertrauten Gelände hätte tun sollen. Aber irgendwie konnte ich mich nicht bremsen, ich mußte noch schneller rennen, mußte wieder in Sicherheit sein, bevor etwas mich einholen konnte. Da verlor ich den Halt und fiel ins kühle feuchte Gras.

Ich wälzte mich auf den Rücken und schaute zum Himmel hinauf. Er funkelte vor Sternen. Ich blieb ein paar Minuten liegen, bis ich wieder zu Atem kam. Warum war ich so in Panik geraten? Was war da über mich gekommen? Es schien fast so, als hätte ich mich fürchten wollen, hätte vor etwas davonlaufen wollen und deshalb absichtlich ein Gefühl der Angst in mir geschaffen, um dann wie wahnsinnig davonzurennen vor ... nichts.

Ich sah zu den Sternen hinauf, bis mein Zeitgefühl sich auflöste. Schließlich begann ich zu frösteln und stand auf. Ich richtete mich kerzengerade auf, dann marschierte ich auf den matt erleuchteten Weg zu, der mich heimbringen würde. Ich passierte den dunkel überwölbten Tunnel aus Blattwerk und Bäumen und sah endlich den sanften Schimmer des Lichts direkt vor mir, des Lichts aus dem Häuschen. Hier würde ich es gemütlich haben und sicher sein. Ich könnte mir in meiner Einsamkeit meine imaginären Wunden lecken. Ich sperrte die Türe auf und trat ein.

6

Erst im Gästehäuschen wurde mir klar, was es bedeutete, daß die Lampe brannte, denn ich hatte sie vorhin, als ich gegangen war, nicht eingeschaltet. Eine automatische Schaltuhr, dachte ich einfach. Aber am Lampenkabel war dafür keinerlei Vorrichtung. Jemand hatte das absichtlich gemacht, vielleicht Maurizio, der junge Hausangestellte. Wie ein aufmerksamer Hotelier hatte er die Lampe angeschaltet, damit das leere Häuschen bei meiner Rückkehr heimeliger aussah. Vielleicht hatte er sogar für mich das Bett aufgeschlagen. Bei diesem Gedanken lächelte ich.

Da weiteten sich meine Nasenflügel, denn in der blumenduftdurchtränkten Luft des kleinen Häuschens nahm ich noch einen anderen Geruch wahr, den Geruch eines Menschen ganz in der Nähe. Ich ging auf das Schlafzimmer zu, blieb aber wie angewurzelt in der Tür stehen. In dem schwachen Schimmer des Lampenscheins hinter mir machte ich den Körper eines Menschen in meinem Bett aus. Es war Maurizio, der in seinen knappen weißen Unterhosen bequem dalag. Sein anziehender Geruch erfüllte das ganze kleine Schlafzimmer. Die Luft stand still, bis auf das heftige Klopfen in meinem Herzen und gegen mein Trommelfell. Im dämmerigen Licht sah ich ihn lächeln. Er schwang seine muskulösen Beine über die Bettkante, dann stand er auf und sah mich an.

Ich werde mich nie klar erinnern können, was danach eins nach dem anderen geschah. Es war wie ein Traum, der ganz plötzlich von Nüchternheit zu Wahnsinn, von Zurückhaltung zu Verwegenheit sprang, ohne alle Zwischenstufen. Meine Erinnerung beließ mir nur das dunkle Bild seines Gesichts in der Ekstase und das Gefühl seiner rauhen behaarten Schenkel an meiner glatten Haut und seine Töne – *uhnff, uhnff, uhnff* – als er sich auf mich warf.

Dann war es vorbei, und er war fort.

7

Ich schlief wie tot, bis um viertel nach sieben mein Wecker klingelte. Ich stand auf und duschte, dann eilte ich zum Frühstück in die Villa. Ich fand Daphne bereits draußen auf der Aussichtsterrasse, wo sie die kühle Morgenluft und das glasgrüne Meer genoß. Parker hatte gerade einen Korb frischgebackener Hörnchen hingestellt – klassisch mit Johannisbeermarmelade oder etwas schärfer mit Ingwer oder ganz dekadent mit Pekannuß-Mandelcreme –, dazu einen Teller mit aufgeschnittenem Obst und eine große französische Preßfilterkanne.

»Guten Morgen«, zirpte mir Daphne beglückt zu. »Unsere Musiker-Gäste nehmen das Frühstück alle auf dem Zimmer, also müssen Sie mit mir vorliebnehmen.«

»Da habe ich aber Glück«, sagte ich. Ich setzte mich und griff in den Korb mit den Hörnchen. Ich wählte eins mit der sündigen Mandelcreme und bedeckte es dick mit Butter und Orangenmarmelade.

Mit einer dramatischen Bewegung drückte Daphne den Filter der Glaskanne nach unten. »Voilà!« sagte sie. »Das mache ich wahnsinnig gerne.« Sie schenkte als erstes meine Tasse ein. Dann füllte sie auch ihre, räusperte sich und versuchte ganz leger zu klingen, als sie sagte: »Haben Sie mit jemandem eine Liebesbeziehung?«

»Ja«, antwortete ich.

»Wie schade.«

»Keineswegs«, sagte ich und dachte an meinen Mann in Paris.

Daphne erklärte: »Ich glaube, Maurizio mag Sie.«

Ich seufzte. Bevor das große Ehedrama meines Lebens begonnen hatte, schien ich immer zu wirken wie Anna Magnani und nichts als Furcht und Abscheu bei jedem hervorzurufen, den ich zu verfolgen wagte, ganz gleich, wie unverfänglich meine Annäherungsversuche auch sein mochten. Das heißt, ich konnte jemanden zum Kino einladen, und der entfloh gleich zum nächsten Flughafen. Aber dann, nachdem ich mich mit meinem Liebhaber häuslich eingerichtet hatte, begann sich das Blatt irgendwie zu wenden, und gelegentlich fand ich mich, wenn auch unwillentlich, in dieses seltsame Spiel verwickelt: Fick mich, ich bin schon vergeben.

»Seit ich mit meinem Liebhaber zusammen bin, erhalte ich etwas mehr Zuwendung«, sagte ich.

Daphne antwortete: »Das kommt oft vor. Seien Sie nur nett zu Maurizio. Er wirkt vielleicht stark, aber er ist ängstlich und leicht verletzbar.«

Nein, letzte Nacht war er das nicht.

Daphne fuhr fort: »Er wird Sie gleich nachher hinunter zum Theaterzentrum fahren.« Dann atmete sie tief ein und rief aus: »Wenn ich daran denke, daß es heute richtig losgeht. Endlich sind alle hier, und die Proben in der Oper können beginnen. In nicht ganz zwei Wochen ist die Eröffnungspremiere. Stellen Sie sich nur vor!«

Das einzige, was ich mir vorstellen konnte, war meine scheußliche Arbeit tief drinnen in den Eingeweiden des neuen Opernhauses, wo ich die Perücken für Daniel, die Teufelsdiva, herumtragen mußte.

Wir beendeten unser Frühstück, dann brachte mich Daphne noch bis vor die Villa. Dort standen Madame Ostinata und Maestro Toscanelli unter dem Türbogen und schwatzten zusammen auf italienisch. Maurizio versuchte die beiden dazu zu bringen, den Kleinbus zu besteigen. Sie schienen nicht zu begreifen, daß die Limousine längst fort und der Kleinbus ihr jetziges Transportmittel sei. Mathilde stand schweigend dabei.

Als Maurizio mich erblickte, ließ er die anderen stehen und kam auf mich zu. Er war lebhaft und ausgelassen wie ein junger Hund. Ich gab mich freundlich, aber reserviert. So aufregend sein unerwarteter Besuch letzte Nacht auch gewesen war, wollte ich ihn doch nicht zu einer Wiederholung ermutigen. Ich wollte meinem Liebhaber in Paris treu sein, obwohl es jetzt zum Moralisieren vielleicht ein bißchen spät war. Obwohl, mit Maurizio war es irgendwie unschuldig und spielerisch gewesen. Und ich hatte ihn auch wirklich nicht angemacht. Es war eben einfach passiert.

Deshalb war ich im Herzen, wenn schon nicht im Geist und im Körper, doch treu geblieben.

Maurizio muß meine Gedanken gespürt haben, denn er hielt inne, kurz bevor er mich berührte. Ich wußte, daß er nur ein Zeichen brauchte, einen winzigen Hinweis darauf, daß ich das, was erst vor wenigen Stunden geschehen war, wieder wollte. Und ich spürte auch tatsächlich eine seltsame Anziehungskraft von ihm ausgehen und vor allem auch von seinem direkten Umgang mit Sex. Oder war das eher eine Art Mitleid, das ich wegen seiner Behinderung mit ihm empfand? Ich wollte gerade die Hand ausstrecken und ihn am Arm berühren, eigentlich nur eine freundliche Geste, die aber in Wirklichkeit für jeden von uns viel mehr bedeutet hätte, da hörte ich mein neues Mantra – *Monogamie, Monogamie, Monogamie* – und hielt mich zurück. Sofort füllten sich Maurizios Augen mit Tränen, und er wandte sich ab und rannte davon. Das alles dauerte nur ein paar Sekunden.

Daphne verzog kurz das Gesicht und sagte zu mir: »Ich hatte Sie ja gewarnt, daß er sehr gefühlvoll ist.«

Ich wollte Maurizio gerade nachgehen, als Daphne mich zurückhielt.

»Am besten, Sie lassen ihn jetzt. Er schafft das schon auf seine eigene Art und Weise. Aber was die momentane Situation betrifft: Würde es Ihnen etwas ausmachen, die anderen in die Stadt hinunter zu fahren?«

»Natürlich nicht«, sagte ich. Das war ja schließlich das mindeste, was ich tun konnte, nachdem ich den eigentlichen Fahrer verscheucht hatte.

So trieb ich denn die anderen – Madame, den Maestro und Mathilde – zum Kleinbus. Der Maestro bat mich um Feuer für seine Zigarette. *»Hai da accendere?«* Ich zeigte auf den Kleinbus.

»Da drin gibt es sicher eins«, sagte ich.

Er nickte freundlich und ging sich die Zigarette anzünden.

Doch Madame Ostinata sah mich skeptisch an. »Sie kommen auch?« sagte sie.

»Ich fahre Sie, meine Süße.«

»Ich hoffe, Sie werden uns nicht verspäten.«

Ihr Englisch wurde immer besser.

Da sagte Daphne: »Wo steckt denn Bruce David?« Sie rief Parker und bat ihn, den Tenor zu holen.

Aber Parker antwortete: »Mr. Parker läßt sich entschuldigen, er ist noch nicht ganz fertig, und er wird Sie alle dann unten im Theaterzentrum treffen.«

»Ach du liebe Güte«, sagte Daphne. »Ich mache mir langsam Sorgen um ihn. Daß er gestern abend nicht zu dem Empfang kam, das ging ja noch, aber die Probe heute kann er auf keinen Fall versäumen. Heute singen die Solisten zum ersten Mal alle zusammen.«

Ich sah Maestro Toscanelli zweifelnd die Augenbrauen heben, als erkenne er darin ein Verhaltensmuster, das ihm von den prekären männlichen Stimmen, wie es die Tenöre nun einmal sind, wohlvertraut war.

Daphne sagte, sie werde Bruce David selber zum Opernhaus hinunter fahren, wenn er fertig sei. Ich spürte einen Anflug von Eifersucht. Mein Platz als ihr bevorzugter Gast wurde mir bereits von einem launischen, wenn auch unsichtbaren Tenor streitig gemacht.

Der Maestro half Madame Ostinata auf die dick gepolsterte Mittelbank des Kleinbusses, dann kletterte Mathilde auf die vollgepackte Rückbank, und endlich ging es los.

Während der Fahrt in die Stadt versuchte ich etwas von der gedämpften Unterhaltung zwischen Madame Ostinata und dem Maestro mitzubekommen. Mein Italienisch hält sich zwar in Grenzen, aber ich habe die Erfahrung gemacht, daß die eigentliche Botschaft sich oft genau so sehr im Tonfall wie in den Worten und der Grammatik ausdrückt. Madame Ostinata schien sich um ihre Karriere Sorgen zu machen, vor allem wegen dieser Neuinszenierung von *Ballo*. Die sei zu strittig, klagte sie, »*troppo controverso e moderno.*« Madame schien vom Maestro eine außerordentliche Ermutigung zu brauchen, die er ihr auch nur zu gerne zu geben gewillt schien. Sie klang fast wie ein Kind, während der alte Herr tröstende Worte gurrte und sie Marcella nannte und *mia cara*. Doch trotz seiner Anteilnahme konnte ich schließen, daß der Maestro davon ausging, daß seine *cara* inzwischen ziemlich abhängig von ihm sei. »Zu sehr«, sagte er. »Du mußt dich wieder auf dich selbst verlassen, wie früher. Schließlich, wer wird denn da sein, wenn du im Herbst die Tosca gibst?«

Madame antwortete mit opernhaftem Nachdruck. »*Tu, Angelo*«, erklärte sie. »*Tu mi salverai.*«

Ich hatte den Eindruck, daß der Maestro nur zu leicht ihrer weiblichen Tücke erliegen werde.

Da blieb der Kleinbus plötzlich stehen.

Madame kreischte auf und begann dann tatsächlich auf englisch zu quasseln. »Ich komme zu spät für die Presse!«

Die Presse? Und was war mit der Probe? Was war mit den Grundnahrungsmitteln?

Der Maestro machte eine Bemerkung, daß alle Maschinen einmal zusammenbrechen, ihn selbst eingeschlossen, fügte er mit einem herzhaften Lachen hinzu. Ich versuchte den Bus ein paarmal wieder zu starten, aber nichts rührte sich. Kein Zündgeräusch. Kein Klick. Gar nichts. Zip. Woraus ich schnell schloß: Die Elektrik war durchgebrannt. Na ja, es gibt so ein paar Gesetze der Elektromagnetik, die sogar ein Friseur kapiert, zum Beispiel daß man, wenn plötzlich kein Saft mehr da ist, die Sicherungen überprüfen muß. Zum Glück befand sich der Sicherungskasten, da der Bus ein neues Modell war, im Fahrgastraum, was es mir ersparte, mir die Finger schmutzig zu machen. Ich prüfte die Sicherungen, und tatsächlich, die für die elektronische Zündung war defekt. Ich versuchte die Sicherung herauszunehmen, aber sie war zu straff eingesetzt worden, und ich hatte keine Lust, mir beim Herausnehmen einen Nagel abzubrechen.

»Hat jemand eine Nagelfeile dabei?« fragte ich.

Meine drei Fahrgäste sahen mich verständnislos an. Ich machte eine Handbewegung, als ob ich mich maniküren würde – wir Zwillinge sind die geborenen Schauspieler –, was Mathilde dazu brachte, von ihrem Rücksitz aus zu sprechen.

»Ich habe eine«, sagte sie und kramte in ihrem perlenbesetzten Handtäschchen herum, bis sie eine feine französische Nagelfeile zum Vorschein brachte. Ich würde aufpassen müssen, daß ich sie nicht verbog. Ein Künstler achtet sein Werkzeug.

Als ich die Sicherung heraus hatte, stellte ich fest, daß sie gar nicht die richtige für diese Stelle war. Zu geringer Widerstand und zu dick außerdem. Kein Wunder, daß sie nicht mehr ging, und kein Wunder, daß sie so fest gesessen hatte. Ich suchte im Handschuhfach nach Ersatzsicherungen. Nichts da. Wenn wir wieder in Gang kommen wollten, mußte ich eine Entscheidung treffen. Ich nahm an, das Zündsystem sei in Ordnung und alles liege nur an der falschen Sicherung. Jetzt kam mein großer Augenblick.

Ich fragte Mathilde: »Wie steht's mit einer Haarnadel?«

»Eh?« sagte sie.

Noch einmal klappte es mit meiner Marcel-Marceau-Nummer, und gleich darauf schälte ich die Kunststoffummantelung von einer ganz normalen Haarnadel und formte aus ihr übergangsweise eine Sicherung. Allerdings war mit meiner Erfindungskunst doch ein großes Risiko verbunden: Meine handgefertigte Sicherung würde vielleicht mehr Widerstand haben, als zehn Kleinbusse schaffen konnten. Es war, als gäbe man einen Pfennig in den Sicherungskasten zu Hause. Hoffentlich würde ich jetzt nicht das gesamte elektrische System des Transporters einschmelzen.

Ich installierte die Behelfssicherung. Dann schickte ich ein leises Gebet zum Gott der Spannungsregler und drehte den Zündschlüssel um. Ich hörte das leise Surren der elektronischen Einspritzpumpe, als sie den kleinen Behälter des Einspritzsystems füllte. Ich drehte den Zündschlüssel weiter, und der Bus sprang an.

»*Bravo*«, schrie der Maestro. »Sehr clever.«

Madame Ostinata seufzte erleichert auf. So würde sie ihre Verabredung mit den Papparazzi nun doch nicht verpassen. »*Grazie a Dio*«, rief sie aus.

»Keine Ursache«, murmelte ich als Antwort. Aber ich fragte mich, ob nicht Maurizio die falsche Sicherung absichtlich eingebaut habe, um sich ein Szenario zu schaffen, wo er sein hervorragendes technisches Können unter Beweis stellen und uns alle retten konnte. Vor allem mich.

Als wir zum Theater kamen, wartete da tatsächlich eine kleine Gruppe von Reportern, um sich auf Madame Ostinata und den Maestro zu stürzen. Madame schien sie dazu noch zu ermutigen. Am meisten verwunderte mich indessen, daß ihr Englisch inzwischen fast fließend geworden war.

Ich latschte hinunter in meinen Kerker, fand jedoch die Tür zum Perückenraum verschlossen. Außen dran klebte ein Zettel: HEUTE KRANK. PERÜCKEN NICHT ANFASSEN!

Die Dinge wurden langsam besser.

8

In meiner neugewonnenen Freiheit ging ich nach oben, um bei den Proben zuzusehen. Wie Daphne vorhin schon gesagt hatte, war es das erste Mal, daß alle Solisten zusammen singen würden, und das wollte ich auf keinen Fall verpassen. Aber anstatt hinter die Bühne zu gehen, beschloß ich, von vorne zuzusehen, aus dem Saal des Opernhauses.

Ich fand einen Zugang, der gleich neben dem Orchestergraben ins Haus führte, auf der linken Seite. Als ich diese Tür öffnete, kam mir ein angenehmer Schwall kühler Luft aus dem Zuschauerraum entgegen. Gleichzeitig drang auch der Klang des Flügels zu mir, wenn auch weniger angenehm. Jemand versuchte sich an einer schwierigen Passage aus der Oper, verpatzte sie aber jedesmal. Der Pianist hielt dann jeweils inne und versuchte es noch einmal und noch einmal, wobei er gnadenlos und ganz idiotisch in die Tasten hieb und die technische Schwierigkeit mit dem Feingefühl eines Bulldozers zu lösen trachtete. Also, ich habe früher selbst Klavier gespielt, und ich war auch recht gut. Ich habe sogar beim Talentwettbewerb an meiner Highschool die ganzen vier Jahre jedesmal den Preis für klassische Musik gewonnen. Jetzt spiele ich kaum noch, aber eines weiß ich noch immer, daß nämlich Musik und Klaviertasten sich nicht durch rohe Gewalt bezwingen lassen. Ein musikalisches Problem läßt sich nicht einfach niederschlagen. Man muß es umschmeicheln und locken und sich ihm mit analytischer Durchdringung und Hochachtung und sogar Zuneigung nähern, und das alles sowohl in bezug auf das Instrument als auch auf das, was der Komponist geschrieben hat. Und auf die eigenen physischen Möglichkeiten auch noch. Diese ganze liebevolle Zuwendung verführt das Problem normalerweise dazu, sein Geheimnis freiwillig preiszugeben.

Im Saal war es dunkel, aber auf der Bühne brannten helle Arbeitsscheinwerfer. Überall in der Luft lag der Geruch von neuem Holz und frischer Farbe und neu verlegtem Boden. Ein glänzendes Messinggeländer trennte den Orchestergraben von der ersten Reihe der Zuschauersitze, und an diesem Geländer hingen Samtdraperien in der Farbe frischen Blutes. Diese Massen von dichtem luxuriösem Stoff würden den größten Teil der Beleuchtung und der Bewegungen drunten im Orchestergraben schlucken, die Klänge der Musik jedoch sich dennoch wunderbar frei im Zuschauerraum entfalten lassen.

Die Bühne war leer bis auf ein paar Stühle und einen Hintergrund aus künstlichen Felsen. Die Bühnenarbeiter liefen sehr geschäftig mit Kladden herum, an die sie sich mit klinischer Genauigkeit hielten, und markierten den Boden mit Klebeband.

Und die ganze Zeit über blieb der Klavierspieler bei derselben Passage, machte stumpfsinnig immer wieder und wieder denselben Fehler und behandelte den Flügel wie einen Locher anstatt wie ein Musikinstrument.

Endlich rief jemand: »Jetzt hör doch endlich mal auf!«

Amen, Süßer.

Die musikalische Folter hörte für einen Augenblick auf und begann dann mit neuer Kraft. Der Flügel selbst stand rechts vorne auf der Bühne, direkt vor dem Orchestergraben, weshalb ich den Klavierspieler nicht sehen konnte. Ich schob mich leise durch meine Sitzreihe bis zur anderen Seite hinüber. Ich wollte sehen, wer da so vollkommen lobotomisiert an den Tasten saß. Es war doch tatsächlich Rick Jansen. Warum blieb er nicht bei den Dingen, auf die er sich besser verstand? Dingen wie Auto fahren und auf den Strich gehen? Jedenfalls war zu hoffen, daß er sich darauf besser versteht. Doch statt dessen saß er hier, verloren in einem Irrgarten, den er sich unter den eigenen Fingern geschaffen hatte. Die Klavierlampe warf seltsame Schatten auf sein kantiges junges Gesicht und ließ es starr und bösartig wirken. Seine Augen schienen in tiefen Höhlen unter den Augenbrauen versunken, und sein übliches allzeit bereites Lächeln wirkte eher wie eine dämonische Fratze.

Hinten im Zuschauerraum flog eine Tür auf und ließ das Licht hereinströmen. Sowohl Rick als auch ich sahen nach hinten auf die offene Tür. Madame Ostinata rief von dort hinten vor: »Rick, Liebling! Du bist hier!«

Jetzt war man also schon bei »Liebling«. Madame rauschte den linken Seitengang herunter. Als sie an mir vorbeikam, warf sie mir aus den Augenwinkeln einen Blick zu. Sie näherte sich dem Orchestergraben, lehnte sich über das Geländer und reckte sich zur Bühne empor. »Du hast mich gestern abend gerettet«, rief sie ihrem Rick-Liebling zu und warf ihm eine Kußhand hinauf. »Ich verdanke dir mein Leben.«

Trotz meiner aufsteigenden Übelkeit fragte ich mich von neuem, woher sie einander kannten, und wie sich Madames Englisch so unglaublich schnell verbessern konnte?

Nur wenige Augenblicke später erschien Jonathan Byers durch dieselbe Tür und eilte denselben Gang hinunter. Adam Pierce begleitete ihn. Rick sah Jonathan Byers hoffnungsvoll an, als erwarte er von seinem Päderasten-Papa dieselbe überschwengliche und leidenschaftliche Begrüßung, wie er sie soeben von Madame Ostinata bekommen hatte. Aber Byers war so mit Adam Pierce beschäftigt, daß er seine ausrangierte Eskorte gar nicht wahrzunehmen schien. Fast tat mir Rick leid.

»An die Arbeit«, schnauzte Jonathan Byers. »Zweiter Akt, dritte Szene, Renatos Auftritt, dem das ›*Odi tu*‹ folgt. Auf die Plätze jetzt! Wir haben zu arbeiten.«

Die Solisten sammelten sich schnell auf der Bühne. Ich erkannte den gutaussehenden Asiaten wieder, den ich gestern abend bei Daphnes Empfang gesehen hatte. Wahrscheinlich war er der Bariton, der den Renato singen würde. Madame Ostinata würde natürlich die Amelia singen, die in der Oper mit Renato verheiratet ist. Seitlich in den Kulissen stand Mathilde, immer in der Nähe, falls ihre Herrin sie brauchte. Der Maestro saß dicht neben dem Flügel auf einem Stuhl. Außerdem saßen ganz vorne auf der Bühne der Souffleur für dieses Festival und der Stimmbildner des Hauses. Sir Jonathan nahm im Zuschauerraum Platz, und zwar unmittelbar vor dem Regiepult, das man ungefähr in der Mitte des Zuschauerraums aufgestellt hatte. Am Pult selber saßen Ronda Lucca neben dem Technischen Direktor für diese Inszenierung, dann der Beleuchtungsleiter und sein Assistent und schließlich ein mausartiger Mann, der Jonathan Byers' Regieassistent sein sollte, aber keine eindeutige offizielle Funktion zu haben schien, jedenfalls nicht, solange Rick Jansen und Adam Pierce um Sir Jons inoffizielle Zuwendung wetteiferten. Für Adam Pierce war auch ein Platz am Regiepult vorgesehen, aber er setzte sich statt dessen neben Byers in die Sitzreihe.

Als Sir Jonathan seine Bühnenanweisungen zu geben begann, sprach er streng und klar und mit wenig Emotion oder Vulgarität, was sich von seinem gewöhnlichen Konversationsstil erfreulich unterschied. So war es zumindest am Anfang.

»Die vordergründigen Motive für diese Szene sind einfach«, sagte er. »*Sie* sind der Besitzer des Nachtclubs …« Byers' Stimme verstummte, während er die Bühne nach einem bestimmten Gesicht absuchte. Dann sagte er in größter Erbitterung: »Wo steckt denn dieser verdammte Tenor jetzt schon wieder?«

Ronda Lucca antwortete vom Regiepult her: »Er ist schon unterwegs.«

Byers sagte: »Vertretung bitte!«

Bitte? Hatte Jonathan Byers »bitte« gesagt?

Aus den Kulissen heraus nahm ein dicklicher, aber kräftiger junger Mensch rasch seinen Platz unter den anderen Sängern ein.

Byers fuhr fort: »Hier werden Riccardo und Amelia zusammen von Amelias Ehemann Renato ertappt, der mit seinen Leuten plant, ein paar Schwule zu ticken.«

Madame Ostinata sagte: »Was ist das?«

»Wachen Sie auf, meine Liebe«, sagte Jonathan Byers. »Ihr Freund Riccardo besitzt einen Nachtclub, der eine recht gemischte Kundschaft hat. Das gefällt manchen Leuten in der Stadt nicht, und sie wollen das Etablissement schließen lassen. Renato, Ihr Ehemann, ist ihr Anführer, was bedeutet, daß er es nicht sehr gern sehen würde, daß Sie sich mit dem Feind verbünden. Wir haben die Geschichte ein bißchen verändert, Liebste. Aber das wußten Sie doch, nicht wahr?«

»Aber wo ist der König?« sagte Madame.

»Es gibt keinen König«, sagte Byers, dessen Geduld bereits zu Ende war. »Riccardo ist jetzt ein Nachtclubbesitzer.«

Madame begann zusammenhanglos zu faseln von *un cane in chiesa* – einem Hund in der Kirche – und dann von dem armen Verdi, bis endlich Maestro Toscanelli von seinem Stuhl neben dem Flügel aufstand und zu ihr ging, um sie mit verbalen Beruhigungspillen zu trösten: So ändern sich eben die Zeiten. Die alten Traditionen sterben ab. Heute wird die Jugend hofiert.

Da gab es eine leichte Unruhe drüben am Flügel, wo Carolyn Boetz ihren Platz einnehmen wollte.

»Entschuldigen Sie«, sagte sie überlaut zu Rick Jansen, der noch immer am Flügel saß. »*Ich* spiele bei den Proben«, sagte Carolyn. Aber das Ricky-Schätzchen bewegte sich nicht. Carolyn wandte sich Jonathan Byers zu. »Warum ist er hier?« fragte sie. Aber dann errötete sie im Licht der Bühnenscheinwerfer an Gesicht und Hals und sah plötzlich ganz verloren drein, als habe sie eigentlich gar nicht beabsichtigt, so scharf mit dem großen Guru von Intendanten zu reden.

Jonathan Byers wirbelte zu Carolyn herum, aber zuvor erklärte Madame Ostinata mit starkem Akzent: »Mein lieber Rick spielt bei allen meinen Soli.«

Carolyn Boetz antwortete kurz: »Sie haben jetzt kein Solo.«

Madame fuhr fort: »*Non te ne fare una testa*. Seien Sie nicht verärgert, mein Kind. Sie werden trotzdem voll bezahlt.«

»Darum geht es mir nicht«, sagte Carolyn. Sie wandte ihren flehentlichen Blick dem Maestro zu. »Wer hat das beschlossen? Und wann?«

Maestro Toscanelli schien von ihren plötzlichen Fragen ganz verwirrt und konnte nicht antworten.

Währenddessen glitzerten Marcella Ostinatas Augen wild. Sie genoß die Szene sehr. Carolyn Boetz hielt ihrem Blick stand und blinzelte nicht. Dann wandte sie sich wieder dem Maestro zu, der jetzt einfach die Schultern zuckte und den Kopf schüttelte wie Pontius Pilatus.

Jonathan Byers schlichtete den Streit schnell. »Du!« sagte er, schnalzte mit den Fingern und zeigte auf Rick am Flügel. »Der Wagen muß aufgetankt werden. Ich werde nach der Probe eine lange Fahrt machen wollen.«

»Ich kann ihn dann auftanken«, antwortete Rick, kühl wie ein Gin-Fizz.

»Aber du wirst mich doch gar nicht fahren, Süßer. Also mach jetzt, was dir gesagt worden ist, und laß die junge Frau an den Flügel. Sei ein braver Junge.«

Ich hatte mal ein Hündchen, und das hieß Pimperimpchen.

Rick Jansen stand auf und verließ die Bühne mit einem verärgerten Knurren.

Die Arbeit an der Szene nahm wieder ihren Lauf.

Während ich der Probe zusah, bemerkte ich, daß Jonathan Byers' Regiemethode darauf beruhte, den Sängern Regieanweisungen zuzurufen, die sie herausforderten und provozierten oder von ihnen schlichtweg verlangten, daß man sich ihnen völlig unterwarf. »Natürlich können Sie mich alles fragen«, sagte er ermutigend, aber wenn das dann tatsächlich einmal geschah, war seine Antwort immer: »Versuchen Sie's einfach mal so, wie ich es mir vorstelle, Schätzchen.« Sein Ziel schien zu sein, die Sänger so sehr zu frustrieren und zu verwirren, daß sie gar nicht mehr denken konnten oder wollten. Seltsamerweise bekam ich tatsächlich in den kurzen Augenblicken, wo ich selber zu denken aufhörte und seinen kratzbürstigen Stil fast begreifen konnte – obwohl es wahrscheinlich einfacher war, auf dem Wasser zu wandeln –, eine Ahnung von der dramatischen Absicht, die Jonathan Byers im Kopf hatte. Dennoch waren in diesem frühen Stadium die Augenblicke der Wahrheit wie Sinnestäuschungen, flüchtig und verschwommen. Man dachte, man habe etwas gesehen, etwas gespürt, aber das stimmte dann gar nicht. Oder doch? Und dann gab es plötzlich wieder einen solchen Blitz intensivster Klarheit, daß einen regelrecht eine Gänsehaut des Entzückens überlief, oder sogar der Furcht. Falls Jonathan Byers mit seiner unangenehmen Art diese Leute hier tatsächlich dazu bringen konnte, seine abartigen Visionen, die direkt unter der Oberfläche der Geschichte zu lauern schienen, Wirklichkeit werden zu lassen – so wie unter der spiegelnden Wasseroberfläche eine andere Welt existiert, die von der oberen nur durch eine hauchdünne durchsichtige Schicht getrennt ist –, dann erwartete die Zuhörer beim Opernfestival dieses Sommers in Neuengland allerdings ein wilder Ritt, wie ihn die Welt nicht erlebt hatte, seit die Messieurs Stravinsky und Diaghilev 1913 ihr skandalöses Gemeinschaftswerk gezeigt hatten, *Le Sacre du Printemps*.

Aber wer kam da plötzlich herein und zerbrach den Traum, gerade während er entstand? Kein anderer als Bruce David, der Tenor. Er trug eine Sonnenbrille und einen weichen Filzhut, und um den Hals hatte er sich ein weißes Seidentuch geschlungen.

»Da bin ich«, sagte er kaum hörbar *mezza voce*, was noch unverständlicher wurde, da er laut an einer Pastille lutschte. »Ich bin jetzt bereit zu singen. Wo sind wir gerade?«

»Sie setzen sich erst mal hin und schauen zu«, befahl Byers.

»Aber ich bin jetzt hervorragend aufgewärmt.«

»Im Augenblick arbeiten wir ohne Sie«, fauchte Byers.

»Aber das ist meine Oper!« sagte Bruce David, spuckte die Pastille aus und gab seine Version einer volltönenden Stimme zum Besten.

»Ihre!« sagte Byers.

»Ich verlange zu singen, sonst gehe ich zur Gewerkschaft.«

Ronda Luccas Stimme kam vom Regiepult: »Sie sind doch gar nicht in der Gewerkschaft.«

»Oh du verdammte Scheiße«, murmelte Jonathan Byers.

Inzwischen schlüpfte Daphne, die mit Bruce zusammen gekommen war, im verdunkelten Zuschauerraum auf den Sitz neben mir. »Sie drücken sich wohl vor der Arbeit, Sie Schlimmer?«

»Nein, Ma'am. Der Boss hat sich heute krank gemeldet und die Perücken einsperren lassen. Deswegen dachte ich mir, ich komme herauf und schaue ein bißchen zu.«

»Ist das nicht furchtbar aufregend?« sagte sie. »Hat Hwang Yung Cho schon gesungen? Er ist unser Renato.«

»Bis jetzt hat noch keiner auch nur einen einzigen Ton gesungen«, erwiderte ich. »Sie waren nur mit der Aufstellung auf der Bühne beschäftigt. Der Flügel wurde gespielt, aber bisher haben alle ihre Rolle nur gesummt.«

»Sie schonen die Stimme«, sagte Daphne. »Warten Sie nur, bis Sie Hwang hören! Eine Stimme wie poliertes Teakholz. So ein Glück, daß wir ihn bekommen haben. Ganz Europa reißt sich um ihn.«

Mittlerweile hatte Jonathan Byers die Probe unterbrochen und arbeitete mit Bruce David peinlich genau jede einzelne Bewegung durch, so wie er es die letzte Stunde auch dem Ersatzmann gezeigt hatte. Madame Ostinata stand ungeduldig daneben, obwohl sie die zusätzliche Übungszeit bestimmt gut hätte nutzen können.

Einzig Hwang Yung Cho schien sich über die Chance zu freuen, seine Bewegungen auf der Bühne noch einmal durchzuüben. Einmal sah ich, wie er jemandem hinter der Bühne verstohlen zuwinkte. Ich schaute in diese Richtung und sah, daß April Kilkus in den Seitenkulissen stand und ihn mit dem unverwechselbaren Blick der Liebe anlächelte.

Endlich war es doch an der Zeit, einen Durchlauf der ganzen Szene mit Stimmen und Musik zu proben.

Jonathan Byers ging zu einem Stuhl am Regiepult. Adam Pierce setzte sich neben ihn. Der Maestro setzte sich neben den Flügel auf der Bühne und dirigierte Carolyn Boetz, die seiner Leitung perfekt folgte. Aber Madame Ostinata, die die Szene mit dem Ausruf »*Ahimé!*« eröffnen sollte, verpatzte dreimal ihren Einsatz – einmal war sie in der falschen Tonhöhe, und zweimal verpaßte sie den Zeitpunkt. Bruce David sang jede Note *sotto voce* und führte keinen der Bühnengänge so aus, wie es ihm gerade gezeigt worden war. Offensichtlich hatte lediglich Hwang Yung Cho seinen Part vor der Probe sorgfältig vorbereitet und auch Jonathan Byers Bühnenanweisungen in der vorangegangenen Stunde verinnerlicht. Ein Profi unter drei Sängern, das war eigentlich gar nicht so schlecht.

Dann kam der entscheidende Augenblick. Madame Ostinata mußte mit dem Trio »*Odi tu*« beginnen. Sowohl der Maestro als auch Carolyn Boetz versuchten wiederholte Male, ihr bei dem schnellen, leichten Auftakt zu helfen, mit dem das Trio beginnt. Die beiden Noten werden *a cappella* gesungen. Es ist ein schwieriger Einsatz, denn diese beiden kleinen Noten bestimmen das Tempo für das gesamte folgende Trio. Aber Madame Ostinata verfehlte sie immer wieder. Endlich wandte sie sich frustriert an den Maestro und sagte: »Dieses Mädchen da bringt mich ganz durcheinander.« Sie starrte Carolyn an und überfiel dann den Maestro mit verzweifelten Bitten. »*Angelo, caro Angelo, te imploro*. Ich brauche Rick.«

Wieder beruhigte und umgurrte der Maestro Madame Ostinata viele Minuten lang, und wieder schaffte er es, sie zu beruhigen, ohne ihrem Wunsch nachzugeben. Endlich setzte das Trio mit einem holprigen Start ein, aber zu diesem Zeitpunkt hatte Jonathan Byers bereits alles Interesse an der Probe verloren und fand offenbar größere Befriedigung in den Aufmerksamkeiten von Adam Pierce. Durch reine Willenskraft hielten Maestro Toscanelli und Carolyn Boetz das Trio in Gang, was wirklich eine Großtat war, da Madame die Musik zermürbenderweise ständig zum Stillstand brachte, weil sie jeden ihrer hohen Töne zu lange aushielt. Um das Tempo zu halten, begann der Maestro auf dem Flügel den Takt zu schlagen, was aber nur dazu führte, daß Madame die Augen weit aufriß und in Panik geriet. Bruce David war völlig unhörbar. Und obwohl Hwang Yung Cho sehr schön sang – Daphnes Vergleich mit glattem, geöltem, feingemasertem Holz war völlig treffend gewesen –, wirkte die Szene unausgeglichen und wie ein einziges Durcheinander.

Als sie vorbei war, sprach Madame Ostinata laut zu Carolyn Boetz hinüber.

»Mein liebes Mädchen, Sie sollten vielleicht mit der Musik aufhören und sich einen Ehemann suchen, der Ihnen ein hübsches Kleid kauft.«

Carolyn Boetz hatte es die Sprache verschlagen, ebenso auch dem Maestro.

Daphne murmelte neben mir: »Ach du lieber Gott.«

Jonathan Byers war so sehr damit beschäftigt, mit Adam Pierce zu flüstern und zu flirten, daß er Madames verletzenden Angriff gar nicht mitbekam. Aber vom Regiepult sprang Ronda Lucca zur Rettung auf.

»Heh, Sie!« sagte sie zu Madame, während sie zur Bühne hinuntereilte. »Das hier ist meine Bühne. Hier wird nicht auf diese Weise gesprochen. Ganz egal von wem.«

Ronda stieg rasch auf die Bühne und führte Carolyn Boetz dann vom Flügel weg und hinter die Kulissen. Der Maestro und alle anderen Musiker, alle außer Madame Ostinata, verschwanden auch hinter der Bühne. Irgendwie wirkte das, was sich gerade auf der Bühne ereignet hatte, wie ein großer Umschwung, sowohl musikalisch als auch zwischenmenschlich. Von all dem jedoch unberührt, flüsterten Jonathan Byers und Adam Pierce noch immer zusammen am Regiepult. Es war geradezu peinlich, ihnen zuzusehen.

Da sagte Adam laut: »Ich zeig dir mal, wie ich es meine, Jon.«

Er stand auf, ging nach vorn und in die Bühnenmitte und winkte Madame Ostinata zu sich. Er sagte zu ihr: »Wir beratschlagen gerade eine neue Lichtführung bei Ihrer Arie ›*Ma dall'arido*‹. Könnten Sie sich mal hierher stellen?« Er zeigte auf die Stelle, und Madame kam seiner Bitte nach.

»Ein Extrascheinwerfer für mich?« sagte sie schüchtern.

Adam ignorierte sie und sprach aufgeregt in Richtung Jonathan Byers. »Das klappt ganz bestimmt, Jon. Sie singt von Schuld und Angst und den Mächten des Bösen, aber wir baden sie in rosa Licht, um zu zeigen, was sie wirklich im Sinn hat.«

Jonathan Byers verließ das Regiepult und eilte ebenfalls auf die Bühne, als werde ihm die körperliche Nähe zu Adam Pierce helfen, die vorgeschlagenen Beleuchtungsänderung zu verstehen. Andererseits wollte Byers vielleicht auch nur die ganze Sache in größerer Entfernung vom Beleuchtungstechniker überlegen, der am Regiepult sitzen blieb und ganz augenscheinlich darüber verärgert war, daß er mit ansehen mußte, wie seinem eigenen Beleuchtungskonzept vom neuesten Liebling des Intendanten der Boden entzogen wurde.

Als er auf der Bühne war, sagte Byers leise: »Ich glaube, das ist vielleicht ein bißchen zu deutlich, Adam.«

»Nein«, antwortete der andere. »Du wirst schon sehen. Wenn du sie dazu noch auf den Boden kriegen kannst, kommt die Botschaft klar rüber.«

Madame sah entsetzt aus. »Ich singe auf keinen Fall auf dem Boden.«

Jonathan Byers jedoch schien sich den Vorschlag von Adam Pierce ernstlich zu überlegen.

»Vielleicht ist die Botschaft ein bißchen zu klar«, sagte er zu Adam.

Da fühlte ich, wie Daphne mich am Arm packte. Ich blickte auf und sah eine Bahn von Baumwollstoff, die so breit war wie die ganze Bühne, aus den Soffitten herabfallen. Betäubt und wie gelähmt sahen wir sie auf den Bühnenboden hinunterstürzen, als sei sie ein besonderer Überraschungseffekt. Niemand rief den Leuten auf der Bühne eine Warnung zu, nicht einmal ich. Dann sah ich das schwere Rohr, das den Stoff trug, Adam Pierce an den Kopf schlagen. Er stürzte zu Boden, und ein paar Bühnenarbeiter kamen aus den Seitenkulissen gerannt, um ihm zu helfen. Jonathan Byers stand regungslos da, als könne er es nicht fassen. Madame Ostinata war auf der anderen Seite der Stoffbahn gefangen, sie sah lächerlich aus, wie sie da jammerte: »*Soccorso! Maleficio!*«

In Sekundenschnelle war ich selber auf der Bühne. Adam Pierce lag noch am Boden, aber er schien ganz heiter mit den Leuten zu sprechen, die sich um ihn gesammelt hatten. Ein paar kauerten sich nieder und fragten ihn, wie er sich fühle. Er sagte, er sei überhaupt nicht verletzt, nur erschrocken. Und sein Kopf schien auch nicht zu bluten. Aber als Adam den Arm zu heben versuchte, ging das nicht. Sein Gesicht verzog sich vor Schreck. Da begann zum allgemeinen Entsetzen sein Körper heftig zu schütteln, wie bei einem Kaninchen, dem man den Hals gebrochen hat. Seine Augen verdrehten sich, und seine Glieder zuckten. Ronda Lucca kniete sich schnell nieder und wälzte ihn auf die Seite, um ihm Erleichterung zu verschaffen. Jemand lief, um den Notarzt zu rufen. Alle anderen Ensemblemitglieder und Bühnenarbeiter hatten um Adam und Ronda Lucca, die jetzt einer grotesken Pietà ähnelten, einen weiten Kreis gebildet.

Auf der Bühne wurde es plötzlich ganz still. Adams lange Beine zuckten und bebten, und dann zog sich sein ganzer Körper in einem Paroxysmus des Schmerzes zusammen. Er keuchte. Sein Atem rasselte. Dann starb er in Ronda Luccas Armen.

9

Der Krankenwagen traf zusammen mit zwei Polizeibeamten aus Abigail ein. Nach Ansicht der Sanitäter mußte das Rohr bei seinem Aufprall Adam Pierce das Rückgrat gebrochen haben. Und um uns vorsorglich von allen Schuldgefühlen freisprechen, versicherten uns die Sanitäter, daß solche Verletzungen immer tödlich seien und daß ihm nicht hätte geholfen werden können. Aber sie legten auch Wert darauf, uns darauf hinzuweisen, daß die offizielle Todesursache erst vom Bezirksgerichtsmediziner endgültig festgestellt werde.

Während Adams Leiche weiterer Untersuchungen harrte, befahl der Polizeiinspektor uns allen, für eine Routinebefragung im Opernhaus zu bleiben. »Keine große Sache«, sagte er unbewegt. »Ich muß Sie nur alle kurz verhören.« Er verweilte auf dem »Ich« und genoß jede einzelne Silbe. Ver-hö-ren. Er benahm sich wie der Chef der Sicherheitsleute in einem Country Club, bewegte sich übertrieben gelassen und kostete jedes Quentchen Macht in seiner winzigen Domäne aus. Er war so ganz anders als der Bostoner Polizeibeamte, den ich kannte und dem die eigene Autorität oft eine Plage zu sein schien.

Wir mußten alle im Zuschauerraum warten, wo wir nacheinander aufgerufen werden würden, um vom Inspektor verhört zu werden. Die Lichter im Zuschauerraum wurden angeschaltet, und wir verließen alle die Bühne. Madame war inzwischen hinter der herabgestürzten Stoffbahn herausgeholt worden und plapperte mit Mathilde und dem Maestro. Das eine oder andere Wort konnte ich aufschnappen, wie *malocchio* und *la vendetta*. Und der Maestro schien kein Feuer für seine Zigarette zu finden.

Als ich in die Kulissen gehen wollte, holte mich Ronda Lucca ein. So leise, daß nur ich es hören konnte, flüsterte sie: »Zu dumm, daß das Rohr nicht statt dessen diese Kuh getroffen hat.«

Ich blickte sie scharf an. Sie hatte genau das ausgesprochen, was ich mir dachte.

Draußen im Zuschauerraum saß Daphne noch auf demselben Platz, an dem ich sie verlassen hatte.

»Waren Sie zu aufgeregt, um auf die Bühne zu kommen?« sagte ich.

Sie antwortete: »Es tut mir leid, daß ich nicht helfen konnte. Ich kann kein Blut sehen. Sogar bei einem kleinen Schnitt an einer Papierkante wird mir schwummrig. Zeigen Sie mir eine Seele, die offenliegt und schreckliche, verhängnisvolle Verletzungen zeigt, und ich stürze mich sofort hinein und bis zu den tiefsten, dunkelsten Stellen hinab und versuche sie zu heilen. Aber der Anblick von Blut oder Knochenbrüchen ...« Daphne schauderte. »Dieser Teil des Medizinstudiums war für mich immer ein Alptraum.«

»Aber da oben war gar kein Blut zu sehen«, sagte ich, bevor ich mich zurückhalten konnte.

»Trotzdem«, sagte Daphne.

»Jetzt hat man alles wieder im Griff«, bemerkte ich schnell, als könne ich damit meinen kleinen Schnitzer wiedergutmachen.

Sie schnaubte. »Oh, das glaube ich kaum.«

»Ich auch nicht«, sagte ich.

Daphne seufzte schwer. »Ich möchte bloß wissen, wie es jetzt weitergeht.«

»Die Polizei wird uns verhören.«

»Ich meine, mit dem Festival«, sagte Daphne.

»Sind Sie darum nicht auf die Bühne gegangen? Wegen der Polizei?«

Daphne erklärte: »Von Anfang an habe ich mir den Glauben zu bewahren versucht, daß das Festival ganz glattgehen werde, als ob sich alles wie von Zauberhand regeln müsse, weil es ja für die Kunst geschieht. Aber so ist es wohl kaum. Allein schon die Genehmigung der Stadtväter zu kriegen war ein Riesenproblem. Dann mußten die höllischen Sicherheitsbestimmungen der Baubehörde für das Theater eingehalten werden. Und dann kamen unzählige Bitten von örtlichen Wohltätigkeitsvereinen, von deren Existenz ich bis dato nicht einmal etwas geahnt hatte.«

Ich sagte: »Und da Sie wußten, daß die Polizei jetzt kommen würde, zogen Sie es vor, ihr so kurz nach dem gestrigen Selbstmord nicht schon wieder zu begegnen.«

Daphne warf mir einen kalten Blick zu und sagte: »Junger Mann, Sie scheinen doch noch Psychologe zu sein.«

»Oder aber ein sehr argwöhnischer Detektiv.«

»Das sind die besten Therapeuten auch«, sagte sie und fuhr dann fort: »Aber Sie haben völlig recht. Der Polizeichef war stark voreingenommen gegen ein Opernfestival in unserer beschaulichen Enklave von Abigail-by-the-Sea. Die höheren Steuereinnahmen würde die Stadt kaum nötig haben, um ihren privilegierten Status zu halten. Darüber hinaus hatte er den Eindruck, daß der verstärkte Besucherzustrom, und noch dazu von diesen affektierten Opernliebhabern, von ihm und seinen Leuten dauernd verstärkte Aufmerksamkeit erwarten würden. Nach Sonia Hatfields Selbstmord und meiner engen Beziehung zu ihr ist dieser Unfall genau das, worauf der Polizeichef gewartet hat – nämlich etwas, was die Opernleute hoffentlich dazu bringen wird, die Koffer zu packen und für immer zu verschwinden.«

Daphnes Worte beschworen in mir alle möglichen neuen Fragen herauf, denn ich bin immer ganz versessen darauf, meinen Spekulationen freien Lauf zu lassen. Ich fragte mich: Konnte der Tod Adam Pierces etwa beabsichtigt sein? Und wenn, wer hatte dann diese Kulissenbahn losgemacht, so daß sie auf ihn herunterstürzte? Jonathan Byers' Lustknabe, das Ricky-Schätzchen? Er sollte eigentlich draußen sein, um das Auto aufzutanken, aber er hätte sich wieder ins Opernhaus stehlen und die Tat begehen können. War er jedoch überhaupt fähig, so eifersüchtig zu sein, daß er etwas derartiges durchführen konnte? Oder war der »Unfall« eigentlich für jemand anderen bestimmt gewesen, der auch gerade auf der Bühne war? Für Jonathan Byers selbst? Oder für Madame Ostinata? Oder war es ein ganz wahlloser Terrorakt, um das Opernfestival zu Fall zu bringen? Aber von wem? Etwa von der Polizei? Und da tauchte eine andere beunruhigende Frage auf: War Sonia Hatfield, das tragische Selbstmordopfer, vielleicht vor den Zug gestoßen worden?

Als ich zum Verhör dran war, erstattete ich der Polizei einen genauen Bericht über das, was ich gesehen hatte, und dabei kam mir plötzlich eine Einsicht, die mich selbst überraschte. Ich stellte fest, daß mein Unterbewußtsein in den ersten Sekundenbruchteilen, nachdem das Rohr Adam Pierce getroffen hatte, ganz eigene Beobachtungen angestellt hatte, sogar bevor ich ganz reflexmäßig von meinem Sitz aufsprang, um Pierce zu Hilfe zu eilen. Ein Teil meiner selbst hatte das Opernhaus überschaut und genau registriert, wer in diesem Augenblick zu sehen war und wer nicht. Ich weiß nicht warum. Vielleicht hatten meine früheren Beschäftigungen mit seltsamen Morden in mir irgendein schlafendes Gen für kriminalistische Schlußfolgerungen geweckt, und ich hatte im Geist bereits blitzschnell den Schluß gezogen, daß Adam Pierces Tod vielleicht gar kein Unfall sei. Was auch immer der Grund sein mochte, jedenfalls hatte ich im Geiste rasch eine Liste von allen denen aufgestellt, die im Augenblick des Unfalls nicht in meinem Blickfeld und vielleicht irgendwo hinter den Kulissen waren. Auf dieser Liste standen Ronda Lucca, Hwang Yung Cho, April Kilkus, Rick Jansen, Bruce David, Mathilde, Maestro Toscanelli, Carolyn Boetz und die zahllosen Bühnenarbeiter. Das alles erzählte ich der Abigailer Polizei, aber es beeindruckte sie offenbar nicht sehr. Zu viel Spekulation wahrscheinlich. Zugleich hatte ich auch festgestellt, daß die einzigen Personen, die bezüglich des Unfalls unumstößliche Alibis besaßen, Madame Ostinata und Jonathan Byers waren, die beide mit Adam Pierce auf der Bühne standen, und Daphne, die mit mir im Zuschauerraum saß. Alle anderen hätten die tödliche Stoffbahn herunterfallen lassen können, einschließlich des kränkelnden Daniel Carafolio, von dem man annahm, daß er sich in seinem Hotelzimmer erhole, und des liebestollen Maurizio, von dem man annahm, daß er auf Daphnes Landsitz sei und auf meinen Treueschwur warte.

Als ich in den Zuschauerraum zurückkehrte, fand ich

Daphne und den Maestro noch immer damit beschäftigt, Madame Ostinata zu beruhigen. Der Maestro zündete sich eben seine Zigarette mit einem Feuerzeug an, das offenbar aus massivem Gold bestand. Vielleicht hatte er es von Daphne. Aber als die Zigarette brannte, schien er damit eher das Gespräch zu dirigieren, als sie zu rauchen – er war nun mal Dirigent. Zu meinem Erstaunen sagte ihm niemand, daß er sie ausmachen solle.

Mathilde stand dabei, schweigsam wie immer, und wartete auf eine Anweisung, um herbeizuschaffen, was auch immer an dringend benötigtem exotischem Elixir Madames Nerven zu beruhigen vermöchte. Madame Ostinata ihrerseits ereiferte sich ohne Ende, daß eigentlich sie das Opfer des Unfalls hätte sein sollen. Man sah, daß sie wirklich entsetzt war, denn ihr standen buchstäblich die Haare zu Berge. Da sagte sie, wie um meine Beobachtung zu bestätigen, »*Far rizzare i capelli*«, und versuchte ihre verwilderte Mähne wieder zu glätten. Sie war überzeugt, daß jemand die Stoffbahn absichtlich habe herabfallen lassen, dabei aber sein eigentliches Ziel verfehlt habe. Es beunruhigte mich, feststellen zu müssen, daß sie und ich die Tatsachen auf dieselbe verrückte Weise interpretierten. Und ihre Version hatte sogar noch religiöse Untertöne: Es war nicht die Dame Fortuna gewesen, die sie gerettet hatte, sondern *il buon dio* persönlich. Und da Madame offensichtlich noch eine ganz schöne Weile am Leben zu bleiben verlangte, so sagte sie immer wieder, daß sie jetzt das Festival verlassen müsse. Es gebe keine andere Wahl. Ja, ihr sei klar, daß sie damit ihren Vertrag breche, aber was galt schon so ein Stück Papier, wo doch ihr Leben auf dem Spiel stand? Ich hätte schwören können, daß ich beim restlichen Ensemble und bei den Bühnenarbeitern auf so manchem Gesicht offenkundige Erleichterung sah. Allerdings war das auch wieder nicht allzu verwunderlich. Nach allem, was ich bisher gesehen und gehört hatte, konnte es bei diesem Festival für die Inszenierung von *Un Ballo in Maschera* nur von Vorteil sein, wenn Madame Ostinata so schnell wie möglich nach Italien zurückkehrte.

Ich wartete, bis die Polizei Daphne verhört hatte. Ich hoffte, ich könne mit ihr zusammen zur Villa zurückfahren. Vielleicht würde sie mich sogar in den ganzen Filz einweihen, wie sie die Stadtväter doch noch hatte überzeugen können, dem Opernfestival zuzustimmen. Als sie mich erblickte, schien sie darüber erleichtert, daß ich auf sie gewartet hatte, aber als wir dann gerade das Opernhaus verließen, blieb sie stehen und sagte: »Zuerst muß ich noch Maurizio suchen.«

»Ist er denn hier?« sagte ich.

Daphne erwiderte: »Er kam mit mir herunter, als ich Bruce David herbrachte. Er wird dann die anderen Gäste zum Haus zurückfahren.«

»Dann wartet er vielleicht im Bus«, brachte ich vor.

»Er wird wohl eher hier im Gebäude herumstrolchen. Er war oft hier, als das Theater gebaut wurde, vor allem im Bühnenraum.« Dann lachte Daphne und fügte hinzu: »Wahrscheinlich hat er irgendwie Theaterblut in den Adern.«

Worauf ich mich fragte: War Maurizio etwa hinter der Bühne, als der Unfall passierte? Wie sich herausstellte, hatte ihn niemand drinnen gesehen, aber die Polizei ließ es sich angelegen sein, von Daphne seinen Namen zu erfahren, um ihn später zu verhören.

»Sie werden einen Dolmetscher für die Zeichensprache brauchen«, sagte sie zu dem Sergeant, wobei sie einen leicht hochmütigen Ton in der Stimme kaum verbarg, »er ist taubstumm.«

Der Polizist verzog mißbilligend das Gesicht und sagte: »Da können Sie uns ja vielleicht helfen, wenn wir ihn verhören.«

Daphne zeigte ein gönnerhaftes Lächeln. »Sie wissen ja, daß ich Ihnen stets gerne zur Verfügung stehe, Sergeant.«

Wieder verließen Daphne und ich das Theater, und wieder mußten wir wegen ihr stehenbleiben, bevor wir den Haupteingang hinter uns hatten. »Ich hoffe, Sie nehmen es mir nicht übel, wenn ich Sie frage«, sagte sie. »Aber da Maurizio jetzt wieder verschwunden ist, glauben Sie, daß

Sie die anderen nach Hause fahren könnten? Das würde allerdings bedeuten, daß Sie hier warten müssen, bis die Polizei mit ihnen fertig ist, aber ich weiß gar nicht, was ich sonst machen soll. Es wäre mir wirklich eine sehr große Hilfe.«

»Mit Vergnügen«, sagte ich, obwohl ich das Opernhaus jetzt eigentlich selbst gerne verlassen hätte. Ich hatte momentan genug von diesen Leuten.

»Ich danke Ihnen«, sagte Daphne. »Und falls zufällig Maurizio wieder auftauchen sollte«, fügte sie hinzu, »dann vergessen Sie nicht: Seien Sie nett zu ihm.«

»Ich werde mein Bestes tun«, sagte Kraychik, ganz Sahnebaiser.

Daphne fuhr mit dem Bentley davon, und ich kehrte ins Opernhaus zurück. Es war seltsam still in dem riesigen Zuschauerraum, und kälter war es auch geworden. Ich ging leise einen Seitengang hinunter, in der Hoffnung, die Polizisten würden mich nicht bemerken, aber dem war nicht so. Einer sah mich und rief mich vors Haus. Ich sagte zu ihm, daß ich die Inquisition schon hinter mir habe und nur noch darauf warte, einige der Musiker zurück zu Daphnes Wohnsitz zu fahren. Er sagte, dann solle ich draußen warten. Ich sagte, draußen sei es zu heiß. Er sagte, das sei ihm egal. Ich sagte, ich werde mich ganz im Hintergrund halten. Ich versprach es ihm fest. Okay, schließlich tat ich auch noch ganz unterwürfig. Ich versuchte ihm zu erklären, daß ein paar von diesen Leuten hier Weltstars seien. Das waren nicht einfach Kriminelle. (Andererseits mochte einer von ihnen genau das sein.) Aber ich war nun einmal ihr Begleiter, und es gehörte mit zu meinen Aufgaben, dafür zu sorgen, daß sie so würdig behandelt wurden, wie es sich ihnen gegenüber geziemte.

Der Polizist blickte mißmutig drein – ich glaube, ihm gefiel meine Ausdrucksweise nicht. Er sagte, ich solle mich hinsetzen und den Mund halten. Ich ließ rasch meinen Blick über den Zuschauerraum schweifen, um die Stelle zu finden, von der aus meine eigene Art des Verhörs am vielversprechendsten wäre.

Der Maestro und Mathilde saßen weit weg in der ersten Reihe und schwiegen wie das sprichwörtliche Grab, und trotzdem sah ich, daß sie beide sehr besorgt waren. Der Maestro zündete sich gerade wieder eine Zigarette mit dem goldenen Feuerzeug an, kümmerte sich also noch immer nicht um das Rauchverbot. Madame Ostinata wurde offensichtlich gerade verhört, und zweifellos bereiteten sich der Maestro und Mathilde jetzt auf ihre Rückkehr vor, jeder auf seine Weise. Bruce David saß ganz allein ein paar Reihen weiter hinten und sah ganz verloren und beunruhigt aus, er lutschte wieder an einer Pastille und schmorte in seinem eigenen kostbaren Saft.

Mir war jetzt schon klar, daß die Fahrt zur Villa hinauf mit diesen vier Leuten zusammen im Kleinbus eine Ausgeburt an Scheinheiligkeit werden würde. Ich spürte, wie mir bereits der Mund wäßrig wurde.

Währenddessen lehnte Jonathan Byers am Geländer des Orchestergrabens und versuchte sein »erlesenes Britisch« an einem der Polizisten, aber ohne Erfolg. Ricky Jansen war nirgends zu sehen. Vermutlich tankte er immer noch.

Und dann entdeckte ich April Kilkus und Hwang Yung Cho zusammen ungefähr zwölf Reihen weiter hinten auf der einen Seite sitzen. Sie wirkten ganz entspannt, als hätten sie nur eben eine Pause zwischen den Proben, als sei heute vormittag gar nichts Schlimmes passiert – keine Stoffbahn, kein Toter, keine Polizei. Sie hätten genausogut über den Aufstieg und Fall der Oper im 19. Jahrhundert sprechen können. Aber eines sah man immerhin deutlich: Hwang Yung Cho war in April Kilkus verliebt. Ich weiß nicht, was er zu ihr sagte, aber wenn jemand so viel Leidenschaftlichkeit und Gemütsbewegung an den Tag legt, will er nicht irgend etwas diskutieren. Dann will er Sex. Außerdem sah ich sogar von meinem Standpunkt aus, daß in Hwangs Augen Flammen loderten.

Die Wahl meiner Beute hier im Zuschauerraum war demnach einfach.

10

Als Hwang und April mich über den Gang auf sie zukommen sahen, hörten sie zu reden auf. Ich winkte ihnen lässig zu. April starrte mich zweifelnd an und warf dann einen Seitenblick auf Hwang, der seinerseits herauszufinden versuchte, ob ich Freund oder Feind sei.

»Ich bin für die Perücken und das Make-up zuständig«, sagte ich und stellte mich ihnen vor.

»Oh«, sagte April mit ausdruckslosem Gesicht. Ich spürte, daß sie erleichtert war, mich mit der übrigen Mannschaft des Festivals, dem nicht-singenden Fußvolk, abhaken zu können. Für sie hatte ich mich reduziert auf: keine Bedrohung, kein Ärgernis und, mit etwas Glück, kein weiterer Kontakt.

Währenddessen zwang sich Hwang zu einem überfreundlichen Lächeln, das auf andere Weise genau dasselbe aussagte: Freut mich, Sie kennenzulernen, und jetzt gehen Sie bitte wieder.

Ich sagte: »Ganz schön schlimm, was da passiert ist, nicht?«

Beide nickten verdrossen und antworteten gleichzeitig.

»Tragisch.« »Schrecklich.«

»Kannten Sie ihn?« fragte ich.

Sie schüttelten beide den Kopf, aber Hwang sagte noch: »Er war der Regieassistent.«

Ich verbesserte ihn. »Der Bühnenbildner.«

Rasch nickten sie zustimmend. Es war deutlich zu merken, daß ich sie nervös machte. Vielleicht hatten sie etwas zu verbergen, oder vielleicht hatten sie auch nur Schuldgefühle, als hätte ich sie in flagranti ertappt – wenn auch nur in Gedanken.

Ich fuhr fort: »Fast eine Ironie des Schicksals, daß er ausgerechnet von einem Stück aus seinem eigenen Bühnenbild erschlagen werden mußte.«

Da runzelte April die Stirn und sagte: »Arbeiten Sie für die Polizei oder was?«

»Wohl kaum. Ich bin nur neugierig. Ich habe mir überlegt, ob einer von Ihnen sich wohl erinnert, vor dem Unfall irgend jemand Verdächtigen hinter der Bühne gesehen zu haben.«

»Na klar«, sagte Hwang. »Sie habe ich gesehen.«

»Mich?«

Er nickte. »Ja, ich hab Sie da hinten herumstreichen sehen, kurz bevor es geschah.«

Ich protestierte. »Aber ich saß mit Mrs. Davenport hier draußen. Ich hörte Ihrem Gesang zu. Das kann sie bestätigen.«

Hwang zuckte die Schultern. »Dann steht ihr Wort gegen meins, aber ich bin sicher, daß ich Sie da hinten gesehen habe, oder jemanden, der genauso aussieht wie Sie.« Dann erschien wieder das breite unechte Grinsen auf seinem Gesicht, und er fletschte fast die Zähne, als er sagte: »Also, kümmern Sie sich doch lieber um Ihren eigenen Kram und halten Sie sich an Perücken und Make-up.«

Hwang Yung Cho nahm seine Rolle als Renato etwas zu ernst.

April Kilkus sagte: »Wenn Sie nicht zur Polizei gehören, haben Sie uns gar keine Fragen zu stellen.«

»Aber meine Teuerste«, sagte ich, »ich will mich doch nur ein bißchen unterhalten. Wir haben schließlich alle zusammen ein schweres Trauma erlebt. Wenn man darüber spricht, dann zerstreut das die belastende Wirkung dieses Vorfalls und leitet den Heilungsprozeß ein.«

April unterdrückte ein Lachen. »Das klingt ja lächerlich.«

Hwang sagte: »Wenn Sie uns noch weiter belästigen, lasse ich Sie durch einen von diesen Polizeibeamten hinauswerfen.«

Fein, dachte ich. Warte nur, wenn dir die Perücke aufprobiert wird.

Ich ging zum hinteren Ausgang des Zuschauerraums und fragte mich, warum sie sich so verdächtig benommen hatten und dann gleich so über mich hergefallen waren. Mir konnte man doch eigentlich nichts vorwerfen als höchstens, daß ich zu nahe getreten war. Vielleicht waren sie ja schon ein heimliches Liebespaar. Das würde ihre Verärgerung erklären. Und wenn sie Adam Pierce wirklich nicht kannten, mußte sein Tod, so plötzlich und seltsam er auch war, sie nicht weiter berühren. Außer … außer das beabsichtigte Mordopfer war ein anderer von denen, die zu jenem Zeitpunkt auf der Bühne standen, und sie hatten ihre Chance verpaßt. Mein Gott, was war bloß mit mir los? Ich war ja geradezu erpicht darauf, irgend jemandem, egal wem, sogar einem heimlichen Liebespaar, den Unfalltod von Adam Pierce in die Schuhe zu schieben. Vielleicht kam das davon, daß ich zuviel Oper auf einmal erlebt hatte.

Am hinteren Ende des Gangs, unmittelbar vor dem Foyer und den Türen zur Eingangshalle, sah ich zwei Leute in der letzten Reihe des Parketts sitzen, wo es trotz der Beleuchtung im Zuschauerraum ziemlich dunkel war. Es waren Ronda Lucca, die Bühnenmanagerin, und Carolyn Boetz, die Probenpianistin. Carolyn hatte ihre Brille abgenommen, und trotz der Dunkelheit konnte ich erkennen, daß ihre großen runden Augen voller Tränen standen.

Ronda sah mich und sagte: »Sie sind noch hier?«

Ich antwortete: »Ich muß noch warten. Ich fahre einige der Stars zurück zur Villa. Hat die Polizei Sie schon vernommen?«

Ronda sagte: »Mich schon. Aber mich läßt sowas kalt. Ich bin an Polizei gewöhnt. Aber Carolyn war noch nicht dran, deshalb versuche ich ihr ein paar Tips zu geben, wie sie sich ihnen gegenüber verhalten soll.«

»Legen Sie ihr nichts in den Mund«, sagte ich. »Die Bullen merken's immer sofort, wenn man lügt, und dann setzen sie einem erst recht zu.«

Ronda fuhr mich an: »Wer sagt denn was von Lügen?«

»Entschuldigung«, sagte ich. »Das sind wahrscheinlich die Nerven.«

»Meine nicht«, sagte Ronda. »Ihre vielleicht.«

Carolyn Boetz sagte nichts, sah mich aber mit großen Augen an.

Ich ging weiter und wollte gerade die Tür zur Eingangshalle öffnen, als ich mich zu einer letzten Frage noch einmal umdrehte – wie Columbo. »Übrigens,« sagte ich zu Ronda, »kennen Sie sich mit Kleinbussen aus?«

Ronda antwortete: »Sie wollen mich wohl auf den Arm nehmen? Ich kann einen Achtzehntonner fahren.«

»Dann können Sie mir bestimmt sagen, ob ich heute die richtige Entscheidung getroffen habe«, sagte ich. Ich berichtete ihr von der Sicherung im Kleinbus heute früh, wie sie so montiert zu sein schien, daß sie ausfallen mußte, und wie ich sie überbrückt hatte.

»An Ihrer Stelle würde ich da schleunigst eine richtige Sicherung einbauen«, sagte sie. »Bevor Sie das ganze Zündsystem ruinieren.« In der Dunkelheit merkte ich, wie sie mich neugierig beäugte. Dann fügte sie hinzu: »Ich hätte gar nicht gedacht, daß Sie so praktisch veranlagt sind.«

»Mein Vater hat sich immer einen Sohn gewünscht«, antwortete ich.

»Meiner auch«, sagte Ronda.

»Aber Ihrer hat wenigstens einen gekriegt.«

Sie mußte gegen ihren Willen ein wenig lachen.

Ich trat hinaus in die Eingangshalle, deren Glasfronten die helle Nachmittagssonne einließen. Ein paar Minuten später fuhr eine riesige weiße Limousine vor der Oper vor. Der jugendliche Fahrer sprang heraus. Es war Rick Jansen. Er kam in die Halle, glotzte mich an und runzelte die Stirn. Als er eine der Türen zum Zuschauerraum öffnete, sagte ich: »Die Polizei ist da drin. Vielleicht warten Sie lieber hier draußen auf Mr. Byers.«

Er höhnte: »Mich kannst du nicht erschrecken, du Tunte.« Dann marschierte er stolz in die Höhle des Löwen und ließ mich mit der Frage zurück: Wenn ich eine Tunte war und er der Lustknabe von Jonathan Byers, worin unterschieden wir uns dann eigentlich?

Ich spazierte eine Weile in der Eingangshalle umher, um die Zeit totzuschlagen, bis die Polizei mit dem Verhör der Opernsternchen fertig war. Irgendwie hoffte ich, daß Maurizio auftauchen würde, aber er kam nicht. Schließlich hatte ich es satt, hier zu warten, also ging ich wieder in den Zuschauerraum zurück. Ich kam gerade rechtzeitig, um

Madame Ostinata von ihrer langen Sitzung mit der Polizei zurückkommen zu sehen. Wahrscheinlich hatte sie denen ihr ganzes Leben erzählt. Mathilde eilte an ihre Seite und bot ihr eine Tablette und ein Glas Wasser an. Madame wies die Tablette zurück, nahm aber mit theatralischem Kopfwerfen etwas Wasser zu sich. Beim Nachgeschmack zog sie eine Grimasse und murmelte laut genug, daß jeder im Haus sie hören konnte: »*Non è San Pellegrino!*«

Ich ging nach vorn und sagte den vieren – Madame, dem Maestro, Bruce David und Mathilde –, daß ich sie alle zurück zur Villa fahren würde. Wieder einmal bat mich der Maestro um Feuer, aber damit konnte ich ihm nicht dienen. Doch da schnalzte er mit den Fingern, griff in seine Jackentasche und holte dasselbe goldene Feuerzeug hervor, das er vorhin schon benutzt hatte, als erinnere er sich eben wieder an ein neues Spielzeug, das er nur im Augenblick vergessen hatte. Trotzdem machte ich mir im Geist eine Notiz, daß ich mir ein Bic besorgen wollte, um dem alten Herrn in Zukunft sein Feuer und sein Glück sicherzustellen. Da Madames Vernehmung beendet war, konnten wir jetzt alle gehen.

Auf der Rückfahrt setzte sich Bruce David neben mich auf den Vordersitz und palaverte unentwegt über die Verletzung seiner Rechte. »Sobald wir oben in der Villa sind, rufe ich meinen Agenten und meinen Anwalt an. Ich erwarte Genugtuung für diese Art von Behandlung. Schließlich sind wir Künstler und keine Hunde.«

Währenddessen unterhielten sich die beiden italienischen Landsleute leise auf der Sitzbank hinter uns. Ich fing manchmal ein paar Gesprächsfetzen auf, jedenfalls schien sich ihr Gespräch im Kern um Madames Rückflug nach Italien zu drehen, und der Teufel hole ihren Vertrag. Wieder beeindruckte mich an dieser Sprache, daß die Botschaft ebenso sehr durch den Klang und die Dynamik – die Musik – ausgedrückt wurde wie durch die Worte selbst. Sie sprachen mit gedämpfter Stimme, so daß das Motorengeräusch des Busses und das Gerede von Bruce David sie gerade eben übertönte und ich hinter mir nur ein italienisches Gemurmel hörte, als säßen sie in einem anderen Zimmer. Da platzte Mathilde plötzlich im Hintergrund des Busses mit irgend etwas heraus, auf das hin Madame ausrief: »*Taci!*« Das muß das verschärfte Pendant zu *silenzio* gewesen sein, denn den restlichen Weg legten wir in tiefstem Stillschweigen zurück, während ich mich die ganze Zeit fragte, ob und wann meine selbstgebastelte Sicherung die Elektrik des Kleinbusses einschmelzen würde.

An diesem Abend rief ich Nicole vom Gästehäuschen aus an, um ihr zu erzählen, was alles passiert sei und daß es mir gutgehe. Eine Verbindung zu Leichen schien allmählich einfach zu meinem Leben zu gehören. Nicole wollte von mir unbedingt hören, daß der Tod von Adam Pierce ein Unfall gewesen sei.

»Soweit man von den Tatsachen ausgehen kann, Liebes, war es ein Unfall.«

»Aber was denkst du, Schätzchen?«

Ich schwieg einen Augenblick. »Nikki, ich hoffe, daß mein Instinkt falsch tickt.«

Ich brachte das Gespräch auf erfreulichere Dinge. Es stellte sich heraus, daß Sugar Baby – meine größte und treueste Liebe – ohne mich sehr gut zurechtkam.

»Sie ist ganz verrückt auf frisches Krabbenfleisch«, sagte Nicole. »Und du hast gesagt, daß sie das nicht frißt.«

»Nein, Liebes. Ich habe gesagt, daß sie das nicht kriegen soll. Jetzt muß ich es ihr erst wieder abgewöhnen.«

»Hast du schon in Paris angerufen?« sagte sie. Genau wie ich sprang Nicole oft von einem Gesprächsthema zum anderen. Meistens diente das nur dazu, keine Langeweile aufkommen zu lassen, und kaum je einmal, einen Konflikt zu vermeiden.

»Sollte ich das?« sagte ich.

»Willst du denn nicht?«

»Ich könnte unsicher wirken.«

»Kämpf nicht gegen dein Schicksal an, Schätzchen.«

Wir verabschiedeten uns. Dann kämpfte ich doch gegen mein Schicksal an und gewann gleich diese Runde: Ich rief nicht in Paris an. Ich würde mich erst mal stark und unabhängig zeigen, wen auch immer ich damit zu beeindrucken meinte. Ich machte mich zum Schlafengehen fertig und schwamm gerade ins Reich der niederen Sinne hinüber, als Maurizio geräuschlos auftauchte. Er warf seine Kleider ab, schlüpfte dann unter die Decke, schmiegte sich an mich und weinte und schlief schließlich ein, die Arme um mich geschlungen. Diesmal hatte es keinen Sex gegeben, man hätte also sagen können, ich sei wieder treu.

11

Am nächsten Morgen wachte ich allein auf. Maurizio war genauso leise verschwunden, wie er gekommen war. Ich stand auf und duschte, dann ging ich zum Frühstück ins große Haus hinüber. Der Himmel war bedeckt, und draußen über dem Meer braute sich ein finsteres Unwetter zusammen. Die Aussichtsterrasse war leer. Ich blickte mich um und sah Parker vor einer der Hintertüren der Villa stehen. Er winkte mir zu und rief herüber:

»Frühstück gibt's heute drinnen!«

Im großen Haus traf ich Daphne an einem Tisch im Wintergarten an. Parker hatte gerade das letzte Frühstücksgedeck aufgelegt.

»Guten Morgen«, zwitscherte Daphne und drückte auf den Knauf der Preßfilterkanne, senkte dadurch den Filter durch die dunkle Flüssigkeit nach unten und erzielte wunderbarerweise auch diesmal wieder diesen vorzüglichen Kaffee. »Es kommt anscheinend ein ziemlich böser Sturm auf«, sagte sie. »Darum habe ich gedacht, wir sollten lieber drinnen frühstücken. Und außerdem – »hier hätte sie fast mit den Lippen geschmatzt, »macht Parker heute früh Waffeln.«

»Aber wir haben doch gar nicht Sonntag«, sagte ich.

»Das ist eine ganz alberne Tradition«, sagte Daphne. »Wenn Parker am Dienstag Waffeln machen möchte, bin ich damit einverstanden. Ich würde ihn nur nicht bei diesem Regen dort draußen am Waffeleisen einen elektrischen Schlag kriegen lassen.«

Parker drückte ihrem lahmen Witz durch eine erhobene Augenbraue seine Anerkennung aus, dann fragte er mich, ob ich eine Buttermilch- oder eine Buchweizenwaffel wolle.

»Kann ich beides haben?«

Daphne rief aus: »Sie müssen Zwilling sein.«

Ich nickte.

Daphne sagte: »Ich bin Löwe, und Parker ist Waage. Kein Wunder, daß wir so gut miteinander auskommen!« Dann beugte sie sich zu mir vor und flüsterte geheimnisvoll: »Astrologie ist mein heimliches Hobby, aber erzählen Sie davon bloß keiner Menschenseele. Können Sie sich vorstellen, was die Jungs von Harvard dazu sagen würden?«

Währenddessen entledigte sich Parker mit leichter Hand – da Ausgewogenheit ja eines der Kennzeichen der Waage ist, Unentschiedenheit dafür einer ihrer Flüche – der schwierigen Aufgabe, zwei verschiedene Sorten Eierteig gleichzeitig auf die heißen Waffeleisen zu gießen. Und bei keinem lief auch nur ein einziger Tropfen über.

Daphne sagte: »Die anderen frühstücken wieder alle auf ihren Zimmern.«

»Viel Gemeinsinn legen sie ja nicht gerade an den Tag«, sagte ich.

Parker pflichtete dem mit einem hörbaren Schnaufer bei.

Daphne sagte: »Stimmt, und das mißfällt mir auch. Aber warten Sie nur, bis Madame die neueste Entwicklung erfährt.« Daphne gluckste, als habe sie soeben in einer Runde Katz und Maus einen Punkt gemacht. Dann erzählte sie mir, daß die Festivalverwaltung Marcella Ostinata anweisen werde, ihren Vertrag einzuhalten. Falls sie dem nicht nachkommen sollte, würden die Vorstandsmitglieder gerichtlich gegen sie vorgehen. »Und das kann sich die Dame an diesem Punkt ihrer Karriere kaum leisten«, sagte Daphne, wieder mit diesem seltsam triumphierenden Unterton in der Stimme. »Als sie jünger war, hätten solche Eskapaden ihr vielleicht sogar genützt. Aber heute würde ihr so etwas nur die Chancen für weitere Engagements mindern.« Sie lächelte ein Siegerlächeln.

»Madame scheint in Ihrer Wertschätzung gefallen zu sein«, sagte ich.

»Allerdings«, erwiderte Daphne mit einem verschmitzten Zwinkern. »Ich habe nämlich gerade etwas über Madame Ostinata in Erfahrung gebracht, was sie definitiv auf meine Liste ›Unangenehme Leute‹ setzt.«

Ich wartete eine angemessene Zeit, daß Daphne mir den Klatsch brühwarm auftischen werde, aber es kam nichts. Sie bemerkte lediglich: »Wenn diese Sache geklärt und das Festival gelaufen ist, erzähle ich es Ihnen. Im Moment ist das einzig Wichtige, jedenfalls aus der Sicht des Festivals, daß die Polizei den Tod von Adam Pierce offiziell, absolut und unbezweifelbar als Unfall festgestellt hat. Sie haben gestern abend den Fall abgeschlossen, nachdem sie mit den Bühnenarbeitern noch tausend Tests durchprobiert hatten. Zu meiner größten Erleichterung.«

Und zu meinem größten Mißtrauen, denn ich fragte mich, wie das so schnell hatte geschehen können. Auf derartig merkwürdige Todesfälle wie den von Adam Pierce wurden normalerweise mehr als nur ein paar Stunden Nachforschung verwandt. Hatte Daphne den bürokratischen Ablauf durch eine großzügige Spende an die Pensionskasse der Polizei beschleunigt? Statt diesem Thema weiter nachzugehen, beschloß ich, ein guter Zwilling zu sein und leichte Konversation zu treiben, während ich die beiden knusprigen braunen Waffeln genoß, die mir Parker soeben serviert hatte. Für unhöfliche Offenheit würde später noch genügend Zeit bleiben.

Nach dem Frühstück kam Maurizio, um mich und den Maestro zu den Proben zu fahren. Wie sich herausstellte, war der Tenor Bruce David wieder indisponiert, und Madame Ostinata sowie Mathilde blieben im Haus, weil Madame ein Ferngespräch von ihrem *avvocato* erwartete.

Die Fahrt in die Stadt ging sehr still vor sich, trotz Maurizios Tendenz, schnell zu fahren. Der Maestro saß ruhig da und schaute zu, wie die Landschaft vorbeisauste. In Italien sieht man ja vielleicht überall ein wenig ländliches Grün. Ihm schien alles zu gefallen, was er sah, sogar die stets dunkler werdenden Regenwolken, die immer mehr wie ein verhängnisvolles Opern-Bühnenbild aussahen. Einmal beugte sich der Maestro vor und lehnte sich zwischen die Vordersitze. Ich ahnte, daß er mich um Feuer für seine Zigarette bitten wollte, und drückte auf den Anzünder im Bus. Er lächelte und bot mir eine Zigarette an, die ich elegant ablehnte. Der Maestro sah Maurizio und darauf mich an, bewegte dann seinen knorrigen alten Finger zwischen uns hin und her und sagte in stockendem Englisch: »Ihr zwei Jungs seid … ähm … *omosessuale*?«

Maurizio nickte schnell und begeistert. Wahrscheinlich hatte er es dem Maestro von den Lippen abgelesen, oder aber aus seiner Art der Zeichensprache und des Augenkontakts. Dann machte Maurizio mit der rechten Hand ein Zeichen, das ich nicht verstand. Aber als ich ihm in die Augen sah, war mir die Bedeutung klar: Er erklärte dem Maestro, daß er in mich verliebt sei.

Der Maestro lächelte liebenswürdig und wiederholte das in seiner Sprache: *»Ah, sì. Lei l'ama. Bene.«*

Da hatte ich gedacht, daß ich mich einfach zwei Wochen lang mit Perücken beschäftigen würde – noch dazu auf das Drängen meines Liebhabers hin –, und siehe da, was inzwischen schon alles geschehen war. Wie gesagt, ich hätte es eigentlich wissen müssen.

Wir kamen um Punkt neun Uhr am Opernhaus an, genau zu dem Zeitpunkt, wo die Proben und meine Arbeit im Perückenraum begannen. Maurizio umarmte mich leidenschaftlich und hielt mich fest wie in einem Schraubstock, als würden wir uns nie mehr wiedersehen. Ich mußte erst Luft holen, dann stieg ich aus dem Bus und hielt dem Maestro die hintere Tür auf. Aber anstatt nach meinem Arm zu greifen, packte der Maestro Maurizios Hand und schüttelte sie und sagte etwas zu ihm, was ich nicht verstand. Maurizio nickte und stieß dann zwei scharfe Nasallaute aus, als wolle er dem Maestro zustimmen. Schließlich half ich dem Maestro aus dem Bus, schloß die Tür und winkte Maurizio zum Abschied zu. Er schoß davon. Ich begleitete den Maestro bis in den Zuschauerraum. Dann ging ich ins Untergeschoß hinunter, um meine heutige Schinderei mit der zweiten Primadonna, Daniel, dem Kerkermeister, anzutreten.

Aber ich hatte wieder Glück. Daniel Carafolio war auch heute nicht da und die Tür noch versperrt. Tatsächlich klebte auch der Notizzettel vom Vortag noch an der Tür. Ich wartete ungefähr zehn Minuten, bis ich von der Bühne her gedämpfte Musikklänge hörte. Da ging ich nach oben, um den heutigen Festlichkeiten beizuwohnen.

Trotz Adam Pierces Tod ging die Inszenierung ihren Gang. Ich nehme an, daß er als Bühnenbildner mit seiner Arbeit weitgehend fertig gewesen war. Alles, was er am Bühnenbild jetzt noch hätte machen können, wären ohnehin nur noch Feinarbeiten gewesen. Alle, die heute auf der Bühne waren, schien sein Tod völlig kalt zu lassen, als sei es wirklich nur dieser unglückliche Zufall gewesen, den die Polizei jetzt offiziell festgestellt hatte. Diese Menschen hier wollten die Oper von morgen; Adam Pierce war der Schnee von gestern. Nun gut, man mag mich voreingenommen oder gelangweilt nennen, aber mir schien der Gedanke immer noch naheliegend, daß jemand diesen Typen absichtlich getötet habe oder aber jemand anderen auf der Bühne habe treffen wollen. Selbst in einem nagelneuen Theater fallen die Stoffbahnen nicht einfach so aus den Soffitten, nicht, ohne ausgelöst worden zu sein. Es gab zwar noch kein klares Motiv, aber ich würde mich auf die Lauer legen, ob nicht der Schuldige – so es denn einen gab – nachlässig wurde und das berühmte Haar in der Suppe hinterließ oder sonst irgend etwas, woraus man ihm in dem Zeitraum bis zur Premiere einen Strick drehen konnte.

Heute sollte die Orchesterprobe stattfinden, was bedeutete, daß das Opernhaus mehr dem Maestro als Jonathan Byers gehören würde. Die Orchesterprobe bot die Möglichkeit, alles ausschließlich auf den musikalischen Aspekt der Inszenierung zu konzentrieren. Wenn dabei zugunsten der Musik mit der Schauspielerei ein wenig gestümpert wurde, sei's drum. An diesem Tag war der Dirigent der liebe Gott. Der Regisseur würde noch genausoviel Zeit bekommen, um das Ensemble darauf zu trainieren, vorübergehend die Musik zu vergessen und sich ganz auf die Bühnenchoreographie zu konzentrieren. Am Ende sollten sich dann Musik und Schauspielkunst perfekt die Waage halten. Am Ende.

Auf der Bühne war die gesamte Besetzung des Tages: Maestro Toscanelli auf einem hohen Stuhl an einem improvisierten Podium; Carolyn Boetz am Flügel; Hwang Yung Cho, der den Renato sang; der Tenor, der für den indisponierten Bruce David den Riccardo sang; April Kilkus als Amelia für die ebenfalls indisponierte Madame Ostinata; eine Frau, klein wie ein Zaunkönig, die die zwitschernde Hosenrolle des Oscar, Riccardos Pagen, sang; ein Männerchor; und weiter weg auf der Seite der Souffleur und der Stimmbildner.

Ich beschloß, zur Abwechslung einmal von hinter der Bühne aus zuzusehen, was, wie sich herausstellte, eine gute Idee war. Dort fand ich Ronda Lucca, die in einer eigenen kleinen Kabine vor einem Computer an ihrem Inspizientenpult saß. Sie trug wie üblich Jeans und ihr kariertes Hemd. Davon hatte sie offenbar einen ganzen Schrank voll. Neben ihrem Computer befand sich eine Reihe von fünf kleinen Videomonitoren, die verschiedene Bühnenausschnitte und den Bereich hinter der Bühne zeigten. Ein großes Blatt Papier war an einer Pinnwand neben dem großen Bildschirm befestigt. Darauf stand: 1. AKT, 5. SZENE.

Ronda tippte gerade geschäftig auf der Tastatur des Computers. Ich sah ihr kurz zu, während ich der Musik vorn auf der Bühne lauschte. Selbst von hier hinten klang der Ersatz-Tenor gut, wie er da einige außerordentlich schnelle Passagen bewältigte, und zwar sehr leicht und mitreißend. Wenn man dazu noch die Kraft des Männerchors und die brillanten Koloraturen des Oscar nahm, erweckte diese Szene den allgemeinen Eindruck, daß da

Gutes bevorstand. Und bei Gott, das war jetzt auch bitter nötig.

Ich sagte leise zu Ronda: »Wenn Bruce David jetzt nicht bald mal zu größerer Form aufläuft, wird bei der Premiere sein Ersatzmann singen.«

Ronda sah von ihrem Bildschirm auf. Sie zwinkerte mir zu und sagte: »Da können wir ja nur beten, daß Brucie keinen mehr hochkriegt.«

»Sie sind ja heute gar nicht draußen am Regiepult.«

»Das ist eine Orchesterprobe, deshalb kann ich zu Hause arbeiten, hier hinten in meinem gemütlichen Nest.«

»Haben Sie eine Minute Zeit?« fragte ich.

»Für Sie schon«, antwortete sie. »Was gibt's denn?«

»Ich habe gehört, daß die Polizei gestern abend hier war und die Bühnenmechanik auf eine mögliche Straftat hin untersucht hat.«

Ronda sagte schnell: »Das stimmt so nicht ganz. Sie haben überprüft, ob ein Fehler passiert sein könnte. Wir haben die Firma, die die Ausrüstung und den Computer installiert hat, gestern kommen lassen. Vier Stunden lang haben sie geprüft, und am Ende mußten sie sagen, daß alles in Ordnung sei. Keine Kabel beschädigt, keine Steuerungsfehler, und das Kontrollprogramm tadellos. Alles tip-top, wie am ersten Tag, als es hier zur Tür herein kam.«

»Hat die Polizei nach Fingerabdrücken gesucht?«

»Wieso?« fragte Ronda.

»Normalerweise wird der Schauplatz eines Verbrechens nach Spuren und anderem Beweismaterial abgesucht.«

Ronda blickte mich unsicher an. »Wer spricht denn hier von Verbrechen? Es war ein Unfall.«

»Oder ein Gottesgericht«, fügte ich hinzu.

Hmph, machte Ronda. Dann sagte sie: »Die Bullen haben in ihren Bericht geschrieben, daß die Stoffbahn wegen eines Fehlers im Kontrollprogramm herunterkam – was technisch falsch ist, aber ich denke, sie mußten einfach irgendeine Erklärung abgeben. Also habe ich gestern abend die Software von nagelneuen Disketten übertragen, und deshalb muß ich heute auch hier sitzen und alle Stichworte für den technischen Direktor neu eingeben. Scheiße.«

»Das ist alles?« sagte ich. »Neue Software, und der Fall ist erledigt?«

»Ich hab's Ihnen doch schon gesagt«, sagte Ronda. »Es gibt gar keinen Fall! Das einzige, worum sich das Festival jetzt noch Sorgen machen muß, das ist, ob die Erben des Typen auf Schadensersatz klagen werden.«

»Erben sind bei Adam Pierce sehr unwahrscheinlich. Eher Gläubiger, zum Beispiel die Leute von Armani.«

Ronda grinste und sagte: »Also, nur zu Ihrer Information, die Bullen haben mich angewiesen, daß ich auf der Bühne überall mit reflektierendem Klebeband die Stellen markieren soll, wo Kulissen oder Beleuchtungskörper oben hängen, für den Fall, daß noch etwas herunterfallen will. Wir werden jetzt auch die Aufstellungen auf der Bühne ändern müssen. Schrecklich.«

»Gar nicht davon zu reden, wie es aussieht, wenn die Bühne mit lauter reflektierenden Klebestreifen bedeckt ist.«

Ronda lachte. »Das überlasse ich Jungs wie Ihnen, sich um die Dekoration Sorgen zu machen.«

Ich fragte mich, warum die Polizei nicht die Computertastatur nach Fingerabdrücken untersucht hat. Jeder Fingerabdruck, den man fand, hätte die Zahl der Verdächtigen doch erheblich eingeschränkt. Aber dann fiel mir ein, daß ich ja der einzige war, der den Tod von Adam für einen Mord und nicht für einen Unfall hielt.

Ich sagte: »Hätte auch jemand einfach einen Hebel umlegen können, um dieses Kulissenstück herunterkommen zu lassen?«

»Das wäre recht schön und einfach«, sagte Ronda. »Aber das geht nicht auf dieser Bühne. Auf den alten Bühnen macht man es so, mit Seilen, die von der Sicherungsschiene aus handbedient werden. Doch jetzt gibt es nur noch Stahlkabel, und die werden über diesen Computer bedient.« Sie tätschelte die Maschine vor sich. »Dieses kleine Schätzchen hier kümmert sich um alles.«

Ich fragte mich, auch um Mord?

Ich sagte: »Die Stoffbahn wurde also über diesen Computer hier ausgeklinkt.«

Ronda antwortete: »Kein Mensch weiß, wie das Ding sich ausgeklinkt hat.«

»Aber es kann ja nur von hier aus passiert sein.«

»Nein«, sagte Ronda. »Das Stahlkabel könnte über Computer ausgeklinkt worden sein oder auch von der Sicherungsschiene aus.«

»Aber Sie sagten doch gerade, daß es nur über den Computer gehen könne?«

»Es gibt auch eine manuelle Steuerung.«

»Was heißt das?«

Ronda runzelte ungeduldig die Stirn. »Es heißt, daß man in den Computer eingeben kann, daß man die automatischen Kontrollen umgehen und die Kabel von Hand bedienen will.«

»Also hätte es doch von Hand ausgeklinkt werden können?«

Ronda blieb bei ihrem ursprünglichen Standpunkt. »Eigentlich nicht.«

»Wo würde man das machen, die Seile von Hand bedienen?«

»Es sind keine Seile«, sagte Ronda, »es sind Kabel.«

»Also gut, dann eben die Kabel.«

Sie knurrte ungeduldig. »Wenn man das machen wollte, müßte man zur Sicherungsleiste«, sagte sie. »Dort drüben.«

Sie zeigte hinter sich auf die Innenwand des Bühnengebäudes selbst. Über die ganze Länge der Wand erstreckte sich eine gigantische rahmenförmige Stahlkonstruktion, in der die zahllosen Stahlkabel angeordnet waren, mit denen die Kulissen oben in den Soffitten bedient wurden. Es sah aus wie ein monströser Webstuhl in einer Weberei.

Ronda sagte: »Aber wie gesagt muß man, da das ganze System ja über den Computer läuft, dieses System erst auf manuelle Steuerung umstellen, wenn man ein Kulissenteil von der Sicherungsleiste aus herunterlassen will. Und das mache ich nie. Wenn etwas heruntergelassen werden soll, ist es mir am liebsten, wenn das von hier aus passiert.« Noch einmal berührte sie den Computer, als sei er ein Teil ihrer selbst, und zwar ein intimer Teil. »Bei mir bleibt die Handbedienung immer ausgeschaltet.«

»Vielleicht haben Sie das gestern nachmittag mal vergessen.«

»So etwas vergesse ich nicht!« fauchte sie.

Sie wurde langsam ärgerlich. Und wie auch nicht? Ich ging ja nicht gerade charmant mit ihr um.

»Schauen Sie«, sagte sie. »Man braucht auch noch ein Codewort, um die Handbedienung zu benutzen. Und das alles nur zu dem Zweck, gerade solche Unfälle zu vermeiden, wie gestern einer geschehen ist.«

»Oh«, sagte ich und tat ganz unwissend. »Ja klar, das erscheint mir sinnvoll. Safety first und so weiter. Zu dumm, daß es nicht funktioniert hat. Wer kennt denn dieses Codewort?«

Ronda sagte: »Mensch, ich hab hier im Augenblick wirklich zu tun, ganz im Gegensatz zu Ihnen offenbar. Aber nur zu Ihrer Information, ich bin bisher die einzige, die das Codewort kennt. Sonst niemand. Nicht einmal die Leute, die das System installiert haben. Verstanden?«

»Wow«, sagte ich. »Dann sind Sie ja hier hinten so etwas wie ein Gott.«

Ronda berichtigte mich. »Eine Göttin.«

»Entschuldigung. Göttin. Nur noch eine einzige Frage. Wo ist das andere Ende von dem Kabel hier befestigt?«

»Das Kabel geht durch das Gitter hinauf und ist jeweils mit der Kulisse verbunden, die es bewegen soll.« Sie zeigte nach oben, und ich schaute hinauf. Weit über uns, in der Stratosphäre des Bühnengebäudes, unmittelbar unter dem Dach des Opernhauses selbst, war ein gigantisches Durcheinander von Metallbalken und vergitterten Zwischenböden, so groß wie die gesamte Bühne und der Raum hinter der Bühne. Es sah wie himmlisches Filigran aus.

»Da möchte ich nicht unbedingt hinaufsteigen«, sagte ich.

»Das geht fast jedem so«, entgegnete Ronda.

»Aber vielleicht hat es gestern trotzdem einer gewagt«, sagte ich. »Ist da hinaufgestiegen und hat eines der Seile durchgeschnitten.«

»Nö«, sagte Ronda. »Das hätte man besser an der Sicherungsleiste gemacht. Und wie gesagt war keins der Kabel beschädigt.« Dann sagte sie: »Eins weiß ich ganz sicher. Diese Stoffbahn wurde nicht von hier aus ausgeklinkt.« Wieder tätschelte sie den Computer.

»Woher wissen Sie das?«

»Weil ich, als es passierte, gerade hier saß, und ich habe jedenfalls keinen Befehl eingegeben, der diese Stoffbahn herunterstürzen lassen hätte können.«

»Sind Sie sicher?« sagte ich. »Ich dachte, Sie hätten draußen am Regiepult gesessen.«

»Das habe ich auch. Aber dann ging ich hier nach hinten.«

Ihr Gesicht verdüsterte sich im Widerschein des Computerbildschirms.

»Entschuldigung«, sagte ich. »Manchmal geht irgend etwas mit mir durch. Es kommt mir nur so komisch vor, daß der Computer und alle Kontrollsysteme gestern abend perfekt in Gang waren, gestern nachmittag aber eine Stoffbahn herunterfiel und jemanden tötete.«

Ronda sagte: »Ich glaube, Sie sollten wieder ein bißchen zur Ruhe kommen – verabreden Sie sich doch mal mit einem netten Mann.«

Was ich brauchte, war viel eindeutiger als eine Verabredung.

Auf der Bühne endete die Szene mit lauten Stimmen und donnernden Akkorden. Ronda Lucca sagte: »Ich muß jetzt weiterarbeiten.« Sie hängte ein Blatt Papier auf, auf dem stand: 2. AKT, 1. SZENE. Dann begann sie wieder zu tippen.

Ich stand in den Seitenkulissen und sah zu, wie alles herumhastete, um den nächsten Probenabschnitt vorzubereiten. In diesem Augenblick erschien Madame Ostinata im Zuschauerraum, hinter sich Bruce David und Mathilde. Sie stieg die vorübergehend aufgebaute Treppe zur Bühne hinauf, und als sie am Maestro vorbeikam, grüßte sie ihn frostig. Der Maestro nickte höflich zurück, als sei gar nichts Ungewöhnliches vorgefallen. Vielleicht hatte er in seinem langen Leben schon so viel gesehen, daß er wußte, es sei das beste, sich in jede Situation zu fügen.

Madame marschierte nach vorne in die Bühnenmitte, drehte mit großem Aplomb ihren ganzen Körper herum und blickte in die Tiefe der Bühne. Sie wartete, bis es auf der Bühne absolut still wurde, und wandte sich uns dann mit ungewöhnlicher Selbstbeherrschung und Autorität zu.

»Guten Morgen«, sagte sie. »Wie schön, Sie alle zu sehen.«

Inzwischen hatte Ronda Lucca ihren Computer verlassen und trat neben mich in die Seitenkulisse. »Was blökt sie da jetzt wieder herum?«

Ich flüsterte ihr zu: »Ich glaube, das werden wir gleich erfahren.«

Madame Ostinata fuhr in ihrer Rede fort: »Sie alle gesehen, ist gestern gemacht worden ein Angriff auf meine Leben hier auf diese Bühne.«

Ihre Englischkenntnisse verließen sie offenbar allmählich wieder.

»Ich habe genommen viele Zeit zu denken darüber, und heute ich beschließe zu bleiben auf die Festival. Ich *werde* singen die Amelia.« Sie hielt inne, um den anderen Zeit für eine dramatische Reaktion zu geben, die bei den auf der Bühne Anwesenden sehr unterschiedlich ausfiel: der Maestro nickte ergeben; April Kilkus sah aus, als sei sie soeben bei einem Nachwuchswettbewerb ausgeschieden; Hwang Yung Cho murmelte angewidert vor sich hin, ganz wie es der Renato, den er darstellte, angesichts der Untreue seiner Frau getan hätte; Bruce David blickte Madame mit einer Verehrung an, die man bei uns Divavergötterung nennt; Ronda Lucca sagte nur: »Scheiße«; Carolyn Boetz senkte bei ihrem Flügel den Deckel auf die Tasten; und Mathilde stand in der Seitenkulisse und wartete geduldig. Nach der Pause in Madames Monolog zeigte Mathilde auf ein Blatt

Papier in ihrer Hand und drängte Madame fortzufahren. Offenbar hatte Madames *avvocato* ihr heute morgen ein Schreiben diktiert, das alle Eventualitäten berücksichtigte. Madame nickte Mathilde dankbar zu und fuhr mit ihrer Rede fort.

»Ja, ich werde bleiben und singen«, sagte sie. »Aber nur mit die Bedingung, daß die Festival zahlt für eine Bodyguard für mich. Sie hören das alle? Ich muß haben Zeugen, die mich hören. Ich verlange eine Bodyguard für alle Stunden, und dann ich werde singen.«

Aus der Orchesterloge kam eine vertraute Stentorstimme mit vertrautem Vokabular. »Ach du verdammte Scheiße!« sagte Sir Jonathan Byers.

Ich lugte aus meiner Seitenkulisse und sah gerade noch, wie Sir Jonathan den Gang hinaufstürmte und das Theater verließ. Hinter ihm her hastete wie ein treues Hündchen kein anderer als Ricky Jansen. Wahrscheinlich hatten Sir Jonathan und sein Lustknabe nach dem Tod von Adam Pierce da weitergemacht, wo sie stehengeblieben waren – wo immer das auch sein mochte. Da fragte ich mich, ob Rick seiner Wiedervereinigung mit Sir Jonathan nicht vielleicht ein wenig nachgeholfen habe. Er hätte nichts anderes tun müssen, als das Computerkontrollsystem so zu manipulieren, daß es die Stoffbahn Adam Pierce auf den Schädel knallen ließ. Puff! Und Jonathan Byers romantischer Zeitvertreib wäre Vergangenheit. Sogar ein Lustknabe, der sein Hirn nur in den Muskeln hat, könnte das hinkriegen.

Ich wurde durch den Klang von Madame Ostinatas Stimme wieder in die Gegenwart zurückgeholt. »Ich *werde* bleiben!« Jonathan Byers' Ausbruch hatte sie nicht beeindruckt, und ich fragte mich, was aus dem Wesen geworden war, das bisher bei einer solchen Beleidigung zu kreischen begonnen hätte. Indessen schien sie der Situation und ihrer selbst vollkommen Herr. Vielleicht war Madames starke neue Persönlichkeit ja durch äußere Hilfsmittel zustande gekommen. Vielleicht durch irgendwelche Pillen? Durch etwas, was man ohne weiteres auf Rezept bekam, so wie dieses Persönlichkeitswunder aus der Flasche, dieses Darzac?

Da wandte sich Madame dem Maestro zu und sagte: »*Caro Angelo*, bitte. Jetzt ich werde singen meine Arie ›*Ma dall'arido stelo divulsa*‹.«

Die Bühne wurde geräumt – April Kilkus machte dabei einen Krach, den man ihr eigentlich gar nicht zugetraut hätte, indem sie im Weggehen einen Stuhl umwarf – und dann stellte sich Madame neben dem Flügel auf. Als Ronda Lucca ihre Position gemäß den vorangegangenen Anweisungen Byers' korrigieren wollte, sagte Madame: »Nein. Ich werde hier singen.«

Es überraschte nicht weiter, daß ihre Vorführung mehr Melodrama als Musik war. Aber um fair zu sein, ich wußte, daß Darzac jede Spur von Stimmtechnik, die Madame etwa noch besitzen mochte, zunichte machte. In der Tat erinnerte ich mich, genau das auf der Liste der möglichen Unverträglichkeiten und Nebenwirkungen gelesen zu haben. Im Ärztlichen Handbuch stand, Darzac bewirke manchmal »den Verlust der Stimmbeherrschung bei alternden Sopranistinnen«. Also konnte Madame Ostinata heute morgen vielleicht für die Töne, die sie von sich gab, gar nicht ganz verantwortlich gemacht werden. Immerhin hielt das den Maestro nicht davon ab, sie zu dirigieren, und Carolyn Boetz ebensowenig davon, sie am Flügel zu begleiten. In gewisser Weise tat mir Madame leid. Niemand stand auf ihrer Seite. Sie war allein. Natürlich, das hatte sie sich großteils selbst zuzuschreiben, aber andererseits war sie doch auch nur so eine arme Sterbliche, die gegen das Schicksal ankämpfte, um etwas aus ihrem Leben zu machen, auf so etwas wie echte Zuneigung hoffte, wenigstens in einem kleinen Winkel der Welt, und in den wenig tiefen Tiefen ihrer Seele vielleicht schon wußte, daß es außer ihrer Garderobe, einer möblierten Villa, einer Schatulle voller Juwelen, einer Limousine und ein paar zerknitterten alten Kritiken für sie nicht mehr viel zu holen gab. Und inzwischen hatte sie vergessen, sich in ihrer Kunst die Selbstkritik und die Wahrhaftigkeit zu bewahren.

Als sie fertig war, sang Bruce David mit ihr zusammen das nachfolgende Duett. Sein Ersatzmann, der bei der Probe heute schon so gut gesungen hatte, hörte aufmerksam zu, als hoffe er auf etwas Verheerendes. Er wurde auch nicht enttäuscht. Bei all diesen nach innen gekehrten Einsamkeitsgefühlen sollte Bruce David vielleicht doch endlich eine andere Karriere in Erwägung ziehen. Das Duett war so unerträglich, daß ich das Theater verließ und in den Perückenraum zurückkehrte. So schlecht war es.

Als ich heute zum zweiten Mal in den Perückenraum hinunterkam, war Daniel Carafolio endlich erschienen.

»Nett von Ihnen, daß Sie auch mal vorbeischaun«, sagte er scheinheilig.

»Hören Sie mal, mein Süßer«, sagte ich. »Als ich hier ankam, zeigte der große Zeiger auf die Zwölf und der kleine auf die Neun. Das heißt also, wo waren Sie?«

»Nehmen Sie das alles doch nicht so ernst«, sagte er abwinkend. »Ich wundere mich ohnehin, daß Sie überhaupt wieder gekommen sind, nach allem, was gestern passiert ist. Ein Toter auf der Bühne! Ich wundere mich dauernd, daß niemand sich aufregt.«

»Es war nicht sehr schön«, sagte ich.

»Aber hat's Ihnen nicht gegruselt, ihn so sterben zu sehen? Ich mag es, wenn es mir gruselt.«

Ich sagte: »Mir gruselt's normalerweise mehr vor Dingen, die von Lebenden kommen oder von denen, die zumindest so tun, als wären sie am Leben.«

»Seien Sie doch nicht so boshaft«, sagte er.

»Ich glaube, ich kriege Kopfweh. Ich geh besser heim.«

Daniel knurrte: »Sie sind doch gerade erst gekommen!«

»Dann tun Sie doch uns beiden den Gefallen und schmeißen Sie mich raus.«

»Aber ich brauche Sie heute. Ich liege ganz schlecht in meinem Zeitplan.«

Wahrscheinlich fühlte ich mich, da alle auf diesem Festival so selbstsüchtig handelten, irgendwie verpflichtet, großzügig zu sein oder philosophisch oder einfach dämlich. Denn ich blieb den Nachmittag über und half Daniel. Dazu war ich ja schließlich eingestellt worden. Er mußte wohl auch wirklich ganz schön unter Zeitdruck stehen, denn er ließ mich tatsächlich an einigen von seinen heiligen Perücken arbeiten. Zwar nur an denen für die Statisten – die lebenden Kulissen –, aber das war trotzdem viel besser, als nur sein Lakai zu sein. Und wieder einmal Haar unter den Händen spüren zu können, auch wenn es nur auf einem Plastikkopf war, das wirkte auf mich ganz meditativ. Ich spürte, wie ich mich entspannte und endlich wieder meine Kreativität sich regte, mein besseres Selbst.

Einmal sah mir Daniel bei meiner Arbeit zu und bemerkte dann: »Das ist für eine Kellnerin, nicht für Maria Antoinette.« Das war vielleicht spöttisch gemeint, aber trotzdem ein Kompliment, und von ihm kommend war es direkt ein kleines Wunder. Vielleicht hatte auch er Darzac genommen.

Um fünf Uhr ging ich nach oben, um mit Maurizio im Kleinbus zur Villa zurückzufahren. Dort unten in den Kellern des Opernhauses hatte ich gar nicht realisiert, daß das Unwetter jetzt mit voller Kraft losgebrochen war. Der Wind tobte und warf Regenböen an die riesigen Glaswände der Front der Eingangshalle, die davon gerüttelt und geschüttelt wurden. So ein Sturm kommt in New England sonst immer erst in der drückenden Augusthitze, nicht in der frischen Wärme des frühen Juni. Ich spähte durch die vom herunterrinnenden Wasser fast undurchsichtig gemachten Scheiben vor mir, konnte den Kleinbus aber nirgends entdecken. Dafür sah ich aber Daphnes roten Bentley mit seinem leuchtend weißen Verdeck. Sie gebrauchte Lichthupe und Hupe gleichzeitig. Als ich sah, daß mir ihre weiß behandschuhte Hand durch die Windschutzscheibe zuwinkte, rannte ich schnell zum Wagen.

12

Im Fahrgastraum des Bentley war es kühl und trocken und fast still, trotz des draußen tobenden Sturms. Sogar die Scheibenwischer erfüllten ihre Aufgabe mit stiller, königlicher Grazie. Wir hätten genausogut in einer friedlichen mahagonieverkleideten Bibliothek sitzen und Tee trinken können.

Daphne sagte: »Maurizio bringt die anderen nach Hause. Ich habe gesagt, daß ich Sie selber abholen werde. Wie lief die Arbeit heute?«

»Ganz gut«, antwortete ich rasch. Ich konnte ihr doch nicht sagen, daß ich darum gebeten hatte, rausgeschmissen zu werden. Das hätte bestimmt undankbar gewirkt.

Sie fuhr in den Verkehr hinein, ohne zu schauen. Ein anderes Auto hupte uns laut an. Das beeindruckte Daphne überhaupt nicht.

»Ich glaube, von jetzt an werde ich Sie fahren«, sagte sie.

»Mir macht der Kleinbus gar nichts aus.«

»Aber die anderen haben mehr Platz, wenn Sie mit mir fahren.«

Das war eine lahme Ausrede. In dem Kleinbus war genug Platz für alle, selbst für die fünfzehn Pfund extra, die ich mit mir herumtrage.

»Hat denn Maurizio etwas dagegen?« sagte ich.

»Überhaupt nicht«, sagte Daphne, dann lachte sie leise. »Tatsächlich glaube ich, daß er nichts lieber täte, als mit Ihnen in den Sonnenuntergang hineinzufahren.« Dann wandte sie den Kopf und sah mich mit ihren blaßblauen Augen fest an. Reflexmäßig griff ich mit der Linken nach dem Lenkrad. Daphne sagte: »Versuchen Sie das bitte zu verstehen, mein Lieber. Madame Ostinata hat heute früh zu mir gesagt, daß sie sich nicht wohl fühle, wenn sie mit Ihnen fährt.«

»Liegt das an meinem Fahrstil?«

»Mein Lieber, ich glaube, es liegt an Ihrer Persönlichkeit.«

»Das heißt, an meiner Sexualität.«

Daphne zuckte zusammen. »Ich fürchte, Madame hat eine extrem beengte Weltsicht, trotz all ihrer Jahre am Theater.«

Wenn ich daran dachte, daß ich während ihrer Arie sogar einen Augenblick Mitleid mit der alten Kuh gehabt hatte!

Daphne fuhr fort: »Aber Sie müssen auch die positive Seite davon sehen. Wenn ich Sie fahre, haben doch wir beide mehr Zeit füreinander.« Sie schob meine Hand vom Lenkrad. »Danke, mein Lieber«, sagte sie. Dann erklärte sie, daß sie gerade von der Polizeiwache komme, wo sie den Polizeichef in bezug auf Sonia Hatfields Abschiedsbrief beschwichtigt habe, in dem Jonathan Byers als Vergewaltiger bezeichnet worden war. »Ich habe sie überzeugt, daß die arme Sonia ›Vergewaltiger‹ geschrieben, aber vielleicht ›Lüstling‹ gemeint habe.«

»Woher wissen Sie das?«

»Gar nicht. Ich habe keine Ahnung, was sie gemeint hat. Aber trotzdem, ich hatte Sonia ja tatsächlich in Behandlung, und ich weiß auch, daß sie Bücher verschlang und Wörter liebte, vor allem so modische. Aber sie litt auch an einer leichten Dyslexie, und wenn ihr das Wort, das sie suchte, nicht einfiel, ersetzte sie es manchmal durch ein ähnlich klingendes, auch wenn es eine ganz andere Bedeutung hatte.«

»Wie wenn man Päderast für Pädagoge sagt?«

Daphne sah mich skeptisch an. »So ungefähr. Jedenfalls habe ich die Polizei dazu gebracht, die Anklage wegen Vergewaltigung fallen zu lassen, aber dann mußte ich sie auch noch davon abhalten, Sir Jonathan wegen Sodomie zu verhören. Das war was.«

»Wie haben Sie das denn am Ende hingekriegt?«

»Ich machte ihnen klar, daß Jonathan Byers nicht nur britischer Staatsangehöriger, sondern auch in den Ritterstand erhoben sei. Als seine Gaststadt ist Abigail in der Position eines Botschafters des guten Willens, und wenn man Sir Jonathan verhaftete, konnte das sehr wohl als ein Akt der internationalen Aggression aufgefaßt werden. Und wie konnten wir uns erlauben, diesen Mann zu verurteilen, wenn sich sogar die Queen von England dazu entschlossen hatte, über seine eigentliche Natur hinwegzusehen?«

»Ich wünschte, ich hätte Sie gehört«, sagte ich.

»Ich war großartig«, sagte Daphne. »Ganz wie Perry Mason.«

Ich seufzte. »Mein Held.«

»Und das Beste ist: Es hat funktioniert!« sagte sie.

Aber ich fragte mich, was Daphne diesmal hatte tun müssen, um die Polizei für sich zu gewinnen? Eine Spende für den Uniform-Fonds?

Den größten Teil der Strecke fuhren wir schweigend, nur der Regen und der Wind waren an der Windschutzscheibe zu hören, und das beruhigende Surren des kraftvollen Bentley-Motors. Schließlich fragte ich sie: »Wissen Sie über Darzac Bescheid?«

»Du liebe Güte! Wie kommen Sie denn darauf?« sagte Daphne.

»Ich wollte es nur wissen.«

»Ich weiß, daß es allgemein häufig verschrieben wird, vielleicht auch zu häufig.«

»Haben Sie Madame Ostinata zufällig so etwas gegeben?«

»Warum um Himmels willen sollte ich?«

»Um sie nach dem gestrigen Unfall zu beruhigen.«

»Hmmm, ja«, sagte Daphne. »Das hätte ihr vielleicht geholfen.«

»Aber Sie haben ihr keins gegeben.«

»Mein lieber Junge. Wofür halten Sie mich denn eigentlich? Für eine Apotheke?«

»Nein. Ich habe nur festgestellt, daß sich Madame heute auffallend anders benommen hat, und da fragte ich mich, ob sie nicht etwas genommen habe, um ihre Nerven zu beruhigen.«

»Vermutlich schon«, sagte Daphne. »Aber sie hatte es nicht von mir. Sie kann sehr gut auf sich selber aufpassen. Sie tut nur immer so, als sei sie der hilflose, hirnlose Sopran.«

»Warum sagen Sie das?«

Daphne erwiderte: »Ich habe Ihnen heute früh erzählt, daß ich etwas herausfand, was mir sehr mißfällt.«

Wieder wartete ich darauf, Näheres zu hören, aber Daphne sagte nur: »Sie hat ganz bestimmt keine Ahnung, daß ich etwas davon weiß. Wie auch? Und außerdem ist das alles wahrscheinlich schon so lange her, daß es jetzt wirklich keine Bedeutung mehr hat. Aber ich durchschaue sie, und sie ist eine ganz Verschlagene.«

Dann konnte das Spiel ja losgehen.

Als wir in die Auffahrt zum Landhaus einbogen, sagte Daphne: »Sieht so aus, als hätten wir keinen Strom. Wir besitzen zwar einen Generator, aber das Abendessen werden wir trotzdem bei gedämpften Licht einnehmen müssen.«

»Klingt romantisch«, sagte ich.

Daphne entgegnete: »Na ja, was das betrifft, so fürchte ich, daß es in Ihrem Häuschen stockdunkel sein wird, außer dem Licht von ein paar Kerosinlampen. Falls es heute keinen Strom mehr geben sollte, können Sie gerne im großen Haus übernachten.«

»Schau'n wir mal«, sagte ich. Eine dunkle und stürmische Nacht in einem abgeschiedenen Häuschen am Meer hatte eine gewisse Anziehungskraft, vor allem, wo doch Komfort und Sicherheit ganz in der Nähe waren. Mit einem Mal bekam ich große Sehnsucht nach meinem Geliebten. Ich wünschte mir, wir könnten in dem gemütlichen Häuschen unsere Beine unter der Bettdecke verschränken, während draußen Mutter Natur heulte. Aber so wie ich ihn kannte, trank er wohl gerade mit irgendeinem französischen Matrosen auf dem Montmartre.

Wir gingen hinein, und Parker begrüßte uns. Die Cocktails sollten in der Bibliothek serviert werden, denn dort gab es die meisten Lampen mit niedriger Wattzahl. Außerdem war da auch ein Kamin. Parker nahm meine Bestellung entgegen – einen sehr trockenen Martini mit *twist* – und öffnete uns dann die Tür zur Bibliothek. Daphne und ich traten ein und fanden die übrigen Gäste des Hauses bereits anwesend: Maestro Toscanelli, der rauchend am Kamin saß; Madame Ostinata und Bruce David, die sich beide ganz auf ihre sehr spezielle Art gaben; und Mathilde, die wie immer der ganzen Zusammenkunft erst die richtige Lebendigkeit verlieh. Wir grüßten einander alle höflich, aber Madame zeigte deutlich, daß ihr mein Eintreten unangenehm war. Sie wandte ihre Aufmerksamkeit wieder dem Maestro und Mathilde zu und ignorierte unhöflicherweise Daphne und vor allem mich.

Parker trat mit den Cocktails ein – für die übrigen war es schon die zweite Runde, aber Daphne und ich bekamen Doppelte. Wir würden die anderen schon noch einholen. Doch kaum hatte Madame ihren zweiten Likör gekippt, als sie klagte, sie fühle sich nicht wohl. Sie kündigte an, daß sie oben essen werde. Und anstatt uns Gute Nacht zu sagen, waren ihre letzten Worte: »Mathilde, du servierst mir.«

Daphne murmelte: »So ein verschlagenes Biest«, und das paßte so wenig zu ihr, daß ich mich fragte, was um Himmels willen sie denn nun über Madame herausgefunden haben mochte?

Das Abendessen begann mit einem geeisten Fruchtpüree, garniert mit Crème fraîche, ging über zu gegrilltem Schwertfisch *en brochette* mit einzelnen Polenta-Soufflés und gegrillten Artischocken in rotem Pfeffer und endete dramatisch mit einem Sorbet von zartbitterer Schokolade mit kleinen Haselnuß-Meringuen. Zu jedem Gang gab es einen anderen Wein aus Daphnes exzellentem Keller.

»Hat Parker das alles zubereitet?« sagte ich.

»Seine Tochter kommt immer ins Haus, um das Essen zu kochen«, antwortete Daphne. Dann fügte sie hinzu, offensichtlich mir zuliebe: »Maurizio hilft ihr dabei.«

Während des ganzen Essens verlief die Unterhaltung leicht und höflich, über Politik und das Opernfestival wurde so gut wie gar nicht gesprochen, als wolle man die entsetzlichen Intrigen am Opernhaus gar nicht wahrhaben. Irgendwann sanken wir sogar bis zum allgemein banalsten Gesprächsthema ab, nämlich zum Wetter, genau genommen zu dem Wetter in Neuengland, das draußen gerade tobte. Der Maestro rauchte schon den ganzen Abend und bot mir immer wieder Zigaretten an. Seltsamerweise benutzte er Zündhölzer und nicht das goldene Feuerzeug, das er vorher gehabt hatte. Er würzte unsere meteorologischen Diskussionen mit Geschichten aus der Zeit seiner langen Lehrjahre bei dem großen Arturo Toscanini.

»Die Leute glauben, ich eigne mir seinen Namen an«, sagte der alte Herr. Im Kerzenlicht funkelten seine Augen launisch. Er hatte seinen Teil Wein schon intus und noch ein bißchen mehr. »Aber ich heiße Toscanelli«, sagte er. »Nicht Toscanini.« Das sollte offenbar ein Witz sein, denn er lachte sehr heftig, und dann begann er zu husten, so daß er ganz außer Atem kam. Als er sich wieder gefaßt hatte, sagte er es noch einmal, wie als Herausforderung für einen weiteren Hustenanfall. »Ich heiße nicht Toscanini!« Und diesmal gluckste er vorsichtshalber nur.

Bruce David bemerkte spontan: »Mir scheint, ich bin hier der einzige, dem es mit der Oper ernst ist.«

Also, das gewann unsere Aufmerksamkeit. Die Frage war nur: Was würde er damit machen?

»Ich will damit sagen«, fuhr er fort, »in dieser ganzen Musik ist eine Tiefe, die auf dem Festival keinem einzigen am Herzen zu liegen scheint. Es ist fast ein Sakrileg, wie alle damit umgehen.«

»Pah!« sagte der Maestro. »In Italien wir haben für jemand wie Sie ein Wort. Wir nennen ihn *il finocchio dell'opera*. Wissen Sie, was ist das?«

Bruce David konnte nicht antworten, denn ihm war das Kinn fast bis ins Sorbet gefallen. Ich war selber ganz erschrocken. Bis dato schien der Maestro ein fügsamer, ganz reizender alter Herr zu sein. Allerdings hatten heute auch Daphne und Madame Ostinata Dinge gesagt und getan, die gar nicht zu ihnen paßten. Wieder Darzac? Oder hatte man der Wasserversorgung von Abigail ein Wahrheitsserum beigemischt?

Der Maestro wandte sich an den Raum im ganzen und schwenkte seine Zigarette wie einen Taktstock. »*Il finocchio dell'opera* singt nicht, aber er vergöttert die Oper. Er kennt jede Note, jede Zeile, jede Primadonna, jede Aufführung, ganze Geschichte von Oper, aber er kann selbst nicht singen auf die Bühne. Er ist zu zart besaitet. So er kann vielleicht schreiben ein Buch oder unterrichten an die Universität.« Der Maestro schaute Bruce David an und sagte: »Denken Sie einmal darüber nach.« Dann nahm er den letzten Schluck Wein aus seinem Glas und knallte es emphatisch auf den Tisch. »*E sía!*« sagte er. Er erhob sich und sprach zu Daphne: »*Perdonimi, Madamigella. Buona notte.*« Er verbeugte sich vor ihr, dann tapste er davon und verschwand versehentlich durch die Küchentür. Sekunden später kehrte er wieder zurück, lächelte uns drei liebenswürdig an und nahm diesmal den richtigen Weg aus dem Eßzimmer hinauf in seine Räume.

Bruce rutschte ungemütlich auf seinem Stuhl hin und her und sah Daphne flehentlich an. »Soll ich denn jetzt aus der Sache aussteigen?«

Daphne sagte: »Sie sind engagiert worden, um zu singen, und nicht, um am Zehnkampf teilzunehmen. Vielleicht würde der Maestro, wenn Sie nicht gar so sehr mit Ihrer Gegenwart und Ihrer Stimme geizten, mehr Zutrauen zu Ihnen haben.«

Bruce David wandte sich mir zu und sagte: »Was denken Sie darüber?« Und seine Augen sagten: Liebster Jesus, rette mich.

»Wen kümmert das schon, was ich denke?« sagte ich.

»Mich«, sagte Bruce, und seine Augen waren vor lauter Not ein einziger Sumpf.

»Mich auch«, sagte Daphne.

Gerade als der Maestro ging, flaute der Sturm endlich ab. Draußen wurde alles still, bis auf einen gelegentlichen Windstoß, der den verbliebenen Regen von den Bäumen fegte.

Ich sagte zu Bruce: »Ich denke, die Tür zu Ihrer Verschlossenheit wird bald aus den rostigen Angeln fallen, und es kommt die Zeit, das Licht einzulassen.«

Nachdem ich diese glänzende Einsicht ausgesprochen hatte, entschuldigte ich mich und zog mich ins Häuschen zurück. Ich überlegte, ob ich Nicole anrufen solle. Als nächstes überlegte ich, ob ich Rafik anrufen solle. Dann beschloß ich, ihm zu schreiben. Ich wußte, daß er immer gar zu gerne Luftpostbriefe aus Europa erhielt, deshalb hatte ich mir einen kleinen Stapel mitgebracht und mir vorgestellt, daß ich ihm jeden Tag einen leidenschaftlichen Erguß schicken würde. Aber als ich mich jetzt tatsächlich hinsetzte, um ihm zu schreiben, bemerkte ich, daß meine aufrichtigsten Gefühle seltsam blockiert waren. Ohne den unschätzbaren Vorteil, meinem Geliebten in Fleisch und Blut vor mir zu haben, bekam ich nichts anderes zustande als ein Gefasel über das Wetter. Ich beschloß, den Brief erst am nächsten Abend fortzusetzen.

Dann machte ich mich daran, auf Maurizio zu warten.

13

Wie sich herausstellte, kam Maurizio diese Nacht gar nicht. Ich muß gestehen, daß ich ein wenig enttäuscht war, aber wenigstens brachte mich das endgültig zurück auf den Weg zur Monogamie. Beim Frühstück berichtete mir Daphne, daß er gestern abend mit Parkers Tochter nach Hause gegangen sei.

»Sie wohnt allein«, sagte Daphne. »Und Maurizio ist sehr geschickt mit Notstromaggregaten.«

Und auch mit anderen Energiequellen, dachte ich.

Er kam gerade rechtzeitig zurück, um die anderen zur Probe zu fahren. Er benahm sich mir gegenüber durchaus herzlich, aber dieser welpenhafte Eifer war vorbei. Die erste zarte Entzücktheit war schon verflogen.

Ich meldete mich im Perückenverlies zur Stelle, aber kaum war ich angekommen, da bestand Daniel Carafolio darauf, daß wir nach oben gingen und eine Weile den Proben zuschauten.

»Marcella singt heute morgen ihre Arie aus dem dritten Akt«, sagte er. Er legte einen Enthusiasmus an den Tag, wie er sich normalerweise nach Einnahme einer stimmungshebenden Arznei zeigt.

Ich antwortete: »Ich wußte gar nicht, daß ihr euch duzt.«

»Nicht sie persönlich«, sagte Daniel. »Aber es nennt sie doch jeder Marcella.«

»Ich nicht.«

Daniel sah mich finster an. Was machte es schon, wenn einer vom Fußvolk der Opernliebhaber über eine ehemalige Diva nicht mit ihrem Vornamen sprach?

Er fuhr fort: »Vielleicht kennen Sie auch diese Arie nicht, aber die ist – «

»Oh doch«, unterbrach ich ihn. »April Kilkus hat sie ja bei dem Empfang am Sonntag gesungen.«

Daniel sagte: »Wenn man das singen nennen kann.«

Aber dank der geduldigen Belehrung meines Liebsten wußte ich, daß die Arie der Amelia im dritten Akt, »*Morro, ma prima in grazia*«, einen der großen Augenblicke der Oper darstellt. Alle Elemente italienischer Oper kommen in dieser Arie vor: Vermächtnis, Religion, Täuschung, Verblendung, Ehebruch, Mord, Opfer, und Vergebung – all die Werte der Familie. Sie zeigt auch, wie geschickt Amelia ihren Hals zu retten weiß. In der Handlung, die dieser Arie vorausgeht, glaubt Renato, daß Amelia ihn mit seinem besten Freund Riccardo betrogen habe, und ist im Begriff, sie zu töten. Sie bittet um Gnade, da sie ihre Sünde, wenn überhaupt, dann nur in Gedanken und nicht tatsächlich begangen habe. Aber Renato gibt nicht nach. So läßt Amelia eben diese Arie vom Stapel, wo sie ihren unvermeidlichen Tod annimmt, aber zuvor Renato noch bittet, und zwar bei der Gnade Gottes, sie doch ein letztes Mal den gemeinsamen Sohn sehen zu lassen – wenn schon nicht als sein ungeratenes Weib, so doch als des Sohnes Mutter –, so daß sie ihn in reiner Mutterliebe ein letztes Mal umarmen und küssen kann. Und wenn Renato sie dann getötet habe, solle der Sohn ihr die Augen schließen, das müsse Renato ihm erlauben. Das spielt sie bis zum Gehtnichtmehr aus, als wisse sie, daß ihr Mann bei aller Gewalttätigkeit doch auch eitel sei und seinem Sohn die grausame Beschämung ersparen werde, erfahren zu müssen, daß seine Mutter von der Hand des Vaters getötet wurde. Verdi verstand sich auf die Dynamik innerhalb der Familie, lange bevor die blöde Bezeichnung »verhaltensgestört« dafür gefunden wurde.

Daniel und ich gingen nach oben, wo die Probe gerade anfing. Er stellte sich in die Seitenkulissen, um zuzusehen, aber ich schlüpfte hinaus in den Zuschauerraum und setzte mich ein paar Reihen hinter das Regiepult, wo ich alles gut im Blick hatte. Da heute eine Bühnenprobe stattfinden sollte, stellte Jonathan Byers im Augenblick den Herrgott dar. Und wie der Erzengel Gabriel war Ricky-Schätzchen am Regiepult an seiner Seite, machte Notizen und hielt das Handy für seinen Herrn und Meister bereit. Carolyn Boetz wartete geduldig am Flügel und schaute kurzsichtig nach den Anweisungen des Maestro, der dicht daneben saß und aufgrund seines gestrigen Wein- und Tabakgenusses ein wenig trübe blickte. Auf der Bühne standen Madame Ostinata und Hwang Yung Cho, die die Amelia respektive den Renato spielten. Daphne hatte recht gehabt: Das war wirklich ökumenische Oper.

Der Maestro gab den Einsatz, und Carolyn Boetz begann das Vorspiel zu der Arie. Aber irgendwie brachte sie nicht die verschwebenden warmen Klänge zustande, die sie hervorgebracht hatte, als sie und April Kilkus die Arie auf Daphnes Empfang zum Besten gaben. Und als Madame die erste Passage sang, klang das leer. Statt von dem verzweifelten Wunsch der Amelia widerzuhallen, ihr Leben zu retten, klang die Arie wie das entnervende Nörgeln einer Ehefrau, die unbedingt ihr albernes Partykleidchen anbehalten möchte. Mir wurde endlich klar, daß Madame Ostinata und ihre sogenannte Kunst ein- und dasselbe darstellten: Sie war eine Sängerin, die bei ihrem Auftritt von den Äußerlichkeiten ausging, als könnten die Worte und Noten einer Rolle angehängt werden wie Kostüm und Makeup. Und wenn eine Bühnenrolle so aufgebaut wird, dann bleibt das, was unter der Dekoration liegt, schal und leer, wie bei einem Mannequin.

Ich blickte mich um, um die Reaktionen der anderen auf

Madames Gesang abzuschätzen, aber zu diesem Zeitpunkt achtete mit Ausnahme von drei Personen kaum jemand auf sie. Der eine davon war Daniel Carafolio, der neben mir stand und von Madames musikalischer Mimikry hingerissen war. Der zweite Hwang Yung Cho, der, abweichend vom Libretto und den Bühnenanweisungen, Madame wohl gern sofort ins Jenseits befördert hätte. Und schließlich stand auch April Kilkus in den Seitenkulissen und lauschte besorgt und mit zusammengekrampften Händen, als erwarte oder hoffe sie, daß Madame jeden Moment die Stimme ersterben und sich so für sie die Möglichkeit eröffnen werde, die Rolle richtig zu singen. Wenn ich daran dachte, wie April gerade diese Arie bei Daphnes Empfang gesungen hatte, wurde mir völlig klar, daß sie auch auf der Bühne eine großartige Amelia geben würde.

In der letzten, *a cappella* gesungenen Tonfolge verpaßte Madame Ostinata das hohe C am Anfang. Von da an verlor sie die Tonart völlig aus den Augen und taumelte in einen Abgrund der Atonalität. Sie stürzte bei den tiefen Tönen in die gähnenden Krämpfe von Brusttönen und sang von dort aus die letzten Noten der Arie. Und die, o Schreck, lagen nicht nur ein paar Noten tiefer, als Verdi sie komponiert hatte, sondern Madame war auch noch in eine Durtonart hinübergewechselt. Im Ensemble und unter den Bühnenarbeitern schauderte der eine oder andere regelrecht zusammen. Bei all dem registrierte ich noch, wie Carolyn Boetz den Kopf schüttelte und nervös wurde. Sie mußte wohl das absolute Gehör haben, denn ihre Hände flogen über die Tasten und suchten verzweifelt nach der besten Möglichkeit, die Arie abzuschließen. Man sah förmlich, welchen Kampf Carolyn mit sich kämpfte: Sollte sie die Schlußnoten spielen, die Verdi ursprünglich angegeben hatte, auch wenn das in der Arie jetzt eine Dissonanz ergäbe? Oder sollte sie in die bizarre Tonart modulieren, in die Madame während ihrer Kadenz gefallen war? Da sie sich in Sekundenschnelle entscheiden mußte, löste Carolyn Boetz die musikalische Misere auf Kosten Verdis. Sie wirkte untröstlich.

Währenddessen hatte Daniel Carafolio neben mir ein seltsames kleines, lustvolles, fast laszives Stöhnen von sich gegeben, als sei Madames Lapsus beabsichtigt gewesen, eben der spontane Einfall einer genialen Begabung, der eine symbolische Bedeutung besaß, welche weit über die Tatsache hinausging, daß sie einfach die richtige Tonart nicht treffen konnte. Daniel applaudierte denn auch als einziger, bis ein paar andere noch schwach mit einfielen. Der spärliche Beifall versiegte jedoch sofort wieder. Daniel drehte sich zu mir um und sagte: »Ich geh jetzt wieder runter. Ich möchte diese letzten strahlenden Töne im Ohr behalten. Sie können ja noch bleiben und weiter zuhören, wenn Sie wollen.«

Offenbar hatte Madames Blöken Daniel das Herz erweicht und mir dadurch den Keller noch eine Weile erspart. Da hörten wir alle die blasierte Stimme von Jonathan Byers, der bereits zu diesem frühen Zeitpunkt der Probe nicht verhehlen konnte, daß er sich tödlich langweilte.

»Danke Marcella, sehr schön, bitte, schau deine Bühnenanweisungen noch mal durch. Jetzt möchte ich das Finale vom dritten Akt machen. Bitte rasch auf die Plätze.«

Marcella sah verwirrt aus. Sie hatte wohl ein ausführlicheres Lob erwartet, und statt dessen mußte sie jetzt gemeinsam mit allen anderen, die auch tatsächlich schon auf die Bühne geeilt kamen, zum Finale antreten.

Ich merkte, daß jemand in den Kulissen direkt hinter mich trat, und als ich mich umdrehte, sah ich Bruce David. Er sagte schnell: »Danke, daß Sie gestern abend so ehrlich waren. Ich hatte es nötig, daß mir jemand die Wahrheit sagte. Und jetzt habe ich zum ersten Mal, seit ich hier bin, das Gefühl, daß ich die richtige Kraft zum Singen haben werde.«

Ich brachte nichts anderes heraus als: »Na dann Hals- und Beinbruch.« Aber es kam nicht von Herzen, und ich bin überzeugt, daß das zu merken war.

Bruce betrat die Bühne als letzter, und da waren sie nun endlich alle, um das Finale der Oper zu singen, den Maskenball, nach dem sie benannt ist. Verdi hat die Szene mit brillanter musikalischer Ironie komponiert. Auf der Szene spielt ein Streichquintett ein zartes Menuett, das nicht nur als Tanzmusik für Riccardos elegant kostümierte Gäste dient, sondern auch als Hintergrundmusik für Amelias verzweifelte Warnungen vor einem Mordanschlag. Gegen den durchgehenden Zauber der Musik im Dreivierteltakt singt Amelia ihre fieberhaften Bitten synkopiert, während Riccardo furchtlos – und etwas dümmlich – ständig wiederholt, daß ihnen nichts geschehen könne, so lange sie bei ihm sei und ihn liebe. Und die Musik spielt dazu ständig weiter.

Bruce David sang heute morgen tatsächlich mit neuer Kraft, obwohl man ihn noch immer nicht als Heldentenor hätte bezeichnen können. Bevor das der Fall wäre, würde er noch einiges an Therapie brauchen. Und Madame, worüber sich niemand wunderte, ackerte halt so durch ihre Rolle. Kann die Tonart nicht halten und den Takt auch nicht – wie war diese Frau nur in der Opernwelt so weit gekommen? Falls sie jemals eine gute Sängerin gewesen war, merkte man davon jetzt rein gar nichts mehr. Ältere Künstler zeigen doch gewöhnlich immer noch Spuren von dem, was sie groß gemacht hat. Madame Ostinata jedoch war lediglich der Schatten einer Sängerin.

Die Szene schritt fort, wenn auch vom Gefühl her ziemlich verkümmert. Hwang Yung Cho (Renato) erstach Bruce David (Riccardo) auf sein Stichwort hin, und der Chor drückte seinen Schrecken angemessen aus. Madame Ostinata (Amelia) tat, als habe der tödliche Stich ihr gegolten. Aber schließlich hatte sie von Anfang an darauf bestanden, daß das ihre Oper sei und nicht die Riccardos.

Es gab noch einmal Schwierigkeiten, als Bruce David die letzten Worte des Riccardo sang, der an dieser Stelle bereits mit dem Tode ringt, es aber irgendwie doch noch schafft, Renato zu sagen, er solle sich keine Sorgen machen, seine Frau sei ihm treu gewesen. Da dies seine letzten Worte sind, bevor er vor das himmlische Gericht tritt, kann man davon ausgehen, daß sie die lauterste Wahrheit darstellen. Doch als Bruce David vor seinem letzten »*Addio*« an die

Welt noch einmal Atem holte, beugte sich Madame Ostinata ohne jede Vorwarnung über ihn und pflanzte ihm einen dicken Kuß direkt auf den Mund.

Bruce David zuckte zurück und schüttelte heftig den Kopf. Danach konnte er seine letzten Noten nicht mehr singen. Er hatte auch keine Lust mehr zu sterben. Dennoch führte der Chor die Oper zu Ende, indem er »Schreckensnacht! Schreckensnacht!« zeterte. Alle waren gekommen, weil sie eine nette Party feiern wollten, und statt dessen erlebten sie Mord und Bluttat. Ich konnte es ihnen nachfühlen.

Carolyn Boetz spielte die letzten donnernden Akkorde der Oper. Dann kam die Stimme von Jonathan Byers.

»Marcella, was zum Teufel sollte denn das sein? Ich hab dir doch nie gesagt, daß du ihn küssen sollst.«

Madame Ostinata starrte verärgert zum Regiepult hinauf. »Es kam so über mich«, sagte sie. »Ich möchte meinen Riccardo zum Abschied küssen. Aber jetzt sehe ich, wie dieser Bruce David wirklich ist. Und wenn ich soll singen, muß ich haben einen anderen Tenor. Einen *richtigen* Mann.«

Ich war nicht weit von Jonathan Byers Tischende entfernt und hörte ihn murmeln: »Ich würde ihr gerne die Kehle durchschneiden, damit sie ein für allemal still ist.« Dann sagte er laut: »Danke, Marcella. Danke, Bruce. Ihr könnt jetzt gehen. Für heute brauche ich euch nicht mehr. Jetzt möchte ich diese Szene noch einmal mit den Ersatzsängern machen. Aufstellung bitte!«

Durch die Mitglieder des Ensembles lief ein wildes Gemurmel. So etwas hatte es offenbar noch nie gegeben, wenn die Hauptsänger noch auf der Probe anwesend waren. Aber April Kilkus und der Ersatztenor nahmen rasch auf der Bühne ihre Plätze ein. Und obwohl Bruce vorhin durchaus neu gewonnenes Selbstvertrauen gezeigt hatte, ging das Finale mit April Kilkus und dem anderen Tenor erheblich besser. Selbst Hwang Yung Cho und der Chor hatten mehr Verve. Und auch Carolyn Boetz. Tatsächlich entstand, als sie diesmal die letzten Takte spielte, das beunruhigende Gefühl, daß sich nun das Schicksal erfüllt habe.

Und als alles vorüber war, schrie Jonathan Byers: »Jawoll! Das trifft die Sache schon besser.«

Er warf einen Seitenblick auf Madame Ostinata und Bruce David, die geblieben waren, um ihre Zweitbesetzungen auftreten zu sehen – jeder an einem anderen Ende der Bühne. Beide waren fuchsteufelswild aufeinander wie auch auf Byers.

Währenddessen strahlte der Maestro vor Freude, genau wie Carolyn Boetz am Flügel. So hatte man heute doch wenigstens einmal Verdi Genüge getan. Sogar Ronda Lucca applaudierte von ihrem Platz am Regiepult aus. Als alles wieder ruhig geworden war, schrie sie: »Zwanzig Minuten!«. So wurden die Tarifbestimmungen der Gewerkschaft eingehalten.

Ronda trat im Zuschauerraum zu mir und sagte: »Haben Sie kurz Zeit?«

Ich antwortete: »Für Sie schon.«

Sie mußte erkannt haben, daß ich genau die Worte wiederholte, die sie am Tag zuvor zu mir gesagt hatte, denn sie lächelte.

»Gehen wir nach draußen«, sagte sie.

Wir gingen zum Bühneneingang hinaus und lehnten uns an die Laderampe. Hier draußen schien die Sonne hell, und der Himmel zeigte sich klar und blau. Der Sturm von gestern nacht war schon vergessen. Ronda zog eine Packung schlanker Zigarillos mit Plastikmundstück hervor und bot mir einen an. Ich wollte gerade ablehnen – als Raucher bin ich ein Versager –, aber dann erkannte ich, daß es zwischen uns vielleicht so etwas wie eine kameradschaftliche Verbindung schaffen würde, wenn ich einen nahm und mit ihr rauchte. Also tat ich es. Wie sich herausstellte, schmeckte der Zigarillo, so unglaublich es klingen mag, nach Vanille. O Welt des Rauchens, wohin ist es mit dir gekommen!

Ronda stieß eine Rauchwolke aus, daß man hätte meinen können, sie käme von einem Lastwagen. Dann sagte sie: »Ich glaube, der Tod dieses Bühnenbildners war vielleicht doch beabsichtigt.«

Ich sah sie mit einem »Spuck's-schon-aus«-Blick an, sagte aber nichts. Wenn ich in dem Moment gesprochen hätte, wäre sowieso nur ein Husten herausgekommen.

Ronda warf den Kopf auf und stieß das Kinn ein wenig vor. Das war eine angriffslustige Geste, aber warum sie die mir gegenüber zeigte, verstand ich nicht.

»Schaun Sie«, sagte sie. »Als ich heute morgen meinen Computer gestartet habe, waren die vorgegebenen Defaults gelöscht. Schon wieder.«

»Was heißt das?«

»Das heißt, daß jemand in mein Programm eingedrungen ist und etwas verändert hat. Aber ich habe noch nicht herausfinden können, was es genau ist.«

»Sind Sie sicher?«

»O ja«, sagte sie und erzeugte vor sich wieder eine große, nach Vanille duftende Rauchwolke. »Ich habe also vor der Probe die Software neu eingegeben. Die Scheiße ist nur, daß ich jetzt alle die verdammten Stichwörter auch noch einmal eintippen muß. Das ist dann das dritte Mal.« Sie sah mich mit meinem Zigarillo herumhantieren. »Ein Raucher sind Sie aber nicht, stimmt's?«

»Ich inhaliere immer noch genug, um was mitzukriegen«, sagte ich. Aber um der Wahrheit die Ehre zu geben: Dieser Tabak mit Vanillegeschmack war abscheulich.

Ronda schüttelte verächtlich den Kopf.

Ich sagte: »War diesmal auf manuelle Bedienung umgestellt oder nicht?«

Jetzt war es an ihr, mich mit diesem »Spuck's-schon-aus«-Blick anzusehen.

»Ich weiß es nicht mehr so genau«, sagte sie.

»Vielleicht sollte man jetzt ein neues Codewort eingeben.«

»Gute Idee«, sagte sie und blickte mich dann mißtrauisch an. »Das habe ich nämlich bereits getan. Aber für jemanden, der behauptet, er verstehe nichts von Computern, scheinen Sie ja eine ganze Menge drauf zu haben.«

»Wahrscheinlich lerne ich schnell. Wissen Sie, ich habe einen Kunden, der Programmierer bei John Hancock ist und bei mir auf dem Frisierstuhl von nichts anderem redet. Mittels Osmose muß ich wohl ein bißchen was von dem Jargon aufgeschnappt haben.«

»Bestimmt«, sagte Ronda und nickte, aber durch ihr Grinsen zeigte sie mir, daß sie mir nicht glaubte. Dann wechselte sie das Thema: »Was halten Sie denn bisher von der Inszenierung?«

Ich sagte ihr ganz ehrlich, daß ich die Ersatzleute für Madame Ostinata und Bruce David für besser hielte als die Erstbesetzungen.

»Da liegen Sie gar nicht so falsch«, antwortete sie. »Es wäre Spitze, wenn wir die beiden abschaffen könnten. Dann hätten wir wenigstens wieder Chancen, gute Kritiken zu bekommen. So wie es im Augenblick steht, kriegen wir von jedem Kritiker, der nächste Woche zur Generalprobe kommt, einen totalen Verriß.«

»Glauben Sie wirklich?« sagte ich.

Ronda sagte: »Mit dieser Kuh aus Italien und diesem – verzeihen Sie den Ausdruck –, diesem Lichtlein von einem Tenor wird die Vorstellung völlig in die Hosen gehen.«

»Ich habe aber doch den Eindruck, daß Madame Ostinata bei den Operngängern sehr beliebt ist.«

»Kann schon sein«, sagte Ronda. »Aber das hier ist jetzt ein neues Festival, es hat seine erste Spielzeit. Wir versuchen junge vermögende Leute heranzuziehen, die nächste Generation von Opernbesuchern. Von denen wissen die meisten nicht einmal, wer diese Marcella Ostinata überhaupt ist und wo sie herkommt.«

»Aber werden sie denn April Kilkus kennen?« warf ich ein.

Ronda nickte. »Vielleicht kennen sie sie jetzt noch nicht, aber sie wird ihnen außerordentlich gut gefallen, wenn sie sie hören. April steht kurz davor, eine ganz heiße Nummer zu werden, und es könnte dem Festival nur nützen, wenn es ihr zum Durchbruch verhelfen würde.«

»Das wäre also für beide Seiten von Vorteil«, sagte ich. »April würde ihre große Chance kriegen, und das Festival würde davon profitieren, sie herausgebracht zu haben.«

»Ganz richtig«, sagte Ronda. »Aber Marcella wird April auf keinen Fall eine Chance geben zu singen. Sie will unter allen Umständen ein Comeback, und sie läßt sich nicht zum Narren halten. Sie weiß: Wenn April hier auch nur ein einziges Mal singt, wird sich ihr Ruf wie ein Lauffeuer verbreiten. Sie kennen diese Opernleute nicht. Das ist eine ganz eigene Welt.«

Ich spielte den *advocatus diaboli.* »Aber sicherlich hat Marcella genügend Fans – ich meine, Madame« – da verfiel ich doch glatt selber auf diese plumpe Vertraulichkeit – »um hier das Haus zu füllen.«

Ronda schüttelte den Kopf. »Da irren Sie sich. Eigentlich warten nur alle darauf, daß man sie abserviert.«

»Das ist aber typisch für jeden Starkult.«

»Mag schon sein«, sagte Ronda. »Aber Marcella ist auch nicht gerade sehr großzügig ihrem Publikum gegenüber.«

»Auch sonst niemandem gegenüber, soviel ich gesehen habe.«

»Stimmt«, sagte Ronda. »Und so eine Haltung gegenüber der Öffentlichkeit klappt vielleicht eine Zeitlang – die große Diva spielen kann sie ja sehr gut. Das schlucken die Leute, weil es so frech ist, und jeder mag's, wenn er jemand anderen Dinge sagen oder tun sieht, die er selber sich nicht trauen würde. Aber irgendwann bekommt man es dann doch satt. Und wenn Marcellas Fans jemals mitkriegen, wie April singt, mit dieser vollen, bezaubernden Stimme ...« Rondas Augen strahlten. »Dann würden sie noch während der ersten Aufführung begeistert überlaufen zu April. So etwas habe ich schon oft erlebt. April ist eine Frau mit Herz und Seele und viel Begabung. Marcella ist nur so ein Biest, das singt, und irgendwann kriegt sie auch mal, was sie verdient.«

Der Sockel für eine göttliche April Kilkus war also bereits in Bau.

Ronda ging wieder hinein. Ich blieb noch ein wenig draußen und atmete eine Weile tief durch, um meine Lungen so gut wie möglich von dem entsetzlichen Vanillearoma des Zigarillos zu reinigen. Als sich meine

Bronchien ein paar Minuten später wieder erfrischt hatten, kehrte ich ins Opernhaus zurück. Auf dem Weg bemerkte ich, daß auch April Kilkus und Hwang Yung Cho auf den Bühneneingang zuschlenderten. Ich wartete auf sie, obwohl sie sich nicht sehr zu freuen schienen, mich zu sehen.

Ich sagte: »Sie haben heute morgen beide wirklich sehr gut gesungen.«

April und Hwang nickten wachsam. Vielleicht spürten sie, daß mein Kompliment, so ehrlich es auch war, nur die Einleitung zu ein paar Fragen darstellte. Damit sie ein bißchen lockerer wurden, sagte ich: »Das von gestern tut mir wirklich leid. Ich wollte Ihnen bestimmt nicht zu nahe treten.«

April antwortete kühl: »Nun ja, lassen wir es dabei. Wir hatten ja alle in den letzten Tagen sehr viel Streß.« Nicht einmal ihr abweisender Ton konnte das reiche warme Timbre ihrer Stimme verbergen.

Ich sagte: »Ich hoffe, Sie können in ein paar von den Aufführungen singen. Das verdienen Sie wirklich, auch wenn es auf Kosten von Madame ginge.«

»Ich hoffe es auch«, sagte April.

Da sagte Hwang: »Marcella sagt nie eine Aufführung ab, die Chancen stehen also schlecht.«

»Man kann nie wissen«, sagte ich.

»Stimmt«, sagte Hwang. »Man kann nie wissen. Vielleicht schneidet ihr doch noch mal jemand die Kehle durch.«

April packte ihn am Arm. »Sag doch so etwas nicht! Das bringt Unglück.«

»Aber anders ginge es nicht«, erwiderte Hwang. »Marcella wird nie aus freien Stücken abtreten, obwohl das schon seit Jahren überfällig ist.«

April versuchte großmütig zu sein. »Ihre Darstellung hat noch immer gewisse Vorzüge.«

»Dem muß ich ganz zustimmen«, sagte Hwang. »Die gewissen Vorzüge einer häßlichen alten, ausrangierten Sopranistin.«

»Hwang!« sagte April. »Ich hoffe nur, du wirst nicht eines Tages so etwas auch über mich sagen.«

Er antwortete: »Auch wenn du keinen Ton mehr singen würdest, April, wärest du dennoch ein Engel. Marcella jedoch hätte überhaupt nie singen sollen. Jeder, der Ohren hat, wird mir da zustimmen.«

April deutete mit dem Blick in meine Richtung, wie um Hwang zu signalisieren, daß er schon zu viel gesagt habe.

»Amen«, sagte ich zustimmend. Und da wir uns über Madame Ostinatas Stimme so schön einig zu sein schienen, ergriff ich die Gelegenheit, ihnen noch eine andere Frage zu stellen. »Kennt sich einer von Ihnen mit Computern aus?«

»Was ist denn das für eine Frage?« sagte Hwang.

»Eine ganz direkte«, erwiderte ich.

»Nicht für einen Sänger«, sagte April.

»Wahrscheinlich bin ich zu wißbegierig.«

»Sie meinen neugierig«, sagte Hwang.

»Es tut mir leid«, sagte ich.

»Tut es Ihnen doch gar nicht«, sagte er.

April stupste ihn bereits, daß er mich stehenlassen und mit ihr hineingehen solle.

Ich rief ihr nach: »Was ich über Ihren Gesang gesagt habe, das war ganz ernst gemeint.« Aber mein schwächlicher Versuch, zwischen uns wieder Vertrauen aufzubauen, beschleunigte nur ihren Abgang.

»Ja. Klar. Danke«, sagten sie beide und verschwanden im Opernhaus.

Kein Wunder, daß ich als Therapeut gescheitert war.

Ich ließ April und Hwang einen angemessenen Vorsprung und ging dann selber durch den Bühneneingang. Hinter der Bühne sah ich sie mit Carolyn Boetz reden. Aber als die beiden mich näherkommen sahen, gingen sie rasch davon und ließen Carolyn in all ihrer Verwundbarkeit allein zurück. Ich leckte mir die Lippen, als ich mich an meine Beute heranpirschte.

»Sie spielen wunderbar, wenn Sie die richtigen Sänger haben«, sagte ich.

Forschend blickte sie mich durch ihre dicke Brille an, die ihre großen Augen zu scharfen kleinen Perlen zusammenschrumpfen ließ und ihr das Aussehen eines Raubvogels gab.

»Ich versuche immer gut zu spielen«, sagte sie kurz.

»Ich will damit sagen, daß Sie, als April heute früh sang –«

»Was wollen Sie?« sagte sie plötzlich.

»Ich möchte Ihnen nur ein paar Fragen stellen.«

»Warum? Wer hat Sie dazu ermächtigt?«

Ihre Augen entwaffneten mich, und ich zögerte. »Ich ... durch ... es ist so eine Art Hobby von mir«, sagte ich schließlich schwach. »Wie bei dieser alten Dame in der Sonntagabendserie im Fernsehen.«

»Ich sehe nicht fern«, sagte Carolyn. »Und Ihre langweiligen Hobbies interessieren mich nicht. Sollten Sie nicht an den Perücken arbeiten?«

Wo war die empfindsame Seele geblieben, die auf Daphnes Empfang so süß gespielt hatte?

Ich sagte: »Ich wollte Ihnen eigentlich nur ein Kompliment machen, daß Sie so schön spielen. Sie und April scheinen ja eine Seelenverwandtschaft zu besitzen.«

Wie tief würde ich eigentlich noch sinken müssen, um endlich einen Anhaltspunkt zu finden?

»Die brauchen wir auch«, sagte Carolyn. »Für den Herbst planen wir nämlich eine Konzert-Tournee.«

Ich bestärkte sie. »Das wird bestimmt wunderbar.«

»Könnte es werden«, antwortete Carolyn. »Es könnte für uns beide der Wendepunkt in unserer Karriere sein. Und in dieser Hinsicht hängt so viel von dem ab, was jetzt auf diesem Festival hier passiert.«

»Was heißt das?«

Carolyn schüttelte den Kopf. »Die beiden haben mich gewarnt, nicht mit Ihnen zu sprechen.«

»Was kann das denn schaden?« sagte ich. »Wie Sie gesagt haben, arbeite ich doch nur bei den Perücken.«

Carolyn nahm ihre Brille ab und enthüllte dadurch ihre sensiblen und verletzlichen Augen. »Ich habe es nicht so gemeint«, sagte sie und seufzte. »Ich glaube, mir macht noch immer der Unfall von vorgestern zu schaffen, und ich habe Angst vor dem, was noch passieren könnte.«

»Angst?«

»Ja«, sagte Carolyn. »Wenn April diesen Sommer nicht Gelegenheit bekommt, in einer Aufführung zu singen, verpaßt sie die Chance ihres Lebens für eine gute Publicity. Auf die eine oder die andere Art wird das unsere Tournee beeinflussen, und unser beider Karriere auf jeden Fall auch.«

»Die einfache Tatsache, ob sie hier singen kann oder nicht?«

»Ja«, sagte Carolyn und gab dieser einen Silbe das Gewicht einer Verkündigung in puncto Oper. »Wenn April die Amelia nur einmal auf der Bühne singen kann, wird das uns beiden den Weg ebnen. Sie haben sie ja gehört. Sie wissen, daß das wahr ist.«

Ich nickte feierlicher, als ich es beabsichtigt hatte.

»Das heißt«, sagte ich, »Sie glauben, daß Ihre Zukunft von diesem Festival abhängt.«

»Ich weiß es«, sagte sie. »In der Kunst genügt es, daß man einmal eine Chance verpaßt, einmal das Falsche tut, und man verliert möglicherweise alles. Bevor man es auch nur merkt, ist man von der Karriereleiter herunter und vergeudet den Rest seines Lebens nur noch. Man endet als Musiklehrerin und tritt manchmal noch vor einem Damenkränzchen auf. Aber der Traum von der Größe ist ausgeträumt. Den träumt dann ein anderer.«

Das klang so freudlos. Der einzige Trost, den ich ihr bieten konnte, war in Humor gehüllt.

»Vielleicht stopft Madame Ostinata demnächst beim Mittagessen einfach zu viel in sich rein, und das führt dann zu einer Magenverstimmung, und dann bekommt April ihre große Chance.«

»Ja«, sagte Carolyn. »Ich denke auch, daß wir einfach warten müssen, bis uns so etwas Lächerliches rettet.«

Da hörten wir Ronda Luccas Stimme, die über Lautsprecher alle aufrief, ihre Plätze für die sechste Szene des ersten Aktes einzunehmen, eine Szene, die üblicherweise in der Höhle einer Wahrsagerin stattfindet, in Jonathan Byers' Version jedoch in ein New-Age-Gesundheitsstudio verlegt ist.

»Ich muß jetzt gehen«, sagte Carolyn. »Ich möchte mich entschuldigen, daß ich vorhin so schroff zu Ihnen war.«

»Und ich möchte mich für meine Unhöflichkeit entschuldigen«, sagte ich, obwohl ich eher hätte sagen sollen »für meinen Verdacht«.

Ich ging wieder nach unten, um an den Perücken zu arbeiten.

Daniel Carafolios Euphorie über Madame Ostinatas heutigen Gesang nahm immer noch zu, das war sogar für eine Opernqueen des Guten ein wenig zu viel.

»Mir ist es ganz egal, was alle anderen sagen«, schwärmte er. »Ich finde, Marcella ist der großartigste dramatische Sopran, den es zur Zeit gibt, vielleicht sogar, den es jemals gegeben hat. Sie mag ja manchmal ihre schwachen Tage haben. Welches Genie hätte die nicht? Aber heute war sie phantastisch.«

Ich machte Hmph.

Daniel sagte: »Sie sind aber schon ein ganz besonderer Arsch, stimmt's?«

»Sie jedenfalls werden das nie herausfinden.«

Er fuhr fort: »Sie gehören zu den Leuten, die sich auf das beschränken, was sie hören. Aber bei Marcella ...« Seine Augen strahlten plötzlich wunderbar. »Bei Marcella ...« Er schien gleich auf die Knie fallen zu wollen. »Bei Marcella muß man auch jenseits der Noten zu hören verstehen.«

Ich antwortete: »Sie meinen von der Hälfte, die sie trifft?«

Daniel kehrte von seinem Höhenflug bis dicht unter den Thron der Diva zurück. »Von Größe werden Sie nie etwas verstehen.«

»Das mag schon sein«, sagte ich. »Aber schlechten Gesang erkenne ich, wenn ich ihn höre.«

Daniel warf mir einen Blick schierer Qual zu, danach einen tiefsten Mitleids, als sei meine Seele rettungslos verloren.

»Sie können jetzt gehen«, sagte er päpstlich. »Ich werde mich hier selber um alles kümmern.«

Damit drehte sich der selbsternannte Hohepriester der Divaverehrung um und wackelte wieder hinein in die vielen, vielen Reihen von Stahlregalen, in dieses Kloster, in dem er vor meinen plebejischen Empfindeleien Trost und Zuflucht finden würde.

14

Schnell verließ ich den Perückenraum und das Opernhaus. Es war erst gegen Mittag, das heißt, ich würde noch ungefähr fünf Stunden warten müssen, bis Daphne kam, um mich wieder zur Villa hinaufzufahren. Mir schien, daß ich dringend einen Nachmittag ohne Opernintrigen brauchte. Sowohl auf wie auch hinter der Bühne begann die Opernwelt für mich ihren Zauber zu verlieren. Und wie könnte man besser wieder in die irdische Realität zurückkehren als mit einem Einkaufsbummel? Wer immer der clevere Architekt war, der das Sidney Blaustein Center für Darstellende Künste entworfen hatte, ihm war jedenfalls die kluge Idee gekommen, den Erdgeschoßbereich zum größten Teil für elegante Geschäfte zu reservieren, so daß fast ein kleines Einkaufszentrum entstanden war, das ›Die Plaza‹ genannt wurde. Selbst Opernliebhaber brauchten gelegentlich Entspannung von den Gefühlsstürmen auf der Bühne, und Opernliebhaber – gerade Opernliebhaber – kauften gerne ein.

Ich hatte auch Glück. Von meinem Aussichtspunkt vor dem Opernhaus aus konnte ich die ganze Ladenstraße, wie ich sie bei mir nannte, überblicken. Ein paar Geschäfte waren schon geöffnet, die Schaufenster fertig dekoriert, die Türen auf, und die Waren zum Verkauf ausgelegt. Andere führten noch ihren Wettlauf gegen die Zeit, bevor das Festival eröffnet wurde – man dekorierte noch Schaufenster, brachte Markisen an, lud Lieferwagen aus. Einerseits sah das alles sehr anziehend aus, diese Kette von neuen Läden, die da für mich bereit lag. Andererseits merkte ich, daß es sich hauptsächlich um solche absurden Boutiquen handelte, die Sachen verkaufen, die zu kaufen einem nicht im Traum einfallen würde, wenn man nicht gerade auf einer Luxusreise war – solche Sachen wie einen Schweizer Rollkragenpullover aus Baumwolle oder eine schwere *Zabaione*-Pfanne aus Kupfer mit einem Griff aus Porzellan oder eine winzige Taschenlampe in einem Etui aus Eidechsenhaut, mit der man wunderbar das Opernprogramm lesen konnte. Es handelte sich um eine Verkaufsstrategie, die sich auf das ultimativ Überflüssigste des Konsumierbaren bezog: Kein Mensch braucht das Zeug. Niemand auf der ganzen Welt hat es je gebraucht oder wird es je brauchen. Aber da man nun schon mal hier ist, in dieser ganzen Maskerade von Großartigkeit, warum dann nicht noch ein bißchen prassen und einfach doch etwas kaufen?

Bevor ich mich auf die Jagd nach dem unwahrscheinlich günstigen Nachmittagsschnäppchen machte, ging ich auf einen Kaffee in das schicke Café, das ich drüben auf der Plaza entdeckt hatte. Als ich hinkam, sah ich zu meiner Überraschung Maurizio, Daphnes im Haus angestellten *ragazzo* und meinen gelegentlichen Liebhaber. Sir Jonathans Libido steckte offenbar an, denn Maurizio hielt sich einen eigenen kleinen Freund, einen blonden, glatthäutigen Jungen mit großen, verehrungsvollen Augen. Sie unterhielten sich in Zeichensprache. Ihre Finger, Hände und Arme schufen eine Energie in der Luft, die wie Streit aussah. Aber ich hatte von Daphne erfahren, daß die Zeichensprache, wenn sie besonders lebhaft wirkt, auch besonders viel ausdrückt.

Maurizio sah mich und winkte mich an ihren Tisch. Er wollte, daß ich seinen Freund kennenlernte, der, wie sich herausstellte, gar nicht taubstumm war. Wir grüßten uns höflich, und ich bemerkte zu meiner Beunruhigung, daß Maurizio hoffte, sein toller Freund werde mich ein bißchen eifersüchtig machen. Aber da ich ja als Musterbeispiel der Treue gelten sollte, erfand ich eine eigene Zeichensprache, um Maurizio mitzuteilen, daß ich fände, die beiden seien ein schönes junges Paar. Er verstand mich nicht so ganz, also zeigte mir sein Freund – mit etwas übertriebenem Eifer, wie ich fand –, wie ich es richtig machen mußte. Als ich damit fertig war, schüttelte Maurizio emphatisch den Kopf. Ich fragte: »Seid ihr denn kein Paar?«, wobei ich die beiden ersten Finger meiner linken Hand einmal so und einmal so verkreuzte.

Maurizio starrte mich an. Ich fragte seinen Freund, was ich falsch gemacht habe.

Er sagte: »Sie haben ihn gefragt, ob wir beim Ficken die Rollen wechseln.«

»Und – tut ihr das?« sagte ich.

Maurizio stand plötzlich auf und stürmte davon. Sein blonder Freund rannte ihm nach und ließ meine Frage also offen.

Daraufhin suchte sich Stanley der Kaltherzige einen leeren Tisch und setzte sich. Ich bestellte mir einen doppelten Cappuccino und nichts dazu, um nur ja die Stimme in meinem Innern zu beschwichtigen, die bekanntgab: »Jede Kalorie zählt.« Ich wollte in Paris mit so wenig Übergewicht wie möglich ankommen. Als der Kaffee aber kam, konnte ich der Versuchung nicht widerstehen, zwei große Stückchen braunen Zucker in der dicken dampfenden Haube aus geschäumter Milch zu versenken. Während ich den bittersüßen Trank nippte, rekapitulierte ich noch einmal, wen ich alles kennengelernt hatte und was geschehen war, seit ich vor drei langen Tagen in Abigail-by-the-Sea angekommen war. Teufel auch, ich hätte bereits selber eine große Oper komponieren können, eine rasch hingeworfene Studie, versetzt mit etwas Rührseligkeit, um auch die einfachen Gemüter bei der Stange zu halten.

Meine Gastgeberin, Daphne Davenport, hatte einen Haufen Geld und Energie in dieses Festival gesteckt. Zwar hatte sie es nicht ausdrücklich gesagt, aber eines war mir klar: Sie wollte, daß es ein großer Erfolg werde – ein Erfolg, der Schlagzeilen machte und vielleicht sogar eine Titelgeschichte in der *Opera News* brachte.

Marcella Ostinata war ein alternder dramatischer Sopran, deren früherer Ruhm angesichts ihrer bisher gezeigten Darbietungen zweifelhaft schien. Obwohl sie die temperamentvolle Diva hervorragend zu spielen verstand, konnten ihr launisches Benehmen und ihre unverläßliche Stimme den Erfolg des Festivals sehr wohl gefährden.

Angelo Toscanelli wurde als Operndirigent verehrt, aber bisher hatte er sich den Sängern gegenüber wie ein Lamm benommen. Vielleicht hatte er irgendwann einen Zusammenbruch erlitten, aber vielleicht war er auch einfach nur alt und müde und der ganzen Sache gegenüber ziemlich gleichgültig.

Jonathan Byers, der Regisseur, schien mehr darauf erpicht, es mit Amerikanern zu treiben, als die Oper zu leiten. Vielleicht war das ja seine Motivation – wie weiland bei Stanislavskij. Außerdem schien er Sänger zu verabscheuen. Allerdings – Sir Jonathan schien eigentlich jeden zu verabscheuen. Aber wenigstens entschuldigte er sich nicht für sein Benehmen oder schob es auf eine kaputte Familie oder ungelöste Kindheitsprobleme. Das allein machte ihn mir schon wieder fast erträglich.

Rick Jansen hatte in meiner Oper über Abigail-by-the-Sea eine ganz kleine Rolle. Er war ein öffentlicher Versorgungsbetrieb, er wurde genommen und benützt und bezahlt, wenn jemand das brauchte, was er anzubieten hatte. War an ihm mehr dran?

Mathilde war Madame Ostinatas dunkeläugige, grüblerische Dienerin, sie schien alles zu schlucken und nichts herauszulassen. Wenn sie nicht aufpaßte, würde sie eines Tages wegen all der aufgestauten bösen Geheimnisse, die in ihrem Innern mehr und mehr Druck erzeugten, einfach explodieren.

Adam Pierce kam nicht mehr dazu, sein Bühnenbild tatsächlich während der Aufführung zu sehen. Doch die anderen Mitwirkenden in meiner Oper betrachteten seinen schlecht terminierten Tod als unwichtig, als habe er nur eben vor der Premiere die Stadt verlassen. Aber da stimmte etwas nicht. In der Oper ist kein Tod jemals unwichtig.

Bruce David war ein einheimischer lyrischer Tenor, der

aber irgendwann seine Kraft verloren hatte – diese ganz spezielle amerikanische Kraft, die unser Land groß gemacht hat (alle stehen auf und salutieren, während das Orchester ein Stück von unserer Nationalhymne einfließen läßt) –, diese Kraft, ohne die eine größere Karriere auf der Opernbühne nicht möglich war. Bruce war der lebende Beweis dafür, daß musikalisches Einfühlungsvermögen und gute Stimmqualität allein nicht genügten. Ein Opernstar brauchte auch noch, egal ob insgeheim oder offenkundig, die Eigenschaften eines schweren Bulldozers.

Ronda Lucca, das Paradebeispiel einer tyrannischen Inspizientin, schien wirklich persönlich besorgt um den Erfolg dieser Inszenierung des *Ballo*. Liebte sie Oper so sehr? Oder hatte sie vielleicht Geld in das Festival investiert? War sie etwa eine Kapitalistin, die heimlich spekulierte? War sie vielleicht eine dieser Millionenerbinnen, die ihren gewaltigen Reichtum dadurch zu verbergen versucht, daß sie eine Lohnsklavin in der Arbeitswelt mitten unter uns Plebeijern darstellt, während die eigentliche Herausforderung ihres Lebens vielmehr darin besteht, sich zu überlegen, was mit diesen ganzen millionenschweren Dividendenschecks geschehen soll? Dieses Porträt bewies, daß jetzt Koffein und Zucker in bereits klinischer Dosis durch meine ohnehin übersteigerte Einbildungskraft rauschten.

Carolyn Boetz war die sensible Seele, die einer anderen Zeit anzugehören schien, einer Zeit mit Gaslampen und Pferdedroschken. Sie war die Inkarnation einer Musikerin, die in der Härte der modernen Welt dadurch überlebte, daß sie alles durch die extrem dicken, verformenden Gläser ihrer Brille sah.

April Kilkus war wahrscheinlich die große Hoffnung Amerikas auf den nächsten dramatischen Sopran von Weltrang. Unter Musikern würde man sich eines Tages einig sein, daß seit der jungen Leontyne Price keine Sängerin mehr eine so vollkommene Ausgewogenheit von Stimme, Musik, Technik, Instinkt, Präsenz und schierem Willen besessen habe. Aber was nützte das alles, wenn Opernbesucher und Kritiker sie niemals zu hören bekamen?

Hwang Yung Cho war in der gesamten europäischen Opernwelt bereits für seinen reichen Bariton bekannt, aber das stellte noch längst nicht sicher, daß er genauso gut bei den amerikanischen Opernbesuchern ankam, die in ihrer Verehrung wankelmütig waren.

Daniel Carafolio, mein geliebter Chef, hatte seinen großen Augenblick bereits gehabt, als Lakai des Jet-Set Friseurs Cornelius Haupt-Bettlesmann, der von der Schar seiner ergebenen Gräfinnen, Herzoginnen und Marquisen zärtlich »Betty« genannt wurde.

Und schließlich war da noch Maurizio, der wie der Taubstumme in *Out of the Past* alles zu hören und zu wissen schien, aber soviel ich sah, bestand sein einzig verdächtiges Verhalten bisher darin, daß er mir eine unbegreifliche Zuneigung entgegenbrachte. Zwar habe ich slawische Gene in mir, aber ein Robert Mitchum bin ich nun doch nicht.

Als die Oper in meinem Kopf den letzten Vorhang bekam, war ich auch gerade mit meinem Kaffee fertig. Es war noch nicht mal ein Uhr. Ich hatte immer noch über drei Stunden Zeit, bevor Daphne mich abholen würde. Ich überlegte, ob ich sie anrufen solle, entschloß mich dann aber, zuerst meine Einkäufe zu erledigen. Danach würde ich dann vielleicht ein bißchen prassen und zurück zur Villa ein Taxi nehmen.

Bei meinem Streifzug durch die Boutiquen auf der Plaza fand ich eine Musikalienhandlung, ein richtiges altmodisches Fachgeschäft, das nur Gesangs- und Opernpartituren und -Aufnahmen verkaufte. So einen Laden erwartete man eigentlich eher in London, und hier konnte man mir wahrscheinlich auch die Frage beantworten, die mir vorhin gekommen war, als ich bei Kaffee und Oper saß. Zunächst blätterte ich alle Kataloge der Opernaufnahmen durch, die es hier gab, auch die historischen. Dann bat ich den Verkäufer um Hilfe. Aber beide Male war die Antwort die gleiche: Weder jetzt noch jemals zuvor war in den USA eine Opernaufnahme mit Maestro Angelo Toscanelli als Dirigenten erhältlich gewesen, was für einen hochbedeutenden Dirigenten doch einigermaßen seltsam wirkte, ganz egal, wie alt er inzwischen sein mochte. Der Angestellte stimmte zu und erklärte, er hätte während des Festivals sicher eine ganze Wagenladung von Aufnahmen des Maestro verkaufen können. Nur gab es keine.

Als ich meinen Einkaufsbummel über die Plaza fortsetzte, erlag ich den Einkaufsgewohnheiten, wie sie auf der Madison Avenue üblich sind: Ich kaufte meinem Liebhaber Rafik ein Sämischlederhemd. Es war samtig blaßblau, mit einem schmalen Stehkragen und einem offenen ungeknöpften Vorderteil, das gerade tief genug ausgeschnitten war, um das Fleisch seiner dicht behaarten Brust zu entblößen. Ja, es war extravagant und verrückt, aber das trifft doch auf alles zu, wenn man verliebt ist. Außerdem, wenn ich Rafik in Paris sah, wäre es nicht in meinen Händen, sondern an seinem Körper, wo so ein Kleidungsstück auch genau hingehörte.

Als ich eine Stunde später die letzte der Boutiquen verließ, spürte ich in mir den Drang nach einem kleinen Muntermacher, bevor ich zurück zur Villa aufbrach. Ich kehrte in das schicke Café zurück, und diesmal bestellte ich mir zu meinem Kaffee ein üppiges Dessert, etwas, das Mokkanußtorte genannt wurde und aus Crème Bavarois mit Espressogeschmack bestand, die dick auf eine mürbe, butterige Haselnußteigschicht aufgehäuft und dann mit – na ja – frischer Schlagsahne gekrönt und geschmolzener Schokolade übertraufelt war. Zum Teufel mit den zusätzlichen Kalorien! Nach dem Einkaufen brauchte ich einfach Nahrung.

Während ich so meine innersten Bedürfnisse befriedigte, schrieb ich Ansichtskarten an Rafik, Nicole und meine Mutter in New Jersey. Nicole bekam eine ehrliche Nachricht. Die anderen beiden nur einen Wetterbericht. Ich überlegte, ob ich dem Lieutenant Vito Branco vom Bostoner Polizeirevier auch eine Karte schreiben solle, aber dann hielt ich mich doch zurück. Er würde sich wahrscheinlich sowieso nicht an mich erinnern. Andererseits, wie könnte er vergessen? Statt dessen schickte ich eine an Sugar Baby, c/o Nicole, obwohl ich überzeugt war, daß ich in Sugars Augen längst von Nicole als Dosenöffnerin des Hauses ersetzt war.

Als ich die Ansichtskarten aufgab, war es genau drei Uhr. Ich hatte immer noch zwei Stunden totzuschlagen. Ich besorgte mir angesichts der Sucht des Maestro ein Feuerzeug. Das dauerte eine Minute. Ich hätte immer noch zu lange warten müssen, also rief ich bei Daphne an, aber sie war nicht zu Hause. Ich sagte Parker, daß ich selber zu Daphnes Anwesen hinaufkommen werde und sie mich nicht abzuholen brauche. Gerade wollte ich ein Taxi rufen, aber da stellte ich fest, was für ein wunderbarer Nachmittag es war; warum sollte ich nicht zu Fuß zurückgehen? Ich kannte ja den Weg, und etwas Bewegung würde mir sicher guttun, vor allem nach der Mokkanußtorte. Aber das war ein großer Fehler. Die Villa lag viel weiter entfernt, und der Weg die Klippen hinauf war viel steiler, als ich in Erinnerung hatte. Erst über eine Stunde später kam ich endlich am großen Haus an. Daphne wollte gerade in den Bentley steigen.

»Ich wollte Sie gerade retten kommen«, sagte sie. »Sind Sie den ganzen Weg gelaufen?«

»Ja«, keuchte ich.

Daphne schnalzte mit der Zunge. »Sie dummer Junge«, sagte sie. »Als ich heimkam, bestellte mir Parker Ihre Nachricht. Wir dachten beide, Sie würden ein Taxi nehmen, aber dann hätten Sie längst hier sein müssen.«

»Das wollte ich auch«, sagte ich, wobei ich noch immer keuchte und schwitzte. »Aber dann beschloß ich, meine Beine ein bißchen arbeiten zu lassen.«

»Das ist ein anstrengender Weg, wenn man ihn nicht gewohnt ist«, antwortete Daphne. »Sie legen sich am besten noch ein bißchen hin vor den Cocktails.«

»Das hört sich gut an«, sagte ich.

Ich machte mich auf zum Häuschen und nahm eine lange heiße Dusche. Frisch und sauber legte ich mich aufs Bett und ließ die Meeresbrise von den Fenstern her kühl über meinen Körper streicheln. Als ich gerade am Eindösen war, fragte ich mich noch: Wer hat an Ronda Luccas Computer herumgefummelt?

15

Um halb sieben war ich zum Cocktail wieder im Haupthaus. Daphne und der Maestro hielten sich in der Bibliothek auf, wo ein anheimelndes Feuer im Kamin brannte. Auch noch im frühen Juni konnte man ein Feuer gut gebrauchen, um die Kühle der Meeresluft am Abend zu mildern. Daphne marschierte auf dem Perserteppich auf und ab, während der Maestro in einem gepolsterten ledernen Armsessel saß und rauchte. Am Tonfall von Daphnes Stimme erkannte ich, daß einen der Gäste ein Sturm künstlerischer Entrüstung erwartete, und zwar die Diva. Madame Ostinata war an diesem Tag schon früher auf Daphnes Anwesen zurückgekehrt, in höchster Erregung darüber, daß Jonathan Byers mit den Zweitbesetzungen genau dieselbe Szene geprobt hatte, die sie und Bruce David unmittelbar vorher gesungen hatten. Ohne für Daphne auch nur einen Gruß übrig zu haben, war Madame in ihre Zimmer hinauf gestürmt und hatte den restlichen Nachmittag damit verbracht, über den Atlantik hinweg mit ihrem Rechtsanwalt in Mailand zu telefonieren.

»Und zwar auf meine Kosten!« brüllte Daphne.

Augenscheinlich suchte Madame hinreichende Gründe, um Jonathan Byers für seelische Grausamkeit gerichtlich zu belangen und das Festival insgesamt für mangelnde Professionalität.

»Hat sie Ihnen das gesagt?« fragte ich von dem Servierwagen aus, auf dem die Getränke standen. Ich hatte mir gerade einen Martini aus einer Kristallkaraffe eingeschenkt, die in einem dazu passenden Kübel mit gestoßenem Eis stand.

Daphne antwortete scharf: »Ich habe es am Nebenanschluß mitgehört. Und schauen Sie mich bloß nicht so an!

Es war keine Absicht. Schließlich habe ich das Recht, in meinem eigenen Haus das Telefon zu benützen, punktum.« Dann spuckte sie die Worte geradezu aus: »Mangelnde Professionalität! Also wirklich, und dabei konnte dieses Weib das Wort kaum aussprechen.«

So geladen hatte ich Daphne noch nie gesehen. Und der billige Seitenhieb auf Madames Akzent sah ihr so wenig ähnlich, daß mir klar wurde, hier ging es um mehr als nur um eine Telefonrechnung. Um Daphne zu zeigen, auf wessen Seite ich stand, bemerkte ich, daß sich Madames Englischkenntnisse ständig zu wandeln schienen, je nachdem, um wessen Gunst sie sich gerade bemühte.

Ohne auf meine Bemerkung zu achten, fuhr Daphne fort: »Und so stehe ich jetzt da, ich, eine Opernliebhaberin, die einfach nur eine gute Gastgeberin und eine Schirmherrin der Künste sein wollte – schließlich und endlich etwas tun wollte für die Darstellenden Künste, die ich mein Leben lang geliebt habe. Und da versucht mir nun eine aus meiner vornehmen Gästeschar einen Prozeß an den Hals zu hängen. Oh, wenn ich das geahnt hätte!«

Ich konnte es ihr nachfühlen.

Mittlerweile wandte der Maestro seinen Blick vom Kaminfeuer ab und sah Daphne liebevoll und warmherzig an. »*Cara Madamigèlla*«, sagte er heiter. »Keine Angst. Es wird gar keine Anwälte geben. Marcella sieht, sie wird alt. Sie hört es an ihrer Stimme. Und sie ist wütend. Sie möchte wieder junges Mädchen sein, und das sie kann nicht geschehen lassen. Also sie denkt jetzt, die Anwälte können es besorgen. Aber sie hat keine Macht. Es ist ihr Schicksal. Sie können fühlen sich sicher.«

Daphne unterbrach ihren Lauf und warf sich in den Armsessel gegenüber dem des Maestro. Sie sah mitgenommen aus. Ich wußte, daß ich mich auf schwankendem Grund bewegte, aber ich wollte ihr helfen, sie trösten. Ich wagte mich behutsam vor.

»Daphne, hat irgendwas an der ganzen Sache mit dem zu tun, was Sie neulich über Madame Ostinata herausgefunden haben?«

Daphne warf sich zu mir herum, als habe ich sie verraten. In ihren Augen glühte der Widerschein des Kamins. Dann gab sie einen langen resignierten Seufzer von sich, der fast in einem kleinen Lachen endete.

»Sie sind wirklich ein Teufelskerl«, sagte sie. »Und ich sollte Sie vielleicht verabscheuen, weil Sie sehen, was ich selber verdrängt habe. Natürlich, das ist es. Und da dachte ich, ich könne diese schmutzige Sache auf später verschieben, bis nach der Premiere. Aber Sie haben völlig recht. Ganz bestimmt liegt es daran, daß ich in so einem Zustand bin.«

»Möchten Sie jetzt nicht doch darüber reden?« sagte ich fast reflexmäßig. Ich, der Friseur, behandelte hier also eine weltbekannte Psychiaterin.

»Ich bezweifle, daß der Maestro etwas davon hören will«, sagte sie.

Maestro Toscanelli sagte: »Ich kenne Marcella seit viele Jahre. Ich kann bei ihr kein Überraschung bekommen. Es ist besser, wenn Sie sprechen.«

Daphne sagte: »Also gut dann. Neulich kam Madame Ostinata nach ihrem Frühstück mit ihrem üblichen großen Auftritt aus ihren Zimmern. Wie immer hatte sie sich herausgeputzt und mit allem möglichem Schmuck behängt, aber an diesem Tag fiel mir unwillkürlich ihre Brosche auf. Sie war aus hochkarätigem Gold und mit einem Onyx darin. Es war ein schönes Schmuckstück, und ich machte eine Bemerkung darüber. Madame streichelte kurz darüber und kicherte dann ganz schüchtern und sagte: ›Von einem Bewunderer.‹ Aber wissen Sie, ich hatte diese Brosche tatsächlich als eins meiner eigenen Schmuckstücke erkannt, ein Geschenk von meinem ersten Mann.«

Ich platzte heraus: »Wollen Sie damit sagen – ?«

Daphne unterbrach mich, indem sie die Hand hob. »Diese Brosche war vor langer Zeit aus meiner Schmuckschatulle verschwunden und nie wieder aufgetaucht. Als ich sie jetzt wiedersah, war mein erster Gedanke, daß das gestohlene Schmuckstück nach Italien gebracht worden sei, wo Marcella es gekauft oder von mir aus auch geschenkt bekommen haben mochte. Es war schockierend, aber gleichzeitig auch sehr aufregend, sich vorzustellen, daß sie unter ihren Bewunderern auch internationale Juwelendiebe habe. Die Italiener sind doch so heißblütig. Aber dann kam mir ein anderer Verdacht, und der beunruhigte mich sehr: Und wenn nun mein zweiter Mann Sid die Brosche aus meiner Schmuckschatulle entnommen und verkauft hatte? Er war auf meine erste Ehe immer eifersüchtig gewesen, in der ich meinem Mann noch einen jungen leidenschaftlichen Körper bieten konnte. Sid und ich umarmten uns selten. Und nachdem mein Verdacht einmal in diese Richtung ging, dachte ich bis zu Ende und fragte mich: Hatte Sid die Brosche vielleicht Marcella selber gegeben?«

»Das klingt so unwahrscheinlich«, sagte ich, obwohl meine eigene Vorstellungskraft oft ganz ähnliche Sprünge ins Absurde tat, jenseits aller Tatsachen und aller Logik.

»Überhaupt nicht«, sagte Daphne schnell. »Sid war oft geschäftlich in Mailand. Vielleicht hat er Marcella dort kennengelernt.«

»Aber Sie sagten doch, daß er Oper haßte.«

»Ja«, sagte Daphne. »Aber jetzt kommt es mir so vor, als habe er mit dieser heftigen Abwehr gegen die Oper nur seine Schuldgefühle wegen Marcella kompensiert.«

Daphne erhob sich und trat an den Kamin. Sie hielt eine Hand gegen die Flammen, als wolle sie sich wärmen. Dann sprach sie ihre nächsten Worte wie ein Bekenntnis ins Feuer hinein.

»Ich fragte sie, wie lange sie die Brosche schon habe. Sie wich mir aus und sagte, sie könne sich nicht erinnern. Ich erzählte ihr, daß mich die Brosche an eine andere erinnere, die mein erster Mann mir geschenkt habe, sein letztes Geschenk an mich. Und sie sagte: ›Wie merkwürdig. Die müssen Sie mir gelegentlich einmal zeigen.‹ Und ich sagte zu ihr, daß ich sie nicht mehr besitze. Und sie sagte mit viel theatralischem Mitgefühl in der Stimme: ›Ach! Ich mußte auch schon einmal ein paar von meinen Juwelen verkaufen. Es ist entsetzlich, was eine Frau tun muß, um zu überleben.‹ Und ich stimmte ihr zu. Entsetzlich.«

Der Maestro sagte: »Vielleicht weiß Marcella nicht, daß die Brosche gehört Ihnen.«

»O doch«, sagte Daphne und drehte sich wieder zu uns herum. »Sie ist viel zu gerissen, als daß sie das nicht wüßte. Aber dann, als ob das Ganze nicht schon scheußlich genug wäre, hatte sie doch tatsächlich die Chuzpe, zu verkünden, daß in ihren Zimmern etwas sehr Persönliches und Wertvolles fehle, etwas, womit sonst niemand etwas anfangen könne.«

»Was denn?« sagte ich.

»Tja, das war wirklich der Gipfel«, sagte Daphne. »Sie wollte es mir nicht einmal sagen.«

Ich bemerkte: »Vielleicht weiß sie, daß die Brosche in Wirklichkeit Ihnen gehört, und auf diese Weise will sie sagen: ›Versuch bloß nicht, sie wiederzukriegen.‹«

»Oder vielleicht ist dort überhaupt nichts weggekommen«, sagte Daphne.

»Was am Ende das Wahrscheinlichere ist«, sagte ich.

»Oh, vielen Dank!« sagte Daphne. »Ich begann mich schon zu fragen, auf wessen Seite Sie eigentlich stehen.«

»Darüber gibt es keinen Zweifel«, sagte ich.

Daphne senkte die Augen. »Ich weiß«, sagte sie still. »Entschuldigung.«

Ich trank den Rest meines Martinis aus und fragte dann Daphne und den Maestro, ob sie noch einen Cocktail wollten.

»Das Abendessen wird gleich fertig sein«, sagte Daphne. »Für mich im Augenblick nicht.«

Aber der Maestro hob sein leeres Glas. »Bitte«, sagte er.

Ich trug es zusammen mit meinem zum Servierwagen. In der Karaffe war gerade noch so viel, daß es für einen halben Drink für jeden von uns reichte. Als ich die Gläser nachschenkte, sagte ich ganz beiläufig: »Wo ist eigentlich Bruce David?«

»Oh, der!« sagte Daphne und winkte ab. »Er hat sich wieder zu Bett gelegt, erschöpft wie er war von der heutigen Probe.«

»Aber er hat doch nur in einer einzigen Szene gesungen«, sagte ich.

»Ich fürchte, der Maestro hatte recht«, sagte Daphne. Ihre Stimme klang jetzt ruhiger, als habe sie endlich die nackten Tatsachen im Leben einer Opernfestivalschirmherrin, ja selbst einer betrogenen Ehefrau erkannt und sich mit ihnen arrangiert. Sie sagte: »Bruce David hat einfach nicht die Kraft für eine Oper.«

»Dabei ist das doch sicher nicht seine erste Rolle«, sagte ich.

»Nein«, sagte Daphne. »Aber bisher hat er nur Erfahrung mit konzertanten Aufführungen gemacht, und da war er gut, gelegentlich sogar umwerfend. Aber er hat noch nie eine Hauptrolle in einer richtigen Bühneninszenierung gesungen. Und jetzt ist klar, daß die Handlung auf der Bühne und die Kostüme und die Einsätze und das alles einfach zu viel für ihn sind. Er muß an so viel denken, daß er gar nicht mehr singen kann.«

Der Maestro nickte bekümmert. »Ich kenne diese Sache«, sagte er. »Ich habe schon früher gesehen.«

Ich auch, dachte ich, und zwar in dem verkürzten Melodram, das erst heute nachmittag im Café vor meinem Geiste abgelaufen war.

Parker erschien und kündigte an, daß das Abendessen fertig sei. Der Maestro und ich stießen mit unseren Gläsern auf Daphne an und tranken dann aus. Darauf gingen wir alle drei ins Eßzimmer. Auf das lange Hepplewhite-Sideboard hatte Parker ein Silbertablett gestellt, auf dem ein ganzer gebackener Fisch mit Kopf zu sehen war. Das riesige Meerestier ruhte aufrecht auf seiner Unterseite, und sein langer Körper war elegant geschwungen, als schwimme er gerade gemütlich durch die geschmorten Gemüse und die Weinsauce auf dem Serviertablett.

»Ach, herrlich!« sagte Daphne. »Frischer Seebarsch.«

»Er wurde erst heute früh gefangen«, sagte Parker. »Und heute nachmittag zubereitet.«

Und heute abend gegessen, dachte ich.

Mit der Geschicklichkeit eines Chirurgen löste Parker

säuberlich die eine Seite des Fisches im ganzen von der Mittelgräte ab. Dann schnitt er das zarte weiße Fleisch für uns drei, die zu Tisch saßen, in angemessene Portionen. Der übrige Fisch blieb auf der Servierplatte, die gekochten Augen verschwommen auf unsere Teller gerichtet, das Maul geöffnet und die Mittelgräte deutlich von der verbliebenen Körperhälfte abgehoben. Das sah aus wie im Biologiesaal, und mir verging der Appetit.

Wir wollten gerade anfangen, als Madame Ostinatas Angestellte Mathilde in der Tür zum Eßzimmer erschien. Das schwache Kerzenlicht betonte ihre Augenhöhlen und ihre hervortretenden Backenknochen. Sie hatte das Haar so straff zu einem Knoten zurückgekämmt, daß ich mich wunderte, wie sie überhaupt sprechen konnte. Sie biß die Zähne zusammen und bewegte die Lippen fast nicht.

»Madame wünscht heute abend nicht mehr gestört zu werden.«

»Das hatten wir auch kaum vor«, sagte Daphne. »Ist sie krank?«

»Sie ruht«, sagte Mathilde. »Sie hat ihren Schlaftrunk genommen.« Dann starrte sie Daphne anklagend an und fügte hinzu: »Madame verlangte heute abend einen extrastarken Schlaftrunk, weil sie sich heute so ärgern mußte.«

Daphne sagte: »Na, ich hoffe doch, daß es Madame morgen wieder besser geht und daß sie nach so viel Medizin noch singen kann.«

Der Maestro warf Mathilde einen kryptischen Blick zu, und die hob eine Augenbraue und nickte ihm feierlich zu. Das alles wirkte absurd komisch, wie eine Karikatur der Mrs. Danvers in *Rebecca.*

Der Maestro sagte zu Daphne: »Ich denke, Marcella wird hier nicht mehr singen.«

Daphne sagte: »Sie meinen, auf dem nächsten Festival? Das glaube ich auch nicht. Nicht nach der heutigen Vorstellung.«

»Ich meine«, sagte der Maestro in unheilvollem Ton, »gar nicht mehr.«

Ich glaubte, ein fernes Donnergrollen zu hören, stellte dann aber fest, daß es mein Magen war, der jetzt doch ganz dringend toten Fisch haben wollte. Die letzte Nahrung, die ich zu mir genommen hatte, wenn man es denn so nennen konnte, war heute nachmittag im Café gewesen. Und wenn Mokkanußtorte auch lange auf den Hüften bleibt, aus dem Magen ist sie schnell verschwunden.

Daphne schüttelte über die Bemerkung des Maestro den Kopf und sagte: »Wenn Madame sich entschließt, nicht zu singen, wem mangelt es denn dann an Professionalität?« Kaum hatte sie das gesagt, schnalzte sie mit der Zunge. »Wie dumm von mir«, sagte sie. »Mir sollte eigentlich klar sein, daß ich da mit einem Kind zu tun habe.« Dann fragte sie Mathilde in einem letzten Versuch, gastfreundlich zu sein: »Wünscht Madame vielleicht das Abendessen auf ihrem Zimmer?«

Aber statt Daphne zu antworten, ließ Mathilde ihre Augen zu dem Sideboard gleiten, wo der Seebarsch zum menschlichen Verzehr geöffnet lag. Wie zur Antwort auf den erloschenen Blick des Tieres traten ihre eigenen dunklen Augen hervor, und sie erstarrte. Dann sagte sie zu Daphne: »Wir haben keinen Hunger«, und verschwand schnell.

Danach ging das Abendessen ungestört vonstatten. Daphne regte sich ein wenig darüber auf, was mit der Eröffnungsinszenierung des Festivals geschehen werde, falls Madame ihren Vertrag bräche und sich zu singen weigerte. Doch der Maestro beruhigte sie mit der Behauptung, daß April Kilkus die Amelia wunderschön singen und die Inszenierung des *Ballo* ein großer Erfolg sein werde.

»Auch ohne eine weltbekannte Diva in der Rolle?« sagte Daphne.

»Wichtiger zum Sorgen machen«, sagte der Maestro, »ist, wer wird den Riccardo singen.«

Die Loyalität des Maestro seinen Sängern gegenüber schien die Lager gewechselt zu haben.

»Aber Bruce David hat noch nicht abgesagt«, sprach Daphne.

Der Maestro schüttelte den Kopf. »Sie müssen ihn ausnehmen.«

Begriff er, was er da in seinem gebrochenen Englisch gesagt hatte?

Nach Fisch und Gemüse gab es Salat und danach Erdbeer-Teekuchen mit hausgemachten Biskuits. Ich nahm mir zweimal. Dann gingen wir zu Bett. Ich las eine Weile, wurde aber nicht schläfrig. Ich dachte immer noch an den toten Fisch, der zu beobachten schien, wie wir seinen Körper aßen. Dann dachte ich an Rafik und was er wohl gerade in Paris machte. Ich nahm den Luftpostbrief zur Hand, um daran weiterzuschreiben, etwas, was über das Wetter hinausging, etwas über das Leben und die Liebe. Aber stattdessen hatte ich plötzlich Angst, ich könnte eventuell nicht mehr in Rafik verliebt sein, weil es mir solche Schwierigkeiten machte, beim Schreiben offen und ehrlich zu sein. Vielleicht lag es an der Befürchtung, seine Eltern könnten mich ablehnen. Oder vielleicht lag es auch einfach an Rafiks Abwesenheit selbst, daß diese Verwirrung entstand, diese Entzugserscheinungen. Seine Liebe und sein Körper waren wie eine Droge, die abhängig machte, die, wenn sie da war, zum Gebrauch zwang und einen befriedigte, und, wenn sie nicht da war, oft einen vorübergehenden Angstzustand schuf, der gewöhnlich dann von einem Gefühl der Unabhängigkeit und Stärke abgelöst wurde. Mich erschreckte der Gedanke, daß ich ihn vielleicht insgeheim verlassen wollte. Aber offen gestanden genoß ich es in bester Laune, allein zu sein, zu arbeiten, Nachforschungen anzustellen und mich mit Leuten zu treffen, ohne ständig dem Ruf der Liebe antworten zu müssen. Da war so viel Verantwortung dabei. Was für ein häßliches Wort! Vielleicht war das alles nur eine Projektion meiner alten Angst, daß Rafik am Ende mich verlassen werde. Aber vielleicht war auch die nur eine Projektion meines eigenen Wunsches, ihn zu fliehen. Aus dieser Verstörtheit heraus gelang mir an diesem Abend in dem Brief an meinen Geliebten wieder nur eine Fortsetzung des Wetterberichts. Aber, oh je, kein Wort über die Liebe.

16

Am nächsten Morgen nahmen Daphne und ich das Frühstück wieder draußen auf der Aussichtsterrasse ein. Nach dem Tumult des vorangegangenen Abends war wieder Friede eingekehrt, mit Hilfe von Mutter Natur einerseits – milde Morgensonne, ruhiges blaues Meer, sanfte kühle Brise – und Parkers Frühstücksgelage andererseits – warme Hörnchen, zerdrückte Himbeeren und frisch geschlagene Butter. Daphne hatte gerade ihre üblichen Handgriffe an der Preßfilterkanne vorgenommen, aber mit ruhigen, fast nachdenklichen Bewegungen, die gut zu der morgendlichen Stille paßten.

Da drang aus den offenen Fenstertüren zu einem der Schlafzimmer im ersten Stock ein wildes tierisches Kreischen – das Schreien und Heulen und Jammern einer Frauenstimme. Diese Schreckensrufe scheuchten tief drunten am Strand eine Schar Seemöwen auf, die aufflogen, schrien und krächzten und auch noch mit zu der Alarmstimmung beitrugen.

Ich rannte von der Aussichtsterrasse ins Haus und die Treppen hinauf. Der Blick von der Tür in Madame Ostinatas Schlafzimmer wirkte wie aus einer anderen Zeit, wie eine alte Daguerreotypie, allerdings in den Farben von heute und untermalt von den tierischen Schreien von Mathilde, ihrer Dienstbotin. Madame lag in einer Wolke von zerknitterter, blutdurchtränkter Bettwäsche auf ihrem Bett. Auf der einen Seite dieses Bettes stand Maestro Toscanelli, mit aschfahlem Gesicht und wie erstarrt. Seine Hände waren wie in heiligem Flehen erhoben. In der einen hielt er ein großes Fleischermesser, dessen Schneide blutverklebt und rot war. Bruce David kniete zu seiten des Bettes, den Körper mit dem Gesicht nach unten über die blutigen Laken geworfen. Seine verrenkte Haltung ließ darauf schließen, daß er entweder ohnmächtig geworden oder selber dort gestorben war. Sonst war im Raum alles ruhig bis auf Mathilde, die am Fußende des blutdurchtränkten Bettes stand und wie wild schrie, wobei sie sich kaum Zeit ließ, Atem zu holen.

Meine Haut wurde kalt und feucht. Die Augenlider begannen mir zu flattern, und ich merkte, daß ich nicht mehr atmete. Ich lehnte mich an den Türrahmen, um bei Bewußtsein zu bleiben und nicht ohnmächtig zu werden. Ich zwang mich, wieder zu Atem zu kommen, indem ich tief und langsam Luft holte. Nach einigen Augenblicken fühlte ich mich besser, aber da verursachte die grauenhafte Szene eine weitere Reaktion, diesmal mehr in den Eingeweiden: Magendrehen. Noch einmal rettete mich das ausführliche langsame Atmen und veranlaßte die Mischung aus Hörnchen, Himbeeren und Butter, an Ort und Stelle zu bleiben. Da hörte ich Daphne hinter mir die Treppe heraufkommen. Ich drehte mich um und wollte sie gerade warnen, daß sie sich fern halten solle – gehen Sie weg, schauen Sie nicht her! –, aber es war schon zu spät. Sie war bereits in den Raum getreten und hatte Madame Ostinata auf dem Bett liegen sehen, mit ihrer so tief durchgeschnittenen Kehle, daß die blassen Halswirbel da hinten sogar von der Tür aus zu sehen waren, wie Elfenbeinknöpfe mitten in den weichen feuchten Falten blutigen Fleisches.

Daphne sank mir ohnmächtig in die Arme. Ihr Körper war außerordentlich leicht, wie der eines kleinen Vogels, fast zerbrechlich. Parker stand direkt hinter ihr. Als er sah, was da im Schlafzimmer los war, sagte er: »Ich rufe wohl besser die Polizei.«

Ich trug Daphne hinaus auf einen Diwan im Gang und legte sie nieder. Ich bettete ihre Beine etwas höher und ließ dann ein kaltes nasses Handtuch holen, um sie wieder zu Bewußtsein zu bringen. Und während all dem kreischte Mathilde noch immer wie wild. Ein paar Minuten später kam Daphne wieder zu sich und wies Parker und mich sofort an, Mathilde aus dem Schlafzimmer auf den Gang herauszubringen. Dort gelang es ihr, der hysterischen Frau eine Beruhigungsspritze zu geben, und gleich darauf hörten die wüsten Schreie auf.

Im Schlafzimmer verharrte der Maestro inzwischen noch

immer wie versteinert neben Madames Bett, obwohl er das große Messer jetzt auf das Bett hatte fallen lassen. Bruce David lag noch immer wie hingegossen über dem Körper der Toten. Ich ging hinein und versuchte ihn wegzuziehen, aber seine Hände klammerten sich an den Laken fest. Das war entweder Katatonie oder schon Rigor Mortis. Ich sagte ihm leise ins Ohr, daß er das Bett verlassen solle. Er wimmerte: »Nein.« Wahrscheinlich konnte man schon froh sein, daß er überhaupt noch lebte.

Die Ortspolizei kam und blieb nicht einmal ganze zwei Minuten in Madame Ostinatas Schlafzimmer. Der Sergeant trat zu Daphne und sagte: »Sieht so aus, als müßten wir für diese Sache die großen Jungs zuziehen.«

»Die Bostoner Polizei?« sagte Daphne fast hoffnungsvoll.

»Jau«, sagte der Sergeant. »Mord. Die wissen, wie man mit so etwas umgeht.«

»Was ist eigentlich passiert?« sagte Daphne.

»Das möchte ich auch gerne wissen«, sagte der Polizist. »Zwei von den Zeugen stehen unter Schock, und der dritten Zeugin haben Sie ein Beruhigungsmittel gegeben, so daß sie im Augenblick für uns alle unbrauchbar sind.«

»Ich mußte ihr etwas geben«, sagte Daphne.

»Oh, davon bin ich überzeugt«, sagte der Polizist und hob die Hand. »Aber so wie es momentan steht, weiß ich überhaupt nicht, was hier abläuft.«

Er verzog das Gesicht in Richtung Schlafzimmer, als habe die tote Sopranistin ein außerordentlich schlechtes Benehmen gezeigt, indem sie sich in seinem Zuständigkeitsbereich ermorden ließ, wobei auch noch ein alter Mann danebenstand und ein junger sich an das Bettzeug klammerte.

Aber Daphne sah erleichert aus, als sei ihr klar, daß die Bostoner Polizei eine beherzte, unvoreingenommene Untersuchung durchführen werde, ohne die seit langem bestehende Befangenheit der hiesigen Polizei. Trotzdem war es befremdlich, wie willig die Polizei von Abigail die Kontrolle für diesen Fall abgab. Vielleicht erinnerte sie sich noch an ihr ungeschicktes Vorgehen in bezug auf einen anderen Mordfall vor einiger Zeit, einen, der mit einer Schokoladenfabrik in Boston zu tun hatte. Warum sollte man da noch einen verpfuschen? Andererseits zogen ja die Leute in so einer Stadt voller Country-Clubs immer für die niederen Arbeiten jemand anderen heran – um das Haus zu streichen, die Landschaft zu pflegen, das Blut aufzuwischen. Der Sergeant des Ortes hatte ja keine Ahnung, daß er und seine übrige Elitetruppe von Friedensbewahrern gegen die Mordkommission des Bostoner Polizeidepartements schon sehr bald aufmurren würden. Aber mir war es klar, denn ich hatte so eine Eingebung, wer da jetzt gerade mit 140 Stundenkilometern auf der 128 aus Boston herausfuhr, um die Nachforschungen bei Marcella Ostinatas Ermordung zu leiten. Und als ich das kehlige Knurren eines Alfa-Romeo-Oldtimers hörte, der zusammen mit zwei Bostoner Polizeiautos und dem Wagen des zuständigen Gerichtsmediziners in Daphnes Auffahrt einbog, schlug mir das Herz ein bißchen schneller, und ich wußte, daß ich recht gehabt hatte.

17

Als Detective Lieutenant Vito Branco von der Bostoner Polizei die Villa betrat, war ich noch immer mit Daphne oben im Flur des ersten Stocks. Die kleine Gruppe der hiesigen Polizei schirmte uns gewissermaßen ab, während wir zusahen, wie Branco die Treppe heraufkam. Als er den Treppenabsatz des ersten Stocks erreicht hatte, blieb er kurz stehen und überblickte die Szene.

Daphne keuchte dicht an meinem Ohr: »Ach du liebe Güte!«

Ich konnte ihr nur zustimmen. Brancos über eins achtzig große Gestalt wirkte immer überlebensgroß, teils wegen seiner klassischen Proportionen, teils wegen seiner absoluten Männlichkeit. Seine Kleidung verhüllte kaum eine

Muskulatur, angesichts derer Michelangelo begeistert zum Meißel gegriffen hätte. Und je nach Einfall des Lichts und gefühlsmäßigem Zustand Brancos konnten seine Augen von nüchternem und undurchdringlichem Grau oder aber von kühlem, aber doch einladenderem Schieferblau sein. Gelegentlich schimmerten bei einem spröden Lächeln seine großen weißen Zähne durch, was allerdings selten vorkam. Das Haar? Dunkel und lockig, obwohl es kurz getrimmt war. Und seine Haut leuchtete in dem strahlenden Olivton der Mittelmeerländer, was sehr gut zu seinem bläulichen Bartschatten und den glatten schwarzen Haaren auf seinen Unterarmen paßte.

Ein Buch könnte ich schreiben!

Aber an diesem Morgen betrachtete ich ihn im Schutz von Daphnes Gegenwart. Ja, im Schutz. Denn bei Branco hatte ich immer das Gefühl, daß ich mich gefühlsmäßig am Rande des Abgrunds bewegte, so wie Tatiana, die bei Onegins Ankunft zittert. Dabei war es ja nicht so, daß Branco und ich uns nicht gekannt hätten. Eine Zeitlang hatte er sich sogar häufig mit Nicole getroffen. Branco gehörte also in gewissem Sinn fast zur Familie, jedenfalls versuchte ich mir das einzureden. Aber meine niederen Instinkte – diejenigen, die mit Familienbanden gar nichts zu tun haben – schienen das immer ganz anders zu empfinden.

Die Polizisten von Abigail informierten Branco, was sie bisher getan hatte, und das war sehr wenig. Noch immer bemerkte Branco weder mich noch Daphne, als er jetzt ins Schlafzimmer ging, und ich hörte ihn laut sagen: »Wer sind denn diese beiden?« Bruce David und der Maestro waren noch immer da drinnen. Offenbar war die Abigailer Polizei eifrig darauf bedacht gewesen, nicht das Geringste zu berühren oder zu verändern, bevor die Bostoner Polizei kam, und das erstreckte sich auch auf die beiden Männer, die noch immer im Schlafzimmer waren und sehr wahrscheinlich unter Schock standen. Dieser Entschluß zum Laisser-faire grenzte schon fast an Verantwortungslosigkeit.

Daphne flüsterte mir zu: »Wir sollten uns vielleicht um den Maestro kümmern.«

»Sind Sie sicher?« sagte ich.

»Es wird schon gehen«, antwortete sie. »Halten Sie mir nur das Gesicht vom Blut weg. Lassen Sie es mich nicht sehen, sonst kippe ich am Ende wieder weg.«

Sie nahm eine Haltung ein, die sie schützen sollte, indem sie den Kopf abwandte und über ihre rechte Schulter schaute. »Ich bin so weit«, sagte sie, als sei sie bereit, sich einer Operation bei nur örtlicher Betäubung zu unterziehen. Ich führte sie an ihrer linken Hand zum Eingang des Schlafzimmers. Aber da mußte ich haltmachen, weil sich mir ein unerwartetes Schauspiel bot. Bruce David kniete ja noch immer neben Marcella Ostinatas Bett, den Körper über das blutige Bettzeug geworfen. Lieutenant Branco beugte sich jetzt mit gespreizten Beinen von hinten über ihn, zog an seinen Armen und versuchte seine Hände von der Bettwäsche zu lösen. Ich hörte Branco leise auf Bruce einreden, mit väterlichem Mitgefühl überredende Worte murmeln, um den niedergeschmetterten Tenor dazu zu bringen, sich ein wenig zusammenzunehmen und ganz lieb zu sein und loszulassen, und es würde ja alles wieder gut werden, wenn er nur mal zuhörte und ein bißchen mitmachte. Wer da zu früh nachgab, mußte ja ein Trottel sein.

»Was ist denn los?« flüsterte Daphne, die den Kopf noch immer von der Szenerie abgewandt hielt.

»Nichts«, antwortete ich mit einer seltsam grünäugigen Rauheit in der Stimme. Die anderen Polizisten bewegten den Maestro vom Bett weg. Das war unser Einsatz. »Jetzt los«, sagte ich.

Während ich Daphne ins Schlafzimmer hineinführte, änderte Branco seine Stellung und umfaßte Bruce Davids Körper jetzt von hinten mit einer kraftvollen Bärenumarmung. Dann hob er ihn in einer einzigen Bewegung von dem blutdurchtränkten Bettzeug hoch. Der hatte doch wirklich ein unverschämtes Glück, dieser Tenor. Währenddessen hielt ich noch immer Daphnes Kopf vom Bett abgewandt, deshalb verpaßte sie auch Brancos Pas de deux mit

Bruce. Sie und ich hatten gerade die anderen Polizisten abgelöst und versuchten jetzt den entkräfteten Maestro zwischen uns auf den Beinen zu halten, als ich Bruce David ein lautes Wimmern ausstoßen hörte. Ich schaute mich nach ihm um und sah, daß er sich zu Branco herumgedreht und dem Lieutenant in die Arme geworfen hatte. Auf einen uneingeweihten Beobachter hätte das wie eine leidenschaftliche Umarmung wirken können, zumindest von der einen Seite her. Genau in diesem Moment blickte Branco über Bruces Schulter und sah mich schließlich doch.

»Stan?« sagte er ganz verdutzt.

»Hallo, Lieutenant.« Ich versuchte zu winken, aber meine beiden Arme waren besetzt, mit dem einen stützte ich den Maestro, und mit dem anderen hinderte ich Daphnes Kopf daran, einen direkten Blick auf die Bühnenmitte zu bekommen. »Sie scheinen ja alle Hände voll zu tun zu haben«, sagte ich.

Branco grinste und entgegnete: »Was zum Teufel machen denn Sie hier?«

»Perücken für die Oper.«

Daphne schaffte es, in Brancos Richtung zu schauen, und rasch führte ich sie und den Maestro davon, als würde ich mit zwei Leuten gleichzeitig einen Walzer über den Fußboden tanzen. Aber wie es ganz unvermeidlich ist, wenn man etwas um jeden Preis vermeiden will, sah Daphne plötzlich direkt auf das verbotene *letto di morte*. Sie erwischte einen vollen Blick auf die blutigen Überreste, die dort herumlagen, und als sie alles erkannt hatte, verlor sie den Halt, sackte zusammen und sank langsam zu Boden. In Sekundenschnelle begriff Branco, was da vor sich ging. Er ließ Bruce David fallen und eilte Daphne zu Hilfe. Bevor noch ihr Körper den Boden berührte, fing Branco sie in seinen starken Armen auf und hob sie hoch. Daphne sah Branco in die Augen und lächelte glückselig.

»Danke, Herr Offizier«, sagte sie.

Branco ging nach draußen voran, wobei er Daphne auf den Armen trug. Wunderbarerweise war er Bruce Davids Umklammerung entkommen, fast ohne einen Flecken Blut abbekommen zu haben. Na ja, für einen Gott ist so etwas kein Problem. Ich ging dicht hinter Branco und Daphne, wobei sich der Maestro noch immer an mich lehnte. Indessen lag Bruce David, von seinem Retter verlassen, weinend auf dem Schlafzimmerboden. Ich blickte zu ihm zurück. Tja, wie gewonnen, so zerronnen, mein Junge. Dann half ihm die hiesige Polizei wieder auf die Beine und zog ihn, der noch immer wimmerte, hinter uns übrigen her aus dem Schlafzimmer heraus.

Branco bettete Daphne auf das Sofa im Gang, und ich setzte den Maestro daneben in einen Lehnsessel. Ich fragte ihn, ob er eine Zigarette wolle, da ich sie ihm endlich mit einem Bic Flic hätte anzünden können, aber er winkte mich fort, als sei er über sich selbst verärgert, daß er so viel Aufmerksamkeit beanspruche. Merkte er denn nicht, daß es mir ein willkommener Aufschub war, mich um ihn und Daphne zu kümmern, verglichen mit der im Augenblick einzigen Alternative – nämlich der schrecklich zugerichteten Leiche im Bett?

Nachdem nun die Statisten glücklich alle aus dem Weg waren, konnte der lange langsame Arm des Gesetzes – in diesem Fall die Bezirksamtsärztin – ihre Aufmerksamkeit dem Star des Festivals zuwenden, der verblichenen Marcella Ostinata. Und ich für mein Teil mußte die Beziehung zwischen mir und dem Lieutenant wieder etwas auffrischen.

»Wir haben Sie im Laden schon vermißt«, sagte ich.

Branco nickte wehmütig. »Ich habe vor ein paar Monaten meine Eltern verloren, beide innerhalb von nur zwei Wochen.«

»Oh«, sagte ich leise. »Herzliches Beileid.«

Branco sagte: »Sie waren nicht krank, und keiner mußte leiden. So hatten sie auch ihr ganzes Leben eingerichtet. Sauber und ordentlich.«

»Hätte ich das nur gewußt.«

Branco winkte ab. »Es ist vorbei jetzt.«

»Nicole wird das sicher zu schaffen machen.«

»Ich wollte allein sein«, sagte er. »Ich habe mir etwas Urlaub genommen, bin weggefahren, habe niemandem gesagt, wo ich bin.« Er zwang sich zu einem Lächeln. »Viel geholfen hat das allerdings auch nicht. Na, jedenfalls haben sie mir und meinem Bruder etwas Geld hinterlassen. Meine Schwester erbt das Haus. So habe ich mir denn ein Häuschen im South End gekauft.« Er lachte und schüttelte den Kopf. »Eine echte Herausforderung für einen Bastler. Man muß viel Arbeit reinstecken, aber es hat einen ganz hübschen Hinterhof, das heißt, ich werde eines Tages einen Garten mit Wäscheleine haben.«

Und so etwas sagte ein hartgesottener italienischer Polizist.

»Und noch ein Gutes hat es«, fuhr er fort. »Ich verbringe so viel Zeit damit, es mir ein bißchen gemütlich zu machen, daß ich gar nicht dazu komme, zu sehr in trüben Gedanken zu versinken. Das ist auch besser so.«

»Vielleicht kann Ihnen Nicole beim Einrichten helfen.«

»Wenn sich's mal ergibt«, sagte Branco. »Vielleicht. Aber im Augenblick ...« Er zögerte einen Moment, während er nach den richtigen Worten suchte, was im allgemeinen ein Zeichen dafür ist, daß man versucht, nicht zu viel Gefühl in einer Aussage durchklingen zu lassen. Endlich sagte Branco: »Nicole ist natürlich eine wunderbare Frau, aber Sie werden mir sicherlich zustimmen, daß sie nicht gerade sehr häuslich ist.«

»Stimmt«, sagte ich. Das einzige Haushaltsgerät, das Nicole zu bedienen verstand, war das Telefon.

Branco sagte: »Seit Monaten tue ich jetzt nichts anderes als hämmern und sägen und pinseln. So weit ich mich erinnere, empfindet sie das nicht unbedingt als angenehmen Zeitvertreib.« »Aber wenn dann der Tag zu Ende geht, Lieutenant, ist sie doch immerhin eine Frau.«

Brancos Augen glänzten mutwillig auf. »Und ich bin auch sicher, daß wir Freunde bleiben werden.«

Die Abigailer Bezirksamtsärztin unterbrach uns, um mitzuteilen, daß Marcella Ostinata, soweit sie feststellen konnte, aufgrund einer tödlichen Halswunde verblutet sei. (Sie mußte im Medizinstudium ja ganz schön was gelernt haben.) Die Wunde sei ihr mit einem extrem scharf geschliffenen erstklassigen Messer beigebracht worden, wie man es in jeder Profiküche finden konnte. Und wer auch immer das getan habe, er habe das Messer wirklich fachmännisch gehandhabt. Ein einziger sicherer Schnitt und fertig.

»Keine ausgefransten Ränder«, sagte sie. »Kein stümperhaftes Herumgesäbel. Nur ein einziger sauberer Schnitt – wie wenn man einen Fisch filetiert.«

Branco sah sie kalt an, ohne ein Wort zu sagen.

Die Amtsärztin fuhr mit offensichtlichem Genuß in ihrem barbarischen Bericht fort. »Die Bettwäsche wurde benützt, um wie ein Schwamm das Blut aufzusaugen. Andernfalls hätten nämlich diese Unmengen von Blut aus den Halsschlagadern durchaus durch die Decke tropfen können. Rings ums Bett wäre alles voller Blut gewesen.«

»Genug!« sagte Branco. »Sagen Sie mir nur, wie Sie bezüglich der Tatwaffe so sicher sein können.«

»Haben Sie die denn nicht gesehen?« sagte die Amtsärztin.

Brancos Augen loderten, als er sie jetzt ansah.

Die Ärztin grinste daraufhin selbstgefällig. »Wie konnten Sie die nur übersehen? Sie liegt doch gleich neben dem Kopfkissen.«

»Vielen Dank«, sagte Branco. »Ich übernehme jetzt wieder.«

Ich wollte ihm gerade bezüglich des Messers berichten, daß der Maestro es vorhin in der Hand gehalten habe, doch da unterbrach uns der Polizeisergeant von Abigail. Er hatte den Wortwechsel offenbar mit angehört, und entweder war ihm das Benehmen der Bezirksamtsärztin peinlich, oder er wollte sich bei dem ganz großen Bostoner Polypen beliebt machen. Er sagte zu Branco: »Ich helfe Ihnen, so gut ich nur kann, Lieutenant.«

»Gut«, sagte Branco.

Dann ging er ins Schlafzimmer, und ich folgte ihm. Ein Polizeifotograf hatte seine Beleuchtung installiert und machte sich daran, die Mordszene aufzunehmen. Überall suchten Polizeibeamte nach Beweismaterial, nahmen Fingerabdrücke, machten sich Notizen. Branco studierte die Tote mit einem, wie es schien, mehr als nur klinischen Interesse, eher so, wie man oft während einer Totenwache die Leiche anschaut, als versuche man, irgendwie mit dem Toten in Verbindung zu treten. Dann blickte er plötzlich auf und zu der Fenstertüre hinüber, die auf den *terrazzo* des ersten Stocks hinausging. Er wandte sich mit seiner Frage an alle, die hier im Schlafzimmer herumhantierten.

»War diese Tür offen?«

Die Polizisten antworteten unterschiedlich, wie gehorsame Schulkinder, mit Dingen wie: »Ja, Sir« und »Wir haben nichts verändert.«

Branco ging zur Fenstertür hinaus, und ich folgte ihm. Der breite *terrazzo* lief die gesamte Rückfront des Hauses entlang. Während Branco den offenen Raum hier draußen überschaute, strich er sich über das Kinn. Er schien es zu genießen, die starken kantigen Kieferknochen durch das Fleisch zu spüren.

Er sagte: »Jeder, dessen Zimmer auf diesen Balkon hier herausführt, hätte in das Schlafzimmer gelangen können.«

»Aber warum hätte sie die Tür offenlassen sollen?« sagte ich. »Ich dachte immer, daß jede Diva, die ihre Diamanten wert ist, sich vor der Nachtluft hütet.«

»Vielleicht hat sie jemanden erwartet«, sagte Branco.

»Aber wen?«

»Das möchte ich eben herausfinden.« Er sah mich an und fügte hinzu: »Was das betrifft, so hätte es jeder hier im Haus sein können.«

»Schauen Sie doch nicht mich an, Lieutenant.«

»Wo waren Sie denn, als das hier geschah?«

»Ich saß draußen mit Daphne beim Frühstück. Ihr Angestellter Parker kann das für uns beide bezeugen.«

»Zumindest für den Zeitpunkt, als die Leiche gefunden wurde.«

»Lieutenant, für meine Rache benutze ich die Schere, kein Messer.«

»Nur die Ruhe, Stan. Ich habe Sie ja gar nicht in Verdacht.«

»Ene, mene, Maus und ich bin raus, was?«

Branco kicherte. »Das ist aber kein Spiel.«

Ich berichtete ihm, was ich vorhin gesehen hatte, nämlich daß der Maestro neben Madames Bett das blutige Messer in der Hand gehalten habe.

»Das dachte ich mir schon«, sagte Branco. »Gleich als ich hereinkam, sah ich, daß er Blut an den Händen hatte.«

»Aber Sie haben doch zu der Amtsärztin gesagt – «

Er unterbrach mich. »Ich weiß schon, was ich gesagt habe.«

Er blickte über den Rand des Balkons auf das weiche Gras des Rasens weit unten.

»Glauben Sie, daß jemand hier heraufgeklettert ist?« sagte ich.

Branco entgegnete: »Es sieht nicht so aus, als habe man hier eine Befestigung für ein Seil angebracht, keine Schleifspuren auf dem Marmor, keine Fasern.«

Ich gab ihm zu bedenken, daß ich im Yosemite Nationalpark einmal einem Free Climber zugesehen hätte, der wäre die Säulen zu dem *terrazzo* im ersten Stock auch dann noch heraufgeklettert, wenn man ihm einen Arm an ein Bein gefesselt hätte. Branco nahm meine Theorie mit einem seiner männlichen Grunzer zur Kenntnis.

»Lieutenant, mit diesem Opernfestival ist eine ganze Truppe unterschiedlichster Leute verbunden, und die wohnen auch gar nicht alle hier im Haus. Vielleicht ist einer von denen hier heraufgefahren, hat die Frau umgebracht und ist dann wieder in die Stadt zurückgekehrt.«

Das tat er kurzerhand ab. »Da hätte doch jemand das Auto hören müssen.«

»Vielleicht ist derjenige nur den halben Weg gefahren und dann zu Fuß gegangen.«

»Vielleicht«, sagte er. »Möglicherweise ist es gar keine so schlechte Idee, erst in die Stadt zu fahren und sich diese anderen Leute mal vorzunehmen – und denen hier oben jetzt ein bißchen Zeit zu lassen, sich wieder zu beruhigen, bevor ich sie verhöre. Im Moment sind sie eh nicht in der Verfassung, eine Aussage zu machen.« Er drehte sich schon um, weil er wieder ins Haus gehen wollte, da sagte er zu mir: »Wollen Sie mitkommen?«

»Mit Ihnen?«

Brancos Augen glitzerten im Morgenlicht. »Mit keinem anderen«, sagte er glatt. »Vielleicht können Sie mir ja auf dem Weg in die Stadt Ihre Ansicht zu der ganzen Sache erzählen.«

»Sicher«, sagte ich, voller Eifer, *His Girl Friday* zu spielen.

Branco wies seinen Hilfssergeanten an, mit der Vernehmung der Leute hier in Daphnes Haus zu beginnen, sobald die sich dazu in der Lage fühlten und zusammenhängende Aussagen zustande brächten. Dann gingen er und ich zusammen aus dem Haus und auf seinen Wagen zu. Als Daphne mich mit Branco weggehen sah, runzelte sie argwöhnisch die Stirn. Ich winkte ihr fröhlich zu, um ihr zu zeigen, daß ich noch immer ganz auf ihrer Seite sei und dieser Ausflug mit der Polizei, oder genauer gesagt mit Lieutenant Branco, ein rein freundschaftliches Unternehmen. Branco seinerseits wirkte seit dem letzten Mal, wo ich ihn gesehen hatte, viel entspannter. Vielleicht kam das von dieser Begegnung mit dem Sterben und dem Tod seiner Eltern, die er vor so kurzem gehabt hatte. Oder vielleicht dachte er auch, er könne außerhalb von Boston und außer Reichweite seines Polizeireviers ein wenig in seinen Polizeimanieren nachlassen. Eines jedenfalls stand fest. Er war menschlicher geworden.

Als wir auf Brancos Auto zugingen, erblickte uns Maurizio, schaute erschrocken drein und verschwand hinter den nächsten Büschen.

»Wer war denn das?« fragte Branco.

»Der Hausbursche«, antwortete ich.

Brancos Mundwinkel kräuselten sich ein wenig. »Noch eine Eroberung?«

»Wohl kaum«, sagte ich, womit ich die Tatsachen einfach vollkommen leugnete.

»Was ist das bloß mit Ihnen und diesen ganzen kleinen Minderheiten-Halunken?« sagte Branco. »Sie besitzen wohl eine Art Magnet, der die anzieht?«

»Jau«, sagte ich. »Einen großen langen Magneten.«

Branco verzog das Gesicht, und ich bereute meine Bemerkung. Das war ein Reflex gewesen, der noch aus der Zeit stammte, als ich ihn mit jedem Wort zu provozieren versuchte.

Branco sagte: »Ich dachte, es wäre vielleicht etwas, was ein bißchen mehr mit Herz zu tun hätte.«

»So etwas habe ich auch, Lieutenant.«

Er nickte mit dem Kopf in die Richtung, in der Maurizio im Gebüsch verschwunden war. »Ich werde den Burschen später verhören.«

Währenddessen jaulte in mir mein besseres Ich: Anderes Thema bitte!

In den Alfa zu steigen und die Türen zuzuschlagen, das machte die Sache allerdings auch nicht besser, denn plötzlich fand ich mich Schulter an Schulter mit dem Polizeibeamten. Also, ich selber besitze ja kein Auto. Aber kaum saß ich auf dem Beifahrersitz von Brancos Alfa Romeo, da verstand ich auf der Stelle alle Filme und Lieder, in denen ein Auto als erotischer Auslöser vorkommt, als Aphrodisiakum für abenteuerliche Amouren. Vielleicht hatte ich deshalb so lange keine Liebe gefunden, weil ich kein Auto besaß. Aber da saß ich nun – mitten in Brancos Liebeskapsel. Ich spürte seine Körperwärme neben mir, roch die saubere gestärkte Baumwolle seines Hemdes und den balsamischen Duft, den er immer auszuströmen schien. Wie Sophia Loren, die in *Arabesque* neben Gregory Peck eingezwängt ist, drückte ich mich an die Tür und versuchte so, allerdings vergeblich, etwas mehr Raum zwischen uns zu schaffen.

Er sagte: »Haben Sie genug Platz?«

»Klar«, log ich.

Er legte bei dem Alfa den Rückwärtsgang ein und

streifte dabei mit der Hand leicht an mein Knie. Ich zuckte zusammen, aber nicht aus Angst. Ich wurde rot und drehte den Kopf zum offenen Fenster. Aufgrund der kühlen Luft, die mir ins Gesicht blies, dauerte es nur ein paar Sekunden, bis meine linke Gehirnhälfte wieder arbeitete. Da sah und roch ich, daß die Sitze des Alfa in weichem, bräunlichem Leder neu aufgepolstert waren und den Boden ein neuer Belag und Fußmatten aus Sisal bedeckten. Branco steckte also doch nicht sein ganzes Geld in sein weinumranktes Häuschen.

Auf dem Weg in die Stadt und zum Theater gab ich ihm eine Zusammenfassung dessen, was ich in den vorangegangenen Tagen im Opernhaus gesehen und gehört hatte, eine spritzige Schilderung der Inszenierung und der vorkommenden Charaktere wie von Anna Russell persönlich. Das alberne Melodram, das ich mir tags zuvor im Café ausgedacht hatte, kam mir in dieser Sternstunde in Brancos Wagen sehr zustatten. Und als ich meine Erzählung mit dem dramatischen Unfalltod von Adam Pierce beendete, verschlug es Branco beinahe den Atem.

»Es hat noch einen gegeben?«

»Das war ein Unfall«, wiederholte ich. »Zumindest sagt das die hiesige Polizei.«

Der Motor des Alfa röhrte, als Branco in einer engen Kurve herunterschaltete. Sobald er wieder auf der Geraden war, wandte er sich mir zu.

»Und was glauben *Sie*?« fragte er und hielt mir das Gesicht noch immer zugewandt, als wolle er, daß ich diese starken mediterranen Gesichtszüge aus nächster Nähe betrachte.

Ich mußte mich erst räuspern, bevor ich antworten konnte.

»Nach dem heutigen Morgen, Lieutenant, glaube ich, daß der Tod von Adam Pierce zwar ein Fehler, aber kein Unfall war.«

18

Als wir das Aufführungscenter erreichten, war auch die Abigailer Polizei bereits da. Ich platzte geradezu aus der intimen Enge von Brancos Wagen heraus. Um die körperliche Nähe dieses Mannes aushalten zu können, würde ich noch ganz schön viel Übung brauchen. Schritt für Schritt. Mit viel Zeit. Aber schließlich, was sollte das alles, da ich ja einen Partner hatte? Und Branco war aller erdenklichen Wahrscheinlichkeit nach absolut nicht schwul, obwohl seine Gegenwart mir stets diesen lustvollen, fast beängstigenden Kitzel verursachte.

Auf dem Weg ins Opernhaus blieb Branco stehen, um sich mit den Ortspolizisten zu besprechen. Sie hatten dem Ensemble und der Belegschaft bereits mitgeteilt, was mit Marcella Ostinata geschehen und daß die Bostoner Polizei zugezogen worden sei. Branco nickte zustimmend, und ohne ein weiteres Wort betraten er und ich zusammen den Zuschauerraum.

Es fand gerade eine Bühnenprobe unter Jonathan Byers' Leitung statt. Carolyn Boetz saß am Flügel. April Kilkus, Hwang Yung Cho und der Ersatztenor sangen eben alle auf der Bühne. Keinen schien es zu kümmern oder gar zu bedrücken, daß weder Maestro Toscanelli noch Bruce David anwesend waren oder daß Madame Ostinata jetzt für immer verhindert wäre. Nachdem Branco ein paar Sekunden lang der Musik zugehört hatte, murmelte er in perfektem Italienisch: »*Un Ballo in Maschera*«. Ich schielte zu ihm hin und sah, daß sich sein Mundwinkel in einem halben Lächeln kräuselte. »Ich bin halt Italiener«, sagte er mit einem leichten Schulterzucken. »Wir alle mögen die Oper«, fügte er hinzu, als wolle er jedes Stäubchen Kultur an sich entschuldigen.

Wir blieben stehen und sahen der Probe ein paar Minuten lang aus dem Hintergrund des Zuschauerraums zu. Ich nannte ihm die verschiedenen Personen, sowohl auf als auch vor der Bühne, und erklärte ihm, daß in dieser Inszenierung der Schauplatz provokanterweise in einen New

Yorker Nachtclub verlegt worden sei. Als er das hörte, beugte sich Branco zu mir herüber und flüsterte: »Ich habe diese Oper ja schon an den verschiedensten Schauplätzen spielen sehen, aber im heutigen New York noch nie.«

Ich antwortete: »Der Regisseur will eben etwas Spektakuläres.«

Branco knurrte leise.

April Kilkus schien auf ihre Rolle bemerkenswert gut vorbereitet. Sie durchlief die Probe mit viel Selbstvertrauen, als habe sie die ganze Zeit schon gewußt, daß sie und nicht Madame Ostinata die Amelia singen werde. Dennoch unterbrach Jonathan Byers sie einmal ganz abrupt mitten im Gesang.

»Schätzchen«, rief er. »Du bist wirklich ein Juwel, und deine Stimme ist der pure Samt, und ich finde alles ganz toll, was du bringst. Aber glaubst du, du könntest vielleicht ein bißchen mehr Bestürzung in deine Stimme legen? Du bist ja schließlich gerade mit dem besten Freund deines Mannes auf frischer Tat ertappt worden, nicht wahr?«

Diese Unterbrechung der Handlung nutzte Branco und begab sich durch den Mittelgang hinunter bis vor die Bühne. Er blieb am Geländer des Orchestergrabens stehen und stellte sich ohne alle Umschweife vor. Dann verkündete er:

»Es gibt hier eine ganz große Schwierigkeit, meine Herrschaften. Wie Sie vielleicht wissen, wurde heute morgen eine Kollegin von Ihnen tot aufgefunden. Zum Schutz aller stelle ich deshalb das Aufführungscenter bis auf weiteres unter Polizeischutz. Davon abgesehen können Sie kommen und gehen wie üblich, nur darf niemand ohne meine Erlaubnis die Stadt verlassen.«

Unter Ensemble und Belegschaft erhob sich ein aufgebrachtes Gemurmel, aber Jonathan Byers' Stimme schnitt durch das Stimmengewirr.

»Vielleicht schaffen wir unter Polizeischutz unsere Arbeit ein bißchen schneller.«

Mir schien, als würde ihm beim Anblick Brancos das Wasser im Munde zusammenlaufen.

Branco wandte sich direkt an Byers. »Heute wird es sicher viele Verhöre und Unterbrechungen geben. Möglicherweise wollen Sie da die Probe lieber absetzen.« Dann fügte er noch hinzu: »Vielleicht auch aus Rücksicht auf die Tote, wenn schon aus keinem anderen Grund.«

Byers antwortete herausfordernd: »Wir haben hier keine Zeit für Rücksichten, Inspektor Branco. Marcella Ostinata war eine nervige Zicke, und es ist mir eine große Erleichterung, zu wissen, daß ich diese Stimme nie wieder hören muß.«

»Da Sie scheinbar so gerne reden«, sagte Branco, »werde ich Sie als ersten verhören.«

»In Ordnung«, sagte Byers und zeigte damit eine ganz ungewohnte Bereitwilligkeit. Er wies seinen Regieassistenten an, die Szene nach seinen Notizen zu Ende zu führen, dann verließ er mit Branco den Zuschauerraum. Mich hätte es nicht überrascht, ihn Arm in Arm mit dem Polizeibeamten hinausgehen zu sehen.

Die Probe ging weiter, und der Regieassistent erwies sich von seiner ersten Aufgabe völlig überfordert. Carolyn Boetz rettete ihn und leitete den Ablauf vom Flügel aus. Sie wirkte optimistisch und völlig Herr der Situation. Wieder begleitete sie April Kilkus mit einer ganz besonderen Einfühlung, wie ich es ja schon auf Daphnes Empfangsabend gehört hatte. Und jedesmal, wenn der Tenor oder der Bariton sangen, hörte ich in ihrem Spiel eine besondere Kraft durchklingen. Vielleicht lag es daran, daß der Maestro nicht da war oder an der Nachricht von Madame Ostinatas Ableben, aber Carolyn Boetz hatte in ihrem musikalischen Vortrag eine neue Freiheit gefunden.

Während der Probe konnte ich ja nicht viel anderes tun als zuhören und zuschauen, deshalb ging ich nach unten, um nachzusehen, ob Daniel Carafolio im Perückenraum sei. Schließlich hatten wir heute einen ganz normalen Werktag, auch wenn der Primadonna die Kehle durchgeschnitten worden war. Ich traf Daniel auch tatsächlich dort unten an. Er saß auf einer riesigen Pappschachtel und war in den Anblick eines Kranzes aus künstlichen Blättern versunken, den er sich vielleicht aus dem Depot geholt hatte. Er schüttelte gerade eine Spraydose mit schwarzer Farbe, als er mich erblickte.

»Dies ist eine schwarze Stunde in der Geschichte der Oper«, sagte er. »Mit dem Tod von Marcella geht eine große Ära zu Ende.«

Er begann den Kranz mit schwarzem Lack einzusprühen.

Ich fragte: »Kann ich hier irgend etwas für Sie tun?«

Daniel fuhr fort, den Kranz zu besprühen, bis er gleichmäßig eingefärbt war. Dann wandte er mir sein tränenüberströmtes Gesicht zu und sagte: »Gehen Sie einfach nach Hause. Wir sollten alle nach Hause gehen. Aber Sie ganz besonders. Das mit Ihnen war von Anfang an ein Fehler.«

»Es ist nicht meine Schuld, daß Ihre Diva tot ist«, sagte ich.

»Aber daß ich Migräne habe schon.« Er drehte den Kranz um und begann ihn auf der Rückseite einzusprühen. »Das spielt jetzt alles keine Rolle mehr«, sagte er. »Es ist alles aus. Die Inszenierung wird eingestellt werden. Sie können gleich mal losgehen und sich arbeitslos melden. Ich unterschreibe alles, was Sie dazu brauchen.«

»Ich laufe vor Problemen nicht davon«, sagte ich, was aber nur die halbe Wahrheit war. »Ich arbeite hier weiter, bis ich entlassen werde.«

»Ganz wie Sie wollen«, sagte er. »Aber es wird für Sie nichts mehr zu tun geben.« Er sprühte den Kranz zu Ende, dann föhnte er ihn trocken. Als er damit fertig war, stand er auf und ging ihn an die Perückenzimmertür hängen. »Ich mache hier zu«, sagte er und fügte dann in endgültigem Ton hinzu: »Bis auf weiteres.«

»Ich denke, da werde ich dann einspringen müssen.«

Daniel glotzte mich an. »Nur über meine Leiche«, sagte er.

Das schien mir ein besonders schlecht gewähltes Klischee. Aber mein Gott, man mußte sich ja nur vor Augen halten, von wem es kam. Aber ich merke schließlich selber, wann ich unerwünscht bin. So ließ ich denn Daniel in seinem dunklen und trostlosen Verlies sitzen und ging hinauf in den Zuschauerraum. Ich trat leise durch eine der Seitentüren ein und kam gerade rechtzeitig, um das Finale des ersten Akts zu hören. Während dieser Szene war der Gesang so mitreißend und die Zusammenarbeit des Ensembles so perfekt, daß mir klar wurde, daß Marcella Ostinatas Tod und vielleicht auch die daraus resultierende Abwesenheit des Maestro und Bruce Davids für das Festival am Ende ein Segen sein mochten.

Der Nachklang der Musik in der großen Halle ging gerade zu Ende, als Jonathan Byers aus den Seitenkulissen kam, vorne rechts. Er applaudierte den Sängern, und im Licht der Arbeitsscheinwerfer wirkte er leicht erhitzt. Ob das von dem packenden Finale kam oder von der ersten Runde Verhör mit Branco, konnte ich nur raten.

Zur gleichen Zeit trat Daniel Carafolio von der anderen Seite der Bühne her auf. Er hatte gerötete Augen, und die Tränen strömten ihm nur so über die Wangen. Mit lauter und bebender Stimme wandte er sich an das ganze Ensemble und die Belegschaft.

»Hiermit bekunde ich meine Absicht, diese Inszenierung zu boykottieren, und zwar wegen Jonathan Byers' arroganter Haltung gegenüber dem Verlust einer der großartigsten Stimmen, die die Oper je hatte. Jeder von Ihnen, der auch nur ein bißchen Hirn im Kopf oder Gefühl im Herzen hat, wird sich mit mir solidarisch zeigen und diese Räumlichkeiten jetzt verlassen.«

Ich erwartete, daß Lieutenant Branco sich einschalten und Daniel Carafolio aufklären werde, wer hier tatsächlich zu bestimmen habe – wer sagen könne »Sie gehen« oder »Sie bleiben« –, aber ich sah ihn nirgends. Statt dessen sprach Jonathan Byers Daniel an, von der Stelle aus, an der er immer noch stand, vorne rechts.

»Wenn Sie am Premierenabend noch da sein sollten«, bellte er, »dann können Sie mich ja am Arsch lecken. Aber jetzt habe ich zu tun.« Daraufhin drehte sich Byers zum Zuschauerraum und schaute in Richtung Regiepult. »Frau

Bühnenmanagerin, würden Sie diesen Hanswurst bitte aus dem Bühnenbild nehmen?«

Ronda Lucca eilte auf die Bühne und überquerte sie bis zu der Stelle, wo Daniel, offensichtlich versteinert von Sir Jonathans Vorschlag bezüglich der Premiere, noch immer stand. Es kommt ja schließlich nicht allzu oft vor, daß eine Einladung zu analem Vergnügen so öffentlich ausgesprochen wird. Ronda packte Daniel am Arm, um ihn von der Bühne zu führen, aber er riß sich von ihr los und wandte sich ab, um allein abzugehen, Mitte links. Aber wer kam da in eben diesem Augenblick aus eben diesen Seitenkulissen? Kein anderer als Lieutenant Branco. Er trat Daniel entgegen, einen Augenblick erstarrte die Handlung, dann nahm ihn Branco zum Verhör mit, ab hinten links.

Da soll einer sagen, am Theater gebe es keine Improvisation mehr.

Nun sagte Jonathan Byers für das ganze Ensemble und die Belegschaft an: »Dritter Akt, erste Szene. Bitte in zwanzig Minuten die Plätze einnehmen.«

Als sich die Sänger zur Pause zerstreuten, schlenderte ich selbst hinter die Bühne. Inzwischen war mein Gesicht im Opernhaus so weit bekannt, daß man meine Anwesenheit im Zuschauerraum und hinter der Bühne akzeptierte, auch wenn keiner so recht wußte, was ich da eigentlich zu tun hatte. Als ich an einem der Requisitentische vorbeikam, sah ich ein großes Messer liegen. Bevor ich es mir etwas näher betrachten konnte, ergriff es einer der Bühnenarbeiter und brachte es Hwang Yung Cho, der gerade auf der Bühne für seine Rolle des Renato probte, der ja gegen Schluß der Oper den Tenor ermordet.

Ich traf Ronda Lucca in ihrer Kabine an, hinter der Bühne rechts. Sie studierte gerade ihre Checkliste für die nächste Probenszene, und instruierte gleichzeitig über ihr Sprechfunkgerät verschiedene Leute, welche Beleuchtung und Bühnenausstattung bei der Aufführung schließlich verwendet würden. Es schien ihr Spaß zu machen, so viel Verantwortung zu tragen, als sei es ihr in die Wiege gelegt, anderen Menschen Anweisungen zu geben. Marcella Ostinatas Tod hatte sie nicht sonderlich berührt.

Ich ging zu ihr hinüber und sagte, als sie gerade einmal zwischen ihren Befehlen einen Augenblick Atem schöpfte: »Wie läuft denn heute Ihr Computer?«

Ronda sah von ihren Blättern auf.

»Oh, hallo«, sagte sie. »Der Computer ist in Ordnung. Aber dafür fühle ich mich heute miserabel.«

»Weil die heilige Kuh tot ist?«

Ronda warf mir einen spöttischen Blick zu.

Ich sagte: »Haben Sie Madame Ostinata nicht so genannt?«

»Von heilig war keine Rede«, entgegnete Ronda. »Einfach nur Kuh.« Sie sprach ins Mikro, wo der Tisch mit der Glasplatte auf der Bühne hingestellt werden solle. Dann sah sie mich wieder an und bemerkte: »Ein Gutes hat es ja, wenn so eine Diva stirbt – sie kann nicht mehr singen.«

»Darüber scheinen sich alle einig zu sein«, sagte ich.

»Man braucht dazu ja auch nichts weiter als ein Paar Ohren«, erwiderte sie.

Ich bemerkte, daß Ronda einen schweren Schlüsselbund trug, der mit einer Metallklammer an ihrem breiten Ledergürtel befestigt war. An dieser Klammer hing auch ein Schweizer Armeemesser. Es war größer als die sonst gebräuchliche Ausführung, und in das schwarze Gehäuse schien eine über zwölf Zentimeter lange Klinge eingeklappt zu sein. Das Messer hing da an ihrem Gürtel wie ein schlanker Phallus. So eins hatte ich noch nie gesehen, und das sagte ich ihr auch.

»Hab ich aus Europa mitgebracht«, sprach sie einfach. Dann machte sie es von ihrem Gürtel los und reichte es mir. Es lag schwer in der Hand, und die eingeklappte Klinge war tatsächlich länger als normal. Ronda sagte: »Machen Sie's auf. Oder haben Sie etwa Angst vor Messern?«

»Nein«, sagte ich.

Sie nahm es mir aus der Hand und klappte die Klinge heraus. Sie war lang und scharf und spiegelblank poliert, so daß sie sogar bei dem gedämpften Licht hinter der Bühne grausig glänzte. Diese Klinge sah zwar tatsächlich gefährlich aus – man konnte damit bestimmt ganz böse herumschnitzen –, aber sie eignete sich wohl kaum dazu, jemandem die Kehle so tief aufzuschneiden, wie das bei Madame Ostinata geschehen war. Immerhin ging Ronda Lucca recht geschickt mit dem Messer um, besonders, als sie jetzt die Schneide mit nur einer Hand wieder zuschnappen ließ. So etwas hatte ich noch nie probiert. Ich hätte es auch gar nicht lernen mögen. Vielleicht sind es gerade diese Dinge, in denen sich schwule Jungs von lesbischen Mädchen unterscheiden.

Ronda hatte ihren Anschauungsunterricht mit dem Messer gerade beendet und wollte wieder nach vorn zum Regiepult gehen, als Lieutenant Branco auftauchte. Er hatte Daniel Carafolio genauso kurz verhört wie Jonathan Byers. Vielleicht zog Branco das erste Verhör immer so schnell durch, um zunächst mal einen Überblick zu bekommen. Vielleicht benutzte er aber auch neue, besonders wirksame Polizeimethoden.

»Sind Sie Ronda Lucca?« fragte er sie.

»Sie können mich Ron nennen«, erwiderte sie.

Branco stellte sich vor und erklärte ihr, daß er ihr gerne ein paar Fragen stellen würde.

»Schießen Sie los«, sagte sie.

Branco sagte: »Nicht hier – «

Aber Rondas Telefon piepste, bevor er weitersprechen konnte. Ronda sagte zu ihrem Gesprächspartner, nein, der Tisch mit der Glasplatte sei noch nicht im Opernhaus angekommen, aber er solle sich notieren, wo der auf der Bühne hingehöre, sobald er da sei. Dann wandte sie sich wieder Branco zu und sagte: »Entschuldigen Sie.«

»Keine Ursache«, sagte der Polizeibeamte. »Übrigens, Sie sind nicht zufällig mit Tony Lucca verwandt, oder?«

»Wer ist das?« sagte sie.

»Er hat einen Fischladen im North End.«

»Falls Sie das noch nicht bemerkt haben sollten, Lieutenant, Lucca ist ein sehr verbreiteter Name.«

»Sie könnten aber fast mit ihm verwandt sein«, sagte er.

»Das Blut. Das müßten Sie doch auch wissen. Wenn man einen Ithaker gesehen hat, hat man alle gesehen.« Ronda lachte, und mir fiel auf, daß sie Branco gegenüber ganz zwanglos einen kameradschaftlich-burschikosen Ton anschlug, was mir nie so recht gelingen wollte.

Branco seinerseits überging ihre Bemerkung, als wisse er, daß er eine Klasse für sich sei und sich von jedem anderen Italiener auf Erden durchaus unterscheide. Er bat Ronda, ihm zum Verhör zu folgen. Sie war einverstanden und rief ihre Assistentin, die sie so lange vertreten sollte. Als Ronda mit Branco wegging, bemerkte ich, daß sie ein Paar alte Wildleder-Arbeitshandschuhe im Rücken unter den Gürtel gesteckt trug. Ronda Lucca hatte ihre männliche Aufmachung wirklich bis zur Perfektion getrieben.

Da ich im Moment niemand anderen zum Quälen fand, ging ich in die Vorhalle des Opernhauses hinaus. Die Nachmittagssonne hatte den weiten Raum mit der Glasfront erwärmt und warf lange schlanke Schatten über den Teppichboden. Weit hinten in einer dunklen Ecke, die für Raucher bestimmt war – ein im rauchfreien Amerika existenzgefährdetes architektonisches Detail –, stand Rick Jansen, alias Rickylein, Jonathan Byers' Wunderschlampe. Er rauchte gerade eine Zigarette. Ich spürte förmlich meine detektivischen Krallen aus ihren Hüllen ausfahren und eilte zu ihm hinüber. Als ich mich der Raucherecke näherte, hörte und fühlte ich, daß da ein höchst wirkungsvoller Ventilator arbeitete, fast so stark wie ein Windkanal, nur daß er eben saugte und nicht blies. Das Vakuum zerrte an meinem Haar, obwohl das doch so kurzgeschnitten ist. Jedes Schwädchen von ausgeblasenem Rauch würde hier sofort erfaßt und weit, weit weg vom Foyer der Oper getrieben.

Ricky blies mir einen tiefen Zug Rauch entgegen, eine eindeutig aggressive Geste. Aber statt mir ins Gesicht zu gehen, schoß der Rauch von seinen Lippen aus direkt über sein eigenes Gesicht nach oben in das Abzugsgitter über uns.

Er sagte: »Gehören Sie nicht in den Keller?«

»Heute haben sie mich heraufgelassen, damit ich Luft schnappen kann«, antwortete ich.

»Zu dumm«, sagte er.

»Mir scheint, Sie haben bei Jonathan Byers wieder Fuß gefaßt.«

»Was soll denn das heißen?«

Er versuchte mir noch einmal den Rauch ins Gesicht zu blasen, aber wieder mit dem gleichen lächerlichen Ergebnis.

Ich sagte: »Sah fast so aus, als würden Sie neben Adam Pierce die zweite Geige spielen. Bis er tot war natürlich nur.«

»Das war ein Unfall.«

»Sagt die Polizei. Aber ich frage mich – «

»Hören Sie mir mal zu«, sagte Ricky. »Kümmern Sie sich lieber um Ihren eigenen Krempel und halten sich an die Haarnetze.«

»Das wird auf die Dauer ein bißchen einsam. Außerdem beobachte ich zu gerne die Menschen, was sie so sagen und tun, vor allem, wenn sie provoziert werden. Das liegt mir einfach im Blut, so wie Ihnen das Anbaggern im Blut liegt.«

Er machte einen Schritt auf mich zu.

»Sie haben doch keine Ahnung, was mir im Blut liegt«, sagte er. Die Zigarette hing ihm von den Lippen. Das hätte schlägermäßig aussehen können, wenn er nicht so blond gewesen und ihm der Rauch nicht in einem dünnen Strom mit leisem Surren nach oben weggesaugt worden wäre.

»Ich kann mir's aber vorstellen«, sagte ich. »Oder ist der harte Typ nur eine Fassade vor dem zahmen Kätzchen dahinter?«

»Ich prügel dir die Scheiße raus«, sagte er.

»Wenn dir davon einer abgeht.«

Er straffte sich und holte nach mir aus, aber seine Anstalten ließen mir genug Zeit, mich zu ducken. Seine ganze Bewegung war insgesamt zu berechnet, und ich vermutete, daß er nur bluffen wollte. Ich hatte außerdem den Eindruck, daß Rick mich, wenn er wirklich gewollt hätte, auch getroffen hätte.

Ich sagte: »Es gibt auch andere Mittel als Gewalt, um sich verständlich zu machen.«

Er grinste höhnisch. »Für mich läuft das mit Gewalt astrein.«

Ich wich vorsichtig ein Stück zurück, aber er kam mir nach.

»Hast du schon Schiß?« sagte er.

»Warum hassen Sie mich eigentlich so?«

»Weil du eine Tunte bist.«

»Und du wohl nicht?« sagte ich.

»Ich bin ein Mann«, erwiderte er.

»Erklär mir den Unterschied«, sagte ich, wobei ich noch immer rückwärts ging.

Er versuchte aufzubrausen, als wolle er seinen Gönner Jonathan Byers nachahmen. »Der Unterschied ist«, sagte er, »daß du mir den Schwanz lutschen willst. Aber ich würde ihn dir eher ins Gesicht schlagen.«

»Sie haben aber wirklich eine liebenswürdige Art.«

Er stürzte sich mit einem Boxhieb auf mich, und ich sprang zurück, aber seine Faust erwischte noch den Stoff meiner Hemdbrust. Durch den Schwung verlor ich das Gleichgewicht und stolperte. Er warf sich auf mich, und wir stürzten zu Boden. Wir packten einander, zwei Schwuchteln mit gegensätzlichen Ansichten, die hier in einen unmännlichen Kampf verwickelt waren. Ich versuchte uns so herumzurollen, daß ich oben lag, so daß mir meine Extrapfunde von Nutzen wären. All die spielerischen Ringkämpfe mit meinem Geliebten hatten mich gelehrt, wie man die Schwerkraft benutzt, um gegen schiere Muskelkraft etwas auszurichten. Und so schaffte ich es auch, Ricky niederzuwerfen, indem ich für den Bruchteil einer Sekunde dem wütenden Druck seiner Arme und seines Körpers nachgab, so daß ich in dem momentanen Leerraum, da er ohne Widerstand drückte, meine Schulterhaltung leicht verändern und mit dem einen Bein neuen Halt gewinnen und dann mit diesem Bein einen kräftigen Stoß ausführen und Ricky in genau der Richtung herumrollen konnte, in die er mich noch immer zu drücken versuchte. Das ist wirklich ganz einfach. Bei Katzen kann man immer beobachten, daß die wendigeren die Kraftmeier besiegen. Entscheidend sind der Zeitpunkt und die Schwerkraft.

So gelang es mir also, Ricky aufs Kreuz zu legen, und ich verwendete gerade so viel Körpergewicht, wie nötig war, um ihn am Boden festzuhalten. Ich brachte nicht mein volles Gewicht zum Einsatz, weil ich noch Reserven für etwaige Manöver in der Hinterhand haben wollte. Dann sagte ich zu ihm, er solle doch etwas netter zu den weniger vom Glück begünstigten Schwuchteln sein, die nicht so reizend aussahen wie er und nicht so hübsche Muskeln hatten. Wir haben schließlich auch unsere Gefühle. In diesem Augenblick erschienen endlich zwei Polizisten der Mordkommission und beendeten den Kampf – wenn man es denn so nennen wollte – gerade, als ich einen Sieg zu Ehren aller unbekannten Tuntenhelden, die unter uns weilen, davongetragen hatte.

Wie zwei Schuljungen nach einer Rauferei sagten wir beide vor den Polizisten, daß keiner von uns verletzt sei, was stimmte, und daß es bei dem Kampf eigentlich um gar nichts gegangen sei, was nicht stimmte. Ricky lief schnell in den Zuschauerraum, er zog sich beschämt zurück, wie ich meinen möchte. Ich dagegen blieb in der Eingangshalle, denn es war noch jemand herausgekommen. Und zwar Carolyn Boetz.

Sie sagte zu mir, daß sie gerade in die Eingangshalle gekommen sei, um eine Pause zu machen, als sie den Kampf zwischen mir und Rick gesehen habe, deshalb habe sie die Polizei verständigt. Ich bedankte mich bei ihr und machte ihr dann ein Kompliment über das, was ich während der Probe gehört hatte. Sie blickte mich forschend durch ihre dicke Brille an. Ihre kurzsichtigen Augen schienen mir heute durchdringender und mutiger, als ich sie je gesehen hatte.

Sie sagte: »Der Maestro kommt heute nicht, also muß ich die Leitung übernehmen, zumindest was die Musik betrifft.«

»Es ist ganz offensichtlich, daß Sie dazu absolut fähig sind.«

»Das war schon immer mein größter Wunsch«, sagte sie beglückt.

Ich sprach: »So ein Pech, das mit Madame Ostinata.«

»Ja«, sagte Carolyn, plötzlich ganz gefühllos. »Wirklich Pech. Aber wir kommen schon zurecht. Die Aufführung wird wie geplant laufen.«

»Und nach allem, was ich heute gehört habe, könnte sie sogar besser werden.«

Carolyns Augen flackerten nervös. »Daran habe ich keinen Zweifel. Haben Sie den neuen Tenor gehört?«

»Ja.«

»Dann werden Sie ja wissen, daß er viel besser als Bruce David ist.«

»Ganz offensichtlich«, sagte ich.

»Und man muß wirklich kein Psychoanalytiker sein, um zu sehen, daß Bruce David nicht das Zeug zu einer Opernkarriere hat.«

Ich fand, das sei ein billiger Seitenhieb auf Daphne.

Carolyn fuhr fort: »Er schafft ja kaum eine einzelne Arie ohne Probleme, wie denn dann eine Rolle wie den Riccardo.«

»Und der andere Tenor schafft das?«

»Da bin ich sicher«, sagte sie. »Ich habe die ganze Nacht mit ihm geprobt.«

»Wo denn das?«

Sie sah mich argwöhnisch an. »In einem der Probenstudios hier im Theater.«

»War außer Ihnen beiden da noch jemand mit dabei?«

»Nein. Aber keiner von uns ist noch mal hinausgegangen. Sie können das anhand der Sicherheitsaufzeichnungen überprüfen. Die beweisen, daß wir gestern nacht das Theater kein einziges Mal verlassen haben. Wir haben nämlich alle elektronische Schlüssel, und die zeigen automatisch an, wer wo und wann ein und aus geht.«

»Ich habe Sie doch gar nicht um ein Alibi gebeten«, sagte ich.

Carolyn errötete. »Entschuldigung. Ich glaube, die Polizei hier überall macht mich ein bißchen nervös.«

»Und ein bißchen motzig«, fügte ich hinzu.

Aber ich war etwas befremdet, daß sie mit dem Sicherheitssystem des Aufführungscenters so gut Bescheid wußte oder sich auch nur darum kümmerte. Ich fragte sie, warum sie letzte Nacht überhaupt so lange mit dem Ersatztenor geprobt habe. Hatte sie denn gewußt, daß Bruce nicht singen würde?

Sie antwortete: »Ich wollte auf das Unvermeidliche vorbereitet sein.«

»War der Tod Marcella Ostinatas etwa unvermeidlich?«

»Der«, sagte Carolyn, »war ein Segen.« Dann fügte sie rasch hinzu: »Ich weiß, das klingt kalt. Es tut mir auch wirklich leid, was ihr da zugestoßen ist, aber Marcella hat viel mehr Schwierigkeiten verursacht, als sie eigentlich wert war. Wir drehten hier alle fast durch, nur um eine ruhmreiche Legende am Leben zu halten, anstatt mit einer großen Künstlerin zu arbeiten. Ich frage mich sogar, ob sie überhaupt singen konnte.« Carolyn verzog ein wenig das Gesicht. »Vielleicht kamen ihre stimmlichen Fähigkeiten ja erst während der Aufführung zum Vorschein.«

»Das werden wir jetzt nie erfahren«, sagte ich.

Sie blickte auf die Uhr. »Ich muß wieder rein.«

»Sie hatten ja keine sehr erholsame Pause.«

»Das ist schon in Ordnung«, sagte sie fröhlich. »Sie werden es nicht glauben, aber ich mag Aufregung. Sie erfrischt mich.« Und sie kehrte in den Zuschauerraum zurück, um wieder wunderbare Musik zu machen.

Jetzt hatte ich alle Nachforschungen durchgeführt, die mir im Opernhaus überhaupt möglich waren. Außer Jonathan Byers, Hwang Yung Cho und April Kilkus, die alle wieder probten, hatte ich wirklich jeden, der in bezug auf Marcella Ostinatas Mord auch nur den geringsten Verdacht erregen konnte, entweder beleidigt oder besiegt. Und ich konnte noch nicht zu Daphnes Haus zurückkehren. Da ich also noch Zeit zur Verfügung hatte, rief ich bei Nicole an, die, wie ich wußte, in Boston im Salon Snips sein würde.

Als die Empfangsdame an den Apparat ging, hörte ich wohltuenderweise die vertrauten Geräusche eines gut besuchten Frisiersalons im Hintergrund. Fast konnte ich den gewohnten beißenden Geruch der Dauerwellenlösung riechen. Ich bat die Empfangsdame, das Gespräch für Nicole nach hinten in mein Büro zu legen. Ich wollte, daß sie bei unserem kleinen Plausch ungestört sei. Endlich meldete sie sich, brüsk wie immer.

»Stanley?« sagte sie. »Ist alles in Ordnung?«

»Klar, Liebes.« Beim Klang ihrer Stimme zog sich mir die Kehle zusammen. Ich hatte gar nicht gemerkt, wie sehr mir meine beste Freundin fehlte.

»Heute ist hier schrecklich viel los, Schätzchen, ich habe also wirklich keine Zeit – «

»Nikki, die Diva ist heute früh ermordet worden.«

»Nein!«

»Es war gräßlich. Die hiesige Polizei kam damit nicht zurecht, deshalb haben sie die Leute aus Boston zugezogen. Lieutenant Branco ist zur Zeit hier draußen.«

»Ah«, sagte Nicole. »Wie geht es Vito denn?«

»Ich habe gerade erfahren, daß seine Eltern vor kurzem gestorben sind.«

Im Telefon wurde es still, während ich sie eine Zigarette anzünden hörte. Das ist bei ihr sehr ungewöhnlich, daß sie am Telefon raucht. Nicole gehört zu den seltenen Wesen, für die das Rauchen ein rituelles Vergnügen ist und nicht eine gedankenlose Gewohnheit. Sie setzt sich dazu immer hin und raucht ganz bewußt. Für Nicole ist eine Zigarette etwas, worauf man sich konzentriert, und nicht nur so ein zweitrangiges Nebenbei. Daß sie sich jetzt eine anzündete, bedeutete, daß sie mit ihren Gefühlen zu kämpfen hatte.

»Wann war das?« fragte sie.

»Vor ein paar Monaten.«

»Das erklärt, warum er sich so lange nicht mehr gemeldet hat.«

»Branco sagt, er habe sich absichtlich ganz zurückgezogen und niemandem etwas gesagt. Aber diese Zurückgezogenheit hat offensichtlich nicht viel genützt. Was das Komische ist, Nikki, er wirkt jetzt viel freundlicher.«

Nicole blies wortlos den Rauch aus.

»Liebes?« sagte ich.

Nach einer kurzen Pause begann sie zu sprechen. »Ich könnte mir vorstellen, daß es Vito besser geht, wenn er allein ist.«

»Wie kannst du nur so etwas sagen, wo du dich doch so oft mit ihm getroffen hast, Nikki?«

»Gerade deshalb weiß ich es ja, Schätzchen.« Sie rauchte eine Weile weiter, und irgendwie wußte ich, daß ich jetzt nichts sagen durfte. Und als sie dann wieder sprach, beantwortete sie mir endlich eine alte Frage, die mich während der ganzen Zeit, die sie mit Branco verbrachte, immer gequält hatte. »Ich nehme an«, sagte sie, »daß dir inzwischen klar ist, daß Branco und ich nie zusammen geschlafen haben.«

»Das konnte ich nur raten, Liebes. Du hast mich da ganz schön im Unklaren gelassen.«

»Zwischen uns war alles immer nur rein platonisch.«

»Allerdings nicht, weil du es nicht versucht hättest.«

»Da irrst du dich, Stanley. Ich habe mich einfach ganz nach ihm gerichtet.«

»Das tut jeder Mensch.«

»Bei so einem Mann kann man es gar nicht anders machen. Aber ich hatte von Anfang an den Eindruck, daß Vito Branco zu den Männern gehört, die sich sehr schwer tun, anderen näherzukommen, besonders Frauen.« Wieder Pause. Wortloses Rauchen. »Er hat mir einmal gestanden, daß er sich immer, wenn die Einsamkeit unerträglich wurde, Prostituierte kommen ließ. Er fand das gesünder, als allein zu sein.«

Wow, machte eine innere Stimme in mir.

Nicole fuhr fort: »Er hörte wieder auf damit, als er merkte, daß es ihm Spaß zu machen anfing, sie brutal zu behandeln.«

»Nikki, hör auf damit.«

Als erwache sie aus einem Trancezustand, änderte Nicole den Klang ihrer Stimme und sagte: »Stanley, dir ist doch klar, daß das, was ich dir da sage, streng vertraulich ist. Du darfst Branco nie wissen lassen, daß ich es dir erzählt habe.«

»Keine Angst, Liebes.«

»Ich habe aber Angst. Ich habe gerade ein Versprechen gebrochen, das ich ihm gegeben hatte. Ich habe zu viel gesagt, und bei dir ist ein Geheimnis nicht eben sicher aufgehoben.«

»Mea culpa.«

»Aber diesmal, Stanley, mußt du es wirklich für dich behalten.«

»Tu ich auch, Liebes. Tu ich. Ein bißchen Kontrolle über meinen Mund habe ich schon noch.«

Nicole versuchte ein Lachen zu unterdrücken. Inzwischen stellte ich ganze Differentialgleichungen auf, um hinter die wahre Natur von Lieutenant Brancos Sexualität zu kommen.

»Dich hat er aber doch nie geschlagen, Nikki, oder? Ich kann mich erinnern, daß du einmal einen blauen Fleck am Arm hattest – «

»Vito ist mir körperlich nie zu nahe getreten«, sagte Nicole. »Bis auf einen keuschen Kuß auf die Wange war er immer der perfekte Gentleman.« Sie seufzte schwer in den Telefonhörer. »Sag ihm bitte mein herzlichstes Beileid.«

»Mach ich, Nikki.«

Es gab eine lange Pause, und wir schienen beide zu begreifen, daß es, solange wir nicht sechs Stunden Zeit und einen Liter Kognak vor uns hatten, über Lieutenant Vito Branco im Augenblick nichts mehr zu sagen gab.

»Wie macht sich Ramon?« fragte ich.

Ramon war der frühere Haarwäscher im Snips, der in meiner Abwesenheit ein paar von meinen Kunden betreute.

»Eigentlich ganz gut«, erwiderte Nicole. »Nicht so gut wie du, Schätzchen. Aber wer könnte das auch?«

»Danke, Nikki.«

»Du weißt, daß ich das ernst meine.«

»Irgendwie schon.«

»Wann kommst du wieder nach Hause?«

»Ich weiß es noch nicht, Liebes. Die Untersuchungen hier haben gerade erst angefangen.«

»Aber müssen die denn die Oper nicht absagen?«

»Nein.«

»Also bleibst du noch dort?«

»Eine Weile schon. Vielleicht kann ich ja etwas helfen. Wie schon gesagt, Branco wirkt jetzt viel umgänglicher.«

»Stanley, nenn ihn doch bitte nicht Branco.«

»Aber so heißt er doch, Nikki. Für dich heißt er Vito, aber für mich Branco.«

Nicole sagte: »Vielleicht wird er eines Tages auch für dich Vito heißen.«

»Wenn die Kühe fliegen und die Pferde singen, Liebes.«

»Neulich war im Fernsehen ein Pferd, das sprechen konnte«, sagte sie.

»Ich halte dich auf dem laufenden«, sagte ich.

»Du rufst mich bitte jeden Tag an, Stanley.«

»Jawohl, Ma'am«, sagte ich, obwohl ich jetzt schon wußte, daß ich das nicht tun würde.

»Und denk dran, Vito von mir zu grüßen.«

»Nur grüßen?«

»Das genügt«, sagte sie, »einstweilen.«

»Ciao, Liebes.«

Einen Augenblick war es still, und ich dachte schon, sie habe aufgelegt, denn Nicole verabschiedet sich nie. Aber statt dessen hörte ich sie leise sagen: »Paß auf dich auf, Stanley.«

»Ich werd's versuchen, Nikki.«

Da kam das vertraute Klicken.

19

Ich hatte den Hörer gerade aufgelegt, als Branco aus dem Zuschauerraum kam. Er sah mich an der Telefonzelle stehen und winkte mich zu sich. Ich mußte mich zusammennehmen, daß ich ihm nicht entgegenrannte.

»Nicole läßt grüßen«, sagte ich. »Ich habe ihr das mit Ihren Eltern erzählt.«

Branco nahm meine Botschaft mit einem Kopfnicken und einem leichten Lächeln zur Kenntnis. »Ich bin hier gleich fertig«, sagte er. »Bleiben Sie noch da und arbeiten?«

»Der Perückenraum ist offiziell geschlossen«, antwortete ich. »Ich wollte auch gerade zurück zu Daphnes Haus fahren. Vielleicht kann ich ja eine Mitfahrgelegenheit bekommen?«

Branco überlegte einen Moment. »Möglich.«

»Ich meine, mit Ihnen«, sagte ich. »In Ihrem Auto.«

»Ich weiß«, sagte er. »Ich denke, da wird genug Platz sein.«

Daß der Typ nur um Himmels willen nicht einmal einfach nur »Ja« sagte! Wahrscheinlich mußte ich noch froh sein, daß er mit all den Wörtern, mit denen er immer herumjonglierte, das gleiche meinte. Ich wollte mit Branco zurückfahren, um mit ihm den Stand der Dinge zu besprechen. Ehrlich, das war mein einziger Grund.

Während der Fahrt auf der kurvenreichen Straße zu Daphnes Haus studierte ich wieder einmal die kraftvollen Hände dieses Polizeibeamten. Sie umfaßten das hölzerne Lenkrad mit fast anmaßendem Selbstvertrauen. Die langen schweren Finger bildeten kantige Winkel, wie sie da den Ring aus poliertem Walnußholz umfaßten; die riesigen Daumen, die so frei zu den Handflachen standen wie beim allerbesten Konzertpianisten, waren für sich selber kräftige Skulpturen aus Wölbungen und Flächen; die Nägel groß und rosafarben, mit perfekt gepflegten weißen Rändern, die von dem olivfarbenen Ton der Haut abstachen. Dann aber begannen mich Brancos große, schöngeformte Pranken zu beunruhigen, weil ich mir überlegte, wie viele Frauen er damit wohl schon geschlagen habe. Da brach seine Stimme den Bann.

»Was macht Ihr Partner denn so?«

»Rafik ist in Paris und bereitet seine Eltern darauf vor, mich kennenzulernen.«

Branco gluckste leise. »Klingt wie bei jedem anderen Paar auf Erden.«

»Außer daß – «

Branco unterbrach mich: »Sie brauchen sich keine Sorgen zu machen, Stan. Seine Eltern werden Sie bestimmt mögen.« Er sah zu mir herüber. »Schauen Sie nur mich an«, sagte er mit ganz ungewohnter Kapitulation. »Sogar mich haben Sie für sich gewonnen. In gewissem Sinne natürlich nur.«

Irrtum der Logik! kreischte meine linke Gehirnhälfte. Ein Polizist flirtet mit einem Friseur. Ich blickte unverwandt auf seine großen männlichen Hände, diese Hände, die Frauen geschlagen hatten. Auf diese Weise vermochte ich ihn gerade so sehr zu verachten, daß ich innerlich eine sichere Distanz zwischen uns aufrechterhalten konnte.

Ich erzählte Branco, daß Carolyn Boetz einen Sicherheitsreport erwähnt habe, der auf der Grundlage von elektronischen Schlüsseln jegliches Kommen und Gehen im Aufführungscenter aufzeichne. Branco sagte, er wisse davon und habe ihn sich schon angesehen, während er die Leute im Opernhaus verhörte.

»Das gilt aber nicht für den Bühneneingang«, sagte er. »Dort steht vierundzwanzig Stunden lang ein Sicherheitsangestellter.«

»Sollte er jedenfalls«, sagte ich.

Branco hatte eine Kopie des Berichts hier bei sich im Wagen. Ich fragte ihn, ob ich ihn mir anschauen könne. Er sagte, natürlich, er liege auf dem Rücksitz. Ich fischte ihn aus einem Stapel von Papieren, die die winzige Rückbank des Alfa ganz und gar bedeckten. Dieser Bericht würde einige Zeit beanspruchen, also faltete ich ihn wieder zusammen und legte ihn mir für später auf den Schoß.

Branco sagte: »Den können Sie aber nicht behalten.«

»Ich weiß«, sagte ich. »Ich werde ihn Ihnen zurückgeben.«

»Aber heute noch.«

»Selbstverständlich, Boss.«

Branco lächelte.

Da fragte ich ihn: »Haben Sie schon mit April Kilkus und Hwang Yung Cho gesprochen?«

»Sie meinen den Sopran und den Bariton?«

»Ja«, sagte ich, noch immer erstaunt darüber, daß Branco über Oper und Sänger so gut Bescheid zu wissen schien.

»Was ist mit ihnen?« sagte er.

»Das sind die einzigen zwei, die ich heute noch nicht in die Mangel habe nehmen können.«

Branco grinste. »Mir scheint, Sie haben sich schon ganz schön weit in die Sache reingeschafft.«

Ich zögerte. »Wahrscheinlich kann man das so sagen.«

»Stan«, sagte er. »Wie wäre es, wenn ich zu Ihnen sagen würde, daß ich diesmal in Erwägung ziehe, Ihre Hilfe zu beanspruchen? Daß ich Ihre Hilfe tatsächlich will?«

»Dann würde ich mich fragen, was Sie damit in Wirklichkeit bezwecken, Lieutenant.«

»Wie wäre es, wenn ich Sie zu meinem Sonderagenten machen würde?«

»Damit würde alles nur komplizierter.«

»Das ist einfach eine Frage des gesunden Menschenverstandes«, sprach Branco. »Bisher haben Sie sich ja auch immer eingemischt, und ich war dagegen, aber am Schluß waren Sie bei der Lösung des Falls doch immer eine Hilfe. Warum sollten wir also nicht einfach diese ersten beiden Schritte überspringen und Sie zu einem Privatagenten machen?«

»Können Sie das denn einfach so?«

»Ich bin ja der Boss, wie Sie schon sagten.«

»Kriege ich dann auch einen glänzenden Sheriffstern?«

Wieder ein Grinsen. »Ein Stern ist wieder was anderes.«

Wir hatten gerade die letzte Steigung zu Daphnes Villa genommen, nach der die Straße wieder eben verlief. Obwohl die Nachmittagssonne strahlte und der Himmel wolkenlos war, sahen wir auf dem Meer tief unter uns hohe Wellen mit weißen Schaumkronen. Wir würden in wenigen Minuten an der Villa sein.

Ich sagte zu Branco, ich sei überrascht, daß er sich mit Opern auskenne.

»Na ja, das darf man doch, oder?« sagte er. Dann enthüllte mir Branco zu meiner neuerlichen Überraschung einen weiteren Aspekt seines Privatlebens: Seine Mutter sei Sängerin gewesen. Sie habe ihn als Kind oft nach New York in die Oper mitgenommen, wo er Marcella Ostinata häufig hörte.

Ich sagte, mir sei es so vorgekommen, als habe er sie heute morgen erkannt.

Branco antwortete: »Sie sind ja ein guter Beobachter.«

Und deshalb, überlegte ich mir, hatte Marcellas Tod Branco so stark berührt – weil er ihn an seine kürzlich verstorbene Mutter erinnerte.

Ich fragte ihn: »Können Sie sich erinnern, was für eine Stimme sie hatte?«

Er nickte. »Marcella war damals noch ganz jung und außerordentlich dramatisch. Für sie ging es bei der Oper mehr um den optischen Eindruck als um die Musik. Ihre Stimme war nie so ganz sicher und nie wirklich schön zu nennen. Aber sie besaß eine starke Persönlichkeit, deshalb klappte es.«

Dann erinnerte er sich, daß es einmal einen Skandal um Marcella gegeben habe und sie mitten in der Saison ganz plötzlich aufhörte zu singen. Aber im folgenden Jahr war sie wieder da und so in Form wie immer. Branco sagte: »Meine Mutter hat sich über diese kurze Unterbrechung in Marcellas Karriere nur vage geäußert, aber ich glaube, sie wußte, was da vorgefallen war. Ich vermute, es war ihr peinlich, mir die Gründe zu erzählen.«

»Dann muß es etwas mit Sex zu tun gehabt haben«, sagte ich. Ach Gott, in meiner schiefen Weltsicht hatte alles etwas mit Sex zu tun. »Vielleicht hatte Marcella ein uneheliches Kind«, sagte ich.

Branco zuckte die Schultern. »Ich habe es nie herausbekommen. Aber ich gehe immer noch in New York in die Oper. In Boston gibt es zur Zeit ja fast nichts.« Dann stieß er ein ironisches kleines Lachen aus und sagte: »Ich hoffe doch sehr, daß es da jetzt keinen Interessenkonflikt geben wird. Ich habe nämlich Karten für das Festival vorbestellt.«

»Für dieses hier? In Abigail?«

»Jawohl«, sagte er. »Ich möchte mithelfen, daß in Boston die Oper wieder auf die Beine kommt. Auf dem Revier rede ich allerdings nicht darüber. Warum sollte ich denen schließlich Munition geben?«

Während er mit dem Alfa in Daphnes geschwungene Auffahrt einbog, fragte ich mich: Munition wogegen denn?

Die Polizei von Abigail war abgezogen, aber die Polizeiwagen aus Boston parkten noch immer vor dem Haus. Parker zufolge hatten die örtlichen Streitkräfte das Gebäude schon vor Stunden verlassen. Madames Leiche war nach Boston gebracht worden, da die Untersuchungen von dort aus weitergeführt wurden. Und die Lage hatte sich allgemein etwas beruhigt.

Als Daphne die Halle betrat, wirkte sie lebhaft und erfrischt, in auffallendem Unterschied zu dem Horror von heute morgen. Sie kam mit offenen Armen auf mich zu. »Ich bin so froh, daß Sie wieder da sind. Mir war gar nicht klar, wie sehr mir das angenehme Gefühl fehlen würde, einen netten jungen Menschen hier um mich zu haben.« Sie umarmte mich liebevoll. Dann sagte sie zu Branco: »Dasselbe gilt übrigens auch für Sie, Lieutenant. Es ist für mich eine große Erleichterung, daß ich Sie wieder hier habe.« Aber anstatt Branco zur Begrüßung fest zu umarmen, nahm Daphne seinen Arm und drückte ihn freundschaftlich. Das war etwas, was ich schon immer gern gemacht hätte, aber natürlich konnte es sich eine alte Dame eher leisten, während mir ein solcher Griff wahrscheinlich eine Ohrfeige eingebracht hätte.

»Ich wette, daß Sie beide vor Hunger sterben«, sagte sie. »Parker wartet nur darauf, im Wintergarten das Mittagessen zu servieren.«

»Danke«, sagte Branco. »Aber ich würde vorher gerne noch alle verhören. Wo sind meine Leute?«

Daphne sagte: »In der Bibliothek.« Sie sah ganz niedergeschlagen aus. »Wollen Sie denn nichts essen?«

Brancos Augen straften sein kühles Verhalten Lügen. Er schwankte einen Augenblick, dann sagte er zu Daphne:

»Würde es zu viel Mühe machen, wenn wir ein paar Sandwiches und etwas Kaffee in der Bibliothek serviert bekämen?«

Daphne strahlte ihn an. »Wird sofort erledigt. Und Lieutenant, Sie und Ihre Leute können gerne im Aufführungscenter in der Stadt übernachten, so lange Sie hier zu tun haben.« Auch sie war diesem Polizisten bereits verfallen.

Branco überlegte sich ihr Angebot und sagte dann: »Das wäre uns eine große Hilfe.«

Daphne fuhr fort: »Wir haben sogar hier oben in der Villa noch Platz für einen, falls Sie vielleicht bei uns hier wohnen wollen. Es ist sehr bequem.«

»Davon bin ich überzeugt«, sagte Branco. Er sah mich an. »Wo schlafen denn Sie?«

Daphne und ich wechselten einen Blick.

»Im Gästehäuschen«, sagte ich.

Branco wandte sich wieder an Daphne. »Es ist vielleicht doch besser, wenn ich bei meinen Leuten in der Stadt bleibe.«

Ich nehme an, mein Aufenthalt im Häuschen war Branco immer noch zu nahe, um sich entspannt fühlen zu können. Allerdings lud er mich ein, mit ihm in die Bibliothek zu kommen. Seine Bostoner Mitarbeiter warteten schon – ein Sergeant und eine Beamtin. Sie ordneten gerade zusammen die Protokolle, die sie aufgenommen hatten, während Branco im Opernhaus war. Branco stellte mich vor, und ich war angenehm überrascht über ihre offenherzige Begrüßung. Schließlich war ich ja doch kein Beamter, auch wenn ich Branco von früheren Fällen her kannte. Vielleicht kam es langsam dahin, daß mir meine zweifelhafte Berühmtheit beim Bostoner Polizeirevier sogar nützlich wurde.

Parker fuhr einen Servierwagen herein, auf dem ein Teller voll Sandwiches, eine Thermoskanne Kaffee und eine große Keksdose aus Porzellan in Form eines Clowns standen. Branco lachte laut auf, als er sie sah. Das kam selten vor, daß der dunkle, grüblerische Polizeibeamte so lachte, in echter Belustigung und fast gegen seine Willen. Beinahe verspürte ich das Bedürfnis, ihm beizustehen und mich um ihn zu kümmern, bis er das öfter konnte – lockerer sein und über noch mehr Dinge lachen, auch über die ernstesten. Dieses Lachen nun hatte auch den Würgegriff seiner Selbstkontrolle ein wenig gelockert, und plötzlich hörte man Branco die Keksdose als eine Karikatur von Enrico Caruso im Kostüm zu seiner berühmten Rolle als Canio, dem Clown in *I pagliacci*, schildern. Brancos Mitarbeiter sahen ihn beide erstaunt an, und er nahm sich wieder zusammen. »Mein Onkel hatte genau die gleiche«, sagte er schnell. Und dann war er wieder ganz geschäftsmäßig.

Bevor die Polizisten zu Mittag aßen, nahm Branco noch Parkers Aussage auf. Das war eine einfache Sache mit wenig Überraschungen. Daphnes Butler hatte nichts Ungewöhnliches gehört oder gesehen, von dem Zeitpunkt an, wo er das Haus zur Nacht abgesperrt hatte, bis zu dem schrecklichen Augenblick heute morgen, als Madame Ostinatas Dienerin den verstümmelten Leichnam ihrer Herrin im Bett entdeckt hatte.

Branco sagte: »Und Sie sind sich sicher, daß zu diesem Zeitpunkt alle Fenster und Türen verschlossen waren?«

»Ja, Sir«, antwortete Parker. »Ich überprüfe jeden Abend routinemäßig, ob alle Fenster und Türen verschlossen sind. Dazu brauche ich eine gute halbe Stunde.«

»Und wie ist es mit den Fenstern und Türen in den Gästezimmern?«

Parkers Gesicht verzog sich ein klein wenig. »Ich fürchte, da haben Sie mich ertappt, Lieutenant. Ich habe kein einziges Gästezimmer nachgeprüft, noch tue ich das jemals in Mrs. Davenports Räumen.«

»Schon gut«, sagte Branco. »Ich wollte Sie nicht hereinlegen. Ich wollte nur sichergehen.«

Aber ich sah in seinen klaren graublauen Augen ein kleines selbstzufriedenes Aufleuchten.

Nachdem dieses kurze Verhör beendet war, wies Branco Parker an, alle anderen zum Haushalt gehörigen Personen an einem geeigneten Ort in der Nähe der Bibliothek zu versammeln, von wo er sie einzeln zum Verhör aufrufen könne. Bevor er Parker entließ, schnippte Branco mit den Fingern in meine Richtung.

»Stan, wie heißt Ihr junger Freund?«

»Welcher?«

»Der, der heute früh bei meinem Auto herumstand. Ihre neueste Eroberung«, fügte er affektiert hinzu.

Parker mischte sich ein. »Das müßte Maurizio sein, Sir.«

Himmel! Sogar der Butler wußte über mich Bescheid.

»Gut«, sagte Branco. »Sorgen Sie dafür, daß er auch mit dabei ist.«

Parker nickte und machte sich an seine Aufgabe. Inzwischen aßen die drei Polizeibeamten und ich zu Mittag, und ich durfte zusehen, wie sich Brancos große, kantige Kiefer durch zwei dicke Scheiben Schwarzbrot arbeiteten, das üppig mit fast rohem Fleisch belegt waren.

Ich nahm ein leckeres Sandwich mit Schinken, Salat und Tomatenscheiben auf Weißbrot ohne Rinde, und danach machte ich es mir bequem, um den Sicherheitsreport zu studieren, der das Kommen und Gehen aller derzeitigen Bewohner des Aufführungscenters in der vorangegangenen Nacht aufgezeichnet hatte.

20

Bevor Branco mit dem eigentlichen Verhör begann, ließ er einen seiner Mitarbeiter die Vorhänge vor den Fenstern der Bibliothek zuziehen, um den riesigen Raum abzudunkeln und ihm mehr Geschlossenheit zu geben. Währenddessen ging Branco selbst im Zimmer herum und schaltete ein paar von den Leselampen an, die er strategisch so auswählte, daß sie dem Raum eine fast gruselige, unheimliche Atmosphäre verliehen. Er selber setzte sich an der Längsseite des Studiertischs in der Bibliothek, der eine lange und breite Platte aus schwerem Mahagoni trug, genau in die Mitte. Zu beiden Seiten nahmen seine Mitarbeiter Platz, was sehr nach den Vorbereitungen für eine Nachmittagsfete bei der großen Inquisition aussah. Der Stuhl des Delinquenten stand Brancos Sitzplatz gerade gegenüber, auf der anderen Seite der breiten Tischplatte. Ich für meinen Teil hielt mich ganz abseits und lümmelte mich in einen der ledernen Ohrensessel auf der Seite, von wo aus ich in aller Ruhe und fast unsichtbar den Vorgängen folgen konnte, während ich gleichzeitig den Sicherheitsreport durchsah. Zwillinge machen gern zwei Dinge auf einmal.

Die erste, die Branco zum Verhör in die Bibliothek rief, war Mathilde, die engvertraute Dienerin der verstorbenen Madame Ostinata. Mathilde betrat den holzgetäfelten Raum mit zuversichtlich erhobenem Kopf. Selbst bei dem gedämpften Licht erschienen ihre Augen klar und offen und ohne die geringste Rötung. Die Schatten darunter waren ebenfalls so ziemlich verschwunden, was allerdings auch an Brancos dramatischer Beleuchtung liegen konnte. Bemerkenswert schien mir vor allem, daß Mathilde alles und jeden in der Bibliothek aufmerksam beobachtete. Von ihrem Schreikrampf heute morgen hatte sie sich offensichtlich gut erholt.

Branco stellte zunächst ein paar Standardfragen, auf die Mathilde ein paar Standardantworten gab. Sie hieß mit Nachnamen Morceau. Sie war vierzig Jahre alt, aber sie sah aus und benahm sich, als sei ihr Leben schon eine viel längere Zeitspanne von Enttäuschungen. Sie war Waise, und Marcella Ostinata hatte sich ihrer vor langer Zeit angenommen und war für sie wie eine Tante. Mathilde behauptete, es sei der einzige Glücksfall ihres Lebens, fünfundzwanzig Jahre lang die persönliche Vertraute von Madame Ostinata gewesen zu sein. Um diese Aussage zu machen, richtete sie sich sogar noch mehr auf, obwohl sie schon gerade wie ein Ladestock dastand, und sah entschlossen beim Sprechen Branco voll ins Gesicht. Und dabei entdeckte ich eine Lüge. Mathilde mochte den Luxus genossen haben, mit einer großen Diva rund um die Welt zu reisen und ihr die Koffer zu packen und die Kostüme zurechtzulegen, aber ich bemerkte keinerlei echte Dankbarkeit. Sie war eben doch nichts weiter als eine angestellte Hilfskraft, welchen beschönigenden Namen man auch immer dafür finden mochte.

Branco fragte sie nach dem vergangenen Abend. Hatte es etwas Ungewöhnliches gegeben, etwas, was nicht ins gewohnte Muster paßte?

»Nein«, sagte Mathilde. »Ich gab Madame ihren Schlaftrunk. Dann öffnete ich die Balkontüren und ließ sie allein.«

»Sie sagen, Sie öffneten die Türen?«

»Ja«, sagte Mathilde. »Nur einen winzigen Spalt.«

»Waren sie die ganze Nacht offen?«

»Ja. Wenn Madame auf dem Land war, schlief Madame gern in der frischen Nachtluft.«

Branco spielte einen Augenblick mit seinem Stift. In der Bibliothek wurde es totenstill. Wir waren zu fünft hier drinnen, und man hörte nicht einen einzigen Atemzug. Schließlich sprach Branco.

»Miss Morceau, ist es nicht ungewöhnlich für eine große Sängerin, noch dazu eine italienische – wissen Sie, ich bin selbst Italiener, deshalb sind mir diese Dinge einigermaßen vertraut –, würde eine Sängerin sich nicht davor fürchten, die Nachtluft in die Lungen zu kriegen? Die Nachtluft ist dunkel und oft feucht. Man sagt ihr manchmal nach, daß sie die Kräfte des Bösen mit sich führe. War Madame vielleicht abergläubisch?«

Mathilde überlegte sich Brancos Frage sorgfältig. Sie witterte eine Falle, obwohl das, was er gesagt hatte, ja durchaus stimmte: Tag und Nacht und immerzu sind Sänger außerordentlich vorsichtig in bezug auf die Luft.

Dann antwortete sie ihm einfach: »Madame hatte keine Angst vor der Nacht. Sie hatte vor gar nichts Angst.«

»Dann erwartete sie vielleicht jemanden«, sagte Branco. »Vielleicht war das der eigentliche Grund, warum Madame die Balkontüren offen haben wollte. Na, Miss Morceau? Erwartete sie einen Gast?«

Mathilde starrte ihn an. »Was sind Sie doch für ein Schwein!«

»Wo haben Sie geschlafen?« fragte der Polizeibeamte, indem er schnell das Thema wechselte.

»Mein Zimmer liegt neben ihren Räumen. Das ist immer so, egal wo wir sind, ich bin immer gleich neben ihr.«

»Gibt es eine Verbindungstür zwischen den Zimmern?«

Branco wußte die Antwort auf diese Frage doch schon. Sogar ich wußte sie, da wir beide heute früh Madames Zimmer sowie den davor liegenden *terrazzo* untersucht hatten. Warum also fragte er?

Mathilde sagte: »Nein. Es gibt keine Verbindung zwischen unseren Zimmern.«

»Außer über den Balkon«, sagte Branco. »Ihre Zimmer gehen beide auf den Balkon hinaus.«

»Ja«, sagte Mathilde ein wenig unruhig.

Branco stand auf und ging um den Tisch herum, dann setzte er sich auf die Tischkante, um mit dem Verhör fortzufahren, wodurch er höher saß und sie überragte. Mathilde drehte ihren Stuhl, so daß sie den Kopf nicht zu wenden brauchte, um ihn anzusehen, obwohl sie immer noch aufblicken mußte. Sie schien Brancos Spielchen zu kennen.

Branco fragte: »Können Sie mir etwas zu Madames Trank sagen?«

Mathilde antwortete lustlos: »Der Trank sollte ihr das Einschlafen erleichtern. Sie hatte gestern auf der Probe viel Ärger. Einige Leute haben sie nicht mit dem Respekt behandelt, den ein großer Künstler verdient.«

»Handelte es sich also um eine Schlaftablette?« fragte Branco.

»Nein«, sagte Mathilde scharf. »Keine Tabletten. Madame mochte keine Tabletten, weil sie ihr die Kehle hätten verletzen können. Ihre Medizin war immer ein Trank.«

»Also eine Flüssigkeit?«

»Ja«, sagte Mathilde. »Ich mische sie ihr jeden Abend.«

Branco nickte schweigend, dann fragte er: »Sind Sie Apothekerin, Miss Morceau?«

Mathilde sah ihn verständnislos an.

Branco fuhr fort: »Sie sagen, Sie haben ihr den Trank gemischt. Woher wußten Sie, wie Sie ihn mischen mußten?«

Mathilde sagte: »Es war dasselbe wie jeden Abend. Der Arzt hatte es mir erklärt.«

»Und gestern abend war die Dosis genau wie immer?«

»Ja«, sagte Mathilde, aber ihre Stimme dehnte die Silbe unsicher.

»War das ein ›ja‹?« fragte Branco.

»Ja«, antwortete Mathilde mit mehr Entschiedenheit.

»Miss Morceau, bis morgen früh habe ich einen genauen Bericht über den Mageninhalt der Toten sowie eine vollständige Liste der Inhaltsstoffe in ihrem Blut. Verstehen Sie mich?«

»Sie sind wirklich wie ein Tier«, sagte sie.

Wieder ignorierte Branco ihre Beleidigung. »Möchten Sie sich Ihre Antwort nicht doch noch einmal überlegen?« fragte er. »War die Dosis von Madame Ostinatas Schlaftrunk gestern abend genau dieselbe wie sonst auch?«

Mathilde wand sich gequält auf ihrem Stuhl. »Ich sage es Ihnen doch«, sprach sie herausfordernd. »Der Trank, den ich gestern abend für Madame gemischt habe, war korrekt.« Sie starrte Branco an, und er starrte sie an. Mathilde hatte Branco ein Tier genannt, dabei saß sie selbst da und sah ihn an wie eine streunende Katze, die vergeblich ihr Revier zu verteidigen versucht. Sie begriff nicht, daß der, den sie herausforderte, auch eine Katze war, der König aller Katzenartigen, astrologisch ein Löwe, genau wie Daphne. Als habe sie schließlich doch erkannt, wie sehr sie sich in ihrem Urteil geirrt hatte, sank Mathilde jetzt ein wenig zusammen und miaute: »Bis auf einen Punkt.«

»Und zwar?« sagte Branco mit einem breiten Grinsen.

Mathildes Antwort kam gepreßt. »Madame hat darauf bestanden. Was hätte ich da machen können?«

»Die Frage, auf die Sie antworten sollen, lautet: Was *haben* Sie gemacht?«

In Mathildes Augen stand plötzlich wieder jener gequälte Ausdruck, der Ausdruck, den sie vor Madame Ostinatas Tod ununterbrochen gehabt hatte, der Ausdruck: »Ich kann nichts dafür, daß ich so bin, wie ich bin. Es ist mein Schicksal.« Diese Augen hob sie jetzt zu Branco empor und sprach in einem rauhen Flüsterton, der einer von Macbeth' Hexen würdig gewesen wäre.

»Ich habe Madame ihren Trank gemischt, und sie nahm ihn und trank ihn wie gewöhnlich. Aber dann verlangte sie, daß ich ihn noch einmal mischen solle. Sie wollte ihn gestern abend ein zweites Mal zu sich nehmen. Ich sagte ja schon, daß sie auf der Probe viel Kummer hatte.«

»Ja«, antwortete Branco. »Das sagten Sie in der Tat schon.«

Mathildes Stimme wurde etwas lebhafter, als sie weitersprach. »Und jetzt denke ich eben, wenn ich das nicht getan hätte, lebte Madame noch.« Die Worte kamen lauter und schneller. »Madame wäre aufgewacht und hätte um Hilfe gerufen, und ich hätte sie retten können.« Noch immer *crescendo* und *accelerando*. »Aber statt dessen kam jemand zu ihr ins Zimmer, und sie wachte überhaupt nicht auf, und man hat sie ermordet!« Klimax.

Mathilde sackte zusammen, brach in Tränen aus und schluchzte.

Branco ließ sie eine Weile weinen, als habe er in seinem Lehrbuch für Polizeiregeln gelernt, daß man einem Zeugen, wenn er leidet, ein wenig Mitgefühl entgegenbringen solle. Dann fragte er sie: »Warum sind Sie da so sicher, Miss Morceau?«

Mathilde sah zu ihm auf. »Ich sagte Ihnen doch, daß ich Madame ihren Trank zweimal gab. Ich habe ihn selbst gemischt.«

»Ja, ich weiß. Aber wie können Sie so sicher sein, daß Madame Ostinata nicht um Hilfe gerufen hat? Sie schliefen in dem Zimmer neben ihr, und das Zimmer auf der anderen Seite von ihr war leer. Vielleicht hat sie geschrien, aber Sie haben nicht darauf geachtet. Wir wissen ja, daß Marcella Ostinata eine extrem schwierige und anstrengende Person war. Vielleicht hatten Sie, nachdem Sie fünfundzwanzig Jahre lang Tag und Nacht für sie da waren, diesmal einfach keine Lust, zu ihr zu eilen.«

Mathilde stierte Branco an. »Es ist gräßlich von Ihnen, daß Sie so etwas sagen. Ich wäre für sie gestorben.«

Branco wechselte erneut das Thema.

»Erzählen Sie mir, wie Sie Madame Ostinata heute morgen gefunden haben.«

Mathilde wand sich ungemütlich. »Es war nicht so wie sonst«, sagte sie.

Das will ich wohl meinen, meine Teuerste.

»Madame wachte stets bei Sonnenaufgang auf, und jeden Morgen erprobte sie ihre Stimme. Aber heute früh hörte ich sie nicht singen. Deshalb ging ich in ihr Zimmer. Ich dachte, es liege an dem zusätzlichen Trank, daß sie noch schlafe. Aber da sehe ich ...« Das Kinn begann ihr zu zittern.

»War noch jemand im Zimmer?«

Mathilde antwortete mit einem tremolierenden »Nein.«

»Also ganz allein? Sind Sie völlig sicher?«

»Ja!« fauchte sie.

»Und dann fingen Sie an zu schreien, und da kamen die anderen ins Zimmer?«

»Ja!« rief sie. »Ja, ja, ja!«

Branco schlug sein Notizbuch zu. »Vielen Dank, Miss Morceau. Das wär's einstweilen. Sie können gehen.«

»Nein«, sagte Mathilde mit einem höhnischen Grinsen. »Da ist noch etwas, was Sie in Ihr widerliches Protokoll aufnehmen sollten.«

»Wir werden binnen kurzem Ihre Aussage schriftlich niederlegen«, sagte Branco. »Sie können es dann erwähnen. Danke.«

»Aber ich will es jetzt sagen«, sprach Mathilde. »Ich möchte, daß Sie es in Ihren Bericht aufnehmen, daß in Madames Schmuckkästchen eine ihrer Broschen fehlt.«

Mit einem Seufzer sagte Branco: »Beschreiben Sie sie mir bitte.«

Mathilde beschrieb das fehlende Schmuckstück als Onyx mit einer Fassung aus purem Gold. Einzigartig. Ganz ungewöhnlich. Von einem Verehrer. Und ich erinnerte mich an meine Unterhaltung mit Daphne vor kurzem. Ich wollte das nicht denken, was ich jetzt dachte – daß sich Daphne während einer Pause in der polizeilichen

Untersuchung in Marcellas Zimmer geschlichen und das gestohlene Eigentum dem rechtmäßigen Besitzer, nämlich sich selbst, zurückgegeben habe. So etwas konnte Daphne doch nie im Leben getan haben, oder? Wahrscheinlicher war es, daß Mathilde log und die Brosche sich selbst angeeignet hatte. Vielleicht wußte sie sogar über die finstere Geschichte der Transatlantik-Reise des Schmuckstücks Bescheid und nutzte jetzt die günstige Gelegenheit, um Daphne zu belasten. Marcella Ostinatas Tod schien Mathilde von mehr als nur ihrer Knechtschaft erlöst zu haben. Ihr neugewonnenes Selbstbewußtsein grenzte an kriminelle Dreistigkeit. Andererseits konnte Daphne ihre Geschichte ja auch erfunden haben. Sie neigte jedenfalls dazu, viel Lärm um nichts zu machen. Genau wie ich.

Als Mathilde schließlich die Bibliothek verlies, erwähnte ich Branco gegenüber den offensichtlichen Widerspruch, daß Marcella Ostinata viel Getue darum gemacht haben solle, daß eine aufgelöste Tablette ihr die Kehle aufkratzen könnte, sich gleichzeitig aber der Nachtluft aussetzte. Branco stimmte zu, fügte aber mit einem Schulterzucken hinzu: »Sie war eben ein Sopran. Die sind die Widersprüchlichkeit in Person.«

»Sie müssen das natürlich wissen. Ihre Mutter war ja auch einer.«

Branco sagte knapp: »Meine Mutter war Mezzosopran. Da sind ganz andere Bälle im Spiel.«

Geflissentlich überhörte ich seine flaue Metapher.

Der Mitarbeiter rechts von Branco fragte ihn, was er von Mathildes Geschichte halte. Branco antwortete, die Wahrheit, die sie ihnen bisher erzählt habe, sei nicht viel wert. Worauf er aus sei, wären gerade die Punkte, die Mathilde offensichtlich verheimlichte, die kleinen Wahrheiten, die zwischen den großen Lügen durchspitzten. »Die Dinge, die eine Frau vielleicht nur ihrem Friseur erzählt«, sagte er. Die Polizistin auf Brancos linker Seite lachte laut auf, aber Branco sah mit eindringlichem Blick zu mir herüber, und ich begriff, daß ich soeben meinen ersten Auftrag als sein

Spezialagent erhalten hatte – eine private Unterredung mit Mathilde zu führen und dabei die Spezialmethoden eines Friseurs einzusetzen, um an die wahre Geschichte heranzukommen.

Branco rief Maestro Toscanelli als nächsten Zeugen auf.

Der Maestro muß Branco als *paesano* erkannt haben, denn seine ersten Worte waren: »*Puo interrogarmi in italiano*?«

»*No*«, antwortete Branco. »*In inglese*.«

»*Bene*«, sagte der Maestro und fischte dann in seinen Jackentaschen, bis er eine kleine Packung Zigaretten zum Vorschein brachte. »Kann ich rauchen hier?« sagte er.

Branco nickte, während die beiden anderen das Gesicht verzogen. Aber wie immer hatte der Maestro kein Feuer. Von den Polizisten konnte ihm keiner helfen, also sprang ich von meinem Sessel auf, mit dem Bic Flic in der Hand. Als ich dem Maestro die Flamme entgegenhielt, sah Branco überrascht auf.

»Heimlicher Raucher«, sagte ich albern. Dann holte ich einen Aschenbecher und stellte ihn neben dem Maestro auf den Tisch. Und so wie immer bot er mir eine Zigarette an. Und so wie immer lehnte ich sie ab.

Branco sprach mich ungeduldig an: »Haben wir's jetzt bald?«

»Ja«, sagte ich und verdrückte mich wieder in meinen Sessel.

Er fragte den Maestro, wie lange er Madame Ostinata schon kenne.

»Ah«, sagte der Maestro. »*E molto tragico*. Das ist ein große Verlust, nein? Marcella hat ein lange Karriere. Sie war berühmter in Europa als in Amerika. Ich habe sie gekannt seit ihre Debüt an La Scala – war neunzehnhundertfünfund- , äh, dings.«

Branco sagte: »Dann kannten Sie sie also gut?«

»Ich habe kein Kinder«, erwiderte der Maestro. »Aber Marcella war mein Tochter.«

»Sie meinen, sie war wie eine Tochter für Sie?«

Der Maestro dachte über diese Frage nach, während er

einen tiefen Zug aus seiner Zigarette nahm. »Ich glaube, das ist richtig – wie eine Tochter. Ja.«

»Sagen Sie mir, warum Sie heute morgen in Madame Ostinatas Zimmer waren.«

»Ich habe gehört Schreie, so ich gehe, um zu sehen, was ist los.«

»Das heißt also, Mathildes Stimme hat Sie geweckt?«

»Äh, ja«, sagte der Maestro.

»Und dann?«

Der Maestro zuckte die Schultern. »Ich sehe sie dort. Was noch? Habe ich keine Gedanken, nur Schock.«

»Haben Sie irgend etwas angefaßt, während Sie in dem Zimmer waren?«

»Nein, nein.«

»Mir kam es vor, als hätte ich heute früh Blut an Ihren Händen gesehen.«

»Bei mir? Blut hier?« sagte der Maestro und zeigte seine Handflächen.

»Ja«, sagte der Polizeibeamte. »Vielleicht haben Sie etwas angefaßt, was voll Blut war, und können sich nicht mehr daran erinnern. Das Messer vielleicht? Haben Sie das Messer aufgehoben?«

Der Maestro schmunzelte. »*Tenente*«, sagte er, womit er Brancos Rang auf Italienisch anerkannte. »Sie machen ein schlechte Scherz. Warum werde ich das Messer berühren? Ich sehe Marcella so im Bett, und ich bin im Schock. Es ist wie eine Szene auf die Bühne, nur schlimmer.«

Branco knurrte: »Viel schlimmer. Aber wir haben einen Zeugen, der behauptet, daß Sie das Messer in der Hand hatten.«

»Oh, es ist nicht so«, entgegnete der Maestro.

»Sagen Sie«, fuhr Branco fort, »hatte Marcella Feinde?«

Ich hatte das Gefühl, daß Branco den Vornamen der Diva benutzte, um zwischen sich und dem Maestro ein Band zu schaffen, ein Vertrauen, daß auf Kenntnis der Oper beruhte.

Die Augen Maestro Toscanellis funkelten belustigt. »*Tenente*, bei der Oper jeder Mensch hat Feinde. Die Sänger, die Musiker.« Er gluckste, dann schlug er sich mit beiden Händen auf die Brust und ließ einen kleinen Ascheregen in seinen Schoß rieseln. »Ich habe Feinde, *Tenente*. Sogar die Bühnenarbeiter – wir alle haben Feinde. Es ist normal bei der Oper.«

Branco sagte: »Schildern Sie mir Marcellas Feinde hier.«

»Ah, Marcella. *Povera Marcella.*« Der Maestro schüttelte traurig den Kopf. »Ihr Feind in diese Land war sie selbst. Marcella versteht nicht, zu sein – wie sagt man? – *diplomatica.*«

»Aber irgend jemand hat sie ermordet«, sagte Branco.

Der Maestro zuckte hilflos die Schultern. »Vielleicht war ein Terrorist? Oder aber, man sagt, in Ihre Land gibt es viele, äh ...« Er verstummte unsicher und suchte nach dem Ausdruck, der ihm nicht so leicht einfallen wollte. Branco verlor jetzt schnell die Geduld mit dem alten Herrn, dennoch merkte ich, daß sein Gewissen ihn anhielt, älteren Menschen mit Achtung zu begegnen.

»Äääh«, machte der Maestro, bis er endlich stolz sagen konnte: »Unmotivierte, zufallsbedingte Gewalttaten.« Er überbetonte jede Silbe, als genieße er das Gefühl der fremdartigen englischen Laute in und um seinen Mund.

Branco sagte kurz angebunden: »Ihr Tod war keine unmotivierte Gewalttat.«

Dann stand er auf, genau wie bei Mathildes Verhör, und kam auf die Seite des Maestro an dem großen Studiertisch. Der Maestro folgte dem Polizeibeamten zunächst mit den Augen, wandte dann aber die Aufmerksamkeit wieder seiner Zigarette zu. Branco setzte sich auf die Tischkante und sagte: »Maestro, was wird Marcellas Tod für Sie bedeuten? Was wird jetzt anders werden?«

»Das ist deutlich, nein?« sagte Maestro Toscanelli. »Ich habe eine neue Sopran. April Kilkus. Sie ist jung. Sie hat noch nicht gelernt, eine Primadonna zu sein. Sie wird Verdi singen, so wie er schreibt, nicht so wie sie fühlt. Wen interessiert es, was fühlt der Sopran? Verdi weiß es, und er sagt, was man tun muß. Man sieht die Partitur, und man tut es.«

»Und bei Marcella lief das nicht so«, sagte Branco.

Der Maestro kicherte. »Marcella war erfinderisch.« Dieses Wort schien ihm auch zu gefallen. »Erfinderisch. Zu viel Erfindung. Benutzt sie zuerst die Ricci-Kadenzen, dann macht sie ihre eigenen – viel, viel schlechter. Und armer Verdi ist wie Zirkusmusik.«

»Warum haben Sie sie nicht gehindert?«

»Hah! Wer kann Marcella hindern? *Canterai ai sordi.* Ist wie tauben Ohren predigen. Sie nannten Callas *La divina*, aber sie nennen Marcella *La tempesta.*«

»Also sind Sie«, sagte Branco, »in gewisser Weise besser dran, seit sie von der Bildfläche verschwunden ist.«

»Hä?« sagte der Maestro.

»Die Aufführung wird wahrscheinlich ohne Marcella besser werden.«

Der Maestro knurrte ein bißchen, genau wie Branco es zu tun pflegte, und drückte dann seine Zigarette aus.

»Ich denke«, sagte er, »dieser *Ballo* ist das letzte Mal, daß ich dirigiere. Ich bin alt jetzt, und ich bin müde. Aber ich habe genug Kraft in mir noch für ein einzige Mal.« Er schüttelte eine geballte Faust kraftvoll in der Luft. »Das wird sein der beste Verdi, den ich in meine ganze Leben gemacht habe. Ich habe einen Traum, daß es sollte *Falstaff* sein, aber ...« Er zuckte die Schultern wie ein alter Philosoph. »*Ballo* ist auch gut. Es ist die große Liebesgeschichte von Verdi. Die Inszenierung, die wir kriegen hier, die ist so etwas, äh...« Der Maestro wiegte den Kopf. »Ist eigenartig«, sagte er, wobei er das Wort genoß. »Aber ich weiß, daß Verdi wacht über mich. Er nimmt Marcella weg und gibt mir April Kilkus statt dessen. Sie wird sein *la migliore* Amelia.«

Branco schnaubte deutlich und sagte: »Ich glaube kaum, daß Verdi Marcella Ostinata die Kehle durchgeschnitten hat!«

Bei Brancos Worten sank der Maestro sichtlich in sich zusammen.

»Ich danke Ihnen«, sagte Branco. »Das ist einstweilen alles.«

Als der Maestro die Bibliothek verließ, sagte Branco zu

seinem Sergeant, er solle für Jonathan Byers einen persönlichen Bewacher bereitstellen. Von meinem Lehnsessel aus fragte ich ihn, warum. Branco wollte es mir gerade erklären, aber dann fielen ihm seine beiden Assistenten ein. Und so beantwortete er meine einfache Frage nun doch nicht, sondern schnarrte: »Ich kann Ihnen ja schließlich nicht alles erklären!«

Sein nächster Zeuge war Bruce David. Aber anstatt eines selbstbesessenen und hypochondrischen Tenors betrat jetzt Daphne Davenport die Bibliothek. Und ehrlich, das war, als habe der Wind gedreht und bringe nun frische Luft ins Zimmer.

Daphne marschierte direkt auf den breiten Holztisch zu und blieb gegenüber der Stelle stehen, wo Lieutenant Branco saß.

»Entschuldigen Sie bitte, Lieutenant«, sagte sie. »Ich hoffe, Sie können mir verzeihen, daß ich hier so außerplanmäßig aufkreuze, aber ich muß Ihnen sagen, daß Bruce David einen ernstlichen Nervenzusammenbruch erlitten hat. Er ist keinesfalls in der Verfassung, mit irgend jemandem zu sprechen. Ich habe ihm etwas zur Beruhigung gegeben und kümmere mich momentan um ihn. Erst, als ich mich selbst heute morgen etwas erholt hatte, begriff ich richtig, was da überhaupt vorgefallen war, aber jetzt sehe ich, daß sein Zustand wirklich auf der Kippe steht. Ein polizeiliches Verhör ist zu diesem Zeitpunkt nicht nur unmöglich, sondern die damit verbundene Anspannung würde ihn auch endgültig umwerfen. So wie es jetzt steht, könnte es sein, daß ich ihn, je nachdem, was ich die nächsten zwölf Stunden feststelle, ins McLean-Krankenhaus einweisen lasse.«

»So schlimm?« sagte Branco ungerührt.

»Um es vulgär auszudrücken«, sagte Daphne, »Bruce ist völlig im Eimer.«

Irgendwie hatte Daphne blitzartig auf eine neue Handlungsebene umgeschaltet. Wer hätte denn gedacht, daß sie sich an diesem Punkt ihrer Karriere noch so bereitwillig auf jemanden einlassen würde, der psychotherapeutische Hilfe brauchte? Und da war nun Bruce David passenderweise sozusagen gefühlsmäßig aufs Gesicht gefallen. Sein Zusammenbruch hatte sie augenblicklich dazu gebracht, wieder uneingeschränkt als Psychiater zur Verfügung zu stehen. Mit Daphne vor Augen erkannte ich wieder einmal, warum ich als Psychiater versagt hatte. Sie konnte sich dem Patienten mit völliger Objektivität nähern und sich ganz auf seine Krankheit konzentrieren. Sie schien sogar fähig, Mitgefühl einzubringen, als wisse sie, daß es sich trotzdem gegen die unersättlichen Bedürfnisse eines verzweifelten Patienten behaupten könne. Ich selbst hatte immer Angst gehabt, meine Patienten würden mich aussaugen und am Ende genauso verrückt machen wie sie selbst. Das war der eigentliche Grund, weshalb ich die psychiatrische Klinik verließ und Friseur wurde. Und wenn jetzt manchmal in mir das altbekannte Gefühl hochkriecht, daß jemand sich meiner Gefühle wie in einem Selbstbedienungsladen bedienen will, schalte ich einfach die Trockenhaube auf Hochtouren oder ziehe kräftig mit der Haarbürste durch.

»Also gut«, sagte Lieutenant Branco. »Da Sie ohnehin als nächste auf meiner Liste standen, könnte ich Sie genausogut jetzt gleich verhören, ja, Mrs. Davenport?«

»Natürlich«, sagte Daphne.

Und wie ich gehofft und erwartet hatte, begann Daphne mit einer klaren und einfachen Schilderung der Tatsachen. Wie Parker hatte auch sie rings um die Villa nichts Ungewöhnliches gehört oder gesehen, bis heute morgen Mathildes anhaltende und entsetzte Schreie aus Madame Ostinatas Schlafzimmer ertönten. Wahrscheinlich wirkte es sich auch günstig auf den Tonfall von Daphnes Bericht aus, daß Branco eine besondere Vorliebe für sie gefaßt zu haben schien, und das kam möglicherweise daher, daß sie nur ein kleines bißchen älter war als seine kürzlich verstorbene Mutter. Allerdings konnte man diese Logik nicht auf sein Verhalten gegen den Maestro übertragen, den er vorhin ja erheblich härter angefaßt hatte. Aber der war schließlich ein Mann, und Psycho-Schwätzer könnten jetzt einbringen, daß der Polizeibeamte eben ungelöste Vaterprobleme habe. Ich meinerseits würde ihnen entgegenhalten, daß

Branco einfach nur bei den schauspielerischen Mätzchen eines gewieften alten Mannes, der den verhörenden Polizisten abzulenken versuchte, die Geduld verloren habe.

Als Branco Daphne fragte, ob es in bezug auf Madame Ostinata irgend etwas Persönliches gebe, wovon sie glaube, daß die Polizei es wissen sollte, sagte Daphne: »Sie war eine wunderbare Sängerin. Sie wäre für das Festival ein großer Gewinn gewesen. Und sie war mein Gast. Ich glaube, das zusammen sagt alles.«

»Keinerlei gefühlsmäßigen Ärgernisse oder Schwierigkeiten?«

»Nicht die geringsten«, sagte Daphne fest.

»Man hört so, daß die Frau sehr launisch gewesen sein soll.«

Daphne fegte seine Bemerkung hinweg. »Sie war Künstlerin, Lieutenant. Da gehört das zur Natur.«

»So wie es bei einem Psychiater zur Natur gehört, in Krisenzeiten kühl und gefaßt zu sein.«

»Ja«, erwiderte Daphne, ohne eine Sekunde zu zögern.

»Hatten Sie mit der Toten jemals Streit?«

Für den Bruchteil einer Sekunde schossen Daphnes Augen von Branco zu mir, während sie antwortete: »Nein, nie, Lieutenant.«

Natürlich hatte ich nicht im Ernst erwartet, daß Daphne Branco von der lange verlorengeglaubten Brosche erzählen werde, die sie plötzlich an Madame Ostinata sah, oder von der hitzigen Szene, die dann folgte. Ich fragte mich, ob Mathilde Daphne bereits darauf angesprochen habe, daß die Brosche plötzlich aus Marcellas Schmuckschatulle verschwunden sei. Und da wurde mir etwas mulmig. Branco hatte mich in die Nachforschungen einbezogen, und das schien mir zunächst ganz großartig. Ich meine, wie viele Friseure kennen denn Sie, die für einen äußerst machomäßigen Bullen Beweise zusammentragen dürfen? Aber jetzt sah ich Schwierigkeiten auf mich zukommen. Daphne hatte sich mit mir angefreundet, und auch das war ganz großartig, einfach, weil sie so ein wunderbarer, aufbauender Mensch war. Aber in ihren Antworten auf Brancos Fragen gab es schon gewaltige Löcher. Was sollte ich also tun? Sie gleich bei Branco verpetzen? Daphne später zur Rede stellen? Beide Möglichkeiten waren gleich ekelhaft. Das einzig Vernünftige, was ich im Augenblick tun konnte, war: nichts.

Ich würde ja einen prächtigen Detektiv abgeben.

Branco dankte Daphne, daß sie sich die Zeit genommen habe. Ich stellte fest, daß er bei ihrem Verhör nicht aufgestanden und um den Tisch herumgekommen war. Vielleicht lag seiner Schreckenstaktik gar kein Muster zugrunde. Als Daphne beim Hinausgehen an meinem Armsessel vorbeikam, zwinkerte sie mir zu. Ich hätte fast zurückgezwinkert, aber mein Gesicht lag genau in Brancos Blickfeld, deshalb lächelte ich nur.

Als letzten Zeugen hier aus dem Haus rief Branco jetzt Maurizio, die junge Hilfskraft, auf. Gleich danach betrat Maurizio die Bibliothek. Er machte große Augen und sah ängstlich aus, wie ein Nachttierchen. Und er kam nicht allein. Daphne begleitete ihn.

»Lieutenant«, sagte sie. »Da Maurizio taubstumm ist, dachte ich, es wäre ganz hilfreich, wenn ich als Übersetzer dabeibleiben würde.«

»Kann er lesen und schreiben?« sagte Branco.

Daphne sagte ja, und Maurizio nickte im selben Moment.

»Sieht so aus, als könne er auch von den Lippen ablesen«, sagte Branco.

Wieder gleichzeitig ein Nicken von Maurizio und ein Ja von Daphne. Aber wie sich herausstellte, konnte einer von Brancos Mitarbeitern, nämlich die Beamtin, fließend die amerikanische Zeichensprache und würde Maurizio auf diese Weise verhören können. Daphne bestand dennoch darauf, in der Bibliothek zu bleiben, wenn auch vielleicht nur, um ihn zu trösten. Branco wehrte ab.

»Wir werden ihm bestimmt nichts tun«, sagte er.

Daphne gab zurück: »Und ich werde ihm bestimmt keine Worte in den Mund legen, Lieutenant.«

Branco gab schließlich nach, vielleicht aus mutterbezogenen Schuldgefühlen oder auch einfach aus Müdigkeit nach all den Verhören eines langen Tages.

Bevor sich Maurizio auf den Stuhl gegenüber dem Lieutenant setzte, ließ er den Blick durch die Bibliothek schweifen und entdeckte mich. Ich schenkte ihm ein kleines freundliches Lächeln, aber er machte ein finsteres Gesicht und kniff die Augen zusammen. Maurizio schmiegte sich enger an Daphne, als wolle er sich weiter von mir entfernen, den er wohl als einen Kumpan der Polypen auffaßte. Dann setzte er sich, und Daphne stellte sich neben ihn.

Branco stellte seine erste Frage: »Wo waren Sie letzte Nacht?« Seine Mitarbeiterin übertrug die Frage in Gesten, während sie die Worte zu Maurizio hin tonlos mit dem Mund formte.

Maurizio antwortete der Mitarbeiterin mit einem Schwall von Handbewegungen, und dann sagte die Polizistin zu Branco: »Er sagt, er war mit ihm zusammen.« Sie zeigte mit dem Daumen auf mich. Branco hob eine Braue.

»Nein!« protestierte ich.

Branco hob die Hand. »Sie sind still!«

Branco fragte Maurizio: »Wo war das?«

Arme, Hände, Münder bewegten sich zwischen Maurizio und der Polizistin. Dann übersetzte sie Branco: »In seinem Gästehäuschen.«

»Wann haben Sie Mr. Kraychiks Gästehäuschen verlassen?«

Maurizios Antwort lautete übersetzt: »Ich blieb bei ihm, bis wir zum Frühstück gingen.«

Ich stand auf und sah Branco an. »Nur einen Augenblick bitte«, sagte ich.

Branco fuhr mich an: »Sie sind still, habe ich gesagt!«

Daphne sagte zu Branco: »Da stimmt wirklich etwas nicht, Lieutenant.«

»Das kümmert mich nicht!« sagte Branco. »Ruhe jetzt, sonst...«

Nächste Frage: Hat Stan irgendwann in der Nacht das Häuschen verlassen?

Antwort: ein leidenschaftliches Nein.

Frage: Wie können Sie da so sicher sein?

Antwort: Ich hatte die Arme um ihn geschlungen.

Branco sah mich mit einem selbstzufriedenen Lächeln an. »Ich glaube, der junge Mann versucht Sie zu decken. Ob Sie das auch für ihn tun würden, weiß ich nicht.«

»Ich dachte, Sie wollten die Wahrheit hören«, brummelte ich.

Branco antwortete: »Ich denke, die kriege ich jetzt vielleicht auch zu hören.«

»Lieutenant, ich habe diese Sängerin nicht umgebracht.«

»Oh, ich weiß«, sagte Branco. »Ich meinte die Wahrheit über Ihre Eskapaden.«

»Das ist alles frei erfunden«, sagte ich. »Ich war letzte Nacht allein.«

Branco wollte Maurizio gerade die nächste Frage stellen, wandte sich aber mit einer weiteren Spitze erst noch einmal zu mir. »Wie lange, sagten Sie, ist Ihr Partner schon weg?«

»Ich sagte gar nichts, aber es ist ungefähr eine Woche her.«

Branco schüttelte wehmütig den Kopf. »Das kommt mir noch gar nicht so lange vor«, sagte er.

Dann stellte er Maurizio die nächste Frage: »Haben Sie die Frau gekannt, die ermordet worden ist?«

Maurizio schien von der Frage verwirrt. Er schaute hilfesuchend zu Daphne auf. Sie legte ihm die Hand auf die Schulter und nickte freundlich. »Ist schon in Ordnung«, sagte sie. »Du kannst es dem Lieutenant sagen.«

Aber Maurizio gab keine Antwort. Seine Augen flogen durch die Bibliothek, zuerst zu mir, dann zu Branco, dann wieder empor zu Daphne.

Branco wiederholte seine Frage.

In Maurizios Augen zeigte sich Panik.

»Es ist ganz einfach«, sagte Branco. »Ja oder nein. Entweder Sie haben sie gekannt, oder nicht.«

Die dolmetschende Polizistin sandte ganze Wagenladungen von Handzeichen in Maurizios Richtung, der darauf reagierte, indem er die Hände vor sich emporhob, als wolle er sich schützen. Zu dem Zeitpunkt hatte er schon zu weinen begonnen.

Daphne griff ein. »Lieutenant, ich nehme an, Sie werden von uns allen eine schriftliche Aussage aufnehmen.«

»Das ist richtig.«

»Warum lassen Sie dann nicht einfach Maurizio seine Aussage jetzt aufschreiben?«

»Weil ich eine Antwort auf meine Frage will«, sagte der Polizeibeamte.

»Aber Sie haben ihn ganz aus der Fassung gebracht.«

»Mrs. Davenport, ich war damit einverstanden, daß Sie hier bleiben, während ich den jungen Mann verhöre, weil Sie darauf bestanden, daß er zu seiner Unterstützung einen vertrauten Menschen brauche. Aber ich kann nicht dulden, daß Sie jedesmal gleich zu seiner Verteidigung aufspringen, wenn er ein bißchen durcheinander kommt.«

»Warum nicht?« sagte Daphne. »Jemand muß das doch tun. Er jedenfalls kennt seine Rechte gewiß nicht, nicht in einem Kriminalfall wie diesem.«

»Ich will ihm aber noch ein paar ganz bestimmte Fragen stellen.«

Ich merkte jedoch, daß Branco mit voller Absicht Maurizio in die Enge zu treiben versuchte, der für ihn ja eine leichte Beute war. Branco hatte einen Hang zur Grausamkeit, der sich in den seltsamsten Augenblicken zeigte. Ich hatte diese Erfahrung selber gemacht, damals, als er entdeckte, daß ich mit Rafik zusammen war. Aber daß Branco jemanden wie Maurizio terrorisierte, der doch schon im alltäglichen Leben genug Schwierigkeiten hatte, das kam mir zutiefst verachtenswert vor.

Branco bedrängte Maurizio noch einmal mit seiner Frage.

»Kannten Sie die Frau, die ermordet worden ist?«

Aber Maurizio achtete nicht mehr auf die übersetzende Polizistin. Er hatte sich zu Daphne umgedreht und verbarg das Gesicht in den Falten ihres Kleides. Sein starker Körper wurde heftig vom Schluchzen geschüttelt. Ich wollte zu ihm hin und ihn in die Arme nehmen, aber

Daphne schien das alles auch ohne mich sehr gut hinzukriegen.

Branco sagte zu seinen Mitarbeitern: »Ich werde später mit ihm zu Ende kommen. Hören wir für heute auf.«

»Kann ich ihn jetzt wegbringen?« sagte Daphne.

»Natürlich«, sagte Branco.

Während seine Mitarbeiter ihre Papiere in Ordnung brachten, kam Branco zu mir herüber. Ich stand auf.

»Lieutenant, ich habe letzte Nacht wirklich allein geschlafen.«

»Schon in Ordnung, Stan«, sagte er. »Sie sind ja ein großer Junge.«

»Aber ich bin wirklich nicht so.«

»Wie?« sagte er.

»Wenn ich mit jemandem zusammen bin, bin ich treu.«

Außer man versteckt sich bei mir im Schlafzimmer und fällt im Dunklen über mich her.

»Was nicht so alles passiert«, sagte er abschließend.

Seine Bemerkung verwirrte mich. Andererseits aber, wenn Branco wirklich Prostituierte zu sich hatte kommen lassen und sie auch tatsächlich geschlagen hatte, konnte er bestimmt nicht viel gegen die Sexualmoral anderer Leute sagen.

Branco sprach: »Ich hätte jetzt gerne den Sicherheitsbericht zurück.«

»Klar«, sagte ich und übergab ihm den Report.

»Was Interessantes darin gefunden?«

»Ich bin mir nicht sicher«, sagte ich. Aber in Wirklichkeit hatte ich einen kleinen Leckerbissen gefunden, den ich am nächsten Morgen zu verfolgen gedachte.

Branco sagte: »Vergessen Sie nicht, solange Sie für mich arbeiten, bin ich der erste, der davon erfährt, wenn Sie etwas gefunden haben. Ist das klar?«

»O ja«, entgegnete ich.

»Gut«, sagte Branco und kehrte zu seinen Leuten zurück.

Es gab keinen Grund, ihm zu erzählen, daß ich ihm die Geschichte von Daphnes unsteter Brosche vorenthalten hatte und wie deren nachfolgende Entdeckung zwischen Daphne und Marcella Ostinata zu Spannungen führte. Das hatte ich alles erfahren, bevor ich offiziell Brancos Helfer wurde, deshalb gehörte es, soweit ich damit zu tun hatte, offiziell nicht in die Kategorie »Ich muß es als erster hören.«

Als die drei Polizisten zusammengepackt hatten und gerade das Haus verlassen wollten, trat Daphne in der Vorhalle zu ihnen. Sie hielt Branco diskret zurück, nachdem seine beiden Mitarbeiter hinausgegangen waren.

»Würden Sie vielleicht zum Abendessen bleiben, Lieutenant?«

Branco zögerte. »Ich kann mir nicht vorstellen, daß Sie mich noch länger hier haben wollen, nach diesem letzten Verhör.«

»Lieutenant, mir ist klar, daß Sie nur Ihre Pflicht getan haben.«

»Das stimmt, Ma'am. War auch nicht persönlich gemeint.« Branco sah sich in der riesigen Eingangshalle um und sagte: »Aber ich denke, daß ein Essen in einem Haus wie diesem für mich ein wenig zu formell sein würde.«

»Darüber müssen Sie sich keine Sorgen machen«, sagte Daphne. »Normalerweise ziehen wir uns hier nicht mal zum Essen um.«

Das klang provokant, vor allem mit Branco am Tisch.

Da fügte Daphne hinzu: »Obwohl ich meinen Kopf wette, daß Sie im Dinnerjacket umwerfend aussehen würden.«

Branco nickte vergnüglich. »Im Augenblick, Mrs. Davenport, glaube ich, daß ein gesellschaftlicher Verkehr in Ihrem Hause einen Interessenskonflikt hervorrufen könnte.«

»Du liebe Güte«, sagte Daphne, »etwas so Schlimmes?«

Branco sprach: »Tatsache ist, daß jemand diese Frau ermordet hat, und dieser Jemand könnte auch in diesem Moment unter diesem Dach sein.«

»Dann würde ich denken, Sie bleiben zum Abendessen, weil das noch mit zu Ihren Nachforschungen gehört.«

Branco lächelte. »Ich werde ein andermal darauf zurückkommen.«

»Und ich werde Sie daran erinnern. Sie haben mir heute das Leben gerettet.«

»Ich habe Sie vor einem Sturz bewahrt, Ma'am. Das war alles.«

»Aber ich hätte mir das Genick brechen können.«

»Ich bin froh, daß ich Ihnen das ersparen konnte.«

»Allerdings«, gluckste Daphne.

Als Branco schon halb zur Tür hinaus war, kehrte er noch einmal um und fragte Daphne, ob er Bruce David sehen könne.

»Aber er ist jetzt ruhiggestellt«, sagte Daphne. »Ich dachte, das hätte ich Ihnen schon gesagt.«

»Haben Sie auch«, sagte Branco. »Ich möchte ihn ja auch nur sehen.«

»Sie trauen mir wohl nicht?«

»Wie Sie schon sagten, Ma'am, ich tue nur meine Pflicht.«

So führte Daphne also Branco nach oben. Ich sah sie zusammen die Treppe hinaufsteigen und dachte an Alfred Hitchcocks *Notorious*. Manchmal glaube ich, ich habe einen Ingrid-Bergman-Komplex.

Wenige Minuten später kam Branco allein wieder heruntergepoltert. An der Eingangstür blieb er stehen und sprach mich an, so leise, daß nur ich es hören konnte.

»*Mrs.* Davenport ist jetzt bei Bruce David geblieben. Ich habe ihn gesehen, und er scheint tatsächlich nur halb bei Bewußtsein zu sein. Trotzdem hätte ich gern, daß Sie ihn für mich ein wenig beobachten. Versuchen Sie, Genaueres über seinen Zustand zu erfahren. Ich möchte ganz sicher gehen, daß die Dame ihn nicht deckt.«

»Ich komme mir vor wie ein Spion, Lieutenant.«

»Ist das nicht ohnehin Ihre Art?« sagte Branco.

Ich war mir nicht sicher, ob ich geschmeichelt oder beleidigt sein sollte.

Aber da war er schon fort.

21

Als Lieutenant Branco gegangen war, stieg ich die Treppe hinauf. Ich wollte Bruce David selber sehen, und da Daphne ja noch bei ihm oben war, würde ich vielleicht auch mit ihr reden können. Ich blieb vor der Tür stehen, die ich für die von Bruces Schlafzimmer hielt, und klopfte. Von drinnen hörte ich eine Männerstimme rufen: »*Avanti!*«

Ich öffnete die Tür und begriff sofort, daß ich versehentlich vor Maestro Toscanellis Zimmer stehengeblieben war. Der Maestro saß am offenen Fenster. Weit draußen vor dem Fenster sah man den Atlantik, der oft so dunkel und launisch ist, sich sacht unter dem Abendhimmel wiegen. Der Maestro hielt eine brennende Zigarette in der einen Hand und ein kleines, halb volles Glas Whiskey in der anderen. Er wandte den Kopf zu mir und sagte: »*Ciao, ragazzo.*« Er winkte mit der Hand. »Kommen Sie. Setzen Sie sich. Schauen Sie das Wasser an, wie schön es ist hier in Ihre Land.«

Ich trat näher und setzte mich in den Lehnsessel ihm gegenüber. Er bot mir eine Zigarette an, und ich wollte gerade wieder ablehnen, aber dann dachte ich, warum eigentlich nicht? Es könnte mir als ein Akt des guten Willens ausgelegt werden, wenn ich mit dem alten Herrn rauchte. Ich nahm eine Zigarette aus der Packung, die er mir entgegenhielt. Ich wollte sie mir gerade anzünden, aber wie aus dem Nichts zauberte der Maestro ein Streichholz hervor und ließ es für mich aufflammen. Wieder fragte ich mich, was aus dem schweren goldenen Feuerzeug geworden sei, das er neulich gehabt hatte. Er lächelte, als er das Streichholz vor meine Zigarette hielt.

»*Finalmente* ich zünde an für Sie«, schmunzelte er.

Ich zog vorsichtig an der Zigarette, um nicht den Rauch einzuatmen und zu husten – was nicht sehr männlich gewirkt hätte.

»Wo ist denn Ihr Feuerzeug?«

»Hä?« antwortete er.

»*La fiamma d'oro*«, radebrechte ich auf italienisch.

Er schmunzelte und verbesserte mich. »*L'accendino d'oro.*« Dann errötete er in plötzlicher Verlegenheit und murmelte »Äh ... *è perduto.*« Darauf lächelte er und sagte schnell: »Whiskey?«

Ich nahm an, und er schenkte mir von dem neben ihm stehenden Servierwagen ein. Nachdem nun also die Formalitäten alle absolviert waren, wurde es Zeit, ganz formlos ein wenig aufs Geschäftliche zu kommen.

»Maestro«, sagte ich. »Als Sie vorhin mit der Polizei sprachen, sagten Sie, daß Sie auf diesem Opernfestival wahrscheinlich zum letzten Mal eine Oper dirigieren würden. Warum?«

Der alte Mann nickte. »Für mich es wird bald sein *finito.*«

»Aber Sie besitzen doch noch so viel Energie.«

»Nein, nein.« Er bewegte die Hand abwehrend vor sich hin und her. »Ich bin jetzt müde. Als ich ein junger Mann war, ich hatte viel Feuer in meine Blut. Aber jetzt es ist nur Rauch.« Er sah auf seine Zigarette und kicherte, als habe er einen Witz gemacht.

»Warum haben Sie sich entschlossen, Ihren letzten Auftritt zusammen mit Madame Ostinata zu machen?«

Er zuckte leicht mit den Schultern. »Ich kenne Marcella seit viele, viele Jahre. Ich weiß, es wird geben Ärger – Marcella macht immer Ärger –, aber es wird geben keine Überraschung.«

Außer ein paar Leichen, dachte ich.

Ich sagte: »Es war also um der guten alten Zeiten willen.«

»Hä?«

»Ich meine, Sie haben sich für Marcella entschieden, weil Sie alte Freunde waren.«

Der Maestro gab ein undeutliches *hmph* von sich, sagte aber nichts.

»Aber warum wollten Sie Ihre letzte Inszenierung in Amerika und nicht in Italien machen?«

»Ich wollte nicht«, sagte der alte Mann. »Es ist meine letzte Oper, aber es ist das erste Mal, daß ich habe die

Chance, nach Amerika zu kommen. Endlich sie werden sehen, wer ist Toscanelli. Und diese reizende Dame, Mrs. Davenport, sie zahlt für alles und macht unsere Fahrt *molto lussuoso* – sehr viel Luxus. So, wie kann ich ablehnen?«

»Waren Sie vorher schon einmal in den Staaten?«

»Noch nie«, sagte er scharf.

»Das ist aber überraschend, vor allem für jemanden von Ihrem Rang.« Jedenfalls nahm ich an, daß der Maestro Rang besaß. Ich war kein so großer Opernliebhaber, deshalb wußte ich es eigentlich nicht genau. »Sehr bedauerlich, daß Ihre erste Reise hierher ausgerechnet so verlaufen mußte.«

»Hä?« sagte er wieder.

»Ich meine, mit dem Tod von Madame Ostinata.«

»Ah, ja.« Dann schüttelte der Maestro verzagt den Kopf. »Ich kann nicht verstehen, wer kann so etwas tun. Marcella war ein schwierige Frau, aber sie war eine Künstlerin. In Europa kann so etwas niemals passieren, daß ein großer Künstler wird getötet wie ein Hund.«

Wir saßen schweigend da, während der Rauch von unseren beiden Zigaretten sich anmutig emporkräuselte. Draußen vor dem Fenster verschluckte der Nachthimmel rasch die letzten reflektierten Sonnenstrahlen, so daß man das Meer kaum mehr erkennen konnte. Ich gestand dem Maestro, daß ich zwar kein großer Opernfan sei, mich aber, da ich ihn ja nun persönlich kannte, darauf freute, seine Schallplatten zu sammeln.

Er sagte: »*Non è possibile.*«

»Ich weiß«, sagte ich. »Sie sind hierzulande sehr schwierig zu finden. Aber ich reise bald nach Europa, und dort werde ich schon welche kriegen.«

»Nein«, sagte er und schüttelte leidenschaftlich den Kopf. »Es gibt keine Schallplatte. Ich habe nie eine gemacht.«

»Nein?«

»Nein, nie.«

»Aber warum nicht?«

»Wer weiß?« sagte er. Dann hob er ganz zynisch ein wenig die Schultern. »Vielleicht bevor ich sterbe, eine große amerikanische Plattenfirma wird mich bitten, eine Vertrag zu schließen. Und dann endlich werde ich aufnehmen jede Oper von dem großen Verdi.«

Er unterstrich seine Träumerei mit einem entrückten Zwinkern.

Ich hielt dagegen: »Aber haben nicht die meisten großen Plattenfirmen ihren Hauptsitz in Europa? Vor allem, was Oper betrifft.«

»Ja«, flüsterte er und nickte geschlagen. »Das stimmt.«

Und mir wurde klar, daß der Maestro vielleicht trotz seines sogenannten Rufes niemals gebeten worden war, eine Schallplatte aufzunehmen.

Es klopfte an der Tür.

»*Avanti!*« sagte der Maestro, und seine Stimme war schon wieder voller Energie und Leben.

Daphne trat ein, sah mich mit dem alten Herrn dasitzen, und da rief sie mir entgegen: »Sie rauchen?«

»Manchmal«, sagte ich ein wenig verlegen.

»Ich frage mich nur, was Sie sonst noch alles verbergen.«

»Überhaupt nichts«, sagte ich, aber es klang ein wenig nach Verteidigung – nicht ganz der passende Ton für einen doppelten Geheimagenten. Ich drückte die Zigarette aus, und dabei fiel mir ein ähnlich schuldbewußter Augenblick aus meiner fernen Kindheit ein, als ich bei meiner Tante Letta über Nacht geblieben war und die kühle, gestärkte Baumwollbettwäsche mir eine heftige Erektion verursacht hatte, so daß ich meinen Zustand in keiner Weise verbergen konnte, als sie mir Gute Nacht sagen kam.

Daphne sagte: »Ich habe nach Bruce im Nebenzimmer geschaut, da hörte ich im Zimmer des Maestro Stimmen. Und hier finde ich Sie beide, wie Sie gemütlich zusammen plaudern und rauchen, bevor es zum Essen geht, ganz wie es sich für zwei eingefleischte Junggesellen gehört.«

Ich wollte schon protestieren, daß ich in gewissem Sinne verheiratet sei, obwohl ich in letzter Zeit wenig an meinen Geliebten gedacht hatte.

Daphne fuhr fort: »Das war für mich heute ein Alptraum, und ich könnte selber ein bißchen angenehme Gesellschaft vertragen. Glauben Sie, wir könnten diese kleine Party hinunter in die Bibliothek verlagern? Parker kann uns Cocktails servieren, und vielleicht gelingt es uns, etwas von dieser gräßlichen Polizeienergie wieder aus dem Raum zu vertreiben.«

Ich sagte: »Ich dachte, Sie mögen den Lieutenant.«

»O ja, mein Lieber. Ich mag ihn sogar sehr. Und anscheinend ist an ihm auch ziemlich viel zu mögen. Aber er bringt andererseits doch auch eine ganze Menge Schatten mit sich.«

»So habe ich das noch nie gesehen«, sagte ich.

Der Maestro meldete sich auch wieder. »*Il tenente?*«

»Ja«, antwortete Daphne.

»*Ah, si*«, sagte der Maestro. »*Un cavaliere scuro.*«

»Ein dunkler Ritter, ganz bestimmt«, sagte Daphne. »Sieht so aus, als seien wir alle in seinen Bann geraten.« Und dann ließ sie eine ganze Kaskade von Gelächter erklingen, wie eine flirtbereite Diva, die über die Freuden der Liebe jubelt.

»Ich geh mir besser noch schnell vor dem Essen die Hände waschen«, sagte ich trocken.

»Sie können das Bad am Ende des Ganges benutzen, mein Lieber.«

Ich verließ Daphne und den Maestro, die sich über den dunklen Ritter verbreiteten. Als Brancos Helfer hatte ich schon gelernt, daß es meine Verpflichtungen ihm gegenüber nur beeinträchtigen würde, wenn ich mich auf frivole Stimmungen einließe. Und wem anders würde ich denn Rede stehen müssen als dem dunklen Ritter selbst?

Neben den Zimmern des Maestro lag Bruce Davids Suite. Ich machte leise die Türe auf, um nur mal kurz einen Blick auf ihn zu werfen. Ich rief ihn bei seinem Namen, erhielt aber keine Antwort, also trat ich ins Schlafzimmer und ging auf Zehenspitzen zum Bett. Bruce schlief fest, er atmete tief und regelmäßig. Das Beruhigungsmittel, das Daphne ihm gegeben hatte, wirkte offenbar gut. Bruce sah fast wie ein Engel aus, wie er da unter der Decke lag. Als ich das Zimmer verließ, nahm ich mir vor, Daphne zu fragen, was sie ihm gegeben habe. Man weiß ja nie, ob man nicht selbst einmal jemanden in einen Engel verwandeln möchte.

Auf dem Weg ins Bad kam ich auch am oberen Treppenabsatz und den Zimmern der verstorbenen Marcella Ostinata vorüber. Diese Zimmer waren noch von der Polizei versiegelt. Aber aus der nächsten Tür auf den Gang heraus, einer Tür, die ein wenig offenstand, hörte ich eine Frauenstimme, die eine Opernarie summte. Die Melodie kannte ich nicht, aber die Stimme klang lebhaft und volltönend. Ich blieb vor der Tür stehen und lauschte. Es war eine Sopranstimme, und ihre Besitzerin schien sich in dem Zimmer genau so munter hin und her zu bewegen wie die Stimme zwischen den Noten, die sie sang. Gab es vielleicht noch eine Sängerin unter Daphnes Dach, die ich noch nicht kennengelernt hatte? Meine Frage wurde beantwortet, als sich die Stimme der Tür näherte und diese plötzlich aufgerissen wurde.

»*Aiy!*« kreischte Mathilde und ließ den Stapel zusammengefalteter Wäschestücke fallen, den sie getragen hatte. Ich nehme an, es hatte sie erschreckt, mich da vor der Tür zu sehen, und momentan war sie sprachlos.

Ich sagte: »Sie haben ja eine entzückende Stimme.«

»Oh«, sagte sie, während sie sich wieder zu fassen versuchte. »Ich wußte nicht, daß Sie da sind. Ich hätte nicht, äh …«

»Ich wußte gar nicht, daß Sie singen können.«

Mathilde lächelte linkisch und bückte sich dann, um die Kleidungsstücke aufzuheben, die sie fallen gelassen hatte. »Ich singe nicht für andere«, sagte sie.

»Warum denn nicht, mit so einer Stimme?«

»Oh, nein, nein«, sagte sie. »Nie.«

»Wie schade«, sagte ich und überlegte, wie seltsam es doch sei, daß die Dienstbotin einer großen Diva eine angenehmere Stimme, jedenfalls, soweit das einer aus dem Fußvolk beurteilen konnte, besitzen sollte als die überlebensgroße Diva mit ihrer glänzenden Karriere selbst.

Ich kniete mich hin, um Mathilde beim Aufsammeln der

Sachen auf dem Fußboden zu helfen. Unter den übrigen Kleidungsstücken entdeckte ich ein Paar Männerhosen aus Kammgarn. Ich griff danach, aber Mathilde nahm sie rasch beiseite, bevor ich sie erwischen konnte.

»Bemühen Sie sich nicht!« sagte sie. »Bitte!« Sie schob die Hosen unter die Kleider, die sie schon auf dem Arm trug, und verbarg sie. Dann sagte sie: »Das ist persönliche Wäsche.«

Ich entschuldigte mich bei ihr und fragte dann: »Haben Sie jemals auf der Bühne gesungen?«

Ihre müden, aber wachsamen Augen sahen mich nervös an. »Warum fragen Sie mich das?« sagte sie. »Was hat das denn für eine Bedeutung, wie ich singe oder wo ich singe oder ob ich je wieder singe? Wer fragt da schon danach?«

»Ich war nur neugierig«, sagte ich. »Ihre Stimme bedeutete eine Überraschung für mich, das ist alles.«

Mathilde und ich standen zusammen auf, und ich reichte ihr die paar Stücke, die sie mir zusammenzufalten erlaubt hatte.

»Danke«, sagte sie. »Sie können das sehr gut, so zu tun, als wären Sie nett. Die meisten Leute verstehen nicht einmal, daß das manchmal wichtig ist.«

»Offensichtlich habe ich Sie wirklich verletzt. Es tut mir leid.«

»Nein«, sagte Mathilde. »Ich bin nicht verletzt. Mich kann niemand verletzen. Meine Seele ist mit so vielen Narben bedeckt, daß sie alle zu einer einzigen zusammengewachsen und wie Leder geworden sind. Nicht einmal ein Messer kann bis in meine Seele vordringen. Vielleicht konnte jemand Madame die Kehle durchschneiden und sie töten, aber mich kann nichts verletzen. Mich kann jetzt niemand mehr verletzen.«

»Wußte Madame Ostinata, daß Sie singen können?«

Mathildes Augen blitzten vor Haß.

»Natürlich wußte sie das! Das war es, was sie zunächst zu mir hinzog. Ich war als Mädchen arm und arbeitete in einer Villa. Marcella war dort zu Gast, und sie hörte mich bei der Arbeit singen. Da beschloß sie, mich zu retten. Aber im

Grunde ihres Herzens wollte mich Marcella nur zum Schweigen bringen, wollte meine Stimme töten. Wenn ich eine Chance gehabt hätte, wäre jetzt ich die Primadonna *assoluta*.«

Konnte ich es wagen, Mathilde zu sagen, daß ihr ganzes Leben ein einziges Klischee war?

Sie fuhr fort: »Wie viele Jahre habe ich für sie alles erledigt! All diese Reisen, die Städte, die Hotels, die Theater. Zahllose Verehrer, zahllose Liebschaften, immer mal ein Skandal. Und dann die Kritiker, die Impresarios, die anderen Sängerinnen. Die Leiden, die Klagen. Ach! Gott sei Dank ist das zu Ende. Vielleicht kann ich jetzt ein ganz kleines eigenes Leben führen.«

»Und was werden Sie tun?« fragte ich.

Ein mattes kleines Lächeln erschien auf ihrem Gesicht. »Ich weiß, daß sie mir nichts hinterlassen haben wird. Sie dachte nur an sich selber. Deshalb werde ich ein Buch schreiben und aller Welt die Wahrheit über Marcella Ostinata sagen. Ich werde am Ende reich werden durch ihr abscheuliches Leben.«

Ich konnte sie nicht fragen, was ich dachte: Wird das jemanden interessieren?

Statt dessen sagte ich: »Und was werden Sie dann tun?«

»Dann«, sagte Mathilde, »werde ich … werde ich …«

Sie hatte offensichtlich noch keine genaueren Pläne, was sie mit der Geldlawine von ihrem heißen Bestseller machen wollte.

»Vielleicht können Sie singen«, warf ich ein. Schließlich waren schon viele Karrieren mit anderen Mitteln bis zur Anerkennung durch die Kritik gepuscht worden, wenn das Talent allein sich als unzureichend erwies.

»Vielleicht«, sagte sie vage.

»Sie haben immer noch Zeit«, sagte ich. »Aber zuerst müssen Sie das Buch schreiben.«

»Ja«, sagte sie. »Ich muß das Ganze irgendwann mal alles aufschreiben.«

»Warten Sie nicht zu lange damit.«

»Nein«, sagte Mathilde. »Ich werde bald damit anfangen. Es wird wie eine Beichte, und ich bin frei, wenn jede böse Tat der großen Marcella Ostinata erzählt ist.«

Damit schloß sie die Tür.

Ich ging weiter zum Bad, wusch mir Hände und Gesicht und stieg dann hinunter, um vor dem Abendessen meinen Cocktail zu trinken. Daphne begrüßte mich in der Bibliothek.

»Bevor der Maestro zu uns stößt«, sagte sie, »möchte ich Ihnen danken, daß Sie mich heute nachmittag mit heiler Haut davonkommen ließen.«

»Bitte, bitte«, sagte ich. »Aber was habe ich denn überhaupt gemacht?«

»Es geht darum, was Sie nicht gemacht haben, mein Bester, oder vielmehr darum, was Sie nicht gesagt haben. Sie gingen sehr großzügig darüber hinweg, dem Lieutenant von der kleinen Meinungsverschiedenheit zu erzählen, die ich mit Madame Ostinata wegen meiner Brosche hatte, die sie ja vor ein paar Tagen an ihrem Kleid trug.«

»Na ja«, sagte ich. »Da hatte ich eigentlich gar keine Wahl. Ich bin doch keine Petze, jedenfalls nicht, wenn es sich um Freunde handelt. Aber Sie sollten wissen, daß Mathilde die Brosche tatsächlich vor der Polizei erwähnt hat.«

»In Zusammenhang mit mir?«

»Nicht direkt. Sie verkündete nur in einem insgesamt anklagenden Ton, daß die Brosche aus Marcellas Schmuckkästchen verschwunden sei.«

Daphne sagte: »Zu dumm. Dann kann ich sie im Moment ja nicht gut als mein Eigentum zurückfordern, stimmt's?«

»Ich fragte mich schon, ob Sie sie nicht bereits hätten.«

»Sie meinen, durch die Polizei?«

»Ich meine, durch Ihre eigenen Hände.«

Daphne gluckste. »Mein Bester, wofür halten Sie mich denn eigentlich?«

»Ich habe nur gedacht –« warum brannte mir denn plötzlich das Gesicht? »– ich habe nur gedacht, daß Sie ein Recht gehabt hätten, sich die Brosche wiederzunehmen, wenn Sie das gewollt hätten.«

»Natürlich hätte ich das!« sagte Daphne, wieder mit einem lauten Lachen. »Das sind genau meine Gefühle. Mein Lieber, ich glaube, Sie nehmen Ihre Rolle als Polizeiagent viel zu ernst.«

Da trat der Maestro ein. Und für den Rest des Abends, während der Cocktails und des Essens, wechselten wir das Thema, vermieden jedes Gespräch über Mord und Polizei und redeten nur über angenehme Dinge, wie über Musik, über die glorreichen alten Zeiten der Oper und über die Lieblingssängerin des Maestro aus einer anderen Epoche, Celestina Boninsegna. Höfliche Konversation war für mich immer eine schwierige Sache, aber an diesem Abend entledigte ich mich dieser Aufgabe mit Anstand.

Nach dem Essen überlegte ich mir wieder einmal, ob ich Rafik in Paris anrufen solle. Aber was sollte ich ihm erzählen, außer über eine neue Leiche und die Rückkehr Lieutenant Brancos in mein Leben? Und über die Tatsache, daß ich ihn liebte und ihn, wenn ich nur mal eine Minute die Ruhe dazu gehabt hätte, sogar vermißte. Also, am Ende ergab ich mich doch in mein Schicksal und rief an diesem Abend in Paris an. Aber mein Schicksal beschloß, daß sich unter der Nummer, die Rafik mir gegeben hatte, niemand meldete. So fragte ich mich denn, wo zum Teufel steckt er nur?

22

Der nächste Morgen war feucht und kühl, obwohl wir den ersten Freitag im Juni schrieben. Als ich zum Frühstück ins große Haus hinüber ging, sah ich zwei Bostoner Polizeiwagen in der großen geschwungenen Auffahrt stehen. Brancos Alfa war nicht dabei. Da das Wetter von Neuengland seine üblichen Mätzchen machte, überraschte es mich nicht, daß Daphne das Frühstück im Wintergarten servieren ließ und nicht draußen auf der Aussichtsterrasse. Sie jedoch war im Gegensatz zum Wetter so munter wie eh und je.

Nachdem wir uns begrüßt hatten, sagte sie: »Die Polizei ist dabei, noch die letzten Spuren in Marcellas Zimmer zu beseitigen. Vielleicht wird hier im Haus jetzt bald wieder Ruhe einkehren.« Dann schauderte sie leicht. »Obwohl ich mir ja nicht sicher bin, ob ich den Anblick der Toten da im Bett je im Leben vergessen kann.«

Ich machte ihr einen Vorschlag: Wände neu streichen und Möbel umstellen, um dadurch das schreckliche Bild schneller verblassen zu lassen.

»Das könnte funktionieren«, sagte Daphne. »Oder vielleicht sollte ich diesen Raum völlig umbauen und ihn zu einem Solarium oder einem Bibliothekszimmer oder sonst etwas machen, jedenfalls zu etwas anderem als einem Schlafzimmer.«

»Oder«, sagte ich, »Sie könnten auch den Raum versiegeln, alles genau so lassen, wie es ist, mit dem Blut und so, und daraus ein ganz unheimliches Gruselkabinett machen.«

Daphne sah mich schief an. »Trinken Sie doch eine Tasse Kaffee«, sagte sie, während sie mir die Tasse vollschenkte. »Aus Ihrer letzten Bemerkung schließe ich, daß Sie vielleicht noch ein bißchen schlafen und gerade träumen. Ein unheimliches Gruselkabinett, also nein!«

Ich nahm ein warmes Blaubeer-Muffin, schnitt es auf und strich Butter auf beide Hälften. Als ich hineinbiß, zerplatzte unter meinen Zähnen eine besonders große Beere und schoß in hohem Bogen den purpurroten Saft in die Luft. Zum Glück traf der lange Strahl den weißen Teller vor mir und verschonte das leinerne Tischtuch. Der Saft hatte die Farbe von venösem Blut.

»Entschuldigung«, sagte ich. »Das war knapp.«

»Kann jedem mal passieren«, sagte Daphne.

»Wie geht es Bruce David?« sagte ich.

»Nicht so gut. Wahrscheinlich muß ich ihn heute noch einweisen.«

»Was ist denn eigentlich mit ihm los?«

»Angst, mein Lieber. Er glaubt, daß das, was Marcella passiert ist, auch ihm passieren wird. Er kann nicht klar unterscheiden zwischen sich und dem, was einem anderen passiert.«

»Vielleicht hat ja er es getan«, sagte ich, ohne zu überlegen.

Daphne sah mich erschrocken an. »Vielleicht.«

»Ich nehme an, er wird wohl jetzt nicht singen.«

»Falls er überhaupt je wieder singt. Sieht so aus, als hätten wir bei der Premiere zwei Ersatzleute.« Daphne hob hilflos die Schultern. »Wir können nichts anderes machen. Ich hoffe nur, damit hat es dann sein Bewenden. Langsam bin ich ein bißchen zu alt für diese Art Aufregung und Spannung.«

»Ich nehme an, dem Maestro geht es heute gut.«

»Ja«, sagte Daphne. »Obwohl er es nie zugeben würde, ist er stark wie ein Pferd. Er frühstückt wie üblich auf seinem Zimmer. Ich habe festgestellt, daß er am Morgen äußerst unzugänglich ist. Kein Wunder, daß er nie geheiratet hat. Da braucht man noch gar nicht ans Bett oder ans Bad zu denken, er kann es nicht einmal ertragen, einem anderen Menschen beim Kaffee gegenüberzusitzen.«

War das wirklich der einzige Grund? Das Bedürfnis, allein zu sein?

»Übrigens«, fuhr Daphne fort, »werde von nun an ich Sie und den Maestro zum Opernhaus hinunterfahren. Da jetzt ja nur noch Sie beide dorthin müssen, gibt es keinen Grund, daß Maurizio Sie im Bus hinbringt. Und er hat hier oben mehr als genug zu tun.«

»Daphne, nach allem, was jetzt passiert ist, haben Sie da nie in Erwägung gezogen, die Inszenierung einfach fallenzulassen?«

»Oh, mein Bester. Damit würde ich ja die Niederlage eingestehen.«

»Aber Mord ...«

Daphne brachte mich mit einem erhobenen Finger zum Schweigen.

»Gestern, als Sie im Opernhaus waren, berief ich unser Vorstandsgremium zu einer Sondersitzung ein. Von denen sind viele gleichzeitig unsere Geldgeber, und wie ein Mann stimmten sie dafür, die Inszenierung fortzuführen. Tatsächlich glauben sie sogar, daß der allgemeine Wirbel um Marcellas Tod nur dazu beitragen werde, mehr Eintrittskarten zu verkaufen.«

»Kranker Geschäftsgeist.«

»Das Traurige ist«, sagte Daphne, »daß sie recht hatten. Man sollte denken, daß ich die menschliche Natur inzwischen begriffen habe, aber ich werde nie verstehen, warum alle gräßlichen Ereignisse die Menschen immer so sehr anziehen. Gestern abend hat mich nach dem Essen die Leiterin des Kartenvorverkaufs angerufen und mir mitgeteilt, daß jede Vorstellung von *Ballo* bereits ausverkauft sei und daß es schon Wartelisten gebe. Ich weiß nicht, was diese Leute zu sehen erwarten, wenn sie in die Oper kommen. Es wird ganz einfach eine neue Amelia geben. Marcella Ostinata wird bestimmt kein Comeback haben.«

Ich nickte zustimmend, aber trotzdem fand ich Daphnes ungerührte Haltung gegenüber dem Festival angesichts eines Mordes ein bißchen unangebracht.

Später, als Daphne den Maestro und mich zum Theater fuhr, setzte ich mich nach hinten, während die beiden vorne italienisch sprachen. Das war möglicherweise ein Fehler, denn der Maestro stand den Regeln des Autofahrens genauso unbekümmert gegenüber wie Daphne. Aber sie hatten beide den Bogen raus, ihre Unterhaltung lebhaft und dynamisch zu führen. Was machte es da schon, daß der Bentley ein wenig in Schlangenlinien fuhr? Während der ganzen Fahrt gab es kaum einen Augenblick des Stillschweigens, aber andererseits war sie auch nicht mit leerem Geschwätz ausgefüllt. Statt dessen taten zwei intelligente Menschen einander ihre Meinung kund, und das klang auch noch angenehm.

Ich fieberte schon auf meine erste Aufgabe als Detektiv. Ich war gestern nämlich auf eine Sache gestoßen, als ich während Brancos Verhören in Daphnes Bibliothek den Sicherheitsbericht studierte. In der gigantischen Liste aus Ziffern und Codewörtern, aus der der Bericht bestand, hatte ich interessanterweise ein paar Namen gefunden, oder vielmehr gerade nicht gefunden, was mir auffiel. Darunter war der wichtigste Punkt, daß in den ganzen vierundzwanzig Stunden vor der Entdeckung von Marcella Ostinatas Leiche und auch noch in den vier Stunden danach weder April Kilkus noch Hwang Yung Cho einen elektronischen Schlüssel benutzt hatten, um ihre Appartements im Theater zu betreten oder zu verlassen. Offensichtlich waren sie beide woanders gewesen, und ich wollte jetzt wissen, wo und warum.

Sowohl April als auch Hwang waren an diesem Vormittag für die Probe eingetragen, aber ich konnte keinen von beiden im Zuschauerraum oder hinter der Bühne ausfindig machen. Ich stieg hinunter in die Unterwelt der Proberäume. Dort wanderte ich durch die Vielzahl der Gänge und lauschte vor jeder Tür, ob ich nicht den deutlich unterscheidbaren gemeinsamen Klang von einem Bariton und einem Sopran ausmachen konnte. Obwohl auch alle anderen Sänger Stimmübungen machten, erkannte man April und Hwang ganz leicht am Timbre ihrer Stimmen und am perfekten Zusammenklang ihrer Phrasierung. Sie sangen, als wären sie an den Hüften zusammengewachsen. Ich wartete, bis sie ihren Gesang unterbrachen, um die Interpretation einer bestimmten Stelle zu diskutieren. Dann klopfte ich und betrat den kleinen Raum. Drinnen war es sehr warm. Beide Sänger hatten vor lauter Anstrengung feuchte und gerötete Gesichter, aber keiner war außer Atem. Das ist wahrscheinlich einer der Vorteile des athletischen Kraftaufwandes beim Operngesang – man ringt nie nach Luft, zumindest nicht so, daß es für die Zuhörer sichtbar würde.

Ich entschuldigte mich für die Störung und erklärte ihnen schnell, daß ich jetzt als Hilfskraft für die Bostoner Polizei arbeitete. Dann erzählte ich ihnen, was ich in dem Sicherheitsbericht entdeckt hätte.

Hwang sagte verärgert: »Das ist mir ganz egal, was Sie entdeckt haben. Und wenn die Polizei uns verhören will, soll sie selber kommen. Ich vertrödle meine Zeit doch nicht mit irgend so einem selbsternannten Lakai.«

»Nicht selbsternannt«, protestierte ich.

»Wo ist denn dann Ihr Ausweis?« wollte Hwang wissen.

»Den krieg ich noch. Ich habe erst gestern damit angefangen.«

Als wolle sie die Situation ein wenig entspannen, griff jetzt April ein und sagte ruhig zu mir: »Dafür gibt es eine ganz einfache Erklärung. Wir mußten ein wenig ungestört sein.«

Hwang sagte zu mir: »Sie wohnen nicht hier im Center, deshalb können Sie das nicht wissen. Aber hier ist es mehr wie in einem Gefangenenlager als wie in einem Hotel. Man kann wirklich nicht das Geringste tun, ohne daß es so ein verdammter Computer oder eine Videokamera aufzeichnet.«

Ich starrte Hwang Yung Cho an wie ein schockiertes Schulfrollein. »Wollen Sie damit etwa sagen, daß Sie die Nacht mit dieser Dame hier verbracht haben? Ich dachte, Ihre Kultur mißbillige außerehelichen Sex.«

Hwang sagte: »Wir haben jetzt die Neunziger, Mensch. Das haben Sie wohl noch nicht geschnallt, was?«

Es war seltsam, diese Art von Umgangston von einer geschulten Opernsänger-Stimme in tadelloser Diktion gesprochen zu hören.

April fügte hinzu: »Außerdem sind gemischtrassige Paare inzwischen sanktioniert.«

Hübscher Ausdruck, dachte ich. Sanktioniert. Umschloß alle Arten von Erlaubnis seitens Regierung, Gemeinde und sogar Kirche. Vielleicht würden wir das eines Tages auch über gleichgeschlechtliche Paare sagen können. Sanktioniert.

April sprach weiter: »Und Hwang und ich wollten meinen CD-Vertrag feiern.«

»Sag ihm doch die Wahrheit«, fauchte Hwang. »Wir haben geheiratet.«

»Was für einen CD-Vertrag?« fragte ich. Das Wichtigste zuerst.

April erklärte: »Die Deutsche Grammophon International hatte vor, diese Inszenierung des *Ballo* aufzuzeichnen, und da ich jetzt auf dem Festival die Amelia singen werde, haben sie mich gefragt, ob ich auch die CD aufnehmen wolle.«

Hwang sagte: »Ich werde den Renato singen, und der Maestro wird dirigieren. Für ihn ist es auch die erste Aufnahme.«

»Es ist für uns alle das erste Mal«, sagte April. »Wirklich ein historisches Ereignis.«

»Ich verstehe«, sagte ich.

»Der Name des Maestro wird den Verkauf unwahrscheinlich ankurbeln«, sagte April.

Da übernahm wieder Hwang die Zügel und brachte ihren beiderseitigen Enthusiasmus noch zum gestreckten Galopp. »Und jetzt, wo April die Amelia singt, wird ein junger und schöner Mensch diese Rolle spielen, so wie es sein soll. Deshalb hat die Deutsche Grammophon auch einen Videoclip in Aussicht gestellt. Es ist sogar im Gespräch, von einer der Aufführungen live eine Satellitenübertragung zu machen. Können Sie sich das vorstellen? Weltweit im Fernsehen zu sehen!«

Auch April schwebte in den Wolken. »Das wird uns auf der Weltrangliste der Sänger ganz weit nach oben bringen.«

Ich sagte: »Und wie gut es sich da trifft, daß Madame Ostinata von der Bildfläche verschwunden ist. Entschuldigen Sie das Wortspiel.«

Da fiel plötzlich zwei Opernsängern das Kinn herunter.

Ich sagte: »Wann ist das alles denn geschehen?«

April sagte: »Ich habe meinen Vertrag gestern nachmittag bekommen. Aber soviel ich weiß, verhandelt die Deutsche Grammophon schon seit Wochen mit der Festivalsleitung.«

»Der Maestro den seinen auch?« sagte ich.

Hwang erwiderte: »Wir wissen nur, was wir gestern gehört haben.«

»Wußte Marcella davon?«

»Wahrscheinlich«, sagte April ein wenig vorsichtig.

»Und wer sonst noch?« sagte ich.

Beide Sänger hoben die Schultern. April sagte: »Ich

glaube, inzwischen weiß es jeder. Wir haben es auch nicht gerade geheimgehalten.« Sie lachte nervös.

»Komisch«, sagte ich. »Ich habe nicht das Geringste davon gehört.«

Sie kicherten beide.

Hwang sagte: »Sie sind ja auch nicht direkt aus unseren Kreisen.«

»Ihnen ist schon klar, daß ich das alles der Polizei mitteilen muß.«

April sagte: »Sie können natürlich machen, was Sie wollen. Aber lassen Sie uns jetzt bitte allein. Wir möchten diese Szene gerne vor der Probe noch einmal durchgehen.«

Ich verließ sie und ging nach oben und hinter die Bühne. Rick Jansen stand an der Kabine der Inspizientin, seine Kladde in der Hand, und sprach mit Ronda Lucca. Er versuchte, sie von irgend etwas zu überzeugen. Ronda ihrerseits ordnete unbekümmert die Blätter mit den Stichworten auf ihrem Schreibtisch um. Als ich vorbeiging, hörte ich Rick gerade sagen: »Wir wissen natürlich, wie das Ganze ursprünglich aussehen sollte, aber Sir Jonathan wünscht ein paar geringfügige Änderungen im Bühnenbild, jetzt wo es eine neue Amelia gibt. Er möchte sie etwas stärker hervorheben. Sie wird tanzen. Er wird auch die Beleuchtung etwas verändern.«

»Wir werden schon sehen«, sagte Ronda.

»Sie machen das so«, sagte Rick. »Sie wissen genau, daß der Bühnenregisseur in jeder Hinsicht das letzte Wort hat.«

»Er ist ja nicht der liebe Gott«, sagte Ronda.

»Soweit es Sie betrifft, schon.« Als Rick mich vorbeigehen sah, sagte er zu Ronda: »Ich werde mit Ihnen später noch reden.« Dann ließ er sie stehen und lief neben mir her.

»Ich muß mich bei Ihnen für das entschuldigen, was gestern passiert ist«, sagte er. »Ich weiß gar nicht, was da über mich kam.«

Ich sagte: »Am besten, wir gehen einander einfach aus dem Weg.«

»Ich habe überhaupt nichts gegen Sie, und ich wollte Sie auch nicht schlagen.«

»Zum Glück haben Sie nicht getroffen.«

»Ich habe da so ein Problem.«

»Offensichtlich«, sagte ich. »Da gibt es aber Leute, die Ihnen helfen können.«

»Ich müßte nur mal drüber sprechen können, und da hatte ich gehofft, daß Sie – «

»Hören Sie mal zu, mein Junge«, unterbrach ich ihn. »Ich kenne Sie kaum, und nach unserer gestrigen Begegnung traue ich Ihnen auch ganz bestimmt nicht.«

»Vielleicht kann sich das ändern.«

»Für mich nicht.«

»Wissen Sie«, sagte er mit einem verzweifelten Ausdruck in seinen bezaubernden Augen, »Jon möchte mich loswerden. Er sagt, ich sei ein Schwindler.«

»Kannte er Ihre Zeugnisse denn nicht, als er Sie anstellte?«

»Ich will damit sagen, er hat mich aus seinem Bett rausgeschmissen«, sagte Rick heftig. »Aber ich bin kein Schwindler. Ich mag Männer, und dafür schäme ich mich nicht. Ich mag nur dieses ganze Mädchengetue nicht, das Geküsse und Gesäusle. Aber genau das erwartet Jon eigentlich – daß ich sein Mädchen bin.«

»Dann trennen Sie sich doch von ihm«, sagte ich kurz angebunden.

»Das kann ich nicht. Er hat sehr viel für mich getan, hat mir diesen Job verschafft, hat mich auf die Beine gestellt.«

»Sie meinen wohl, aufs Kreuz gelegt.«

»Ich sage Ihnen doch, ich bin keine Frau!«

»Es geht nicht darum, eine Frau zu sein. Sondern darum, ein empfangender Mann zu sein. Es gibt Leute, die ziehen eine ganze Menge Kraft daraus, in der empfangenden Rolle zu sein.«

Rick dachte einen Augenblick darüber nach. Dann runzelte er angewidert die Stirn und sagte voller Leidenschaft: »Nein! Das ist etwas für *femmes*, nicht für mich.«

Ich versagte es mir, ihm von dem muskulösen Lastwagenfahrer zu erzählen, mit dem ich einmal eine Affäre hatte und der mit seinen Stiefelabsätzen immer das ganze Dach seiner Schlafkoje verschrammte.

»Ja klar«, sagte ich in meiner Krankenhausstimme, mit der sich sehr gut lügen läßt. »Analer Sex ist nicht für jeden das richtige.«

»Und wie steht es damit bei Ihnen?« fragte Rick.

»Das geht Sie nichts an.«

»Sie halten das also auch für ekelhaft.«

»Ich teile Ihre Meinung nicht«, sagte ich, als führte ich das ausgewogenste, gleichmäßigste Sexualleben der Welt.

»Dann können Sie mir vielleicht helfen.«

»Gestern wollten Sie noch Hackfleisch aus mir machen, und heute wollen Sie eine Sextherapie.« Wahrscheinlich sehen manchen Leute da ohnehin wenig Unterschied.

Rick sagte: »Ich glaube, eigentlich mag ich Sie.«

»Was!«

»Ich kann es nur nicht so richtig zeigen.«

»Dann würde ich vorschlagen, Sie lassen einfach mal los«, sagte ich in der Hoffnung, er werde auf dieses Klischee von Psychogeschwätz hereinfallen.

»Was los?« sagte er.

»Es«, antwortete ich. »Was immer Sie an mir zu mögen glauben, lassen Sie es los.« Ich wollte Ricks zweifelhafte neue Glut möglichst schnell im Keim ersticken, und ich wollte ihn los sein, bevor er wieder zu schlägern anfing. Bei gewalttätigen Menschen weiß man nie, wann's losgeht. »Außerdem habe ich schon einen Lebenspartner«, sagte ich und fügte dann mit Entschiedenheit hinzu: »Und ich mach nicht nebenher rum.«

»Es schadet doch nichts, wenn wir reden«, sagte er. »Wir könnten ja einiges gemeinsam haben.«

»Was denn zum Beispiel?« sagte ich.

»Na ja, ich habe einen guten Körper und einen wirklich dicken – «

»Was!« hörte ich mich plötzlich schreien. »Wie kommen wir denn überhaupt auf so was?«

Ronda rief von ihrem Tisch herüber: »Bitte Ruhe dort drüben!«

Rick beugte sich zu mir vor und flüsterte wie ein heimlicher Liebhaber: »Sie sind sehr leidenschaftlich. Das gefällt mir. Und ich glaube, vielleicht mögen Sie mich im Grunde auch.«

Ich drückte mein Gesicht an seins, als wolle ich mich meinen heimlichen Gelüsten hingeben. Ich flüsterte: »Ich werde Ihnen sagen, was ich will, okay?«

»O ja. Sag's mir.«

»Was ich wirklich von Ihnen will ...«

»Ja ...?«

»Wovon ich wirklich hoffe, daß Sie's für mich tun werden ...«

»Oh, Süßer, wird's bald?«

»Sagen Sie mir, wo Sie waren, als die Sängerin ermordet wurde.«

Rick sagte: »Ich erzähl dir alles, was du willst, Süßer. Wenn du ihn dir von mir reinstecken läßt.«

»Leider, Schätzchen, ist mir dafür der Einsatz doch zu hoch.«

Er zog sich auf einmal von mir zurück und sah mich angewidert an.

»Wissen Sie was«, sagte er. »Sie flirten da herum wie so ein schüchternes kleines Gänschen, aber in Wirklichkeit sind Sie sexuell total verklemmt. Und wahrscheinlich sind Sie sowieso ganz beschissen schlecht. Ich möchte wetten, daß Sie eine ganze Menge guter Ficks versäumen.«

»Ich zähle nicht mit.«

»Jemand wie Sie muß das auch nicht.«

Also, trotz seiner schlechten Manieren hatte das Rickylein doch tatsächlich einen ganz bestimmten Mangel in meinem Leben aufgespürt, zumindest aus der traditionellen Sicht der Schwulen: Meine Neigung zum Sex als einer puren Anhäufung von Körperkontakten war tatsächlich ziemlich gering. Zum Glück wurde unsere Debatte über die der Promiskuität innewohnenden Vorzüge von einem Streit unterbrochen, der jetzt laut aus dem Zuschauerraum drang, so laut, daß er noch bei uns hinter der Bühne zu hören war. Ich lugte hinter den Kulissen vor, um zu sehen, worum es ging, und sah, daß da zwei aufeinander losgingen, von denen man es zu allerletzt erwartet hätte – Jonathan Byers und Maestro Toscanelli.

»Die Musik!« sagte der Maestro mit erstickter Stimme. Er stand dabei neben dem Probenflügel und klammerte sich haltsuchend an dessen Kante. »Immer in die Musik ist die Antwort. Hier ist Amelia in Lebensgefahr. Also was tun Sie? Sie muß Angst haben, nicht tanzen. Sie können nicht machen, daß sie über die Bühne tanzt. Sie machen sie zu ein Narr.«

Aber Jonathan Byers war unerbittlich. »Schauen Sie, alter Herr. Ich habe vorher nie in Erwägung gezogen, so etwas mit einzubringen, weil ich nicht das entsprechende Rohmaterial hatte. Aber jetzt habe ich eine Amelia, die singen kann und schauspielen und tanzen. Ich möchte zeigen, daß sogar angesichts des Todes ihre Leidenschaft für den jüngeren Mann für sie das treibende Moment ist. Sie singt ihrem Ehemann bedauernde Worte entgegen, aber ihr Körper spricht die Wahrheit. Schauen Sie sie doch nur selber an, um Himmels willen!«

Jonathan Byers zeigte auf April Kilkus, die mit Hwang Yung Cho auf der Bühne ihre Position eingenommen hatte.

»Sie ist eine richtige Frau«, sagte Byers. »Nicht so ein Stück Tafelspitz wie die andere. Wie können Sie denn da herumsitzen und wegen dieser verdammten Noten so ein Getue machen?«

Der Maestro blieb standhaft. »Verdi weiß, was er will.«

»An meiner Stelle hätte Verdi genau dasselbe gemacht.«

»Sie brechen die heiligen Regeln der Oper.«

»Scheiße!« sagte Sir Jonathan. »Fragen wir sie doch selber, ja? Was sagst du, April? Willst du wie eine Statue dastehen, während du singst? Oder möchtest du ein bißchen Leben zwischen die Beine kriegen?«

April antwortete wie eine reuige Sünderin, die ihr Schicksal in die Hände des Erzbischofs legt. »Sie können mit mir alles machen, was Sie wollen, Sir Jonathan. Alles. Nur lassen Sie mich bitte nicht klingen wie die Callas am Ende.«

Am Ende wovon? Am Ende der Oper? Oder der Karriere der Callas?

»Keine Angst, mein Schatz«, entgegnete Byers. »Man wird dich mit der Callas vergleichen und dann vergessen, wer das war.«

Währenddessen schüttelte der Maestro gequält den Kopf. »Wie können Sie nur so etwas antun Verdi?«

April wandte sich dem Maestro mit einem Ausdruck tiefen Bedauerns zu. Sie schien sich ernstlich darüber zu grämen, gegen seine Wünsche zu handeln, aber vielleicht übte und feilte sie auch nur an ihrer neuen Rolle als Primadonna. Sie versuchte ihn mit ihrer samtenen Stimme zu beruhigen. »Maestro, bitte verstehen Sie doch. Es geht doch nur um die Inszenierung auf der Bühne. Wenn wir die Studioaufnahme machen, werden Sie immer das letzte Wort haben. Das verspreche ich Ihnen.«

Der Maestro sagte: »Wer sind Sie, daß Sie mir können etwas versprechen? Sie sind eine Sängerin!« Seine Stimme überschlug sich bei diesem Wort. »Glauben Sie, mir ist ein Aufnahme wichtig? Mir ist nur wichtig, was die Zuschauer sehen, wenn der Vorhang geht hoch. Das ist Oper. Nicht Aufnahme.«

Jonathan Byers sagte: »Maestro, bitte, ich bin überzeugt, daß wir später schon noch zu einer Einigung kommen werden, was? Aber im Augenblick geben Sie mir doch bitte einfach nach, und wir machen mit der Probe weiter, ja?«

»Ich werde etwas Besseres machen«, sagte der Maestro. »Ich werde Sie ignorieren.«

Er verließ die Stelle, an der er neben dem Flügel gestanden hatte, und ging von der Bühne, aber gerade als er in die Kulissen treten wollte, wandte er sich noch einmal um und gab vor versammeltem Ensemble plus Belegschaft seine letzte Aussage zum Besten.

»Ich bin hier nicht mehr gebraucht.«

Da hätte es einen Schlußakkord geben müssen und ein unheilsschwangeres Paukenrasseln, während der Maestro hinter die Bühne abging.

»Oh du heiliger Hodensack«, brach Jonathan Byers aus.

Dann rief er seinen Regieassistenten herbei, damit der ein paar Minuten nach dem Rechten sehe, während er selber hinausging und den Maestro zu versöhnen versuchte. Als Byers den Zuschauerraum verließ, hörte ich ihn ärgerlich brummen: »Eine Primadonna nach der anderen.«

Als Marcella Ostinata noch lebte, hatte ihre Launenhaftigkeit alle anderen zur Raserei gebracht. Aber jetzt schikanierten dieselben Leute einander mit einer ganz neuen Übellaunigkeit, und ich fragte mich, was für psychische Auswüchse da eigentlich durch den Tod der ersten Diva ausgelöst worden waren.

Ich ging nach unten, um einige Zeit im Perückenraum zu arbeiten. Ohnehin wollte ich Daniel Carafolio befragen, und zwar darüber, wo er in der Mordnacht gewesen sei. Dieser Sicherheitsreport hatte mir gezeigt, daß Daniel das Theater etwa um Mitternacht verlassen hatte und erst nach sieben Uhr am nächsten Morgen zurückgekehrt war, also ungefähr eine Stunde, bevor Mathilde Marcella Ostinatas Leiche entdeckt hatte.

Aber als ich zum Perückenraum kam, war Daniel nicht da und die Tür verschlossen. Wahrscheinlich wollte er seine vollen vierzig Tage über den Tod der Diva trauern. Nun gut, wenn er aus dem Weg war, konnte ich ja vielleicht mal richtige Arbeit verrichten, die Arbeit nämlich, für die ich angestellt worden war und bezahlt wurde, ich mußte nur erst hineinkommen. Also stieg ich wieder nach oben, um jemanden zu suchen, der mir die verschlossene Tür aufsperren könnte. Dafür war sicher Ronda Lucca mit ihrem großen Schlüsselring die richtige.

Ich bat sie, mir den Perückenraum aufzusperren, und sie sagte: »Daniel heute nicht da?«

»Vermutlich außer Betrieb.«

»Kleinen Moment«, sagte sie.

Während ich auf sie wartete, bemerkte ich, daß Maurizio hinter der Bühne bei der Sicherungsschiene herumstand. Er schien überall aufzutauchen, wie ein Bühnenkobold. Er blickte zu Rondas Kabine herüber, wo ich stand. Ich winkte ihm zu. Aber als er mich erkannte, drehte er sich um und machte einen Satz in Richtung Seitenwand, dann sprang er eine der stählernen Leitern hinauf. Der gewandte junge Mann kletterte immer höher und höher, bis zu den schmalen Laufplanken hoch über unseren Köpfen.

»Sie brauchen sich um ihn keine Sorgen zu machen«, sagte Ronda, als sie sah, wohin mein Blick ging. »Er hängt andauernd hier hinter der Bühne rum, und dort oben ist er auch andauernd. Wahrscheinlich gefällt ihm das aufregende Gefühl, auf alles herunterschauen zu können.«

»Ist das nicht gefährlich?«

»Für manche Leute schon.«

»Was ist eigentlich dort oben?«

»Wollen Sie's sehen? Wir können nachher mal hinaufklettern.«

»Nein, nein«, sagte ich schnell. »Hat mich nur interessiert.«

Ronda sagte wie der Aufseher in einem Laden: »Dort oben ist jedes Kabel und jeder Seilzug, die mit allem und jedem verbunden sind, was hier die Bühne nach oben verläßt. Beleuchtung, Stoffbahnen, Kulissenteile, Vorhang.« Sie war sichtlich stolz auf ihre Domäne hinter der Bühne. »Das Gitter ist sozusagen das Rückgrat der Bühne.«

»Steigen Sie da jemals hinauf?«

»Natürlich. Ich möchte auf meiner Bühne jeden Winkel und jedes Kabel kennen.«

»Und das macht Ihnen nichts aus, diese Höhe?«

»Mir?« sagte sie und stieß dann ein lautes *huh*! aus. »Ich mache zur Entspannung Free-Climbing.«

»Zur Entspannung! Der einzige Free-Climber, den ich kannte, machte es wegen des Nervenkitzels, weil es eine Sache auf Leben und Tod ist, Mensch gegen Natur und so.«

»Ich nicht«, sagte Ronda. »Wenn ich diese Inszenierung hier zu Ende gebracht habe, wird es die totale Entspannung werden, einen glatten Felsen hinaufzuklettern.«

Ich sah zu, wie Maurizio dort oben in einer Welt aus Stahlnetzen und Trägern verschwand. »Er bewegt sich wie ein Affe«, sagte ich. »Ich dachte, man müsse in der Gewerkschaft sein, um hier arbeiten zu können.«

Ronda sagte: »Er ist zahlendes Mitglied in der Metallarbeiter-Gewerkschaft.«

»Wirklich?«

Ronda schaute sich um, ob jemand zuhöre, und sagte dann ganz verstohlen: »Dank der Dame, die auch für das übrige Festival die Zeche bezahlt.«

»Wie hat sie denn Maurizio in die Gewerkschaft bringen können?«

»Na wie wohl?« sagte Ronda, indem sie den Daumen über Zeige- und Mittelfinger rieb. »Im übrigen, als wir die Mechaniker da hatten, um oben auf dem Gitter zu arbeiten, ist der Junge ihnen einfach nachgeklettert. Ich glaube, sie haben ihn richtig ins Herz geschlossen. Viele verlieren die Ruhe, wenn sie dort hinauf kommen, aber er hat sich richtig zu Hause gefühlt – sprang auf den Balken herum, hängte sich in die Kabel. Der fürchtet sich wirklich vor gar nichts.«

»Warum rennt er dann immer vor mir davon?«

Ronda grinste. »Machen Sie Witze? Das sieht doch jeder, daß er auf Sie steht.«

»Wohl kaum«, sagte ich. »Aber ich bin sowieso schon versprochen.«

»Sie klingen wie eine Jungfer, verdammt noch mal.« Dann kicherte sie ein bißchen und sagte: »Das ändert aber nichts an seinen Gefühlen. Haben Sie denn keine Augen im Kopf?«

»Was soll ich denn machen?«

Ronda schnaubte. »Also, brauchen Sie vielleicht Unterricht?«

Schließlich brachte ich sie dazu, mir den Perückenraum aufzuschließen, und dort arbeitete ich dann ein paar Stunden lang sehr produktiv. Dann begann ich unruhig zu werden, wie meistens, wenn ich zu lange allein arbeite. Also beschloß ich, loszugehen und Daniel Carafolio zu suchen. Vielleicht hatte er sich in seinem Zimmer im Theater eingeschlossen, seine Witwenkleider angezogen und sich im Dunkeln seinen Tränen überlassen. Ich traf ihn tatsächlich dort an. Und er war auch ungefähr in der Verfassung, die ich mir vorgestellt hatte.

23

Ich läutete bei Daniel und sagte meinen Namen in die Sprechanlage.

»Heute kein Besuch«, sagte er. »Mir geht es nicht gut.«

»Ich bleibe nur ein paar Minuten«, sagte ich. »Es ist sehr wichtig.«

»Worum geht's denn?«

»Um die Perücken«, antwortete ich, und schon summte der Türöffner.

Obwohl ich die Zimmernummer wußte, hätte ich sein Appartement auch so auf dem Gang gefunden. Die unverkennbare Stimme von Maria Callas, die durch die Tür drang, zeigte mir den Weg.

Als ich ihn sah, wußte ich sofort, daß er geweint hatte. Seine Augen waren geschwollen und gerötet. Er trug Schwarz. Sogar das Haar hatte er sich aus Anlaß des Todes von Marcella Ostinata schwarz gefärbt. Die Vorhänge waren zugezogen, um das Zimmer dunkel und ruhig zu halten – ruhig bis auf Maria Callas' auf Platte gepreßten Versuch, ein hohes b gegen ein ganzes Orchester zu halten.

Er kam an die halboffene Tür und fragte: »Was ist passiert?«

»Ich würde gerne mit Ihnen reden.«

»Sie sagten doch, der Perückenraum …«

»Das war gelogen. Ich mußte Sie einfach sehen.«

Er hob leicht die Brauen. »Na, so ein Ungestüm«, sagte er mit vagem Lächeln. »Das ist schon jahrelang her, daß jemand mich sehen mußte.«

Ich sagte: »Kann ich reinkommen?«

»Es geht um Marcella, stimmt's?«

»Ja. Ich helfe der Polizei ein bißchen bei der Suche nach ihrem Mörder.«

»Soso«, sagte er mit einer hochgezogenen Augenbraue. »Heißt das, Sie arbeiten mit diesem heißen Polypen zusammen?«

»Ich helfe der Bostoner Polizei«, sagte ich platt.

Daniel grinste. »Dann kommen Sie doch bitte unbedingt herein und stellen Sie Ihre Fragen.«

Ich trat ein, aber es gab keinen Sitzplatz. Das Bett und die beiden Stühle lagen voller Kleider. Sogar auf dem Boden häuften sich ganze Stapel. Es war lauter erstklassiges Zeug, Designer-Klamotten nach der neuesten Mode. Bei so viel teurer Garderobe zog sich Daniel Carafolio aber entschieden schäbig an.

»Die einzige Frage, die ich habe«, sagte ich, »ist ein wenig persönlich. Aber sie hat einen direkten Zusammenhang mit dem Fall.«

»Ich weiß schon, was Sie fragen wollen. Wo ich war, als Marcella ermordet wurde. Stimmt's? Genau dasselbe wollte die Polizei auch wissen.«

»Nicht ganz. Ich möchte wissen, mit wem Sie zusammen waren.«

»Was?«

»Der Sicherheitsreport zeigt, daß Sie vorgestern nacht das Theater gegen Mitternacht verließen und erst am nächsten Morgen ungefähr um sieben Uhr zurückkamen.«

Daniel sagte: »Na und? Ist das hier ein Internat? Brauche ich erst eine schriftliche Erlaubnis, um den Schulhof zu verlassen?«

»Wenn nicht Marcella Ostinata ermordet worden wäre, würde niemand wissen wollen, was Sie gemacht haben.«

»Aber jetzt wollen Sie es wissen?«

»Für die Polizei, nicht für mich.«

»Also gut, dann werde ich Ihnen auch genau das sagen, was ich der Polizei gesagt habe«, sagte Daniel. »Ich hatte gestern nacht was laufen.«

»Was laufen?«

»Ja. Können Sie sich an so was noch erinnern? Oder finden Sie das zu *declassé* in Ihrem ach so erhabenen Ehestand?«

Fast hätte ich gesagt: Nein, überhaupt nicht. Aber Daniels Frage rief in mir einen Stich der Reue hervor. Sie müssen nämlich wissen, in meiner angeblich monogamen Partnerschaft war ich derjenige gewesen, der sein Wort gebrochen hatte, und nicht mein Partner. Auf die windigsten Beweismittel gestützt, hatte ich angenommen, daß er als erster untreu geworden sei. Und daraufhin hatte ich für mich keinen Grund mehr gesehen, mich an unsere ursprüngliche Abmachung zu halten. Die Ironie der Sache lag darin, daß niemand, der uns als Paar sah – er so sexy und ich so gewöhnlich –, darauf gekommen wäre, daß von uns beiden ich der Libertin sei.

Ich sagte zu Daniel: »Wie hieß er?«

»Ein Gentleman genießt und schweigt.«

»Ihr Alibi wird aber bestätigt werden müssen.«

»Was für große Worte Sie benutzen, seit Sie für diesen –« Daniel zog die Luft durch die zusammengebissenen Zähne ein, »für diesen großen italienischen Hengst arbeiten. Hat er einen großen? Haben Sie ihn im Umkleideraum schon gesehen? Ja? Nein? Ohhhh, ich seh's Ihrem Blick an, daß Sie ihn noch nicht gesehen haben. So ein Pech. Ich wette, er hat einen ganz schön saftigen.«

»Daniel, sagen Sie mir doch einfach den Namen des Burschen. Sie müssen ihn der Polizei ja sowieso sagen.«

»Dann warte ich doch lieber, bis mich der Superbursche selber fragt.«

»Wie Sie wollen. Er wird sich auf Ihre Kosten ganz schön amüsieren.«

Daniel runzelte die Stirn und dachte über das nach, was ich gesagt hatte. »Ich glaube, diese Sorte kenne ich. Gewaltige Abwehr gegen die eigenen schwulen Tendenzen. Stimmt's? Ganz und gar gepanzert, mit Barrikaden und Schützengräben und jeder Menge Munition, direkt auf uns gerichtet. Paktieren Sie denn mit dem Feind?«

Tat ich das? Branco hatte dieses Wort auch benutzt – Munition.

Vielleicht richtete sich die Munition, die er vor seinen Kollegen verbarg, ja einfach gegen jeden Schwulen. Aber das stimmte auch wieder nicht. Branco zeigte so ganz allmählich erste Anzeichen von Toleranz für uns – sogar von Akzeptanz, jedenfalls für mich. Für einen, das war immerhin besser als für gar keinen.

»Übrigens«, sagte Daniel. »Nur um Ihrem kleinen Rotschopf da oben das Grübeln zu ersparen: Der Knabe hieß Butch.«

»Butch?«

»Genau. Butch. Können Sie kein Englisch, oder was?«

»Butch wie?«

»Einfach nur Butch.«

»Hätte auch Dick heißen können.«

»Dick hatte ich die Nacht zuvor«, sagte Daniel.

»Das glaube ich. Und Rick? Hatten Sie den auch schon?«

Daniel warf mir einen bösen Blick aus seinen kleinen runden Augen zu. »Rick Jansen? Dieses müde Würstchen?«

Ich dachte, wer im Glashaus sitzt ...

Laut sagte ich: »Sie kennen Rick also?«

»Soso lala«, sagte er affektiert.

»Ich nehme das als ein Ja.«

»Ja, ja, ja! Wer sind Sie denn eigentlich, Sextherapeutin Dr. Ruth Westheimer vielleicht? Brauchen Sie nähere Angaben? Ja, Rick Jansen hat mit mir letztes Jahr in Spoleto einen langen, harten Ritt gemacht. Ja, er hat einen festen, glatten Körper. Und ja, unter dem Familienschmuck befindet sich auch ein extrabreites, enges Halsband.«

»Dann wollten Sie vielleicht hier draußen in Abigail mit ihm eine kleine Wiedervereinigung, eine hübsche Nascherei, um der alten Zeiten willen.«

»Sie haben doch keine Ahnung!« röhrte Daniel. Dann lachte er höhnisch und sagte: »Rick Jansen läuft doch zur Zeit mit Scheuklappen herum. Er ist, wenn man das so sagen kann, in Jonathan Byers verliebt. Sir Jonathan Byers. Das fing letztes Jahr in Spoleto an, daß Ricky mit dem seit kurzem geadelten Sir Jon zu flirten begann. Ein Jahr lang war er hinter ihm her, und schließlich gab Jon nach. Aber einen Ritter zu ficken, das hat einen hohen Preis. Jon hat Rick dazu gebracht, allem Gelegenheitssex abzuschwören, was sicherlich unfair ist, wo doch die Geilheit des Sirs zum Himmel schreit – so ein Schwein –, und sicherlich tragisch für unsereinen, wenn man Rickys angeborenes Talent mit seinem Ding, seinem Prinzchen, bedenkt.«

»Offensichtlich habe ich gar nicht begriffen, was für ein Glück mir zuteil wurde«, sagte ich. »Ich habe gerade ein Angebot abgelehnt, sein Prinzen-Ding näher kennenzulernen.«

Daniel fuhr mich an: »Wann?«

»Hinter der Bühne, vielleicht vor einer halben Stunde.«

»Sie lügen.«

»Nein. Ricky hat mir ganz genau gesagt, was er mit mir alles machen wollte.«

»Sie wollen mich provozieren, was?« Er kochte vor Wut. »Wer hat das angefangen? Sie?«

»Nein, er. Ich mache nie den ersten Schritt.«

Daniel beäugte mich hinterhältig. »Hat er ihn rausgezogen und Ihnen gezeigt?«

Tja, vielleicht versuchte Daniel nur, meine Behauptung zu überprüfen, indem er mich die Flecken auf Rickys Schwanz aufzählen ließ. Ich aber nahm seine vulgäre Frage zum Anlaß, wieder zu meiner Aufgabe zurückzukehren.

Ich sagte: »Wann haben Sie Madame Ostinata zum letzten Mal gesehen?«

Damit hatte ich ihn unvorbereitet erwischt, und er wirbelte mit einem zornigen Ausdruck zu mir herum.

»Was ist denn das für eine Frage?«

»Eine ganz einfache. Sie ist nicht einmal belastend, es sei denn, daß Sie ihr, als Sie sie das letzte Mal sahen, die Kehle durchgeschnitten haben.«

»Ich habe Ihnen doch gesagt, wo ich letzte Nacht war.«

»Aber wann haben Sie sie gesehen?«

»Das letzte Mal, daß ich Marcella sah, das war auf der Probe.« Dann setzte er durchtrieben hinzu: »Ich glaube, Sie waren auch da.«

Aber Daniel Carafolios Alibi war wertlos, solange nicht ein Kerl namens Butch vortrat und bestätigte, daß er die Nacht mit ihm verbracht hatte. Und welche Tunte mit nur ein wenig Selbstachtung würde so etwas je zugeben, außer unter schwerer Nötigung?

»Und jetzt«, sagte Daniel mit einem erschöpften Seufzer, »wenn Sie erlauben, hab ich Sie wirklich satt.«

Ich antwortete: »Ich kann selber auch ein wenig frische Luft brauchen.«

Ich verließ ihn und kehrte zurück zum Opernhaus. Soviel also zu meinen beiden heißen Spuren aus dem Sicherheitsreport. Sie hatten nichts gebracht als noch mehr Durcheinander, das zu nichts führte. Ich wußte bereits, warum Rick Jansen und Sir Jonathan Byers in dem Report nicht verzeichnet waren. Sie teilten sich ein Nest im ältesten Luxushotel Abigails, dem Abigail Arms. Da aber das Städtchen Abigail-by-the-Sea keinerlei Aufreißer-Lokale für Leute mit einem aktiven Sexualleben aufwies, fragte ich mich, ob nicht Daniel Carafolio vielleicht die Nacht mit einem der beiden verbracht hatte – oder sogar mit beiden? Er behauptete ja, Rick schon vorher gekannt zu haben. Vielleicht kannte er Jonathan Byers auch. Ich hatte gehört, daß Spoleto ein sehr belebter Ort sei. Vielleicht hatte das Trio gerade in derselben Nacht seine Wiedervereinigung gefeiert, in der Marcella Ostinata die Stimmbänder durchgeschnitten wurden. In den Villenvororten war schließlich alles möglich, sogar unter Leuten, die sich gar nicht besonders mochten.

Im Opernhaus waren die Musiker noch immer beim Proben. Offensichtlich hatte Jonathan Byers den Maestro so weit besänftigt, daß er bei der Inszenierung weiter mitmachte, denn der alte Herr saß neben Carolyn Boetz am Flügel, als sei heute morgen überhaupt nichts passiert. Ich setzte mich im Zuschauerraum ganz hinten hin und sah eine Weile zu. Aufgrund all der leeren Sitzreihen wirkte die Bühne wie eine riesige Dunkelkammer, allerdings mit Lebewesen darin. Da waren sie alle auf der Bühne – April Kilkus, Hwang Yung Cho, der namenlose Tenor, verschiedene andere Solisten, ein mitreißender Chor, und der Maestro und Carolyn Boetz am Flügel – alle damit beschäftigt, die Schrecknisse von Verrat und Mord in schöne Töne zu kleiden. Dennoch, einer von diesen Leuten hatte höchstwahrscheinlich im wirklichen Leben genau diese gräßliche Tat begangen, vielleicht sogar nicht nur einmal. Trotzdem merkte ich, daß ich das alles genoß.

Die Probe endete früher als gewöhnlich, denn die erste Beleuchtungs-Durchlaufprobe sollte an diesem Abend stattfinden. Dieser erste Durchlauf wird immer ohne die Sänger gemacht, um diesen nach allgemeiner Übereinkunft zarten Wesen einen solchen Verschleiß zu ersparen. Daphne wartete vor dem Opernhaus, um den Maestro und mich zurück zur Villa zu fahren. Auf der Fahrt erzählte der Maestro Daphne aufgeregt von dem Sakrileg, das Verdi in dieser Inszenierung zugefügt werde. Auf einmal erhob er heftig die Stimme, genau wie heute früh.

»Dieser Byers, er macht eine Sünde gegen die Oper. Er wird in der Hölle braten für das, was er tut an Verdi.«

Offensichtlich war der Waffenstillstand zwischen dem Maestro und Jonathan Byers nur vorübergehend gewesen. Und das klang jetzt ganz anders als früher, wo der Maestro Madame Ostinatas Zorn über die widersinnige Interpretation von Verdis Werk zu besänftigen versucht hatte. Jetzt wünschte der Maestro selber Sir Jon zur Hölle, genau wie vorher Madame.

Aber Daphne antwortete ihm heiter: »Die Zeiten ändern sich halt, Maestro.« Sie sah ihm ins Gesicht, während sie weitersprach. »Vielleicht hätte Verdi seine Sache selbst anders gemacht, wenn er heute leben würde. Da kann man nichts machen, als sich dem Lauf der Zeit zu beugen. Sonst wird namlich die große Oper noch so bruchig wie ein Museumsstück. Und dann wird sie zerschmettern und im Nichts verschwinden. Das wollen Sie doch nicht, oder?«

Zerschmettern und im Nichts verschwinden, das hätte jetzt beinahe auch uns im Bentley bevorgestanden, da Daphne den Wagen gefährlich nahe an die Kante der Küstenstraße hatte rollen lassen. Von meinem Rücksitz aus gab ich ein ersticktes Krächzen von mir, um sie zu warnen, aber sie lenkte den Wagen elegant wieder auf die Fahrbahn zurück. Sie warf einen Blick in den Rückspiegel und sagte: »Danke, Liebster. Aber ich kenne die Straße wirklich sehr gut.«

Vollkommen unbeeindruckt gab der Maestro ein mattes Lächeln von sich.

»Verdi soll ewig leben«, sagte er. »Aber er muß Respekt bekommen. Die Musiker sind wie Kinder. Sie wollen mit ihm spielen, aber sie wissen nicht, was sie tun.«

Daphne sagte: »Seien Sie doch dankbar, daß Verdi ihnen überhaupt gefällt. Sie sind fröhlich, und sie werden ihn immer lebendig und jung erhalten.«

Wie ich wußte, spiegelten diese Worte ihre Hoffnung wider, daß ein progressiver Zugang zur Oper heuer und für alle Zukunft den Erfolg des Festivals sichern könne. Irgendwie stimmten ihre Worte, oder vielmehr die Art und Weise, wie sie vorgetragen wurden, den alten Herrn friedlich, und er nickte und lächelte.

Da sagte Daphne zu mir: »Wie geht's bei den Perücken? Ich hoffe, daß sich mit Ihrem Chef alles in eine angenehme Routine eingespielt hat.«

»Äh, ja«, sagte ich vorsichtig. »Geht ganz gut.«

»Das ist ja schön«, sagte Daphne. »Ich fürchte, bei mir zu Hause war die Entwicklung mittlerweile etwas weniger angenehm. Ich habe Bruce David heute nachmittag ins McLean-Krankenhaus einweisen lassen. Er bekommt dort die bestmögliche Pflege.«

Das Gesicht des Maestro erhellte sich plötzlich, und er sagte: »Der zweite Riccardo ist sehr gut, sehr dramatisch. Er wird gut singen.«

Daphne sagte: »Ja, aber zu welchem Preis für den armen Bruce?«

Ich stellte mir vor, daß Bruces Ersatzmann, ein brauchbarer, wenn auch vielleicht nicht besonders inspirierender Tenor, unter des Maestros neu erstandener Verve und Hingabe an die Musik wahrscheinlich erst richtig aufblühen werde. Dabei war auch von Vorteil, daß der Tenor April Kilkus als neue feststehende Partnerin haben würde. Das alles war fast zu schön, um wahr zu sein, beziehungsweise, um Zufall zu sein. Aber der namenlose Tenor konnte wohl kaum des Mordes an Madame Ostinata verdächtigt werden. Für ihn hatte ihr Tod eben Vorteile gebracht, genauso wie April Kilkus das große Glück gehabt hatte, den CD-Vertrag und die Fernsehübertragung zu bekommen. Hier konnte man ein physikalisches Gesetz auf ein Lebensgesetz übertragen, nämlich daß jeder Vorgang, egal, ob gut oder schlecht, mit einem gegenteiligen Vorgang verknüpft ist, um die Wirkung wieder auszugleichen.

Wenn ich mich in solchem Gurugefasel erging, bedeutete das, daß ich müde war und Hunger hatte.

Als wir zur Villa kamen, ließ mir der Anblick von Lieutenant Brancos Alfa in der Auffahrt das Herz höher schlagen, allerdings nicht nur vor Freude.

Daphne rief aus: »Ach du liebe Güte. Was ist denn da los?«

Wie sich herausstellte, war Mathilde aus dem Haus verschwunden. Parker erklärte Daphne, daß er die Polizei in Boston angerufen habe, um dieses Verschwinden zu melden.

Er sagte: »Ich wußte nicht so recht, was ich in Ihrer Abwesenheit tun sollte, Mrs. Davenport. Ein Notfall war es wohl kaum, aber trotzdem schien mir irgendeine Reaktion angebracht. Ich hoffe, ich habe es richtig gemacht.«

»Vollkommen, Parker«, versicherte ihm Daphne. »Natürlich mußten Sie die Polizei verständigen.« Dann wandte sie sich Branco zu und reichte ihm die Hand. »Und jetzt ist der Lieutenant früher zurück, als wir ihn erwartet hatten.«

Branco sagte: »Ich hätte ohnehin mit meinem Mitarbeiter sprechen müssen.« Er nickte mir zu, was mir vor Stolz die Brust schwellte, wie bei Della Street, wenn Perry Mason ihr ein Krümelchen Aufmerksamkeit schenkt.

Der Maestro entschuldigte sich, weil er vor dem Essen noch ein wenig ruhen wolle, und Parker begleitete ihn in sein Zimmer hinauf. Daphne ging mit Branco und mir in die Bibliothek, wo sie uns etwas zu trinken anbot. Branco lehnte ab, und Daphne bestand nochmals auf ihrem Angebot. Schließlich gab er nach.

»Mineralwasser«, sagte er. »Ich muß noch fahren.«

»Ein winziger Tropfen kann doch sicher nicht schaden«, sagte Daphne.

»Ich lasse mein Leute nichts trinken, wenn sie im Einsatz sind«, sagte Branco. »Dasselbe gilt auch für mich. Erst wenn dieser Fall abgeschlossen ist, dann werde ich feiern.«

Was das bei Branco wohl heißen mochte? Feiern?

Er und ich setzten uns in die beiden Ohrensessel gegenüber dem Kamin, während Daphne am Servierwagen unsere Getränke zurechtmachte. Als sie uns die gebracht hatte, überließ ich ihr meinen Sessel und setzte mich auf die Armlehne. Dann fragte Branco Daphne, ob sie von Mathildes Plänen gewußt habe, Abigail zu verlassen.

»Keineswegs«, sagte Daphne. »Das kommt so plötzlich. Ich hoffe nur, daß sie nicht in Gefahr ist.«

»Noch nicht«, sagte Branco. »Sie hat ihr Gepäck mitgenommen, die Flucht war also offensichtlich geplant.«

»Flucht?« platzte Daphne heraus.

»So sehe ich es jedenfalls«, sagte Branco.

Daphne fragte: »Haben Sie eine Vorstellung, wo sie hin sein kann?«

»Ich habe einen internationalen Steckbrief von ihr hinausgehen lassen.« Ich wußte, daß das bedeutete, daß sie fast weltweit gesucht werden konnte. »Wir kriegen sie ganz bestimmt«, sagte Branco. »Weit kann sie ja noch nicht sein. Ich hoffe nur, daß sie einen guten Grund für die Sache hat, denn ich bin drauf und dran, sie einzulochen.«

Ich sagte: »Für den Mord?«

Branco nickte.

»Aufgrund welcher Beweise?«

»Hauptsächlich aufgrund ihrer Aussage. Vielleicht erinnern Sie sich, daß sie zugab, daß sie dem Opfer absichtlich eine höhere Dosis verabreicht habe.«

Ich nickte. »Auf Madames Wunsch.«

Branco fuhr fort: »Ich glaube, diese Geschichte hat sie sich auch ausgedacht. Sie war damit zu schnell bei der Hand. Nachdem sie unzählige Male denselben Trank derselben überdrehten Frau zubereitet hatte, hätte sie ganz genau wissen müssen, um wieviel sie die Dosis an jenem speziellen Abend zu erhöhen gehabt hätte. Aber sie tat so, als sei es für beide das erste Mal gewesen. Ich habe mir ihre Zeugenaussage noch einmal angesehen, und deshalb glaube ich, daß sie lügt. Außerdem hatte sie ein gutes Motiv.«

In diesem Augenblick bemerkte ich, daß Parker in der Bibliothek erschienen war. »Hat noch jemand einen Wunsch?« fragte er.

Daphne sagte: »Nein, vielen Dank, Parker.«

Er machte sich noch am Servierwagen zu schaffen und überprüfte das Eis und das Mineralwasser.

»Was war denn Mathildes Motiv?« fragte ich Branco.

Er entgegnete: »Marcella Ostinata wollte ihre Angestellte von ihren Pflichten entbinden.«

»Nach fünfundzwanzig Jahren treuen Diensten?« sagte ich.

»Jau«, machte der Herr Polizist.

»Und wer sollte sie ersetzen ...?«

»Ihr persönlicher Begleiter, Rick Jansen.«

Allgemeines Stillschweigen.

Ich fragte: »Was hatte er denn dazu zu sagen?«

»Jansen behauptet, die Sängerin habe ihm davon kein Sterbenswörtchen gesagt. Ich habe auch gleich noch mit Byers gesprochen, bevor sich die beiden zusammen eine Geschichte ausdenken konnten.«

»Falls sie das nicht schon vorher gemacht haben«, sagte ich.

»Nein«, sagte Branco. »Ich glaube nicht, daß Byers etwas davon wußte. Er regte sich ganz schön auf, als ich es ihm erzählte. Wahrscheinlich bildet er sich ein, daß Jansen für ewig bei ihm bleiben wird.«

Das entsprach aber nicht der Geschichte, die ich vorher von Rick gehört hatte, als er nämlich behauptete, daß Sir Jon drauf und dran sei, ihn aus seinem Bett zu werfen.

»Und was ist mit Mathilde?« sagte ich. »Wollte Madame Ostinata ihr irgendeine Versorgung zukommen lassen?«

»Nicht einen Pfennig«, sagte Branco.

»Nach so vielen Jahren«, sagte ich.

Zwischen Daphne und Parker ging ein unbehaglicher Blick hin und her.

Parker sagte: »Ich werde mich mal ums Abendessen kümmern, Mrs. Davenport.«

Daphne sagte: »Danke«, aber es klang unsicher.

Als Parker uns verlassen hatte, fragte Daphne den Lieutenant: »Wie haben Sie denn das erfahren, daß Marcella Mathilde entlassen wollte?«

»Ich habe mit ihren Anwälten in Mailand gesprochen«, antwortete der Polizeibeamte. »Ich habe sie heute wegen des Testaments der Frau angerufen. Ich dachte, da könnte es vielleicht etwas Aufschlußreiches drin geben.«

Branco nippte an seinem Mineralwasser.

Ich sagte: »Und, gab es?«

»Gab es was?« sagte er.

Katz und Maus.

»Gab es etwas Aufschlußreiches in dem Testament? Ich meine, hatte jemand hier auf dem Festival durch Marcellas Tod etwas zu gewinnen oder zu verlieren?«

Branco grinste schief. »Sie werden Ihre Technik verbessern müssen, Stan. Das sind zwei verschiedene Fragen.« Dann sagte er: »Ich werde die zweite zuerst beantworten. Ganz offensichtlich glaubte jemand etwas zu gewinnen, oder versuchte zu vermeiden, etwas zu verlieren, deswegen wurde die Frau ja ermordet.«

»Und das Testament?« sagte ich.

»In puncto Testament war nichts zu finden. In ihrem Testament wird niemand persönlich benannt.«

»Wo geht denn dann ihr ganzes Geld hin?« fragte ich.

»Das ist das Komische«, sagte Branco. »Sie vermacht ihr gesamtes Vermögen zwei Institutionen. Die eine Hälfte bekommt ein Opernhaus in Bari, in dem Marcella Ostinata ihr Debüt und ihre ersten Erfolge hatte.«

»Und die zweite Hälfte?« sagte ich.

»Ein Waisenhaus in derselben Stadt«, sagte Branco.

»Na schön«, sagte Daphne. »Wenigstens kann niemand beschuldigt werden, daß er Marcella des Geldes wegen ermordet habe.«

Branco trank sein Glas aus und sagte: »Ich bin durch das Ganze noch nicht völlig durch.«

Daphne lud ihn zum Abendessen ein und fügte eine Entschuldigung hinzu. »Ich fürchte, es wird vegetarisch werden«, sagte sie. »Ich glaube nicht, daß ich den Anblick von Fleisch schon wieder vertragen könnte.«

Aber wie ich erwartet hatte, schlug Branco die Einladung aus. Bevor er ging, wollte er mich noch unter vier Augen sprechen. Daphne überließ uns dazu die Bibliothek, da sie sich vor dem Essen noch frischmachen wollte. Branco dankte ihr für die Bewirtung und wünschte ihr eine gute Nacht.

Sie sagte: »Aber es war doch nur Wasser.«

»Der gute Wille zählt«, erwiderte er.

Dann schilderte ich ihm meine Tagesarbeit: den Streit im Opernhaus zwischen Jonathan Byers und dem Maestro; die Aufzeichnungen im Sicherheitsreport bezüglich April Kilkus, Hwang Yung Cho und Daniel Carafolio; Maurizios Balanceakt hoch droben auf den Laufplanken hinter der Bühne; und sogar Rick Jansens krasses sexuelles Angebot.

Branco lachte und sagte: »Ihnen rennt man ja schier die Tür ein.«

»Ich mag das überhaupt nicht, Lieutenant. Ich möchte nichts anderes als Heim und Herd.«

Er sagte: »Offensichtlich sind Sie noch nicht reif dafür.« Aber dann lobte er meine Arbeit, daß das der richtige Weg sei, wenn ich herauszufinden versuchte, wo jeder in dieser Nacht gewesen sei. »Es geht vor allem um die Zeitabfolge«, sagte er und erzählte mir die Ergebnisse des Autopsiebefundes, daß nämlich Marcella Ostinata etwa um vier Uhr früh gestorben sei, aufgrund der Körpertemperatur, die sie hatte, als die Polizei zu ihr kam, und aufgrund des Zustands ihres Mageninhalts in bezug auf den Zeitpunkt, wo sie vermutlich zum letzten Mal etwas zu sich genommen hatte.

»Unglücklicherweise«, fuhr der Polizeibeamte fort, »stammt diese letzte Information aus der Zeugenaussage ihrer Angestellten, der ich, wie Sie ja wissen, überhaupt nichts glaube.«

Ich erzählte Branco, was ich am Abend zuvor von Mathilde erfahren hatte, daß sie immer Sängerin habe werden wollen und daß Madame Ostinata von Anfang an versprochen habe, ihr Talent zu fördern, im Laufe der Jahre aber jede Möglichkeit für Mathilde durchkreuzt habe, jemals Sängerin zu werden.

Branco sagte: »Gut gemacht, Stan. Jetzt haben wir noch ein Motiv für die Dienerin. Rache.«

»Was ist jetzt mein nächster Auftrag?« sagte ich.

»Stecken Sie einfach weiter Ihre Nase in alles. Sie machen das sehr gut.«

Branco ging, und wenige Minuten später kamen Daphne und der Maestro in die Bibliothek, um vor dem Essen noch einen letzten Cocktail zu trinken. Parker nahm unsere Getränkewünsche entgegen, und ich gratulierte dem Maestro zu der Nachricht mit dem großen CD-Vertrag. Er kniff die Lider zusammen wie ein mißtrauisches Nagetier.

Daphne rief: »Ist das nicht wunderbar? Endlich wird der Maestro eine CD aufnehmen. Darauf wartet die Opernwelt schon so lange.«

Ich behielt den Maestro im Auge und sagte: »Ich möchte ja gerne wissen, warum ich es als letzter erfahren habe.«

»Aber mein Lieber«, rief Daphne aus, »wie kommen Sie denn darauf? Es hat nichts mit Ihnen zu tun.«

»Daphne, ich habe mit jedem auf dem Festival gesprochen, sowohl vor als auch nach Madames Tod, und niemand hat mit einer Silbe den Vertrag erwähnt. Und jetzt ist er plötzlich das Tagesgespräch.«

»Oh, ich glaube, das nehmen Sie viel zu ernst. Bei all den entsetzlichen Ereignissen der letzten Tage ist es auch mir einfach völlig entfallen.«

Da wandte sich der Maestro selbst an mich und sprach mich mit der ganzen Aufrichtigkeit des guten Onkels an.

»Junger Mann, es ist besser, nicht zu sprechen über eine solche Sache, bis sie ist sicher. Aber jetzt«, sagte er mit einem gütigen Lächeln«, jetzt wir haben unterschrieben die Papiere, und es ist sicher. So wir können reden. Ja, ich bin sehr glücklich.« Er lächelte ein breites, strahlendes Lächeln, das seine großartigen Zähne zeigte. Seine Augen leuchteten vor Freude, daß er diesen lang gesuchten Erfolg nach einem lebenslangen Kampf erreicht hatte. Oder nach einem lebenslangen Betrug?

Daphne bat Parker schnell, eine Flasche Champagner zu öffnen, um die Vertragsunterzeichnung zu feiern. Aber das Ganze – die Entschuldigungen, die Erklärungen, der Champagner –, das alles wirkte wie ein nachträglicher Einfall. Wenn ich nichts zum Maestro gesagt hätte, würden wir dann überhaupt feiern? Nichtsdestotrotz entkorkte Parker jetzt die Flasche, und wir alle genossen das perlende Hochgewächs. Und eine ganz kleine Weile dachte niemand an die dahingeschiedene Marcella Ostinata.

Ich fragte Daphne nach Maurizios Mitgliedschaft in der Bühnenarbeiter-Gewerkschaft, und sie erklärte fröhlich: »Für diese Art von Arbeit hat er Interesse und Talent, deshalb habe ich ein wenig nachgeholfen, daß sich die Räder ein bißchen schneller und ein bißchen glatter zu seinen Gunsten drehten. Wozu sollte Geld sonst gut sein, wenn nicht, um anderen damit zu helfen?«

»Vielleicht hat Ihr Eingreifen ihm die Chance verdorben, zu beweisen, daß er seine Sache auch allein machen kann.«

»Quatsch!« sagte Daphne. »Maurizio hat in seinem Alltag genügend Herausforderungen, ohne daß man da noch einen Katalog von Gewerkschaftsbedingungen obendraufsetzen müßte.«

Sache erledigt.

Danach verlief der Abend sehr angenehm, was zu den fortlaufenden Konflikten der vorangegangenen Stunden einen bemerkenswerten Unterschied darstellte. Dem Maestro schmeckte sogar das vegetarische Essen. Aber wie auch nicht? Parker hatte uns die Teller mit dampfendem frischen Gemüse gefüllt – tatsächlich alles Produkte aus der Gegend –, und zwar in so kunstvoller Garnierung, daß es sogar eine Herausforderung für die kulinarischen Götter in Kalifornien gewesen wäre.

Aber die Sachlage änderte sich, als ich an diesem Abend zurück zum Gästehäuschen ging. Von dem Moment an, wo ich das große Haus verließ, fühlte ich mich unbehaglich, und dieses Gefühl wurde um so schlimmer, je weiter ich mich entfernte. Das war dieselbe unerklärliche Angst, die mich in der ersten Nacht hier auf dem Gelände gepackt hatte. Ich fühlte mich verfolgt. Ich redete mir zu, daß das irrational sei, daß ich vollkommen sicher sei, daß mir damals niemand etwas getan habe und jetzt niemand etwas tun werde. Tatsächlich war ich doch in dieser ersten Nacht von dem anziehenden Maurizio besucht worden. Vielleicht würde er ja jetzt auch wieder vorbeikommen. Dynamische Monogamie.

Ich hatte gerade das letzte Stück des Pfades zum Häuschen eingeschlagen, als ich feststellen mußte, daß eine der Lampen am Weg ausgegangen war. Dort war es sehr dunkel, und ich beschleunigte meinen Schritt. Aber ich spürte, daß das vergeblich war. Ich fühlte es kommen, und da kam es tatsächlich – ein Rascheln in dem dichten, dornigen Gestrüpp, und dann schlang sich ein Arm um meinen Hals und brachte mich aus dem Gleichgewicht. Vor meinen Augen blitzte im Mondlicht schimmernder Stahl auf, die Klinge eines großen Messers, die auf meinen Hals gerichtet war.

»*Muori!*« sagte die Stimme in einem rauhen Flüstern. Er zog das Messer zurück und holte zum Stich aus. »*Muori!*«

Meine Gedanken eilten jetzt nicht zu meiner Mutter oder zu meinem Liebhaber, zu meinen Freunden, nicht einmal zu meiner Katze, sondern zu Tosca und Scarpia in diesen tödlichen letzten Sekunden ihres Rendezvous. Und da, genau in dem Moment, wo die Klinge hätte beginnen sollen, im Bogen durch meine Kehle zu schneiden, woraufhin das warme Blut ungehindert hervorgeströmt und mein Leben verebbt wäre, da griff ich hinter mich, wahrscheinlich, um das Gleichgewicht zu finden – oder was weiß ich –, nach einem letzten Halt an einem irdischen Gegenstand vor diesem meinem jämmerlichen Abschied von des Lebens Wirrwarr. Und was ich da zu fassen kriegte, war so steif und so vertraut wie meine eigene DNS, und sogar in diesen allerletzten Augenblicken meines Erkennungsvermögens erkennbar. Ich hörte meinen letzten Atemzug als ironisches kleines Lachen herauskommen, ein Lachen über diesen letzten Streich, den das Leben mir da gespielt hatte. Denn ich hatte den erigierten Schwanz meines Mörders gepackt, der vorn in seiner Hose hochstand.

»Jesus«, murmelte ich.

Und da erschien tatsächlich mein Erlöser, allerdings nicht in fließenden weißen Gewändern. Um die Wahrheit zu sagen, ich sah nichts, außer daß das Messer aus der Hand meines Angreifers hoch in die Luft flog und dann in sicherem Abstand zu uns mit einem lauten Knall auf dem gepflasterten Weg aufschlug. Mir wurde schwarz vor Augen, und ich fiel zu Boden. Ich bemerkte einen kurzen Kampf zwischen Retter und Mörder, aber erkennen konnte ich keinen von beiden. Der einzige Hinweis auf seine Person kam unmittelbar, bevor sie beide davonrannten – als mein Angreifer sein Messer packte und mein Retter ihm nachsprang. Und zwar war es der vertraute nasale Ton, den unter all den Leuten, die ich in Abigail kennengelernt hatte, nur ein einziger hervorbrachte. Ich war von Maurizio gerettet worden.

Ein paar Minuten lang blieb ich noch auf dem Weg liegen, um wieder zu Atem zu kommen. Dann sprang ich infolge eines letzten Adrenalinstoßes auf und rannte ins Häuschen. Drinnen verschloß und verriegelte ich sofort alle Fenster und Türen, als würde das meine Sicherheit garantieren. Ich rief Daphne drüben im Haupthaus an und erzählte ihr, was passiert sei. Sie sagte, sie werde die Polizei anrufen, und ich stimmte zu, wofür auch immer das gut sein mochte. Ich hatte erwartet, Lieutenant Branco werde auftauchen und den Tag retten, aber statt dessen erschien die Abigailer Polizei und nahm meine Aussage auf. Sie suchten halbherzig rings um den Pfad, auf dem ich angesprungen worden war, aber natürlich fand sich kein Messer. Mein Angreifer hatte es ja mitgenommen. Und da der Weg gepflastert war, gab es auch keinerlei Spuren eines Kampfes. Ich zeigte ihnen die Wunde an meinem Unterarm, auf den ich gefallen war, aber ich erkannte, daß sie mir nicht glaubten. Schon gut, dachte ich. Wenn Maurizio auftaucht, wird er alles erklären. Aber er tauchte nicht auf, jedenfalls nicht in dieser Nacht.

Daphne bestand darauf, daß ich bei ihr im großen Haus bliebe. Ich erklärte ihr, daß das für mich eigentlich keine Bedeutung habe, denn da war es nicht sicherer als in dem Häuschen, jedenfalls nicht nach der eben erlebten Krise. Doch dann erkannte ich, daß sie mich nicht nur zu meiner Sicherheit, sondern genausosehr zu ihrer Beruhigung im Haupthaus drüben haben wollte. Also packte ich ein paar Sachen für die Nacht zusammen und ging zu ihr hinüber. Ein kleiner Haken an der Sache war, daß die einzigen Gästezimmer, die innerhalb so kurzer Zeit bezugsfertig gemacht werden konnten, die von Bruce David waren, der sie gerade erst verlassen hatte. Wie sollte das bloß weitergehen.

24

Am nächsten Morgen war Maurizio noch immer nicht aufgetaucht. Und obwohl er noch nicht so lange abwesend war, daß man ihn offiziell als vermißt hätte melden können, hatte Daphne die hiesige Polizei davon überzeugt, daß sie eine Suche nach ihm einleiten müßten.

»Er könnte ja ernstlich verletzt sein«, hatte sie ihnen gegenüber argumentiert. »Möchten Sie die Verantwortung übernehmen, wenn er irgendwo mit einer Verwundung liegt?«

Und wie schon bei manch anderer Gelegenheit brachte Daphne auf irgendeine Weise die Abigailer Polizei wieder dazu, ihren Wünschen nachzukommen.

Sie fuhr den Maestro und mich zum Opernhaus, aber als wir dort ankamen, stieg er nicht aus dem Auto.

Daphne erklärte: »Er übt heute mit seinem Orchester.« Dann fügte sie hinzu: »In der Konzerthalle. Das Bühnenensemble im Opernhaus muß sich ja auch noch auf die anderen Inszenierungen vorbereiten, wissen Sie.«

Ich wußte es tatsächlich, und ich wußte auch, daß die Perücken für die anderen Inszenierungen bei ihren Kostümen dabei waren und daß es die Aufgabe eines anderen sein würde, sie herzurichten und den Leuten aufzusetzen.

Als erstes ging ich im Opernhaus zum Perückenraum, aber da hing noch immer dieser lächerliche schwarze Kranz, und die Tür war noch immer zugesperrt. Ich wußte, daß es da drinnen einen Haufen Arbeit gab, auch wenn sich der Herr Perückenmeister vollständig seiner Trauer überließ. Und so etwas wie dieser Daniel Carafolio wollte nun ein Profi sein! Ich war nur Friseur, aber selbst ich wußte: The Show must go on.

Ich ging hinter die Bühne, um Ronda Lucca zu bitten, mir den Perückenraum aufzuschließen, aber sie war nicht da. Ihre gehetzt wirkende Assistentin sagte mir, ich könne Ronda vielleicht bei der Orchesterprobe in der Konzerthalle am anderen Ende des Theaters finden. Oder vielleicht war sie auch bei der Bühnenprobe in dem Gebäude neben dem Opernhaus. Die Assistentin bemühte sich gar nicht, ihren Ärger darüber zu verbergen, daß Ronda heute vormittag woanders war und nicht hinter der Bühne, wo sie so dringend gebraucht wurde. Ich fragte die Assistentin, ob sie mir den Perückenraum aufschließen könne, aber sie sagte, dazu sei einfach keine Zeit.

Also zog ich los, um Ronda Lucca zu suchen. Als erstes machte ich bei der Bühnenprobe im Probenbau gleich neben dem Opernhaus halt. Es war nicht weit bis dorthin, und drinnen fand ich das große offene Studio ganz leicht. Die Probe war bereits in Gang. Im Studio war ein Aufbau vorgenommen worden, der dem auf der Bühne im Opernhaus entsprechen sollte, aber mit Podesten und Stühlen und anderen beweglichen Bühnenelementen, die das eigentliche Bühnenbild nur andeuteten. Jonathan Byers leitete das Ganze, und zu meiner Überraschung sah ich am Klavier nicht Carolyn Boetz, sondern Rick Jansen. Ich hatte ihn schon eine ganze Weile nicht mehr die Tasten mißbrauchen hören. Die übrigen Ensemblemitglieder waren auch anwesend, alle konzentriert und offenbar voller

Arbeitseifer. Vielleicht hatten die Zusicherung des neuen Vertrags und das rasche Herannahen des Premierenabends begonnen, sie durch freudige Erwartung stärker zu motivieren. Das einzige Problem bildete wahrscheinlich Jonathan Byers' gleichgültiges, fast gefühlloses Verhalten Rick gegenüber, der sich, immer gefährlich nahe am Abgrund, Note für Note durch die Partitur quälte.

Aber hier gab es keine Ronda Lucca, die mir den Perückenraum aufsperren konnte. Also ging ich weiter zur Konzerthalle, jenseits des quadratischen Hofes des Theaters. Sobald ich dieses Gebäude betreten hatte, durchfuhr mich bei dem, was ich hörte, vor Entzücken ein Schauer, wie schon seit Jahren nicht mehr. Bis zu diesem Zeitpunkt hatte ich bei allen Proben die zugehörige Musik einzig vom Flügel gehört. Aber heute vormittag probte der Maestro die Oper mit einem vollen Orchester. Und obwohl die Konzerthalle technisch perfekt schallgedämpft war, hatte der alte Herr die Musiker so weit gebracht, daß bei Verdis Musik in der Vorhalle die Wände zitterten. Ich schlüpfte in die Konzerthalle, um zuzusehen und -zuhören.

Der Zuhörerraum in der Konzerthalle war dunkel, die Bühne jedoch hell beleuchtet. Der Maestro stand vor dem Orchester auf einem Podium. Nichts mehr von dem alten Menschen, der sich Tag für Tag auf einen Stuhl neben dem Flügel gekauert hatte, um eine einzige Musikerin zu dirigieren. Jetzt stand der Maestro aufrecht und stark da, eine unbestreitbare Autorität für alle Musiker unter seinem Taktstock. Carolyn Boetz saß gleich neben dem Podium auf einem hohen Stuhl. Vor ihr lag die Partitur für das gesamte Orchester, in die sie mit Bleistift zahlreiche Eintragungen machte, teils auf die Zeichen des Maestro hin – manche ganz sacht, manche gebieterisch –, teils nach ihrem eigenen geschulten Gehör.

Sobald sich meine Augen an die Dunkelheit gewöhnt hatten, entdeckte ich, daß Ronda Lucca in einer der letzten Reihen des Saals saß und ebenfalls der Probe zusah. Ich setzte mich hinter sie, wo ich ihr über ihre Schulter hinweg zuflüstern konnte:

»Ich brauche den Schlüssel zum Perückenraum.«

Wortlos und ohne das geringste Geräusch nahm Ronda den großen Schlüsselring vom Gürtel und reichte ihn mir. Einen Schlüssel hatte sie ausgesondert.

»Danke«, flüsterte ich. »Wann wollen Sie sie zurückhaben?«

»Behalten Sie sie«, sagte sie. »Ich bin in einer halben Stunde wieder drüben.«

Ich wollte gerade wieder gehen, als mir klar wurde, daß eigentlich auch ich keine Eile hatte, ins Opernhaus zurückzukehren. Niemand würde mir Vorwürfe machen, also konnte ich hinter Ronda sitzen bleiben und der Musik zuhören, so lange ich wollte. Und genau das tat ich auch.

Dem Maestro zuzusehen, das war wirklich aufregend. Ich hätte nie gedacht, daß der alte Knabe noch so viel Feuer im Blut hatte. Energisch schwang er die Arme, und die Musiker antworteten mit roher Gewalt – im musikalischen Sinne. Dann dämpfte er sie plötzlich und stellte den Gesang der Amelia mit einem hohen fistelnden Falsett dar, und anschließend den des Renato mit einem leisen rauhen Brummen. Dann trieb er sie flugs wieder an und holte noch mehr Donner aus dem Orchester heraus, und das alles, um seine winselnden, bellenden, schneidenden Imitationen der Sänger zu unterstützen. Es sah fast aus wie eine Verballhornung der wirklichen Oper, war aber alles todernst. Verdi wurde gut bedient.

Und obwohl ich ja hinter Ronda Lucca saß, erkannte ich, daß sie Carolyn Boetz beobachtete. Die aufmerksame Ruhe ihres Körpers verriet es. Mochten sich bei der Musik auch die Balken biegen, Ronda blieb still und ruhig. Aber dann kam es immer wieder einmal vor, daß dort draußen auf der Bühne Carolyn Boetz eine kleine Bewegung machte – eine Seite umblätterte, den Kopf wandte –, und Ronda reagierte darauf mit einer ähnlichen, kaum sichtbaren Bewegung des Kopfes oder des Körpers, um gleich darauf wieder in einer Stellung zu verharren, die ihr einen guten Blick auf die Frau gewährte, die sie liebte, bis dann deren nächste kleine Bewegung bei ihr wieder ein Echo hervorrief.

Ungefähr eine halbe Stunde später, nach der Hälfte der Musik zum ersten Akt, schaute Ronda auf die Uhr und stand auf, um zu gehen. Sie zeigte sich nur ganz wenig überrascht, daß ich noch immer hinter ihr saß.

»Ich begleite Sie zurück«, sagte ich.

Auf unserem Weg zurück zum Opernhaus sagte ich: »Das Orchester klingt großartig, was?«

»Ja«, sagte Ronda.

Ich bedrängte sie mit einer weiteren Frage.

»Mögen Sie sie sehr?«

»Ist der Himmel blau?« seufzte Ronda.

»Weiß sie es?«

»Das spielt keine Rolle«, antwortete sie. »Ob Carolyn jemals dieselben Gefühle haben wird wie ich oder nicht, ich würde jedenfalls alles auf der Welt für sie tun.«

Das war ohne Zweifel eine Form von Liebe.

Ich sagte zu Ronda, daß ich gerade von dem großen Vertrag für die Inszenierung des *Ballo* gehört habe.

»Das ist nichts Neues mehr«, sagte sie. »Inzwischen weiß es jeder.«

»Außer mir.«

»Vielleicht verkehren Sie nicht in den richtigen Kreisen.«

»Darüber scheinen sich ja alle Sänger einig zu sein«, entgegnete ich ihr.

»Dann lassen Sie doch die auch nicht an sich ran«, sagte Ronda lachend.

»Sie sind wohl guter Laune?«

»Ja, klar. Da Carolyn die Assistentin des Maestro ist, wird sie auch mit der Aufnahme zu tun haben. Das ist für sie der große Durchbruch.«

»Das klingt fast, als würde das ganze Ensemble bei dieser Aufnahme mitwirken dürfen.«

»Ja«, sagte Ronda. »Irgendwie ist es für alle glücklich ausgegangen.«

»Außer für die tote Diva.«

Ronda lächelte zaghaft. »Na ja, einer muß ja wohl immer den Schwarzen Peter kriegen und Pech haben.«

»Mit Pech oder Glück hat das nichts zu tun, daß ihr die Kehle durchgeschnitten wurde, Ronda. Jemand wollte sie aus dem Weg haben.«

»Vielleicht die Aufnahmefirma«, sagte Ronda. »Sie wollten die Kuh bestimmt nicht in vollem Digitalklang erleben.«

»Sollte sie denn für die CD-Aufnahme verpflichtet werden?«

»Bestimmt nicht«, sagte Ronda überzeugt. »Jeder wußte, daß Marcella Ostinatas Karriere zu Ende war. Aber sie machte natürlich wie immer viel Lärm um die CD. Dadurch verzögerte sich auch der Vertrag immer weiter – durch diese Kuh und ihre Anwälte.«

Wieder einmal fragte ich mich, wenn Madame Ostinata so einen schlechten Ruf hatte, warum war sie dann für eine Hauptrolle verpflichtet worden? Und wie weit würde Ronda Lucca in ihrer unerwiderten Liebe zu Carolyn Boetz gehen? Nachdem Marcella Ostinata aus dem Weg war, hatte sich die Aufnahmefirma schnell dazu entschlossen, das ganze Ensemble zusammen mit Maestro Toscanelli zu engagieren. Ronda wußte, daß er unvermeidlich auch Carolyn Boetz an diesem Gewinn beteiligen würde. Hatte sie den Erfolg ihres Liebchens dadurch beschleunigt, daß sie die ältere Sängerin ermordete?

Ich sagte: »Es ist nur Pech für Sie, daß diese Gesellschaft keine Inspizientin braucht. Sonst hätten Sie jetzt wahrscheinlich auch einen Vertrag.«

»Nö«, sagte Ronda. »Sie brauchen Produktionsassistenten, und das habe ich auch schon gemacht. Das ist wie beim Barras.«

Als ich wieder im Perückenraum war, machte ich mich wirklich an die Arbeit, um endlich mal vorwärtszukommen, und bald war ich so versunken in meine Aufgabe, daß ich völlig vergaß, ein Mittagessen oder meinen üblichen Nachmittagsimbiß zu mir zu nehmen. So etwas nennt man Hingabe. So schnell, wie ich vorwärtskam, würde das Ensemble, selbst wenn Daniel kein einziges Mal mehr auftauchte, ganz phantastisch frisiert sein von dem ganz phantastischen, bald schon schlanken *moi*. Ich beendete gerade die Arbeit an einer Damenperücke für die letzte Szene der Oper, in der der eigentliche, im Titel erwähnte Maskenball vorkommt. Das war die einzige Szene in der Inszenierung, wo die Kostüme und Perücken nicht mit dem übrigen exzentrischen Bühnenbild übereinstimmen mußten – dem heutigen Manhattan nämlich. Tatsächlich war das Bühnenbild für die ersten drei Akte ganz grau und düster, die Kostüme aber leuchtend bunt, vermutlich, um die verborgenen Leidenschaften der Spieler in einer feindseligen, bedrückenden Umwelt darzustellen. Im Gegensatz dazu fand das Finale in einen hellen, farbigen Ballsaal statt, während alle Kostüme für den Ball zwar elegant, aber strikt schwarz und weiß waren, vermutlich, um die starren Motive der Rollen in einer festlichen Atmosphäre darzustellen. Das war eine abgedroschene Übung in puncto theatralischem Kontrast. Aber wenn Jonathan Byers Verdis *Un Ballo in Maschera* ganz munter ins Manhattan der Jetztzeit verlegen konnte, warum sollte ich mir dann um Anachronismen Gedanken machen? Ich hatte die Absicht, die Perücken so zu gestalten, daß es den Zuschauern den Atem verschlug. Tatsächlich war die, die ich gerade in den Händen hatte, vielleicht doch ein bißchen *de trop*, mit Ringellöckchen und Wellen, die sich ganz extravagant bauschten. Sie hätte einem Louis XVI. zur Ehre gereichen können, und ich freute mich meiner unerwarteten Inspiration. Genau in dem Moment erschien ein unerwarteter Besucher – Lieutenant Branco.

Branco hatte sich letzte Nacht nicht gezeigt, als Daphne nach dem Überfall auf mich die Polizei angerufen hatte, und darüber war ich immer noch ein wenig verstimmt. Schließlich war ich doch sein Agent. Bedeutete das denn gar nichts? Branco erklärte sehr vernünftig, warum er nicht selber gekommen sei, um den Vorfall aufzunehmen: Er hatte sich über den Verbleib von Bruce David informiert und war dann in die Nachforschungen nach der Angestellten Mathilde verwickelt worden. Aber die Worte kamen ihm zu leicht über die Lippen – ohne Entschuldigung, fast schnippisch –, als spreche er nur rein geschäftlich mit einem anderen Polizisten. Wahrscheinlich hätte es mich freuen sollen, daß er mich so offensichtlich von gleich zu gleich behandelte, aber aus meiner Sicht hatte Lieutenant Branco seine Berufspflichten gegenüber zwei völlig Fremden, noch dazu Tatverdächtigen, mit einem Maximum an Hingabe erfüllt. Aber sobald ein unvorhergesehener Fall von mehr persönlichem Zuschnitt eintrat, dergestalt nämlich, daß ich – sein Agent – überfallen wurde, wusch Branco seine Hände in Unschuld und schickte die Polizei von Abigail vorbei.

»Ich habe den Bericht über diesen Vorfall von gestern nacht gelesen«, sagte er. »Ist jetzt alles in Ordnung bei Ihnen?«

»Natürlich«, sagte ich.

Branco warf mir einen skeptischen Blick zu und sagte dann: »Übrigens, können Sie sich noch erinnern, was Sie gegessen und getrunken hatten?«

»Ich war nicht betrunken«, protestierte ich. »Es ist wirklich so gewesen.«

»Man kann sich manchmal durch ein merkwürdiges Zusammenspiel so etwas auch einbilden.«

»Wie in der Liebe.«

»Das war's vielleicht auch, was Sie in Wirklichkeit von ihm wollten.«

»Von wem?«

»Dem kleinen Typen, der andauernd auftaucht und wieder verschwindet.«

»Lieutenant, Maurizio hat mir das Leben gerettet.«

»Natürlich«, sagte er. »Ich bin nur froh, daß Sie nicht verletzt sind.«

Zu einem früheren Zeitpunkt meines Lebens wäre ich auf so eine Bemerkung Brancos hin losgerannt, um meine Aussteuer zu holen. Aber heute nachmittag klang der Kommentar des Lieutenant eher wie eine höfliche Abfertigung einem völlig unberechenbaren Menschen gegenüber.

»Lieutenant«, sagte ich. »Ich bin wirklich überfallen worden. Der Kerl hatte ein Messer.«

»Ich glaube Ihnen«, sagte er.

»Nein, Sie glauben mir nicht. Ihre Stimme verrät Sie.«

»Stan, wir sollten uns gegenseitig trauen.«

»Ich würde lieber hören, daß Sie mir nicht glauben, wenn das die Wahrheit ist, statt einer vorsichtigen Lüge, nämlich, daß es nur vernünftig ist, wenn wir einander trauen.«

Ich sah, daß er seine kräftigen Backenmuskeln anspannte und wieder locker ließ. Ich hatte da ganz plötzlich eine Kraftprobe zwischen uns heraufbeschworen, eine kleine, aber ernste. An so etwas war Branco natürlich nicht gewöhnt – daß einer vom anderen die unangenehme Wahrheit hören wollte und kein höfliches Gerede über Vertrauen –, jedenfalls bestimmt nicht von den Jungs im Polizeirevier, bei denen wahrscheinlich Teamgeist und männliche Kameraderie blühten. Aber jetzt hatte Branco mit mir zu tun, mit Stan Kraychik – dem Meisterfriseur, poetischen Perückenmacher und lästigen Homosexuellen.

Branco sagte: »Okay, Stan. Ich werde zu Ihnen absolut ehrlich sein, wenn Sie das wollen. Ich bin ein bißchen beunruhigt, daß Sie es immer wieder schaffen, zur falschen Zeit am falschen Ort aufzutauchen. Wenn Sie weiter für mich arbeiten, werden Sie das begreifen müssen. Sie könnten sich damit wirklich in Gefahr bringen. Und Sie sind ja nicht bewaffnet.«

»Gestern nacht war ich in Gefahr, und wo waren Sie da?«

»Manchmal frage ich mich, ob Sie sich nicht absichtlich in solche Situationen bringen, nur um zu sehen, was dann passiert.«

»Was, Sie denken, daß ich da im Gebüsch auf Sex aus war?«

»Ich weiß selber nicht, was ich denken soll, Stan.«

»Jetzt reicht's aber, Lieutenant. Vielen Dank.«

Branco runzelte unglücklich die Stirn. »Was wollten Sie denn von mir hören?«

»Die Wahrheit.«

»Das war die Wahrheit. Was wollen Sie noch?«

»Ich möchte, daß Sie mir glauben, daß ich letzte Nacht überfallen worden bin, auch wenn in dem Bericht keine überzeugenden Beweise dafür stehen.«

»Da müßte ich lügen, Stan.«

»Das würde ich für Sie doch auch tun.«

»Sie würden mich anlügen?«

»Wenn die Situation es erfordert.«

»Dann sind wir in diesem Punkt verschieden«, sagte der Polizeibeamte. »Ich würde niemals wollen, daß Sie mich anlügen.«

»Auch nicht, um Ihre Gefühle zu schonen?«

»Deswegen nicht, und auch sonst nicht!« sagte er heftig. Zwischen uns legte sich ein Schweigen. Als Branco wieder sprach, blickten seine Augen ein bißchen traurig, ein bißchen enttäuscht drein. »Wissen Sie«, sagte er, »manchmal erlaube ich mir tatsächlich den Gedanken, daß ich vielleicht ein besserer Polizist werden könnte, wenn Sie mit mir zusammenarbeiten.«

Ohne auf mein besseres Ich zu achten, gab ich zurück: »Das klingt wie in so einem Film, wo ein Mann sich Frauenkleider anzieht und eine Erscheinung hat.«

Der Polizist fuhr auf.

Ich sagte rasch: »Entschuldigung. Das war nicht fair.«

»Sie denken wohl, daß Sie der einzige auf der Welt sind, der Gefühle hat.«

»Das ist halt meine Überlebensstrategie«, bemerkte ich schwach.

»Passen Sie auf, Stan«, sagte mein Held, »wenn wir vernünftig zusammenarbeiten sollen, müssen Sie die Dinge so nehmen, wie sie sind. Ich kann nicht anfangen, zu Ihnen Sachen zu sagen, die ich gar nicht meine. Ich dachte, das wüßten Sie inzwischen.«

Ich wurde rot. Da hatte er recht. Ich wußte es tatsächlich.

Mit gesenktem Kopf fragte ich: »Soll ich meinen Sheriffstern zurückgeben?«

»Wollen Sie das?«

»Nein«, quäkte ich.

»Dann geben Sie mir einfach weiterhin diese guten Hinweise, so wie bisher, und ich höre Ihnen zu. Aber das ist das einzige, was ich versprechen kann – daß ich zuhöre. Und was das betrifft, was ich zu Ihnen sage, ja also ...« Er verstummte, ohne den Satz zu beenden.

»Lieutenant, in einer Sache hatten Sie ja recht. Ich komme wirklich manchmal in Schwierigkeiten. Aber diesen Überfall letzte Nacht habe ich nicht erwartet. Wenn wir Maurizio finden, wird er das Ganze bestätigen.«

»Und in der Zwischenzeit«, sagte Branco, »passen Sie besser besonders gut auf.«

Branco überflog den Perückenraum mit seinen Stapeln von Haarteilen und Haarnetzen und Lack und Plastikköpfen und die Regale voller fertiger Perücken und die Tische mit den Sachen, die in Arbeit waren. Für das ungeübte Auge mußte das wie ein Chaos aussehen.

Er sagte: »Hier arbeiten Sie also.«

Ich nickte.

Er drehte sich um, um zu gehen, und war schon fast aus der Tür, als er noch einmal stehenblieb und sagte: »Ich ruf Sie später an.«

»Danke«, sagte ich.

Ich lauschte seinen Schritten durch den Gang und die Treppe hinauf bis zum Bühneneingang. Dann machte ich mich wieder an die Arbeit.

Bevor ich an diesem Tag das Opernhaus verließ, durchstreifte ich noch einige der unerforschten Korridore in den oberen Stockwerken und stieß auf eine Ballettprobe, die in einem der Räume stattfand. Als ich den Tänzern und dem Choreographen zuschaute, überkam mich plötzlich die Sehnsucht nach meinem Geliebten. Was machte er wohl gerade in Paris? Warum waren wir getrennt? Was bedeuteten schon diese Perücken? Oder der Mord an einer Diva? Die Tänzer auf der Probe schienen immun gegen alle niederen Sorgen des Alltags. Ihr einziges Anliegen waren Bewegung und Musik. Ich stand vor dem Probenraum und sah sie über den Boden gleiten und sich drehen und sich dann sorglos in die Luft erheben. Ich hätte mich von ihnen und der Leichtigkeit, die ihre Übung ausstrahlte, aufmuntern lassen sollen. Wie bei den anderen Künstlern des Opernhauses war ihre ganze Aufmerksamkeit auf die anstehende Arbeit und den Premierenabend gerichtet. Das war ein schönes Leben, wenn man für die Kunst arbeitete. Warum fühlte ich mich dann so schlecht? Zum Teufel, schließlich wurde ich gerade als Brancos Assistent ausgebildet. Das sollte doch Grund genug sein, mich von Herzen zu freuen und mich den Tänzern gleich anzuschließen. Statt dessen stand ich da, schaute ihnen zu und weinte fast. Ich mußte sehr kämpfen, um die Tränen zurückzuhalten, und einen Augenblick lang begriff ich einen winzigen Fetzen davon, warum Lieutenant Branco immer so streng wirkte. Vielleicht war diese coole Fassade gar nicht sein eigentliches Wesen. Vielleicht verlangte es einfach seine Arbeit, daß er die Gefühle niederhielt, sie zurückdrängte, sie mißachtete, genau wie ein Chirurg. Manchmal waren Gefühle eben nicht am Platz. Wie sonst könnte ein Mensch einem anderen Menschen, auch wenn es zur Heilung geschah, den Körper aufschlitzen? Oder einen anderen Menschen verfolgen und verurteilen und sogar töten, auch wenn es um der Gerechtigkeit willen geschah? So etwas konnte man nur mit Abstand meistern – indem man kalt und berechnend Abstand zwischen sich und den Gegenstand seiner Aufmerksamkeit legte. Und das brauchte ich auch. Objektivität. Psychischen Abstand. Mindestens fünf Kilometer.

Aber trotz all meiner unnützen Vernünftelei war mir immer noch zum Weinen, als ich das Opernhaus verließ. Da fiel mir ein, daß ich den ganzen Tag noch nichts gegessen hatte. Mein Gefühlstief war nichts anderes als ein zu niedriger Blutzuckerspiegel.

25

Obwohl ich die vorige Nacht nach dem Überfall bei Daphne im großen Haus verbracht hatte, waren alle meine Kleider und meine sonstigen Sachen noch im Häuschen. Ich hatte nicht alles ins große Haus geschafft, denn ich beabsichtigte ins Häuschen zurückzukehren, sobald sich Daphne so weit erholt hatte, daß sie wieder allein sein konnte. Ehrlich gesagt genoß ich die Unabhängigkeit, die das Gästehaus mir bot. Und trotz der Illusion, daß sich die Sicherheit entsprechend der Anzahl der Anwesenden im großen Haus erhöhen würde, mochte ich die Ausstrahlung gar nicht, die nach Bruce Davids unsicherem Aufenthalt hier noch immer über seinen Zimmern lag. So ging ich denn, als Daphne und der Maestro und ich diesen Abend zur Villa zurückkehrten, ins Häuschen hinüber, um mich zu waschen und fürs Essen umzuziehen. Aber ich ahnte nicht, was mich da erwartete.

Maurizio lag bei mir im Bett. Ich erkannte, daß er unter der Decke nackt war, aber es schwebte nicht der leiseste Hauch von sexuellem Verlangen im Raum. Das war der erste Hinweis darauf, daß ihm etwas passiert sein mußte. Ich ging auf das Bett zu und sah, daß um seine rechte Schulter herum die Laken steif und rotbraun vor getrocknetem Blut waren. Einen schrecklichen Augenblick lang sah ich eine Wiederholung von Marcella Ostinatas Todesszene vor mir. Aber meine Befürchtung traf nicht zu. Maurizio war glücklicherweise am Leben, aber nur halb bei Bewußtsein, und er stöhnte leise. Es ging ihm außerordentlich schlecht; er glühte vor Fieber. Seine Augen blickten mich an. Sie waren ganz glasig und erkannten wohl nichts. Die Wunde, die das Messer in seiner Schulter hinterlassen hatte, klaffte vor meinen Augen; sie lief von der Mitte des Schlüsselbeins diagonal über den Brustmuskel und über den Oberarm. Der Schnitt war verkrustet und grindig und sonderte einen blutigen gelben Schleim ab. Stellenweise waren die Laken von dieser Ausscheidung noch feucht. Maurizio mußte letzte Nacht ins Häuschen zurückgekehrt sein, nachdem er mir das Leben gerettet hatte, und seitdem hier gelegen haben, mit seiner Messerschnittwunde, die sich infiziert hatte.

Ich rief sofort im großen Haus an und erklärte Parker, was vorgefallen sei. Ich sagte ihm, er solle einen Krankenwagen rufen, ich werde in der Hütte bleiben, bis der komme. Und während der nächsten Viertelstunde etwa, bis die Sanitäter ankamen, wiegte ich Maurizio in den Armen und benutzte dazu die Leintücher wie ein Wickelbett. Dabei bemerkte ich etwas auf meinem Nachttischchen, was das letzte Mal, als ich hingesehen hatte, noch nicht da gewesen war. Ein kleiner zusammenklappbarer Silberrahmen zeigte nebeneinander zwei Fotografien – eine von einem kleinen Kind mit dunklen Haaren und dunklen Augen in einem bauschigen weißen Taufkleid, und die andere von einem schelmischen, etwa zweijährigen Knaben mit lockigem Haar in einem Matrosenanzug. Beide waren eindeutig von derselben Person, und da begriff ich, daß es sehr alte Bilder von dem jungen Mann waren, den ich in den Armen hielt.

Ich wollte den Rahmen gerade zusammenklappen und in der Schublade des Nachttischchens verstauen, als Daphne ins Häuschen kam. Sie sah, wie ich Maurizio hielt, und staunte einen Augenblick über das seltsame Bild, das wir wohl abgaben. Dann bemerkte sie Maurizios Wunde und wandte schnell den Kopf ab.

Sie sagte: »Wußten Sie, daß er hier war?«

»Nein. Er muß gestern nacht gekommen sein, nachdem er meinen Angreifer verjagt hatte. Wahrscheinlich kam es zum Kampf, und er wurde dabei verletzt.«

»Sieht schlimm vereitert aus«, sagte Daphne. »Er wird Antibiotika kriegen müssen.«

Ihr Blick glitt zu den Fotos im silbernen Rahmen.

Ich sagte: »Die waren vorher nicht hier.« Das klang, als wolle ich mich verteidigen. »Maurizio muß sie letzte Nacht hingestellt haben.«

Daphne sagte: »Da brauchen Sie doch nichts zu erklären, mein Lieber. Schließlich hat doch jeder Fotos von den Menschen, die er liebt.«

Aber ihre Bemerkung erinnerte mich daran, daß ich nie ein Foto von meinem Rafik bei mir hatte. Noch schlimmer, ich trug statt dessen immer eins von Sugar Baby in meiner Brieftasche, einen verknitterten alten Schnappschuß von ihr als fünf Wochen altes Fellknäuel. Schon damals besaß sie ihre Zauberkraft.

Die Sanitäter kamen und legten Maurizio auf eine Bahre, dann rollten sie ihn den Pfad hinunter zu dem wartenden Krankenwagen. Daphne und ich folgten dicht dahinter. Ich wollte wissen, ob wir beide nicht mit ins Krankenhaus fahren sollten, aber Daphne sagte, jeder zusätzliche Mensch in der Notaufnahme würde nur im Weg sein. Dem stimmte ich zu, aber trotzdem machte ich mir weiterhin Sorgen, daß Maurizio aus seinem Delirium aufwachen und kein bekanntes Gesicht um sich entdecken werde. Daphne versicherte mir, daß im Augenblick für ihn alles in Ordnung sei, und sie würde uns später hinunterfahren, damit wir ihn besuchen konnten, gleich nach dem Abendessen. Ich hätte zwar gerne noch geduscht und mich umgezogen, aber sie ließ sich nicht davon abbringen, daß wir nur wenig Zeit hatten.

»Außerdem«, fügte sie hinzu, »werden Sie Ihre Dusche viel mehr genießen, wenn wir aus dem Krankenhaus zurück sind. Haben Sie die Fotos dabei?«

»Welche Fotos?«

»Die von Maurizio, die auf dem Nachttisch standen.«

»Warum sollte ich?«

»Oh, das müssen Sie«, sagte Daphne. »Mehr als je müssen Sie jetzt, wo er leidend ist, sein Bild bei sich tragen. Das wird ihm helfen, gesund zu werden. Verstehen Sie denn nicht?« Sie lächelte strahlend. »Ach, noch einmal jung sein! Ich fürchte, ich würde beim zweiten Anlauf als ein richtiger Quacksalber verschrien sein, der die Heilkräfte der außersinnlichen Wahrnehmung erforscht und beweist.«

Soviel zum Medizinstudium in Harvard.

Daphne schickte mich zum Häuschen zurück, um die Fotos zu holen, während sie zum großen Haus weiterging. Als ich dann ins Haus kam, fand ich sie mit dem Maestro in der Bibliothek – an diesem Abend ohne einen Cocktail in der Hand. Sie bat sofort darum, die Fotos sehen zu dürfen. Während ich ihr den silbernen Rahmen gab, fragte ich sie, warum sie daran so interessiert sei.

Sie antwortete: »Ich kann es selber nicht so genau sagen, außer, daß da etwas ungemein Zwingendes in diesem jungen Gesicht ist, etwas fast quälend Vertrautes.«

»Es ist ja auch nicht, als würden Sie ihn nicht kennen«, bemerkte ich.

»Da steckt etwas anderes dahinter«, sagte Daphne. »Etwas Beunruhigendes.«

Der Maestro fragte, ob er die Fotos sehen dürfe. Er blickte nur eine Sekunde auf die beiden Porträts, dann erbleichte er.

»Es kann nicht sein«, sagte er und schüttelte bedrückt den Kopf. »Es ist nicht möglich.«

Es fehlte nur noch ein unheildrohender Trommelwirbel.

»*Che cosa*?« sagte Daphne, als werde den Maestro der Klang seiner Muttersprache zum Reden ermutigen.

Sorgfältig klappte er den silbernen Rahmen wieder zusammen, als handle es sich um eine heilige Reliquie. Dann sagte er: »Ich glaube, diese Junge ist Marcellas Sohn.«

»Was!« sagte Daphne.

»Häh?« sagte ich.

Der Maestro nickte. »Ich bin sicher jetzt. Ich habe diese Fotografien früher gesehen, vor viele Jahre. Marcella hatte einen Sohn. Er war diese Junge. Aber sie behielt ihn nicht.«

»Aber wie? Wann?« sagte Daphne. »Warum?«

Die Bemerkungen des Maestro hatten sie verstört, so als hätten sie eine alte, schlafende Angst wiedererweckt. Er erklärte weiter.

»Marcella hatte diese Sohn, aber sie hat nicht geheiratet den Vater. Es wurde von ihr akzeptiert, das zu tun, denn sie war eine große Künstlerin. Aber das Kindchen wurde sehr krank, und danach konnte es nichts mehr hören. Es war *sordomuto*. Marcella kann nicht haben eine Sohn, der so ist, der sie nicht hört. Es war für sie große Schande. So sie gibt das Baby an, äh, *l'orfanotrofio*.«

»Ach du großer Gott«, sagte Daphne. »Das erklärt auch, warum sie die Hälfte ihres Vermögens diesem Waisenhaus in Bari vermacht hat.«

»Ja«, sagte der Maestro. »Ich habe gewußt davon, aber Marcella verlangt von mir, daß ich verspreçhe, daß ich erzähle niemals davon. Aber jetzt, was macht es jetzt noch aus? Sie ist tot, und der Junge ist hier.«

»Aber wer ist der Vater?« sagte Daphne.

»Ah«, sagte der Maestro. »Der Vater war *americano*, eine Geschäftsmann, schon verheiratet. Er konnte Marcella nicht heiraten, so statt dessen er gab ihr viel Geld.«

»O weh, o weh«, sagte Daphne. »Das gefällt mir gar nicht, was ich jetzt denke.«

Der Maestro sagte: »Viele Jahre ich habe versucht, den Jungen zu finden, aber er rannte weg, und da niemand konnte ihn finden.« »Bis er hier auftauchte«, sagte Daphne. »Vor zwei Jahren, genau nach Sids Tod.« Dann fügte sie wie in Trance hinzu: »Er gab mir eine Karte, auf die er geschrieben hatte: *Ho tornato a casa*. Wie hätte ich ihn fortschicken sollen, wenn er sagte: ›Ich bin nach Hause gekommen‹?«

Was mich betrifft, so bestätigte ein bißchen geistige Arithmetik, was Lieutenant Brancos vor ein paar Tagen berichtet hatte, daß nämlich Marcella Ostinata vor ungefähr 25 Jahren einmal auf ganz mysteriöse Weise für nur eine Saison die Opernbühne verlassen habe. Mein Gedanke war richtig gewesen. Sie hatte das getan, um ein Kind zu bekommen.

Ich sagte: »Glauben Sie, Maurizio wußte, daß Marcella seine Mutter war?«

»Wie hätte er?« antwortete Daphne.

Ich zuckte die Schultern. »Wie man so hört, gibt es ja ein unveränderliches Band zwischen Mutter und Kind, das durch nichts zerstört werden kann. So was ähnliches wie außersinnliche Wahrnehmung.«

Daphne fuhr mich an: »Lassen Sie die Finger von meinen Theorien, junger Mann.«

»Ich hab's nicht böse gemeint. Ich frage mich nur, ob

Maurizio irgendein instinktives Gefühl ihr gegenüber hatte. Schließlich hat sie ihn ja alleingelassen. Das könnte eine Prägung in seiner kindlichen Psyche hinterlassen haben.«

»Eine Prägung«, sagte Daphne. »Wie bei dem Schweißtuch von Turin.«

»*Ah, sì*«, sagte der Maestro.

»Aber ich frage mich eines«, sagte Daphne. »Ich kenne Maurizio jetzt seit zwei Jahren, und ich habe noch nie diesen Rahmen oder diese Fotos gesehen.«

»Vielleicht waren sie sein Geheimnis«, sagte ich.

»Prägung«, sagte sie und grübelte darüber noch ein wenig nach. »Ich frage mich, ob nicht am Ende das der Gegenstand ist, von dem Marcella an jenem schrecklichen Morgen, als ich sie meine Brosche tragen sah, behauptete, er sei aus ihrem Zimmer weggekommen. Wenn Maurizio diesen Rahmen in ihrem Zimmer gesehen hat, hätte er sich auf den Fotos mit Sicherheit wiedererkannt. Alle Menschen haben diese Prägung. Er könnte sie sehr wohl aus Marcellas Zimmer weggenommen haben, um sie selber zu behalten.«

»Aber wann?« sagte ich. »Und wie?«

»Oh, er kann überallhin klettern«, sagte sie.

Dann schnappte Daphne dem Maestro den Rahmen aus den Händen, klappte ihn auf und betrachtete die Fotos darin mit äußerster Aufmerksamkeit. Nachdem viele Sekunden lautlos verstrichen waren, sagte sie: »Ich nehme an, ich sehe genau das, was ich sehen will. Ich wünschte, Maurizio wäre jetzt hier, so daß ich sein Gesicht direkt begutachten könnte. Ich muß sicher sein können.«

»In welcher Hinsicht?« sagte ich.

Daphne tauchte ab in den Strom ihres ganzen Wissens über ihren zweiten Ehemann Sid, der in diesen frühen Jahren viel gereist war, vor allem nach Übersee, wo seine Firma viele Verträge bekommen hatte, um technologisch allerneuste Nahrungsmittelverarbeitungs- und Einfrierungsfabriken, zu errichten.

»Er reiste oft nach Italien«, sagte sie.

Dann klang ihre Stimme ganz erstickt, als sie sich erinnerte: »Und da verschwand auch meine Brosche. Und jetzt, wenn ich die Fotos von Maurizio ansehe, bin ich mir sicher. Ich bin mir sicher, daß diese jungen Augen niemand anderem gehören als Sidney Blaustein.« Sie hielt einen Augenblick inne, dann murmelte sie: »So ein Hund!«

Der Maestro keuchte: »*Gran Dio!*«

Es heißt immer, daß meistens drei Dinge gleichzeitig passieren. Was würde als nächstes entdeckt werden? Daß Maurizio Marcella Ostinata als seine Mutter erkannt und dann getötet habe, um sich für das lebenslange Leid zu rächen, das sie ihm zufügte, als sie ihn so grausam im Stich ließ? Wenn das mit seiner Geburt stimmte, war er schließlich halb Italiener, und so etwas passiert in der Oper andauernd. Vielleicht auch in wirklichen Familien.

»Ein Gutes hat es aber«, sagte Pollyanna Kraychik«, Sie und Maurizio haben sich gefunden und sind wirklich eine Familie geworden.«

Daphne sah mich mit gerunzelter Stirn an. »Ich habe den Jungen von Herzen lieb, aber er ist doch nicht mein Fleisch und Blut.«

»Fast«, sagte ich salbungsvoll.

»Fast nicht!« sagte Daphne.

Nach einem sehr hastigen Abendessen, bei dem Daphne beinahe nichts zu sich nahm und alle brüsk behandelte, rief sie im Krankenhaus an, um sich nach Maurizio zu erkundigen. Sie bekam Bericht, daß seine Wunden gesäubert, genäht und verbunden worden seien; er hänge am Tropf mit einer Lösung aus Antibiotika, Salz und Glukose; und er schlafe friedlich.

Daphne legte auf und sagte zu mir: »Also, auch wenn er nicht mein Fleisch und Blut ist, gehe ich ihn jetzt besuchen. Sie können gern mitkommen.«

Ich nahm ohne zu zögern an, denn ich hoffte, daß ich auf der Fahrt die kleine Reiberei, die sich zwischen uns eingeschlichen hatte, wieder ausgleichen könnte. Der Maestro mochte sich uns nicht anschließen, weil die Probe am nächsten Tag schwierig werden würde. Es war eine *Sitzprobe*, bei der die Sänger und das Orchester zum ersten Mal die gesamte Partitur gemeinsam durchlaufen würden.

Im Krankenhaus schlief Maurizio ruhig. Er hatte bereits wieder ein bißchen Farbe bekommen, und seine langen Wimpern zogen mich unwiderstehlich auf sein Gesicht zu, als müßte ich ihn küssen. Das tat ich aber nicht. Statt dessen zwang ich mich dazu, ihn unbewegt anzustarren und mir vorzustellen, ob es möglich sei, daß dieser wohlgestalte junge Mann seiner entfremdeten Mutter in einem Anfall von gekränktem Zorn die Kehle durchgeschnitten habe? Aber ich fand keine Antwort.

Auf der Heimfahrt sagte mir Daphne, daß vom nächsten Morgen an ein gemieteter Chauffeur den Maestro und mich zum Theater fahren werde.

»Ich fürchte, ich habe mir zuviel zugemutet«, sagte sie. »Und da es bis zur Premiere ja nur noch eine Woche ist, wird es, wie ich vermute, jede Menge von unvorhergesehenen und äußerst dringenden Notsituationen geben, und ich werde ganz klar sein müssen. Das verstehen Sie doch, nicht wahr, mein Lieber?«

»Aber selbstverständlich«, sagte ich.

Tatsächlich hatte ich nie so ganz begriffen, warum überhaupt Daphne es sich nicht hatte nehmen lassen, uns herumzufahren. Ob es nun aus Gastfreundlichkeit oder Verantwortungsgefühl geschah: Daß sie den Maestro und mich chauffierte, schien so gar nicht zu ihrem Status als Hauptsponsorin des Opernfestivals zu passen. Und bei Daphnes Fahrstil wäre es eine Erleichterung, einen netten, schweigsamen professionellen Fahrer am Steuer zu haben.

»Wenn Sie wollen«, sagte sie, »kann ich Ihnen ein Auto mieten, so daß Sie selber fahren können.«

»Nein«, sagte ich zögernd. »Ich fahre mit dem Maestro.«

Aber dann ging mir auf, daß ein Mietauto mir eine Unabhängigkeit verschaffen könnte wie kein Auto mit Chauffeur. Außerdem würde ich als Lieutenant Brancos Agent vier Räder gut gebrauchen können, bis ich meinen eigenen Streifenwagen hatte.

»Wenn ich es mir recht überlege«, sagte ich, »wäre vielleicht ein Mietwagen für die nächste Woche gar keine so schlechte Idee.« Im bernsteinfarbenen Glanz der Lichter am Armaturenbrett des Bentley sah ich Daphne lächeln. »Das dachte ich nämlich auch«, sagte sie. »Sagen Sie mir nur, was Sie gerne hätten, und ich lasse es morgen früh herbringen.«

Meine Antwort kam so schnell, daß es klang, als habe ich schon die ganze Zeit auf diesen Augenblick gewartet. Vielleicht hatte ich das auch, unbewußt.

»Einen Alfa«, sagte ich.

»Ein rotes Cabriolet?« sagte Daphne. »Wie mein Bentley?«

»Ein schwarzes«, sagte ich. »Schwarz paßt besser zu meinem Haar.«

»Also dann ein schwarzes«, sagte Daphne mit beruhigendem Gurren, wie eine Gluckhenne, die ihr lange vermißtes Küken wiedergefunden hat. Berichtigung. Ihr zweites lange vermißtes Küken.

Sie traf alle Vorbereitungen, sobald wir wieder in der Villa waren. Und da sie darauf bestand, blieb ich auch diese Nacht wieder im großen Haus. Ich zog zwar das Gästehäuschen den Zimmern Bruce Davids vor, aber ich konnte ja Daphne wohl kaum ihre Bitte abschlagen, nachdem sie sich mit dem Mietwagen mir gegenüber so großzügig gezeigt hatte.

26

Der nächste Tag war ein Sonntag, und ich stellte fest, daß ich jetzt seit genau einer Woche in Abigail war. Nur eine Woche, und was war nicht alles geschehen! Was man auch über mein Leben sagen mochte, langweilig war es jedenfalls nicht. Dann wurde mir klar, daß mir das immer als Entschuldigung für meinen stets verschobenen Brief an Rafik in Paris gedient hatte, nämlich, daß ich mir einredete, daß mein Leben langweilig sei. Aber in Wirklichkeit hatte ich keine Entschuldigung. Es war höchste Zeit, diesen Luftpostbrief abzuschicken, denn nicht auszudenken, wenn nun Rafik als erster schrieb. Oder noch schlimmer, wenn er mich anrief? Womit würde ich erklären, daß ich nichts von mir hatte hören lassen? Und dabei Wörter wie Mord, Maurizio und Branco vermeiden? Da wäre es bestimmt noch leichter, den Brief fertigzuschreiben, egal, wie gestelzt er klingen mochte, und ihn auf dem Weg zum Opernhaus aufzugeben.

Obwohl es Sonntag war, hatte man eine Probe angesetzt. Sogar der »Tag der Ruhe« konnte den Fortgang einer Operninszenierung nicht aufhalten. Und die gewerkschaftlich organisierten Leute würden auch noch einen außerordentlich hohen Zuschlag bekommen.

Nach dem Frühstück traf ein Mietchauffeur mit Wagen ein, um den Maestro zum Opernhaus zu fahren. Ich jedoch würde meinen eigenen schurkischen italienischen Sportwagen fahren. Er war während des Frühstücks angeliefert worden, und Daphne drängte mich nach draußen, damit ich ihn mir ansah. Das Verdeck war heruntergelassen, wie um mich zu verlocken einzusteigen. Ich sprang auch tatsächlich hinein, und die bräunlichen Lederpolster umfingen meinen Hintern, meine Hüften und Schenkel mit wohliger, fast sexueller Vertrautheit. Das glänzende Schwarz des Außenlacks spiegelte den wolkenlos blauen Morgenhimmel wider. Dieser Tag fing ja wirklich gut an. Seltsam war nur, daß der Kilometeranzeiger des Alfa auf 84 Kilometern stand. Daphne hatte es doch tatsächlich geschafft, mir ein nagelneues Auto zu mieten.

Die Fahrt zum Theater versetzte mich in einen optimistischen Zustand, und ich wußte, daß der Alfa dazu nicht wenig beitrug. Der Wagen reagierte wie ein williger und eifriger Gefährte. Ihn zu fahren, das war mehr als nur ein Vergnügen. Es war belebend, ja geradezu erhebend. Kein Wunder, daß Lieutenant Branco seinen Alfa-Veteranen nie verkauft hatte. Sie hatten zu viele Jahre und zu viele Kilometer gemeinsam hinter sich gebracht.

Aber unabhängig von dem Auto war es auch einfach ein

gutes Gefühl, allein zu sein. Seit ich beim Festival angekommen war, hatte ich mich ständig in Gesellschaft befunden, was wir hypersozialen Zwillinge ja auch gern mögen. Aber manchmal möchten wir uns auch von den Menschen zurückziehen, sogar bis zu einem Punkt vollkommener Abgeschiedenheit. Und wie könnte man das besser, wie könnte man sich mit der Natur mehr eins fühlen, als in einer sportlichen kleinen Kapsel von Auto eine hohe, kurvige Küstenstraße entlangzufahren? Ohne Verdeck natürlich.

Danke, Daphne.

Im Opernhaus ging ich hinunter zum Perückenraum, wo ich den schwarzen Kranz noch immer an der Tür hängen sah. Offenbar war Daniel Carafolio in sein Amt zurückgekehrt. Er hörte mich nicht hereinkommen, aber ich hörte ihn ganz genau hinter den hohen Metallregalen, wie er grunzte und knurrte und fluchte. Ich spähte hinter einem der großen Regale vor und sah ihn in teuflischer Bosheit die schönen Arbeiten zerstören, die ich in seiner Abwesenheit geschaffen hatte. Er war gerade dabei, die langen Haarsträhnen, die ich so liebevoll gekämmt und zu einer Art Bienenkorb aufgebaut hatte, auseinanderzureißen und sogar zu zerfetzen. Aber anstatt die Schere so zu benutzen, wie man Scheren eben benutzt, hielt Daniel eine der langen Schneiden offen wie ein Schnitzmesser und hackte damit auf die Perücken ein. Er war so in seine Zerstörungswut vertieft, daß er mich gar nicht bemerkte.

»Wie kann er es wagen!« murmelte er. »Nein, nein, nein!« raste er, als er das nächste meiner Meisterwerke zu zerfetzen begann. »Alles ganz falsch!«

Das war die Folge davon, daß ich den Anweisungen des Kostümbildners nicht buchstäblich nachgekommen war. Ich hatte versucht, kreativ zu sein, und was war dabei herausgekommen? Ich hatte keinesfalls die Absicht, Daniel jetzt gegenüberzutreten, nicht, so lange er diese offene Schneide in der Hand hielt, und nicht nach dem guten Anfang, den der Tag für mich genommen hatte, als ich den

Alfa fuhr. Also schlüpfte ich wieder hinaus und ging nach oben hinter die Bühne.

Ronda Lucca war noch nicht da, und wenn die Katze aus dem Haus ist, tanzen die Mäuse auf dem Tisch. An diesem Morgen spielten die Mäuse – Mitglieder der Bühnenarbeiter-Mannschaft – gerade eine Runde Poker, obwohl es noch so früh war. Wegen der Sitzprobe würden die Leute einen ziemlich leichten Arbeitstag haben, aber dank des Wunders der Gewerkschaft trotzdem den Sonntagszuschlag bekommen, den sie offenbar sofort im Spiel wieder loszuwerden versuchten. Ich hörte, was sie miteinander sprachen.

»Schade, daß die Lucca nicht mit dabei ist. Sie spielt immer sehr hoch.«

»Ja, aber wenn sie hier wäre, würden wir ja gar nicht spielen, oder?«

»Wahrscheinlich nicht.«

»Was zum Teufel macht sie denn überhaupt dort draußen?«

»Na, was glaubste wohl? Sie guckt sich diese andere Amazone an.«

»Das kann ich mir fast nicht vorstellen, daß sie so ist. Die Lucca ist doch ein hübsches Mädchen. Hast du sie schon mal dort oben auf der Leiter gesehen?«

»Ja, warum?«

»Ich hätte nicht übel Lust, ihr mal eins auf ihren dicken Arsch zu klatschen.«

Das war mein Stichwort zu verschwinden.

Draußen im Opernsaal sollte die Sitzprobe gerade anfangen. Spannung lag in der Luft, denn das war das erste Mal, daß Stimmen und Orchester zusammen musizieren würden. Alle Solisten und die *comprimarios* – die Ersatzleute der Solisten – saßen auf Stühlen, die unter dem Proszenium arrangiert waren. Hinter ihnen der Chor, ebenfalls auf Stühlen. Der Maestro befand sich mit seinen Musikern im Orchestergraben. Unmittelbar neben ihm saß Carolyn Boetz mit der vollständigen Orchesterpartitur. Heute vormittag würde es keinerlei Aktion auf der Bühne geben, denn die Sitzprobe war eine praktische, fast intellektuelle Erprobung der Opernpartitur mit allen verfügbaren musikalischen Kräften. Trotzdem rief dieser deutsche Fachausdruck in mir ein ganz anderes Bild wach: einen sehr lebhaften Geschlechtsverkehr im Sitzen mit viel Gerammel und heiserem Operngebrüll.

Der Maestro klopfte mit dem Taktstock an den Notenständer, um die allgemeine Aufmerksamkeit auf sich zu sammeln.

»*Numero quattro*«, kündigte er an, was bedeutete, daß das Orchester die letzten Takte des *preludio* spielen würde, die zur ersten Szene des ersten Aktes überleiteten. Dann hob er die Arme, gab ruhig, aber wohlüberlegt den Einsatz und begann nun den Zauberbann nachzuschaffen, der Verdi vor über hundert Jahren aus der Feder geflossen war. Die Streicher ließen das Liebesthema leise anklingen, ein letzter Seufzer, der das Ende des *preludio* anzeigte. Das Thema wurde von Flöte und Oboe beantwortet und dann von Streichern und Bläsern gemeinsam wiederaufgenommen und erweitert. Als die Streicher dazu ansetzten, mit einem anmutigen Arpeggio zu der letzten Kadenz aufzusteigen, sagte der Maestro, »*Sipario*«, was für den Chor der Hinweis war, daß in diesem Moment der Vorhang aufgehen würde und sie für ihren Einsatz bereit sein müßten. Mir lief eine Gänsehaut über den Rücken, als ich begriff, daß ich Zeuge war, wie eine echte Bühnenoper geboren wurde.

Die Szene selbst begann mit einem seelenruhigen Männerchor, wie um zu zeigen, daß in der Stadt New York alles in Ordnung sei. Aber jeder Opernkenner weiß, daß Ruhe auf der Bühne für gewöhnlich bedeutet, daß woanders bereits der Teufel los ist. Und bei *Un Ballo in Maschera* standen denn auch trotz der wohlmeinenden Eröffnungszeilen von Riccardos Begleitung die Mordkomplotts bereits ins Haus. Und obwohl bei dieser Probe auf der Bühne nichts geschah, schuf der Klang der Stimmen zusammen mit dem Orchester bereits ein Drama, das die Notwendigkeit zusätzlicher körperlicher Aktion fast in Frage stellte.

Während ich an diesem Morgen der Musik zuhörte, wurde mir klar, daß jeder der aufeinanderfolgenden Schritte der Probenphase der Oper eine weitere Dimension hinzugefügt hatte. Jeder Tag brachte einen neuen und unerwarteten Eindruck mit sich, genau wie bei einem guten Liebhaber, der einen mit immer neuen Überraschungen ständig ein wenig aus dem Gleichgewicht bringt und erreicht, daß man immer mehr will. Vielleicht war es das, was alle diese Leute bei der Stange hielt, trotz der entmutigenden Chancenbilanz bezüglich des Erfolgs in der Opernwelt. Man konnte immer auf einen unerwarteten Kick gefaßt sein, wenn die Aufführung einen kurzen Augenblick irgendwo hingeriet oder von irgendwo herkam, wo kein Mensch es sich je hätte träumen lassen. Vielleicht nennt man das Inspiration. Ich kenne das, denn am Frisierstuhl passiert es auch manchmal.

Ich überflog die Sitzreihen im abgedunkelten Zuschauerraum und entdeckte Ronda Lucca ungefähr in halber Distanz zur Bühne auf einem Sitz am Mittelgang. Ich schlich mich auf Zehenspitzen den Seitengang entlang und schob mich dann durch eine der leeren Stuhlreihen, um mich neben sie zu setzen.

Ich flüsterte: »So etwas habe ich noch nie gesehen. Es ist fast wie eine konzertante Aufführung.«

»Aber noch besser«, sagte Ronda, »weil man ja weiß, daß es demnächst auf die Bühne kommt.«

Ich nickte zustimmend, als würde ich mit diesen Dingen bestens Bescheid wissen.

Ronda sagte: »Bei dieser Probe kommt es immer wieder vor, daß ein Tenor nach vorn an den Bühnenrand geht und seine Arie voll aussingt.« Sie gluckste leise. »Manche Sänger kapieren's einfach nicht.«

»Kapieren was nicht?«

»Diese Probe ist dazu da, daß der Dirigent und das Orchester und die Sänger zum ersten Mal gemeinsam die Oper aufführen. Es ist eine gemeinsame Leistung. Kein Privatkonzert für so einen schwanzlosen Tenor, der sein großes Solo nur singen kann, wenn das Haus leer ist.«

Ich nahm an, das bezog sich auf den neuen Riccardo, der gleich seine erste Arie in der Oper singen würde.

Ich sagte: »Halten Sie diesen Typ denn für schwanzlos?«

»Nein«, sagte Ronda. »Den nicht. Den anderen – David sowieso.«

Ich berichtigte sie. »Sie meinen Bruce David.«

»David, Bruce, was spielt das schon für eine Rolle, wenn jemand nur zwei Vornamen hat? Aber dieser Typ hier wird gut sein. Er ist fast schon so weit, das Ganze richtig aus dem Bauch heraus zu singen, und wenn er das hinkriegt, dann wird er großartig sein. Und April wird dadurch nur noch besser rauskommen.«

»April?« sagte ich. »Ich dachte, Carolyn ist es, die Sie mögen.«

»Oh, ja«, sagte Ronda. »Carolyn ist mein Mädchen. Jedenfalls hoffe ich das, daß sie's eines Tages sein wird. Aber April und Carolyn sind ein Team. Sie haben eine gemeinsame Konzerttour vor, wenn die Aufnahmen vorüber sind.«

»Davon habe ich gehört.«

»Ja, was für April gut ist, ist auch für Carolyn gut. Und das ist dann gut für mich.« Ronda unterstrich ihre Worte mit einem Zwinkern.

Ich beobachtete, wie Carolyn Boetz pflichtbewußt neben dem Maestro im Orchestergraben saß, genau wie bei der Orchesterprobe neulich. Und genau wie da beugte sich der Maestro immer wieder mit einem Wort oder einer Geste zu Carolyn hinüber, und sie übertrug alles getreulich in die Partitur für den späteren Gebrauch.

Inzwischen war der neue Tenor tatsächlich blendend in Form, als ernährte ihn das Orchester mit Gelée Royale. Ronda hatte recht. Er war dabei, sich aus seinem Kokon als Zweitbesetzung herauszuschälen und ein *primo tenore* zu werden. Wenn er erst einmal vom Publikum die ersten Ovationen entgegengenommen hatte, würde er bis zum Olymp emporsteigen.

Ich erzählte Ronda von den Jungs, die sie beim Kartenspielen hinter der Bühne vermißt hatten, und wiederholte ihr dann die Bemerkung, die einer von ihnen dazu gemacht hatte, wie sie sie die Leiter zu den Laufplanken hinaufsteigen sehen hatten.

»Ich glaube, ich sollte wohl etwas besser auf meinen Hintern aufpassen«, sagte sie. »Diese Typen haben zum Teil überhaupt kein Benehmen. Sie grabschen nach allem, was sie gerade wollen.«

»Sie steigen also wirklich manchmal zu den Laufplanken hinauf?«

»Ja«, sagte sie. »Das habe ich Ihnen doch schon gesagt, daß ich da oben war.«

»Und zu der Zeit, als Adam Pierce seinen Unfall hatte? Waren Sie da auch oben?«

»Also wirklich«, sagte Ronda. »Denken Sie denn immer noch, daß ich damit was zu tun hatte?«

Ich sagte: »Ich habe den Polizeibericht bisher noch nicht zu sehen gekriegt, deshalb weiß ich auch nicht, was da wirklich passiert ist, und ich versuche es immer noch herauszufinden.«

»Tja, also«, sagte sie. »Nur zu Ihrer Information: Ich bin tatsächlich selber zu dem Gitter hinaufgestiegen, nachdem die Polizei mit ihrem Bericht fertig war. Ich wollte mit eigenen Augen sehen, was da schiefgegangen war. In dieser Hinsicht bin ich ein bißchen wie Sie. Ich glaube nur, was ich sehe.«

»Und?« sagte ich.

Ronda grinste, und ihre Zähne strahlten im Dunkel des Zuschauerraums. »Da oben war alles völlig in Ordnung.«

Wahrscheinlich war damit, was sie betraf, die Sache erledigt. Die Zugseile und die Kabel und die Computerschaltungen waren alle bestens in Ordnung. Was wollte ich also mehr? Aber Rondas Schlagfertigkeit in bezug auf die technische Ausrüstung ihrer Bühne klang weniger nach tatsächlichem Wissen als vielmehr wie ein Prahlen aus falschem Selbstvertrauen. Das alles ließ mich vermuten, daß sie etwas Unangenehmes oder gar Belastendes verheimlichte.

»Und jetzt«, sagte sie, »wenn meine Leute gerade am

Kartenspielen sind, dann gehe ich wohl besser mal zurück und schwing die Peitsche.«

»Sagen Sie ihnen aber nicht, daß ich Ihnen das erzählt habe.«

»Was, Sie haben doch nicht etwa Schiß vor den Burschen? Sie müssen ein bißchen mehr Mumm in die Knochen kriegen.«

Ronda stand auf, und als sie sich an mir vorbeidrückte, bemerkte ich, daß ihr ihre Wildlederhandschuhe am Gürtel hingen.

Ich fragte sie: »Benutzen Sie diese Handschuhe, um die Leitern hinaufzusteigen?«

Sie drehte sich mit gerunzelter Stirn zu mir um. »Ich benutze sie für alles«, sagte sie. »Ich sehe ja vielleicht wie ein Kerl aus, aber trotzdem mag ich weiche weibliche Hände.«

Mit wiegendem Schritt verschwand sie durch den Mittelgang, um hinter die Bühne zu gehen und ihre Mannschaft an die Kandare zu nehmen, oder vielleicht würde sie ihnen auch in den Arsch treten und ihnen das Geld abnehmen. Wenn ich mich etwas mehr wie Ronda Lucca benahm, würde mich Lieutenant Branco vielleicht höher achten.

Ich ging wieder nach unten zum Perückenraum. Daniel Carafolio war noch immer da drin. Offensichtlich hatte er damit aufgehört, die Arbeit, die ich in seiner Abwesenheit geschaffen hatte, zu zerstören. Er saß an seiner Werkbank, sittsam wie nie, und verwob ganz gelassen Haarsträhnen in einem Grundnetz. Er sah zu mir auf, als ich eintrat.

»Sie haben hier nichts zu suchen«, sagte er. »Raus hier.«

So sprach also das sittsame Mägdelein.

»Was habe ich denn jetzt wieder angestellt?« sagte ich.

»Sie sind auf die Welt gekommen. Das war der erste große Fehler.«

»Ich habe verdammt gute Arbeit geleistet, während Sie weg waren.«

Er sagte: »Dem stimme ich zu. Ihre Arbeit ist die Arbeit der Verdammten, und ich habe alles vernichten müssen. Also, gehen Sie jetzt? Oder muß ich erst den Leiter der Kostümabteilung rufen?«

Sollte das eine Drohung sein? Den Leiter der Kostümabteilung?

Ich sagte: »Ich gehe ja schon. Aber ich muß Ihnen eines noch sagen, Daniel, Sie sollten sich am besten irgendwo in SoHo in einem Loft verstecken, mitsamt Ihren Maria-Callas-Platten.«

»Sparen Sie sich Ihre Ratschläge.«

»Das ist aber eine Tatsache, Daniel, und kein Ratschlag. Unter uns gibt es so manchen, dem seine Arbeit gefällt. Wir benutzen nicht alle die Kunst als ein Ventil für unsere Neurosen.«

»Ist ja toll, das ausgerechnet von Ihnen zu hören«, sprudelte er heraus. »Dabei sind Sie doch der faulste, unbegabteste, unzuverlässigste, unglaubwürdigste und neurotischste Mensch, der mir je untergekommen ist.«

»Da sollten Sie vielleicht lieber mal in den Spiegel schauen – wenn Sie einen finden, der nicht bei Ihrem Gesicht zerspringt.«

»Raus hier!« kreischte er. »Raus, bevor Sie kriegen, was Sie verdienen.«

Er hob eine schwere Haarbürste von seiner Werkbank auf und warf sie nach mir. Ich duckte mich. Die Bürste sauste mir über den Kopf weg und traf hinter mir einen Spiegel. Das Glas zersplitterte und fiel zu Boden. Es war alles so gekommen, wie es hatte kommen müssen, wie in einer billigen Fernsehserie.

Ich schnalzte mit der Zunge. »Noch mal sieben Jahre Unglück.«

Daniel sah mich von seiner Werkbank aus finster lauernd an. »Dafür sind Sie dran.«

»Sie haben diesen Anschlag versucht, mein Junge, nicht ich.«

»Wir sehen uns vor Gericht wieder!« schrie er. Er packte die schwere Schere von der Werkbank und schmiß sie wild – so wild, daß sie weit an ihrem beabsichtigten Ziel vorbei und durch die offene Tür nach draußen flog und mit einem lauten Krach im Gang auf dem Fußboden landete. Wenige Sekunden später schauten zwei Gesichter um den Türstock der offenen Türe, ein männliches und ein weibliches. Der weibliche Kopf sprach zuerst.

»Wir haben drüben in der Kostümabteilung Lärm gehört. Braucht ihr zwei vielleicht Hilfe?«

Daniel rief: »Er hat versucht, mich umzubringen!«

Der männliche Kopf sagte: »Ich hol wohl besser mal die Wache«, und verschwand schnell.

Ich rief ihm nach: »Er lügt. Er hat die Schere auf mich geworfen.« Aber der Mann kam nicht zurück. Ich überlegte, ob ich nicht auch vom Schauplatz verschwinden sollte, in meinem eigenen Interesse. Es ist schwierig, andere von der eigenen Unschuld zu überzeugen, wenn man zu Unrecht beschuldigt wird, noch dazu von einer rasenden Tunte. Es wirkt immer, als müsse man sich verteidigen, als versuche man verzweifelt, Schandtaten zu verbergen, die man doch gar nicht begangen hatte.

Die Wache, eine bullige Frau, die offenbar Bodybuilding betrieb, kam herunter und nahm einen langen und umfangreichen Bericht auf. In ihr war der unerfüllte Traum, Polizistin zu werden, zum äußersten Negativ getrieben; sie genoß bis zum Gehtnichtmehr ihr Quentchen Macht und ihre Bürokratie, eine Heuchlerin, die das Gesetz eigentlich nur als Maske trug und nicht offiziell berufen war wie ich. Tatsächlich verkörperte sie alles, was ich an Männern nicht mag.

Zum Glück hatten die beiden vom Kostümraum die heftige Auseinandersetzung zwischen Daniel und mir größtenteils mit angehört, und sie berichteten die Sache so, wie sie vorgefallen war, ohne etwas zu beschönigen. Ich machte die Wache darauf aufmerksam, daß diese geworfene Schere leicht jemanden hätte verletzen können, der vor der Tür vorbeiging. So wirkte ich, auch wenn ich aus der ganzen Sachen nicht rein wie eine Rosenblüte hervorging – daß ich Daniel provoziert hatte, konnte ich nicht leugnen –, doch nicht wie ein kaltblütiger Mörder. Kleine Genugtuung.

Ich ging wieder hinauf in den Zuschauerraum, wo der erste Akt gerade endete. Während der nun folgenden Pause suchte ich Carolyn Boetz auf und gratulierte ihr zu ihrer Ernennung zur Assistentin des Maestro und auch zu dem Vertrag für die Aufnahme. Sie errötete, als sie zu mir sagte, daß sie sehr glücklich sei, und das wirkte fast überzeugend.

Da sagte ich: »Wie schade, daß erst eine Diva sterben mußte, damit das alles so geschehen konnte.«

Carolyn gab zurück: »Das hat mit meiner Ernennung zur Assistentin gar nichts zu tun.«

»Vielleicht nicht direkt. Aber wenn Marcella Ostinata noch da wäre, hätte sich das mit dem CD-Vertrag nicht so einfach ergeben.«

»Das stimmt nicht«, insistierte Carolyn. »Die Deutsche Grammophon hatte von Anfang an vor, April Kilkus zu engagieren.«

»Aber Madame Ostinata arbeitete dagegen. Und dann löste ihr Tod passenderweise jedes Problem.«

Carolyn antwortete: »Falls Sie damit andeuten wollen, daß ich diese Frau ermordet habe, sind Sie ein Narr. Ihr Tod hat mir gar nichts gebracht, weder persönlich noch beruflich. Und außerdem, wenn Sie nicht aufhören, mich zu belästigen, werde ich gegen Sie ein Hausverbot erwirken.«

»Das dürfte gar nicht so einfach sein, da ich ja für die Polizei arbeite.«

»Oh!« rief sie erschöpft. »Solche Leute wie Sie hasse ich.«

»Schauen Sie, Carolyn«, sagte ich. »Irgend jemand von uns hier hat Marcella Ostinata ermordet. Vielleicht auch Adam Pierce. Wenn meine Fragen Sie kränken, bitte ich um Entschuldigung. Aber hier läuft ein Mörder frei herum. Macht Ihnen das denn gar nichts aus?«

»Überlassen Sie das der Polizei«, sagte sie, so blasiert wie eine Marie Antoinette mit ihrem Kuchenteller.

»Ich gehöre doch zur Polizei.«

»Dann würde ich vorschlagen«, schnarrte sie, »wenn Sie gar so gern Räuber und Gendarm spielen, daß Sie losgehen und Wachmann werden und uns in Ruhe lassen. Manche Leute brauchen ihre Zeit für wichtigere Dinge.«

Plötzlich tauchte Ronda Lucca zwischen uns auf. Sie

hätte genausogut eine Leuchtschrift tragen können: HIER KOMMT HILFE.

»Stimmt was nicht?« sagte sie.

Carolyn antwortete: »Er quält mich.«

Ihre Leuchtschrift lautete: RETTE MICH!

Ronda sagte zu mir: »Werden Sie nicht unten gebraucht?«

Ich erwog kurz, ob ich sie nicht mit meinen neuesten Eskapaden im Perückenraum aufheitern sollte, fragte aber statt dessen: »Haben Sie Jonathan Byers oder Rick Jansen heute schon gesehen?«

»Sie haben sich den Tag freigenommen«, sagte Ronda. »Das sollten Sie vielleicht auch tun. Allmählich kommen Sie einem vor wie die Gestapo.«

»Den Tag freigenommen – wo denn?« sagte ich.

»Ich kümmere mich nicht so genau um das Leben anderer Leute«, sagte Ronda. »Können Sie ja mal versuchen.«

»Paßt nicht zu mir«, sagte ich achselzuckend. Da erspähte ich April Kilkus und Hwang Yung Cho auf der anderen Seite der Bühne. »Tschüs einstweilen«, sagte ich und machte mich davon, um mich an die neue Beute anzuschleichen, die da aufgetaucht war. Aber die beiden Sänger hatten mich bereits auf sich zukommen sehen, und sie verschwanden aus dem Bereich hinter der Bühne. Ich rannte ihnen nach, doch da wurde mir der Weg durch einen riesigen Berg aus Styropor abgeschnitten, der vor mir zu Boden fiel – ein *deus ex machina*, ganz wörtlich genommen, für April und Hwang. Hinter mir hörte ich Ronda Lucca einem von den Arbeitern etwas zuschreien.

»Gut so, Vinny! Laß ihn einstweilen da stehen.«

Ich drehte mich um und sah sie neben Carolyn Boetz stehen und breit lächeln.

Sie hatten jetzt eine gemeinsame Leuchtschrift: KLEINER BULLE HOPPLA HINGEPLUMPST.

Danke, Ronda, für deine vielen kleinen Nettigkeiten.

Ich beschloß, draußen ein wenig Luft zu schnappen. Tatsächlich konnte ich mit meinen neuerworbenen vier Rädern auch anderswo ein wenig Schnüffelarbeit leisten, vielleicht sogar Johnny Byers und seinen Knaben in ihrem schicken Hotel treffen, wo sie ihre psychosexuellen Ichs erprobten und beschworen. Mit diesem anziehenden Bild vor Augen entfernte ich mich durch den Bühneneingang, nur um mich draußen einem unerwarteten, ebenso anziehenden Bild gegenüber zu sehen: Lieutenant Branco stand ganz gebannt vor dem glänzenden neuen Alfa, den mir Daphne gemietet hatte. Fast konnte ich sein jüngeres Ich erblicken, das hier sein Traumauto begutachtete.

»Gefällt er Ihnen?« sagte ich.

Branco erwiderte: »Wem würde der nicht gefallen?«

»Manche Leute mögen so was lieber in japanisch.«

»Zu schwächlich«, sagte Branco.

Ein Mann ganz nach meinem Herzen. Ach, wenn ich mir jetzt nur einen wiegenden Gang wie eine Lesbe aneignen und diesen Sportwagen behalten könnte, würden Branco und ich vielleicht doch noch Kumpels und hätten ganz männliche Gemeinsamkeiten, wie Gespräche über Autos.

Branco sagte: »Von diesem Mädchen gibt es noch immer keine Spur. Sie hat wirklich ein gutes Versteck gefunden.«

»Glauben Sie denn nicht, daß sie geflohen ist?«

Der Polizist schüttelte den Kopf. »Wir haben keinerlei Anzeichen dafür«, sagte er. »Normalerweise hinterläßt man, wenn man abhaut, eine Spur.«

»Wo denken Sie denn, wo sie sein könnte?«

Branco nickte in Richtung Theater.

Ich sagte: »Da drin?«

»Das ist ein riesiger Komplex mit zahllosen Räumen, die bisher noch nie benutzt worden sind. Ich hab jetzt eine Mannschaft hier beisammen, die alles von oben bis unten durchkämmen wird. Wenn sie wirklich da drin ist, dann finden wir sie.«

»Wenigstens wissen wir, daß Bruce David und Maurizio nicht drin sind.«

»Komisch, daß Sie ausgerechnet diese beiden erwähnen«, sagte Branco. »Ich habe die Sache mit Bruce David im McLean-Krankenhaus weiterverfolgt. Also, ich bin ja in dieser Hinsicht kein Fachmann – Sie hingegen haben da eine Ausbildung und kennen sich wahrscheinlich besser aus als ich – aber ich kann mir nicht helfen, mir kommt es so vor, als ob er diesen Zusammenbruch nur vortäuschte. Es wirkt, als würde er das alles nur spielen.«

Ich fügte hinzu: »Und noch dazu schlecht.«

Branco nickte lächelnd und sagte dann: »Sobald ich von seinen Ärzten die Erlaubnis dazu kriege, werde ich ihm Feuer unter dem Hintern machen.«

»Glauben Sie, er könnte die Sopranistin ermordet haben?«

Branco sagte: »Ich habe noch nichts, worauf ich mich stützen könnte. Nur so das Gefühl, daß er sich hinter seinem Nervenzusammenbruch versteckt.«

Ein Gefühl? Etwas derartiges hatte Branco doch noch nie in Erwägung gezogen.

»Wo wir gerade vom Verstecken sprechen, Lieutenant.« Ich erzählte ihm von den Fotos von Maurizio als Baby und Kleinkind und von den überraschenden Enthüllungen, die sie mit sich brachten – daß er nicht nur Marcella Ostinatas unehelicher Sohn sei, sondern sein Vater auch noch Daphne Davenports zweiter Mann, und zwar während seiner Ehe mit ihr.

Als ich fertig war, stieß Branco einen leisen Pfiff aus.

Dann sagte er: »Da haben Sie jedenfalls viel mehr herausgefunden als ich. Obwohl ich einen Zeichensprachen-Übersetzer dabei hatte, habe ich aus dem Jungen nichts anderes herausgekriegt, als daß er denjenigen, der Sie in jener Nacht angriff, packte, und daß er dabei verletzt wurde.«

»Irgendein Hinweis, wer es war?«

»Nicht von dem Jungen«, sagte Branco.

»Das liegt vielleicht an Ihrer Technik.«

Darauf knurrte der Bulle nur.

»Aber glauben Sie jetzt wenigstens, daß jemand mich überfallen hat?« sagte ich.

Branco verzog den Mund zu einem halben Lächeln und sagte dann nach einer verletzenden Pause: »Wahrscheinlich schon. Aber ich frage mich, ob diese ganze Geschichte mit den Fotos nicht die Frau Davenport belastet.«

»Daphne?« sagte ich. »Das ist unmöglich. Was hätte sie denn für ein Motiv?«

»Das ist doch klar, oder nicht?« sagte Branco. »Leidenschaft.«

»Lieutenant, warum sollte sie denn die Mutter des Jungen umbringen? Hätte sie nicht eher den Ehemann töten müssen?«

»Hat sie vielleicht auch«, sagte Branco. »Wissen Sie, wie ihr zweiter Mann starb?«

»Nein.«

»Also, ich schon«, sagte er. »Ich habe die Berichte nachgelesen. Mrs. Davenport und ihr zweiter Mann saßen allein beim Essen in ihrer Wohnung am Beacon Hill, als es geschah. Offenbar erstickte der Mann an einem Stück gefrorenem Spinat, das noch nicht richtig aufgetaut war.«

»Das ist überhaupt nicht witzig, Lieutenant.«

»So etwas würde ich auch niemals erfinden«, sagte er. »Sie können die Akten selber lesen.«

Er hielt mir einen Umschlag hin, den ich aber nicht nahm.

Branco sagte: »Ihnen gefällt vielleicht meine Theorie nicht, aber nach allem, was Sie mir gerade über den Ehemann und die Sängerin und das Kind erzählt haben, ist es sehr gut möglich, daß Mrs. Davenport beide Male die Gerechtigkeit in die eigenen Hände nahm.«

Das konnte nicht sein. Doch nicht Daphne. Sicher spielte Branco nur mit mir. Vielleicht beneidete er mich um meine lockere Freundschaft mit ihr, und das war jetzt seine Art, mich ein bißchen aus der Fassung zu bringen.

Branco überlegte einen Augenblick. »Was das betrifft, hätte es auch der Junge sein können.«

»Sie meinen, daß Maurizio seine eigene Mutter umgebracht hat?«

»Nachdem er seiner Mutter die Kehle durchgeschnitten hatte, wäre es ziemlich einfach gewesen, sich selber in die Schulter zu schneiden und daraus eine Geschichte zu machen, die paßte. Ich hatte einmal so einen Fall, den ich zum Abschluß bringen konnte. Ein 55 Jahre alter Mann brachte seine 86jährige Mutter mit einem Eispickel um. Zahlreiche Kopfwunden. Als wir hinkamen, sagte er die ganze Zeit nur: ›Sie hat bekommen, was sie verdient hat.‹«

»Das war damals, und dies ist jetzt«, sagte ich. »Maurizio hat Marcella Ostinata nicht umgebracht, und Daphne auch nicht. Das habe ich mir schon alles selber überlegt. Es gibt keine Beweise, die Motive von beiden taugen nichts, und beide haben sie nicht die Persönlichkeit eines Mörders.«

»Und wie wäre die bitte?« sagte Branco.

»Beide kümmern sich.«

»Worum?«

»Um alles«, sagte ich.

Ich zog die Autoschlüssel des Alfa aus der Tasche und schloß die Fahrertür auf. Branco fiel fast in Ohnmacht.

»Gehört der Ihnen?« keuchte er.

»Zur Zeit schon«, sagte ich nonchalant.

»Wie haben Sie denn das geschafft?« sagte er.

»Ganz einfach«, sagte ich mit einem Schulterzucken. »Ich brauchte ein Auto. Ich machte mir im Geist ein Bild davon. Ich gab die Bestätigung ein. Und ich bekam es.«

Branco versuchte diesen Unsinn zu verstehen.

»Daphne hat es mir gemietet«, sagte ich. »Das habe ich gemeint mit ihrer Persönlichkeit. Würde eine Mörderin so etwas tun?«

»Kommt drauf an«, sagte Branco, »was auf dem Spiel steht.«

»Wenigstens gebrauchen Sie jetzt mal Ihre Vorstellungskraft, Lieutenant.«

Branco verzog das Gesicht. »Machen Sie mal weiter Ihre gute Arbeit, dann werde ich es vielleicht auch noch lernen, Ihre Beleidigungen zu tolerieren.«

»Möchten Sie gerne eine Fahrt machen?«

»Nein, danke«, sagte er. Seine Stimme hatte keinen Klang.

»Sie können ihn fahren«, sagte ich scheu.

Branco schwankte einen Augenblick. »Vielleicht ein andermal.«

Hab ich dich.

Ich sprang hinein, ließ das Verdeck herunter und schoß davon, wobei ich, so gut ich nur konnte, den wildesten Typ einer Studentenverbindung darzustellen versuchte. Im Rückspiegel sah ich Branco kläglich den Kopf schütteln.

Ich entschloß mich, die hohe Küstenstraße hinaufzufahren. Die frische Luft und das Meer würden mir helfen, die Dinge klarer zu sehen. Ich hatte das Gefühl, daß ich bei der Suche nach Marcella Ostinatas Mörder nicht vorwärts kam. Persönlich hatte ich zwar gar kein Interesse daran, ihn oder sie zu finden. Aber als Brancos rechte Hand wollte ich doch meinen verdienten Stern mit goldenem Faden angenäht bekommen. Und dazu mußte ich unbedingt den Mörder an Branco ausliefern, oder wenigstens den Namen, wenn schon nicht ihn in Person.

In irgendeiner Weise kam der Tod von Marcella Ostinata vielen Leuten zugute. Was ich an diesem Nachmittag während meiner Fahrt herauszufinden hoffte, war das Bindeglied zwischen ihrem Tod und dem anscheinend zufälligen Tod von Adam Pierce. Aber da war der einzige, der von dessen Tod profitiere, Rick Jansen, und selbst das war zweifelhaft angesichts der dürftigen, eindimensionalen Art seiner Beziehung zu Jonathan Byers. Was würde Jonathan Byers daran hindern, Ricky den Laufpaß zu geben und mit dem nächsten braunhäutigen Apoll davonzulaufen, dem er begegnete? Obwohl Rick Jansen prächtige Muskeln hatte, wäre er wohl nie gebräunt genug, um Jonathan Byers offensichtliche Vorliebe für dunkelhäutige Männer zu befriedigen.

So mußte ich denn, wenn auch nur der Einfachheit halber, doch annehmen, daß der Tod von Adam Pierce ein Unfalltod sei, wie es auch die Polizei bestätigt hatte. Dennoch glaubte ich, daß der Unfall sich auf das Opfer bezog und nicht auf das Geschehnis selbst. Eigentlich hätte das Opfer Marcella Ostinata sein sollen, aber statt dessen war dann durch einen seltsamen Zufall Adam Pierce erschlagen worden.

So war ich wieder am Anfang angekommen.

Wer konnte diese Kulissenbahn ausgeklinkt haben, damit sie in einem bestimmten Moment auf Marcella fiel? Von all den Namen sprang mir einer direkt entgegen, und das tat mir irgendwie sehr weh, denn ich hatte allmählich in Ronda so etwas wie den Prototyp eines neuen Selbstverständnisses gesehen. Wie konnte ich das weiterhin, wenn sich herausstellte, daß sie ein Mörder war? (Entschuldigung, Ronda. Mörderin.) Nun ja, wahrscheinlich darf auch ein Mentor ein Faible haben. Was ich brauchte, war Objektivität. Ich würde einen kühlen Verstand brauchen, genau wie Branco, wenn ich ihm ein guter Assistent sein wollte. Und ich wußte, daß Ronda Lucca mit ihren erprobten Kenntnissen der Bühnenmaschinerie und ihrem allmächtigen Computer ganz leicht diese Stoffbahn ausgeklinkt haben könnte. Das einzige Problem war, daß sie den Fallwinkel falsch eingeschätzt hatte. Also hatte sie statt dessen eine andere Gelegenheit gesucht, und dabei kam ihr ihr Free Climbing sehr zu Hilfe. Da sie das beherrschte, hätte Ronda Lucca ganz leicht an der Rückwand von Daphnes Haus hinaufklettern und so in Marcella Ostinatas Schlafzimmer gelangen können.

Das einzig echte Problem, wenn ich Ronda Lucca als Mörderin sehen wollte, war, daß sie nicht das leiseste Motiv hatte. Alles hing irgendwie mit der Karriere von Carolyn Boetz zusammen. Und meinem Gefühl nach war unerwiderte Liebe einfach kein ausreichendes Motiv, um einen Dritten umzubringen. Ronda war vom Typ her viel zu pragmatisch, um sich auf so eine sentimentale Nummer einzulassen. Deshalb hatte ich sie mir ja zum Vorbild für ein neues Rollenverständnis genommen – um zu lernen, wie man stark und männlich wird. Andererseits allerdings, wenn nötig, konnte sie schon auch ein leidenschaftliches kleines Biest sein. Da ich nun schon so kaltherzig nachdachte, fiel mir auf, daß auch Maurizio die Stoffbahn ausgeklinkt haben könnte. Ronda zufolge verbrachte er viel Zeit hinter der Bühne, was ihm sehr wohl die Gelegenheit verschafft hätte. Andererseits mochte Ronda auch nur versucht haben, jeden Verdacht von sich abzulenken. Und selbst wenn Maurizio diese Stoffbahn fallen gelassen und sein eigentliches Ziel verfehlt hatte, konnte er denn danach seine Mutter mit einem Messer zu Tode gebracht haben? Er wirkte viel zu sehr wie ein verängstigtes wildes Tier, um eine Gewalttat zu verüben, die so viel Festigkeit und Planung verlangte. Weglaufen, das konnte er. Eine Enthauptung aus strategischen Gründen durchführen, das konnte er nicht. Tatsächlich fragte ich mich sogar, ob er wirklich wußte, daß Marcella Ostinata seine Mutter war. Daß sie das war, das behauptete ja nur der Maestro.

Hatte am Ende *der* Marcella ermordet? Aber warum? Besaß sie durch irgend etwas Gewalt über ihn? Seine Energie als Dirigent schien sich nach ihrem Tod wirklich neu belebt zu haben, als wäre er jetzt von gewaltigen geistigen und gefühlsmäßigen Zwängen befreit. War der Mord an Marcella gleichzeitig der endgültige Sieg des Maestro über sie?

Jonathan Byers war über Marcellas Tod ganz offensichtlich erleichtert. Sie hätte ihm seine Inszenierung ruiniert, und seit sie aus dem Weg war, konnte seine Selbstbedienungs-Vision von Verdis Oper realisiert werden. Aber warum hatte man nicht einfach ihren Vertrag annuliert? Sie ausbezahlt und die Koffer packen lassen? Und warum war sie überhaupt für eine Inszenierung verpflichtet worden, die ihrem Temperament so schreiend widersprach? In dieser Hinsicht würde wohl noch einiges Licht ins Dunkel gebracht werden müssen. Vielleicht hatte Sir Jonathan, der britische Rittersmann, in Marcella Ostinata den Drachen erblickt, den es zu erschlagen galt. Sein Pflichtgefühl hatte sich durchgesetzt, und ab war ihr Kopf. Doch wer war dabei wohl gleichnishaft die Jungfrau in Not?

Und was war mit Carolyn Boetz? April Kilkus? Hwang Yung Cho? Wie Ronda Lucca hatten auch sie kein stichhaltiges Motiv. Der einzige Nutzen, den sie aus Marcellas Tod zogen, bezog sich auf ihre Karriere, und so versessen auf Erfolg schien doch keiner der drei zu sein, daß er dafür gleich morden würde – nicht wie Marcella selbst. Andererseits waren die beiden Sänger jedoch hervorragende Schauspieler.

Dann gab es da noch Daniel Carafolio. Eine kleine, nicht zu unterdrückende Stimme in meinem Innern sagte: Zu dumm, daß es nicht sein Hals war. Wer würde sein Fehlen denn überhaupt bemerken? Er tat doch nichts anderes, als herumzutoben wie eine verrückte Tunte. So wie Jonathan Byers beim Tod Marcellas wäre vielleicht auch ich beim Tode Daniels nur froh, ihn los zu sein.

Und schließlich schien es mir auch nicht nachvollziehbar, daß Daphne Marcella getötet haben sollte. Weswegen? Wegen einer gestohlenen Brosche? Wegen einer Untreue, die vor über 25 Jahren begangen worden war? Außerdem war Daphne unfähig, einen Menschen zu töten. Sie konnte nicht einmal Blut sehen; jedenfalls behauptete sie das. Andererseits hatte sie ein Medizinstudium absolviert, was bedeutete, daß sie wußte, wie man professionell mordet. Und sie war auch Psychiaterin, und unter denen gab es mit die perfektesten Schauspieler der Welt. Deshalb hätte die ganze Geschichte, daß sie kein Blut sehen könne, auch etwas anderes sein können: eine großartige Vorspiegelung. Und jeder Mensch ist in der Lage, eine Ohnmacht vorzutäuschen, vor allem, wenn er dabei in Lieutenant Brancos große starke Arme fallen kann. Und ich fragte mich auch, wie weit Daphnes mütterliche, weibliche, eifersüchtige Instinkte von der Entdeckung, daß Maurizios Vater ihr verstorbener Ehemann Sid sei, erweckt worden waren. Waren sie bis zu einem Punkt gereizt worden, wo sie ihre Rivalin ermordete?

Tatsachen, Theorien und Halluzinationen, und keine davon führte zu etwas. Ich wurde es rasch müde, der Sache durch Vernunft beizukommen zu versuchen. Das ist sowieso einer der Mängel bei den Zwillingen, daß sie der Logik nur kurze Zeit ihre Aufmerksamkeit widmen können. Und obwohl ich mich danach sehnte, härter und männlicher zu werden, war es – zum Teufel mit jedem Macho-Mentor – an der Zeit, einen vergessenen Bundesgenossen aufzurufen: die gute altmodische weibliche Intuition. Meine Intuition sagte mir, daß es keinen Zweck habe, heute nachmittag noch mal zum Opernhaus zurückzukehren.

Gefeuert war ich ja ohnehin schon, also konnte ich mich einschränkungslos meiner Pflicht als Brancos Agent hingeben, in der Verfolgung von Wahrheit, Recht und dem American Way.

27

An diesem Nachmittag machte ich als erstes einen Besuch bei Maurizio im städtischen Krankenhaus. Das war wohl das mindeste, was ich tun konnte, nachdem der junge Mann verwundet worden war, als er mir das Leben rettete. Außerdem besaß ich, wie Lieutenant Branco schon beobachtet hatte, eine gewisse Affinität zu welpenhaften jungen Männern aus fremden Ländern, obwohl mein Lebensgefährte Rafik mehr der Typ des einsamen Panthers war.

Das kleine Krankenhaus von Abigail war ein Paradebeispiel ausgeklügelter Architektur. Vielleicht steuerte die medizinische Wissenschaft auf einen Punkt zu, wo sich das dekorative Erscheinungsbild und die Technologie den Vorrang in puncto Heilungskräfte streitig machten. Der Eingangsbereich bestand aus einem Atrium mit gläsernen Wänden, das zu einer Landschaft mit grasbedeckten Hügelchen, niederem Gebüsch und ein paar laubabwerfenden Bäumen geformt war, und das alles wahrscheinlich, um im Patienten ein Gefühl für die Jahreszeiten wachzuhalten. Fast hätte ich erwartet, in den Zweigen über meinem Kopf Vögel zwitschern zu hören und über die Kelims, die den Marmorboden zierten, kleine Tiere huschen zu sehen. Auf dem Gang, der zu Maurizio führte, sah ich kein Krankenzimmer mit mehr als zwei Betten, und kein Zimmer, in dem mehr als ein Bett belegt gewesen wäre. Abigail schien eine gesunde Stadt zu sein.

Maurizio schlief, als ich sein Zimmer betrat, doch als ich mich dem Bett näherte, öffnete er die Augen. Er sah mich an und gab leise maunzende Töne von sich. Der Arm mit der verletzten Schulter war durch eine feste Schiene ruhiggestellt, und eine Infusion lief in seine Venen. Aber Maurizios freie Hand verlor keine Zeit, eine von den meinen zu suchen und zu ergreifen und in seinen Schoß zu drücken. Ich zuckte unwillkürlich zurück, während ein Bild von Carmen Miranda vor meinem geistigen Auge auftauchte, wie sie ganz patriotisch all die einsamen verwundeten GIs tröstete. Maurizio sah mich mit traurigen Augen an, und ich wußte, was er wollte, aber das konnte ich einfach nicht für ihn tun. Ich war zu Besuch gekommen und nicht zum Fummeln. Meine Tante Letta erzählte gerne, wie ihr Mann an seiner letzten Krankheit darniederlag und ihr immer, wenn sie ihn besuchen kam, die Bluse aufzuknöpfen versuchte. Aber er war schon so schwach, daß er es nicht schaffte, also tat sie ihm den Gefallen und holte eine ihrer üppigen Brüste hervor, damit er sie betasten konnte. Ich nehme an, das war zum Zeitvertreib oder um die Schmerzen zu lindern oder so. Es warf auf alle Fälle jede Vorstellung über den Haufen, daß die Selbstheilungskraft des Körpers ein mystischer und heiliger Prozeß sei und das Krankenhaus so etwas wie eine Kirche. Tante Letta war nie sehr idealistisch, vor allem nicht bei so banalen Dingen wie Sex. Vielleicht kam es daher, daß ich meine Hand, als ich aus meiner Träumerei zurückkehrte, gemütlich im Gästezimmer von Maurizios Anatomie aufgehoben fand.

Ich blieb eine halbe Stunde bei ihm, und es geschah weiter nichts, kein dramatischer Erguß und nichts dergleichen. Einfach nur ein warmes, freundliches Streicheln, bis er einschlummerte. Dann zog ich meine Hand unter der Decke hervor – er bewegte sich nur ganz wenig – und ging hinaus. Im Schwesternzimmer erfuhr ich, daß Maurizio noch ungefähr einen Tag würde dableiben müssen, bis die tiefe Fleischwunde ordentlich am Zusammenheilen sei und sich der Spiegel der weißen Blutkörperchen wieder gesenkt habe. Zumindest wußte ich ihn hier in guten Händen, sozusagen.

Nun fuhr ich nach Abigail in die Innenstadt, wo ich seit meiner Ankunft am Bahnhof vor einer Woche nicht mehr gewesen war. Ich wollte ein Geschenk für Daphne suchen, etwas, was ihr helfen würde, besser über die Folgen der schrecklichen Ereignisse in der vergangenen Woche hinwegzukommen. Und ich fand das perfekte Geschenk in einer kleinen Weberei, die versteckt in einem Gebäude mit verschiedenen Kunsthandwerksgeschäften lag. Mein Fund war ein leichter Sommerschal aus Rohseide, der auf seiner Länge von fast zwei Metern lauter leuchtend bunte Rechtecke verschiedener Größe eingewebt trug. Ich sah schon vor mir, wie Daphne dieses lange Seidenteil – das so inspiriert wirkte wie ein Kunstgegenstand – lässig um sich schlang.

Als die junge Frau, die das Stück geschaffen hatte, es für mich einpackte, erzählte sie mir bescheiden, daß sie das Gefühl habe, es sei das Beste, was ihr je gelungen war. »Und es entstand fast wie von selbst«, fügte sie hinzu.

Ich erzählte ihr, daß ich gelegentlich ein ähnliches Gefühl empfände, wenn eine Frisur wie von selbst entstand, als würde eine göttliche Eingebung mir die Hand führen, und ich müßte nur schnipp, schnipp, schnipp machen, bis das Meisterwerk vollendet war.

Nach dem Einkauf brauchte ich dringend einen Kaffee, und ich fand auch ein kleines Café, das sich in demselben Gebäude in einem oberen Stockwerk ganz weit hinten eingenistet hatte. Für ein heimliches Rendezvous war das der perfekte Ort. Und als habe meine Vorstellung sie herbeigeführt, entdeckte ich zwei bekannte Gesichter bei einem gemütlichen Tête-à-tête an einem der Tischchen des Cafés – Jonathan Byers und Rick Jansen.

Ich sagte zu Byers: »Ich hab Sie heute im Opernhaus vermißt.«

Er sagte bissig: »Man kann sich ja wohl mal einen Tag freinehmen.«

»Vor allem mit seinem Knaben«, fügte ich hinzu.

»Das wird doch kaum jemanden stören«, sagte Rick. Er warf Sir Jon einen Blick zu, als suche er Bestätigung. »Oder?« sagte er.

Byers bemerkte: »Es geht niemanden einen Scheißdreck an!«

Wie ich vorher schon angenommen hatte, hatten Jonathan Byers und Rick Jansen den Vormittag und Nachmittag gemeinsam verbracht, wahrscheinlich in ihrem Hotelzimmer, und hatten den horizontalen Tango getanzt, während der Rest des Ensembles probte. Das ergab kein schönes Bild in meinem Kopf, wenn ich mir die beiden bei der Kopulation vorstellte. Aber wann ist Sex mit Eindringen auch jemals wirklich schön?

Ich sagte: »Ich habe gerade im Krankenhaus meinen Freund besucht.«

»Ach tatsächlich?« sagte Byers ohne besonderes Interesse. »Sie sind aber wirklich ein kleiner Barmherziger Samariter.«

Ich sagte: »Er ist verletzt worden, als er mich neulich nachts vor einem Angreifer retten wollte.«

»Wie ritterlich!« sagte Sir Jonathan.

»Ist er schwer verletzt?« fragte Rick.

»Ziemlich schwer«, sagte ich. »Die Wunde hat sich infiziert.«

Rick sagte: »Ich hatte einmal einen Freund, der ist an Blutvergiftung gestorben.«

Ich sagte: »Also, mein Freund ist schon auf dem Weg der Besserung.«

»Da hat er Glück gehabt«, sagte Rick.

»Was ist das hier eigentlich?« schnauzte Sir Jon. »Eine Probeaufnahme für das beschissene *General Hospital*?« Er stieß seinen Stuhl so heftig zurück, daß er fast den zierlichen Cafétisch umgeworfen hätte. »Komm, wir verschwinden hier«, sagte er zu Rick. »Wo wir ohnehin nicht mehr ungestört sind.«

Ich sagte: »Ein Musterbeispiel für gutes Benehmen sind Sie ja nicht gerade.«

»Es ist nur so«, sagte Byers, »daß ich mir das Recht erworben habe, mich zu benehmen, wie ich will. Ich besitze Genie. Und was können Sie, außer dumm quasseln?«

»Komm jetzt«, sagte Rick und versuchte den anderen vom Tisch wegzuschmeicheln. »Mach keinen Ärger.«

Jonathan Byers stieß Ricks Hand heftig weg. Dann verschwand er selber aus dem Café, allerdings etwas schlingernd.

Ricky sagte leise zu mir: »Entschuldigung. Er hat den ganzen letzten Abend und den ganzen Vormittag schon getrunken. Das passiert fast immer kurz vor der ersten Durchlaufprobe.«

»Macht nichts«, sagte ich. Aber ich staunte, daß sich jetzt plötzlich der Junge für das Benehmen des Pappis entschuldigte. Sie schienen ihre Rollen ja sehr leicht zu tauschen. »Ist er denn morgen wieder einsatzbereit?«

»Oh ja, natürlich«, sagte Rick vergnügt. »Darauf gebe ich schon acht. Das ist nämlich sowieso mein eigentlicher Job, auf Jon aufzupassen. Das Übrige ist nur, äh…«

»Erholung?« warf ich ein.

Ricky stieß den Kopf vor. »Ja«, sagte er. »Ich glaube, das ist ein gutes Wort dafür. Erholung.«

Ich fügte hinzu: »Für Geld.«

»Na und?« schnarrte er. »Schließlich hat alles seinen Preis.«

»Sogar hingebungsvolle Liebe.«

»Ja«, sagte er, jetzt schon ziemlich angriffslustig. »Sogar die. Sie brauchen gar nicht so von oben herab zu tun. Das ist auch nichts anderes als ein Job, nur daß er eben verdammt gut bezahlt wird.«

Ich sagte: »Dann passen Sie bloß auf, daß Ihnen den niemand wegschnappt.«

»Fick dich doch selber ins Knie«, sagte er. Er versuchte mich drohend anzustarren, aber es klappte nicht. Der arme Ricky hatte noch immer nicht begriffen, daß Blonde nicht drohend wirken können. Blondgefärbte schon. Aber von Natur aus Blonde sehen hoffnungslos albern aus, wenn sie gefährlich dreinzublicken versuchen.

Er trottete hinter Jonathan Byers her.

Und ich fragte mich, wie weit er wohl gehen würde, um nur Pappis Junge zu bleiben.

Als ich an diesem Abend zu Daphnes Sommersitz zurückkehrte, rannte ich als erstes zum Häuschen hinten, um den Schal zu verstecken, den ich für Daphne gekauft hatte. Wenn ich ihn ihr heute abend geben würde, sähe das einfach nur aus wie Wurst wider Wurst: Du mietest mir einen Sportwagen, ich kauf dir einen Schal. Ich dachte, ich würde ein paar Tage warten, dann hätte sie ihn immer noch rechtzeitig für den Premierenabend.

Ich trat gerade durch die Tür zum großen Haus, als sie in der Eingangshalle auf mich zu kam.

»Ich dachte, ich hätte das Auto gehört«, sagte sie, »habe Sie aber nicht gesehen. Läuft es denn gut?«

»Es ist wie ein wahrgewordener Traum«, sagte ich.

»Oh, sehr gut«, sagte sie. »Der Maestro ist in der Bibliothek, und wir feiern schon den Erfolg von seiner heutigen Probe.« Dann beugte sie sich zu mir vor und sagte: »Aber ich wollte Sie gerne einen Augenblick allein sprechen.«

Sie ging mit mir in die Garderobe direkt neben der Eingangshalle und machte die Tür hinter uns zu. Wir setzten uns auf eine gepolsterte Bank, und Daphne erzählte mir, was diesen Nachmittag passiert war. Offensichtlich hatte sie von dem Wortwechsel zwischen Daniel und mir heute morgen im Perückenraum gehört, und auch, daß ich umgehend von meinen Pflichten als sein Assistent entbunden worden war. Ich erklärte ihr, daß ich nach solch einem gewalttätigen Vorfall nicht beabsichtigte, jemals wieder bei ihm zur Arbeit aufzutauchen.

»Selbstverständlich nicht«, sagte Daphne. »Morgen früh werde ich statt dessen ihn entlassen.«

»Bitte nicht«, sagte ich schnell. »Sie werden alle schreien: Vetternwirtschaft.«

»Sollen sie doch«, sagte Daphne. »Mir egal.«

»Ich möchte ja nicht undankbar erscheinen, aber der Job ist mir eigentlich nicht gar so wichtig.«

»Na dann«, sagte sie, »zum Teufel mit den Perücken, soll sie doch dieses kleine Monster alle selber machen! Aber würden Sie vielleicht bis zur Eröffnung hier bei mir bleiben und dem Lieutenant bei seinem Fall helfen?«

Wer wird sich in den eigenen Teller spucken?

Ich würde den Alfa fahren können, während ich mir

meinen Sheriffstern bei Lieutenant Branco verdiente. Und kein Daniel Carafolio mehr!

Die Dinge entwickelten sich wirklich zum Besten.

28

Am nächsten Morgen fuhr ich wie gewöhnlich zum Opernhaus, obwohl ich rein technisch gesehen nicht mehr beim Festival arbeitete. Ich war jedoch immer noch Brancos Spezialagent.

Auf dem Probenplan, der für diesen Tag angeschlagen war, stand KCS+, das heißt: Klavier, Chor, Solisten und andere. Diese Probe, die man auch »Kostümprobe mit Klavier« nennt, war ein wichtiger Meilenstein in der Entwicklung der Inszenierung. Sie verlangte von den Sängern, unter dem zusätzlichen Druck eines vollständigen Durchlaufs ohne Buch oder Notenheft in der Hand ihr Bestes zu geben. War die Sitzprobe des vergangenen Tages die erste Gelegenheit für den Maestro, alle seine musikalischen Kräfte zusammenzuführen, würde die erste Durchlaufprobe der Oper auf der Bühne jetzt für Jonathan Byers den Augenblick der Wahrheit bringen. Zum letzten Mal während der gesamten Inszenierung würde die Musik dem Bühnendrama für einen kurzen Moment untergeordnet sein. An diesem Tag ware kein Orchester beteiligt, denn es war zu teuer, nur für einen Probendurchgang alle Musiker zu bezahlen. Statt dessen würden im Orchestergraben zwei Flügel benutzt werden, von Carolyn Boetz und Rick Jansen gespielt. Der Maestro würde von dort aus dirigieren.

Ich fand eine Stelle hinter der Bühne, von der aus ich gut zuschauen konnte, auf der entgegengesetzten Seite von Ronda Luccas Kabine. Da wäre ich niemandem im Weg und hätte einen relativ freien Blick auf alles, was auf der Bühne geschah, und selbst auf den Orchestergraben. Ich sah, daß sich Rick Jansen an seinem Flügel im Orchestergraben niederlassen wollte. Er wirkte fast ungeschickt und unkoordiniert und zeigte nichts von der körperlichen Wachheit oder überspannten Lebhaftigkeit unserer früheren Begegnungen. Vielleicht hatte er sich durch die ungeheure musikalische Aufgabe, der er gegenüberstand, und durch die Tatsache, daß er ihrer Ausführung bestimmt nicht gewachsen wäre, dazu gezwungen gesehen, Beruhigungspillen einzuwerfen – die amerikanische Version davon, sich Mut anzusaufen. Oder vielleicht war er letzte Nacht während einer heißen Session mit Sir Jonathan auf der Suche nach den äußersten Grenzen lobotomisiert worden. Was auch immer der Grund für Ricks Schwerfälligkeit sein mochte, die arme Carolyn Boetz würde heute morgen doppelt aufmerksam sein müssen, wenn er spielte.

Als die Probe in Gang gekommen war, machte ich noch eine Entdeckung. Anders als bei der gestrigen Sitzprobe, wo die Musik, zu der sich Stimmen und Orchester vereinigten, oft über die Erdenwesen, die diese Töne hervorbrachten, bis in himmlische Höhen emporstieg, war die erste Bühnendurchlaufprobe das totale Chaos. Alles, was auf einer Bühne überhaupt nur schiefgehen kann, ging schief. Auf- und Abgänge wurden verpatzt, Einsätze verpaßt, ganze Teile eines Solos oder eines Chorsatzes vergessen, und die Bühnengänge wurden ganz willkürlich neu erfunden. Kurz gesagt, als Oper war die ganze Sache plötzlich ein völliges Durcheinander geworden.

Was Jonathan Byers betrifft, so saß er während des ganzen ersten Aktes im Auditorium und sagte kein Wort. Entweder kochte er innerlich wegen der himmelschreienden Unordnung auf der Bühne, oder aber er analysierte kalt und minutiös jeden einzelnen Aspekt seiner Regiearbeit, ob er im Endeffekt Erfolg hätte oder zum Scheitern verurteilt wäre. Wie auch immer, Sir Jon gab jedenfalls keinen einzigen kritischen Kommentar von sich, außer gelegentlich einer Bemerkung bezüglich des Vorhangs oder der Beleuchtung oder eines Kostüms. Aber was die Aktivität auf der Bühne selbst betraf, die ja seine ureigenste Schöpfung war, blieb Jonathan Byers an diesem Vormittag undurchschaubar.

Andere Leute dagegen durchaus nicht, denn diese erste Durchlaufprobe war auch eine Gelegenheit, ein paar ausgeflipptere Kostüme bei den Solisten zu begutachten, ebenso wie die komplizierteren Perücken bei den Chormitgliedern. Daniel Carafolio hatte es jedoch ohne meine fachmännische Mithilfe nicht geschafft, alle Perücken richtig anzupassen. Als Folge davon waren viele während des Bühnengeschehens auf den Köpfen der Sänger verrutscht. Nun ist es ja ein unwillkürlicher Reflex, daß man, wenn man spürt, daß einem etwas vom Kopf zu fallen droht, hinaufgreift, um es zu halten. Aber bei unserem Fräulein Zischzisch aus dem Perückenraum hatten solche Reflexe die schrecklichsten Konsequenzen. In der kurzen Pause nach dem ersten Akt erschien Daniel auf der Bühne und wandte sich an die Chormitglieder. Seine ersten Worte kamen ihm von den Lippen, als habe er eben die größte Enttäuschung seines Daseins erlebt und müsse bittere Tränen zurückhalten.

»Ihr Leute seid einfach unfähig zu jeglicher Zusammenarbeit.« Es klang verzweifelt. »Wie oft hab ich euch heute morgen schon gesagt, daß ihr die Perücken nicht anrühren sollt.«

Ein Chorsänger protestierte ganz arglos: »Aber sie halten nicht. Es ist schwierig zu singen, wenn einem so ein dicker Brummer auf dem Kopf herumrutscht.«

»Meine Perücken rutschen nicht«, sagte Daniel sofort. »Wahrscheinlich ist dir der Schädel geschrumpft.«

Eine weitere Sängerin bemerkte: »Wir haben auf der Bühne doch eine Menge zu tun, und die Perücken sitzen zu locker.«

»Meine Perücken sitzen perfekt«, behauptete Daniel. »Wenn ihr wüßtet, wie man sich richtig bewegt, hättet ihr solche Probleme gar nicht.«

»Warum können Sie die Perücken denn nicht einfach enger machen?« ertönte eine weitere naive Stimme. »Das ist doch für jemanden, der's gelernt hat, eine ganz simple Sache.«

»Ich mache meine Sache hervorragend!« fauchte Daniel.

»Wenn ihr euch weiter beschwert und die Perücken anfaßt, wird jemand von uns gehen müssen.« Ein Schweigen senkte sich über die Sünder auf der Bühne. »Die Frage ist nur«, fuhr Daniel fort, »ob ich oder ihr? Denn ich gehe, und zwar mit Freuden. So eine Behandlung verdiene ich nicht, von niemandem, und zu allerletzt von einer Rotte von Chorsängern.«

Grabesstille im ganzen Haus.

Daniel sagte: »Also ist es das, was ihr alle wollt? Soll ich jetzt einfach gehen?«

Unter den Chormitgliedern hörte man deutlich das eine oder andere gemurmelte »Ja« und »Gott sei Dank«.

»Also gut dann!« sagte Daniel, und er stürmte von der Bühne.

Als er an Ronda Lucca an ihrem Arbeitstisch vorbeikam, drehte sie sich zu mir herum und fuhr sich mit einem Finger quer über die Kehle. »Ich erledige ihn, wenn Sie wollen«, sagte sie. »Dann gehört der Perückenraum ganz Ihnen.«

»Nicht nötig«, sagte ich. »Ich bin gefeuert worden.«

»Wann?«

»Gestern.«

»Von wem?«

»Von ihm.«

»Warum hängen Sie denn dann noch hier herum? Sie sind wohl vom Opernfieber befallen, oder was?«

»Nein«, sagte ich. »Aber ich habe andere Arbeit.«

»Für diesen Polypen«, sagte Ronda.

Ich nickte.

»Tja«, sagte sie. »Das sieht man, daß Sie gern für ihn arbeiten.«

»Nicht für ihn«, protestierte ich sanft. »Mit ihm.«

»Hah!« machte Ronda Lucca.

Und gerade als sie eine Pause für das Ensemble und die Mannschaft durchsagen wollte, trat ein Mann an ihren Tisch heran. Er kam von der Kostümabteilung, und zwar war es derjenige, der tags zuvor den Streit zwischen Daniel und mir miterlebt hatte. Er fragte Ronda, ob er vor der Pause etwas durchsagen könne.

»Natürlich«, sagte sie. »Bittet, und es wird Euch gegeben.«

Inzwischen sah der Bursche seitwärts zu mir herüber, als wolle er sagen: Wie kannst du es wagen, hier in diesem Theater dein Gesicht noch einmal zu zeigen? Dann ging er auf die Bühne und verkündete, daß im Kostümfundus ein Paar sehr teure lederne Stulpenhandschuhe fehlten, und wenn jemand über ihren Verbleib Näheres wisse, solle er sie ihm doch bitte zurückgeben.

Ich sagte zu Ronda: »Ich möchte nur wissen, ob sie von der Oper oder aus seiner Privatsammlung sind.«

»Von ihm ganz bestimmt nicht«, sagte Ronda. »Es sei denn, sie wären aus weißer Spitze und ellbogenlang.«

Als er am Tisch vorbeiging, dankte er Ronda, dann fragte er mich, ob ich die Handschuhe gesehen hätte.

Über seinen vorwurfsvollen Ton konnte ich nur die Schultern zucken, und ich sagte: »Da müßten Sie meinen Mann fragen. Er ist derjenige, der sich um die Spielsachen in der Familie kümmert.«

»Und wo ist der?« sagte der Mann und schluckte den Köder, ohne es zu merken.

»In Paris«, sagte ich trocken.

Er ging mit einem empörten Schnauben davon.

Ich bemerkte zu Ronda: »Lag das jetzt an etwas, was ich gesagt habe?«

»Mein Bester«, antwortete sie, »wohl eher an etwas, was Sie darstellen.«

Dann verkündete sie über Lautsprecher, daß Ensemble und Belegschaft vor dem zweiten Akt zwanzig Minuten Pause machen könnten. Als sich daraufhin alle zur Pause zerstreuten, sah ich Hwang Yung Cho und April Kilkus auf der gegenüberliegenden Seite der Bühne. Sie schienen unzertrennlich, wie eine gemischtrassige Version der Bobbsey-Zwillinge. Na gut, sie waren vermutlich verheiratet. Aber können verheiratete Paare nicht auch mal getrennt herumlaufen und reden und pinkeln? Ich eilte quer über die Bühne auf sie zu, aber diesmal war ich darauf vorbereitet, daß sie davonrennen würden, deshalb machte ich mich bereit, ebenfalls zu rennen. Aber welch eine Überraschung: lediglich April verschwand, Hwang blieb stehen und stählte sich für eine Konfrontation mit mir, dem taktlosen Hilfssheriff.

»Haben Sie einen Augenblick Zeit?« fragte ich.

»Wann hören Sie endlich auf, uns zu belästigen?« sagte er.

»Wenn ich herausgefunden habe, wer Marcella Ostinata ermordet hat.«

»Dann können Sie mich in Ruhe lassen«, sagte er. »Denn ich kann Ihnen versichern, daß ich nicht der Mann bin, den Sie suchen. Ich bin Künstler, Sänger und ein kultivierter Mensch. Aber ich bin kein Henker.«

»Kunst ist auch kein Schutzschild, Hwang. Ich habe einmal einen Film gesehen. Er spielte in so einer entlegenen Gegend mit Landwirtschaft in Zentralasien, und die Schafhirten hatten eine ungewöhnliche und äußerst kultivierte Methode, ihre Tiere zu schlachten. Zuerst spielten sie immer ein Spiel, um das Tier zu fangen, das getötet werden sollte. Wahrscheinlich sollte diese Phase des verspielten Herumtollens das ausgewählte Tier seinem Schicksal heiter entgegengehen lassen. Und wenn sie es erst einmal gefangen hatten, hielten sie es eng an sich gedrückt, fast wie in einer liebenden Umarmung, wie als Belohnung dafür, daß es so brav mitgemacht hatte. Und dann nahmen sie ein sehr scharfes Messer – genau genommen ein Stilett – und stießen es dem Tier bei lebendigem Leibe in die Brust. Aber die Klinge war so scharf, daß das Tier nicht einmal spürte, wie sie ihm durchs Fleisch schnitt. Dann griffen sie in den Brustkorb und tasteten nach dem noch schlagenden Herzen des Tieres. Und dann preßten sie das lebende Herz mit der bloßen Hand fest zusammen, bis das Tier in ihren Armen ganz friedlich sein Leben aushauchte, und zwar binnen Sekunden.«

Hwang sagte: »Warum erzählen Sie mir das?«

»Weil es beweist, wie kultiviert, ja sogar künstlerisch man mit dem Tod umgehen kann.«

»Wollen Sie damit sagen, daß ich so etwas auch tun könnte, weil ich Asiate bin?«

»Nein«, antwortete ich. »Aber ich glaube sehr wohl, daß Sie so etwas aufgrund der Tatsache tun könnten, daß Sie, wie Sie ja gerade sagten, Künstler und so überaus kultiviert sind.«

Hwang sagte: »Sie haben nicht den leisesten Beweis gegen mich. Es gibt keinen. Ich war der Polizei gegenüber sehr entgegenkommend, und die glaubt mir auch. Darum, wenn Sie jetzt nicht bald damit aufhören und April und mich in Ruhe lassen, dann werde ich Sie der Polizei melden und ein Hausverbot gegen Sie erwirken. Sie werden allmählich zu einer echten Bedrohung.«

»Zu einer Bedrohung wohl kaum«, sagte ich. »Zu einer Belästigung vielleicht.«

»Es ist mir egal, wie Sie es nennen wollen. Ich verlange nur, daß Sie damit aufhören.«

Ich sagte: »Da werden Sie Lieutenant Branco bitten müssen, mich aus dem Fall rauszuhalten. Ich arbeite nämlich für ihn.«

»Das werde ich auch«, sagte Hwang.

Er drehte sich um und wollte gehen.

»Übrigens«, sagte ich, »Sie und April haben sich gestern großartig angehört.«

Er wandte sich wieder um und sah mich an. »Was soll das jetzt wieder heißen?«

»Es soll heißen, daß ich, so gräßlich ich auch sein mag, trotzdem Ihnen und April mit dem größten Vergnügen zuhöre.«

»Wenn Sie uns wirklich gern singen hören«, sagte er, »dann ist das das absolut einzige, was zu Ihren Gunsten spricht.« Und er ging davon.

Da drang aus dem Zuschauerraum die laute, anklagende Stimme von Daniel Carafolio. Und wir alle, die da standen, mußten von dem Bereich hinter der Bühne aus mit zuhören. Er sprach zu Jonathan Byers. Rick Jansen war dabei.

»Warum geben Sie sie nicht einfach zurück?« sagte Daniel mit Schärfe.

»Was soll ich zurückgeben?« sagte Byers.

»Zahlt man Ihnen wohl nicht genug, daß Sie sich Ihr eigenes Sexspielzeug kaufen können?«

Byers sagte: »Was quasseln Sie da eigentlich zusammen?«

»Ich will sagen, daß Sie die Stulpenhandschuhe aus dem Kostümfundus geklaut haben.«

»Das ist doch unglaublich!« sagte Byers.

»Stimmt«, sagte Daniel. »Es ist genau so schäbig, wie wenn einer aus einer Kanzlei Büroklammern klaut. Aber ich hab Sie dabei gesehen.«

»Sie haben gar nichts gesehen«, sagte Byers.

»Sie können sie jetzt aber genausogut behalten«, sagte Daniel. »Die sind schließlich zu ersetzen. Und wer würde sie jetzt auch noch wollen, wo sie über und über mit Ihren Ausflüssen besudelt sind?«

»Paß bloß auf, was du daherschwätzt«, sagte Rick.

Aber selbst Daniel schien zu merken, daß von einem Mann, der von Natur aus blond war, nur nichtige Drohungen kommen konnten.

»Hör mal zu, Kleiner, ich hab deinen Pappi vorige Woche aus dem Kostümfundus kommen sehen, und er sah gewaltig schuldbewußt aus.«

Byers sagte: »Sie haben mich aber nichts nehmen sehen.«

»Aber in Spoleto habe ich Sie etwas nehmen sehen«, sagte Daniel.

Rick sagte: »Halt endlich dein Schandmaul.«

»Ooooh«, gurrte Daniel. »Willst du mir etwa drohen? Oder willst du Genugtuung? Ist es das? Geht es hier um einen Ehrenkodex? Wann soll das Duell stattfinden? Und wirst du dazu die Stulpenhandschuhe tragen?« Dann gakkerte und krähte er laut, während er sich von ihnen entfernte. »Vorsicht! Vorsicht! Diebe unter uns!«

Rick machte eine angriffslustige Bewegung auf Daniel zu, aber Jonathan Byers hielt ihn zurück und beruhigte ihn. Wahrscheinlich war jetzt gerade wieder er dran, den Friedlichen zu spielen. Wenn Jonathan Byers bei seiner Inszenierung jemals mehr Wasser auf seine Mühlen brauchte, würde er dazu zweifellos auf die täglichen Vorfälle hinter der Bühne zurückgreifen können.

Im Orchestergraben kehrten der Maestro und Carolyn Boetz zu ihrer leisen Besprechung der Partitur zurück, ohne sich groß um die Aufregung über die Handschuhe zu kümmern.

Ronda gab bekannt, daß in zehn Minuten der zweite Akt beginnen werde.

Und im Theater ging das Leben weiter.

Ich blieb bis zum Ende der Probe, wenn auch vielleicht nur Verdi zu Ehren. Es war schließlich die erste Bühnendurchlaufprobe seiner Oper. Diese Aufführung würde sich nie wieder in solch einem rohen, verwundbaren Zustand zeigen, und sie brauchte alle geistige Hilfe, die sie nur bekommen konnte. Am Ende dieses Tages, wenige Augenblicke, nachdem der letzte Vorhang gefallen war, machte Ronda Lucca über ihren Lautsprecher eine abschließende Durchsage.

»Ich danke Ihnen allen«, sagte sie. »Meinen Glückwunsch, daß Sie diese wirklich schwierige Probe geschafft haben. Danke für Ihre Geduld. Und Ihnen allen danke für Ihre Mitarbeit. Das wird eine großartige Aufführung werden. Also dann bis morgen früh um zehn.«

Ich staunte. Von Ronda Lucca als Inspizientin hätte ich nach einem solchen Tag eine solche Nettigkeit zu allerletzt erwartet.

Als ich das Haus durch den Bühneneingang verließ, war es schon nach vier. Genau in diesem Durchgang befindet sich die glasverkleidete Kabine, in der die Wache sitzt. Da drin sah ich Lieutenant Branco, der die Berichte der Wache durchging, vielleicht, um den einen zu finden, der meinen gestrigen Tanz mit Daniel Carafolio durch den Perückenraum beschrieb. Branco blickte auf, sah mich und winkte mich dann hinein.

»Haben Sie schon was gegessen?« sagte er.

»Nein.«

»Wollen Sie mit mir zusammen einen Bissen zu sich nehmen?«

Ob ich das wollte!

»Lassen Sie mich nur schnell Daphne anrufen«, sagte ich.

»Warum denn das? Haben Sie Ausgehverbot oder was?«

»Ich möchte ihr nur kurz sagen, daß ich zum Abendessen nicht da sein werde.«

»Sie ist doch nicht Ihre Mutter«, sagte Branco.

»Würden Sie Ihren Kollegen beim Streifendienst nicht anrufen?«

»Hatte ich schon lange keinen mehr«, sagte er. Dann gab er einen verächtlichen kleinen Grunzer von sich, als wolle er sagen, daß Polizeikollegen auf der evolutionären Leiter ohnehin höher als Freunde stünden.

Eine Viertelstunde später lasen wir auch schon die Speisekarten in einer Charcuterie »ohne Tiermord«, die soeben innerhalb des Gebäudekomplexes des Theaters ihre Tore geöffnet hatte. Zur Einführung bot man alle Speisen und sogar auch alle Getränke unter dem Slogan »Zwei nehmen, eins bezahlen« an. Trotzdem wunderte ich mich, daß Branco bereit gewesen war, hierher zu gehen, da es keine Fleischgerichte gab. Wir bestellten Vegiburger de luxe, die, so versprach die Speisekarte, »genau wie richtiges Fleisch« schmecken würden. Ich fragte mich, warum es wünschenswert sein konnte, daß Gemüse wie Fleisch schmeckte? Das war doch, als würde man säkularisierte Weihnachtskarten suchen, um sie an atheistische Freunde zu schicken.

Wir bestellten beide ein Bier, das, wie ich annahm, ebenfalls ohne Tiermord hergestellt war. Und während wir auf unser Essen warteten, erzählte mir Branco, daß seine Suche nach Mathilde innerhalb des Theaters fruchtlos gewesen sei. Er fragte mich, was bei mir alles geschehen sei, seit wir uns am vorangegangenen Nachmittag zum letzten Mal gesehen hatten. Ich begann, ihm alles haarklein zu erzählen – Daniel Carafolios Mordversuch, die Abwehrhaltung von Jonathan Byers und Rick Jansen, das Profitum von Ronda Lucca, die heitere Ruhe des Maestro – aber er unterbrach meine Litanei.

»Ich hätte gern Tatsachen«, sagte er brüsk. »Keine Auslegungen.«

»In Ordnung«, sagte ich. »Wie wäre es dann mit der Tatsache, daß Daniel Carafolio behauptet, daß er Jonathan

Byers ein Paar lederne Stulpenhandschuhe aus dem Kostümfundus habe stehlen sehen?«

Branco sagte scharf: »Das ist doch nur ein Gerücht.« Doch als er sah, wie sehr mich seine Grobheit traf, fügte er hinzu: »Aber immerhin belastend. Ich werde mit Carafolio darüber reden.« Dann überlegte er einen Augenblick und sagte: »Lederne Stulpenhandschuhe also? Ich frage mich, wozu Byers so etwas brauchen könnte.«

»Das werde ich schon herausfinden«, sagte ich zuversichtlich. »Und diesmal nicht nur gerüchteweise. Ich werde es ihm schon aus der Nase ziehen.«

»Werden Sie bloß nicht empfindlich, Stan. Ich weiß, daß Sie sich mit diesem Fall sehr viel Mühe machen, aber Sie müssen noch eine Menge lernen.«

»Und wie soll ich lernen? Muß ich dazu auf die Polizeischule?«

Branco schwieg unsicher, bevor er sagte: »Ich weiß nicht recht, ob das zu jemandem wie Ihnen passen würde.«

»Glauben Sie, daß es zu hart für mich wäre?«

Bevor er antworten konnte, kamen die falschen Hamburger. Während wir Soße daraufgaben und die beiden Hälften zusammenlegten, nahm unser Gespräch plötzlich eine andere Wendung.

Branco fragte: »Und wie läuft der Wagen?«

»Wenn ich nicht wüßte, wohin mit meiner Kohle, würde ich mir wahrscheinlich so einen kaufen.«

Er nahm einen großen Bissen von seinem Hamburger, kaute eine Weile und schluckte dann ein wenig mühsam.

»So, wie der schmeckt, muß er genau das richtige für Sie sein«, sagte er. Er klappte die Hälften noch einmal auf und träufelte eine Menge scharfe Soße darüber.

Dann legte er mir ans Herz, daß ich den Alfa immer hochtourig fahren solle.

»Das sind starke Motoren«, sagte er. »Man kann damit ganz schön abziehen, aber dazu braucht man Feingefühl. Wissen Sie, wie man einen Powershift macht?«

»Nö.«

»Ich werd's Ihnen bei Gelegenheit mal zeigen. Damit haben Sie ihn dann wirklich gut im Griff.«

Irgendwie war ich mir nicht ganz sicher, ob ich jemals eine Fahrstunde bei Mr. Vito Branco wollte. In der Zwischenzeit ging er wieder an sein Sandwich ran und spülte es mit etwas Bier hinunter.

»Mit der entsprechenden Menge Chilisoße wird doch alles noch irgendwie eßbar«, sagte er und zeigte mir dann seine blendend weißen Zähne.

Danach sprachen wir über sein Haus und seinen Garten und meine bevorstehende Europareise, und allmählich wurde mir klar, daß ich tatsächlich so etwas wie ein Kumpel von Branco geworden war, wie ich mich da bei Hamburgern und Bier mit ihm über all die Dinge des wirklichen Lebens unterhielt. Und da überflutete mich unerwartet eine Welle von Übelkeit, und der kalte Schweiß brach mir aus. Ich nahm einen Schluck Eiswasser, aber das half auch nichts. Und mir wurde klar, daß ich an diesem Tisch keinen Bissen mehr in den Mund nehmen und hinunterschlucken konnte. Tatsächlich konnte ich sogar kaum noch sprechen. Branco bemerkte das und fragte mich, ob mir schlecht sei, aber ich konnte nichts anderes mehr tun, als mich zu entschuldigen und pronto das Lokal zu verlassen.

Ich fuhr zu Daphnes Landhaus zurück und begab mich direkt ins Häuschen. In diesem seltsamen Zustand konnte ich nicht einmal mehr Daphne begegnen. Ich ließ mir ein warmes Bad ein, warf eine Handvoll Badesalz hinein und glitt dann ins Wasser. Sekunden später merkte ich, daß ich leise weinte.

Aber nicht einmal da wurde mir klar, was mit mir los war.

29

Am nächsten Morgen nahm ich mit Daphne zusammen auf der Sonnenterrasse das Frühstück ein. Es kam mir vor, als sei es schon sehr lange her, seit wir zum letzten Mal zusammen den morgendlichen Anblick des Meeres genossen hatten. Dann fiel mir ein, daß es zum letzten Mal an dem Morgen gewesen war, an dem Marcella Ostinatas Leiche entdeckt wurde.

Daphne sagte: »Gestern abend habe ich ja auf Ihren Gutenachtgruß verzichten müssen.«

»Ich hatte Zustände«, sagte ich zur Entschuldigung.

»Zustände?«

»Ich glaube, in den viktorianischen Zeiten nannte man so etwas Hysterie.«

»Ja«, sagte Daphne. »Freud nennt es auch so. Das ist aber ziemlich sexistisch, müssen Sie wissen.«

»Ich weiß«, sagte ich. »Aber anders kann ich mein Verhalten nicht charakterisieren. Da saß ich doch ganz ruhig mit Lieutenant Branco bei Hamburgern und Bier, richtig freundschaftlich. Und plötzlich überkam mich ohne Vorwarnung ein unbezähmbarer Drang zu fliehen.«

Daphne sagte: »Ich glaube, heute würde man das einen Anfall von Panik nennen.«

»Aber es hatte gar nichts mit Geist oder Gefühl zu tun«, sagte ich. »Es war rein physisch, und zwar im ganzen Körper.«

»Adrenalin hat eben ziemlich viel Kraft«, sagte Daphne.

»Aber wodurch kam es?«

»Ach«, sagte sie wissend. »Das ist wieder etwas anderes.«

In diesem Augenblick erschien Parker auf der Terrasse und brachte das schnurlose Telefon mit. »Für Mr. Kraychik«, sagte er.

Es war Branco. Er sagte, ich solle sofort zum Opernhaus kommen. Er fragte mich nicht einmal nach meinem Befinden, worüber ich mich eigentlich nicht wundern sollte. Vielleicht taten das richtige Männer sowieso nicht. Ich entschuldigte mich bei Daphne und ließ das angefangene Frühstück stehen.

»Ich verstehe schon, mein Lieber«, sagte sie kühl. »Die Pflicht ruft.«

Vor dem Opernhaus stand eine ganze Reihe von Streifenwagen. Als ich zu dem Parkplatz auf der Rückseite, in der Nähe des Bühneneingangs, fahren wollte, sah ich, daß dieser Bereich abgesperrt war. Ein Krankenwagen stand da und wartete auf seine Fracht. Ich wies mich am Bühneneingang aus und wurde eingelassen. Lieutenant Branco fand ich unten im Perückenraum. Auf dem Fußboden lag Daniel Carafolios Leichnam. Aus seiner Brust ragte der edelsteinbesetzte Griff eines Stiletts. Das Messer wirkte übernatürlich groß, wie ein Theaterrequisit, dessen finstere Aura auch noch den Besuchern droben im zweiten Rang einen Schauer über den Rücken jagen soll. Ein Paar wildlederne Arbeitshandschuhe waren ihm in den Mund gestopft worden. Sie sahen beunruhigend bekannt aus.

Branco sah mich in der Tür stehen. Er kam zu mir herüber und sagte leise: »Wie geht's Ihnen denn heute?«

»Das muß dieser Vegiburger gewesen sein.«

»Ich dachte, es könnte vielleicht auch etwas anderes gewesen sein«, sagte er mit besonderer Wärme in den Augen. Dann war er wieder ganz geschäftlich.

»Was sagen Sie dazu?« fragte er und zeigte auf Daniels Leiche. »Da haben Sie auch keinen Liebsten verloren, was?«

Dieses eine Wort – auch – ließ mich stutzen. Wen denn sonst noch außer Daniel?

»Mir wird er nicht fehlen«, sagte ich. »Ich fürchte, das ist schrecklich, wenn man so etwas über einen Toten sagt.«

Branco knurrte. »Haben Sie diese Handschuhe hier schon einmal gesehen?«

»Ich bin mir nicht sicher«, log ich.

»Also, ich schon«, sagte er. »Ich möchte gern, daß Sie schon mal losgehen und ein bißchen bohren, bevor ich mit ihr spreche.«

»Meinen Sie die Inspizientin?«

Branco nickte. »Genau. Ich wußte doch, daß Sie die Handschuhe kannten.«

»Nein, ich dachte nur – «

Er unterbrach mich. »Sie wissen, was Sie zu tun haben. Also los jetzt.«

Branco kehrte zu seinen männlichen Pflichten zurück. Da rief plötzlich einer seiner Assistenten »Lieutenant!« und rannte auf ihn zu. »Das hier könnte Sie vielleicht interessieren.« Er hielt eine versiegelte Plastiktüte in die Höhe. Als Branco sie nahm, sah ich, daß sie ein Paar lederner Stulpenhandschuhe enthielt. Der Assistent sagte: »Die haben wir im Kostümfundus gefunden.«

Branco begutachtete den Inhalt einen Augenblick. »Sieht wie Blut aus«, sagte er.

»Das habe ich auch gedacht«, sagte der Assistent voller Eifer.

»Bringen Sie's ins Labor. Und erinnern Sie die Leute dort daran, daß sie sie auch innen untersuchen.«

Der Assistent sagte: »Das machen die sicher sowieso, Sir.«

»Erinnern Sie sie trotzdem daran!« fauchte Branco. Er kehrte in den Perückenraum zurück und ließ den armen Anfänger stehen, der sich wunderte, daß sein Eifer so gar nicht gewürdigt worden war. Ich folgte Branco in den Perückenraum.

»Sie sollten vielleicht noch etwas wissen, Lieutenant.«

»Und zwar?« sagte Branco, und man sah deutlich, daß er mit seiner Geduld am Ende war.

»Was diese Handschuhe betrifft, hörte ich gestern, wie Daniel zu Jonathan Byers etwas über Spoleto sagte.«

»Das Opernfestival in Italien?«

»Vermutlich. Er spielte darauf an, daß Byers auch dort etwas gestohlen habe.«

»Schon wieder so ein Gerücht«, sagte Branco.

»Aber Daniel erzählte mir neulich auch, daß sich Jonathan Byers und Rick Jansen in Spoleto kennengelernt hätten.«

An diesen Nachrichten hatte Branco eine Weile zu kauen, dann sagte er: »Ich werde mir den Bericht darüber herfaxen lassen.« Er kritzelte sich eine Notiz in sein kleines schwarzes Buch. Dann blickte er wieder zu mir auf. »Sonst noch etwas?« sagte er.

»Nein.«

»Dann an die Arbeit.«

»Jawohl, Boss«, sagte ich und tat, als wolle ich salutieren.

Branco drehte sich nur weg.

Ich stolperte die Treppen hinauf und hinter die Bühne, um meine Mission mit Ronda Lucca zu erledigen. Ich tat, als sei ich überrascht, sie hier zu sehen.

»Sie sind ja hier«, sagte ich.

»Wir haben in einer Stunde eine technische Probe. Wo zum Teufel sind denn eigentlich alle?«

»Ronda, die Bullen sind da unten überall.«

»Ich weiß. Ich hab sie ja selber gerufen.« Sie zuckte die Schultern. »Ist ja riesig. Der Perückenmann ist tot. Soll sich deshalb die Welt nicht mehr weiterdrehen?«

»Er wurde ermordet.«

»Das überrascht mich nicht«, sagte sie. »Mein großes Problem heute früh – eigentlich habe ich sogar zwei Probleme. Erstens, wo sind alle? Und zweitens, wo sind meine Arbeitshandschuhe?«

»Die grauen aus Wildleder?« sagte ich.

»Ja«, antwortete Ronda. »Haben Sie sie gesehen?«

»Schauen Sie jetzt nicht nach, meine Beste, aber dieser Leiche da unten im Perückenraum ...?«

»Ja?«

»Ich glaube, der stecken Ihre Handschuhe zwischen den Zähnen.«

»Jesus, Maria und Josef. Wollen Sie mich verscheißern?«

»Nein. Sie stehen ihr richtig aus dem Mund heraus, wie so eine große alte Zunge aus Leder.«

»Verdammt, ich hab sie da nicht einmal gesehen. Das einzige, was ich gesehen habe, war das Messer, das in seiner Brust steckte, und da bin ich losgerannt wie wahnsinnig. Das war wie im Fernsehen, verstehen Sie? Ich konnte nichts anderes denken als: Ruf bloß gleich diese Scheiß-Bullen an.«

»Das zumindest haben Sie richtig gemacht.«

»Ja, gut, aber jetzt brauche ich diese verdammten Handschuhe. Ich könnte ja einfach runtergehen und sie rausziehen.«

»Puh, Ronda, das sollten Sie sich vielleicht lieber noch einmal überlegen.«

»Was? Denken Sie etwa, nur weil irgend so ein Arschloch meine Handschuhe genommen und sie jemandem in den Mund gestopft hat, wird die Polizei jetzt sagen, daß ich schuldig bin? So läuft das nicht, Junge. Höchstens in einem schlechten Krimi.«

»Stimmt schon, Ronda. Aber wie Sie ja selber sagten, ist das hier alles wie im Fernsehen.«

Ohne auf meine Worte zu achten, ging sie auf die Treppe zu, dann blieb sie plötzlich stehen und drehte sich um. Sie blickte mit einem resignierten halben Grinsen zu mir zurück.

»Wissen Sie was«, sagte sie. »Vielleicht brauch ich die Handschuhe im Augenblick ja doch nicht gar so dringend.«

»Ein guter Gedanke«, sagte ich und ging zu ihr hinüber. »Aber ich möchte bloß wissen, wie sie in seinen Mund gekommen sind?«

Ronda sagte: »Na, was glauben Sie wohl? Jemand hat sie ihm reingestopft.«

Ich beobachtete sie argwöhnisch. »Wer könnte das gewesen sein?«

Sie sagte: »Falls Sie das denken, was ich glaube, daß Sie denken, dann sind Sie ein Scheißkerl.«

»Aber warum sind dann Ihre Handschuhe in Daniels Mund?«

Ronda sagte: »Offensichtlich will mir jemand was anhängen.«

»Und wer?«

»Woher soll ich das wissen?«

»Ronda, niemand weiß besser als Sie, wer das sein könnte.«

»He, was soll denn das? Wollen Sie Verhör spielen?«

»Branco will es wissen.«

»Dann soll *er* mich fragen.«

Sie hatte sich so verschanzt, daß nicht einmal mehr ich zu ihr vordringen konnte. Vielleicht hatte Branco doch recht.

Vielleicht hatte ich einfach nicht das Zeug zu einem guten Detektiv. Na gut dann. Sollte doch er die Befragung durchführen.

Bis zu der Probe um zehn Uhr blieb noch eine Stunde. Unter den gegebenen Umständen hätte sie eigentlich ausfallen sollen, aber nachdem Jonathan Byers sogar an dem Tag, an dem Marcella Ostinatas Leiche gefunden wurde, mit den Proben weitergemacht hatte, war es unwahrscheinlich, daß er den Zeitplan unterbrechen würde, nur weil der Perückenmeister ermordet worden war. Deshalb ging ich wieder nach unten. Ich dachte mir, ich könne mich vielleicht am Bühneneingang herumdrücken und bei jedem einzelnen die Reaktion beobachten, wenn er ins Opernhaus kam und noch eine Leiche auf dem Schauplatz vorfand. Aber da gab es nicht viel zu entdecken. Die ganze Bande – der Maestro, Carolyn Boetz, April Kilkus, Hwang Yung Cho, Jonathan Byers, Rick Jansen und der neue Tenor –, alle waren nicht weiter bestürzt über Daniel Carafolios Tod. Wenn überhaupt etwas, so waren sie höchstens verärgert über die Unannehmlichkeit, sich der Polizei ausweisen und den Grund für ihre Anwesenheit erklären zu müssen. Im Augenblick war das Wichtigste in ihrem Leben die Probe dieses Tages und darüber hinaus das rasche Herannahen der Premiere, die in nur drei Tagen stattfinden sollte.

Der Durchlauf an diesem Tag war die offizielle technische Probe. Es handelte sich dabei um die ganze Oper in voller Länge, mitsamt Beleuchtung, Aufstellung, Veränderungen der Bühnenausstattung, besonderen Effekten, Requisiten und eventuellen Kostümänderungen. Aber alles wurde eher von Auftritt zu Auftritt als von Note zu Note durchgezogen. Anstatt daß also zum Beispiel April Kilkus auf die Bühne kam und eine von Amelias Arien sang, würde während der technischen Probe April Kilkus zwar ihren Einsatz bekommen, auftreten und die Arie beginnen. Aber dann würde die Uhr der Oper stillstehen, während Hunderte von kleinen Aktionen der Bühnenmaschinerie, die zu dieser Szene gehörten, ausgeführt und immer wieder wiederholt würden, bis jede noch so kleine Einzelheit ganz sicher feststand. Lichter würden eingestellt, Durchblicke überprüft, Requisiten angeordnet und umgeordnet, Kostüme gerafft und drapiert, und dann würde alles vom letzten Einsatz an noch einmal durchgespielt. Dann endlich würde die Uhr der Oper weitergehen, vielmehr -rasen, aber nur bis zum nächsten Einsatz, wo wieder das gleiche geschehen würde. Die technische Probe war, als würde man einen Film auf dem Videorecorder ansehen, indem man auf die Vorlauftaste drückte, bis eine Szene begann, dann in extremer Zeitlupe weitermachte, um bis ins kleinste alle Einzelheiten des Films mitzukriegen, und dann wieder bis zur nächsten Szene vorwärtsraste. Man sollte fast meinen, daß das kürzer dauerte, da ja dabei nur sehr wenig gesungen wurde. Aber die technische Probe dauerte immer länger als die Aufführung in ihrer Gesamtlänge, und zwar wegen des ständigen Unterbrechens und Neubeginnens. Rafik hatte mir einmal erzählt, daß es für die Darsteller außerordentlich quälend sei, weil es dem natürlichen Drang des Fortführens zuwiderlaufe, der entstehe, wenn man auf der Bühne eine Figur aufbauen wolle, in einem Kontinuum, in dem sie von Augenblick zu Augenblick wachse. Tatsächlich kommt es sehr häufig vor, daß nach der technischen Probe die Darsteller sich plötzlich ihrer Rolle unsicher sind.

Mittendrin kam der Kostümbildner einmal in völliger Verzweiflung auf mich zu und machte mir das Angebot, mich auf der Basis von Daniels Lohn wieder anzustellen, wenn ich einverstanden wäre, mit den Perücken alles Notwendige zu unternehmen. Natürlich willigte ich ein, allerdings unter zwei Bedingungen. Die erste war, daß man für die Zeit nach der Premiere jemand anderen einstellte, denn ich hatte ja vor, dann mit meinem Ehemann in Europa zu sein. Darauf ging der Kostümbildner ohne weiteres ein. Die zweite Bedingung war, daß ich einige Freiheiten bei der Ausführung haben müsse. Wie erwartet leistete er bei diesem Punkt zunächst Widerstand, überlegte sich die Sache dann aber und gab schließlich nach. Und von diesem Augenblick an tat jede Perücke unter meinen Expertenhänden ihr Bestes.

Nach der Probe trat Branco vor dem Bühneneingang zu mir.

»Gilt die Einladung zu einer Fahrt noch?« fragte er.

»Natürlich«, sagte ich. »Wollen Sie fahren?«

»Diesmal lasse ich mich fahren.«

Ich sagte: »Bis zum Rennfahrer habe ich es allerdings noch nicht gebracht.«

»Wird schon noch«, sagte Branco.

Wir fuhren die Küstenstraße hinauf, und Branco erzählte mir, daß der Gerichtsmediziner Daniel Carafolios Tod auf die Zeit zwischen fünf und sechs Uhr gestern abend berechnet habe, ziemlich genau zu der Zeit, als Branco und ich Vegiburger aßen.

Ich sagte: »Wenigstens habe ich ein perfektes Alibi. Ich war mit einem Polizisten beim Essen.«

»Außer«, sagte Branco, »daß Sie einen Anfall von Panik hatten und mir davongerannt sind. Ich kann nicht bezeugen, wo Sie anschließend hingegangen sind.«

»Bezeugen? Wird nach meinem Verbleib gefragt werden?«

»Wahrscheinlich nicht«, sagte Branco. »Wichtiger sind im Augenblick ohnehin die Laborberichte.«

Wichtiger als mein Alibi?

Branco fuhr fort: »Gerade hat das Labor aus Boston angerufen. Wie ich gleich vermutet habe, stammt das Blut an diesen Lederhandschuhen von Marcella Ostinata.«

»So nehmen Sie also an, daß der Mörder die Handschuhe trug, als er Marcella die Kehle durchschnitt.«

Branco berichtigte mich: »Er oder sie«, sagte er. »Aber es stimmt, so sehe ich es. Das Labor hat auch das Handschuhinnere untersucht und in einem der Finger ein Haar gefunden. Ich wette, das stammt von einem Knöchel des Mörders.«

»Oder von irgend jemand anderem, der seine – oder die ihre – Hand irgendwann mal in den Handschuhen gehabt hat.«

»Stimmt«, sagte Branco mit einem zweideutigen Nikken. »Aber mich interessiert nur, ob es von jemandem auf meiner Liste stammt.«

»Wer steht denn alles auf dieser Liste?«

»Sie kennen das Ensemble genau so gut wie ich.«

Er nannte die Namen, die ich vorher auch genannt hatte.

Ich schaltete in einer engen Kurve herunter. Die Straße hatte keinen Seitenstreifen, und ich nahm die Kurve etwas zu schnell, wodurch die Reifen quietschten.

»Muß die Reifen aufpumpen«, sagte ich keß, aber als ich Branco ansah, war sein Gesicht ausdruckslos.

Ich sagte: »Stammt dieses Haarfragment von einem Mann oder einer Frau?«

»Schwer zu sagen«, sprach Branco. »Es ist nur ein ganz kleines Stück.«

»Aber Sie hoffen, daß es eins von dem Mörder ist.«

»Wenn wir ein gleiches finden, würde das die Sache wirklich vereinfachen«, erwiderte Branco. »Ich warte noch immer auf die DNS-Analyse. Dann werde ich erfahren, wem es gehört, denn die Handschuhe hatten direkten Kontakt mit der Haut dessen, der sie trug.«

»Wie Unterwäsche«, sagte ich.

Branco knurrte.

Wir näherten uns einer weiteren Kurve, diesmal an einem Hang. Ich sah, wie Branco seinen Fuß gegen den Boden stemmte. Aber diesmal hatte ich den Motor hochtourig genug, um ganz glatt herunterzuschalten, und fuhr um die Kurve, als liefe der Alfa auf Schienen. Branco nickte ein ganz klein wenig und blickte dann aufs Wasser hinaus, als wir immer höher kamen.

Ich sagte: »Und die Wildlederhandschuhe? War in denen auch etwas?«

»Noch zu früh«, sagte Branco. »Aber die Inspizientin läuft bei mir noch immer als Verdächtige. Sie ist schon ein harter Knochen, die Kleine, und auf jeden Fall kräftig und beweglich genug, um einen Mann wie Carafolio von hinten anzuspringen und ihm das Messer von vorne in die Brust zu jagen.«

»Aber was hätte sie für ein Motiv?«

»Darüber mache ich mir später Gedanken«, sagte er. »Im Augenblick möchte ich ein paar greifbare Beweise, um jemanden einzubuchten.«

»Das klingt aber ein bißchen rücksichtslos.«

Branco starrte mich an.

»Entschuldigung«, sagte ich. »Was werden Sie also als nächstes tun?«

»Na, was glauben Sie wohl? Haarproben von allen nehmen lassen.«

»Ist das nicht ein Übergriff in die Privatsphäre?«

»Ich habe Vollmachten für meine Untersuchungen.«

»Jetzt schon?«

»Den einen oder anderen Wisch habe ich«, sagte er.

Fast erwartete ich, daß Branco meine Hand packen und eins der kupferroten Haare an einem meiner Fingergelenke herauszupfen werde. Aber das tat er nicht.

»Was mich wirklich betroffen macht«, sagte er, »das ist, daß niemand hier ›wie traurig‹ über den Knaben gesagt hat, nicht ein einziges Mal. Bei der Sängerin war es das gleiche.«

»Das muß Sie nicht überraschen, Lieutenant. Keins der beiden Opfer war geradezu liebenswert.«

»Aber ich finde, das geht darüber hinaus, Stan. Ich sehe überall eine allgemeine Erleichterung – Erleichterung statt Traurigkeit. Und dabei sprechen wir doch über zwei Fälle von kaltblütigem Mord.«

»Vielleicht von drei, wenn Sie den Bühnenbildner mitzählen.«

»Das war doch ein Unfall«, sagte Branco.

»Vielleicht auch nicht.«

Wir befanden uns gerade auf einem geraden und ebenen Straßenstück, deshalb gab ich Gas und ließ die Maschinen dröhnen, ganz so, wie es der Polizeibeamte neben mir mit seinem Alfa gemacht hätte. Ich warf einen Blick zu ihm hinüber. Er sah zufrieden aus.

»Was ich sagen will«, sprach er, »das ist, daß die blasierte Haltung von diesen Leuten es sehr viel schwerer macht, den Fall zu knacken, weil es allen im Grunde egal ist, wer die Opfer ermordet hat.«

»Außer vielleicht ihren Versicherungen.«

Branco sah mir direkt in die Augen.

»Und mir«, sagte er.

Ich erwiderte seinen Blick und sprach: »Dann mir auch nicht.«

»Gut«, sagte er. »Jetzt schauen Sie wieder auf die Straße.«

Immer Polizist.

Wir kehrten zurück zum Opernhaus, wo ich Branco absetzte. Seine Abschiedsworte waren: »Das mit dem Auto machen Sie ganz gut. Das nächste Mal zeige ich Ihnen, wie der Powershift geht.«

»Das ist ja eine Verabredung«, platzte ich heraus.

Branco runzelte die Stirn und warf die Autotür zu. Ich sah ihm nach, wie er sich vom Wagen entfernte, und bewunderte seinen ausgreifenden, freien Gang und wie stolz er sich hielt. Dann fuhr ich zurück zu Daphnes Landsitz.

30

Daphne begrüßte mich in der Vorhalle.

»Wie schrecklich!« sagte sie. »Der Maestro hat mir schon alles erzählt. Noch eine Leiche! Das kann doch einfach nicht wahr sein!«

Ich zuckte die Schultern. »Das Positive daran ist, daß Sie ihn nicht zu feuern brauchten und ich meinen Job wiederhabe.«

Daphne spottete: »Ist das alles, woran Sie denken können? Das ist aber sehr selbstsüchtig, junger Mann. Schließlich steht ein ganzes Opernfestival auf dem Spiel. Unsere erste Saison könnte völlig danebengehen, weil hier lauter Morde begangen werden.«

»Aber die sind auch nicht schlimmer als das, was

während der Oper auf der Bühne passiert«, sagte ich. »Der Skandal in den Medien könnte dem Festival sogar nützen. Sie wissen ja, wie die Leute sind. Sex und Gewalt, das verkauft sich gut.«

Daphne verzog das Gesicht. »Es ist traurig genug, zugeben zu müssen, daß Sie damit recht haben.«

»Wenigstens werden sich die Geldgeber freuen«, sagte ich.

»Aber um welchen Preis, mein Lieber?«

Sie führte mich in die Bibliothek, wo der Maestro schon am Kamin saß. Vor Wut loderte er stärker als die Flammen des Feuers. Ich begrüßte ihn.

Er antwortete verärgert: *»Il tenente è un fascista.«*

Daphne erläuterte, daß sich heute nachmittag im Opernhaus jedermann einer ziemlich demütigenden Prozedur durch die Polizei habe unterziehen müssen und daß der Maestro das unerträglich gefunden habe.

»Ich weiß«, sagte ich. »Er ist jetzt dazu übergegangen, Haare auszurupfen.«

Der Maestro sagte: »Wie kann er denken, ich töte Marcella? Ich sage ihm, das Mädchen, das ist gefährlich. Sie denkt, sie ist ein Mann.«

»Meinen Sie Ronda, die Inspizientin?«

»*Sì*«, sagte der Maestro. »*La Ronda.* Sehr gefährlich. Nach der Sitzprobe ich bleibe eine Weile hinter die Bühne. Ich bin sehr müde, so ich will ein wenig Ruhe. Und dann sehe ich sie mit ein große Messer in der Hand. Sie spielt damit, wie mit ein Spielzeug.«

»Wie sah es aus?«

»Es war der Dolch, der Riccardo tötet.«

»Ein Requisit also«, sagte ich.

»*Sì*, ein Requisit«, sagte der Maestro. »Nicht echt.«

»Es war immerhin echt genug, um Daniel Carafolio ins Herz zu dringen.«

»O nein«, rief Daphne aus. »Er ist mit einem der Requisiten ermordet worden?«

»Es kommt noch schlimmer«, sagte ich. Ich erzählte ihr von den blutigen Stulpenhandschuhen, die verschwunden waren und dann im Kostümfundus wieder auftauchten, und warum der Lieutenant die Haarproben brauchte. »Um es mit dem Stückchen Haar zu vergleichen, das in einem der Handschuhe gefunden wurde«, sagte ich.

»*La Ronda* ist ein gefährliche Frau«, wiederholte der Maestro. »Als ich sehe sie mit dem Dolch, ich denke an Marcella, wenn sie singt Lady Macbeth. Manche Menschen mögen sehr gerne scharfe Messer.«

Daphne bemerkte: »Und jetzt benützt also jemand Requisiten, um die Leute der Inszenierung umzubringen. Hoffentlich gehen uns nicht vor der Premiere die Leute aus.«

»Oder die Requisiten«, sagte ich.

»Touché«, sagte Daphne. »Jetzt bin ich diejenige, die nur an sich selbst denkt.«

»Wenigstens waren die Opfer alle nicht unersetzlich für die Inszenierung, wie Jonathan Byers, oder hier der Maestro.«

Der Maestro und Daphne wechselten einen zweifelnden Blick.

»Oder ich, was das betrifft«, sagte Daphne. »Madame Geldbeutel.«

»Oder Sie«, gab ich zu.

Parker trat in die Bibliothek und kündigte ein Telefongespräch an.

»Lieutenant Branco möchte Mr. Kraychik sprechen.«

Daphne hob anklagend die Brauen. »Zweimal an einem Tag«, sagte sie. »Nein sowas.«

Ich nahm den Anruf in der Bibliothek entgegen, voll im Blickfeld von Daphne und dem Maestro, einfach um zu beweisen, daß ich vor ihnen nichts zu verbergen hatte. Aber andererseits, warum glaubte ich denn überhaupt etwas zu meiner Verteidigung tun zu müssen?

Branco hatte die DNS-Analyse aus Boston bekommen. Das Haarfragment aus dem Handschuh entsprach der Probe, die von Jonathan Byers' Hand genommen worden war.

Branco sagte: »Ich bin gerade dabei, ihn mit diesem Beweisstück zu konfrontieren. Wollen Sie herkommen und zusehen, wie das vor sich geht?«

»Ähem, ja natürlich«, sagte ich. »Wo soll ich Sie treffen?«

»Am Abigail Arms. Ich habe dort ringsherum Leute aufstellen lassen, nur für den Fall, daß Byers Lust kriegt, abzuhauen, bevor ich da bin. Ich fahre jetzt rüber.«

»Okay«, sagte ich unsicher. »Bin schon unterwegs.«

Aber nachdem er sich seiner Botschaft erfolgreich entledigt hatte, hatte Branco auch schon aufgelegt, genau wie Nicole es oft tat.

Ich entschuldigte mich bei Daphne mit der Erklärung, daß Branco gleich Jonathan Byers mit einem Beweisstück konfrontieren wolle und daß er der Meinung sei, ich könne etwas lernen, wenn ich ihm dabei zusah.

Sie sagte: »Das klingt ja fast, als wolle er Ihnen eine Vorstellung geben.«

Ich errötete. Ihre Bemerkung hatte mich getroffen. Das war wohl kaum das übliche Vorgehen, daß man jemanden wie mich zu einer Verhaftung einlud. Vielleicht wollte Branco, daß ich seine Art von Theater kennenlernte: das Idol von einem Polizeibeamten bei einer Matinee in der Arena polizeilicher Brutalität.

Ich brauchte eine halbe Stunde, um das Abigail Arms zu finden, und da hatten die Polizisten Jonathan Byers bereits zur Polizeistation mitgenommen. Als ich dort hinkam, hatte Branco schon mit dem Verhör Byers' begonnen. Beide waren in einem schallisolierten Raum, zusammen mit einem assistierenden Sergeant. Natürlich durfte ich da nicht mit hinein, aber Branco hatte die Ortspolizei angewiesen, daß man mich die ganze Prozedur an einem nur von meiner Seite aus durchschaubaren Glasfenster beobachten lasse. Es war wie 3-D-Fernsehen mit einem riesigen Bildschirm.

Branco sagte: »Warum geben Sie nicht einfach zu, daß Sie die Handschuhe gestohlen haben.« Der müde Klang seiner Stimme zeigte, daß er diesen Satz nicht zum ersten Mal sprach.

Byers erwiderte: »Ich habe es Ihnen schon mehrmals gesagt, und ich sage es jetzt noch einmal. Ich habe sie nicht gestohlen. Wo bleibt denn mein Anwalt?«

»Er ist schon unterwegs, aber das muß Sie nicht kümmern. Wir haben Beweise.«

»Mir egal, was Sie haben. Ich werde mich doch nicht selbst belasten, indem ich die Sätze sage, die Sie von mir hören wollen.«

Branco schwieg eine Weile, als habe er Byers' Bemerkung zum ersten Mal gehört.

»Na gut«, sagte er. »Dann sagen Sie mir doch mit Ihren eigenen Worten, was Sie getan haben.«

»Aha«, sagte Byers. »Das klingt schon besser.«

»Also los«, sagte Branco.

»Na schön, wenn Sie es unbedingt wissen wollen …«

»Ja …?«

»Ich hab die verdammten Dinger geborgt.«

»In Ordnung.«

»Ich hatte vor, sie zurückzugeben, aber sie wurden mir aus meinem Hotelzimmer gestohlen.«

»Und weiter?« sagte Branco.

»Das ist alles«, sagte Byers.

»Sonst nichts?«

Byers schwieg, aber er zeigte Branco ein koboldhaftes Grinsen, als wolle er ihn dazu bringen, jene präzise Frage zu stellen, die die gewünschte Antwort hervorrufen würde. Branco schien auf dieses Spiel sofort einzugehen.

»Wozu haben Sie sie geborgt?« sagte er.

»Um sie zu tragen«, entgegnete Byers. »Was hätte ich denn sonst damit machen sollen?«

Branco sagte: »Wobei haben Sie sie getragen?«

»Clever, clever«, sagte Byers. »Sie lernen schnell. Haben Sie jemals Theater gespielt, Lieutenant?«

»Wobei haben Sie die Handschuhe getragen?« wiederholte Branco.

»Das wollen Sie jetzt wirklich wissen, stimmt's?«

»Allerdings«, sagte Branco.

»Dann werde ich es Ihnen erzählen. Und ich erzähle es

Ihnen, weil das bei mir so eine kleine Eigenheit ist und ich mir vorstellen könnte, daß Sie für solche Dinge ein gewisses Verständnis aufbringen.«

»Was also?« sagte Branco kalt.

»Ja, also ich habe sie zum Sex benutzt.« Byers gab dabei ein böses Theaterlachen von sich.

Branco sagte nur ausdruckslos: »Bitte fahren Sie fort.«

»Mit dem größten Vergnügen, Lieutenant. Mir kommt es langsam so vor, als hätte ich da Ihre ungeteilte Aufmerksamkeit. Oder aber Sie sind ein verdammt guter Schauspieler. Sind Sie wirklich noch nie auf den Brettern gestanden? Na, ist ja auch egal. Ich kann nicht sagen, daß mir das mißfallen würde. Sie sind schon ein gutaussehender Teufel.«

»Ich höre«, sagte Branco.

»Ja, das nehme ich an. Also gut«, sagte er, machte dann eine Pause und atmete tief durch, als bereite er sich darauf vor, virtuose Redekunst zur Schau zu stellen. »So laßt uns denn aus der großen schwarzen Schachtel die Tatsache vernehmen, daß Sir Jonathan Byers, der fahrende Ritter Ihrer Majestät der Königin, es liebt, mit einem Requisit Sex zu haben, eigentlich mit jedem, aber vorzugsweise mit einem, das am Premierenabend auf der Bühne wichtig ist!«

Die letzten Töne seiner Stentorstimme hallten in dem kleinen Zimmer wider. Sicherlich hatte er die Aufnahmekapazität des Kassettenrecorders überlastet.

Branco sagte: »Ein Requisit? Oder eine Person?«

»Mein lieber Lieutenant, ich dachte, die Puritaner gebe es nicht mehr.«

»Ich sehe schon, daß das jemand wie Sie denken könnte.«

»Schade. Wir kamen so gut miteinander aus, bis Sie anfingen, den Tugendrichter zu spielen. Jetzt fürchte ich, Sie haben alles verdorben.«

»Ich verhafte Sie wegen des Mordes an Marcella Ostinata.«

»Mit welchem Grund?« sagte er mit großspurigem Lachen.

»Ein Stückchen Ihres Haars wurde in einem der Handschuhe gefunden, und der war mit ihrem Blut getränkt.«

»Sie Narr!« sagte Byers. »Natürlich war mein Haar in dem Handschuh. Ich sagte Ihnen ja, daß ich sie beim Sex trug.«

Branco stand auf und beugte sich für seine nächste Frage zu Byers vor.

»Welches Bühnenrequisit haben Sie beim Sex in Spoleto benutzt?«

Sir Jonathan sank ein wenig auf seinem Stuhl zusammen. »Wer hat Ihnen das erzählt?« sagte er. »Dieser schniefende Perückenmacher?«

»Welcher?« sagte Branco und traf mich damit ins Herz. Ich wimmerte vielleicht manchmal, aber ich schniefte nie.

Byers sagte: »Wir haben doch nur den einen beschissenen Perückenmann, und jetzt ist er tot.«

»Es gibt auch noch den rothaarigen«, sagte Branco.

Seltsam, über sich selbst wie über eine dritte Person sprechen zu hören.

»Ach ja«, sagte Byers. »Ihr kleiner Agent.«

Branco zuckte zusammen, ließ aber nicht locker. »Carafolio berichtete uns, daß Sie in Spoleto Ärger hatten. Wir sind der Sache nachgegangen, haben aber nichts gefunden.«

Eine Welle der Erleichterung strömte über Byers' Gesicht. »Das wundert mich gar nicht«, sagte er.

»Nichts«, sagte Branco, »außer daß einer der Bühnenarbeiter im dortigen Opernhaus bei einem mysteriösen Unfall ums Leben kam. Vielleicht kannte Carafolio ein paar Einzelheiten zu diesem Unfall.«

Byers sagte: »Wenn ich gewußt hätte, daß er seine fette Schweineschnauze aufmacht, hätte ich sie ihm selber gestopft, aber nicht mit so ein paar verdammten Handschuhen, das können Sie mir glauben.«

Branco sagte den nächsten Satz mit unbewegter Stimme her. »Ich muß Sie darauf hinweisen, daß alles, was Sie sagen, gegen Sie verwendet werden kann.«

Byers antwortete: »Lieutenant, erkennen Sie eigentlich,

was für Folgen Ihre verzweifelte kleine Arabeske haben kann?«

Branco blieb eisern.

Byers fuhr fort: »Dann kann ich nur hoffen, daß Sie dem gewaltigsten Rechtsanwalt, dem Sie je in Ihrer Karriere begegnet sind, gewachsen sein werden.«

Branco sagte zu dem dabeisitzenden Sergeant, daß er ihn in die Zelle führen solle. Dann verließ er den Raum. Ich paßte ihn draußen ab. Seine Augen glühten wie Kohlen, und von seinem Körper ging ein Dunst aus, der sich mit seinem vertrauten balsamischen Geruch nach sauberer Baumwolle vermischte. Ich nehme an, immer, wenn er jemanden verhaftete, lief er körperlich auf Hochtouren. Trotzdem sah er ausgesprochen unbefriedigt aus.

Ich sagte: »Was ist denn los?«

»Irgendwas läuft definitiv falsch«, sagte er. »Wir haben zwei Paar Handschuhe, beide gestohlen und beide beim Mord an zwei verschiedenen Menschen verwendet, an denen sonst niemandem auch nur das geringste lag. Und ich habe soeben den Regisseur dieser Inszenierung verhaftet, und zwar mit sehr dürftigen Beweismitteln.« Er schüttelte den Kopf. »Das war ein Fehler, ich weiß es ganz genau.«

»Aber warum haben Sie es denn dann gemacht?«

»Wegen dieses verfluchten Haarstückchens! Es war das einzige Beweisstück, das ich hatte.«

»Vielleicht legen Sie einfach zu viel Gewicht auf solche rein gegenständlichen Indizien.«

Branco warf mir einen ausgelaugten Blick zu. Er sah wirklich müde aus.

»Hätten Sie Lust auf ein Bier?« sagte er.

»Ich habe noch nicht gegessen«, sagte ich wie ein Idiot.

Da antwortete er überstürzt: »Macht nichts. Ein andermal.«

Als er von mir wegging, machte ich eine Bewegung, ihm nachzulaufen. Aber was würde ich dann zu ihm sagen? Stand es mir zu, einen Polizeibeamten zu trösten, der um Papa und Mama trauerte? Ich sah ihm nach, wie er zum Seiteneingang – dem Eingang für Polizisten – der Polizeistation von Abigail hinausging. Ich ging zur Vordertür hinaus und machte mit dem Alfa eine kleine Fahrt, ehe ich zu Daphne zurückkehrte. Wie ich so ohne Verdeck dahinfuhr und die Nachtluft mich umwehte, erhielt wenigstens mein sinnliches Ich ein wenig Aufmerksamkeit.

Ich hielt am Krankenhaus an, um Maurizio zu besuchen, aber man hatte ihn heute am Spätnachmittag entlassen. Parkers Tochter hatte ihn abgeholt und ihn mit zu sich genommen, um ihn zu pflegen. Ich wußte nicht, wo sie wohnte, und hatte auch keine Lust, es herauszufinden, also fuhr ich heim.

Als ich zurückkam, erfuhr ich von Daphne, daß Jonathan Byers' Anwalt bereits mit ihr telefoniert und ihr den Ernst der Lage erklärt habe. Sie hatte sofort angeboten, für Byers' Entlassung die Kaution zu zahlen, und der Anwalt war schon da gewesen und hatte den Scheck abgeholt.

»Da hat er ja nicht viel Zeit verloren«, sagte ich.

»Natürlich nicht«, sagte Daphne. »Ich habe Ihnen ja vorhin schon gesagt, daß mein gesamtes Festival auf dem Spiel steht. Die Kaution war astronomisch hoch, aber ich bin von Sir Jonathans Unschuld überzeugt. Das einzige, worum es ihm geht, ist die Inszenierung und nicht eine Anklageschrift oder eine Gerichtsverhandlung. Und was Sie betrifft, mein Lieber, so wäre ich sehr vorsichtig.«

»Womit, Daphne?«

»Mit dem Lieutenant. Obwohl er es wahrscheinlich selber gar nicht merkt, fürchte ich, daß er Ihnen den Hof macht.«

»Daphne!« sagte ich. »Er ist hetero. Ich glaube, er ist einfach sehr einsam. Er braucht einen Freund, und in der Hinsicht geht er wirklich ungeschickt vor.«

»Waren Sie nicht auch schon mal einsam?« sagte sie.

»Doch, aber bei mir war das etwas anderes. Ich brauchte einen Liebhaber. Brancos Einsamkeit bezieht sich mehr auf die Familie. Schauen Sie, er hat vor wenigen Monaten beide Eltern verloren.«

»Das ist ja sehr tragisch, mein Lieber, und ich bin überzeugt, daß es ihn tief bewegt. Aber seine Eltern zu verlieren, das gehört zum natürlichen Lauf der Ereignisse, und man muß dem ins Gesicht sehen und es annehmen. Ich bin der Meinung, daß der Tod seiner Eltern das derzeitige Verhalten des Lieutenant Ihnen gegenüber gar nicht beeinflußt, außer vielleicht, daß er bestimmte Aspekte seines Ich jetzt eher zulassen kann.«

»Daphne, wollen Sie damit sagen, daß er mich mag?«

»Ich glaube, Sie müssen langsam den Tatsachen ins Auge sehen, mein Lieber. In dem Mann herrscht ein tiefer Konflikt – mit Sicherheit quält ihn der auch schon jahrelang –, und jetzt steht er kurz davor, sich wieder damit auseinandersetzen zu müssen.«

»Aber der Verlust seiner Eltern – «

»Lassen Sie mich bitte ausreden! Ehe der Lieutenant nicht diese unerforschten Regionen seiner Psyche annehmen und dafür eine Lösung suchen kann – und ich bin durchaus nicht der Meinung, daß er die Antwort in der einen oder in der anderen Richtung leicht finden wird –, wenn es so einfach wäre, daß wir nichts anderes tun müßten, als eine Wahl treffen. Aber ehe der Lieutenant nicht wenigstens bereit ist, anzuerkennen, was sein derzeitiges Verhalten Ihnen gegenüber bedeutet – und für so eine alte Henne wie mich sticht es ins Auge, was da los ist –, so lange werden Sie beide weiterhin auf des Messers Schneide zwischen Anziehung und Aversion zueinander stehen.«

Wenn das jetzt eine Oper gewesen wäre, hätte in den Regieanweisungen stehen müssen *lunga pausa*.

»Aber was soll ich denn tun, Daphne? Ich kann doch nicht für Branco den Therapeuten machen.«

»Mein Lieber, es geht weit über das hinaus.«

»Das kann ich jetzt nicht durchdenken«, sagte ich. »Ich habe Hunger und bin müde.«

»Schon gut. Aber je länger Sie warten, desto länger wird alles so bleiben, wie es ist.«

»Das ist mir auch ganz recht so«, sagte ich.

Sie schüttelte mit einem Ausdruck schwerer Enttäuschung den Kopf.

»Wo ist denn Ihr Schwung hin?« sagte sie.

»Der ist in Paris und versucht seine Eltern davon zu überzeugen, daß ich ihn wert bin.«

»Pah!« sagte Daphne. »Schon wieder Eltern! Was schert Sie die Zustimmung seiner Eltern? Warum sollte ihm selber daran liegen? Wenn Sie einen Partner haben, so sollte er jetzt hier bei Ihnen sein, sollte Sie verfolgen, Sie in sein Leben einschließen, genau so, wie es der Lieutenant im Augenblick versucht.«

O Gott, dachte ich. Branco? Diesen kleinen Irrgang auf meinem Lebensweg hatte ich nicht erwartet. In meinen langen Jahren der Einsamkeit hatte ich darauf gewartet und mich danach gesehnt, daß ein Liebhaber auftauchen würde, und irgendwie war, nachdem ich mir Nacht für Nacht diesen Stern herbeigewünscht hatte, mein Traum schließlich wahr geworden. Soweit es mich betraf, war das ein *fait accompli.* Ich hatte einen Mann, den ich liebte, und das war's. Ich erwartete gewiß nicht, noch einmal der entfesselten Bestie zu begegnen, und schon gar nicht in Gestalt von Lieutenant Branco. Nein, Daphne irrte sich. Mußte sich irren. Obwohl sie sich als Astrologin durchaus empfahl, hielt in diesem Fall ihre weithergeholte Theorie alles in allem doch nicht dem Gegenbeweis stand, den Brancos körperliche Reaktionen – oder vielmehr deren Nichtvorhandensein – lieferten. Ich spürte deutlich, daß er keinerlei körperliche Anziehung mir gegenüber empfand, jedenfalls keine erkennbare. In meinen Augen versuchten wir gerade, eine gut funktionierende Partnerschaft aufzubauen, vielleicht sogar Freunde zu werden, wenn es so etwas zwischen einem Polizisten und einem Friseur überhaupt geben konnte. Aber Anziehung mir gegenüber? Von ihm? Und wozu sollte das führen? Zu Sex? Heirat? Daphne projezierte offenbar. Kein Zweifel. Sogar eine Analytikerin von internationalem Rang hatte wohl manchmal ihre psychologischen Ausrutscher.

So kam ich denn zu dem Ergebnis, daß da nichts zu tun war, als so weiterzumachen wie bisher. Ich würde mit dem Herrn Polizisten den Status quo beibehalten. Denn gleichgültig, was ich aufgrund von Daphnes Theorie auch tun würde – mich auf Branco zu oder von ihm weg bewegen –, ich hatte das Gefühl, daß ich damit nur gegen ein Phantom kämpfen würde.

31

Da ich nun meinen Job im Perückenraum wiederhatte, kehrte ich am nächsten Morgen zu einem vollen Arbeitstag ins Opernhaus zurück. Ich beabsichtigte allerdings auch, meine Nachforschungen als Brancos Spezialagent fortzuführen, weil ich, genau wie Daphne und sogar Branco selbst, den Verdacht hatte, daß Byers Marcella Ostinata nicht getötet hatte. Wie konnte er ein Mörder sein und sich gleichzeitig so vollkommen auf seine Operninszenierung konzentrieren? Außerdem gab es immer noch keinen Hinweis, wer Daniel Carafolio getötet haben mochte. Bestimmt nicht Jon Byers. Er hatte gar kein Motiv, falls nicht Daniel etwas wußte, was bewiesen hätte, daß Byers Marcella getötet hatte. Und außerdem war da immer noch – jedenfalls aus meiner Sicht der Dinge – der ungelöste Tod von Adam Pierce. Ich hielt es für wahrscheinlicher, daß Jonathan Byers unwissentlich in die morbide Lebensoper von jemand anderem verwickelt worden war und nun darin eine ungeklärte Rolle spielte. Aber zum Hauptdarsteller in unserer Oper eignete er sich einfach nicht. Die dicht hintereinander folgenden Morde gehörten zu einer anderen Story, und bei der mußte aus irgendwelchen Gründen mit dem Libretto etwas schiefgelaufen sein. Und durch den zufälligen Fund eines Stückchens Haar, das in einem ledernen Stulpenhandschuh entdeckt wurde, hatte man dann Jonathan Byers des Mordes an Marcella Ostinata angeklagt.

Auf dem Probenplan, der innen am Bühneneingang angeschlagen war, stand an diesem Morgen: OCS+, was eine Bühnen-Durchlaufprobe mit Orchester, Chor, Solisten und anderen bedeutete, inklusive Bühnenbild und Requisiten, aber nur einem Teil der Kostüme, und ohne Beleuchtung.

Den ersten Teil des Vormittags verbrachte ich im Perückenraum damit, daß ich die Perücken für alle Chormitglieder aufbaute und zurechtmachte. Die Chorsänger waren die einzigen, denen ich an diesem Tag Perücken verpassen mußte, da die Hauptdarsteller ihre Perücken und endgültigen Kostüme erst bei der Probe am nächsten Abend auf der Bühne tragen würden – der Generalprobe. Dabei würden auch Zuschauer zugegen sein, allerdings nur geladene Gäste. Sogar ich kleines Würstchen hatte die Erlaubnis bekommen, zwei Gäste einzuladen – Lieutenant Branco und meine Freundin Nicole.

Nachdem ich mit dem Chor fertig geworden war, nahm ich in letzter Minute noch ein paar Verbesserungen an einigen der extravaganteren Perücken für die Schlußszene vor, nämlich für den eigentlichen Maskenball. Dann gönnte ich mir eine Pause und ging nach oben. Die Probe war gerade mitten im ersten Akt, als ich hinter die Bühne kam. Überall stand alles voll mit Video- und Audiomonitoren, die jeden Ton und jede Bewegung von der Bühne oder aus dem Orchestergraben übertrugen. Die Tage, wo ein Einsatz verpaßt wurde, weil die Entfernung zu groß war, schienen endgültig vorbei zu sein.

Ronda Lucca saß an ihrem Tisch, trug ihre Kopfhörer und rief den Ensemblemitgliedern an ihren entlegenen Positionen hinter der Bühne und anderswo mit munterer Stimme die Einsätze zu, die sie aus ihren Regieanweisungen ablas. Sie sah aus wie die Redakteurin des Lokalteils einer städtischen Zeitung.

Als in ihrer Aktivität einmal eine Pause eintrat, machte ich eine Bemerkung über ihre neuen Handschuhe und fügte hinzu: »Weiß die Polizei etwas über Ihre anderen?«

Ronda sagte: »Sie sind wohl verrückt geworden. Denken Sie etwa, ich hab einem Bullen erzählt, daß meine Handschuhe bei einer Leiche im Mund stecken? Ich hoffe doch, daß Sie auch nichts gesagt haben.«

Ich spürte eine versteckte Drohung in ihrer Stimme.

»Falls Sie sich erinnern«, sagte ich, »war ich derjenige, der Sie davor gewarnt hat.«

»Ich erinnere mich durchaus«, sagte sie. »Also, falls Sie noch etwas zu sagen haben, sagen Sie es lieber schnell, ich habe heute keine Zeit für Ratespiele.«

Ronda schaute wieder in ihre Papiere mit den Einsätzen, dann sprach sie ins Mikrophon: »Achtung, gleich Einsatz Bahn Nummer sieben. Bitte Bahn sieben vorbereiten.«

Dann wandte sie sich wieder mir zu und sagte: »Bevor Sie heute wieder anfangen, mir etwas reinzudrücken, möchte ich Ihnen eines sagen. Wenn ich jemanden um die Ecke bringen wollte, würde ich dem nicht meine Arbeitshandschuhe in den Mund stopfen. Und wenn doch, würde ich sie zumindest nicht drinlassen. Das wäre nämlich absolut idiotisch, oder? Also für mich sieht es einfach so aus, daß die Bullen den Typen gefunden haben, der's getan hat, und ihn eingesperrt haben. Der Fall ist abgeschlossen.«

Ronda sprach wieder in ihr Mikrophon. »Fertig zum Einsatz von Bahn Nummer sieben. Fertig Bahn sieben.«

Ich sagte: »Aber Jon Byers ist auf Kaution freigelassen, Ronda. Was gibt Ihnen das für ein Gefühl?«

»Was für ein Gefühl? Also was sind Sie nun eigentlich, so 'ne Art Psychiater oder was?«

»Wäre ich fast mal geworden. Aber macht es Ihnen denn gar nichts aus, daß ein Mörder hier im Opernhaus wieder seiner Arbeit nachgeht?«

»Nein. Ehrlich gesagt nicht.«

»Vielleicht deshalb, weil Sie wissen, daß Jonathan Byers niemanden umgebracht hat?«

»Deshalb, weil ich weiß, daß ich auf mich selber aufpassen kann.« Dann hob sie die Hand, damit ich nicht redete, während sie in ihr Mikro sprach. »Jetzt Bahn sieben«, sagte sie. Die Hand noch immer zu mir hin erhoben, horchte sie intensiv auf das Orchester und blickte konzentriert auf den Videorekorder vor ihr. »Achtung ...« sagte sie wieder, wartete noch einen Augenblick und sagte dann scharf: »Bahn sieben – los!«

Aus den Soffitten hoch droben sank eine schleierdünne

Stoffbahn, die die gesamte Breite der feststehenden Bühne hatte, lautlos auf den Boden herunter. Ihr unhörbarer Flug kam mir fast magisch vor, bis ich bemerkte, daß das eben die Bahn war, die vor über einer Woche Adam Pierce getötet hatte.

»Super«, sagte Ronda zu sich.

»Nicht wie beim ersten Mal«, sagte ich, »wo das Rohr von diesem Ding den Bühnenbildner ausgelöscht hat.«

Ronda wandte mir ihr Gesicht zu und sagte: »Wissen Sie, ich habe das unangenehme Gefühl, daß Sie mir irgendwas anhängen wollen. Und offen gestanden glaube ich, daß Ihnen dabei einer abgeht. Also, mir soll's recht sein, denn Sie scheinen das zu brauchen. Aber das hier ist meine Bühne. Wenn Sie sich also die Hosen naß machen wollen, dann gehen Sie doch runter in Ihren Raum und treiben's dort. Okay?«

Aber während der vorangehenden Minuten war irgend etwas falsch gewesen. Und dann erkannte ich, was es war.

»Ronda, ich frage mich, warum Sie für diese Stoffbahn gerade den Einsatz gegeben haben, wo Sie mir doch gesagt haben, daß auf dieser Bühne alles vom Computer gesteuert wird.«

»Hä?« sagte sie.

»Sie sagten mir, diese Bühne sei auf dem neuesten Stand der Technik, und die ganze alte Geschichte, daß man die Einsätze von Hand gebe, sei hier Vergangenheit.«

»Stimmt auch. Ich geb die Einsätze nur meiner Assistentin. Die hat droben in der Kontrollkabine einen ferngesteuerten Computer.«

»Oh«, sagte ich. »Das muß die Erklärung sein. Und Sie krieg ich später schon noch.«

Ich hatte mich gerade umgedreht, als sie murmelte: »Mich kriegst du nie.«

Aber als ich mich wieder zu ihr umwandte, bereitete sie gerade den nächsten Einsatz vor.

Ich schaute eine Weile hinter der Bühne zu, aber die nächste Szene spielte bei Dunkelheit, und die Bahn machte es noch schwieriger, auf den Monitoren irgend etwas zu unterscheiden. Ich wußte, daß es die Szene in der Höhle der Wahrsagerin war, obwohl die Hexe Ulrica sich in Jonathan Byers' Version der Oper in eine New-Age-Heilerin verwandelt hatte und ihre Höhle zu einem offenen Workshop für interaktive Persönlichkeitserweiterung und Gefummel umgeformt worden war. Armer Verdi.

Ich wollte gerade nach vorne in den Zuschauerraum gehen, als ich Rick Jansen in der Nähe eines Kulissendurchgangs erblickte. Ich ging zu ihm hinüber.

»Ihr Freund hatte heute ein bißchen Ärger mit den Bullen.«

Rick sagte: »Er hat nichts Schlimmes getan.«

»Wie können Sie da so sicher sein?«

»Weil ich ihn kenne. Ich kenne Jon wie niemand sonst.«

Ich sagte: »Es wundert mich, daß Sie jetzt nicht vorn bei ihm sind.«

»Er möchte mich nicht in der Nähe haben.«

»Warum denn nicht?«

»Der Bastard bildet sich ein, daß ich bei der Polizei gegen ihn ausgesagt habe. Er wird niemals erfahren, wie viel ich für ihn getan habe – ihm geopfert habe! Er schätzt mich nicht. Hat er nie.«

»Vielleicht sollten Sie ihn daran erinnern, wie viel Ihnen an ihm liegt.«

Rick stieß die Luft durch die Nase aus und sagte: »Da sieht man's, daß Sie ihn überhaupt nicht kennen.« Dann sah er mich unruhig an und sagte: »Ledersex haben Sie noch nie gemacht, was?«

»Nicht gerade auf olympischer Ebene«, sagte ich.

»Das hätte ich nicht gedacht. Man sieht es Ihnen nicht an. Das spielen Sie doch nur. Sie haben es nie wirklich gemacht. Sie sind nie dort gewesen.«

»Wo?«

»Dort, wo sich Geist und Körper während des Sex verbinden. Und wenn man dort hinkommt, dann findet man heraus, woraus man wirklich gemacht ist. Was man wirklich will. Wo man seine Grenzen hat. Das ist kein Sex, wie ihn gewöhnliche Leute haben, dieses Vanillezeugs aus den

Filmen. Ledersex ist so, wie Sex sein soll, aber damit können nur sehr wenig Leute umgehen.«

Soviel zu den genetisch bedingten Trieben und Instinkten.

Ich zog ihn auf. »Ich hätte nie gedacht, daß Leder so viel Macht hat.«

»Eins jedenfalls steht fest«, sagte er. »Für Sie ist das nichts.«

»Mir kommt es so vor, als würde da halt einer die Befehle geben und der andere sie ausführen, mit sehr viel Ritual dazwischen.«

»Das zeigt nur, daß Sie nichts davon verstehen«, sagte Rick.

»Das gebe ich offen zu«, sagte ich. »Aber vielleicht können Sie mich etwas vertrauter damit machen. Wissen Sie, ich hatte immer den Verdacht, daß der Junge – der Untere, der Sklave, oder wie auch immer man sagen will – derjenige ist, der in Wahrheit den Ton angibt. Stimmt das?«

»Für jemanden wie Sie ist das zu komplex.«

»Sagen Sie, Rick: Ist es so komplex, daß man einen Menschen töten könnte? Wer von euch beiden gibt den Befehl, zu töten? Jonathan oder Sie? Und wer führt ihn aus? Oder seid ihr beide so beweglich, daß ihr manchmal die Rollen tauscht? So was macht immer Spaß, sogar bei uns Fußvolk.«

Rick Jansen sagte schlicht: »Ihr Sexualleben muß entsetzlich sein. Haben Sie je daran gedacht, eine Therapie zu machen?«

»Was würden Sie mir da empfehlen? Zu allererst ein Ledergeschirr oder so?«

»Für den Anfang empfehle ich, daß Sie tot umfallen«, sagte er. Dann ging er durch den Kulissendurchgang hinaus.

Da ich also allein war, schaute ich auf den Monitor, der den Orchestergraben zeigte. Der Maestro schwang seinen Taktstock wie eine Waffe. Irgendwie durchdrang die Kraft von Verdis Musik seinen betagten Körper und flößte ihm jugendliche Stärke ein. Für den Augenblick wurde Maestro

Toscanelli noch einmal zu dem feurigen jungen Mann, der vor fast fünfzig Jahren an der Scala ein sensationelles Debüt gefeiert hatte.

Über den Monitor erhaschte man manchmal auch einen Blick auf Carolyn Boetz, die in der ersten Reihe der Orchestersitze direkt hinter dem Maestro saß. Sie schien von ihm wie gebannt, und sie ahmte seine Dirigiergebärden nach, als bereite sie sich darauf vor, seinen Platz einzunehmen, falls Not am Mann wäre. Tatsächlich hatte Carolyn Boetz wohl kaum ein Motiv, einen der drei Menschen zu töten, die ermordet worden waren.

Mir fiel ein, daß ich wieder nach unten gehen mußte, um den Chormitgliedern die Perücken abzunehmen, wenn der erste Akt zu Ende war. Dann würde ich den größten Teil des zweiten Aktes damit verbringen, den Sängern des dritten Aktes die Perücken aufzusetzen, wodurch meine Zeit für Nachforschungen ziemlich beschnitten sein würde. Das machte indessen nicht viel, da die beiden, an die ich hatte herantreten wollen – April Kilkus und Hwang Yung Cho – bis nach der Probe ohnehin absolut unerreichbar waren.

Nach dem Maskenball-Finale des dritten Akts ertönte tatsächlich verstreut Applaus hinter der Bühne und an anderen Stellen. In mir stieg Stolz auf, denn ich wußte, daß dieser packende Eindruck zum Teil auch auf meine phantastischen Perücken zurückzuführen war. Natürlich trugen auch die Musik und das Bühnenbild und die Kostüme der Chormitglieder dazu bei. Das einzig Verquere war, daß dem Renato der Dolch fehlte, mit dem er Riccardo töten sollte. Es gab noch keinen Ersatz für das Requisit, das benutzt worden war, um im wirklichen Leben Daniel Carafolio zu ermorden. Und der neue Tenor scheute begreiflicherweise davor zurück, irgendeine andere Bühnenwaffe zu benützen, vor allem, wenn man an das endgültige Finale dachte, das dieses für ungefährlich gehaltene Requisit unserem lieben verstorbenen Daniel bereitet hatte. Im Requisitenfundus war man schon dabei, ein völlig anderes zu entwerfen und herzustellen, eins mit einer unechten Klinge aus Metallfolie, die sich zusammenknitterte, wenn man damit Druck ausübte, und dabei eine Menge Bühnenblut über die unechte Wunde ausströmte. Mit diesem neuen Dolch würde niemand getötet werden können, weder zufällig noch absichtlich.

Nach der Probe war es meine erste Aufgabe, dem Chor die Perücken abzunehmen und die Meisterwerke auf Plastikköpfe zu setzen. Als ich damit fertig war, hatten April und Hwang das Opernhaus bereits verlassen, genau wie alle anderen Musiker. Da ich also an diesem Nachmittag mit niemand mehr eine Konfrontation herbeiführen konnte, ging ich auch.

32

Bevor ich zu Daphne zurückfuhr, schaute ich noch bei Branco in seinem vorübergehend eingerichteten Büro im Wohngebäude des Theaters vorbei. Das Opernfestival hatte für ihn und seine Leute eine Anzahl von Räumen bereitgestellt, damit sie von dort aus ihre Nachforschungen betreiben konnten. Der Pförtner des Gebäudes rief zu Branco hinauf, der mich sofort bitten lies. Ich hatte erwartet, daß das Büro vor Emsigkeit summte, doch statt dessen fand ich Branco beim Zusammenpacken, um nach Boston zurückzukehren.

»Gibt keinen Grund mehr, hier noch länger herumzuhängen«, sagte er. »Ich habe meine Verhaftung vorgenommen, und binnen einer Stunde wurde mir ein Strich durch die Rechnung gemacht.«

Ich wußte, daß er damit auf Daphne anspielte.

»Das mußte sie tun«, sagte ich. »Der Erfolg des Festivals hängt ganz von Jonathan Byers ab.«

»Eins steht jedenfalls fest«, sagte er. »Das Geld von dieser Frau Davenport zählt viel hier in der Stadt.«

»Sie verkörpert die Industrie des Ortes, Lieutenant.«

»Und er meinen Hauptverdächtigen.«

»Aber sagten Sie nicht, daß Sie selbst nicht völlig überzeugt von seiner Schuld seien?«

»Das war eine private und vertrauliche Nebenbemerkung Ihnen gegenüber, Stan. Offiziell ist das absolut nicht meine Haltung. Ich lauf doch hier nicht herum und mach mich zum Narren.«

»Das weiß ich«, sagte ich. »Sie handelten aufgrund der Beweise, die Sie hatten.«

»Ich konnte eigentlich gar nichts anderes tun.«

»Nein«, sagte ich. »Das finde ich auch.«

»Obwohl ich vielleicht wirklich etwas voreilig gehandelt habe.«

»Vielleicht.«

»Aber ich kann ja hier nicht gut meine Nachforschungen fortführen, wenn ich schon einen Verdächtigen verhaftet habe.«

»Warum nicht? Im Fernsehen ist das doch auch immer so.«

»Wir sind hier aber nicht im Fernsehen, Stan. Es würde nicht gut aussehen.«

»Na ja ...« sagte ich.

»Was?«

»Sie könnten Ihre Nachforschungen doch inoffiziell fortführen.«

Branco sagte: »Das mach ich wahrscheinlich auch.«

»Haben Sie sich schon mal überlegt, daß Sie ein wenig Intuition benützen könnten, um Ihrer Logik weiterzuhelfen?«

Branco knurrte: »Ich kann es mir nicht leisten, meine Zeit mit so etwas zu vergeuden.«

»Aber im Moment haben Sie fast keine andere Wahl. Die Logik hat Ihnen einen Hauptverdächtigen eingebracht, an dessen Schuld Sie nicht mit ganzem Herzen glauben. Vielleicht würde, wenn Sie einen anderen Teil Ihres Gehirns benützen –«

»Hören Sie bloß auf! Ja? So ein Käse ist was für Amateure. Ich bin ein Profi. Ich habe Jahre der Übung und Erfahrung hinter mir. Das ist ein Beruf, was ich da mache. Ein richtiger Beruf. Wissen Sie überhaupt, was das ist? Ich habe nicht vor, in eine Kristallkugel zu starren, um herauszufinden, wer diese Menschen umgebracht hat.«

Branco war über den Gang der Ereignisse eindeutig verärgert.

Ich konnte ihm daraus keinen Vorwurf machen. Aufgrund seiner Beweismittel hatte er seinen Verdächtigen festgenommen. Wie hätte er wissen sollen, daß eine reiche alte Witwe den Knaben innerhalb einer Stunde auf Kaution freibekommen würde? Wenn er mit seinen Untersuchungen jetzt noch weitermachte, jedenfalls offiziell, würde er sich tatsächlich zum Narren machen. Ich wartete kurz, bis die dicke Luft sich wieder etwas verzogen hatte, und während dieser Augenblicke suchte ich auf Brancos Gesicht nach einem Hinweis dafür, daß Daphnes Theorie von der heimlichen Liebe stimmte. Aber ich entdeckte nichts als Verärgerung.

»Lieutenant, eine Kristallkugel schlage ich ja gar nicht vor. Ich glaube auch nicht an solches Zeug. Aber was ich aus meiner begrenzten Erfahrung heraus weiß, das ist, daß man manchmal die Antwort auf ein schwieriges Problem nicht erkennt, weil man es immer nur vom selben Gesichtspunkt aus betrachtet.«

»Das weiß ich auch«, sagte er gereizt. »Ich verwende selber diese Technik und betrachte die Situation möglichst vom Standpunkt aller Verdächtigen, um ihre Motive zu erkennen.«

»Aber das ist immer noch reine Logik. Ich spreche von etwas ganz anderem«, sagte ich. »Ich meine, daß Sie alle Tatsachen nehmen, die Sie bisher zusammengetragen haben, und anstatt sie in Kategorien und Auflistungen zu ordnen – anstatt zu versuchen, das, was Sie haben, in eine glatte und saubere Formel zu pressen –, ich will sagen, daß Sie alles zusammenwerfen sollten, alles in einen Topf, und dann die Heizplatte anschalten und alles schnell aufkochen, um zu sehen, was dabei herauskommt.«

»Ich werde Ihnen sagen, was dabei herauskommt«, sagte er. »Ein riesiges Durcheinander und sonst gar nichts.«

Er warf die letzten Ordner in einen Aktenkoffer aus Metall.

»Versuchen Sie's einfach mal, Lieutenant. Sie müssen es ja niemandem erzählen. Gehen Sie es an wie ein Kochexperiment. Kann sein, daß manches in einer Weise gerinnt oder sich vermischt, wie Sie es nie erwartet hätten.«

»Wissen Sie was?« sagte er. »Sie spinnen.«

Er ließ die Schlösser seines Aktenkoffers zuschnappen. Dann packte er PC und Drucker zusammen, die auf seinem Schreibtisch standen. Ich hatte den Eindruck, einen leichten Schauer wahrzunehmen, als er das dünne graue Kabel herauszog, das vom Computer zu einem Telefonanschluß in der Wand lief. Offensichtlich war Branco mit dem Bostoner Hauptquartier verbunden gewesen und mit der übrigen tatsachenbefrachteten Computerwelt. Logik, nichts als Logik. Aber wenn er seine elektronische Nabelschnur einmal nicht hatte, war Branco auch nur ein Mann aus Fleisch und Blut und lehnte es wie alle anderen ab, die potentielle Kraft der Intuition anzuerkennen.

Ich sagte: »Bedeutet das, der Fall ist abgeschlossen?«

Branco zögerte kurz, bevor er sagte: »Er ist nicht abgeschlossen, ehe wir nicht einen Urteilsspruch haben.«

»Und wie steht es mit meinem Sheriffstern? Wo ich Ihnen doch nicht geholfen habe, Byers zu verhaften –«

»Keine Sorge«, sagte Branco. »Sie haben gute Arbeit geleistet.«

Dann erinnerte ich ihn daran, daß ich an der Theaterkasse zwei Eintrittskarten für die Generalprobe morgen abend hinterlegt hatte.

»Nicole kommt auch«, sagte ich.

Branco lächelte. »Ach ja? Ich ruf sie an, wenn ich nachher in der Stadt bin. Vielleicht können wir morgen zusammen rausfahren.«

»Das würde sie sicher freuen.«

Wen auch nicht?

Branco ging zur Tür, und ich folgte ihm zum Gebäude hinaus bis an sein Auto. Er stieg in seinen Alfa und ließ ihn an. Der Motor schnurrte wie ein großer Tiger.

Er sagte durch das offene Fenster: »Sie bleiben wohl noch hier, oder?«

»Ich habe noch Arbeit. Trotz allem, was Sie denken, Lieutenant, ist auch das Schaffen von Schönheit ein richtiger Beruf. Er ist nur ganz anders als der Ihre. Ich verschönere die Menschen, Sie stecken sie ins Gefängnis.«

»Stimmt«, sagte Branco knurrend.

Er brachte den Motor auf Touren.

Ich sagte: »Wenn Sie morgen wiederkommen, haben Sie vielleicht schon eine Erkenntnis über den Mörder gehabt.«

»Na klar.«

Er legte den Rückwärtsgang ein. Als der Wagen zurückrollte und sich von mir entfernte, sagte ich noch: »Jetzt haben Sie mir ja doch nicht den Powershift gezeigt.«

»Kommt schon noch«, antwortete er.

Dann schaltete er in den ersten Gang und fuhr davon.

In Daphnes Haus begrüßte mich Parker an der Tür. Aus unerfindlichen Gründen informierte er mich, daß der Maestro müde sei und ein leichtes Abendessen auf seinem Zimmer zu sich nehme. Das ging mich ja eigentlich nichts an. Wahrscheinlich war der alte Herr erschöpft, weil er den ganzen Tag mit einem – jedenfalls in seinen Augen – überführten Mörder verbracht hatte. Vielleicht verstand Maestro Toscanelli das Konzept »unschuldig, bis das Gegenteil erwiesen ist« gar nicht. Andererseits war das eben auch nur ein Konzept und kaum je auf das wirkliche Leben anzuwenden.

Weiterhin sagte Parker, Daphne sei in der Bibliothek, und wenn ich mich zu ihr gesellen wolle, sei ich willkommen. Ich sagte, das wolle ich.

Ich trat ein und sah sie vor dem Kamin sitzen. Daphne drehte sich zur Begrüßung in ihrem Sessel um, aber sie stand nicht auf.

»Ah, da sind Sie ja wieder«, sagte sie mit einer Kälte, gegen die nicht einmal das lustige Feuer ankam.

»Ja«, sagte ich.

Dann erzählte sie mir nüchtern, daß Maurizio aus dem

Krankenhaus entlassen worden sei und sich bei Parkers Tochter befinde. Ich sagte ihr, daß ich das schon wüßte.

»Wann haben Sie es erfahren?« sagte sie.

»Gestern abend.«

»Warum haben Sie es mir nicht da schon gesagt?«

Für so ein altes Mädchen war Daphne wirklich noch sehr gut darin, einen Raum vor Spannung knistern zu lassen.

»Ich glaube, wir fingen dann an, über Branco zu sprechen, und so habe ich es vergessen.«

Daphne zog eine Grimasse. »Ach ja. Der. Er hätte mir fast mein Festival ruiniert. Ich gebe es nicht gerne zu, aber ich habe mich in ihm geirrt. Er besitzt eine so starke Präsenz, daß man sich selbst vergißt. Aber jetzt neige ich dazu, mich der Einschätzung des Maestro anzuschließen. In einer stressigen Situation wird der Lieutenant brutal. Er will absolut alles in seiner Hand und unter Kontrolle haben.«

»Daphne, ich glaube nicht, daß Lieutenant Branco Jonathan Byers nur verhaftet hat, um das Festival zu ruinieren.«

Daphne sagte: »Wollen Sie sein Vorgehen jetzt auch noch verteidigen?«

»Ich versuche nur vernünftig zu sein.«

»Also, das lassen Sie mal lieber. Wir haben hier keine Situation, die man mit Vernunft begreifen könnte. Vernunft ist das, was der Lieutenant bei der Verhaftung von Sir Jonathan benutzt hat.«

Da mußte ich ihr recht geben. Brancos Schnitzer war fast unverantwortlich, einfach ein verzweifelter Schritt, um etwas zu tun, irgend etwas, egal was, womit er seine Polizistenehre retten konnte.

»Daphne, falls das ein Trost ist: Sogar Lieutenant Branco realisiert, daß die Verhaftung von Jonathan Byers ein Fehler gewesen sein mag. Aber er war eben frustriert und mußte etwas machen. Das können Sie vielleicht wenigstens verstehen.«

»Ich erwarte von einem Vertreter des Gesetzes, daß er fachmännisch handelt, wie es das Gesetz verlangt, und nicht seinen Launen nachgibt und unbedingt recht haben muß.«

»Aber er hat ja gehandelt, wie es das Gesetz verlangt«, sagte ich.

Doch Daphne hatte ebenfalls recht.

Ich sagte: »Ich bin sicher, daß alles noch gut ausgehen wird. Die Durchlaufprobe heute nachmittag war wirklich von Inspiration getragen. Sogar Sir Jonathan war zufrieden.«

Daphne gab ein kleines Miauen von sich, von dem ich hoffte, daß es das Ende unserer Meinungsverschiedenheit anzeigte. Doch dann sagte sie: »Ich fürchte, das bedeutet nur weiteren Ärger. Sie kennen doch sicher die Überlieferung beim Theater, daß eine gute Generalprobe eine schlechte Premiere voraussagt?«

»Aber heute war ja gar nicht die Generalprobe, Daphne. Die ist doch erst morgen abend.«

»Oh«, sagte sie. »Dann nehme ich an, daß es noch Hoffnung gibt.«

»Ja«, sagte ich gefügig und überlegte mir, daß es doch etwas Seltsames sei, auf eine mißlungene Probe am nächsten Abend zu hoffen. Ich hatte nicht gewußt, daß Daphne abergläubisch war.

»Möchten Sie, daß ich heute nacht hier oder im Häuschen schlafe?« sagte ich.

»Wie Sie wollen, mein Lieber.«

Keine sehr herzliche Einladung. Wahrscheinlich war ich, da ich mit Branco zusammengearbeitet hatte, jetzt als Feind abgestempelt. Ich wartete schon darauf, daß der Maestro nächstens ausrufen werde: »*Il pouffario è un fascista.*« Obwohl ich annehme, daß manche Friseure tatsächlich insofern Faschisten sind, als sie die totale Kontrolle über eine Situation haben wollen.

Was blieb mir also zu tun? Ins Häuschen gehen und schmollen? Oder auf eigene Faust mit dem Fall weitermachen? Ich hatte es nicht nötig, so wie Branco recht behalten zu müssen. Ich brauchte kein Gesicht zu wahren. Was wäre also schon groß dabei, wenn ich mich zum Narren machte? Den Mörder zu finden, das war jetzt wichtiger. Und wenn ich das schaffte, wenn ich Branco wieder auf die Spur des wahren Schuldigen bringen konnte, dann würde ich mir am Ende vielleicht doch noch meinen Stern verdienen.

Ich sagte zu Daphne, daß ich noch einmal in die Stadt fahren wolle und vielleicht sehr spät zurückkommen würde, so daß es vielleicht besser sei, wenn ich heute nacht im Häuschen schliefe.

»Halten Sie das wirklich für gescheit?«

»Sie meinen, daß ich noch mal wegfahre?«

»Ja.«

»Ich hab nicht vor, mir jemanden aufzureißen oder so etwas.«

»Das habe ich auch nicht gemeint, mein Lieber.« Jetzt wurde sie endlich doch weicher, da es um meine Sicherheit ging. »Aber wenn Sie, so wie ich – und der Lieutenant offenbar auch –, glauben, daß der wirkliche Mörder noch frei herumläuft, dann gibt es tatsächlich Grund zur äußersten Vorsicht.«

»Ich werde schon aufpassen.«

»Ich möchte noch mehr«, sagte sie. »Wo Sie auch heute nacht zu bleiben beschließen – hier, im Häuschen oder wo auch immer –, ich möchte, daß Sie Parker anrufen und ihm Bescheid sagen.«

»Mir passiert schon nichts, Daphne.«

»Sie müssen es mir versprechen, oder ich will sofort die Autoschlüssel zurückhaben. Ich mag es nicht, ein Ultimatum zu stellen, mein Lieber, aber Sie lassen mir keine andere Wahl.«

Kein Wunder, daß Brancos Bedürfnis nach Macht Daphne provoziert hatte. Da war der eine wie der andere.

»Ja, Ma'am«, sagte ich. »Ich verspreche, daß ich entweder Parker anrufe oder selber an die Vordertür komme.«

»Gut. Und jetzt passen Sie auf sich auf.«

Bevor ich in die Stadt fuhr, kehrte ich ins Häuschen zurück, um Nicole in Boston anzurufen. Ich sagte ihr, sie könne einen Anruf von Branco erwarten, und die Chancen stünden gut, daß er sie ins wunderschöne Abigail-by-the-Sea entführen werde.

»Verführen würde ich vorziehen«, sagte sie. »Aber das steht für den Lieutenant und mich wohl nicht in den Sternen.«

Ich tat so, als habe ich ihre Bemerkung gar nicht verstanden. Ich hatte von Daphne schon genug Spekulationen über Brancos sexuelle Launen gehört. Und mir war es lieber, wenn alles so blieb, wie es war – vage.

»Wie geht's Sugar Baby?« sagte ich.

»Sie sitzt am Fenster und starrt nach Norden über den Hafen, wie das einsame Weib eines Walfängers.«

»Das arme Ding«, sagte ich. »Eingesperrt in einem doppelten Penthouse in den Harbor Towers. Nicht mal eine anständige Aussichtsplattform.«

»Sie wird's überleben«, sagte Nicole.

»Ißt sie gut?«

»Besser als ich jedenfalls«, erwiderte Nicole.

»Ich freu mich schon, dich morgen abend zu sehen, Nikki.«

»Ich weiß nicht so recht, was ich anziehen soll«, sagte sie. »Soll ich als Verführerin kommen? Oder lieber als feine Dame?«

»Das ist hier schließlich die Oper, Liebes. Da geht alles.«

Wir verabschiedeten uns. Oder vielmehr, ich sagte auf Wiedersehen und Nicole legte wie üblich einfach auf. Dann fuhr ich zum Abendessen in die Stadt.

33

Daphnes verändertes Verhalten mir gegenüber war eine schmerzliche Überraschung. Ich hatte erwartet, daß sie Brancos Benehmen besser verstehen würde, wo sie doch selbst in seinen Bann geraten war, als sie ihn kennenlernte. Und wie unfair war es von ihr, mir zuerst die Theorie nahezubringen, daß Branco heimlich nach mir Verlangen habe, und mich dann zu rügen und zu warnen, ihm fernzubleiben, falls er es wirklich habe. Vielleicht war Daphne einfach eine frustrierte Mutter, und das Opernfestival lieferte ihr doch nicht genügend Herausforderung, doch nicht genügend Rebellion gegen traditionelle Familienwerte, während das ein schwuler Ersatzsohn aber durchaus tat. Wie jede andere besorgte Mutter sagte sie mir daher, daß ich brav sein sollte, und wie jeder andere verhätschelte junge Rebell mit einem eigenen Auto fuhr ich davon.

Ich fuhr unter dem Vorwand in die Stadt, daß ich etwas essen wolle, aber gleichzeitig wollte ich auch allein sein, wollte in meinem Kopf Klarheit gewinnen über alles, was mit den Morden zu tun hatte und vielleicht sogar auch mit der Liebesromanze Vito Branco. Ich entdeckte eine kleine Pizzeria neben dem Bahnhof. Sie war eine schäbige alte Kaschemme, mit trüben Neonröhren und roten Plastiktischplatten, und ich fragte mich, wie sie es geschafft hatte, dem Dampfhammer der Sanierung zu entgehen, der über das ganze, einst so verschlafene Städtchen Abigail-by-the-Sea hinweggedonnert war, um Platz zu schaffen für das Aufführungscenter und darauf folgend das Opernfestival. Hier konnte man keine Gourmet-Gerichte bekommen – kein geräuchertes Hühnchenhaschee, keinen gedörrten Arugula in Essigmarinade. Und auch keinen schicken Käse – keinen Chèvre, keinen Jalapeno Jack, nichts von wegen fettarm. Der einzige Käse, der auf der Speisekarte zu finden war, hieß »extra«.

Unter diesen kulinarischen Umständen war ich denn wirklich überrascht, an diesem Abend unter den Gästen des Lokals zwei der wichtigsten Sänger von der Oper zu finden, nämlich April Kilkus und Hwang Yung Cho. Sie bemerkten mich nicht, als ich eintrat, und ich sah ihnen eine Weile zu, wie sie da Pizza aßen und Bier tranken. Es lag die Aura einer privaten Feier über ihnen, eine große Freudigkeit, als hätten sie einen wichtigen Sieg errungen, und zwar trotz schwerer Kosten. Fast wie das Ehepaar Macbeth nach dem Bankett.

Ich gab meine Bestellung für eine einfache Käsepizza mit

extra Sauce und besonders knuspriger Kruste auf. Dann nahm ich mein erstes Bier in die Hand und ging am Tisch der Sänger vorbei, auf dem Weg zu dem einzigen freien Platz des Lokals in einer entfernten Ecke neben dem Wagen mit dem benützten Geschirr.

»Das hätte ich nicht gedacht, daß ich Sie beide an so einem Ort sehe«, sagte ich. »Vor allem nicht am Abend vor der Generalprobe.«

Hwang sah von der Pizza vor ihm auf, die fast so groß wie die Tischplatte war. »Wir waren eigentlich auch nicht erpicht darauf, Sie hier zu sehen«, sagte er und stieß die Luft aus. Vielleicht verlieh er nur seiner Bühnenrolle als Renato noch den letzten Schliff.

Ich sagte: »Ich habe heute bei der Probe ein wenig zugeschaut. Sie waren beide wirklich packend. Ich finde, die Tatsache, daß Sie unter einem Mordverdächtigen arbeiten, hat Ihre Darstellungsweise keineswegs beeinträchtigt.«

Hwang spuckte mir die Antwort geradezu entgegen. »Jonathan Byers ist nicht schuldig. An gar nichts.«

»Außer vielleicht an schlechtem Benehmen«, sagte ich.

»Das müssen Sie ja am besten wissen«, erwiderte Hwang.

April warf ein: »Und was unseren Gesang betrifft, so ist das einfach auch nur ein Segen guter Technik. Die hilft einem, unter allen denkbaren Umständen zu singen, egal, wie extrem sie auch sein mögen.«

Hwang nahm das große scharfe Messer vom Tisch, das mit ihrer Pizza gekommen war. Er packte es fest in seiner großen Faust. Da ihre Pizza schon weitgehend zerteilt war, nahm ich an, daß er mir damit zu drohen beabsichtigte. Aber das war eine nichtige Drohung, und ich verspürte keinerlei Angst. Was wollte er schon tun? Mich in der Pizzeria erstechen?

»Ich bin überzeugt, daß Sie beide immer gut singen werden«, sagte ich. »Vorausgesetzt, Sie bekommen Gelegenheit dazu. Auch wenn Sie da notfalls etwas nachhelfen müssen.«

»Sind Sie immer noch auf diesem Trip?« sagte Hwang.

»Sie müssen zugeben«, sagte ich, »wenn Marcella Ostinata noch lebte, würden Sie beide jetzt nicht unbedingt diesen Glücksfall für April feiern.«

»Aber ein Glücksfall war es«, sagte Hwang mit zusammengebissenen Zähnen. »Einfach ein purer Glücksfall. Wir haben niemanden umgebracht. Wir hatten einfach nur Glück.«

»Was heißt hier wir?« sagte ich. »April hat den Preis gewonnen, nicht Sie.«

April sagte: »Sie vergessen, daß wir verheiratet sind. Und was für mich gut ist, ist auch für meinen Mann gut.«

»Das habe ich keineswegs vergessen«, sagte ich. »Tatsächlich scheint es Ihr Motiv sogar noch zu verstärken.«

»Wir haben nichts getan«, sagte April. »Warum können Sie das nicht endlich einsehen?«

Ich sagte: »Macht es eigentlich keinem von Ihnen auch nur das geringste aus, daß da ein Mörder unter dem Ensemble und der Belegschaft frei herumläuft?«

Hwang sagte: »Wir können ganz gut auf uns aufpassen. Aber wenn Sie sich um die Sicherheit so große Sorgen machen, sollten Sie vielleicht selber die Stadt verlassen.« Dann stieß er böse die Spitze seines Schlachtermessers in die Pizza hinein. »Bevor Ihnen etwas passiert.«

Es war dies eine Art von exzessiver Geste, wie sie auf der Bühne vielleicht wirken mochte, mit Kostüm und Scheinwerfer, am Ende einer langgezogenen, übersteigerten Note, während Trommeln wirbeln und Trompeten schallen. Aber im wirklichen Leben, in der Pizzeria eines Städtchens, wirkte Hwangs Angriff auf die Pizza mit diesem großen Messer wie die Karikatur eines gefährlichen Mannes. Wenn er nicht aufpaßte, konnten solche theatralischen Mätzchen leicht zur Gewohnheit werden und sein ganzes Leben zu einer Karikatur.

Ich ging zu meinem Tisch. Aber während ich dasaß, auf meine Pizza wartete und am Etikett meiner Bierflasche herumzupfte, hatte ich eine Idee. Warum sollte ich eigentlich hier in dieser traurigen schmuddeligen Kneipe sitzen und meine Pizza ganz allein neben einem Wagen voll schmutzigen Geschirrs aufessen? Warum sollte ich mir die Pizza nicht zum Mitnehmen fertig machen lassen, zusammen mit einem zweiten Bier, und dann hinausfahren zu einem der Kliffs über dem Ozean und dort draußen unter dem freien Nachthimmel essen?

Und genau das tat ich auch.

Wie ich da so auf einem Felsenriff saß, in der einen Hand ein Stück Pizza, in der anderen die Bierflasche, schaute ich hinaus aufs Meer und dachte an meinen Liebhaber Rafik. Irgendwo weit hinter diesen endlosen Meilen von Wasser vor mir, in Paris augenblicklich, schlief er vielleicht gerade. Träumte er von mir? War er überhaupt allein?

Da hatte ich zum ersten Mal das beunruhigende Gefühl, daß es eine Möglichkeit gebe, wenn auch nur ganz entfernt, daß ich ihn nie wiedersehen würde. Absurd, dachte ich. Ich würde ihn ja in einer Woche wiedersehen. Solche irrationalen Ängste waren vielleicht nichts anderes, als was meine Katze Sugar Baby erlebte, wenn sie in Nicoles Penthaus zum Fenster hinausstarrte. Fragte sich Sugar Baby wohl je, ob ich wieder zurückkäme? Oder sah sie in mir nur den rothaarigen Dosenöffner, der manchmal wegging und dann wiederkam? War ich nur etwas Zweckmäßiges, ein Glücksfall, angenehm, aber sofort zu ersetzen? Dann fragte ich mich, ob ich nicht Rafik am Ende auch so wahrnahm – als den Zweckmäßigen, der die Leere in meinem Leben mit Liebe ausfüllte.

Ich ließ die letzten paar Pizzastücke für die Möwen auf dem Felsen liegen und entsorgte allen verbleibenden Müll ordnungsgemäß. Gegen elf Uhr kehrte ich zu Daphnes Wohnsitz zurück und läutete am großen Haus, um Parker zu sagen, daß ich heil zurückgekehrt sei und diese Nacht im Häuschen verbringen würde. Da fing der Spaß an.

In der Tür zur Bibliothek, die der Eingangshalle genau gegenüber lag, tauchten der Kopf und die Hand des Maestro auf. Er winkte mich herbei. Ich fragte Parker, ob es in Ordnung sei, wenn ich hineinginge, und er sagte nur: »Wie

Sie wünschen, Mr. Kraychik.« Offenbar war auch er mir gegenüber jetzt muffig.

Drinnen in der Bibliothek saß der Maestro bei einem Whiskey und einer Zigarette. Ich machte ihm zu der Probe an diesem Nachmittag ein Kompliment und sagte ihm, wie sehr ich sie genossen hätte. Er nickte bescheiden.

»Es ist *il signor Verdi*, den Sie sollten loben.«

Ich fragte ihn, worüber er sprechen wolle.

»Ah«, sagte er lächelnd. »Sie sind zu ernst, wie *il tenente*.« Der Maestro nippte an seinem Whiskey und sagte dann: »Ich denke, dieser Jon Byers ist ein brillante Mann, und er ist auch ein idiotische Mann. Aber er ist nicht ein Mörder.«

»Sie glauben also nicht, daß er Madame Ostinata ermordet hat.«

»Jon Byers ermordet niemand.«

»Wer war es dann?« sagte ich.

»Ich denke noch immer, es war das Mädchen«, sagte der Maestro.

»Das Mädchen?«

»*La Ronda*. Ich sehe sie immer mit Carolyn. Sie ist verliebt in Carolyn. Wissen Sie das? Ich denke, vielleicht *La Ronda* tötet Marcella für Carolyn.«

»Carolyn? Was hat das für einen Bezug zu Madame Ostinata?«

Der Maestro lächelte breit. »Sie sehen nicht?«

»Nein«, sagte ich.

»Dann will ich erklären. Carolyn will einen großen Erfolg für April. Wenn April hat ein große Karriere, Carolyn wird ihr folgen. Also *La Ronda* tötet Marcella, damit April hat ihre große Chance zu singen.«

Diese Theorie hatte ich selber auch schon verfolgt, und sie klang einfach zu weit hergeholt. Ich hatte mich sogar selbst getestet: Würde ich jemanden zum Wohle Rafiks töten? Und die Antwort war ein schnelles und entschiedenes Nein. Ich war mir nicht einmal sicher, ob ich mein eigenes Leben für ihn geben würde. Und da ging ich dann gleich noch bis ans Eingemachte und fragte mich: Warum sollte ich auch? Warum war Rafiks Leben wertvoller als meins? Nur weil er sexier war? Gab das seinem Leben mehr Wert?

Dann fragte ich mich: Konnte Ronda für Carolyn noch mehr Liebe empfinden als ich für Rafik? Soviel ich wußte, hatte Carolyn Rondas Werbung noch nicht einmal angenommen. Vielleicht waren Frauen genetisch so programmiert, daß sie ihr Leben leichter opferten. Vielleicht hing das mit dem Muttersein und all dem Zeugs zusammen. Ronda war mir ja auch ziemlich verdächtig erschienen. Vielleicht hatte der Maestro da etwas Wichtiges erkannt. Dann aber fragte ich mich, warum der Maestro mir das wohl erzählte. Versuchte er mich von etwas abzulenken, was ich noch nicht sah? Konnte etwa er sowohl Madame als auch Daniel ermordet haben? Zugegeben hatte er immerhin, daß er nach der Probe noch lange im Opernhaus geblieben war, und dabei wollte er ja auch Ronda mit dem Dolch spielen gesehen haben. Vielleicht spielte damals er selber mit dem Dolch und bereitete sich darauf vor, ihn gegen Daniel zu benützen, und wartete an diesem Nachmittag, daß Ronda das Gebäude verließ, um dann die Tat zu begehen. Vielleicht hatte er dasselbe Motiv, das er jetzt Ronda zuschrieb – Aprils Karriere zu fördern. Und als Nebengedanken hatte er vielleicht die Verbindung zwischen Ronda und Carolyn als günstige Möglichkeit erkannt, jeden Verdacht von sich auf Ronda abzulenken.

Aber es blieb die Frage: Warum hätte er Daniel getötet? Warum hätte irgend jemand Daniel töten sollen? Was wußte Daniel? Irgendwie hatte ich das Gefühl, daß das der Schlüssel sei, um herauszufinden, wer Marcella getötet hatte.

»Was wußte Daniel?« hörte ich mich ihn fragen.

»Hä?« sagte der Maestro.

»Daniel – der Perückenmann, der erstochen wurde –, was wußte er?«

Den alten Mann schauderte.

»Sie müssen finden *La Ronda*«, sagte er. »Sie kann Ihnen alles sagen.«

»Danke für den Hinweis«, sagte ich.

Danke für nichts.

Ich wünschte dem Maestro Gute Nacht und kehrte zurück ins Häuschen, wo ich ein warmes Bad nahm und zu Bett ging, nur um von Visionen heimgesucht zu werden, in denen Leute kreischten und Messer schwangen und Kehlen durchschnitten und in Pizzas stachen.

34

Am nächsten Morgen ging ich zum großen Haus hinüber, um mit Daphne zu frühstücken. Sie war ganz flatterig, wahrscheinlich wegen der Generalprobe heute abend.

Nach einer flüchtigen Begrüßung sagte sie: »Parker hat mir berichtet, daß Sie gestern nacht sicher nach Hause gekommen sind.«

»Ja«, sagte ich. »Und auch lange vor Mitternacht, deshalb ist mein Zauberauto auch ein Sportwagen geblieben.«

»Wie läuft das Auto denn?« fragte sie. »Gibt's irgendwelche Probleme?«

»Überhaupt nicht. Tatsächlich, Daphne, möchte ich mich für mein Verhalten gestern abend entschuldigen. Ohne Ihre Großzügigkeit und Ihr Auto hätte ich nicht abhauen können, so wie ich es gemacht habe. Ich komme mir vor wie so ein rotzfrecher Pubertierender.«

Daphne lachte von Herzen, ein gutes Zeichen, daß wir vielleicht doch wieder auf freundschaftlichem Fuß standen.

»Kein Wunder, daß Sie geflohen sind«, sagte sie. »Ich habe mich ja auch benommen wie so eine zudringliche alte Henne. Ich hoffe, Sie verzeihen einer alten Frau ihre mütterliche Schwäche.«

»Im Gegenteil, ich bin glücklich darüber.«

»Oh, gut«, sagte sie. »Ich habe nämlich schon wieder eine fürchterliche Nachricht, und ich brauche jemanden, der mir sein Ohr leiht.«

Dann erzählte mir Daphne von einer schweren Enttäuschung, die sie gestern erlebt hatte, als sie entdeckte, daß ein spezieller Seidenschal, den sie für den Premierenabend hatte kaufen wollen, schon von jemand anderem weggekauft war.

»Immer wieder mache ich den gleichen Fehler, wenn ich etwas sehe, was mir gefällt«, sagte sie. »Ich warte noch, und wenn ich dann wieder hinkomme, ist es weg.« Sie senkte traurig den Blick. »Ich hab mir auch schon ein Kleid schneidern lassen, das genau zu dem Schal paßt. Und jetzt ist der Schal weg. Wahrscheinlich war es einfach dumm von mir, mein Outfit auf ein Accessoire hin zu planen, das ich noch gar nicht besaß.«

»Keineswegs«, sagte ich. Doch ich begriff, was geschehen war. Ich selbst hatte den Schal gekauft, den Daphne wollte. Und da ich also wußte, daß es zu einem Happy-End kommen würde, wenn ich ihn ihr schenkte, konnte ich sie ganz aufmunternd trösten. »Ich bin fest überzeugt, daß Sie noch etwas genauso Schönes bekommen werden.«

»Ach, das ist ganz unmöglich. Das war ein Kunstwerk, ein einzigartiges Stück. So etwas haben Sie noch nicht gesehen.«

O doch, hatte ich. Und es lag schön verpackt im Häuschen und wartete darauf, Daphne geschenkt zu werden.

Sie fragte mich, wie mein Zeitplan heute aussehe. Ich sagte ihr, daß ich den Vormittag und frühen Nachmittag frei hätte. Ich wollte um drei in der Oper sein.

»So früh, wenn sich erst um acht der Vorhang hebt?« sagte sie.

»Ich möchte mich richtig heimisch fühlen, wenn der Vorhang aufgeht.«

Daphne gluckste. »Aber Sie treten doch gar nicht auf.«

»In gewisser Weise schon. Meine Arbeiten werden auf der Bühne sein, auch wenn ich es nicht bin. Und vor der Premiere werde ich an den Perücken sogar noch mehr arbeiten müssen.«

»Hätten Sie Lust, heute vormittag mit mir Maurizio zu besuchen?«

Sie schlug vor, daß ich uns beide im Alfa hinfahren solle.

Tatsächlich glaube ich, daß sie einen Vorwand suchte, um einmal damit fahren zu können, und mir war's recht. Nachdem ich jetzt ein paar Tage lang in und um Abigail in meinem peppigen Sportwagen herumgesaust war, hatte ich keine allzu große Lust, wieder Mitfahrer zu sein und bei der Fahrt in Daphnes Bentley dahinzukriechen und -zuschlingern. Wir einigten uns also darauf, daß sie mir den Weg zur Wohnung von Parkers Tochter sagen würde, wo Maurizio sich ja aufhielt, während ich fuhr. Aber ich fand schnell heraus, daß Daphnes Orientierungssinn genauso unzulänglich war wie ihre Fähigkeit, selbst ein Auto zu steuern. Teils ließ sie sich von den Armaturen des Alfa gefangennehmen, teils genoß sie während der Fahrt die Aussicht zu sehr. Infolgedessen begannen ihre Richtungsanweisungen meistens so: »Oh, mein Lieber, ich glaube, Sie hätten da hinten …« Und dann kam, was wir gerade nicht gemacht hatten.

Aber schließlich kamen wir doch noch beim Häuschen von Parkers Tochter an, das auf einer Landzunge lag, die eine Bucht an der Küste nördlich von Abigail nach der einen Seite hin abschloß. Parkers Tochter war in der Küche, wo sie Hunderte von Horsd'œuvres vorbereitete, denn sie hatte den Auftrag, das Buffet für einen Empfang auszurichten. Selbst ein kleines Unternehmen wie das ihre profitierte vom Opernfestival. Sie sagte uns, Maurizio ruhe draußen auf der hinteren Veranda. Daphne und ich gingen hinaus und fanden ihn in einem Liegestuhl liegen und sich in der Vormittagssonne aalen. Er trug leichte Baumwollkleidung und einen Sonnenhut aus Stroh, so daß nur seine Hände der Sonne direkt ausgesetzt waren. Er spürte unsere Gegenwart und setzte sich sofort auf. Wie gut, daß seine Augen schon wieder strahlten und er seine Lebhaftigkeit zurückgewonnen hatte.

Daphne begrüßte ihn in ihrer beider privaten Zeichensprache, und ich, indem ich seine beiden Hände nahm. Ich fühlte auch das Bedürfnis, ihn zu umarmen, aber ich sah an der Art, wie er sich bewegte, daß ihn seine Wunden noch schmerzten. Wir saßen alle drei ein paar Minuten da und lächelten glücklich, während Daphne und ich liebevolle kleine Gesten à la »Werd gesund« zu Maurizio machten. Dann sprach Daphne ihn langsam und klar an.

»Die Polizei hat Jonathan Byers verhaftet.«

Maurizio nickte energisch. Er erklärte Daphne etwas, und sie drehte sich zu mir herum und übersetzte.

»Er sagt, es war Jonathan Byers, der in jener Nacht vor dem Häuschen erst Sie angegriffen und dann ihn verwundet hat.«

Ich sagte: »Woher weiß er das?«

Maurizios Antwort übersetzt: Er trug eine Lederjacke.

»Das genügt nicht«, sagte ich zu Daphne. »Hat er sein Gesicht gesehen?« Ich wandte mich direkt an Maurizio und sagte zu ihm: »Hast du sein Gesicht gesehen?«

Er schüttelte den Kopf.

Ich fragte: »Wie waren seine Haare?«

Er gestikulierte etwas zu Daphne hin, und sie übersetzte.

»Hell«, sagte sie.

»Rötlich?« fragte ich. »Oder blond?«

Maurizio wußte es nicht, aber er schien zu befürchten, daß er mich enttäuschen könnte, deshalb erklärte er Daphne, daß es dunkel gewesen sei, als sie miteinander kämpften, und er daher meinen Angreifer nicht gut sehen konnte.

»Das stimmt«, sagte ich. »Konnte ich auch nicht.«

Dann fügte Maurizio hinzu, daß der Angreifer Handschuhe getragen habe.

»Handschuhe?« sagte ich. »Etwa Stulpenhandschuhe?«

Maurizio sah verblüfft aus.

Ich deutete die Form riesiger Handschuhe an meinen Handgelenken an, dann ballte ich die Fäuste und warf mich in die Brust wie ein Kämpfer.

»Große Handschuhe«, sagte ich. »Macho. Grob.«

Maurizio nickte heftig und gab ein lautes nasales Grunzen von sich.

Offensichtlich hatte Jonathan Byers die Stulpenhandschuhe getragen, als er mich angriff.

»O je«, sagte Daphne. »Ich hatte auf einen Beweis für das Gegenteil gehofft.«

»Warum hätte Sir Jonathan mich angreifen sollen?« sagte ich. »Das macht doch keinen Sinn.«

»Nein, überhaupt keinen«, sagte Daphne.

»Wollten Sie deshalb hierher kommen?« sagte ich. »Um das endgültig herauszufinden?«

»Ich muß es zugeben«, sagte sie mit einem ergebenen Nicken. »Das war mein zweites, allerdings nicht weniger bedeutendes Motiv, Maurizio heute vormittag zu besuchen.«

Maurizio sah alarmiert aus, als habe er etwas Falsches gesagt.

»Nein, mein Lieber«, sagte Daphne beruhigend. Sie legte ihm die Hand auf den Arm. »Du hast uns sehr geholfen. Jetzt mußt du gesund werden. Verstehst du?«

Maurizio nickte.

Ich nickte auch, wie um Daphnes Befehl zu unterstreichen.

Dann standen sie und ich auf, um zu gehen, aber Maurizio zog mich fest an sich. Ich roch die aseptische Salbe auf seinen Wunden. Aber ich roch auch den warmen Waldgeruch seines Körpers, der sich mit der frischen Meeresluft verband. Das glich dem reichen Duft, den ich an Lieutenant Branco oft bemerkt hatte. Ich spürte in meinen unteren Regionen eine kleine Bewegung und zog mich aus Maurizios Umarmung zurück. Dann verließen ihn Daphne und ich, damit er sich in der warmen Sonne noch ein wenig erholen konnte.

Ich brachte uns wieder zur Villa zurück, wo Parker eine Botschaft für mich hatte. Nicole würde mit dem Nachmittagszug ankommen, und zwar allein. Ich hatte gehofft, sie und Branco würden zusammen nach Abigail herausfahren, vor allem, da ich ja neue Beweise gegen Jonathan Byers hatte, die ich dem Polizeibeamten erzählen wollte. Als ich Nicole am Bahnhof abholte, erfuhr ich, warum sie allein gekommen war.

35

»Er weiß noch nicht einmal, ob er heute abend überhaupt kommen kann«, sagte Nicole, während sie ihre Gabel in eine der Tigergarnelen stieß, die über einen Hügel Fetuccine Alfredo verstreut waren. »Und die Gelegenheit, dich und die Oper zu sehen, wollte ich wegen eines so unzuverlässigen Menschen denn doch nicht versäumen.«

»Das ist aber ein starker Ausdruck, Liebes.«

»Und Vito ist ein starker Mann«, sagte Nicole. »Aber er war so unentschlossen, als er mich anrief, daß ich mich einfach dafür entschied, allein herzukommen. Jetzt bereue ich allerdings, daß ich so schroff zu ihm war. Die Zugfahrt war gräßlich.«

»Das ist halt eine Regionalbahn, Nikki, und nicht der französische TGV.«

»Ich hab's mitgekriegt«, sagte sie mit einem leichten Schauder, als habe die Fahrt in diesem Arbeiterzug ihr Feingefühl verletzt.

Ich erinnerte Nicole daran, daß Branco vielleicht noch immer unter dem Verlust seiner Eltern leide und daß das sein ungewisses Verhalten zum Teil erklären könne.

»Das verstehe ich, Stanley. Aber es ist ja schließlich nicht so, als ob von der Fahrt mit mir hier heraus sein ganzes weiteres Leben abhängen würde. Ich dachte, es wäre eine nette Gelegenheit, sich wieder ein wenig näherzukommen. Wir haben uns monatelang nicht gesehen.«

»Nikki, Branco war wirklich verunsichert, nachdem er Jon Byers verhaftet hatte. Vielleicht erkennt er endlich, daß Logik und Beweise allein noch nicht genügen, um jemanden zu verurteilen.«

»Erst seine Eltern, dann sein Job. Was für einen Grund wirst du jetzt noch finden, um zu erklären, warum er nicht mit mir hier herausfahren konnte?«

Ich zögerte. »Ich glaube, du hast recht. Er drückt sich.«

»Und du verteidigst ihn«, sagte sie. »Das ist allerdings etwas Neues bei dir.« Sie nahm noch einen Bissen von ihrem Essen. »Stanley, diese Krabben sind einfach göttlich. Bist du sicher, daß dir dieser winzige Salat genügt?«

»Ja, Liebes. Ich esse absichtlich leicht, denn ich habe noch einen großen Abend vor mir. Ich möchte nicht meine ganze Energie darauf verwenden, mein Essen zu verdauen. Und übrigens, das da sind Tigergarnelen.«

»Na, was sie auch sein mögen, sie sehen aus wie große Krabben.«

»Das ist aber ein Oxymoron, Liebes.«

»Egal, wie du sie nennst, Stanley. Sie sind einfach köstlich. Und was du da gerade als Grund angegeben hast, warum du nichts ißt, das ist doch lächerlich. Ich hoffe, du versuchst nicht schon wieder abzunehmen.«

»Nein, Nikki. Ich habe mich körperlich und seelisch meinem Schicksal ergeben. Ich bin ein Dickerchen. Das ist mein neues *Ich bin ein Dickerchen*. Das ist genetisch fixiert, und es hilft auch kein Programm in zwölf Schritten dagegen.«

»Unsinn, Stanley. Du bist eben gesund, und das sieht man. Dafür muß man sich nicht schämen.«

»Ach nee, das mußt gerade du sagen. Wann hast du dich das letzte Mal in Größe achtunddreißig zu zwängen versucht?«

»Der Unterschied ist nur, Schätzchen, daß es mir nichts ausmacht.«

»Aber Schwulen macht es etwas aus. Sieh dir doch nur die Vorbilder an, denen wir ausgesetzt sind – diese großen, kräftigen Knaben mit den gemeißelten Körpern.«

»Das ist doch nur in der Werbung, Stanley. Solche Leute gibt es in Wirklichkeit ja gar nicht. Das hast du übrigens schon selber gesagt.«

»Da habe ich mich aber geirrt, Liebes. Es gibt sie doch. Und in meiner Welt sind sie das Göttliche vom Göttlichen. Plump zu sein ist ein Fluch.«

»Jetzt redest du schon wieder dumm daher, Schätzchen. Das sind doch nur ein paar Pfund. Es könnte viel schlimmer sein, das weißt du genau. Du könntest krank sein, und man könnte es deinem Körper ansehen.«

Nicoles ernüchternde Worte ließen mich verstummen, jedenfalls für den Augenblick. Da kam doch tatsächlich Lieutenant Branco ins Café, hielt Ausschau nach uns und ging dann auf unseren Tisch zu.

»Schau mal, wer da kommt«, sagte ich zu Nicole.

»Ich bin ja nicht blind«, sagte sie.

Als Branco an unseren Tisch trat, kam von ihm keine Begrüßung und keine Entschuldigung. Nur wieder Logik.

»Ich dachte, es gebe nur ganz wenige Stellen, wo ich euch beide finden könnte«, sagte er. »Und ich hatte gleich beim ersten Versuch Glück.«

»Es freut mich, festzustellen, daß mein Magnetismus noch wirkt«, antwortete Nicole.

»Was dagegen, wenn ich mich dazusetze?« sagte der Polizist, während er sich auf einem freien Stuhl niederließ. »Entschuldige, daß wir nicht zusammen herausfahren konnten«, sagte er zu Nicole und gab damit endlich doch seinen Treuebruch zu. »Wie sich herausstellte, brauchte ich doch viel weniger Zeit für die Arbeit, als ich erwartet hatte, deshalb hätte ich dich sogar noch abholen können. Es würde mich freuen, wenn ich dich heimfahren dürfte.«

»Natürlich«, sagte Nicole. »Es ist dir alles verziehen.«

Das war ja schnell gegangen. Mich ließ Nicole, wenn wir eine Meinungsverschiedenheit hatten, immer erst mal eine Weile kriechen und betteln, um ihre Freundschaft zurückzuerlangen. Wahrscheinlich galten bei ihr eben andere Regeln, wenn es sich um Lieutenant Branco handelte. Bei mir ja andererseits auch. Und im übrigen bei allen anderen Menschen vermutlich auch.

Ich bat Nicole um Nachsicht, dann berichtete ich Branco, was Maurizio heute vormittag Daphne und mir erzählt hatte – daß er den Mann, der mich neulich nachts angegriffen hatte, als Jonathan Byers identifiziert habe.

»Ich dachte, das könnte Ihnen helfen, ihn zu überführen«, sagte ich.

Branco nickte zustimmend. »Es ist wahrscheinlich von nicht allzu großem Nutzen, da es rein technisch nichts mit dem Tod der Sopranistin zu tun hat.«

»Wieso hat es nichts damit zu tun, wenn Byers mich zu töten versucht?« sagte ich. »Und noch dazu mit einem Messer?«

Branco sagte: »Wir wissen nicht sicher, ob es Byers war, und auch nicht, was er wirklich tun wollte.«

»Aber er hat Maurizio verwundet, und Maurizio hat gesagt –«

»Ich weiß«, sagte Branco. »Sie haben es mir ja gerade erzählt. Und ich nehme es als das, was es ist – eine weitere Version der Dinge, die in dieser Nacht passiert sind. Aber ich glaube es trotzdem nicht.«

»Was wollen Sie denn noch!« sagte ich überlaut.

Nicole sagte: »Ich sehe schon, daß ihr beide euch noch immer so gut vertragt wie eh und je.«

»Es hat sich nichts geändert«, murmelte ich.

»Nichts?« sagte Branco.

Nicole faßte einen vorbeigehenden Kellner am Ärmel und bat ihn um ein sehr großes Glas des besten Rotweins, den das Café habe. Sie sah Branco und mich an und sagte: »Wollen die Kampfhähne vielleicht auch etwas bestellen?«

Branco lehnte ab, und ich entschuldigte mich damit, daß ich zur Arbeit frisch sein müsse.

»Na gut«, sagte Nicole. Dann wandte sie sich dem Kellner zu und sagte: »Wenn ich es mir recht überlege, hätte ich doch lieber eine halbe Flasche.« Der Kellner verschwand schnell, und Nicole sagte: »So! Jetzt werde ich in der Lage sein, mein Mittagessen zu beenden, während ihr beide in eurem gemeinsamen Tun fortfahrt, was auch immer das sein mag.«

»Was ich tun werde«, sagte ich, »das ist, daß ich jetzt zur Arbeit gehe.«

»So früh schon?« sagte Nicole. »Sehe ich dich dann heute abend noch einmal?«

»Wahrscheinlich.«

Branco schlug vor: »Wollen wir drei nicht vor der Aufführung zusammen essen?«

»Ich kann nicht«, sagte ich. »Ich muß arbeiten.«

»Wie wäre es dann wenigstens mit einem Cocktail vorher?« sagte er.

Sogar Nicole starrte den Polizeibeamten ungläubig an. Bei Branco hätte es ja fast noch glaubwürdiger gewirkt, wenn er uns zu einem Nähkränzchen eingeladen hätte als zu einem Cocktail.

»Ein andermal«, sagte ich. »Ich habe einen anstrengenden Abend vor mir, ich muß wirklich fit sein.«

Branco sah mich anerkennend an, als sei es ein Zeichen von Stärke, wenn man einen Cocktail ablehnte.

»Also, ich muß nicht munter bleiben«, sagte Nicole und schob ihren Teller zurück. »Tatsächlich werde ich mir meinen Appetit für später aufheben.« Aber dann nahm sie doch noch ein letztes Stück Tigergarnele.

Ich erhob mich von Tisch, um zu gehen.

»Ich hinterlege die Eintrittskarten zuverlässig an der Theaterkasse«, sagte ich. »Auf meinen Namen. Viel Spaß bei der Vorführung.«

Nicole sagte: »Werden wir sicher haben.«

Branco sagte: »Danke.«

Und ich verließ die beiden, damit sie in ihrem gemeinsamen Tun fortfahren konnten, was immer das auch sein mochte.

36

Im Opernhaus ging ich zu allererst zur Kasse und bestätigte die Eintrittskarten, die ich für Nicole und Branco zurücklegen hatte lassen. Mein Karma funktionierte gut, wie fast immer, wenn ich anderen einen Gefallen tat. Es waren großartige Plätze, in der zwölften Reihe im Parkett nahe am Mittelgang. Wenn ich sie für mich selbst gebraucht hätte, wären sie wahrscheinlich irgendwo ganz droben im obersten Rang neben einer Seitenwand und mit behinderter Sicht gewesen.

Auf dem ausgehängten Plan für heute abend stand:

OCS+ Hauptprobe, was bedeutete, daß für jeden, der an der Inszenierung beteiligt war – Orchester, Chor, Solisten und übrige Sänger –, heute die letzte Gelegenheit vor der Premiere bestand, alles genau wie bei der richtigen Aufführung durchzuführen. Und es würde auch ein beinahe volles Haus geben, mit all den Gönnern des Festivals und den Freunden der Beteiligten und der Menge von Kritikern und Studenten noch zusätzlich. Ich wußte, daß Daphne bei den Honoratioren des Festivals sitzen würde.

Bevor ich mich drunten im Perückenraum auf die lange Schicht einrichtete, die ich vor mir hatte, schlenderte ich noch oben hinter die Bühne. Ronda Lucca war schon da. Ich nehme an, zu diesem Zeitpunkt der Inszenierung wohnte, aß und schlief sie sogar hinter der Bühne.

»Sie sind ja früh da«, sagte sie. »Ich hab Sie im Café gesehen, mit diesem Bullen, mit dem Sie befreundet sind. Zu dumm, daß er eine Freundin hat, was?«

»Die Freundin ist meine Chefin«, sagte ich.

»Ach? Dann habt ihr ja vielleicht zu zweit eine Chance.«

Ich schüttelte den Kopf. »Er ist hetero.«

Ronda grinste und sagte: »Das weiß man nie.«

Ich sagte: »Haben Sie Ihre Requisiten alle beisammen? Alle Messer gewetzt?«

»Mensch, hören Sie bloß auf! Ich habe Ihnen doch gesagt, daß ich mit der ganzen Sache nichts zu tun habe.«

»Sie müssen ja sehr glücklich sein, jetzt, wo der Augenblick, auf den Sie gewartet haben, kurz bevorsteht.«

»Was für einen Augenblick meinen Sie denn?«

»April Kilkus wird ihr Debüt haben, und Ihre Arbeit wird endlich Früchte tragen.«

Ronda sah mich von der Seite an. »Wovon sprechen Sie eigentlich?«

»Sie können die Verstellung jetzt aufgeben«, sagte ich. »Ich weiß alles. Mit Aprils Erfolg kommt Carolyns Erfolg. Und mit Carolyns Erfolg kommt Ihre Chance für die Liebe.«

Ronda sagte: »Ich glaube, Sie verwechseln mich mit Ihnen und Ihrem Polypen.«

»Geben Sie es ruhig zu, Ronda. Sie lieben sie doch.«

»Wen?«

»Carolyn.«

»Das habe ich Ihnen ja selber erzählt. Aber sie ist hetero, genau wie Ihr Polyp. Das Beste, was ich hoffen kann, ist, daß sie mit ihrem Leben zufrieden ist.«

»Aber wie Sie gerade über meinen Polypen gesagt haben, Ronda, das weiß man nie.«

»Was ist denn los mit Ihnen? Sie denken wohl, jeder Mensch auf Erden ist schwul wie wir?«

»Zehn Prozent«, sagte ich.

»Na eben, dann können Sie sich's ja ausrechnen«, sagte sie. »Zehn Prozent von allen Leuten hier –«

»Beim Theater sind es mehr.«

»Passen Sie auf«, sagte Ronda. »Ich sage Ihnen doch, ich habe niemanden umgebracht. Okay? Sie kommen offensichtlich nicht mehr davon los, daß Sie einen Mörder finden müssen, um dem Lieutenant zu imponieren. Aber mir ist das scheißegal, ob Sie bei einem Bullen gut ankommen oder nicht. Da müssen Sie sich schon ein anderes Arschloch suchen.«

»Werd ich auch«, sagte ich. »Aber hier läuft ein Mörder frei herum, und ich bin mir noch nicht so ganz im klaren, wie weit Sie gehen würden, um Carolyn einen Gefallen zu tun.«

»So ein Motiv würde vielleicht zu einem schwulen Mann passen. Aber ich persönlich, ich würde niemals aus Liebe töten. Das wäre mir zu riskant. Für etwas Greifbareres allerdings würde ich es vielleicht schon tun, für Geld oder Besitz zum Beispiel. Aber dann müßte es auch wirklich um Millionen gehen. Und um die Liebe würde ich mich dann anschließend kümmern. In solchen Dingen muß man praktisch denken. Wer tötet denn heutzutage noch aus Liebe?«

»Irgend jemand offenbar.«

»Da irren Sie sich bestimmt«, sagte Ronda.

»Es gibt ja verschiedene Arten von Liebe.«

Ronda zögerte. »Wissen Sie, da irren Sie sich am Ende vielleicht doch nicht.«

Ich ging nach unten, um mich und die Perücken für die erste Gruppe von Sängern im ersten Akt vorzubereiten. Meine Assistentin war auch schon da, eine ehemalige Friseuse für die Show-Girls von Radio City. Sie richtete gerade ihren Arbeitsplatz her, und sie strahlte jene perfekte Mischung aus Freundlichkeit und Professionalität aus, die unsere Zusammenarbeit einfach und vergnüglich machen würde. Ich schärfte ihr ein, daß sie immer erst bei den Sängern nachfragen solle, ehe sie Haarspray benutzte. Dann zeigte ich ihr, nach welcher Ordnung ich die Perückenraum eingerichtet hatte, um die Perücken immer in der richtigen Reihenfolge bei der Hand zu haben. Ich hatte mich so nahe wie möglich an die tatsächliche Anordnung auf der Bühne gehalten, so daß wir hoffentlich nur sehr wenig Zeit mit einer hektischen Suche nach bestimmten Perücken verlieren würden.

Als nun mehr und mehr Sänger eintrafen und der Zeitpunkt näherrückte, an dem sich der Vorhang heben würde, wurde es im Perückenraum allmählich genauso lebhaft und aufregend wie auf den lärmerfüllten Korridoren, die die Übungsräume aller Sänger verbanden. Obwohl die Solisten alle ihre eigenen Maskenbildner hatten, die ihnen die Perücken befestigten, war die Arbeit von meiner Assistentin und mir genauso wichtig, nämlich, allen Chorsängern und den *comprimarios* die Perücken ordentlich aufzusetzen. Außerdem gab es bei uns viel mehr Spaß. Einmal hörte ich, wie einer der lärmenden Chorsänger einem anderen erzählte, er habe auf dem Weg ins Opernhaus Bruce David gesehen, den ursprünglich vorgesehenen Tenor, der nach dem Mord an Marcella Ostinata eingewiesen worden war.

»Und er ist im Rollstuhl!« kreischte der Sänger. »Kannst du dir das vorstellen? Vielleicht hat er ja vor, während Riccardos erster Arie einen großen Tumult anzufangen, so wie es die Callas damals bei der Tebaldi gemacht hat.«

Unsere Arbeit bis zum Anfang der Generalprobe ging gut vonstatten. Danach konnten wir uns das Bühnengeschehen auf dem AV-Monitor im Perückenraum ansehen. Alles lief glatt bis zu der kurzen Pause vor Riccardos erster

Arie. Da rannte plötzlich irgendein Verrückter den ganzen Gang von hinten bis zur ersten Reihe vor und schrie dazu: »*Viva Marcella!*«

Natürlich stellte sich heraus, daß das Bruce David war. Der Rollstuhl hatte ihm offensichtlich als Hilfsmittel gedient, um sicherzustellen, daß er den Mittelgang hinunter freie Bahn haben werde. Er wurde schleunigst aus dem Theater gezerrt, wobei er italienische Flüche kreischte. Der Tenor auf der Bühne versuchte die Fassung wiederzugewinnen, während das Orchester die einleitenden Takte zu seiner Arie wiederholte. Bei den ersten paar Noten war er noch etwas unsicher, aber dann hatte er sich wieder ganz unter Kontrolle.

Meine Assistentin und ich schauten uns noch ein paar Szenen auf dem Monitor an, aber allmählich begann ich im Perückenraum klaustrophobisch zu werden. Es würde jetzt eine Weile kein besonderer Arbeitsansturm zu erwarten sein, und so sagte ich denn zu meiner Assistentin, daß ich nach oben gehen würde, um von hinter der Bühne aus zuzusehen. Ich dachte, so könne sie gleich ein Gefühl dafür entwickeln, da unten die Verantwortung zu übernehmen, nachdem sie das ja in ein paar Tagen ohnehin mußte, wenn sie selber eine Assistenz hätte und ich im Fluzeug nach Paris säße, um mich mit meinem Ehemann zu treffen.

Als ich hinter die Bühne kam, war der Chor gerade mitten in seinem großen Gesang unmittelbar vor der Szene in der Höhle der Wahrsagerin, will sagen, in dem New-Age-Gesundheitsstudio. Für diese Szene wäre ein völliger Umbau des Bühnenbildes vonnöten, so daß es hier hinten gleich ziemlich hektisch zugehen würde. In diesem Augenblick entdeckte ich weit abseits in einer Ecke des Bereichs hinter der Bühne einen höchst unerwarteten Beobachter – Mathilde Marceau, die ehemalige Angestellte der verstorbenen Marcella Ostinata. Sie stand neben einem beschilderten Ausgang auf eine selten benutzte Treppe hinaus. Offenbar suchte sie jemanden unter den eifrig beschäftigten Bühnenarbeitern. Da winkte sie plötzlich jemandem zu, und ich hielt Ausschau, wer das sein mochte. Es war

Rick Jansen. Sie verschwanden schnell zusammen auf der Treppe. Aha, da gab es also eine Verbindung! Vielleicht sogar ein Komplott zwischen Jon Byers und Rick und Mathilde. Es blieb jetzt keine Zeit, über ihr Motiv nachzudenken. Es blieb überhaupt nichts anderes übrig, als ihnen zu folgen. Und welch ein Schock, als ich sie auf dem nächsthöheren Treppenabsatz fand, und zwar beide am Boden und miteinander im Kampf. Rick versuchte gerade, die Frau zu erwürgen. Ich machte mich daran, sie auseinanderzuziehen, und er stieß mich weg.

»Weg da!« brüllte er. »Hau ab!«

Aber ich blieb, bis er aufsprang und wieder hinunter rannte hinter die Bühne.

Ich fragte Mathilde, was geschehen sei.

»Nichts«, sagte sie schnell. »Ein Versehen.«

Aber ich bemerkte, daß sie etwas in der fest zusammengeballten Faust versteckte.

»Was haben Sie denn da?« sagte ich.

»Nichts.«

»Los, lassen Sie mich sehen.«

»Das geht Sie nichts an«, sagte sie scharf.

»Oh doch, jetzt schon«, sagte ich. Und fast genau so brutal, wie Branco manchmal vorging, drückte ich ihre kleine Hand auf. Auf ihrer Handfläche lag ein massiv goldenes Feuerzeug. Ich erkannte in ihm dasselbe, das der Maestro einmal eine kurze Zeitlang benutzt hatte.

»Wo haben Sie denn das her?«

Mathilde sagte: »Ich habe es gefunden.«

»Und wo?«

»Hier, im Opernhaus.«

»Warum haben Sie es nicht zurückgegeben?«

Sie stieß ein abgehacktes Lachen aus. »Weil ich den Wert von solchen Sachen kenne.«

»Wen versuchen Sie zu erpressen?«

Mathilde faucht mich an: »Sie sind sehr dumm.«

Ich riß ihr das Feuerzeug aus der Hand und rannte aus dem Treppenhaus zu Ronda Luccas Arbeitstisch hinter der Bühne. Mathilde war dicht hinter mir.

Ich fragte Ronda: »Können Sie von hier aus einem Platzanweiser sagen, daß er jemandem auf einem bestimmten Platz eine Nachricht zukommen lassen solle?«

»Kommt drauf an«, sagte Ronda.

»Es handelt sich um Lieutenant Branco«, sagte ich.

Mathilde war jetzt auch an Rondas Tisch angekommen. »Sie haben etwas, was mir gehört«, sagte sie.

»*Au contraire*«, sagte ich. »Jedem anderen als Ihnen.«

»Welche Nachricht?« sagte Ronda.

»Lassen Sie Branco sagen, er solle sofort hinter die Bühne kommen.«

Es muß wohl in meiner Ausstrahlung gelegen haben, daß man mir jetzt besser nicht widersprach, denn ohne zu zögern machte Ronda mit.

»Klar«, sagte sie. »Wissen Sie seine Platznummer?«

Ich sagte sie ihr, und sie rief zur Theaterkasse hinaus, um einem Platzanweiser zu sagen, er solle Branco suchen.

Mathilde sagte: »Wenn Sie mir diesen Gegenstand nicht zurückgeben, werde ich zur Polizei gehen.«

»Warten Sie noch einen Augenblick, meine Teuerste«, sagte ich, »dann können Sie der Polizei gleich die ganze Geschichte erzählen.«

Ich drückte Ronda das Feuerzeug in die Hand.

»Für Branco«, sagte ich.

Sie warf einen Blick darauf und sagte: »Wann soll die Hochzeit sein?«

Währenddessen versuchte ich in meinem Kopf herauszufinden, warum Rick Mathilde zu ermorden versucht habe. Wollte er Jon Byers schützen? Soviel ich wußte, saß Byers momentan im Zuschauerraum in der hintersten Reihe und machte sich Notizen zum Verlauf der Aufführung. Wer von den beiden benahm sich denn nun eigentlich wie ein Verbrecher? Der, der seine Arbeit machte? Oder der, der wegrannte? In diesem Augenblick traf ich eine Entscheidung.

Ich sagte zu Ronda: »Wo ist Rick hin?«

Sie zeigte auf die Sicherungsschiene, die die Kabel sicherte, die in die Soffitten hinaufführten.

»Dort habe ich ihn zuletzt gesehen«, sagte sie. »Warum?«

»Ich habe so ein Gefühl, daß er es gewesen sein könnte und nicht Byers.«

Mathilde entfernte sich langsam.

Ich sagte zu Ronda: »Können Sie sie im Auge behalten?«

»Schwierigkeiten?«

»Totale«, sagte ich.

Ronda schrie: »Hey, Vinny! Schnapp dir mal die Frau da, ja?«

Mathilde wehrte sich, hatte aber keine Chance gegen die kräftigen Muskeln von Vinny, dem Vorarbeiter.

Ich blickte mich verzweifelt überall hinter der Bühne um. Rick war nirgends bei der Sicherungsschiene zu sehen. Aus irgendeinem Grund, vielleicht, weil die Kabel alle nach oben liefen, schaute ich auch nach oben. Und verdammt noch mal, da oben war er, auf einer Leiter zu den Laufplanken hoch über der Bühne. Ich lief auf diese Leiter zu.

Da piepste Ronda Luccas Kopfhörer. Sie horchte einen Augenblick lang, dann rief sie mir zu: »Hey, Lockendreher! Ihr Mädchen braucht Sie drunten im Perückenraum.«

»Sagen Sie ihr, das muß sie jetzt alleine schaffen«, rief ich zurück.

»Wo gedenken Sie denn hinzugehen?«

»Keine Ahnung, Herzchen. Aber es sieht so aus, als müßte ich verdammt schnell hin.«

»Da können Sie nicht rauf«, sagte sie. »Sie sind nicht in der Gewerkschaft.«

»Sie können ja eine Beschwerde einreichen.«

Ronda Lucca sagte: »Ich kann den Vorhang nicht so lange halten, wie ihr Jungs da oben Verstecken spielt.«

»Sagen Sie nur Branco, wo ich hin bin.«

Und dann begann der lange Aufstieg.

37

Mich muß wohl eine höhere Macht dazu getrieben haben, hinter Rick Jansen die Leiter hinaufzusteigen, denn ich habe die größte Höhenangst. Aber hier war eben der Augenblick der Wahrheit gekommen, und es blieb keine andere Wahl. Ich sagte mir nur immer wieder vor, daß ich nicht unter oder hinter mich schauen dürfe, in den gewaltigen Leerraum über der Bühne. Weit über mir sah ich Rick, der fast schon die obere Aufhängung der Laufplanken erreicht hatte, nämlich das Gitter selbst, an dem sämtliche Seilzüge für die Kulissen befestigt waren. Der gesamte riesige Raum war dunkel und unheimlich und nur von dem matten Schein von Arbeitslampen erleuchtet.

Eine innere Stimme erinnerte mich immer wieder: *Nicht hinunterschauen.*

Ich sah, daß Rick gerade den kleinen Sprung machte, der nötig war, um von der Leiter auf die Metallbalken des Gitters zu kommen. Er war außerordentlich gewandt. Die Säulen auf der Rückseite von Daphnes Haus würden ihm keine Schwierigkeit machen. Ich zwang meine guten slawischen Beine, schneller zu klettern. Als ich mich dem oberen Ende der Leiter näherte, muß Rick die Vibration gespürt haben, denn er schaute herunter und sah mich hinaufkommen. Er fuhr vor Überraschung zusammen. Offensichtlich hatte er nicht erwartet, daß ihn jemand bemerken oder gar ihm bis hier herauf folgen würde.

Er kletterte über das Gitter auf eine Leiter auf der anderen Seite der Bühne zu. Diese führte hinauf zu einem Oberlicht, das sich auf das Dach des Opernhauses hin öffnete. Ich hatte keine Lust, mit ihm einen Tanz unter dem sommerlichen Mond zu veranstalten, deshalb warf ich mich von der Leiter auf die erste Laufplanke und kletterte ihm nach. Ich dankte meinen tschechischen Vorfahren, daß sie mir die Gene für starke Beine und sprungkräftige Füße vererbt hatten. Rick war die weiter oben liegende Leiter schon zur Hälfte hinauf, als ich sie erreichte. Ich stieg schnell aufwärts und packte einen seiner Knöchel. Er versuchte mich abzuschütteln, aber ich benutzte einen Trick, um mich weiter an ihn zu klammern. Statt seine Bewegungen einzuschränken zu versuchen, hielt ich ihn mit der Hand fest, ließ dabei aber Arm und Schulter locker schwingen. So heftig oder wild er also auch stoßen mochte, mein Arm folgte ihm einfach.

»Warum haben Sie versucht, Mathilde zu ermorden?« sagte ich.

»Laß mich los!«

»Was hat sie getan?«

»Sie hat Jon erpreßt.«

»Weswegen?«

Er stieß wie wild, aber da packte ich seinen Knöchel mit beiden Händen. Ich mußte ihn von dieser Leiter herunterbringen. Mit meinem ganzen Gewicht am Bein würde er nicht weiter steigen können. Und wenn wir fielen – falls wir fielen – würden wir kaum mehr als einen Meter weit bis auf die Gitteroberfläche fallen.

Nicht hinunterschauen.

Rick versuchte mich von seinem Bein abzuschütteln, aber ich war zu schwer für ihn. Gott sei gedankt für diese fünfzehn Pfund Übergewicht! Schließlich gab sein Griff nach, und wir torkelten hinunter auf das Gitter. Ich schaffte es, mich auf ihn zu werfen und ihn mit meinem Körpergewicht niederzudrücken.

»Wer hat die Morde begangen? Sie oder Jon?«

»Verpiß dich«, sagte er. »Du hast doch keine Ahnung.«

»Rede nicht so kess daher, Rick.«

Sein kräftiger Körper wand sich unter meinem Gewicht. Ich würde ihn nicht endlos lange hier niederhalten können. Wo zum Teufel blieb Branco?

»Warum hast du's getan?« sagte ich.

»Verpiß dich!« sagte er noch einmal.

Ich schlug ihm ins Gesicht. »Spar dir diese Ausdrücke für Papa Jon. Weiß er, was du getan hast?«

»Noch nicht«, sagte Rick.

»Vielleicht wird es ihm nicht gefallen.«

»Er wird begeistert sein«, sagte Rick. »Jon mag alles, was abartig ist.«

Fall klar.

Ricks Körper gab unter dem meinen nach.

»Ich werde Jon alles erzählen, gleich nach der Premiere«, sagte er. »Nach dem ganzen Beifall und den Ovationen, wenn ich ihn in unserem Hotelzimmer gefesselt und geknebelt habe, dann wird er endlich hören, was ich alles für ihn getan habe. Dann wollen wir doch mal sehen, ob er mich wegen einem anderen verlassen kann, wegen so einem aufgeblasenen Muskelprotz von einem Bühnenbildner, so einem schlaffen.«

»Du bist doch selber ganz schön schlaff«, sagte ich.

»Aber ich hab doch immer noch so viel im Sack, daß ich tun kann, was zu tun ist.«

Ich wünschte, ich hätte etwas ähnlich Deftiges sagen können, aber statt dessen wiederholte meine innere Stimme die immer gleiche Botschaft.

Nicht hinunterschauen.

Diesmal jedoch kam es zu spät.

Ich merkte, daß ich an Ricks Gesicht vorbei und durch die Metallbalken hinter seinem Kopf auf die Bühne hinunterschaute, die kilometerweit unter uns lag. Winzigkleine Wesen bewegten winzigkleine Gegenstände auf der Bühne herum. Der Magen drehte sich mir um, und meine Muskeln wurden zu Watte. Rick muß gespürt haben, daß mein Körper erschlaffte, denn einen Augenblick später hatte er mich unter sich.

»Und jetzt«, sagte er mit einem wahnsinnigen Grinsen, »mach dich fertig zum Sterben.«

»Nicht, Rick«, sagte ich. »Man wird wissen, daß du es warst. Man kann uns von dort unten sehen.«

»Aber hier schaut nie ein Mensch rauf.«

»Jetzt schon«, sagte ich. »Hilfe!« schrie ich. »*Hiiilfe*!«

Rick schlug mir ins Gesicht. »Halt's Maul! Jetzt bin ich am Drücker.«

Ich wollte wieder schreien, aber er hielt mir den Mund zu.

»Hier oben hört dich eh keiner. Das ist hier alles schallgeschützt. Dein ganzes Geschrei geht nach oben, nicht nach unten. Dafür gehst gleich du nach unten. Spar dir also den Atem. Du wirst ihn noch brauchen, für den langen letzten Schrei.«

Er gackerte vor Wonne, und ich begriff, daß Rick jemand war, der wirklich die krankhaften Vergnügungen wie Folter und Mord genoß.

Ich bemerkte auch, daß sich, da ich nicht mehr nach unten schaute, mein Schwindel gelegt hatte und ich wieder etwas klarer denken konnte. Ich benutzte die gleiche Technik, die vorhin funktioniert hatte, als ich jetzt unter Rick festgeklemmt lag. Ich gab mit meinem Körper nach. Und einen winzigen Augenblick lang, als er von mir keinen Widerstand spürte, bewirkte sein eigener Körperdruck, daß er auf mich zu fiel, nur ein klein wenig, aber eben auch ein klein wenig unerwartet. Ich benutzte sein Körpergewicht, um uns herumzuwälzen. Aber diesmal faßte er sich schnell und wälzte uns wieder herum. Da spürte ich plötzlich nichts mehr unter meinen Beinen und teilweise auch nicht unter meinem Hintern, denn ich hing über die Kante des Gitters ins Nichts hinaus, in den weiten luftigen Abstand, den das Gitter von den Wänden des Bühnenraums hatte.

»Wie gefällt dir das?« sagte er und näherte sein Gesicht dem meinen. »Ich rieche, wie dein Körper Panik ausschwitzt.«

»Und ich rieche deinen Mundgeruch.«

Er schob mich weiter über die Kante. Mein ganzer Hintern und beide Beine baumelten jetzt in der Luft, und dann auch der untere Teil meines Rückens. Ich merkte, daß mich nur noch Ricks eigene Kraft davor bewahrte, in diesem Moment über die Kante zu rutschen. Er merkte es auch. Ich merkte außerdem, daß ich mich in keiner sehr rosigen Lage befand. Ich griff wild um mich, um mich irgendwo festhalten zu können, bekam aber nichts als Luft in die Finger. Eine Schulter glitt über die Kante. Mein Gegenüber schob mich schnell.

»Wo ist denn nur das Sicherheitsnetz?« sagte Rick. »Oh, natürlich. Deine Freundin Daphne hat den Bauinspektor geschmiert, damit das Theater rechtzeitig ohne es eröffnet werden konnte. Pech für dich, daß sie so ein schlimmes altes Mädchen gewesen ist.«

»Nicht, Rick.«

»Also tschüs dann, du Tunte.«

Und er ließ mich los.

Aber mein Fall war so kurz wie die Halbwertzeit eines Plutoniumatoms. In meinem verzweifelten Herumtasten hatte ich irgendwie die breite Flansch unter den Balken des Gitters erwischt. Rick stand auf und sah, was passiert war.

»Scheiße!« sagte er. »Bist du immer noch da?«

Er stieß mit dem Fuß über den Rand des Gitters und versuchte nach meinen Händen zu treten.

Nicht die Hände, dachte ich.

Ich bewegte mich. Er bewegte sich. Wir bewegten uns wieder beide.

Ich rief den Geist von Fay Wray zu Hilfe, daß er mich mit einem trommelfellzerfetzenden Schrei segnen möge. Und den ließ ich denn auch los. Es folgten ein paar stille Sekunden, und ich hätte fast gedacht, daß ich aus einem Alptraum erwacht sei.

Da hörte ich Rick sagen: »Das war gut. Du willst wohl wirklich nicht sterben.«

Mein Adrenalinausstoß schien ihn zu stimulieren.

Jetzt hieß es kämpfen oder fliegen, sagte ich mir. Und da es keine Möglichkeit zum Kämpfen gab, wählte ich die Alternative. Ich sah ein Kabel in der Nähe und tat einen wilden Griff danach. Ich erwischte es. Wenigstens waren für den Augenblick meine Hände in Sicherheit. Aber durch mein Gewicht begann das Kabel wie wild zu schwingen und auszuschlagen. Vorsichtig ließ ich mich die ungefähr drei Meter bis zu dem Leistenrohr am Ende des Kabels hinab. Von dort aus schaute ich über den ganzen weiten Bereich der aufgehängten Kulissen und sah, daß ich eine riesige Fläche vom Bühnenbild in Bewegung gesetzt hatte, die so breit wie die ganze Bühne war. Am selben Rohr waren, über seine ganze Länge verteilt, noch ein paar andere Kabel befestigt. Die Fläche brauchte nur einen Augenblick, um sich in ein langsames, pendelndes Schwingen zu versetzen, so eines, wie man es an einem wohlig-faulen Sommerabend in der Kettenschaukel auf einer Veranda tief im Süden erwarten würde.

Dann merkte ich, daß ich wieder nach unten schaute. Dreißig Meter unter mir sah ich auf der Bühne den Kulissenwechsel methodisch weitergehen. Rick hatte recht gehabt. Trotz all des Lärms und Getümmels hier oben auf dem Gitter hatte kein einziger der Bühnenarbeiter heraufgeschaut. Da fühlte ich, wie sich meine Hände vor Schreck um das Kabel krampften, denn mir wurde wieder schwindelig.

Währenddessen beobachtete mich Rick und versuchte, die naheliegendste Methode auszukundschaften, wie er mich töten könnte. Aber erst einmal würde er mich kriegen müssen. Und noch reichten meine Nervenstärke und meine Kräfte aus, um die Rohrleiste und die Kulissenwand stärker schwingen zu lassen und dann damit zu spielen, die Schwungrichtung zu verändern – alles, um für Rick den Griff nach dem Kabel zu erschweren. Laßt mich versuchen, mich mit einem Trick zu retten, den ich am Kinderspielplatz auf der Schaukel gelernt hatte. Rick griff nach dem Kabel, verfehlte es aber immer wieder.

»Komm mein Fischchen«, sagte er. »Komm zum Papa.«

Vermutlich spielte er damit auf das Kind in mir an. Zum Glück hatte ich das kleine Monster schon vor langer Zeit abgetrieben.

»Ich bin kein Fisch«, murmelte ich.

Rick versuchte noch immer das Kabel zu erwischen, an dem ich hing, und streckte sich dabei immer weiter über das Gitter hinaus.

»Ich krieg dich schon, du Hurensohn.«

Dann beobachtete ich voller Zuversicht, wie er den Schwungrhythmus meines Kabels berechnete, so wie eine Katze eine Schnur beobachtet und ihren Weg voraussieht. Und ich erkannte, im gegebenen Augenblick würde er danach greifen und dabei einen gewagten Ausfall machen. Und genau in diesem Moment warf ich mich mitten im Schwung herum, um den Weg des Kreisbogens zu verändern, den das Kabel beschrieb. Rick griff zu weit und verpaßte mein Kabel. Er verlor die Balance, schwankte einen Augenblick, streckte dann den Arm aus und griff verzweifelt nach einem anderen Kabel. Er erwischte es und war gerettet.

Wir sahen uns an, ich schwang wie Little Sally Saucer hin und her, und er analysierte die Situation wie ein gerissener Räuber.

Da entdeckte ich noch einen großen Unterschied zwischen uns. Während mein Kabel mit einem Leistenrohr und einem großen Kulissenstück verbunden war, befand sich an dem von Rick eine Leiste, an der eine hauchdünne, gazeartige Stoffbahn hing. Tief unter uns gingen die Arbeitslampen auf der Bühne plötzlich aus. Dann ertönten die Klänge des Orchesters, das die gewaltigen Eröffnungsakkorde zu der dunklen Szene in dem New-Age-Gesundheitsstudio spielte. Diese Klänge konnten nur eines bedeuten. Ich sah, wie Rick die Augen vor Schreck aus dem Kopf traten, als er das Klicken des computergesteuerten Schnappschlosses durch das Kabel in seinen Händen laufen fühlte. Am anderen Ende des Kabels war ein Gegengewicht, das jedoch gegenüber Ricks Körpergewicht am Kabel nichts bewirken konnte. Ich hörte die Kabel durch die Seilrollen über mir sausen und konnte nichts tun, um sie anzuhalten. Rick stieß auf dem ganzen Weg nach unten einen langen, gequälten Schrei aus.

Und dann geschah ein Wunder.

Die Kabel hielten an.

Meine Logik erkannte schnell, was geschehen war. Die Unterseite der Stoffbahn hatte den Bühnenboden erreicht, und in dem Augenblick waren die Kabel wieder eingerastet. Ich schaute nach unten und sah, daß der plötzliche Halt Rick von der Stoffbahn geworfen hatte und er auf den Bühnenboden gestürzt war. Die dramatische Musik ging weiter. Ich hörte Elektromotoren ertönen und sah eine ungeheuere Stoffwand vor mir aufsteigen, und ich begriff, daß der Hauptvorhang aufgegangen war. Tief drunten hatte die Bühnenbeleuchtung die vergeistigte Stimmung von Ulricas

New-Age-Gesundheitsstudio geschaffen. Und von meiner verzweifelt hohen Sitzstange aus, an einem Kabel hoch droben in den Soffitten, hörte ich Rick in den Zuschauerraum hineinbrüllen.

»Was glotzt ihr denn alle so? Ihr Arschlöcher!«

Er versuchte aufzustehen und wegzurennen, aber vergeblich. Er hatte sich das Bein ernstlich verletzt, als er von der Stoffbahn herunterstürzte. In diesem Augenblick hatte Ronda Lucca die Situation wieder in den Griff bekommen und Anweisung gegeben, den Hauptvorhang herunterzulassen. So konnte ich noch einmal miterleben, wie die gigantische Mechanik im Bühnenhimmel arbeitete.

Rings um mich leuchteten Arbeitslampen hell auf, und ich sah viele Leute zur Bühnenmitte rennen. Unter ihnen versuchte ich Lieutenant Branco zu erkennen, der mit seinen breiten Schultern und dunklen lockigen Haaren leicht zu finden sein mußte. Ich rief immer wieder hinunter, aber niemand hörte mich. Wahrscheinlich ging der Schall wirklich nach oben. Erst als man Rick Jansen von der Bühne gebracht hatte, schauten ein paar von den Bühnenarbeitern herauf und sahen mich da hängen. Von da an war meine Rettung ein leichtes. Ronda ließ das Stück Bühnenbild, an dem ich hing, sehr vorsichtig herunter, und es stellte sich heraus, daß es die Rückwand zu Mimis Finale in der Festival-Inszenierung von *La Bohème* war. Dann holten die Arbeiter eine große Leiter herbei und brachten mich herunter.

Die Stoffbahn, von der Rick heruntergefallen war, erwies sich als dieselbe, die Adam Pierce getötet hatte.

Sowohl der Maestro als auch Jon Byers bestanden darauf, daß die Aufführung weitergehe, aber die Polizei verbot es. Die Generalprobe wurde aufgehoben, April Kilkus sang an diesem Abend keine einzige Note, und im Gesellschaftsraum der Förderer fand ich Daphne in Tränen vor.

Was für eine Oper.

38

Ich brachte Nicole noch am selben Abend heim nach Boston und blieb eine Weile bei ihr, um Sugar Baby zu sehen. Dann kehrte ich nach Abigail zurück. Aber zu dem Zeitpunkt, als ich bei Daphne ankam, hatte sie sich schon zurückgezogen, was mich durchaus nicht überraschte, nach allem, was an diesem Abend vorgefallen war.

Am nächsten Morgen frühstückte ich mit ihr im Wintergarten und versuchte ihren Gram über das Fiasko des gestrigen Abends mit dem leisen Hinweis zu mildern, daß eine schlechte Generalprobe doch gewöhnlich eine gute Premiere bedeute. Und bei einer Generalprobe wie der, die jetzt hinter uns lag, müßte die Premiere einfach in die Geschichte der Oper eingehen.

Daphne sagte: »Ich hoffe, Sie haben recht, mein Lieber.«

»Hatte ich schon jemals unrecht?«

»Allerdings.«

Da trat Parker ein, um mitzuteilen, daß Lieutenant Branco gekommen sei. Zu meiner Überraschung lud Daphne ihn ein, und dann folgte eine sehr lebhafte Unterhaltung zwischen Daphne und Branco, und jeder entschuldigte sich beim anderen für die Schwierigkeiten, die er ihm gemacht habe.

Daphne protestierte immer wieder: »Sie haben doch nur Ihre Pflicht getan.«

Branco widersprach mehrfach: »Ich war viel zu impulsiv.«

Es war wie ein Streit zwischen Mutter und Sohn, der schließlich in einem freundschaftlichen Patt endete.

Sobald wir uns alle zum Kaffee gesetzt hatten, erzählte uns Branco, daß Rick gestanden habe, Adam Pierce und Marcella Ostinata ermordet zu haben, und zwar aus Liebe zu Jonathan Byers.

»Aus Liebe?« sagte ich.

Branco nickte. »Er brach sogar zusammen, als er es gestand. So wie ihn habe ich noch nie einen Mann weinen sehen.«

Offensichtlich hatte Rick wirklich Jonathan Byers seine Liebe beweisen wollen, und da für Byers nur die Oper zählte, hatte Rick Marcella Ostinata getötet, um sicherzustellen, daß die Aufführung ein Erfolg würde. Das alles ließ mich ein wenig nachdenklich werden über meinen erschreckend zielbewußten Wunsch nach einem Sheriffstern, um Branco meinen Wert zu beweisen.

»Aber wie ist er in das Zimmer gekommen?« sagte Daphne.

Branco erwiderte: »Er hatte schon die ganze Zeit mit Marcella geflirtet. Irgendwann sagte sie ihm dann, daß ihre Balkontüre immer offenstehe. Das war eine ganz offene Einladung.«

»Und Adam Pierce?« sagte ich.

Branco führte aus: »Der Tod von Adam Pierce war tatsächlich ein Unfall. Rick hatte vorgehabt, Marcella mit dieser Stoffbahn zu treffen.«

»Das war also er?«

»Jawoll«, sagte Branco.

»Aber wie denn?« sagte ich. »Ronda Lucca hat behauptet, daß die gesamte Mechanik auf der Bühne ihrem Computer unterliege.«

Branco sagte: »Stimmt auch. Und offensichtlich kennt sich Rick mit Computern gerade so gut aus, daß er gefährlich werden kann.« »Ach ja«, sagte Daphne. »Ich kann mich erinnern, daß Sir Jon uns bei der Vorstellung des jungen Mannes mitteilte, er habe ihn aus der Computerschule gerettet.«

»Aber woher wußte Rick Rondas Codewort?« sagte ich.

»Wußte er gar nicht«, sagte Branco. »Was Miss Lucca nie zugegeben hat, das ist, daß sie den Computertisch einmal ein paar Minuten lang unbeaufsichtigt ließ.«

»Warum hätte sie deshalb lügen sollen?«

Branco sagte: »Weil sie so sehr mit einer Musikerin beschäftigt war, daß sie den Computer zufällig on line stehen ließ. Und als die allmächtige Inspizientin war Miss Lucca nicht gerade scharf darauf, diese mangelnde Aufmerksamkeit zuzugeben, die noch dazu unserem Mörder die unerwartete Gelegenheit gab, Marcella zu ermorden. Das einzig Dumme dabei war, daß Rick Jansen in der Eile, diese Gelegenheit zu nützen, sein eigentliches Ziel verfehlte.«

»Dann waren also die ganzen Stories von Ronda, daß sie die Software habe ändern müssen ...?«

»Reine Erfindung«, sagte Branco.

Zufall oder nicht, Rick hatte es immerhin geschafft, dabei einen Rivalen loszuwerden. Und was meine Theorie betraf, daß von Natur blonde Männer zu keinen heimtückischen Taten fähig seien – tja, da hatte ich mich wohl getäuscht. Rick Jansen gehörte nicht zu den Lustknaben, die nur ihr gutes Aussehen und ihren Körper vermarkteten. Er war ein Serienmörder.

Daphne sagte: »Wenigstens wissen wir, daß Rick nicht auch noch die arme Sonia Hatfield ermordet hat. Zu dem Zeitpunkt war er nämlich noch gar nicht da.«

»Wahrscheinlich ist das immerhin ein kleiner Trost«, sagte ich.

»Und was war jetzt mit dem anderen?« sagte Daphne. »Mit diesem gräßlichen Perückenmenschen.«

»Daniel Carafolio«, sagte ich.

Branco sagte: »Der wußte, daß Byers die Handschuhe aus dem Kostümfundus entnommen hatte. Rick hatte Angst, wir – also Sie und ich, Stan – würden die Handschuhe am Ende mit ihm in Verbindung bringen. Deswegen ging er auch auf Sie los, mit diesem Messer. Sie nörgelten so viel an ihm herum.«

Branco lächelte, als wolle er damit anerkennen, daß ich mich immer eingemischt habe.

»Und Mathilde?« fragte ich.

»Unschuldig«, antwortete Branco.

Ich hätte nie gedacht, daß er dieses Wort überhaupt aussprechen könne.

Daphne fügte hinzu: »Außer, was diese doppelte Dosis des Schlaftrunks betrifft.«

Branco sagte: »Deshalb kam sie auch so in Panik und lief weg. Aber jetzt können wir davon ausgehen, daß sie wirklich die Wahrheit gesagt und nach den Anweisungen ihrer Herrin gehandelt hat.«

Ich sagte: »Ich frage mich, ob Madame Ostinata nicht so etwas wie eine Vorahnung hatte, daß ihr Ende nahe, und dabei einfach nicht wach sein wollte.«

»Was für ein morbider Gedanke!« sagte Daphne.

»Wir werden es nie erfahren«, sagte Branco.

»Was war eigentlich mit dem Feuerzeug?« fragte ich. »Hat Mathilde Jonathan Byers damit erpreßt?«

»Nein«, sagte Branco. »Es hat sich herausgestellt, daß der Maestro sich das Feuerzeug von Byers geborgt und vergessen hatte, es zurückzugeben. Dann verlor er es durch Zufall, weil er ein Loch in der Hosentasche hatte.«

»Dadurch erklärt sich auch, warum Mathilde damals abends ein Paar Männerhosen unter der übrigen Kleidung stecken hatte. Die gehörten dem Maestro.«

»Stimmt«, sagte Branco. »Sie hatte die Tasche für ihn gestopft. Aber der Maestro hat niemandem etwas von dem fehlenden Feuerzeug gesagt, nicht einmal Byers, weil es ihm so peinlich war, daß er es verloren hatte.«

»Hat Byers es denn nicht vermißt?« sagte ich. »Es war doch aus massivem Gold.«

Branco erwiderte: »Rick hatte es ihm geschenkt, ohne daran zu denken, daß Byers ja gar nicht rauchte. So war dieses Feuerzeug trotz seines realen Wertes eigentlich nutzlos für Byers.«

»Ihm lag nicht einmal gefühlsmäßig daran, nehme ich an.«

»Wohl kaum!« sagte Daphne.

»Aber dann hat Mathilde es gefunden«, sagte ich.

»Genau«, sagte Branco. »Im Opernhaus.«

»Warum hat sie es dann nicht einfach Byers zurückgegeben?«

»Sie wußte nicht, daß es ihm gehörte, aber was sie wußte, war, daß es aus reinem Gold und außerordentlich wertvoll war.« Dann lächelte Branco. »Und es trug eingraviert: FÜR DIE QUEEN UNTER DEN RITTERN VON IHREM ERGEBENEN PAGEN, R. J.«

»Was für ein Satz von einem so männlichen Mann«, sagte ich.

Branco sagte abschließend: »Mathilde brauchte eine Weile, ehe sie die falsche Verbindung zu Rick als dem Eigentümer hergestellt hatte.«

Branco knurrte und fuhr dann fort: »Aber als Mathilde Rick das Feuerzeug zeigte, nahm er an, sie nehme an, Byers habe Marcella ermordet und dabei zufällig das Feuerzeug liegenlassen, und sie wolle jetzt beide erpressen.«

»Zu viel Logik«, sagte ich.

»Wahrscheinlich«, sagte Branco. »Aber wenigstens hat Byers sein Feuerzeug wieder.«

»Was auch immer es ihm jetzt wert sein mag«, sagte ich. »Aber warum erschien Mathilde immer so verängstigt und auf dem Rückzug, wo sie doch unschuldig war?«

Daphne beantwortete das einfach. »Das war ihr ganzes Leben lang so.«

»Die Wirklichkeit, die sie sich selbst geschaffen hatte«, sagte ich.

»Oh, mein Lieber«, sagte Daphne. »Ich hatte gehofft, Sie hätten diese Denkweise hinter sich. Diese Frau hat das beste getan, was sie konnte. Wir alle haben in dem Großen Spiel verschiedene Rollen zugeteilt bekommen, junger Mann, und einige davon können, auch wenn man es noch so gerne wollte, einfach nicht mit der Nonchalance eines Müßiggängers gespielt werden.«

Diese Art zu reden war für Branco das Stichwort, zu gehen. »Ich fahre jetzt wohl besser wieder nach Boston zurück«, sagte er.

»Lieutenant«, sagte Daphne. »Ich hoffe, Sie kommen morgen zur großen Premiere. Ich habe Ihnen zwei Plätze in der ersten Reihe reservieren lassen.«

Branco nahm ihr Angebot dankend an. Dann verabschiedete er sich und ging. Ich entschuldigte mich bei Daphne und lief ihm nach.

Ich fand ihn draußen in den Anblick meines geliehenen Alfa versunken.

»Nettes Auto«, sagte er.

Ich ließ mich auf der Kühlerhaube seines Alfa nieder und sagte: »Netter Oldtimer.«

Er zögerte, als versuche er ein paar ausweichende Worte hervorzubringen, dann schaffte er es, zu sagen: »Danke für Ihre Mithilfe.«

»War mir ein Vergnügen, Lieutenant. Schade, daß ich jetzt den Powershift doch nicht gelernt habe.«

»Das nächste Mal.«

»Hoffentlich.«

Dann stieg Branco in sein Auto und fuhr weg.

Nach dem Frühstück an diesem Morgen überreichte ich Daphne den Seidenschal, den ich ihr gekauft hatte. Sie war so begeistert, daß sie ihn sofort anlegte und durch die Eingangshalle der Villa wirbelte wie Loretta Young.

»Und, mein Lieber«, sagte sie, »ich habe auch eine Überraschung für Sie.«

Sie führte mich in die Bibliothek, trippelte dann zu ihrem Schreibtisch, nahm einen großen Umschlag heraus und überreichte mir die Papiere für den Alfa und dazu ein Bonusheft für fünf Jahre Kundendienst.

»Jetzt gehört er Ihnen«, sagte sie. »Alles bezahlt.«

Als ich wieder sprechen konnte, brachte ich nichts anderes heraus als: »Das ist zu viel.«

»Ist doch gar nichts«, sagte sie. »Sie haben meinem Leben wieder so viel neue Kraft gegeben. So einen Gefallen kann man kaum erwidern. Ich hoffe, daß Sie mit diesem Autochen Spaß haben werden.«

»Danke«, sagte ich.

»Und ich muß auch etwas gestehen«, sagte sie. »Es war falsch von mir, den Bauinspektor zu bestechen, daß er das fehlende Sicherheitsnetz rings um das Gitter über dem Bühnenraum übersah. Sie hätten sich schwer verletzen können.«

»Aber das wollten Sie doch gar nicht –«

»Der Weg zur Hölle, mein Lieber. Ich war im Unrecht. Daß Sie der Tod gestreift hat, ließ mich das erkennen. Und ich habe noch etwas anderes beschlossen – ich werde Maurizio ganz offiziell adoptieren. Dieser arme Junge ist so herzlos im Stich gelassen worden, sowohl von seiner Mutter wie auch von seinem Vater – immerhin meinem zweiten Mann! Jetzt endlich begreife ich, daß er, als er bei mir auf der Schwelle erschien, wirklich heimgekommen war. Sie sehen also, mein Lieber, daß dieser Sportwagen wirklich nur ein Kinkerlitzchen ist. Ich schulde Ihnen noch viel mehr dafür, daß Sie mir den Blick wieder so geschärft haben. Falls Sie doch noch einmal studieren wollten, würde ich Ihnen in jeder denkbaren Weise helfen.«

»Danke«, sagte ich wieder. Ich kämpfte mit den Tränen, denn ich merkte, daß mich Daphne in gewisser Weise ebenfalls adoptiert hatte.

Den Rest des Vormittags verbrachte ich mit so banalen Dingen wie der Wäsche und dem Wegschaffen des Mülls aus dem Häuschen. Gleichgewicht, immer Gleichgewicht halten. Später fuhr ich Maurizio besuchen und versuchte ihm vorsichtig zu erklären, daß ich jetzt bald nach Europa reisen und mich dort mit meinem Geliebten treffen würde. Jede Hoffnung auf eine Affäre zwischen uns in Abigail sei damit nichtig. Ich kam mir vor wie ein Schuft, aber Maurizio schien das alles zu verstehen und zu akzeptieren, was es nur noch schlimmer machte.

An diesem Tag war keine Probe geplant. Die Solisten sollten sich eigentlich von den Strapazen erholen, die die Generalprobe mit sich gebracht hatte. Aber da man mitten in der Generalprobe steckengeblieben war, mußten sich die Solisten wohl kaum von etwas erholen, außer vielleicht von ihrem Lampenfieber. Ich verbrachte den Nachmittag und den größten Teil des nächsten Tages damit, an den Perücken letzte Hand anzulegen. Wie alle großen Künstler arbeite ich am besten unter Druck.

Dann kam endlich der Abend mit dem größten Ereignis des gesamten Festivals, der offiziellen Eröffnungs-Premiere. Wie ich vorhergesagt hatte, war der Premierenaufführung nach der schlechten Generalprobe ein großer Erfolg beschieden, das, was die Franzosen *un succès fou* nennen. Lieutenant Branco und Nicole waren wieder anwesend, und Daphne glänzte in dem Seidenschal. Und

Ronda Lucca verzieh mir alle meine Verfehlungen. Sie gab mir sogar einen Klaps auf den Hintern, um mir Glück zu wünschen, bevor der Vorhang aufging.

Aber alles änderte sich ganz plötzlich während der Pause nach dem ersten Akt. Parker kam in die Oper und brachte mir ein Telegramm. Es war von Rafiks Eltern und enthielt nur zwei Worte: »Schnell kommen.« Ich rief sie sofort an, aber sie waren nicht zu Hause. Nur die Hausangestellten traf ich an. Und in dem besten Französisch, das ich zustande brachte, fragte ich, was mit Rafik sei. Ihre Antwort fiel wie kaltes Blei in mich.

»*Il est très très mal.*«

Und wie Jane Truelove in *The Rake's Progress* konnte ich keinen Gedanken fassen. Ich konnte nichts erklären. Ich konnte nur sagen: »Ich gehe zu ihm.«

Branco opferte mir den Rest der Oper und bot an, mich zum Flughafen von Logan zu fahren, um noch an diesem Abend einen Direktflug nach Europa zu kriegen. Während der Fahrt schlug er vor, daß ich vielleicht die Kriminalistik als neue Karriere ins Auge fassen und eventuell sogar auf die Polizeischule gehen sollte.

»Ich kann Ihnen dabei helfen«, sagte er.

Aber ich war von den Nachrichten aus Paris zu niedergeschlagen und abgelenkt, um zu dem Zeitpunkt darüber zu sprechen. Ich hatte einen Wechsel meiner Laufbahn nie in Betracht gezogen, bis Branco ihn erwähnte.

Und ich erlebte kein einziges Mal die vollständige Aufführung der Oper. Aber später in diesem Sommer, als ich aus Europa zurückgekehrt war, bekam ich alle Kritiken der Inszenierung von *Un Ballo in Maschera* auf dem Sommer-Opernfestival in Neuengland zu lesen. Jonathan Byers hatte sich selbst übertroffen und aus einer abgenutzten ollen Kamelle des Opernrepertoires ein zeitgenössisches Meisterwerk der Bühne geschaffen. April Kiklus wurde als der neue große Verdi-Sopran gefeiert. *Brava, bravissima* usw. Von Maestro Toscanelli wurde in Ausdrücken gesprochen, die so etwas wie eine göttliche Auferstehung suggerierten. Das gesamte Festival wurde als das wichtigste Opernereignis des Jahres in Amerika, wenn nicht auf der ganzen Welt, gefeiert. Und last but not least wurden meine phantastischen Perücken für die letzte Szene, den Maskenball selbst, von jedem Kritiker als perfekte Beispiele von schneidendem Witz im modernen Operntheater gepriesen. *Bravo, bravissimo* usw.

Aber zu dem Zeitpunkt hatte sich mein Leben so dramatisch verändert, daß Ruhm und Ehre kaum zählten.

GRANT MICHAELS

DIE STAN KRAYCHIK TRILOGIE

Stan Kraychik will seinen Klienten eigentlich nur den Kopf waschen, landet aber immer bei Mord und Totschlag. Im Trio mit der üppigen Frisörsalonchefin Nicole und dem überaus maskulinen Lieutenant Branco sucht er die Mörder eines schönen Park-Rangers aus Kalifornien, des Chefs einer Ballettcompagnie und eines Fabrikanten von Schokoladentrüffeln.

ROTBUCH KRIMI

»Wunderbar grell und schnell...«

Publishers Weekly

Grant Michaels
Die Stan Kraychik
Trilogie:

Zum Sterben schön
Tödliche Trüffel
Der mit dem Tod tanzt

900 Seiten
DM/sFr 25,-/öS 185,-
ISBN 3-88022-402-1
Rotbuch Krimi 1040

ROTBUCH KRIMIS

Erhältlich in Ihrer Buchhandlung
und in folgenden Krimispezialbuchhandlungen:

TONY FENNELLY

DIE MATTY SINCLAIR TRILOGIE

Matty Sinclairs Familie gehört zum alten Adel von New Orleans und hat mehr Stil als Vermögen. Also verkauft er Antiquitäten in seinem Laden »New Traditions«. Sein junger Gehilfe und Geliebter Robin ist fast volljährig und war früher ein klein wenig kriminell. Lieutenant Frank Washington weiß das und bittet deshalb Matty mit sanftem Nachdruck um Hilfe, wenn ein Verbrechen in der von außen undurchdringlichen schwulen Subkultur von New Orleans aufzuklären ist.

ROTBUCH KRIMI

»Man sollte auf alles gefaßt sein...«

SÜDDEUTSCHE ZEITUNG

Tony Fennelly
Die Matty Sinclair Trilogie:

Mord auf der Klappe
Bärendienst
Robins Hochzeit

640 Seiten
DM/sFr 20,-/öS 148,-
ISBN 3-88022-094-8
Rotbuch Krimi 74

ROTBUCH *Verlag*
Parkallee 2
20144 Hamburg
Tel. 040/450194-0
Fax 040/450194-55